Best Time

白马时光

春迟归

全2册 【上】

起跃 著

江苏凤凰文艺出版社
JIANGSU PHOENIX LITERATURE AND ART PUBLISHING

图书在版编目（CIP）数据

春迟归 : 全2册 / 起跃著. -- 南京 : 江苏凤凰文艺出版社, 2023.3
ISBN 978-7-5594-7532-9

Ⅰ. ①春… Ⅱ. ①起… Ⅲ. ①长篇小说－中国－当代 Ⅳ. ①I247.5

中国国家版本馆CIP数据核字(2023)第019436号

春迟归：全 2 册

起跃 著

责任编辑 刘洲原
特约策划 夏 童 赵凌云
特约编辑 赵凌云
封面设计 Topic Design
出版发行 江苏凤凰文艺出版社
南京市中央路 165 号，邮编：210009
网 址 http://www.jswenyi.com
印 刷 天津融正印刷有限公司
开 本 880 毫米 ×1230 毫米 1/32
印 张 16.25
字 数 435 千字
版 次 2023 年 3 月第 1 版
印 次 2023 年 3 月第 1 次印刷
书 号 ISBN 978 - 7 - 5594 - 7532 - 9
定 价 69.80 元（全 2 册）

目录

第一章 退婚

深冬腊月里的飞雪，刮在人脸上，寒凉透过皮层，直往人骨头缝里钻。

江沼从后山回来时，身上还滴着雪水，湿漉漉的发丝贴在鬓边，脸色冻得发青，掌心被蹭破，血糊了一身。

素云差点儿吓晕了过去，颤声问她："咱不是说好了，去殿下那里讨一服药回来吗？"

江沼的长睫上沾着几片雪花，轻轻颤了颤，却没答，只将手里的草药递给了素云。

屋里，一豆灯火燃在床头，江焕的烧还未退。

江沼催着素云去煎药，自个儿去换衣裳，然而素云离开后，江沼却不想动，偎在江焕床前的火盆边上，暖和起了身子，湿漉漉的衣衫紧裹在身上，江沼也没感觉到冷，冻得麻木了。

香炉里的沉香燃尽，火盆里的炭也所剩无几。

大雪封山已有五日，万寿观里的物资越发紧缺。昨儿要不是林家表姑娘也染了风寒，抢了道观里的最后一剂风寒药，她也不至于去爬一趟后山，在冰天雪地里寻药。

适才素云口中的殿下，是当今太子陈温，今日之前，还是她的未婚夫，也是她真心喜欢的人。

素云问她为何没去找他讨一剂药回来。她没告诉她，她去了，但他没给。喉咙突然生疼，江沼仰起头，眨了眨微红的眼睛，将眼中快要溢出来的水雾，又生生地忍了回去。

她虽不怪他，但她还是会心疼，去讨药之前，她曾宽慰素云："就算婚事不成，以江家的关系，殿下总也不至于为难人。"

她怀着希望去，站在陈温的门前，先禀明了来意。谁知一向对她态度和蔼的嬷嬷，突然就换了一张脸："江姑娘就别来了，莫说殿下觉得烦，就是咱们这些下人，这两年也看烦了。"

嬷嬷说这话的时候，林家表姑娘的丫鬟刚好也在门前守着，瞧见江沼，眼尾一挑说道："江姑娘不是懂医术吗，想要药材，去山上采就是。"

江沼立在雪地里，犹如跳梁小丑。飞雪迷了她的眼，江沼偏头往里屋瞧了瞧，道观不比皇宫，她站在外头说话，里头的人定也能听得到。

江沼立了一会儿，见里头并没有动静，才转身往回走。

背后嬷嬷的议论声再次传进了她的耳朵。

"以往见到殿下，都是为她自个儿，不是头晕就是乏力，今日倒是换成二少爷，江家这回八成会跑去皇后娘娘跟前哭诉。"

霎时，江沼就如同置身那冰天雪地，手脚只余一片冰凉。

江沼才知，自始至终，喜欢她的只有皇后娘娘。陈温，包括他身边人，都讨厌她。

退婚后，所有的事情都变了味，她对他耍的那些心机，往日人人都称赞，如今就成了她死缠烂打的证据。

此时她就如遇上狼的羊，最终被啃得连骨头都不剩。

江沼后悔了。若是自己能一早知道他厌恶她，她也不会傻乎乎地去跟他解释，说她被林家姑娘摔碎的那根簪子很贵重，因此她才甩了林姑娘一巴掌。

“再贵重，能让你动手打人？”

今日她和林姑娘的事情闹到了陈温跟前，珠帘后陈温的声音听不出情绪，语气平缓，不喜不怒，平平淡淡的一句话，却剜了她的心。

她记得很清楚，当初他分明不是这样说的。

七岁那年，她被人欺负，嘲笑她是没爹没娘的娃，还拔了她头上的发簪戏耍她，是陈温帮她将簪子夺了过来。

他告诉她：“别怕，旁人若是欺负你，你只需狠一回，给对方致命一击，下回他必不敢再欺负你。”

她照着他当初说的做了，他却又来说她做得不对。江沼一时僵着没动。

林姑娘却放下身段，走到她跟前，先对她屈膝道歉：“殿下可莫要责怪姐姐，这事原本就是妹妹不对。”

江沼实在见不得林姑娘的虚情假意，更不想让她挡了自己的视线，江沼伸手将她推开，隐约看到了里头的陈温抬起了头。

然而还没瞧个真切，林姑娘就跌在了她跟前，林姑娘“咝”了一声，摊开手掌，掌心被蹭破了皮，江沼愣愣地看着林姑娘跪在地上低声地哭泣。

珠帘内，陈温的声音顿时带了冷意，质问她：“还想闹到什么时候？”

江沼一肚子的冤屈，捏紧了拳头，耳边只有自个儿的心跳声，艰难地呼出一口气后，小心翼翼地提醒他：“那簪子……”

“倒是孤同你的婚事，惯着你了。”陈温说完，连屋里的林姑娘都忘了哭，一屋子的人屏住了呼吸。

陈温也没让人失望，说的话惊了所有人。陈温说：“既如此，这婚约可不作数。”

眼前的一排珠帘挡着，江沼原本就瞧不真切那张脸，后来眼眶里溢满了水雾，更瞧不清他的神色。

比起事后的剜心刺骨，先蹿上来的那阵耳鸣，更加让江沼难受，她一时站不稳，往后退了两步，靠在素云的身上，素云扶稳了她，接着“扑通”一声跪了下去，哭着求陈温。

江沼也没听清她向陈温求了什么，偌大一个屋子里，皆是看戏的，就她和素云两人站在那里，供人观赏。

“咱走吧。”江沼自个儿都看不下去，将哭得手足无措的素云从地上拽了起来，声音很轻，仿佛只有唇瓣在动。

她见不得素云跪地求人的模样，不作数就不作数吧，簪子的事他恐怕早就记不得，就算记得，也不过是儿时的戏言，当真的只有她一人。

既然厌恶她，她便放下，她的感情，不需要去求谁，就如同那药，他不给就不给吧，自己不也采回来了吗。

素云煎好药进来，才见江沼一身湿漉漉地坐在那儿，根本没去换衣裳，一时着急，搁了碗就要拉她进屋。江沼却完全没当回事，让她将江焕扶起来，也没顾得手上的伤，亲手将那一碗药喂进了江焕嘴里。

刚喂完，门前突然响起了几道敲门声，接着严青的声音就传了进来：“江姑娘可还醒着？”

严青是陈温身边的侍卫，素云认得这声音。

素云愣了愣，回头看向江沼，不明白这大晚上的，严青来做什么。

“就说我睡了。”江沼疲惫地说道。

素云点头，前去开门，谁知来的不只是严青，太子也来了。

雪地里藏青色的一道人影，负手立在门前庭阶处，挺拔如青松，莹莹白雪一照，神色一如既往地冷淡。

素云赶紧又折回屋禀报了江沼：“殿下来了。”

江沼的眸子里闪过一丝诧异，不过瞬间又平复了下来，这才起身，开始收拾自己。

素云拿了白纱来，江沼手掌上的那道伤口，被石子划破，碎石嵌在肉里，素云瞧着都触目惊心。今儿林姑娘那假假的一摔，掌心虽也蹭破了皮，却及不上小姐这伤口半分严重。

素云红着眼眶，用纱布小心翼翼地给她清理伤口。

江沼却嫌她动作太慢，夺了纱布过来，眼睛一闭，直接缠了上去。钻心的疼痛瞬间蔓延了半条手臂，她疼得脸色发白，却也没耽搁半分。

先前素云如何劝她都不听，现在不仅换了衣裳，还对着铜镜仔仔细细地收拾了一番，抹了胭脂，上了唇脂，收拾完连问了几次素云好不好看。

素云红着眼圈点了头，说很美，江沼才将裹了白纱的手掌藏进袖筒里，走了出去。以往她见陈温，也会好好收拾自个儿，那时候是为了把自己最好的一面呈现给他。如今不一样，只是不想再让他认为，她是在向他卖可怜。

江沼挨着门槛边站着，陈温依旧立在庭阶，中间相隔五步远，江沼对着那道人影行了礼，微微垂目，避开了他的脸。

从冰天雪地里回来时她不觉得冷，如今从暖屋里出来，夜风一吹，江沼突然就感觉到了冷。

陈温朝她走了过来，停在她跟前，低声道："拿着。"江沼看清了他递过来的东西，是一个药包，江沼的眼睑颤了颤，没接。

见自己挨他太近，江沼又往后退了一步，脚后跟直接顶在了门槛上，再次对陈温福了福身："多谢殿下关心，江焕已无碍。"

曾经她想尽办法靠近他，如今，她却只想回避。药包悬在半空，顿了一瞬，才被收了回去，陈温没走，立在她跟前，也没说话。外面风太大，江沼很想进去。

"孤的屋里还剩了些木炭，待会儿孤让严青给你送过来。"

江沼这才抬起头来，对面那双黑漆漆的眸子，冷清如山涧冷泉，没有半丝温度。

江沼的心口猛地被揪住。

林姑娘曾对她说过，强扭的瓜不甜，那时候她不明白是什么意思，如今明白了，就算他今晚不来找她，她原本也不会去同皇后娘娘说什么，感情讲求两情相悦，以往是她不对，不该缠着他。江沼的眼里带了些歉意，微笑地说："臣女不冷，殿下还是自己留着。"陈温的目光定在她脸上一阵，没再说话，转身消失在了夜色中。

江沼也回了屋。

一进屋，素云便赶紧将她拉到火盆边上坐着，捞起她的手，将那白纱重新拆开，仔仔细细地替她清理伤口。

"人都是血肉长的，哪能不痛。"素云用袖口抹了一把眼睛，略带哽咽道，"宫里的人已经在清理山道，小姐再忍两日，两日后咱就回家。"其他的素云一句都没多问。

小姐父母去得早，江家虽有大房和老夫人护着，又哪里比得上父母。小姐从小就懂事，可越是懂事，就越让人心疼。

半夜时江焕醒了过来，一醒来就看到了江沼手上的伤，紧张地问："姐姐这手是怎么了？"

江沼笑了笑说："没事，雪天路滑，不小心摔了。"

可话说完，一转身，憋了一晚上的情绪，突然就没绷住，两行泪无声地落了下来。

两日后。

万寿观山下的那条雪路终于被清理了出来，江沼拖到最后一刻才走。等回到江府，她被太子退婚的消息已经传进了江家人耳里。江沼没有父母，二房剩下的就只有她和弟弟江焕。

这些年，两姐弟都养在老夫人跟前，江沼同太子的婚约还在时，老夫人慈眉善目，从未对江沼说过重话。

责问她，这是头一回。

"当初你还在你娘肚子里，就有了这门亲事，十七年来一直相安无事，到了这节骨眼儿上，怎就说退就退？"江沼从万寿观回来，人还没进屋，江老夫人早一步听了传言，直接去门口将她拦了下来，“皇后娘娘向来同你亲近，你进宫去见见她，有什么事先低头，认个错，保了这门婚事再说。”

江沼就站在江府门前的台阶处，风雪刮着，斗篷下的一张小脸被吹得通红，江沼以往对这门婚事的态度，和江老夫人一样，很喜欢。

江老夫人喜欢陈温的权势，江沼喜欢的纯粹是陈温那个人，两人虽意图不同，但目的都一样，江老夫人想让江沼讨好太子，江沼自己也愿意。

月头送药膳，月尾送糕点，江沼及笄后的这两年里已经成了东宫的熟客，半月前去万寿观请愿，也是江老夫人的意思，后来被大雪封在了山里，江沼才明白，强扭的瓜确实不甜。

“不去。”江沼站在台阶上，抬起头看着江老夫人，没有了光彩的眼睛里风雪弥漫，冰冷又透彻。

江沼的长相很干净，放在人群之中，定叫人一眼难忘。此时配上那双干净的冰冷的眼睛，饶是江老夫人也看呆了，仿佛又看到了当年的江二夫人。

可就是这样的美人儿，却没能入得了太子的眼，江老夫人一时没想明白。

江老夫人愣着的工夫，江沼已经进了屋，将自己锁了起来，谁也不见，江家上下一时急得焦头烂额。到了夜里，老夫人更是放了狠话，要么进宫去找皇后娘娘说说情，保住这门婚事，要么立马去芙蓉城沈家避避风头，免得退婚书下来后丢人。

“将四姑娘的东西都收拾好，明儿个，往东走还是往西走，全凭她。”

往东是皇宫，往西是芙蓉城沈家。

江陵离芙蓉城要半个月的路程，先不说眼下正逢年关，没有往外走的道理，就这大雪天气，能不能平安到达沈家，谁也说不定。

外头的声音江沼都听见了，仍旧没开门。她身子倚在床头，隔窗听着风声撼动院前的竹林，屋内灼灼烛火摇曳，素云立在她跟前，已经哭红了眼。

“小姐，咱要不还是去求皇后娘娘吧，就算不为了婚事，小姐去求皇后娘娘，让老夫人别在这当口将小姐送出去，可行？”素云轻声地哄她。

万寿观的事，素云见证了所有的经过，殿下那晚是来送了药，可小姐已经不需要了，比起这个，或许更让小姐绝望的是，那根被林姑娘摔碎的簪子。

簪子是小姐的母亲，江二夫人留给她的，殿下却连句解释都不听，直接断定了生事的人是她，还退了婚。

小姐回来后虽一言不发，但从那夜小姐对太子的态度素云就看出来了，小姐没打算挽回这门亲事。如今只求皇后娘娘能劝劝老夫人，不要将小姐送去芙蓉城。

江沼没答，只是看着素云，问她：“以前我是什么样的？”

素云愣住。

江沼又补充道：“我喜欢太子的时候……”话说完，又不待素云回答自个儿抱着双膝，低喃了一句，“很丑，既然都让人嫌弃了，我怎会再去献丑，往后，莫要再提进宫之事。”江沼看着素云，眼尾殷红。

往日她就是仗着皇后娘娘的喜欢，才讨了一堆人的嫌弃，况且，皇后娘娘再喜欢她，毕竟也是太子的母亲。她江家的事，又怎么能求到她面前。

素云没再劝。

沉默了一阵后，素云低着头，突然问她：“小姐当真舍得吗？”

小姐从小就喜欢殿下，喜欢了十年。儿时的喜欢带着对殿下的崇拜，长大后的喜欢，便是男女之间的爱慕，十年的感情，岂是说放下就能放下的。

江沼微微怔住，喉咙又开始发紧，沉默了半晌。

“舍得。”

又有什么舍不得的，十年里，她心里爱慕的那个人不过是她幻想出来的影子，她给自己编织了一场美梦。她沉醉其中，不愿醒来，可当她知道了他对她的感情后，一切突然就风轻云淡，他脱离了她幻想出来的影子，所有的期待也跟着失去了光彩。

江沼将整张脸埋进了臂弯里，满头的青丝从她的肩头倾泻而下，灯火下，她蜷缩起来的身影，柔美又凄凉。

素云瞧着，眼泪又涌了上来。

“行，咱不去求人，咱们明儿就去芙蓉城。”

夜里的零星灯火，燃到半夜才灭。向晓，素云掀帘，片片雪花迎面扑来，停了一夜的雪，这会子又飘上了。江沼跟着起身，到了门前又回了头。珠帘后香炉里的烟雾缭绕，一切都与平日里无异，江沼转过身，一头扎进了雪地里，今日走后，估计等到来年开了春才能再见。

江沼没去同谁辞别，江老夫人那里没敢去，怕祖母失望，二少爷那里更不敢去，怕他护短，跑去祖母跟前闹。

到了门前，却看到了大伯母吴氏和二姐姐撑伞立在马车旁。吴氏瞧见素云手里的那包袱时，脸色就变了：“我的姑奶奶，你可是想好了？”

江沼点了点头。

当着江沼的面，吴氏急得脚步打转：“姑娘，你可知你今年多大了？”

江沼垂眸，自己的年龄，她岂能不知：“十七。”

那纸婚约从她落地时就有了，然而，十七年了，也没将自己嫁进东宫，江沼以往不明白，现在知道了，因为太子不想娶。婚事一退，先不论名声的好坏，就她如今的年纪，再议亲，也没有半点儿优势。

吴氏担心的就是这个。宰相府的姑娘，倒不至于嫁不出去，往后可再议亲，可就算再满意，又怎能比得过东宫。

吴氏苦口婆心地劝她：“皇后娘娘之前就说过，只认你一个，那林家表姑娘，虽说也是皇后的表亲，但也比不过你和太子有婚约在先，待日后你嫁进东宫，做了太子妃，她最多也就是个侧妃，在你之下，你又何必在这节骨眼儿上同她计较。”

外头的那些传言，江家的人都听说了，江沼打了太子的表妹，太子护短，要退婚。谁不气？吴氏也气。但往长远了想，这口气得咽了，谁家没个三妻四妾，更何况是太子。

“听伯母的，先忍了这口气，去娘娘跟前掉几滴眼泪，娘娘定是心疼你的。”

吴氏掏心掏肺地相劝，江沼却没动摇。她将手里的油纸伞往上移了移，露出了一双清亮的眸子：“伯母曾对沼儿说过，用眼泪换来的东西，最不牢靠。”

轻飘飘的一句话，顿时堵住了吴氏的满腹言语，吴氏张了张嘴，到底还是没再劝。

“四妹妹。”江二姑娘上前一步，揽了江沼入怀，她知道江沼很喜欢太子，往日逮到她，动不动就是太子长太子短的。那般心心念念着一个人，到头来，却被退了婚。从万寿观回来，江沼就将自个儿锁住了，她去找过几回，都没能进得去，过了一夜，原本想劝她的话，就变了个样，“是他眼瞎。”

二姑娘一说完，吴氏就惊慌地看了一眼周围，回头斥了一声二姑娘江燃：“你这嘴怎就没个把门儿的，那可是太子。”

江燃却没收敛，松开了江沼，憋着笑说道：“瞧吧，连娘都知道眼瞎的那人，是太子。”

“你个死丫头。”吴氏没好气地瞪了江燃一眼。

这一闹，江沼的脸上终于有了一点儿的笑容：“二姐姐，好生照看祖母。”

江燃道：“屋里这么多人，不用你操心，知道你会走，我替你多备了一辆马车。”

江沼跨过门槛一瞧，这哪只多了一辆马车，江燃连厨子都给她备好了。

“遇上大雪天，这路上恐怕得走一个月，中途要是没个落脚的店，总不能饿着肚子，该备上的，昨儿夜里我都替你备好了。”江燃挽着她的胳膊，送她上了马车，“芙蓉城的水土养人，出俊男美人，说不定妹妹这一去，就能寻位如意郎君回来呢。”

江燃也就是对江沼说宽心话。太子陈温撇开旁的不说，模样是万里挑一的，再加上情人眼里出西施，江沼往日恨不得将他夸上了天。要找出一个比太子更俊的，估计难。

“好。”江沼却应了。

等到江沼上了马车，帘子落下，车轱辘动了，吴氏才想起来，赶紧追了两步，对马车内的江沼说道：“你大姐姐听说也回了芙蓉城，要是沈家待着不顺心，你就去找你大姐姐。”

“好。”江沼拂着车帘，红了眼圈，自个儿是没了父母，可在江家那也是个宝，谁不心疼她，大伯母算得上半个娘。父母走后，祖母就将她和弟弟养在身边，哪会不心疼，不过就是想用这招来逼她，可她自己也想逼自个儿一把。是她自己想去芙蓉城，能避开退婚的风头，还能彻底放下那人。

马车快离开江家小巷了，二少爷才从江家门口冲出来，一路急奔，硬是追上了江沼。

“姐姐！”江焕十三岁，个头儿已经赶上了江沼，站在马车的窗户前，握住拳头紧咬着牙，“我替姐姐进宫，去求太子。”江焕说完胸口一阵起伏，嘴角抽动了几下，似乎立马就能哭出来，姐姐不想进宫去求，他去。只要是姐姐喜欢的，他都给她讨回来。

江沼却笑出了声，从马车内伸出手，刚好够到他的头：“求他作甚，求来我也不稀罕了。”看着江焕痴傻的模样，江沼“扑哧”一笑，“前阵子舅舅来信，说外祖母身子抱恙，我得去看看。”

呆愣了好一阵，江焕才回过神：“姐姐当真……”

江沼点头："嗯。"

江焕不相信，江沼再次保证："放心，姐姐当真不喜欢他了。"

在万寿观时，江焕退了烧，听素云说起前夜的事后，就要冲出去找太子，被江沼拦了下来，江沼说她放下了，可那时江焕瞧见她的眼圈是红的，他便知姐姐那话多半是在骗人。

江焕恨自己太弱小，替姐姐撑不起台面，婚事是御赐的，若爹娘在世，太子岂能轻易就说出退婚的话，姐姐也定不会受了这欺负。

然而这回，江焕再看江沼，却是一脸释然，似乎真的放下了。

"等我回来，给你带外祖母晒的豆腐干。"江沼冲他一笑，放下了帘子，心头的酸楚在车帘落下后，才在眸子里浮现。

马车拐了个弯，江焕还傻傻地站在雪地中。

张嬷嬷立在院子里从头到尾看了个明白，回到屋里就对江老夫人说："还是走了，二少爷都追出去了，也没能将人劝回来。"

江老夫人精神气儿卸了一半："简直就跟她娘一模一样。"脾气倔，喜欢一样东西时，满心满眼都喜欢，伤了心了，说弃就弃，不带半点儿犹豫。

小时候江沼喜欢竹子，想在院门前种出一片竹林来，日日守着那竹苗子，死了又种，种了又死，如此忙活了两年，见没有一根活下来，就直接让人栽上了红梅。后来还是江老夫人让张嬷嬷偷偷替她埋了几枝竹笋进去，才有了如今她屋前的丛竹。

"她爹娘要是还在，我断不会这般逼她，可她姐弟俩，从小就没爹没娘，将来能依靠谁？嫁给太子是她最好的路，二夫人生前同皇后是义结金兰的姐妹，皇后绝不会亏待她，待她将来在宫中立了足，二少爷日后也能有个依靠。"江老夫人情绪激昂，说到最后，眼里有了湿意，"那牌位摆在祠堂这些年，名声是热的，摸上去却冰凉，值不值当，自个儿心里最清楚。"江老夫人情绪一上来，又提了江沼死去的父母。

张嬷嬷劝道："这不还有老夫人疼着吗。"

“我这把老骨头又能活几年。”江老夫人伤怀了一阵，慢慢平复了下来，才嘱咐张嬷嬷，“沿途给人传个信，当关照我江家姑娘的，都得关照上。”

去外头避避风头也好，免得堵心。

芙蓉城位于西南。江沼此趟从江陵京城出发，马车先到江陵码头，便转为水路，等入江州后，再换乘马车，继而直抵芙蓉城。大雪天再加上年关，出江的船只并不多，冷飕飕的江面上也就江家一条船。

赶路的两个婆子催了船家几回，问今日到底还有没有船，船家不耐烦地撂了一句：“谁说得准，半月前出去的船还没回来呢，与其在这儿同我磨嘴皮子，倒不如去同江家人说说情，看能不能搭上一段。”

两个婆子瞬间闭了嘴，别家的船还好，偏生就是江家的。可眼瞧这都过了大半日了，也没见一艘船，两人最后还是磨磨蹭蹭地去求了人，刚一开口，就被张叔给拒绝了。

“江家的船不搭闲人。”

两个婆子愤然回来，气得不轻，心里憋着的话一股脑儿地发泄了出来：“不就是刚被退婚的江家四姑娘没脸见人，出门避风头吗，耍什么威风！”

两个婆子原是林家三房王氏的娘家亲戚，特意过江陵来吃林家的满月酒，眼下正往家里赶，出发的前一日，巧遇林家姑娘从五台山回来，便听说了江家被退婚之事。

两人本就为巴结林家这门远亲而来，江家被退婚的事，两人已经念叨了一路，见人就散消息。没承想竟在码头上撞见了正主儿，闲话说完才想着去求别人，本也是厚着脸皮去，如今被拒绝，一张嘴越发刻薄。

“太子原本就不喜欢她，这回在万寿观竟也不长眼色，谁不好惹，偏生惹了林家姑娘，这不，没讨到好，直接被太子退了婚。”

“江家岂能丢了这好事，婚事是御赐，这回怕有的缠了。”

“御赐又如何，皇后娘娘再偏袒江家，她也姓林，关键时候，还能胳膊肘往外拐不成。要我说，江家这些年也算是占尽了富贵，江家老爷子如今都七老八十了，宰相府还能有今日的权势，还不就是江家二爷当年的英明之举，两条命换来了全家富贵，这买卖倒挺值当，如今不就挟恩图报了吗。”

码头上等船的人，不止那两个婆子。话进了人耳朵里，就成了新鲜的八卦。码头上站着一位书生，本撑着伞，安安静静地等着船。听两个婆子说完，转身走到了两人面前，面含微笑礼貌地问了一句：“敢问两位婶子，可曾识字？”

两个婆子被他突然一问，拿眼乜他，她们不过是普通的商妇，谁又识字？

“我瞧着公子这打扮，也是个读书人，有何字那么难，竟叫公子问我们这群老妇人？”婆子满嘴的尖酸刻薄。

那公子倒也不恼，挺了挺腰杆子，不徐不疾地说道：“既然知道自己是老妇人，又不识字，说话就该拣了你知道的词儿用，免得闹出了笑话。”

两个婆子顿时急了眼。

那书生却继续说道：“挟恩图报的意思是，拿自己对别人的恩惠当筹码，以此来要求别人报恩。江大人的宰相之位是在嘉宁二年顺帝亲自封的，江家四姑娘同殿下的婚事，是嘉宁五年皇后主动提出，要与二夫人指腹为婚，而江家二爷和二夫人死于嘉宁十二年。尔等口中的江家的权势，与二爷和二夫人之死并无半点儿关系，也构不成挟恩图报之说。而在下以为，承人恩者，更不能以挟恩图报为借口，便忘了自己得来的恩惠，是以，对施恩者报以感激之心，再正常不过。

“江大人虽年岁已高，但立下的功劳和他的见识才华，并不会因他的年岁而被磨灭。相反，粗俗之人，就算是活到七老八十，也同样改变不了她低俗的气质。正所谓：‘相鼠有皮，人而无仪。人而无仪，不死何为？’”

那两个婆子愣了半晌才反应过来，是被这书生给骂了。

两人这回能来江陵，还是颇费了一番功夫才得来了一张请帖，进了一趟林家再出来，自觉身上镀了一层光环，理所当然地嚼起了舌根。

谁知遇上了个为江家说话的书生，还不是个善茬，两人气得脸红脖子粗，欲还嘴，又被书生劈头骂了一句“老而不死是为贼也”。这就是明着在骂她们是老不死的了，码头上顿时炸了锅，眼瞧着要打起来了，此时江家的那艘船上突然下来了一位姑娘，发髻绑着鹅黄的丝带，一身上好的白色暗花缎面袄，脸颊带着红晕，微笑地朝着众人走了过来。正是江家四姑娘跟前的丫鬟素云。

素云直接到了那书生跟前，福了福身说道：“我家小姐这趟是去芙蓉城，若是顺路，江家的船倒是能搭公子一程。”不仅是那书生，素云将剩下的人都请到了船上，“小姐心善，得知大伙儿急着赶路，若有顺路的，不妨一块儿捎上。”

不过就五六人，江家的船，一个小仓就能装下，这一走，就只剩下了那两个婆子。

两人原先也厚着脸皮准备一块儿去了，却被素云拦了下来：“我江家的船再大，怕也容不得二位，两位婶子既是林家的亲戚，倒不如回去找林家，让林家拖条船过来，送二位回去。”

素云转身登了船，让张叔放了锚。

“不是说不搭闲人吗，怎就搭了这一群上去。”两个婆子恨得咬牙，回头又听船家说，今儿没船了，顿时立在雪地里，僵了脸色。

适才外头的那阵吵闹，江沼都知道了。

往日她喜欢太子时，处处小心谨慎，费尽心思讨好每一个人，别说是东宫里的下人，连林家的人，她也是礼让三分，生怕太子身边的这些人不喜欢她。

可是她越让，别人越是上脸，这些年，她没少受林家的气。退婚之后，知道这一切都同她再无关系，江沼的爱憎突然也能拎得清了。

人是她让素云请上船的，素云进来后还在抱怨：“若不是那公子出言顶了回去，我非得让人撕烂她们嘴。”

二爷和二夫人的死，连江家人都不敢轻易在江沼面前提及，爹娘当年在外的名声越响，在家，就越失职。二夫人进围城前，江沼曾抱住她的腿，哭着求她别丢下她和弟弟。

可二夫人还是走了。

后来二爷和二夫人去世的消息传进江府，江沼并没有多大反应，不哭不闹，甚至直至今日都没哭过一回。

久了，大伙儿都知道，二爷和二夫人的死已成了江沼的心结，谁知今日竟让两个粗鲁婆子拿来诋毁了。

江沼倚在窗边，瞧了一眼满江绿水，回头对素云说道：“待会儿你送些酒菜过去，道一声谢。”傍晚时，张叔敲门送了饭菜，江沼草草用了两口，没什么食欲，江沼也曾坐过船，不过都是游湖时划的小船，赶这么远的路，还是头一回，到了夜里，晕船的症状就出现了。

江沼躺在床上迷迷糊糊的，就听素云来到跟前说：“那公子姓宁，竟是在瑞王麾下任职。”江沼知道瑞王，是太子陈温的同胞弟弟，皇上一共就两个儿子、一位公主，皆是皇后所生，此趟她所去的芙蓉城，正是二皇子瑞王的封地。

素云又说了些什么，江沼没有听清，实在是乏力得很，睡了过去。之后的几日，江沼的晕船症状越发厉害。

这一趟水路，没少受罪，吃过的东西，进了胃里过一遍，立马就倒了出来，整个人瘦了一圈不说，全身都提不起半点儿力气。好在路上还算顺遂，不过五六日就到了江城。

江城的码头比江陵热闹，一眼望去全是搬物资的官兵，张叔将船靠岸后，先去打听了一番，回来便同江沼说，芙蓉城今年遭了雪灾，很多船只都是数日前从江陵过来的，往芙蓉城运送物资。

江沼愣了愣，没想到时隔几年再去芙蓉城，竟遇上了天灾。

素云小心翼翼地扶她出了舱，外头的冷风一吹，江沼顿觉清醒了许多，虚弱地从素云肩上直起身，抬眸向远处眺望。月白色的狐狸毛斗篷遮挡了她半边脸，视线并不是很清晰，可立在她对面的那道青色身影，实在太过于耀眼。

那人正朝着她望了过来，眼神就跟天上掉下的冰刀子似的，直直地落在她身上。

江沼的脸越发苍白，回头颤声问素云："他怎么在这儿？"

码头上冷眼看着江沼的人，正是太子陈温。那晚在万寿观见过江沼之后，陈温收到瑞王呈上来的雪灾折子，便连夜下山赶往了蜀地，只比江沼提前三日到达江城。

江陵运来的物资今日陆续到达，陈温亲自到码头督办，满江的官船之中，竟就意外地看到了江家的船。

当瞧见那抹纤细的身影时，陈温的脸上瞬间罩了一层霜，他看了两眼，便朝着江沼走了过去。

今日的雪已不如昨日大，零星的几瓣白雪落在江沼额前的发丝上，江沼傻傻地立在那儿，眼瞅着那人不断地靠近。上船那日素云已从宁公子口中得知，太子陈温去了蜀地赈灾。可那会子，江沼迷糊得厉害，素云说了什么，她压根儿没听进去，之后更是打不起精神来，如今一下船，冷不丁地再见到这张脸，周身都生了凉。

陈温个头儿很高，江沼站直了也不过到他的胸膛，纤细单薄的身影，立在陈温面前，更显得弱不禁风。

江沼仰起头望着他。飞雪里的那张脸还是一贯的冷漠，都说当今太子的身形像皇上，五官随了皇后的精致，江沼却觉得那对漆黑的双瞳谁也不像。深邃时如浩瀚的星空，让人望不到底，清冷时又如山涧冷泉，冷淡的气息扑面而来。

"去哪儿？"陈温的语气很是生硬。

码头上的凉风扫在江沼脸上，鼻尖上冻出来的一抹浅粉，犹如刚冒尖的荷花骨朵儿，干净中又带着几分艳丽。

江沼缓了一口气，然而还未等她开口，又听见了他的质问：“此地大雪，你不知？”声音严厉，眼神也是凉得可怕。

江沼愣着，心跳似乎停了一般。

然而冷冰冰的话语再一次落了下来：“天灾面前，万事难料，岂能当儿戏，再跟来胡闹。”

江沼突然感觉心口烧得慌，胸闷的感受竟比晕船时更甚，江沼想起来了，十年里，他去哪里，她就跟到哪里，成了习惯，才会让他误会。但这回她想对他说，若是早知道他在此，她不会跟来。在船上江沼已呕了几日，身子本就虚弱，如今心头几番滚动，晕船的劲儿又上来了，脸色顿时煞白。

陈温眉宇紧蹙，正欲询问，便见她扭过身子，弯腰呕了起来。虽知失了礼，但江沼耐不住身体的反应，单薄的身子半勾着，不住地打战。身后的素云慌忙上前，正欲搀扶，却被陈温先一步，伸手将她捞了起来。江沼的身子很瘦弱，倚在他臂弯，轻飘飘的，好似没有重量。陈温的脸色越发地沉。

呕过之后的江沼，仿佛又脱了一层皮，眼前一阵阵地发黑，待缓过来，才瞧见眼前有一只手，递过来了一方绢帕。绢帕上有股清冷的薄荷香，江沼认得这个味道却没接。

意识到自己在他怀里，江沼硬撑着一口气站直了身子，又往后退了两步，对陈温及时道歉：“是臣女失礼，弄脏了殿下的衣服。”

江沼的脸色苍白，琥珀色的双瞳带着几丝倔强，然而那倔强却没能坚持多久，整个人便直挺挺地栽了下去，脑袋砸在了陈温的胸膛上。

江沼再次睁眼，已是晚上。即便是飘着雪，江城的夜依旧灯火通明，火红的灯笼绕着客栈，层层叠叠，红艳艳的光交相辉映。

离开了江面，没有了眩晕感，江沼的脸色好了很多。素云见她醒了，赶紧张罗了饭菜。

喂江沼喝汤时，素云终于还是没忍住，说起了陈温：“今儿小姐晕倒，可没把奴婢吓死，好在有殿下在，奴婢还是头一回见殿下着急，抱着小姐就上了马车。”

晕倒之前的事，江沼大抵清楚，知道自己这回又丢了人，她能想象得到，陈温的脸色该有多黑。素云是个没长心的，只看到了表面，她岂能再跟着天真，那根刺已经扎进她骨髓里，疼痛还在身上，怎能看不清现实。上船前那两个婆子的话，有一些倒没说错，江家于皇室有救命之恩，这些年，这恩情没少绑架陈温。

江沼问了素云现下的歇脚处，素云说这处客栈是太子安排的：“殿下离开之前还说，要小姐在这里住上两日，先养好身子再说。”

江沼等不了两日，她不想再见到陈温。用完饭江沼便让素云叫了张叔来：“夜里将东西收拾好，看看有什么缺的，早些补齐，咱们明儿就出发。”

江沼从未想过有朝一日，她会如此害怕见到陈温。二姐姐曾经问她，喜欢一个人是什么感觉，江沼说，想和他在一起。可如今，她只想离他远远的，越远越好。

江沼如此想，却没能如愿。等第二日一切收拾妥当，江沼打开门，却被陈温堵在了那里。陈温的脸色如淬了寒冰，明显已经没有了昨日的耐心。

“昨日孤同你说的话，看来你是没听进去。孤今日便同你好生说明白，大雪未停，此处已多地受灾，路途中会发生何事，谁也无法预料，你应当听话，先在客栈休息两日，待身子恢复了，孤再派船送你回江陵。”

陈温说完，也没待江沼同意，转身让人守在了江沼门前。

江沼从昨日下船之后就一直憋着，憋到了现在，实属是忍不住了：“殿下未免也太欺负人。”

江沼紧捏着拳头，冲着那背影说完，眼泪猛地涌了上来，身子都在打着战，前头的人脚步一僵，回过头，看她。江沼却侧过脸，抬手抹了脸上的泪痕。陈温也没料到她是这个反应，江沼从未在他面前哭过，这是头一回，往日她见了他，总是一脸笑容，态度温和，极力地讨好他，怕惹他不高兴，哪里又敢哭。陈温不擅处理男女之事，但也知道，江沼是他惹哭的。

“孤怎么欺负你了？”陈温的声音难得柔和了些。

江沼心头憋得慌，一时也顾不得其他，接了他的话：“殿下若不是欺负人，又怎会平白无故地拦了我的路，就算是雪灾，路途有何不测，那又同殿下有何关系？殿下这般拦着我，无非就是觉得我从江陵赶过来，是为了殿下而来，既如此，我便对殿下说清楚，沈家老夫人身子抱恙，我此趟是为去芙蓉城探望，并不是想纠缠殿下。”

十年来，江沼头一回在他面前发了脾气，也是头一回大声同他说话。心里的委屈一旦破了个口子，就如开了闸的洪水，想关都关不住。江沼哭成了花猫，也看不清陈温是什么表情，直接将话说绝了：“不瞒殿下，若是我知道殿下也在此地，断不会前来。”

客栈门口站满了人，江家等着江沼出发的下人，还有陈温手下的兵将，这会子个个大气都不敢出。江沼这番话说愣了所有人，包括陈温在内，也一时忘了反应，而正主儿却进了屋，“嘭”的一声关了门。

门关得太急，连带着素云也被她关在了外面。江沼的后背抵住门板，心跳如鼓，猛地一阵急喘。门外素云唤了一声“小姐”，江沼没应，接着又是两道敲门声，江沼也没开。

门外安静了一阵，江沼听到一道低沉的声音：“是我。”

江沼的脊背不自觉地挺直了。能让她说出刚才那番话，实在是因她被气着了，只顾着一股脑儿地将情绪发泄了出去，待平复下来后，才记起对方是太子，她不应这般无礼。可说出去的话如泼出去的水，收不回。她也不想收回。

江沼转身将门打开了一条缝儿，在陈温进来的那瞬，便背过了身，没让他瞧她的脸，也不敢去瞧他是什么表情。只听见他朝着自己走来的脚步声，能感觉到他离她很近。

“孤同你所说，并不是唬你，这回雪灾，是芙蓉城近百年来的第一场雪灾，结果会如何，就连孤也无法预料，更何况芙蓉城地处盆地，从江城出发，山路本就不好走，更无法保证，何时能通路，何时能返程。”陈温的声音比起刚才平缓了很多，站在她身后，盯着她头上轻轻晃动的步摇，这才发现，她的个头儿只齐他胸口，不过只是个小姑娘。陈温又往前走了两步，立于她的身侧，微微倾身，看着她沾着泪水的长睫，低声说道，“无论你是出于什么原因而来，此地大雪，都不宜再前往。”

江沼又闻到了他身上那股凉凉的薄荷香，沉郁中带着清冷。

耳畔温润的声音，如同冰天雪地里的一汪温泉，冷冰冰的外壳底下，藏了一股暖流，等你一旦跳了进去，便再也逃不出去。

江沼知道，陈温从小便天资超群，刚满周岁就被封为太子，三岁时便搬去东宫，十三岁开始参与朝政，如今弱冠之年，已在满朝文武和百姓的心中有了很高的声望，身上的那股子内敛与稳重，比起皇上有过之而无不及。

大哥哥曾说，男人最完美的模样，就该是太子那样的，一身都是本事，还生得风度翩翩，英俊非凡，这样的男人，又怎不讨姑娘喜欢。

江沼曾经沉迷于其中无法自拔，若不是遭了他当头一棒，她又怎可能清醒。他说的道理都是对的，她也知道他是为了她着想，担心她的安危，但他不爱她。

江沼没再同他闹，轻轻地应了一声“好”，似乎又回到了以前，他说什么她都听。

陈温走后，素云进来，便见江沼坐在了榻上，环抱着双膝，侧头看着窗外的白雪，干净的侧脸有着与她往日不同的倔强。离开江陵，本是为了躲避他，来之前她想着若是自此不见，这辈子她也能活好自己，还能给自己留下最后一层脸皮。待时日过去，再提起他时，她还能强撑着说上一句，她不喜欢他。

但天不遂人愿，她又遇上了，她将自己送到了他的眼皮子底下，等着他再撵自己一回，再剜一回心。

素云走到她身边，还未出声，便听江沼从喉咙口里艰难地挤出了一点儿声音：“我好像后悔了。”

陈温其实并没有做错什么，他只是不喜欢她，她也不怪他，只是后悔了。后悔去那样满心满眼地喜欢一个人，不留余地地喜欢了他十年，因她实在很难受，也很痛。若可以从头来过，那十年的喜欢，她宁愿不要。

江沼的眼睛里一片空洞，分明该心痛、该哭，可她此时的眼眶却很干涩，竟流不出半滴眼泪，反而是素云哭得上气不接下气。

从万寿观被退婚后，素云从未听她提起过此事，回到江府小姐便将自己关在屋子里的那一日，江家每个人都去找过她，可小姐谁也不见，一直闷不作声。今日终于开口了，却已经做了决断，小姐这回是真的委屈。

殿下所说的路途艰险，谁又不知，可若不是被殿下退了婚，老夫人怕小姐堵心，也不会赶在年关让小姐去芙蓉城，如今小姐人已经出来了，殿下又要送她回江陵，大伙儿必定会认为小姐是为了追殿下而来，到时小姐又当如何见人。殿下的道理是大道理，却没有感情，以小姐如今的状况，怎能独自回去。

素云难得没再劝和：“小姐想通了便好，小姐身后还有老夫人，还有二少爷，江府将来定不会委屈了小姐。”她从小跟着小姐，知道她这些年的苦，若真能解脱，倒也是件好事。

江沼没说话。又坐了一会儿，才回头吩咐素云：“去同张叔说，今儿后半夜咱们出发。”她没有再回去的道理，更不该继续同他待在一起。

她听了他十年的话。不能赤脚踩地板，不能当众嬉笑，吃饭应先喝汤，食不言寝不语，他说东她不敢往西。

明知道他是为了配合皇后才给她夹菜，她还是会忍不住高兴好几天。

就算他舀给她的鸡蛋羹，她吃了脖子上会长小疙瘩，也同样照吞不误。

曾经，她将他的话奉为了圣旨，她觉得他所说的话都对。但是这回她不想再听了。

江沼休整了一日，补了觉，夜色降临时才披了一件斗篷说想去透透气。

江城的客栈多数都是建在山道上，走出客栈，往上看，灯火延绵起伏，比圆月里的漫天繁星还要亮。往下看，便是无数蜿蜒曲折的宽窄小巷。

江沼下了阁楼，顺着客栈的青石板路，到了客栈的前院。这番出来走一遭，也当是离开过江陵，到过一个地方。

雪夜里的灯火虽亮，此处却很冷清。庭院有一棵老榕树，积雪埋了大半树根，树上挂满了红色的绸布，素云回头对江沼说道："是许愿树啊。"

不是寺庙，也不是道观，只是客栈里的一棵百年老树，也不知道从何时开始，便成了过路人寄托心思的地方。

素云说："小姐若是想许愿，奴婢去向小二讨两条红绸缎来，小姐写上字，咱们也挂上去。"

江沼说不想。往日她许了很多愿望，不但没实现，还离自己越来越远。

爹爹被困于河北时，她许愿他能平安归来，娘亲进围城找爹爹，她许愿他们都能平安归来，结果一个人都没有回来。那年她七岁，江焕才三岁。她曾经陪着江焕坐在江府的门槛上，等爹娘归来，直到有一天江焕抱着她哭着说，他知道爹娘再也不会回来了。

那一年她又许了一个新的愿望，太子替她抢回簪子时她问他是谁，太子说："你是孤以后的太子妃。"那时候她许愿，让她能快些长大，做他的太子妃，但还是没实现。江沼想这辈子她可能再也不会许愿。

江沼的视线从榕树下撤了回来，落在莹白的雪地上，上头的一抹红很是醒目，应是从树上掉下来的许愿条。江沼走过去拾了起来，准备挂上去时，素云手里的灯笼照了过来，许愿条上的字迹清晰可见。

“愿与君永不相见。”

江沼木木地立在雪地里，一动不动，身后的雪地里突然响起了脚步声，江沼回头，便见陈温披着藏青色大氅，正朝着自己走来。

“殿下。”素云行礼。

陈温没应，直接走到了江沼跟前，看了一眼她手里的红色绸缎，低沉地问道：“想许愿？”江沼点了点头，转过身抬手准备去挂，奈何许愿树太高，她踮起脚，试了几次都没够着。最后一次时，颈两侧伸出了一双手，夺走了她手里的红绸，手臂绕过她的头顶，很轻松地够上了她头顶上的树枝。在陈温双臂伸出的瞬间，江沼就躲开了他，往前走了两步，不着痕迹地同他保持了距离。

陈温系好了绸缎垂目看着她。

江沼抬头，唇角弯一弯：“多谢殿下。”笑容很干净，是释然后的解脱。

陈温心里忽然感觉到了异样，却又无法捕捉到底是哪里不对。他过来寻她，是有事要叮嘱。

“身子好些了吗？”陈温先问她。

江沼点了点头：“好些了。”

陈温看了一眼她的脸色，灯火下的半边脸映得微红，也分不清是灯火的颜色，还是她原来的肤色，但那双眼睛比起昨日精神了不少，陈温便正色道：“赈灾物资已经到位，前头灾情不等人，孤明日一早就会离开江城，客栈里孤给你留了些人，等你休养好了，便早日乘船回去。”

江沼低头盯着地上的影子，听完眼睫颤了颤，待抬起头时，脸色却无半点儿波动，乖巧地应了：“殿下事务繁忙，心系灾民，臣女岂敢耽误了殿下，殿下放心，臣女都牢记。”

陈温神色渐松，说道：“那便好。”说完顿了一瞬，似乎斟酌了一番，最后还是看向了江沼，“孤前两日见过沈家大公子，沈老夫人的风湿，已是多年的毛病。”

江沼起初还没听明白，然而陈温的两道目光落在了她脸上，平平淡淡，却带着某种不言而喻的审视，似乎看破了一切，不戳穿她而已。

江沼突然周身一凉，和太子四目相对，她轻声问他："殿下是觉得我……"江沼突然又沉默了，没往下再说。

眼前飞舞的雪花，犹如不透风的柳絮，全都堵在了她的心口上，江沼张了张嘴，吸了一口气，到底是无话可说。

并非她说谎，是前阵子舅舅亲自送来信，信中确实提到了外祖母的风湿病。而最让她难以反驳的是，她的确不是因外祖母身子抱恙而去的芙蓉城。为何而去，所有人都知道，连林家那两个远房亲戚都知道，她是被他退婚，怕丢人特意去芙蓉城避风头。他陈温却不知。

江沼不太喜欢夜里出来，上回在万寿观出来见陈温，冻得她手脚发凉，这会子也觉得冷，江沼正欲辞别回房去，陈温突然从袖筒中递过来了一个木匣："拿着。"

江沼没动，疑惑地看着他，陈温又往前递了递，江沼才接了过来。她轻轻打开木匣，里头是一根簪子，和被林姑娘摔碎的那根很像，连成色都一样。江沼的手脚越发冰凉，眸子猛地一颤，突然有股冲动，想转身就走，不想去听陈温接下来的话。

她太了解陈温。十年来，她知道他喜欢吃什么，不喜欢吃什么，也对他所有的习惯了如指掌，知道他有轻微的洁癖，旁人给他夹的菜，他从不会动。即便那双筷子从没用过，是以，她从来都不敢替他夹菜。也知道他开始说教前，习惯将手背在身后，目光灼灼地盯着对方。就似当下这番模样。陈温的声音并不严厉，很轻、很温和，更像是哄她："一根簪子，你要是想要，同孤说一声，来东宫里取便是，用不着要去同人动手。"

江沼已经有了心理准备，明知道他说不出什么好话来，但还是很痛。字字如利刃一般剜了心，戳在了她还未愈合的伤口上。

江沼一时脸色发白，朱唇微张，犹如缺了水的鱼儿，下巴轻仰着头，猛地吸了几口凉凉的风。

身后素云手里的灯笼没有握稳，“啪嗒”一声落在雪地里灭了。

“殿下……”素云声音有些颤抖。

江沼知道她要说什么，但没让她继续往下说，而是十指轻轻一扣，盖上了匣子，露出一抹微笑，定定地看着陈温：“殿下说得对，臣女若是想要了，殿下又怎会舍得不给呢。”

如此一想，他对她也挺好。至少她要什么东西，他从未吝啬过，他也曾护过她，替她保护过那根簪子。是她不该生了贪念，从一开始她就不该去想。

“这簪子，我很喜欢。”江沼捏着匣子的边缘，指甲发白，脸上的笑容绚烂，双眸紧紧地盯着眼前这个她喜欢了十年的人，轻声地询问他，“待他日臣女遇上了林姑娘，再好生去同她道歉，可行？”

冷风刮过，将她的声音吹散，又缥缈地回荡在耳畔。

江沼没再看陈温，心里实则并不想要他的回答，她怕疼，她望了一眼夜空中的飞雪，轻轻地滚动了一下喉咙说道：“臣女有些累了，想回去歇息，愿殿下明日一路顺遂。”江沼对着陈温福了福身，起身越过了他。

飞雪迎面扑来，江沼伸手紧了紧斗篷，将自己捂得更严实了些，灯火的光晕照进她的双瞳，有盈盈水光闪动，冷艳的脸庞上依旧洁净干爽。

屋里的东西，素云早已经收拾妥当。江沼坐在桌旁的圆凳上，坐得端正，安安静静地等着夜色沉下。窗外的灯火，一盏一盏地熄灭，直到最后陷入了黑暗。

后半夜时素云说时辰到了，江沼才起身。手上那根簪子一直被她捏在手里，捏在现在，掌心刚愈合的细碎伤口，已经渗出了血迹。江沼没拿走那匣子，将其放在了桌上。

半夜的雪路并不好走，只有一盏微弱的灯火，江沼的脚步却没有慢下来半分。大雪停了一夜，山城脚下的官道上，张叔和江家的下人已经候着了。

等江沼上了马车，便问张叔前头的路如何，张叔说："姑娘放心，奴才探过了，前面的这段路好走。"

"那便出发吧。"江沼吩咐了一声。

大半夜官道上的一串灯火静悄悄地离开了山道，往芙蓉城驶去。离那人的距离越远，江沼的心里就越是舒坦。天色泛青时，江沼躺在马车上，才终于安心地睡了过去。

清晨时分，严青进来禀报，说黔州陆续有百姓抢夺灾粮。

黔州本次并未遭受雪灾，但去年发了一场瘟疫，收成严重受了影响，在知道江城有朝廷运来的灾粮后，不断有流民涌入。

陈温刚起来，挽袖净了手，才回复严青："食不果腹者，皆为灾民，老弱妇孺照人头发放钱粮，年轻的壮丁按劳力计算给予报酬，此次雪灾正缺人手，刚好能用上。"

严青领命退下，交代完底下的官员再回来时，便发现江家的人皆不见了踪影。今日太子出发去芙蓉城赈灾，昨夜个个都睡了个好觉，谁知道江家人竟然就半夜走了。陈温初听严青说完，还以为自己听岔了，看到严青的表情后，才沉了脸。昨夜他特意去找了她，她倒是应承得好。

"昨日夜里，码头没有船出去，江姑娘想必是已经去了芙蓉城。"

陈温的脸色越发阴沉，他竟不知她何时学会撒谎了，昨夜她应承时的态度乖巧，原是在同他打太极。还敢连夜赶路，她是不知何为危险。

严青说完又将一个木匣子交给了他："属下去找江姑娘时，见屋里的桌上放着这匣子，想必是走得匆忙，忘记了带。"

那木匣子里正是昨夜陈温送给她的玉簪，不过一个晚上，陈温怎可能认不出来。他的眉头拧住，从严青手里接了过来，揭开盖子，簪子果然还在。陈温的神色突然很难看，"啪"的一声合上了。严青还是头一回见殿下神色失常。

"去追。"陈温只说了这一句，也没说追上了该如何。

严青走后，陈温的目光再次落在那匣子上，眸子突然顿住，又将那匣子仔细地瞧了一番。檀木上那几个小黑点，是血迹。

巳时，严青回来了。陈温已经出了客栈，在城门口整装待发，头顶上的一道暖阳落下，飘了十余日的大雪，终于歇停了。

“属下没能拦住江姑娘。”严青低首复命。

陈温起身走到外面，神色已不似早晨那般波动，沉稳中透着冷淡。严青离开不久，陈温便冷静了下来，此时也并没觉得诧异。既能存心半夜溜走，路上岂能耽搁，她是铁了心地要赶去芙蓉城，不过是白费了他一番口舌。陈温伸手理了理袖口，翻身上了马。赈灾的物资已经装好了，马车列在了身后，等着陈温的指令。

“你先行一步，护江姑娘安全抵达芙蓉城。”陈温上了马才对严青说道。

严青站在原地没动。

陈温又多加了一句：“留意江姑娘有没有哪里受伤。”

那簪子是昨儿他特意买来送她，本欲体谅她这一趟来得不容易，也料准了她会喜欢。她却闹了脾气，直接留在了客栈，木匣子在交给她之前，并没有半点儿污渍，虽不确定那上面沾着的几点血污，是不是她留下的，但也有这个可能。

陈温此次最终的目的地虽是芙蓉城，但沿途有灾情的几个地方，他都会耽搁，无暇去追江沼。为了去芙蓉城，她学会了口是心非，学会了撒谎，还学会了如何敷衍他。

能下得了这番功夫，即便是追上了，他还能将她硬生生地拽回去不成？陈温吩咐完，拉紧了缰绳，正欲前行，才发现严青立在那里，低着头没有动。

陈温的目光扫了过去，严青的头低得更厉害：“江姑娘还有话带给殿下。”

严青追上去时，江沼已经出了江城。一路都很顺遂，直到严青骑马跟在江沼的马车旁，叫了一声“江姑娘”。

江沼虽知道陈温不会高兴，也知道他会派人追，但没想到会追这么远的路。江沼下了马车，浅粉色的纱帽遮至肩头，里面的脸若隐若现。

阳光照在雪地上，亮得刺眼，严青立在五步外，微微弯腰。来时陈温只让严青追，他走得急，没来得及问追上了又该如何。严青便照着殿下当时的神情，自个儿发挥：“江姑娘，殿下担心你，还是回吧。”

轻纱底下的那张脸没有一丝动容，声音也很平静，轻轻地问严青：“我为何非得要回？”

这话问住了严青，他也不知道。

江沼又说，劳烦严大人，给殿下带个话：“臣女当真无意纠缠殿下。”不管他信与不信，她保证，她不会去找他。

江沼的声音清透，很干净，却不再掺有半点儿感情：“殿下是太子，当操心天下百姓，臣女身为江家之女，自会懂得这点，臣女再不懂事，也不会耽误殿下。”

——也不需要。

江沼抬头隔着面纱看向了严青，缓缓地说道：“殿下就当作从未见过臣女。”江沼转过身上了马车，严青没再跟上。

严青将江沼的话，一字不差地带给了陈温。陈温的胳膊肘放在马背上，身子微倾，仔细地听完严青说的每一个字之后，昨夜心头的那股异样突然又蹿了上来。

陈温皱了眉头，突然就想起了一些事。那年江家二爷和二夫人还未离世，江沼来凤阳宫做客，躲在了银杏树下，偷吃炸鱼干，被他撞了个正着，她便将手里的东西递给了他：“我分给你一些，哥哥就当没看到我。”

又是一年夏天，她脱了鞋袜，赤脚踩进东宫后院的冷泉小溪里嬉戏，撞见了周顺，她递给了他二两银子：“周总管收好，今儿就当没见过我。”

然而她并不知道他就在周顺身后不远处，该看到的都看到了，如今再听到她说这话，陈温突然就有些烦躁。

严青还在等着他的回复，是追还是不追。

“既然碰见了，便不能不管。”前两回他依了她，这回，他不能再当没看到，这同她要不要缠着他并没有什么关系。

傍晚时，江沼歇在了驿站。

昨日连夜赶路，江沼早早地就让张叔一行人去歇息，下雪天再加上年关，驿站的人并不多。此时天边还余一幕蓝，江沼撑开了房里的百格窗。

大雪天，人坐在屋里时便觉得外头定是冻人得很，殊不知人一旦走在路上，心境开阔了，不但没觉得冷，反而越发松快。

江沼倚在窗户前，任由凉风拂面，客栈的院子里栽了几株红梅，映着白雪，分外精神。江沼斜着身子，神情散漫，几缕散落的发丝随风拂面，美得出尘脱俗，周身都散发出了惊艳。

底下突然响起了一阵动静，随后进来了几人。余晖洒在那人身上，白月色的袍子，品貌非凡，气质高贵，神色中又带了几丝放荡不羁。

江沼望过去，阁楼的厢房边上挂满了红灯笼，同样也映出了江沼的脸。那人不经意地抬头，和江沼四目相对，停了几息。

“啪”的一声，江沼关了窗户。江沼一阵心惊，她竟从那人身上瞧出了陈温的影子。

阁楼底下那公子的目光却没能收回去，痴傻地愣了好一阵，才僵硬地回头，问向跟在他身后的侍卫：“你刚才说什么？”

“属下说，王公子前日去了一趟百花楼，说是对秦姑娘一见钟情。”

公子的一双眼睛里突然透出了光彩——对，就是一见钟情。

“王爷，太子已经从江城出发，可不能再耽搁了。”身后的老臣看不下去，出声催道。

那公子正是瑞王陈誉，老臣的语气里颇有些恨铁不成钢，芙蓉城是王爷的封地，出了灾情，理应王爷来应对才对。王爷竟然一封折子直接将太子叫了过来，说他没那个本事，谁信？

刚到芙蓉城时，满城土匪横行，乱得跟战场似的，瑞王花了两个月不到的时间，便恢复了芙蓉城里的太平，硬是让土匪头子跪在他面前喊爷。他也曾为了吃上江陵的桃，费尽心思地让人从江陵挖了桃树，连带着江陵的土一块儿运到了他的封地。

他什么办法想不到？一场雪灾他要是上心，岂能搞不定，不过就是想赖着太子殿下，自个儿过他的潇洒日子。瑞王被念叨得不耐烦，转过身前又看了一眼那窗口，走出去后，又附耳对刚才那侍卫说道："替本王盯着，本王回来要看到美人儿。"

老臣的脸都绿了，叹了一口长气，直摇头。

晚饭时，张叔进来敲门，说天气凉，刘嫂子炖了羊肉汤锅，姑娘要是想下楼，就去楼下吃一口热乎的，怕端上来凉了不说，屋里的味道还散不出去。驿站没什么人，大雪天物资紧缺，食材也缺，出发前，二姑娘江燃补给江沼的那一辆马车，算是派上了用场。江沼下了楼，刚到大堂，便在门口看到了那日在江陵码头替江家出气的宁公子。素云一眼就认出了他，江沼还是头一回见到人。

那几日宁公子虽与江沼同乘一条船，奈何江沼晕船，一直卧床不起，并未碰面，下船后又撞见了陈温，若不是此时相遇，素云唤了那公子，江沼都忘记了这人。

"江姑娘。"宁公子对着江沼拱手作了揖，"那日的借船之恩，在下还未曾向姑娘当面道谢，是在下失礼。"

江沼说："不必客气，公子为江家说话，我也还未曾言谢呢。"

寒暄了几句，宁公子突然说道："沈府老夫人若是见到姑娘，想必定会开心。"

江沼愣了愣："公子认得外祖母？"

宁公子点了点头："早前去沈府做客时，听老夫人提起过姑娘，在下听得出来，语气中甚是挂记姑娘。"

江沼问他："公子是？"

宁公子双手搭在身前，面带微笑地说道："沈家三娘子是在下的母亲，沈家老夫人也正是在下的外祖母。"

江沼惊愕地看着他，叫了一声："表哥？"

"时隔多年，没承想表妹竟认不出我了。"

时隔多年，实则已隔了将近十年。江二夫人死后，江沼就再也没有去过芙蓉城。

沈老夫人跟前共有三位公子、四位姑娘，宁公子的娘亲在姑娘中排行第三，江沼的母亲是沈老夫人的幺女。两人上回见面，还是沈老夫人过寿，江二夫人带江沼回芙蓉城时。

十年的时间，毛头小子长成了眉清目秀的小伙儿，小丫头也长成了令人瞩目的大姑娘。江沼没认出来，倒也在情理之中。

如今再细看，宁公子眉宇之间，确实有几分沈家人的影子。江沼想了一阵，总算记起了他的名字——宁庭安。

庭安——门庭永远安宁。

江沼问宁庭安，怎去了江陵，也没提前来江家报个信。宁庭安笑了笑，简单地答了一句"是为公事"便没再多提。江沼又问了一些沈老夫人的近况，宁庭安都一一回答了她。

最后江沼问："大舅舅前些日子也去了江城？"她还是从陈温那里听来的消息。

宁庭安点了点头："雪灾后，大舅便调去了江城负责疏通航运，表妹来得不巧，到的那日，大舅已提前回了芙蓉城，表妹若是想见，到了芙蓉城，便能见到。"

"好。"

"明日同行，表妹可介意？"宁庭安立在她跟前，偏着头微笑地询问她。

江沼抬头弯起了唇角："表哥不嫌我拖了后腿就好。"

宁庭安又嘱咐她一声早些歇息，便先上了楼，却没回自己的房间，而是绕了一圈之后，从另一边的楼梯下来，走到了大厅后门，站在了一名侍卫的身后。

宁庭安拍了拍他的肩膀。那侍卫得了瑞王的吩咐，一直蹲在暗中盯着江沼，突然被人拍了一巴掌，虎着脸回了头，见到来人是宁庭安后，心头一松，拱手唤了一声："宁师爷。"

宁庭安是瑞王府上的师爷，当年硬是凭着一张嘴，将一群不务正业的流氓说得痛哭流涕，因此被瑞王收在身边，备受器重。

今日这名侍卫当年也曾是流氓中的一个，被收进官府后，对宁庭安尊敬有加，感恩戴德，若不是当初得了宁师爷的开导，他还不知道会犯下多少罪孽。

侍卫适才见到了里头的情况，好奇地问宁庭安："属下瞧着师爷同那姑娘说上了话，师爷是认识那姑娘？"

宁庭安没答，对他偏头示意："下去吧。"

侍卫挠了挠头为难地说道："是王爷吩咐属下要盯着这姑娘。"

宁庭安闷声笑了一下："前些日子他还让你去盯了百花楼的秦姑娘呢，如今他可还记得？"

侍卫愣了愣。也是，他今儿同王爷禀报时，王爷压根儿就不感兴趣，似乎早就忘记了当初自个儿吩咐了什么。

"后院老八组了酒局。"宁庭安又说了一句。

那侍卫彻底没了主见，对宁庭安抱拳说了声："多谢师爷。"一面往后院匆匆赶去，一面恨声骂道，"这兔崽子，竟敢背着爷喝酒。"

宁庭安站在了适才侍卫的位置，看了一眼屋内的姑娘，才转身折回了房间。

十年了，表妹越发像四姨母。

楼阶下的一堆积雪，淹没了几段台阶，宁庭安踩在上面，走得很慢，似是走了神。

陈温两日后遇到了瑞王。

瑞王从外进来，陈温的眼睛就盯在他健步如飞的腿上。

待瑞王唤了一声“皇兄”，坐在了陈温身旁，陈温便淡淡地问他：“不是说腿断了吗？”

瑞王摸了摸鼻子，纠正了他：“是受了点儿伤，没断。”

十四岁时，瑞王就来了封地。如今过了四年，还是走之前的野性子，一点儿都没变。

陈温瞥了他一眼，将赈灾物资的清单搁在了他跟前：“此趟我待不了多久，年前得赶回江陵。”

瑞王有些意外：“年后不行？”瑞王从小就喜欢跟着陈温，许是大了他两岁的缘故，对其格外崇拜和依赖。

“不行。”陈温的回答很干脆。

瑞王顿时蔫了，过了好半晌才想起来，猛地拍了下大腿说道：“瞧我这记性，怎就忘了皇兄翻过年要娶嫂子。”

翻了年陈温就整整二十一岁，弱冠之年一过，必须成亲。这是当年父皇和母后给他俩定的期限。

瑞王突然想起了江家的那位小姑娘，样子已经记不起来：“我倒是好久都没见到江家姑娘了，只记得以前她小小个，总喜欢跟在皇兄身后。”瑞王见陈温的脸色平常，并没有什么喜悦之色，便开解道，“皇兄也无须再拖，江姑娘可是父皇母后钦定的太子妃，早晚都得娶。”

瑞王颇有些置身事外的潇洒恣意。好在他岁数没到，还有几年。除了二十一岁必须娶妻之外，母后还有个规定，三十岁之前不得纳妾。独守一株牡丹，放弃整片野花这事，对他来说，有些难。瑞王眼前突然就出现了前两日在驿站阁楼上，瞧见的那张惊艳面孔。

——难。他得先找到那美人儿再说。

“过几日便能见到。”陈温抿了一口热茶突然说道。

瑞王愣住。

“她到了芙蓉城沈家。”陈温还是头一回同瑞王谈起一个女人。

瑞王这才反应过来，震惊地说道：“嫂子也来了芙蓉城？还真是半步都离不得。”

陈温没什么表情，也没再搭理他。

两人一路赈灾，回到芙蓉城，已是五日之后。

虽遭了雪灾，但夜里的芙蓉城依旧繁华。经过闹市时，瑞王下了马，让陈温稍候一阵。陈温亲眼见他进了胭脂铺子，便懒得再看，往前走了一段，目光突然就落在了跟前的摊位上。一排女子的发带，风拂过，轻轻扬起又落下。陈温迟疑了一瞬还是翻身下了马。

他曾经见过一回。她一头素发上就绑了这么一根带子——还挺好看。

待瑞王出来，陈温已经在前头候了一阵。

“皇兄不给嫂子带点儿东西？”瑞王问他。

陈温瞥了一眼他揣进怀里的盒子，反问了一句：“哪家姑娘？”

瑞王抬头说：“不知。”陈温正欲开口，瑞王又凑了过来，“前几日我见到了一位美人儿。”

陈温没什么兴趣，双脚夹了一下马肚，与他保持了距离。到了瑞王府门前，宁庭安带着一帮臣子迎了出来。众人对陈温行过礼后，便说起了灾情。瑞王心思不在这里，四处寻找那日的侍卫。

待夜色深沉，臣子退去后，瑞王同陈温闲聊时，才将那侍卫叫到跟前来：“可替本王守住了那姑娘？”

侍卫一脸错愕，求救地看着宁庭安。宁庭安倒也没躲，上前一步替那侍卫回答了：“姑娘已经回了府。”

瑞王顾不得问这事为何宁庭安知道：“是哪个府邸？可有问到姓名？”

宁庭安答：“沈府，姓江。”

瑞王起初还挺满意宁庭安的办事能力，后一思索，便觉得不对，沈府的人，怎就姓江了？且沈府的几位姑娘他见过，那姑娘绝不是沈家女。

能住进驿站，八成也不是芙蓉城的人。怕不是沈家的外亲。

“还有呢，还打听到了什么？”瑞王又问。

宁庭安看了一眼瑞王身旁的陈温，垂首说道：“姑娘名叫江沼。”

瑞王仍没觉得异常，揉了揉眉心说道：“这名字听着耳熟。”

若瑞王能稍微动脑子想想，也能想出来那姑娘是谁。从外地来，不是芙蓉城人，又姓江还去了沈家，况且在这之前陈温已告诉了他，他未来的皇嫂已经来了芙蓉城。瑞王没想到这点，是因心头将两者撇得太远。

见瑞王的目光还在自己身上，宁庭安脊梁骨一直，颇有些无语，就差直接对他说：“那是你哥还未娶进门的嫂子。”

瑞王没意识到，陈温却早听了出来。在宁庭安说沈府、江家时，陈温的目光就落在了宁庭安身上。昏暗的光线下眸子里的锐利依旧不减，神色看似很淡，却似是能将人看个对穿。

瑞王身边的师爷，陈温早就有了耳闻。宁庭安，沈老夫人的外孙，宁家长子，天资聪颖，才高八斗，又是隐退多年王阁老的得意门生，名师出高徒，宁庭安有一张三寸不烂之舌倒也不足为奇。

陈温的目光扫过来时，宁庭安将头垂得很低，并没有迎上。见宁庭安不再出声，瑞王更是狐疑，还欲再刨根问底，陈温便转过头，同他说了一句：“这几年来，看来你过得甚是惬意。”

瑞王刚将头转过去，便见陈温脸色冷冽：“再过两年，你怕是连孤也不认得。”

瑞王愣住的工夫，陈温已经走了出去，出去之前吩咐了宁庭安一声，让他待会儿将芙蓉城受灾的详情报上来。

陈温走后，宁庭安实在看不下去，这才提醒了瑞王一句：“江沼姑娘，是江陵江家的四姑娘。”

瑞王终于反应了过来，表情从震惊到难以置信：“你是说她是我嫂子？”

宁庭安点头。

瑞王周身的力气瞬间被抽了个精光，过了半晌，不死心地问："你是不是弄错了人？"

他虽记不得嫂子的模样，可他记得，江家嫂子几乎回回都是低着头跟在皇兄身后，同那日他看到的那张冷艳面孔，绝非一人。

宁庭安却不再回答，沉默地站在跟前，但脸上的表情已经很明白地告诉了瑞王——别再自欺欺人。

陈温回房刚洗漱完，宁庭安便抱着一堆灾情的折子过来敲了门。陈温斜靠在榻上翻看。

宁庭安立在他跟前，随时候命。

陈温翻了一阵，也没抬头，很随意地问了一句宁庭安："师爷的外家也是沈家？"

宁庭安微微垂首，知道他想问什么："正是，江姑娘正是下官的表妹。"

陈温这才抬起头看他，从他适才回答瑞王的几句话中，陈温便知，此人心思极为缜密，也很有眼色。

后面的话也不待陈温问，宁庭安都主动说了："下官从江陵回来，巧合之下搭了江姑娘的船，不过江姑娘并没有认出下官，在驿站时下官便表明了身份，并将江姑娘平安地送到了沈府。"

陈温要问的，让他一句话全都交代了，便没再问，视线又放在了折子上。瞧了一会儿，陈温的眉头皱了起来，将手里的折子递给了宁庭安："这些折子师爷可曾事先过目？"

宁庭安回答："下官都有仔细看过。"

陈温瞥了他一眼："既仔细看过，受灾的补给钱粮怎可按户头来算。"

门户有小有大，少的人家只有两口人，多的人家则有十几口人。这等简单的错误，不该出现在宁庭安身上。

宁庭安立马将折子接了过来，展开去看，看完后便后退了两步，弯身对陈温作揖道：“是下官愚昧。”

陈温等着他解释，宁庭安却没有，而是面含微笑地奉承了起来：“还是太子殿下英明，既能心怀百姓，还有一双火眼金睛，任何事情都逃不过殿下的法眼。”宁庭安一脸崇拜地看着陈温，狗腿模样当真是做足了，说完似乎还没过瘾，又接着说道，“下官虽身在芙蓉城，却也听说了早前的吴国使节之事，殿下从使节的两句话中便能识出真假，断定吴国使诈，这等辨别人心、辨别是非的本事，谁不称赞，谁不……”

“师爷。”陈温出声打断了他。

看着他的目光渐深，宁庭安终于闭了嘴，面色一诧，才意识到自己失言了，却又丝毫不慌，很镇定地向陈温请罪：“下官一时情绪激扬，还请太子殿下见谅。殿下劳累了一日，早些歇息为好，下官就不打扰了。”

陈温一直盯着他，偏生宁庭安就是不看他的眼睛。

直到退出了陈温的房间，宁庭安才挺直了脊背，一脸的肃然。从今日太子的态度，他便知，太子似乎不知退婚的传言，也压根儿没在意自己说过退婚。宁庭安并没告诉他，最后不过只是借着灾情的折子，出了一口气。

一双火眼金睛，能辨得了奸恶，却看不清人。

——眼睛大抵是瞎了。

第二章 一别两宽

江沼两日前到的沈家。到沈家的那一日，沈老夫人亲自到了府门口去迎接。江沼从马车上一下来，便见雪地里足足站了十余人，个个面带着笑容，嬉笑声不断。

除了沈老夫人和几位长辈，其他的小辈是谁，江沼几乎都认不出来。江沼到了沈老夫人跟前，乖巧地唤了一声："外祖母。"

"快进去吧。"沈老夫人紧紧地捏着她的手，牵着她往屋里走。

身后沈三姑娘偷瞄了江沼一眼，低头用绢帕捂住了嘴，轻声说了一句："表妹生得真好看。"

这话落进了所有人的耳朵，三姑娘的生母周姨娘便跟着附和："可不是吗，跟画上的仙女一个样。"

嫡出的二姑娘沈桐回头看了两人一眼，笑着说道："表妹这才刚进门，亏得你们七嘴八舌地夸，表妹怕是连咱们是谁都分不清。"江沼的窘迫之色还未露出来，二姑娘沈桐往前走了两步，站在她身侧，替她介绍了起来，"适才夸表妹长得好看的，是沈家三姑娘沈霜。"说完又引着江沼往左后方瞧去，目光定在了大姑娘沈冰身上说道，"这是大表姐沈冰。”最后才介绍了自个儿，“我单名一个桐字，长表妹两个月，表妹当称我一声二表姐。”

这一来，沈家同辈的三位姑娘，江沼便记清了。她感激地看着沈桐说道：“多谢二姐姐。”

几个哥儿见了，也都相互表明了身份，一大家子往沈老夫人的屋里一坐，屋子里顿时热闹了起来。沈老夫人问江沼路上可好走，江沼说都好。

众人轮流问候完，到了三小姐沈霜那里，她却问了一句：“临近年关，雪路可不好走，表妹这趟过来，不知是为了何事？”

江沼还未答，沈老夫人一个刀眼瞪了过去：“怎的？就不能过来看我这个老婆子了？”

沈霜见失了言，忙地赔了礼：“瞧我这嘴，笨得很。”

众人散去后，屋里只剩下江沼一人时，沈老夫人才仔细地将她从头到脚瞧了一番，瞧完眼里便溢出了泪花，长得和她娘一模一样。

“姑娘心里苦，外祖母都知道，姑娘若当真能放得下，外祖母倒是觉得，咱们也不稀罕这门亲事。”

这天下，唯独就她江家和沈家能挺直腰杆子说上一句，不欠他皇家，亦不欠世人。婚事退了便退了，若是过得不舒坦，也不一定就非得去贪这份虚荣。

嬷嬷替江沼重新换了一盏茶搁在她手上，江沼盯着茶盖上红彤彤的几颗山楂，眼睛轻轻眨了几下，对着沈老夫人点了头。

沈老夫人对她这番模样尤其熟悉，不免心口一阵刺痛，九分像的一张脸看着是安慰，可又担忧两人太过于相像，到头来，同她那娘一个样，也是个苦命的。

“我让人将竹苑腾了出来，你安心地住着，想住多久便住多久。”

竹苑是江沼母亲当姑娘时住过的院子，江沼母亲出嫁之后，一直都空着，沈老夫人每日派人打扫，却从不安排人住进去。

直到江沼这回过来。从得了信，沈老夫人就开始安排人去竹苑打扫、熏香，江沼到的当日，才让人重新换了床帐，铺了崭新的锦缎云丝被。沉寂了好些年的院子，近几日就似活过来了一般。

江沼担心沈老夫人腿上的毛病，沈老夫人说换季的时候疼上一阵，过了就好了，顺便又问了一句："这些年医术可有长进？"

江沼摇头："医自己倒还行。"

沈老夫人却说道："足够了。"

江沼在沈老夫人的屋子里坐到天色擦黑，沈老夫人才差了身边嬷嬷，将她送到了竹苑。

江沼对这院子并不熟悉，却有种说不出的亲近，大抵是因为那片竹林。

在江沼母亲死的那年，竹林一夜凋零，后来沈老夫人舍不得就此荒了，又让人重新种了一片。如今竹子高过院墙，倚着瓦片，风起时几声簌簌。

屋里的灯火早就添置好了，从远处就能看到一片昏黄的暖光。进了屋里，一股暖意迎面扑来，烘得江沼恍了神。素云替她解了身上的大氅，江沼挨着火盆边的榻上坐下，盆里的银骨炭烧得正旺，江沼轻轻地吐了一口气，路上奔波了大半月，此刻才终于松懈了下来。

"姑娘瞧瞧，若还需要些什么，尽管来找我。"屋外嬷嬷正拉着素云说话，素云感谢了一番，把人送了出去。回来时，便见江沼已经起了身，立在屋里的一幅丹青前，出了神。

画上的姑娘正是江沼的母亲——沈烟冉。

丹青旁提了一行字：画屏天畔，梦回依约，十洲云水。手捻红笺寄人书，写无限，伤春事。

岁月蹉跎，后来的沈烟冉眼里一片死灰，却也磨灭不了曾经的伤春怀人，亲手一笔一画添上了这些字。素云立在她身后没出声。

江沼瞧了一阵，却突然开口说道："取下来吧。"

初进屋子时江沼还觉得暖和，久了便觉得闷沉，小腿往后一弯，熟练地褪了一双鞋袜。

“小姐，地上凉。”就江沼爱打赤脚这事，素云曾叨过无数回，也没见她家小姐听过。

无论是什么季节，江沼只要心口发闷，都喜欢光脚踩在地上，脚底下的凉意蹿上来，才觉得气顺了些。

江沼最后再看了一眼那画上的人。画上的人还在世时，她曾对着她决绝离去的背影说道：“我绝不会成为你。”

如今她更加坚定，她绝不会成为第二个沈烟冉。人死了也并非都是坏处，起码活着的人都会念及她已入土为安，不便再提起她活着时候的痛苦心酸。一对怨偶，也自然而然地变成了一段佳话。没有人会不在乎，一向不争不抢的沈烟冉也一样。

江沼亲耳听她质问父亲：“将军说沼姐儿是个意外，那焕哥儿呢？”

在她去围城的那一日，江沼想不明白，母亲为何要抛弃了她和弟弟，长大之后知道了何为喜欢，就更是想不明白。母亲早就知道父亲心里的人并不是她，也明知道自己那一趟去了便再也回不来，但她还是去了。在自己的孩子和一个不爱她的丈夫之间，她选择了后者。

站在女儿的立场，母亲救父亲，她能理解。但站在沈烟冉的立场，为不爱自己的人送命，她无法理解。是以，她到现在也没有想明白当年她的义无反顾。

人人都说她像母亲，容貌像，性子也像。母亲活着时，江沼引以为荣。如今，她有了抵触的情绪。起码，她不会步她的后尘。她的喜欢，止步于独自相思。若非两情相悦，她便不喜欢了。

素云曾以为江沼在乎的是那根簪子。其实非也。她在乎的是，他心里没有她。被她视为最刻骨铭心的那段相遇，在他眼里，早已成过往云烟，没留下任何痕迹。

待素云将丹青取下来后，却没想到那面光秃秃的墙上居然有一个暗阁，暗阁里躺着一只木匣子。两人面面相觑，素云问：“小姐要取出来吗？”

这屋子是江沼母亲的，那暗阁里的东西，自然也是她藏着的。江沼点了头，既无意瞧见，便想知道里头是什么东西。

素云取了出来，是只漆木匣子，上头落满了灰尘，已瞧不出原本的颜色。素云拿了帕子擦拭干净后，交到了江沼手里，才发现匣子上了锁。

“赶明儿还是问问外祖母。”江沼瞧了一眼那铜锁，只能作罢。

这一折腾，墙上便突然多出来一个窟窿眼，江沼又让素云将那幅丹青挂了回去。

睡前素云替江沼掖被角的时候，轻轻地说道：“小姐可知，严青跟了咱们一路？”

江沼“嗯”了一声，缓缓地合上眼睛，没再多说一个字。

落雪不冷，化雪冷。第二日晨起，外头积雪化成的水坑里，结了一层厚厚的冰。素云将手炉放在江沼的手上，抱着昨儿夜里发现的那漆木匣子，去沈老夫人屋里请安。

听江沼说完，沈老夫人也挺意外。那屋子自从江沼的娘出嫁之后，就没有人进过，更没有人碰过里头的东西。江沼昨夜误打误撞竟发现了这么个藏了十几年的东西。

沈老夫人岁数大了，好奇心并不重，人死如灯灭，留下来东西，又有何意义：“既然找到了，便是你们母女俩的缘分，改日让你姐姐们陪你去一趟铁匠铺，看能不能打得开。”沈老夫人说到这儿，倒是想起来一样东西，“我屋里还有你母亲留下的一把琵琶，我记得你也会弹，今儿你就带回去吧，省得留在我屋里长灰。”

江沼的琵琶是江二夫人教的。江二夫人生前除了倒腾她的草药外，唯一的兴趣就是弹琵琶。

有一回，江沼问她是不是很喜欢弹琵琶，江二夫人说，人这一生，总得给自己找个乐子。

江沼那时不懂这些道理，只知道好听，便央着母亲教了她，小时候经常弹。长大了倒很少弹了。偶尔奏上一曲，也是在夜深人静时。大抵也是不愿想起沈烟冉。

沈老夫人让嬷嬷将琵琶拿出来，并不见半点儿灰尘，保存得很好。沈家三位姑娘过来请安，正巧看见江沼手里的琵琶，回去之后便一窝蜂地拥进了竹苑："表妹就让咱跟着热闹一回呗。"

二姑娘是个性子活泼的，硬要江沼奏上几曲才罢休。一旦有了先例，可就不是一回能了事的了，连着几日，沈家的三位姑娘去老夫人屋里请完安，就直接上了竹苑。江沼今儿弹了一段《夕阳箫鼓》。琵琶声穿透竹林，雪地里寂静的庭院霎时余音绕梁。

外面下着雪，沈家的门庭却是热闹非凡。

前厅里坐着三位客人。太子陈温、瑞王陈誉，还有表公子宁庭安。大冷天的，沈家大爷的背后愣是出了一层薄汗，沈家世代行医，最大的官职，还是沈大爷的六品驾司部掌事，余下的皆为医官。宁庭安是表公子倒也罢了。沈家这样的小户，今儿竟来了太子和瑞王两尊神。

"太子殿下若是想要药材，派人传个话，下官给殿下送过去便是，怎敢让殿下亲自跑一趟。"

沈大爷话虽如此说，但大抵也知道什么原因。江家四姑娘前几日刚到沈家，沈家也就老夫人一人知道江沼为何会来芙蓉城，御赐的婚事，若要退婚，需得皇上亲口同意，并正式下退婚书。退婚书没下来，传言毕竟只是传言，知道的是少数。

沈家大爷给沈夫人使了个眼色，站在角落里的周姨娘却快了一步，赶紧让人去了竹苑。

"这可是琵琶声？"从门口进来，瑞王就听到了里头的一阵琵琶声。

"回王爷，正是。"

"不知奏曲的是沈家哪位姑娘？"瑞王又问。

瑞王是半道上才跟上的陈温，昨夜宿醉在外，今早回府，迎面便与陈温撞了个正着："皇兄去哪儿？"

陈温默了一会儿才淡淡地道："雪灾之后，城中已有不少百姓染了风寒之症，孤去一趟沈家，商议药材事宜。"

陈温不善说谎，也不善于隐藏心思，脸色虽淡然平静，但在说这话时，眼神并不坚定。数日过去，她既没来，他去关心一二，也在常理之中。瑞王的脸色明摆着不信他，陈温也没辩解。

瑞王却叫来了宁庭安，一同跟了上去："皇兄如此勤政爱民，臣弟惭愧，又岂能让皇兄一人前去。"

自从知道那日看上的姑娘，竟是未来的嫂子后，瑞王也只能认栽。比起沮丧，更多的是震惊。今日来沈家纯属好奇，想瞧瞧那位多年未见的嫂子。

经瑞王一提，几人微微凝神，琵琶声似乎更清晰了些。与刚才的曲子又不同，其声悠扬回荡，婉转起伏，几人的思绪竟不知不觉中被牵了进去，随着那调子越飘越远。

沈家大爷笑了笑，下意识地瞧了一眼陈温，才恭敬地回答瑞王："王爷不知，弹琵琶的是江陵江家的四姑娘，前几日过来芙蓉城探望家母。"

瑞王面露讶异之色，扭头去看陈温。陈温眸子里闪过一抹同样的讶异，不过转瞬即逝，瑞王望过来时，已了无痕迹。

"皇兄，没想到嫂子还会奏琵琶。"

陈温搁下茶杯起身，负手立在廊前，赏起了庭院里的雪景，耳畔的琵琶声却陡然停下，消失得无影无踪。

不待多时，远处竹林里传来了几串笑声，如银铃一般悦耳。周姨娘的人先一步到了竹苑，依照适才周姨娘附耳对她说的话，原原本本地传达给了屋里的几位姑娘："宁家的表公子过来了。"没提太子和王爷。

沈家的姑娘也就三姑娘没许亲，早前倒是也许了，可周姨娘瞧不上对方的门第，寻了个由头给退了。如今正上不得上，下不得下。今日府上突然来了太子和王爷，周姨娘岂能放过这千载难逢的机会。那泼天的富贵只要落在三姑娘身上，她这辈子也算是熬出头了。

周姨娘知道若让沈夫人派人去，必定只会让江沼一人来，说是表公子来，三位姑娘定会一同来凑个热闹。

沈家三位姑娘一听，果然便拉着江沼下了楼，二姑娘说："表妹怕是有好些年没见到宁表哥了，咱来打个赌，瞧瞧他能不能认出表妹来。"

沈家的姑娘们并不知江沼已与宁庭安打过照面，更不知两人还同了一段路。江沼没急着去解释，怕一开口一时半会儿说不完，便也由着她们牵着下了楼。

大雪之后放晴了几日，此时又开始飘起了雪，门前立着的人闻声抬头，便见几道靓丽的身影，罗裙点地踏着积雪款款而来。风拂过，衣袂微微飘荡。江沼梅红斗篷披身，手臂被二姑娘牵着，也不知道二姑娘说了些什么，江沼身子轻轻后仰，半低着头挨了过去，慵懒之中透着一股子妩媚。一颦一笑，天地万物均失了颜色。

有飞雪卷进竹帘，落在庭阶前的那双黑色筒靴上，一瞬便化了个干净。陈温很少去看江沼。更多的时候，是江沼的目光偷偷落在他身上。偶尔无意瞥见一眼，也只能瞧见她低垂的鬓角，和羞红的耳尖。陈温谈不上什么感觉，就似是太子之位，从他一出生，就注定了是他的，江沼也是如此。平平淡淡，犹如一杯清水，虽离不了，却不会有任何心跳悸动，更不会有当下这般愣怔之时。

陈温的一双黑眸退去了冷淡，目光落在了她身上，他一向冷静自持，此时却颇有些移不开眼。对面的人几声低语之后抬起了头，烂漫的笑容还挂在脸上，然而在瞧见庭阶上立着的那人时，就像落在身上的雪花，转瞬化尽，只余了一抹淡淡的冰凉。

陈温缓缓地走了过去，踩着积雪吱吱作响。

沈家的三位姑娘谁也没有料到，前厅里还有外男，均是一脸惊愕，既撞见了，便依照规矩行了礼。

"起。"陈温的声音醇厚。

话音刚落，沈家姑娘一一散尽，江沼的脚步动了动也想跟上去，但对面的那人却直直地立在她跟前。江沼的目光垂下，盯在他青色袍子下的靴尖上。

近了，陈温才看到她一贯披散的头发被编成了一条长辫，从肩头绕过，落在胸前，顶端系着一条艳红的丝带。那日他选的发带是浅粉，如今一瞧，大红倒是更配。

江陵一别，今儿两人还是头一回碰面。两人分别的方式并不是很愉快。但江沼没有打算去同他交代，为何要连夜离开，陈温也没问，她为何将那簪子放在了客栈。两人静静地站着。

一片雪在空中打着转儿，落在了她额前的发梢上，陈温往前挪了一步，刚伸出手，眼前的人却利落地转过头，避开了他的触碰。

陈温的手僵在半空，心头的异样比起前两回更明显了些，眼瞧着那雪花从她发梢上落下，粘在她洁净的脸上，融化后留下了一粒小小的水珠。

冰雪凉，江沼的眸色也很凉。顿了半晌，陈温收回手背于身后，开口问她："何时会弹琵琶？"

陈温从未主动去问过她什么，也从未了解过她。除了知道她是他的未婚妻之外，陈温对江沼的一切一概不知。若不是今儿无意听到琵琶声，他根本不知江沼会弹琵琶。他只知道她会煮茶，会煮药膳，会做各种花样的糕点。

往日从不在意的事情，陈温今日还是头一回去回忆，许是带着几分愧疚，目光不自觉地柔和了很多，然而对面的人脸上却明显没有了往日的光彩和娇羞。

江沼回答："回殿下，很久了。"

语气很生分，陈温听出来了，瞧向她的侧脸。往日他望着她时，能看到她的长睫不断地颤动，今日长睫下的眸子似乎特别平静，清清凉凉，不见半点儿波动。

陈温突觉得有些烦躁，从她脸上瞥开目光，又说道：“三日后，孤启程回江陵。”说完安静地等待对面人的反应，却只等到了一句“殿下路途顺遂”。陈温又将目光落回在了她脸上，跟前的人仍是半垂着头，面容和眼神依旧无任何波澜。

雪花落地无声，寂静的庭院亦是无声。江沼突然想起那一年，满地雪霜，她瞥见他的身影，抄了近路，跌跌撞撞地出现在他面前，假装不经意地撞见，微笑着唤了他一声殿下，他轻轻地“嗯”了一声，脚步没有半点儿放缓，连视线也未曾在她脸上停留。

江沼又觉得冷了起来，丝丝冰凉从指尖凉到了骨髓。江沼双手轻拢了一下斗篷，便听陈温问她：“你不回？”

江沼垂目默认。风吹过竹苑的竹林，有簌簌声，似是一阵急雨，陈温又道：“若是回，可与孤同路。”

待风停后，江沼对他福身：“多谢殿下，臣女不回。”

那低头垂目的乖巧模样，看似同之前一样，却又哪里不一样了。陈温久久地盯着她。

冰冷的雪地里，隐隐溢出了一抹草药的清香，很淡，如幽兰。陈温熟悉这个味道，但想不起来是何时开始氤氲在自己周围，只知道很久了。

冷风突然掀起了她的衣角，陈温瞧了一眼她紧紧握住的双手，白皙的肤色泛出了青紫，仿佛她身上的那冷意，也传了几分过来。陈温藏在身后的掌心握成了拳，这才退后了一步，没再问她，只低声说道：“外面凉，回屋吧。”

沾了雪水的青石板上留下一串浅浅的脚印。直到那双金丝线祥云纹的筒靴彻底地消失在视线里，江沼才抬起头，雪地里的青色背影渐渐远去，陈温没再进屋，径直出了沈家大门。

江沼轻轻地吐出一口长气。十年来，她竟也能学会拒绝，也并没有她想象中的那般难。

立在雪地里的梅红身影，那番侧目凝望，似回眸顾盼，又不带半点儿眷念，眸色流转之间，一张脸越发地冷艳迷人。竹帘后瑞王定了定神，周身似被施了魔咒，一时动弹不得，正盯得痴傻，跟前突然挡了一道人影。瑞王恼怒地抬头，便见宁庭安挺直了腰，一脸坦然地望了过来。那眼神就似那日宁庭安告诉他江沼是他嫂子时一模一样。

瑞王顿时如坐针毡，猛地站起来，几步走到门口，冷风一吹，才稍微醒过神来。江沼正好回过头来。两人的视线再次对了个正着。

江沼的神色有片刻的呆愣，随后忙低下头，对其福了福身，正欲掉转脚步，身后突然传来一声“嫂子”，让她停了下来。

适才的那一眼，江沼便觉得他有几分眼熟，再回忆才想起来，是那日在客栈无意撞见的人。那时她就从他身上看到了几分陈温的影子，如今又唤她嫂子，面前之人是谁并不难猜。

江沼再次颔首行了礼：“臣女见过王爷。”

江沼对瑞王的印象很淡薄，瑞王虽十四岁才离开江陵，江沼也曾多次入宫，可过去的十年里，她的眼里只有陈温，对瑞王的关注并不多。

“嫂嫂这回倒是认出本王来了。”瑞王走到她跟前，他比起陈温来矮了些，但仍高出江沼大半个头。

瑞王这般说，江沼便知上回在驿站里的那遥遥一望他也记得。

江沼唇角轻弯，脸上的神色并没有如瑞王那般热情，清清淡淡，也没去刻意纠正他的称呼，礼貌地说道：“那日是臣女眼拙，失礼之处，还望王爷见谅。”

江沼没再停留，说完就转过身，脚步匆匆往竹苑赶，斗篷内裙摆上绣着的那朵白色牡丹被荡起，如冰雪里的一株雪莲，洁白而孤傲。

当日三人离开后，沈老夫人就将沈大爷叫进了屋里。沈老夫人也没有转弯抹角，劈头一句：“我沈家的规矩你怕是忘了。”

今日周姨娘耍的那点儿小聪明岂能瞒过她的眼睛，沈老夫人气得不轻，沼姐儿千里迢迢赶来沈家，就为了避开太子，结果直接将人送到了太子眼皮子底下，怎可能不堵心。

沈大爷一出来就去找了沈夫人，他本欲让沈夫人单独知会江沼一声，谁知道四个姑娘一同下了楼。

“老爷训人之前，还是好好想想，这事谁能做得出来吧。”沈夫人也没有好脸色。

她的人才到半路，四个姑娘已经下了楼。大姑娘、二姑娘是许了亲事，三姑娘却还没有，沈家今儿来的是太子和王爷，这般赶过来，图的是什么，也不难猜。

“你的心是让猪油给糊住了？”沈老爷闯进周姨娘屋里，脸色乌黑。

周姨娘知道这事瞒不过，也不想瞒着，眼圈一红，倒先委屈上了：“妾还不是为了咱姑娘着想。”

沈大爷瞪了她一眼：“我跟你说过多少回，我沈家世代行医，不图那富贵，要真想图个什么，当年四妹妹的功劳就足够让我沈家一步登天，可娘拒了皇上的赏赐，只想在芙蓉城平平淡淡地过日子，你这又生的哪门子鬼主意？”

“平平淡淡”四个字，周姨娘这些年听腻了，人活一世，谁又不想出人头地，风光一把。周姨娘平时就嫌这一家子端着，虚伪得厉害，如今再听沈老爷一说，心头那口气就没有憋住，咬着牙说道：“那是娘不要，怨得着谁。”话音一落就挨了一巴掌。

之后三姑娘就被禁了足，江沼还是第二日听二姑娘说才知道的。

江沼去同沈老夫人请安时，沈老夫人想起了前几日江沼找出来的那个箱子：“今儿没那么冷，我让颂哥儿陪你去街上将那箱子开了。”

江沼说：“让三姐姐也一道吧，路上还能多个说话的人。”

沈老夫人看了她一眼，宠爱地说道：“你那心思玲珑得很，人人都说发丝儿细软的人，心也细，打小我就知道你性子软，心肠也善。”沈老夫人又想起了退婚的事，“既说了退婚，那退婚书也该下来了才是，可昨儿太子亲自来沈家这一趟，我倒是看不出来他是什么主意了。”

江沼低头没说话，沈老夫人瞧着心疼，便又握住了她的手，动了几分感情："等过了年，我同江家老夫人通个信，皇上不下退婚书，咱自个儿要去，这般吊着吃亏的可是你。等退婚书一下来，我便替你在芙蓉城寻门亲事，比起江陵，芙蓉城山清水秀，更适合你，横竖你江家大姐也嫁了过来，往后就算我撒手归了西，不论是沈家还是江家，你在这边都有人照应。"

江沼听沈老夫人说完，一头就钻进了她怀里，轻声地说道："外祖母别为我操心，我不苦的。"

苦日子都过完了。

用过早膳后，三姑娘沈霜就来了竹苑。来之前特意打扮了一番，从头到脚都是新的。金丝绣暗花长裙，丝绸绣花袄，外头一件拖地浅粉斗篷，白色狐狸毛镶边，里头用的是上好的蚕丝。素云的眼前一亮，一面领她进屋，一面夸道："三小姐今儿真好看。"

江沼还在收拾，来了芙蓉城之后，她便喜欢编辫子，发髻上只插了一根白玉簪，看似简单，可那白玉簪上镶嵌的蓝宝石价值连城。

"表妹这簪子真好看。"沈霜走到她身后，只觉得那宝石耀眼得很。

沈老夫人虽一生俭朴，但平时里对姑娘的吃穿并不苛刻，但比起江陵的江家，还是相差甚远。今日沈霜头上就一根素金钗。

江沼笑了笑，便从首饰盒子里挑了一根红宝石的簪子，转身让素云给沈霜戴上："送给三姐姐了。"

来沈家的那日，江沼已给过见面礼，沈家姑娘每人一只玉镯，送沈家哥儿的是玉佩挂件。

今儿又多给了三姑娘一支簪子，沈霜虽喜欢，但还是知道礼数，连连摆手说使不得："这可都是妹妹的东西，贵重着呢，姐姐哪里敢收。"

素云没听她的，直接给她插在了头上："三小姐戴着好看，就收了吧，小姐屋里还多着呢。"本是客套的一句话，全凭听的人如何去想。

沈霜微笑着谢过，面上也看不出什么来，只是后来再看那簪子时，便觉得没了刚才那般亮眼。

二少爷沈颂亲自驾的马车：“表妹很多年没来过芙蓉城了，今儿既然出来了，待会儿办完事，我便带你去逛逛。”

江沼说好：“多谢二表哥。”

马车驶出沈家，刚到街口，却渐渐地缓了下来，沈霜掀开帘子问沈颂：“怎么了？”

“太子殿下今儿在百寿堂施汤药，来的百姓太多，恐怕要耽搁一阵。”江沼凑了一颗脑袋出去，也想瞧瞧外面的情况，听了这话立马缩了回去。

马车内江沼脸才露出一角，又隐了回去，自个儿躲好了，却不知素云人还在马车外，她躲了也是白躲。

三姑娘回头瞧见她极欲躲藏的神色，忙地盖下了帘子，抿嘴笑了笑，当她是脸皮薄，也没出言去臊她。

谁都知道她是未来的太子妃。

雷都打不动。两人还一同来了芙蓉城，说是巧合谁又相信。沈霜突然羡慕起了江沼，羡慕她活出了一个姑娘最高贵的模样。唯一不足的是从小没了爹娘，思及此，沈霜又生了些怜悯：“表妹不用着急，路不远。”

过了百寿堂那段，后面的路很顺畅，沈颂将马车停在铁匠铺门口，进去探了一番，才出来接江沼。

不过半盏茶的工夫，那把铜锁就被铁匠撬开，江沼没急着打开，抱着匣子出来，直接上了马车。

二少爷便问她：“表妹可有想去的地方？”

江沼掀开车帘探出头，朝前头的街口望了一眼，一口气说出来好多个，都是姑娘家喜欢的，珠宝铺子，胭脂铺子，绢布铺子。

江陵，天子脚下规矩多，姑娘不如芙蓉城这边来去自由。自从江沼走出了困住自己的笼子，心头那被占据了十年的位置突然一空，余出了好大一块地儿，也有时间为自己着想了。

江家这些年圣眷正浓，从不缺钱。两条命的恩情难还。比起感情上的补偿，金钱的补偿要简单得多。皇家给得轻松，她花得也轻松。

沈霜这回才是真长了见识。铺子里的东西就似不要钱一般，只要是看上眼的，江沼就让包起来。沈霜哪里见过有人这么花银子的。

“表妹仔细着瞧，别买了回去又不喜欢，可就不值了。”

到了最后，沈霜在乎的不是江沼买了什么东西，而是心疼花了多少银子。

江沼笑了笑说高兴过便是值了。十年来，她头一回为了自己而活，为自己高兴，有何不值？

沈颂回来搬东西时，瞧见江沼怀里的绢布遮了她半边脸，一时也愣住，半开玩笑地说道：“不知道的，还以为是我沈家置办嫁妆呢。”

江沼“扑哧”一声，一弯笑容，梨涡浅现，如雪地里的一抹暖阳，明媚得让人移不开眼。身旁素云呆呆地看着她一阵，突然背过身将眼眶里泛出的泪抹了个干净。她不记得小姐有多久没笑过，只觉得此时那笑容虽美，却很陌生。

“表妹若是再买，我可就得回去重新牵一辆马车出来，要不咱换个地儿吧。”

沈颂说芙蓉城里的戏曲在陈国数一数二，来过芙蓉城的人，谁不去听一回，先不说曲儿好不好听，戏班子里那套变脸的戏法，就甚是有趣。

江沼便起了兴致，应了声：“成。”

大街上白茫茫一片，行人并不多，一进戏楼，人也不知是从哪里钻了出来，简直座无虚席。

二少爷托人订了楼上的雅座。两位姑娘戴好了纱帽跟在二少爷身后。落座后，江沼刚揭了纱帽前的白纱，突听身后有人唤了三姑娘沈霜一声。江沼跟着回头，见是两位姑娘。

沈霜忙地起身，对江沼说道：“表妹先坐着瞧一会儿，我去去就回。”

江沼说：“好。”

谁知沈霜这一去，久久都未见回来，一曲结束后，二少爷沈颂也皱眉往身后瞧去，江沼便起身说：“我去瞧瞧。”姑娘家说话，二少爷一个男子，不好贸然前去。

沈霜今儿遇见的那两位姑娘，是芙蓉城钱庄刘老爷的两位孙女，与沈家的姑娘从小就相识。前阵子从江陵回来的两个商铺婆子，来钱庄兑银票，闲聊时，便说起了太子和江家四姑娘的传闻。两位姑娘当时也在，起初还挺震惊，多半不信，后来听那俩婆子说得有鼻子有眼的，才信了。

沈霜也不信，还变了脸色：“两位妹妹，这话可不能乱说，谁不知道江家和太子的婚事是皇上御赐，这等伤人的谣言，莫要再传。”

“咱也不是那说闲话的人，可这事那俩婆子说得可都是有凭有据，年前那婆子去江陵林家吃满月酒，听林家幺姑娘说，太子亲口退的婚。”

沈霜极力反驳：“若真是退了婚，殿下怎可能同表妹一同来了芙蓉城？”

“这还想不明白？太子赈灾，江姑娘想挽回这桩婚事，才跟了来，不然谁没事会在年关从江陵来到这雪灾之地。”

沈霜僵住，说不出来话。两姑娘见她脸色难看，也就打住了，最后存了几分好心，安慰道：“姐姐也别生气，咱只是个传话的人。江姑娘我适才瞧了，可是个美人，其中的原委旁人也说不清，只是我听那俩婆子说，从江陵出发的那日，林姑娘被皇后宣进了宫里，八成是为了谈太子殿下和她的婚事。咱也不知道江姑娘清不清楚这事，姐姐回去找个机会同江姑娘提一句，若是真想挽回婚事，也得顾好前头，免得到头来，万事皆成一场空。”

戏楼里的转角多，江沼站在雅座外的柱子旁，倒也没有刻意去躲藏。身后素云的一张脸煞白，担忧地看向江沼。

江沼的脸色并没什么异常，很平静，无喜无悲。其实也没什么，若真如此，她也算是成全了一桩两情相悦的姻缘。但江沼到底还是没有再回去继续听戏，她吩咐素云：“你去告诉二表哥，我在楼下马车上等他。”

楼里人多，有些闷。江沼穿过雅座后的一排长廊，直往楼上走去。

戏子正唱到动情处，声音拖了很长，江沼的呼吸也跟着一起屏住，待那声落下来，江沼已憋得面色通红，长长地舒了一口气。一抬头，却见楼梯处走上来了一人。然而那人，她此时并不想见。

江沼抬手将纱帽上的面纱撩下来，眼前只剩下一道模糊的影子，便觉好了很多。江沼对那人福了福身，隐隐瞧见那双黑靴又停在她跟前，心头突然就没了耐性，没等他说出那句免礼，江沼已经起身，脚步打了个转，往回走去。

“你去哪儿？”身后的人僵了半晌才问。江沼咬着牙没应。

“江沼！”一道严厉的声音猛地砸下来，江沼停了步，倒不是觉得那声音有多吓人。而是诧异，他竟也知道自己的名字。江沼站着没动，没再往前走，也没有要退回去的意思。

“你为何要躲着孤？”

江沼没转身，轻轻一福身说道：“臣女不敢。”

陈温走到她跟前，语气已经缓和了不少：“你怎来了这里？戏楼人多眼杂，若是想听，大可请了戏班子去府上。”

江沼突然心头堵得慌，使劲掐着自己的指尖，又听陈温说道：“沈家若是不便请，明日一早，孤接你去王府。”

江沼侧过头，眼前的那层面纱挡得她有些呼吸困难，绣花鞋轻轻蹭了蹭地，又想往回走。

“孤同你说话，你回答。”

江沼实在是喘不过气来，抬手将那纱帽从头上摘下，微微仰头，还未等陈温再次出声，蹙紧了眉头，略带祈求地看着他：“殿下，能不能别再管我。”

楼底下的戏曲唱到了高潮。是芙蓉城戏楼里的绝活儿——变脸。颤板声夹着锣鼓声，声音震耳。楼道上立着的两人，却安静得出奇。陈温的一双黑眸扫在她脸上，紧紧地盯着她。

雪天，屋内的光线暗沉，戏楼的楼道里挂了一串灯笼，昏黄的光洒下来，照亮了江沼的脸。雪白的肤色，精致的五官，有一种令人目眩的惊艳。

陈温却觉得很陌生，特别是那双眸子。以往里头绽放的是光彩，如今却有了隐忍的不耐。

许是觉得太过于安静，又或是觉得刚才太吵，怀疑他没听清楚，江沼又加了一句，她轻轻地说道："臣女过得很好，不劳殿下费心。"语气平淡，眸子里的那丝不耐也随之退去，如沉睡中的湖面，瞧不出一丝波纹。

陈温没动，漆黑的眸子望入她的眼底——浅浅淡淡。陈温竟是头一回看不透一个人。

一贯淡然的神色顿了顿，半晌后挺拔的身影往后一退，目光从她脸上挪开，冷声说道："随你。"

沉沉的脚步踩在阁楼的楼梯上，沿途吊着的一排灯笼仿佛都在跟着颤动。出了戏楼，迎面一股冷风，夹着雪花扑在了陈温的脸上，他眯了眯眼，一步一步地朝着马车走去，路上积雪被他的长靴带起，卷起了白色的飞屑。

陈温突然就想起了那根被她遗弃在客栈里的簪子。并非忘了带，而是不想要。天色暗沉，云雾压得很低，陈温有些胸闷气躁。

江沼乖巧懂事，这是这些年来陈温对她唯一的一点儿印象，就因为她这一点，东宫才放任她来去自如。陈温已经习惯她的存在，就像她身上的那股幽香，时间长了，也觉得好闻。陈温理所当然地认为她会听他一辈子的话，也会一直乖巧懂事下去。

在陈温的心里，江沼应当是乖巧如小猫，说话会脸红。如今她长本事了，倒是嫌他管得太多。既如此，便随她。

待走到马车旁边，陈温胸口的那股怒气已经平复了下来，神色依旧是往日里的淡漠冷清，可身上的冷意却让对面的严青一时不敢靠近。

"殿下，皇后……"严青还是硬着头皮开了口。

“退下。”话还未说完，就被陈温打断。陈温随即上了马车，放下车帘，严青便也不敢再多说一个字。

回到瑞王府，瑞王替他安排行程的时候，再次确认了一遍：“皇兄后日当真要走？”

陈温答：“嗯。”

“师爷刚从沈家回来，听沈老夫人的意思，江姑娘年前没回江陵的打算。”

陈温瞥了他一眼：“孤一人回。”

今日他去戏楼找江沼本也是为了此事，欲再劝说她一同回江陵，谁知还未开口，竟遭了她的嫌弃，嫌他管得太多。

陈温的脸色很差，回屋关了房门。到了夜里，陈温坐在屋里查看灾情的折子，严青敲门进来奉茶，看了一眼他的脸，见没有了白日里的那番凛冽，才鼓起了勇气重新提起：“殿下，皇后娘娘带了信。”

陈温没抬头，只伸出了手，严青便将一本册子轻轻地放在他手上，陈温翻开瞧了两眼便皱了眉头，抬头盯着严青：“何意？”

严青突然垂下头，又退后了两步作揖道：“皇后娘娘捎的是口信。”

陈温坐正身子看着他，不明白是何口信能让严青这般戒备：“说。”

“皇后娘娘来信问，殿下的退婚书想何时交给江家。”严青说完，瞧了一眼陈温，见他神色僵住，也不再敢看他，冒死往下说，“娘娘说江家世代忠良，江家姑娘更是才貌双全，品行端庄，太子是未来储君，一言九鼎，殿下既说出无意于江家四姑娘的话，便早些下退婚书，还江姑娘一个自由，娘娘也好做主，给四姑娘个公主的封号，至于殿下喜欢的林姑娘，皇后娘娘说不合适，请殿下再另觅太子妃人选。”

带口信的人从皇后的凤阳宫里出来，便将皇后娘娘的那席话记得滚瓜烂熟，生怕漏了一个字，丢了命，如今严青告诉陈温的便是皇后娘娘的原话。

严青说完，屋子里寂静无声。皇后娘娘特意捎口信过来，让陈温的属下亲口宣读一遍，谁都知道，皇后娘娘这是生了气，在臊太子的颜面。陈温半晌都没动。

严青刚提进来的一壶茶，就放在他手边上。许是心不在焉，茶杯“哐当”一声碎在了地上。滚烫的茶水浇在陈温的手背上，过了一瞬，他才感觉到了痛意。

严青赶紧从地上起身去查看他的手背，陈温却将手一抬避开了他，问道：“何时的事？”

陈温声音很轻，侧头看着严青的眸子，却是冰冰凉凉，让人不寒而栗。

严青是习武之人，向来不惧生死。陈温的脸色唬人，严青退后两步，作了一个揖：“那日在万寿观，江姑娘同林姑娘起了争执，殿下亲口……”

“孤问你，这是何时的传言？”陈温压低了声音，握紧了拳头，极力控制住自己的情绪。

严青又从袖筒中取出了一沓从京城传来的信笺呈给了陈温：“大抵是殿下到达江城的当日，这些都是当时周顺从江陵传来的消息。”

周顺的消息一到，严青第一时间就呈给了陈温，陈温却没顾得上看，说，灾难当前，人命为先，万事靠后。这一耽搁，周顺从江陵送来的消息都进了严青的袖筒。

陈温接了过来，一封一封地展开瞧。严青立在他跟前，屋子里很安静，只听到信笺翻动的声音。过了半晌，那声音终于停了下来。紧接着便是一道低沉的怒斥声：“滚！”

太子陈温从小到大受礼仪熏陶，以礼侍人，就算再生气也从未见他说过粗话。严青便知，此事非同小可，便也没走。陈温抬起头，眼睛里的冷光直直落在他身上。

“属下还有一事要禀报。”严青今日收到皇后口信后，已经将整件事情理出了来龙去脉，不敢再有隐瞒，“退婚的消息传出后，江老夫人给了江姑娘选择，江姑娘选择了来芙蓉城。”

江姑娘并非因殿下而来，也没想去挽回婚事。这道理严青不说，如今陈温也知道。榻几上唯一齐整的一个茶杯盖迎面飞来，严青没躲，砸在了他额角。严青顶着一脸的血退了出去，关上了门。

桌前的一盏灯火燃得正旺，陈温坐了一阵，再次打开了皇后送过来的册子，册子上全是人物画像。陈温很熟悉。

东宫大殿两侧的墙上挂着这些画像，画上均是为陈国立下过汗马功劳的烈士。陈国建国虽不过百年，但历经的君主数不胜数，本朝之前，从未有君主在位超过十年。

太子开始涉及朝政的那一日，皇上就曾对他说过："古之贤人道，明君之所以立功成名者，无非是天时、人心、技能、势位。天下社稷乃万民共扶，这些年陈国之所以能在外敌面前不倒，皆因朝中机制稳固，君臣一条心。"

臣子能英勇为国捐躯，君主便不能让臣子寒了心。那之后，太子的大殿内，就挂上了为陈国牺牲的将士。很多年过去了，新添了不少。江家的江将军和他的夫人就在其中。于公，江将军夫妻救下的是整个陈国。于私，江将军夫妻救了他的父皇。于公于私，他作为太子，都当敬重他们。江沼是他们的遗孤，也是他的未婚妻，他没想过退婚。但退婚的话确实是从他口中所出。他是太子，凡事皆要三思而后行。

古人云，事以密成，语以泄败。那日，是他失了言。他退婚，不为其他，纯粹只因那日他被吵得心烦。雪灾的折子刚到他手上，他没心思去理会女人之间的吵闹。甚至连她们说了什么，他也无心去听，只觉得耳边聒噪。一根簪子，她要是想要，他送她一箩筐都可以，不值得同人争辩。夏季里，东宫的蝉都有人上树去捉个干净，她若想跟着他，便应该知道他喜静。是以，他才提了退婚。本意为唬住她，想让她安静些，并未想过真要退婚。

江沼喜欢太子，东宫的人都知道。陈温本人也清楚。除了每月固定替他做的药膳和糕点，他所用的香囊、绢帕，不少都是江沼给的。他承认，在说这话的时候，确实是有些仗着江沼对他的喜欢，断定了她不想退婚。但江沼没进宫，还来了芙蓉城。

灯盏里的灯油燃尽，火光几度摇曳，陈温合上册子，静静地坐在榻上。此刻彻底相信了，江沼不是为追随他而来，而是为了躲避他。

陈温想起江沼初到江城的那日，他对她的态度，还有同她说的那些道理，铁了心地要将她送回江陵，不由得目光微颤，手指捏了捏眉心。

他的人生很顺遂。有过困难，却从未做错过一件事。这回是他负了她。她一向乖巧懂事，若不是被逼急了，今日又怎会拿那般态度对他。她能来芙蓉城，想必那谣言，她也信了去。

陈温起身，手背被茶水烫过的地方已是一片通红，待思绪稍停，才觉得手背一阵火辣辣的。陈温没唤人进来，自己去找了药膏抹上。淡绿色的瓷瓶旁，有一个小木匣，里面是他来芙蓉城的当日在店铺买下的一条发带。那日他见这条发带随风飞扬，想起了去年春天，她倚在东宫凉亭的栏杆上，仰头望着院里的宫女，低吟道："寂寂花时闭院门，美人相并立琼轩。"

他路过，闻声看过去。只见她发丝松散，发尾系了一条浅粉发带，春风从她面上拂过，满园春色，也抵不住那条贴在她腰间飞扬的彩带。那是他心中为数不多泛起涟漪中的一回。

所以，他买了那条发带，准备送出去。

陈温从小聪慧、独立，即便是离了旁人，万事也能自己一人解决，生命中多数的时间都耗在了读书、治国上，并不愿意花费时光去谈论儿女情长。他有现成的太子妃，又何须他去想。然而今夜却头一回为了一个女人而失眠。

就似奔波了十几年，猛然停下了脚步，开始去注意周遭的景色，一点点地去回忆那些他从不曾放在心上的瞬间。原本以为很模糊的、即将忘却的东西，一回忆，才发现不但没有忘记，反而越来越清晰。

陈温皱眉，和衣眯了一会儿。天边出现一道光亮时，陈温起身拿起了纸笔。

“芙蓉城受灾实属严重，儿臣不得不再次请命于父皇，蜀地不比华北，大雪并不常见，不论官员的应对能力，还是防范措施，皆与华北相去甚远，朝廷的赈灾物资固然不可缺，但在天灾面前，人心免不得会乱，儿臣以为，安抚民心很重要。”陈温铺垫了一大堆，最后才表明了意图，“儿臣想继续留在芙蓉城赈灾，年后再返江陵。”

信写好，陈温才叫了严青进来。严青额头上的伤已经包扎过了，额前系着一条白布，很显眼，陈温瞥了他一眼，并无半点儿怜悯：“信送出去，孤继续留在芙蓉城赈灾。”

严青愣住。宫中年宴，怎能少了太子。

陈温没再瞧他，信笺递过去时淡淡地问了他一句：“知道错哪儿了吗？”

严青垂目，立得端正。太子从不无缘无故地训人，更不会无缘无故地罚一个人，严青昨夜挨了那一下，便知自己一定是哪里错了。想了一夜，大抵想到了，大事上他从未出过错，但何为大事，他没分清。和所有人都一样，他将殿下说的那句话当了真。但殿下并不想退婚。

路途中有很多机会，严青若是有心去查，必定能查出来原委，但严青没有，因他错估了江姑娘在殿下心中的位置。严青利落地跪地，拱手说道：“请殿下降罪。”

陈温并没有罚他：“知道便好，传言之事，给周顺捎信，想办法压下来。”

在给严青的那张信笺最后，陈温回了皇后：“传言不实，退婚之事，待来年春季返京后再商议。”

江陵皇宫。

滢姑亲耳听到皇后同太子捎的口信，待送信的人走后，滢姑便回头劝说：“娘娘，奴婢瞧着，这些年殿下心里未尝就没有江姑娘，若殿下真对表姑娘有意，娘娘何不好生劝劝殿下，待江姑娘嫁进东宫，再替殿下纳了表姑娘。”

皇后却不赞同，没好气地说道：“他要真对表姑娘有意，这些年表姑娘也不会端着汤罐子被拦在东宫门外。”

滢姑倒没想到这茬。如此一想，能进太子东宫的，似乎还真只有江姑娘。“娘娘真打算给退婚书？”殿下既无心林家，退婚也就只是个谣言，当不得真。

皇后默了一阵，回头对滢姑说道：“那丫头能去芙蓉城，定是心头有了芥蒂，江家这边本宫会给个交代。你去递个信给沈家老夫人，暗地里问问那丫头的意思，若是不愿意回头，本宫就备好退婚书，她可另觅良人，等她将来真看上了旁人，本宫的退婚书定会送到她手上。若还愿意，便同她说，本宫会替她做主，绝不会轻饶了太子。”

皇后又想起了沈烟冉。当年烟冉进围城前，亲自到她跟前来，就是为了江沼和江焕，她央她帮忙照应一下孩子，不求荣华富贵，将来莫要让他们姐弟二人受了欺负就行。后来皇后才知道，她那是遗言，去了就没打算回来。

这些年，皇后一半心疼，一半内疚，将对江家二夫人的愧疚和遗憾，全都补偿在了江氏姐弟身上。小时候江沼受了欺负，皇后能不顾自己的身份，亲自为她做主、出头。这般将江家姐弟二人捧在手心里护着，谁知道，到头来，却被自己的儿子给欺负了，她能不气吗？

事情闹出来后，她几个日夜合不上眼，当日便让林家表姑娘进宫，该说的话她都同她说明白了，太子妃之位，只能是江家的，若想做侧妃，便得等到太子三十以后。

林家表姑娘当场就落了泪。太子年满三十，还得等上九年，到那时她就成了老姑娘，又怎可能进得了东宫。

皇后说：“你年龄也不小了，岂能经得起等。”

这态度已经摆明了，皇后不认她。

林家表姑娘没戏，江家的婚约总不能也作罢，滢姑被皇后的话吓了一跳："娘娘，若是太子殿下心里真有江姑娘，又当如何？"

"当如何？凭他的本事，想要的东西，他能得不到？他就是日子过得太顺遂，不知何为珍惜，他是本宫生下来的儿子，既不懂，本宫便有义务教导他。"皇后放下手里的茶杯，若是照她年轻时的气性，那口信怕是还能更加难听些。不让他脱层皮，岂能消了气。

昨日陈温走后，江沼反倒是回戏楼里听了一段戏。沈颂见沈霜回来了，却没见到江沼，刚着急起身撩开身后的布帘，就见到江沼立在过道里，脸色似乎不太好。

"表妹赶紧进来，三妹妹回来了，整出戏就数这段最有看头。"沈颂替她掀起了头上的帘子将她让了进来，又说道，"这家戏楼，除了变脸，还有一绝，便是用盐水煮熟的菽，表妹先坐着，我去买一份来。"

沈颂一走，就只剩下了江沼和沈霜。沈霜这会子还没缓过来。江家同皇家的婚事，沈家所有的人都清楚，是四姑母同皇后指腹为婚，再由皇上下旨御赐，这等板上钉钉的婚事，怎可能说黄就黄。表妹小她一月，便是十七了。若真退了婚，倒也算得上是同病相怜。但这又是两码事，若这般好的婚事真没了，岂不是太可惜，那可是太子妃，未来的皇后娘娘，天大的福气，享不尽的荣华富贵。

沈霜替江沼惋惜，替江沼舍不得，奈何如今身在戏楼，她不便同江沼提起，也不便将适才刘姑娘说的话立马告诉她。

沈霜煎熬地看了一出戏。反观江沼，却轻松得多，竟还有心情跟着戏楼里的人一起鼓掌叫好。

"如何？"沈颂出了戏楼便问江沼。

江沼意犹未尽："好看，下回表哥可得再想个法子出来，咱再看上一场才过瘾。"

沈霜看着江沼脸上的笑容，愣怔了好一阵。——她的心可真大。

等马车到了沈家，沈颂让人过来搬东西，江沼便让沈霜也搭把手，替她将那首饰盒子抱进竹苑。江沼知道沈霜有话要说，能忍了这一路，实属不易。

进屋后素云煮了茶，沈霜和江沼坐在了火炉旁暖和身子，沈霜才开了口：“表妹，今儿我听了一些话。”

江沼抿着茶，回头看着她，脸上并不见半点儿郁色。

沈霜见此有些不忍心：“表妹实话同我说，这回来芙蓉城，可是为了太子而来？”沈霜说完便抓住了她的手，忍了一日，心头的焦灼此时才显露了出来，“江陵的传言都到芙蓉城了，大伙儿迟早都会知道。”

沈霜想了这一路，该如何同她说才不会让她难受，谁知道江沼倒是大大方方地认了：“不是传言，我与太子退婚之事不假。”

沈霜震惊地看着她。江沼却抿着唇笑，一脸的没心没肺。

沈霜一人干着急，说：“我可不是同你开玩笑，你走之后，林姑娘进宫找皇后娘娘去了。”

江沼从沈霜手里抽回手，双手捧着脸，屋子里一暖和便有些昏昏欲睡：“既退了婚，太子妃的位置总得有人补上，林家是皇后娘娘的表亲，倒挺合适。”

沈霜一瞬间成了泥塑木雕，直到从竹苑出来，还没回过神。依她看，那传言未必就是真的，说什么江姑娘为了追太子而来，就如今表妹那态度，可像是要挽回这桩婚事的？亏得她想好了一堆安慰的话，结果没地儿使。沈霜理解不了江沼。若是她，能有这么好的婚事，怎会便宜旁人。

沈霜起初替江沼着急，等回到屋里后就有些心酸。——心酸自己。江沼的一切都让她望尘莫及。金钱也好，地位也好，她所奢望的，在江沼眼里，都不算什么。她突然想起了周姨娘的话：“将来你要是找到机会嫁去江陵，也是你的造化了。”

江陵天子脚下，寸土是金，谁又不向往。

沈霜走后，江沼小憩了一会儿。再睁眼，便见跟前金猊炉中熏香轻烟袅袅，天色已过了黄昏。

素云将江沼买回来的东西都已收拾妥当，唯独剩下了那个已经开了锁的木匣子，便拿过来问江沼：“小姐要打开吗？”

江沼说：“开吧。”

江沼起身回了里屋，坐在梳妆台前，素云替她披了一件大氅，又出去多添了一盏灯搁在她手边上。

灼灼灯火洒在那檀木匣子上，江沼轻轻地打开了，因搁置多年，一层灰尘扑鼻，江沼用衣袖轻轻挡了挡。再看去，里面装着一叠已经变黄的书信，信封上落有字，待细看，才发现是一行行记载着年月的小字。

江沼微愣。未料到沈烟冉藏了十几年的匣子，竟是一盒子未寄出的信件。沈烟冉的死，江沼从未问过任何人，只知道她和父亲死于暴动后的瘟疫之中。是如何死的，她并不知，也不想知道。如今残留在她脑海里的，还是当初沈烟冉绝尘离去的背影。江沼愣了半晌。

这时，素云轻声地劝说道：“小姐，二夫人都走了十年了。”就算心头再苦，再熬不过去的坎儿，十年过去了，也该冲淡了不少。

当年二夫人能丢了小姐和二少爷去赴死，个中原委，恐怕只有他们心里清楚，如今这些信件，二夫人是这般隐秘地藏着，对她来说，定是贵重之物。若小姐看了，说不定也就能释怀。

江沼安静地坐着，也不知有没有将素云的话听进去，半晌，灯芯“啪”的一声轻响，江沼才回了神。

终究还是拆了信。蜡黄的信封，蜡黄的信纸，字迹却很清晰。

与君初相识，犹如故人归。

父母之命，媒妁之言，亦乃心之所归。

——余生相伴，愿君多顾。

江沼身子微微后仰，靠在椅背上，手上的力气退尽，竟握不紧那薄薄的一张纸。那字里行间流露出来的期盼和憧憬，江沼很熟悉，她也曾深深体会过。久违的窒息感，让江沼一时难以适应，她没再往下看，连忙关上了盒子。

第二日给沈老夫人请安时，沈老夫人便问了她，那盒子里装的是何物，江沼说是些陈旧的信件。沈老夫人听后，神色同江沼当时一样，也是一愣，之后倒也平静了，便问她："可打开瞧了？"

江沼说："尚未。"

"不瞧也罢。"沈老夫人叹了一口气，苦命人留下来的东西，瞧了也是白添眼泪罢了。

沈老夫人转头让嬷嬷沏了茶，又让丫鬟备了些点心，江沼便知今儿外祖母是有话要说，没打算放她走。

果然沈老夫人将屋里所有人都支了出去，才对江沼说道："皇后娘娘那边传了信过来。"

江沼垂下眼眸，皇后娘娘能在这时候传信来，还能因为何事，该是她和陈温的婚事。

沈老夫人怜爱地瞧了她一眼："皇后娘娘是个开明的人，一向对你也极好，这回的事情闹出来后，皇后站在了你这边。"

江沼没吱声，也没抬头。她知道皇后娘娘喜欢她，也知道娘娘想让她进宫，可如今她怕是要让娘娘失望了。

"娘娘捎信来，就想问你是如何想的。"

江沼有些意外，抬头看着沈老夫人，料了到皇后娘娘会劝她，但是没想到会先问她的意愿。

沈老夫人也不急，慢慢地等着江沼给个答复。不久，便听江沼一字一字说得极为清楚："孙女不贪权势，不图富贵，此生唯愿得一人心，白首不相离。"

晨光从半开的窗子里透进来，几缕光落在江沼那张娴静的脸上。沈老夫人一时失神，只听到茶壶里的水咕噜噜直响，久久才说了声"好"，又念叨了一句："你倒是同你母亲不一样，如此，我就放心了。"

沈老夫人将皇后娘娘的话带给了江沼："娘娘说，若是你无意回头，大可另寻良人。"

雪花断断续续地飘了两日，今日终于放晴。江沼从沈老夫人的屋里出来，仰头望了一眼天际，暗沉的云雾散开，露出了久违的蔚蓝。腊月寒冬之后，又是一年春季，万物复苏的时节。

素云站在抄手游廊，一回头便见江沼嘴角轻勾，含了一抹淡淡的笑，素云也跟着笑了起来："小姐何事那般高兴？"

江沼笑而不语。

两人正往回走，迎面撞上了沈大爷，江沼唤了一声"大舅"，沈大爷笑了笑说："正好，倒省得我去竹苑。"说完便将手里的一张帖子递给了江沼，"适才严侍卫给我的。说明儿会在王府搭一场戏，唱的是芙蓉城里如今最受欢迎的变脸，正好你也才刚来芙蓉城，去瞧瞧挺好。"

严侍卫便是严青了。昨儿听陈温说起，江沼只觉得胸闷，没想到他还真请了戏班子。江沼接了，正好她也有东西要给他。

严青回了王府复命。陈温见他进来，先问他："给了？"

严青点了头："江姑娘接了。"

陈温的脸色看不出异常，待第二日晨起时，却挑了一件袖口有竹叶暗绣的青色衫袍。去年初春，他坐在屋里看书，见跟前人影半晌没动，抬眸望去，见她目光不转地盯着他的袖口，便问了她："怎么了？"

她半低着头红了耳尖，细声说道："青竹好，节节高。"

她喜欢青竹。这大抵是除了她叫江沼之外，陈温对她唯一的了解。

更衣后陈温便坐在屋里安静地等。巳时刚到，严青进来说江姑娘到了，陈温才起身拿了案上那个小木匣子走了出去，是那日他买来的浅粉色发带，她应该会喜欢。他听周顺说过，他送她的东西，她都很喜欢。

天色并不敞亮，云雾沉沉浓浓，抹不开似的，廊下一排灯火终日未断。今日江沼过来还是沈家二公子和三姑娘相陪，戏台子搭在王府的后花园里，跟前搁了几大盆银骨炭，倒也不冷。

坐下后不久，江沼便感觉身旁突然安静下来，回头一瞧，便见陈温正立在她身后。不过一瞬，这里就只余了江沼。江沼起身正要行礼，却被一只手托住了手肘，轻轻地一扶："坐。"

江沼退后两步坐了回去，陈温在她身侧落座，两人中间隔了一张木几，正对面便是戏台子。不知是因为昨儿自己刚看过，还是此时看戏的人太少、太冷清的缘故，江沼总觉得那戏没有昨日的精彩。江沼一时失了兴致，不想再留。

侧过身面对陈温时，陈温的目光也正落在她手里的木匣子上。她也有东西要给他。陈温不着痕迹地将手里的木匣子塞进了袖筒，耐心地等着她先说。

江沼说道："臣女有几样东西要给殿下。"

陈温便朝着她微微倾了身，温声问："何物？"

江沼轻轻地将木匣子放在了几上，打开，里头是一个墨绿色绣黄菊的荷包。那荷包本也不离身，出了江陵江沼才取了下来，里头装的东西价值连城。

十年里，陈温送给她了二十颗宝石，个头儿大小参差不一，但每一颗江沼都认得，也记得他是什么时候给她的。那日她慷慨地送给沈霜一支红宝石金钗，素云倒没说错，这东西她有太多了，多到麻木，多到不再稀罕。

江沼当着陈温的面，将宝石一颗一颗地取了出来，放在他的跟前。

"这是臣女十五岁及笄时，殿下派周总管送给臣女的及笄礼。"

"这是臣女初次进东宫，殿下派周总管送来的见面礼。"

"这是臣女十六岁生辰，殿下派周总管送来的生辰礼。"

"……"

戏台子上的戏依然在唱，偶尔的几道檀板声，并没影响到台下人说话，江沼接着说：

"这是臣女送殿下药膳时，殿下给臣女的赏赐。"

"这是臣女送殿下糕点时，殿下给臣女的赏赐。"

"这是臣女送殿下荷包时，殿下给臣女的赏赐。"

“……”

江沼将每一颗宝石的来历都说得很清楚，二十颗整整齐齐地排在陈温的面前。

陈温漆黑的双眸定在那些宝石上，细细地听她道来，他不记得自己竟送过她这么多。周顺说姑娘们都喜欢宝石，他便都给了她。原来她不喜欢？

江沼抬起头，看着对面拧紧了眉毛的陈温，缓声说道：“臣女虽是女子，但也懂得无功不受禄的道理，臣女承受不起殿下如此重礼，今日臣女将其归还殿下，若是殿下觉得非要赏给臣女点儿什么，臣女便求一封退婚书，可行？”

江沼的神色平静，声音柔和，语气干脆，没有半点儿拖泥带水。

陈温的目光这才从那堆宝石上缓缓地挪到了她的脸上。

阁楼外霾雾重重，积云遮天蔽日，阴影笼罩眼前的人，那琥珀色的眸子却无比清亮，眼神是他从未瞧过的陌生的坚定。

戏台上，锣鼓声响起，陈温的指尖跟着颤动了一下。

他的声音很低，两道目光紧盯在她身上：“你当真如此想的？”

江沼微微福身，声音清晰：“臣女句句出自肺腑。”

陈温没动，戏台子上寥寥几声唱，并不吵闹，他却觉得聒噪得很。

他不喜欢看戏。今日是为了她才搭了戏台子。

关于退婚的传言，昨夜他都想好了。他同她道歉，他并非真心要退婚。等他们回到江陵之后，他便禀明父皇母后，来年开春，他娶她进东宫，做他的太子妃，却没料到情况会生变。

陈温有些口干。五指握住杯沿，手背上的青筋清晰可见。那茶搁在冷风底下，早凉了。

句句出自肺腑。她是真心想退婚。一个爱他爱到骨子里的女人，今日对他说想要退婚，陈温有些难以接受，那股胸闷气躁又浮了上来，比起昨日来，似乎更甚。

直到一整杯凉茶灌进喉咙，陈温的情绪才稍微缓了下来，刚放下茶杯又见江沼从怀里拿出来一枚令牌，轻轻地搁在了他面前："这是殿下给臣女的令牌，臣女也当归还殿下。"

是东宫的通行令牌。当初陈温能给她，还是因为皇后特意提了一句，陈温才从严青的身上取下来，交给了江沼。这事江沼也记得。他给她的每样东西她都记得。

江沼略有些愧疚地说道："殿下给臣女的物件，臣女今日都搁在这里了，唯独只剩殿下在江城送给臣女的那支簪子，被臣女遗落在客栈，殿下若不介意，臣女可照价补偿给殿下。"

陈温的心猛地一跳。补偿他？桩桩件件她都要同他算清。今日她怕是有备而来。陈温的心火瞬间烧到了最旺，但多年来的涵养和淡然，终究是让他稳住了情绪，他哑声说道："不必了。"

江沼舒了一口气。既如此，这一桩算是了了。那便只剩下一句话，江沼想终归还是要说的。她退后两步，正式地向他行了大礼："臣女还欠殿下一声道歉。"那声音似染了冰雪般冰冷。

对不起，她捆绑了他十年。

对不起，她不经他同意擅自爱了他十年。

对不起，他忍了自己十年。

陈温盯着她，深邃的眸子已经染了零星的猩红，便又听她说道："这些年是臣女无知，耽误了殿下，殿下放心，既已退婚，臣女绝不会再去纠缠殿下，更不会再让皇后娘娘为难殿下。"江沼说完，再也没看陈温一眼，退后两步转过身，朝着王府门口而去。

人影消失，冷风里还余有一抹幽香。

陈温又去端了茶杯，却已空了，连一口凉茶都饮不成。陈温没着急着起身，身子有些僵硬，紧捏的拳头有些轻微地打战。本以为牢不可破的婚约解除了。

指腹为婚的太子妃没了。

陈温突然闷声笑了一下，木几“哐当”一声被掀了个底朝天，台曲儿依旧唱着，一切都井然有序。

陈温从廊下的一排灯火底下走过，那木匣子搁在掌心，几近捏碎。

江沼同陈温相背而行，凉风扑面，掠过她的脸庞，长睫轻轻一颤抖，眼尾泛了微红，脸上却露出笑容，是劫后余生般的欣喜。所有人都认定她不可能离开他，曾经她也如此以为，但往后的路实在太长，谁又能保证。曾经你以为离不开的那个人，时候到了，你也能干脆地同他道别，不留一丝余地。

走出王府前，江沼最后一次去回忆。那年夏天，陈温来江家，她为了看他一眼，曾踩着素云的肩膀攀上院墙，远远地瞧了一眼，便笑了一个晚上。

十四岁那年，她穿了一双镶嵌着珠花的绣鞋，因陈温说了一声好看，从此她的绣鞋都是一个颜色，一个样式。

十五岁及笄之后，她在东宫头一回与他独处，她盯着他的背影，盯了足足一个时辰，眼睛里全是笑。

再喜欢，也有到尽头的那一日。

再美好，也会成为过往云烟。风吹过了无痕迹。

陈温，我不喜欢你了。

江沼仰头望了一眼阴沉的天色，决绝地往前而去。

长廊尽头的转角处，有一株红梅，傲立于白雪之中，甚是美艳，走到跟前了，江沼才发现那里站着一人。宁庭安挨着那株红梅而立，双手拢在袖子里，朝着她微微一笑。

脚底下铺了一层红梅的残瓣，宁庭安朝着江沼走了过来，并没有多问她一句，只轻声地说：“二哥和三妹妹已先回了，我送你。”

谁都知道今儿是太子特意设了戏台子，请江沼过王府来听戏，沈颂和沈霜也很有眼色，从院子出来没待多久便先回了。本欲留个机会给太子，等结束后，让太子送江沼回来。谁能料到会是这个结果。

“多谢表哥。”江沼感激地说道，一双眼睛清澈透亮，与宁庭安第一次见她时已大有不同。

出了王府大门，宁庭安扶她上了马车，替她放下帘子时，温声说了句：“凡事都有两面，有好有坏，世间万事皆不可测，更何况是人心，表妹只要循着本心而行那便没有错。”

江沼笑了笑，轻轻地点了点头：“好。”

严青看到江沼跟着宁庭安离开，眉头微皱，转身返回了院子。戏还在唱着，底下已没了人。严青又回了屋，天色阴沉，屋里没有点灯，若不是细看，还真瞧不出屋里坐着个人。陈温端坐在软榻上，阴影笼罩着他，阴暗而沉寂。严青便知今日这出戏，主子看得并不愉快。

严青提着一口气，小心翼翼地进去，先掌了灯，屋子里亮了起来，才见陈温身旁的榻上放了一匣子宝石，还有一枚东宫的令牌。那令牌严青之前用过，后来殿下让他给了江姑娘。

如今却又回来了。这怕不止不愉快那么简单。

那宝石和令牌是王府小厮从地上拾起来，冒死送过来，战战兢兢搁在了那小几上，上头还沾了些雪水和泥土。严青不敢吭声，默默地站在一旁。

金猊炉中瑞脑熏香青烟袅袅如烟云，屋子里越发沉寂，银针落地可闻。“孤哪些东西是她给的？”陈温突然问严青，声音低沉得可怕。

严青一时没反应过来，愣在那里。陈温的眸子里有几丝不耐，那神色摆明了不想再说第二遍。严青又看了一眼匣子里的东西，便也领悟了，殿下所说的她是谁。

江姑娘给过殿下什么东西?

——那就多了。

严青的目光先是移到了陈温的衣袍的袖口上，欲言又止。

陈温顺着他的目光，看向自己的袖口，目光瞬间凝住，不太确定地问严青：“这衣裳是她做的？”

严青也没想到殿下竟是一点儿都不记得，他微微顿了顿：“去年五台山春猎，殿下袖口被荆棘刺划了一道口子，绣房局的人本要丢弃，江姑娘说弃了太可惜，便拿了殿下的衣裳过去，待送回来时，两边袖口上就绣了青竹，半点儿痕迹都无，还别添了一份美感。”

灯火的光映在陈温脸上，他的神色已明显地僵住，目光又再次落到了自己的袖口上。他记得这衣裳修补过，却不知是江沼。周顺或许对他提起过，但他并无半点儿印象，或者说他根本就没听进去。江沼给他的东西很多，周顺几乎每日都会提起她的名字。

“江姑娘熬了汤。”

“江姑娘做了糕点。”

“江姑娘……”

听得多了，成了习惯，如风过耳，不留半点儿痕迹。陈温又想起了那日她盯着他的袖口看了许久，他问她时，她却并没有邀功，只说了句：“青竹好，节节高。”

陈温的喉结不自觉地滚动了一下，声音低哑地问道：“还有呢？”

严青又将目光移到他腰间的荷包上。陈温已了然，没再问严青，伸手将那荷包取了下来，细细瞧了一番，月白的锦缎上用金线绣了几朵祥云，翻到背面，荷包的下面边缘绣了一个“诏”字。

陈温皱了眉。“诏”是他的字。这娟秀的字并不隐蔽，只要稍微过目便能发现。荷包他用了已有半年，却头一回发现还有个字。绣房局定不会绣上他的字，这荷包也是江沼给的。

陈温一阵烦躁，不再去看严青的眼神，又从袖筒里掏出了随身携带的绢帕——边角处同样的有个“诏”字。

陈温垂下手，那帕子便无声地落在地上。刹那间，他感觉如鲠在喉，心里涌上一股酸酸胀胀的感觉，带着一股陌生的生涩。

不用再想，陈温便知道除了这些，他的吃穿用度里少不了她的影子。月头和月尾的药膳、糕点、汤水……更是数不胜数。她给他的，他还不了；

而他给她的，一个小小的木匣子就能装下，随时都可以还给他。

陈温眸子里的火焰渐渐凉了下来，身子轻轻地靠在榻边，再也没说半个字。以往严青也见过陈温一人独坐，今日却从那身影上瞧出了几分落寞。严青突然后悔没将周顺一起揪来，若是周顺在，这会子必定没自己什么事。

此时，严青只能壮着胆子开了口：“属下以为，殿下说过的退婚，江姑娘已记到了心里去。”虽说殿下并非真打算退婚，但那日也是殿下亲口对江姑娘说婚约不作数。别说江姑娘了，就连他也信以为真，更何况还有后面的那些传言，“属下听说江姑娘从万寿观回来后，将自个儿关了一日谁也不见，第二日便毫不犹豫地来了芙蓉城。”有过之前的教训，严青将这些事情都当成了正事，尽职尽责。

屋子里又是一阵安静，半晌才见陈温捏了下眉心：“去查，那传言从何而来。”没有退婚书，传言又为何如此猖獗。

陈温心绪安稳了些，慢慢地冷静了下来。江沼喜欢他——至少曾经喜欢过他。他很早就知道，从未想过有朝一日江沼会来同他求退婚书。但今日她来，很平静地同他清算了一切。即便如今真不喜欢了，也一定得有个理由。若真是因为他那句失言而退婚，他再同她说清楚便是，他从未想过退婚，也一直将她视为太子妃。思及此，陈温心口的那块郁结缓缓地散开，适才莫名蹿上来的烦闷和酸涩也跟着消散。

严青领命退下，出去后便同江陵的周顺传了信。殿下既然年前不打算回京，周顺一人待在东宫又有何意义。

宁庭安将江沼送到沈家门口，也跟着一道走了进去。

沈老夫人正沉着脸斥责沈霜和沈颂。

“三人去的，怎的只有两人回来，独独留了你表妹一人在王府，是为何意？就算是同太子有婚约在，成亲之前两人独处，这事传了出去，你表妹的名声能好听吗？这么大的人了，怎就不长心。”沈老夫人气得不轻，气儿还未顺过来，听到门口动静，一抬头见竟是江沼回来了，心口的石头才终于落了地。

宁庭安一同进来给沈老夫人请安，沈老夫人面色和悦，边对江沼招手，边夸了一句宁庭安："好在还有个懂事的，将你送了回来，替那俩冒失鬼收了场。"

宁庭安说："表哥和表妹先回，是我的主意，想着许久没来瞧外祖母了，便借了护送表妹的事，出来了一趟。"

宁庭安一句话将前头两人的罪过全择了个干净。沈老夫人却当场识破："你就尽护着他们。"

宁庭安便也不再争辩，关心了几句沈老夫人的身子骨，也没再多留。走之前当着沈老夫人的面对江沼说："母亲听说表妹来了芙蓉城，已同我念叨了几回，待表妹哪日方便了能不能移步宁家，了了她那份挂牵。"

江沼未答，沈老夫人先说："今儿江家大姑娘来了信儿，恐怕去也得过一阵，你回去同你娘说一声，让她别急，先等几日。"

宁庭安说："都听外祖母安排，表妹何时来，提前同我说一声便是，我好过来接。"

宁庭安走后，沈老夫人也让沈霜和沈颂回了屋，屋子里无人了，才问江沼："今儿可将话说清了？"

江沼点了点头。沈老夫人瞧了一眼江沼的脸色，眉目疏朗，顿时长舒了一口气："那便好。我这身老骨头，也有几年不愿意折腾了，借着这回你也在，咱就办一回寿宴，顺便看看有没有合适的人家，你翻了年算十八了。"

江沼低下头，脸色泛了红晕。

"你江家大姐姐嫁了个医官，我倒觉得挺好，你也懂些医术，将来要是嫁给行医的还有个话头可以聊，我瞧他那屋里的老幺倒是个不错的小伙子，门第虽低了些，可那屋里的老婆子是个心疼儿媳妇的人，将来日子肯定好过。"沈老夫人说完，又说到了宁庭安，"你那位宁表哥，我最是看重，做事靠谱，性子也温和，人是没得挑，坏就坏在如今在瑞王手底下做事，抬头不见低头见，将来还得同皇家牵扯不清。”

江沼将头倚在了沈老夫人肩上，抿着笑安静地听她说话。沈老夫人偏过头宠爱地看了她一眼，轻声细语地问她：“你怎么想的？”

“都听外祖母的。”

沈老夫人没好气地戳了她额头：“你就不怕我将你卖了。”

江沼“扑哧”一声，说：“就算是卖了，那也是外祖母精挑细选的，我有何好愁的。”

祖孙俩敞开心扉地又聊了一阵，沈老夫人才说：“这事也不着急，看上了人家还得问问你祖母的意思，今儿你先回去好好休息，明日还得去看你江家大姐。”

第二日江沼走得早。前脚离了沈家，后脚陈温便到了，明面上仍是为了雪灾后的风寒之症。有过前头那回，沈家大爷倒也不奇怪，尽心尽职地将风寒之症的事情禀报完，抬头才发现太子殿下盯着门外，也不知道听进去了多少。

沈大爷不敢再自作主张，沈老夫人发了话，往后表姑娘的事沈家人都不得再插手。沈大爷没说，陈温却是主动问了：“江姑娘可在？”

沈大爷心头“咯噔”一下，倒也实话实说了：“表姑娘今儿一早就出去了，我没来得及问去了哪里。”

陈温看过去，沈大爷顿时弯了腰，头也不敢抬。陈温半晌才挪开目光，没多问一句话，也没再留，搁了茶杯起身便离开了沈家。

严青跟在身后，大气都不敢出。沈家这怕是在防着殿下，什么没来得及问，要打听，还能不知道？俩人正欲上马，身后突然传来一阵凌乱的脚步声，一回头便见一位姑娘从沈家门口追了出来。严青认得她，昨儿和江姑娘一同来过王府。

沈霜到了跟前，也不敢去瞧陈温的脸，半蹲着身子行完礼，便斗胆问了一句：“太子殿下可是在寻表妹？”

严青拦在她跟前，问："沈姑娘可有事？"

沈霜咬了咬牙说道："表妹今儿去了江家大姑娘家。"

沈霜这一番追出来，算是用尽了生平最大的勇气。江沼不急她着急，什么医官，什么宁家，表妹嫁过去那叫下嫁，嫁给太子那叫高攀。谁好谁差一目了然。人人都挤破了头地往江陵走，沈霜想不明白江沼为何非得往芙蓉城里钻。依她看，太子殿下并非就对她无情，昨儿邀了她去看戏，今儿又能来沈家，沈霜虽不知那退婚传闻究竟为何，可她能瞧出来，殿下是有心要挽回。这芙蓉城，表妹暂时住住便也罢了，终究还是得回江陵。沈霜早想好了，若是来年开春表妹回江陵，她去求求情，看能不能将自己也捎上。江家老爷子是宰相，表妹的未婚夫又是太子，无论哪样，她去江陵寻一门亲事，也比在芙蓉城强。表妹好了，她也能跟着好。若表妹嫁了宁表哥，或是医官，她这辈子怕是再也没了指望。

沈霜说完垂目屈膝，再也不敢多说半字。严青愣了一瞬，才回头看向陈温，见其脸色平常，打帘登了马车，便转身对沈霜说道："多谢沈姑娘。"

雪地里留了一道车轮印，待出了沈家的巷口，严青问陈温走哪个方向，陈温没答，等了半晌，却听陈温问他："江家大姑娘嫁的是谁？"

严青并没觉得意外。殿下不知也在情理之中。只要不关乎朝堂利益，陈温从不关心。在江姑娘身上都没花心思，更何况是江家其他人。

严青说道："老太医董琛的大儿子董翼。江家大姑娘两年前嫁进芙蓉城，出嫁时，殿下曾派属下去江家送过礼。"

如此说，陈温倒是想起了一些。那日江沼进东宫后，递给了他两颗糖："殿下也沾沾喜气。"

他抬头看她，见她脸上生了两朵红晕，宛如晨间的一抹朝霞，他难得主动开口问她："谁的？"

"大姐姐昨日成亲。"她微微垂目，他便看到她头上一排轻晃的流苏，粒粒珍珠垂落在她鬓角，衬得那耳畔露出的一截肌肤，越发莹白。

那是他头一回去细细打量了一番他未来的太子妃，便知母后说得没错，确实生得好看。

可即便如此，也未曾在他心上留下半点儿痕迹。如今竟还能回忆起这一幕，陈温的眉头又不自觉地蹙起，不耐烦地对严青说道：“董家。”他这回算是拿足了诚意去找她。

董家同沈家一样，世代为医，不同的是董家老爷子曾经是宫里的老太医，到了岁数便辞官回了芙蓉城老家，继续为瑞王效力。而沈家一直在芙蓉城，除了嫁进江家的沈四姑娘，从未踏足过江陵。一个替皇家做事，一个为百姓做事，皆是芙蓉城的医药世家。

为了应对雪灾后的风寒之症，太子找了沈家出药资，瑞王找了董家出人力。今儿江沼到董家药铺时，院前长长的一排人，董家但凡是个懂医术的，都到了场帮忙。

江沼的马车一到，丫鬟立马迎了上去，刚跨过后院门槛，便见一貌美妇人单手打了帘子，侧目朝着这边望了过来，看到江沼的一瞬，那妇人眉眼都染了笑。

“四妹妹总算来了。”那妇人正是大姑娘江嫣。江嫣急急地往前两步，伸手握住江沼的手腕，一面打量她一面领她进了屋，忍不住叹了一声，“咱江家四姑娘当真是个美人儿。”

江沼被她盯着，脸都红了，小声唤了她一声“大姐姐”。江嫣并不懂医术，前头忙得焦头烂额，就她一人坐在后院嗑瓜子，瓜子是董老夫人给她备好的，供她消遣。董老夫人说夫唱妇随，人在身旁感情才浓。所以董翼走哪儿，江嫣就得跟到哪儿。

招呼江沼落座后，江嫣便从江家问到沈家，终于问到太子的婚事时，外面突然一阵吵闹，动静还不小，屋里的人皆是一愣。江嫣凝神仔细听了听，竟听到了自家夫君的声音，当下神色一紧，对江沼说道：“你先坐会儿，我出去瞧瞧就来。”

江沼也没坐，跟在了江嫣身后。前院门口来了官兵，外头一堆的药材堵在门口，进不得进，出不得出。领头的那位是江陵林家二房的大爷林凯，在太子手底下捞不到一官半职，半年前便来了芙蓉城，在瑞王手里谋了个监管物资的职务。今儿沈家的药材到货，董家正急着用，偏生林凯不放行，非要一件一件地验收完了才行，验收完，恐怕得等上三五日。

董家好说歹说林凯就是不依，董家大少爷是个急脾气，没说两句就争了起来。

“你们就别在这儿浪费口舌了，有那闲工夫搭把手，将药材袋子解开，也能为咱省不少时辰，我等即为监管局的人，药材之事岂能马虎，若是出了问题便是人命关天，董大爷也该知道，总不能专为了你坏了规矩吧？”

林凯挑衅地看着董翼。董翼不善言辞，一时竟也无力反驳，江嫣跟着着急，正发愁时，便听得身后的江沼开了口：“规矩为死，人为活，圣人不期修古，不法常客，论世之事，因为之备，林公子也是饱读诗书之人，当懂得规矩固然重要，但得顺应时势，知晓变通。”

江沼的声音温婉，语速不徐不疾。门前进来了两人，闻声抬起头从人群中望过去，一眼就能瞧见一身月白袍子的江沼立在那里，清丽脱俗的一道身影如美玉般纯净。

瑞王顿在那儿：“你说皇兄到底喜欢什么样的姑娘？”

身后的宁庭安没作答，只知道前两日瑞王扔了一个小匣子，昨日又满王府地找，那日从沈家回去后便去醉红楼听了几日的琵琶，硬说人家弹的曲儿变了味，没以前好听。瑞王也没要宁庭安回答，迈步走了进去。

林凯认得江沼。脸色一阵难看。上回林老夫人寿宴上，他见过，挺温顺的一姑娘，今儿倒是伶牙俐齿。

林凯原本是林家二爷的私生子，后来被认出来，才给了个身份归了宗，一辈子最骄傲的便是十四岁时考上举人，不过二十几年过去，也依旧只是个举人。江沼为何而来的芙蓉城，他清楚得很。

林凯看着江沼说道："久闻江家四姑娘不仅医术了得，还能吟诗作词，这样的姑娘想必即便是退了婚，也能找到好人家。"

退婚之事，原本知道的人并不多，这一来算是彻底地公之于世。原本吵闹的院子，瞬间安静了下来。

江嫣被这话惊得一时反应不过来，惊愕地瞧向江沼，见她一脸坦然，便知是出了事，也顾不得去问个究竟，回头先瞪着林凯："我江家姑娘如何，将来嫁谁，还轮不到你一个私生子来谈论。"

林凯宛若被捏了七寸，正欲撒气，腰窝子被人从后突然踹了一脚，一个没站稳往前栽了几步，回头盛怒地盯着来人，见是瑞王，顿时蔫了："王爷。"

瑞王的性子与陈温不同，脾气一上来自己也能动手，他厌恶地看了林凯一眼，林凯也不敢再吭声，捂住腰窝子一瘸一拐地出了门。瑞王这才去看江沼，江沼却对他福了福身，转头跟着江嫣进了屋。

一进屋江嫣就问江沼："怎么回事？"

江沼说："真退了。"

江嫣僵了好一阵，这药铺子算是待不下去了，赶紧让丫鬟收拾好了东西，打算带江沼回董家。

两人走的是后门。冰溜子挂在假山石上，一到晌午便开始滴水。登马车前，江嫣站在门口突然问江沼："我知你性子，绝不是个爱出头的人，你实话告诉我，你可是故意激怒林大人？"

传言一旦起来，想挽回都没了机会。江沼说："凑巧，我怎知道他今日会来找事。"

江嫣便罢了，这会子的心情倒是同沈霜一般，恼江沼没心没肺，最后还是不死心地问了她一句："你当真就打算放弃了。"

冰溜子的水珠落下，跌入浅潭中，"滴答"一声脆响，如同敲在人心坎上。转角处那株银装满枝的青松后两道人影刚至，闻得这声，竟也不自觉地顿了脚步，屏了呼吸。

江沼见江嫣神色严肃，便想着逗逗她，一半玩笑一半认真地说道："千门万户曈曈日，总把新桃换旧符。"

——旧的不去，新的不来。

第三章 愿得一人心

青松枝头的一块积雪落下，砸在了黑色纹莽筒靴上，“啪嗒”一声闷闷沉沉。那只脚却是动也不动，恍若被镶嵌在雪地里，连身子带脸色都跟着僵住。

严青蹲下替陈温扒了靴上的雪渣，却不敢去瞧他的脸色。千门万户曈曈日，总把新桃换旧符——挺好。

陈温立了一会儿，脸色微冷，来时不觉得，此时一阵风，刮在脸上就跟刀子似的，连皮带肉地痛，冰寒直接钻进了心里，激得他张嘴呼了一口长气。

为了跟她赔礼道歉，为了让她解气，从王府赶去沈家，又从沈家赶来了董家，马车绕了半个芙蓉城，到了跟前，却听到了她这么一句话。喉间一团酸涩渐渐地转为了怒意。陈温转身，马车跟在他的身后，保持十步远，走了好长一段路，直到那股冲劲慢慢地平静下来，陈温才停了脚步，打帘登了马车。

江沼跟着江嫣回到董家，一聊起来便忘了时辰，未时的沙漏滴尽，江嫣丝毫没有放人的意思，到了黄昏，干脆就派了人去沈家给沈老夫人传了话，说想多留江沼在董家住几日。江沼倒也没意见，横竖在哪儿都是待。

江嫣跟前有个一岁多的小公子，夜色落下，江沼才见到人，小小的一肉团子被董老夫人抱进来，说给姨母过过眼。那俊俏的模样同江嫣很像，甚是逗人喜欢。

江沼本想抱过来哄哄，董老夫人说，小娘子今儿刚过来，又被大姐拉着絮叨了一天，定也累了，等明儿歇息好了，还愁这黏人的小东西不缠着人吗。董老夫人说完便抱娃出了屋，没再叨扰，没过多久，又让人送了两罐汤，说夜里凉，喝上一口热的，身子一晚上都是热乎的。

江沼总算是明白外祖母说的，董家老夫人是个疼儿媳妇的人："姐姐这日子，倒不枉当初要死要活地闹那一场。"

江沼说完，就被江嫣一双手挠腰窝："竟敢笑话你大姐了。"闹过了一阵安静下来，江嫣便也承认了，"若是不好，又岂能费尽心思地争了过来。"

一个宰相府，一个医官。门第差了个天地。世人都说门不当户不对的两人，难得相融，可她和董翼是个例外。她信这辈子除了他没人能让她幸福，而他也信这辈子一定能给她幸福。

寻死觅活地闹了一场，两人历经了磨难，也算是熬出了头。

董家老夫人更是将她当亲生闺女看待，娃一生下来，便没要她管过，每回抱到她跟前，都是干干净净的一身，从不让她操半分心。

"我以为你和我一样，往后会有皇后娘娘疼你，便也不会吃半点儿苦头。都说嫁人嫁的不只是夫君，嫁的更是整个家族，论起家族来这天底下谁又能比得上皇家。枉你白费了那些年的工夫，到头来竟是个有缘无分的，到嘴的鸭子也能飞。"

江嫣并不知晓退婚的详情，只道可惜，她情绪激动，回头却见江沼抱着汤碗，喝了一小口。江嫣瞬间没了脾气，态度倒也转变得快："你当真放下了就行，要不你就来给我做伴算了，我那小叔子人品不错，样貌也好……”

此时夜幕刚落下，两人点灯偎在榻上说着话。外头董翼从铺子里抱了一推医书回来，让董小少爷董凌也帮了忙。两人这才刚到门口，听了这话，赶紧往后退。那屋檐下的一盏灯，照在董凌脸上，一片绯红，董凌脚下却是不慌不乱，转身将手书搁在了廊上，轻轻地退了出去。

江家四姑娘，今儿他见过，林家二爷的那句话，他也听见了。那样美好的姑娘，又岂是他能肖想的。今儿那件事情平息了过后，瑞王单独见了他：“江姑娘虽同皇兄退了婚，也仍然是宰相府的姑娘，身份尊贵，更是深得母后宠爱，本王本该尽地主之谊好生招待，如今既入住了你董家，你可不得怠慢。”

董凌不笨，瑞王的意思他明白。他不管家，瑞王却偏偏找了他来，便是为了提醒他，别去打那无用的主意。瑞王所担心的，也正是刚才董家大夫人的那句话。董家大夫人是江姑娘的亲姐姐，两姐妹若能进一家门，也能有个伴儿，而如今董家还未说亲的就只有他董凌。

翌日早上董家的人陆续去了药铺，江嫣便陪着江沼逛园子。董家的园子里到了冬季才种上的蜡梅。江嫣说：“整院子的药材，也就这蜡梅能换换眼睛。”

董家西园专门腾出来，里头烧了地龙，专供冬季里烘药材，两人一路过远远地就能闻到一股草药味，江嫣说完便想了起来：“我倒是忘了你也是个喜欢闻这味的人。”

江沼笑了笑没答，两人从院子西边进去，东边出来，刚到前院就见几道身影进了门。董凌走在最前头，瑞王身后是宁庭安，这般被两人撞了个正着，又不能躲，只得停下脚步对瑞王行了礼。

“免礼。”瑞王直接走到了江沼跟前说道，“见到江姑娘便好，正巧本王有事同江姑娘商议。”瑞王也没再叫她嫂子，改口改得干脆利落。

江沼目露诧异，不明白瑞王和她能有何事商议。瑞王却先一步进了前厅，自个儿坐上了。江沼便跟了进去。瑞王的态度很是客气，让董凌将一本记录病患资料的册子递给了江沼："江姑娘瞧瞧，可是能瞧出什么？"

江沼接了册子，翻了一阵眉头轻蹙："王爷让臣女瞧的可是患者的年纪？"

这风寒之症，都是些年纪大的人。瑞王说："正是，今儿来就是想向江姑娘请教，可有法子彻底断了这病症。雪灾过后，染病的人只增不减，本王儿时听江姑娘提过，最擅长治风寒，这便求上了门。"

儿时，说的是江沼十二岁那年进宫，太子染了风寒，江沼便对皇后自荐，说她最擅长治风寒，能医好太子。当时瑞王也在，只觉小姑娘用情太深，便记住了这桩，却没想到几年后这段往事还能被他拿来当成幌子。

瑞王说完江沼却没应，将那册子还给了董凌之后，起身同瑞王福身说道："臣女怕要让王爷失望了，臣女不过是儿时逞强夸口，哪懂治病救人。"

瑞王并没失望，横竖也没真让她救人，正欲再开口，却被宁庭安抢了先："王爷，江姑娘不过是深闺里的姑娘，不宜抛头露面。"

屋子里突然就安静了下来。宁庭安垂目没看瑞王，瑞王的眼睛却如同定在他身上，差点儿没戳穿他。从董家一出来，瑞王就站在那庭阶处，等宁庭安给自己一个解释。他绞尽脑汁想了个主意出来，宁庭安这个狗东西竟就一句"不宜抛头露面"让他所有的努力打了水漂儿。

宁庭安却没着急，问了一句瑞王："王爷可还记得江家二爷和二夫人是如何去世的？对于世人来说江二爷和江二夫人是英雄，但对于江姑娘和江家二少爷来说，他们所承受的是失去父母的痛苦，王爷细想想，站在江姑娘的立场，可还愿意去拯救世人？"宁庭安没去瞧瑞王是什么脸色，继续说道，"王爷若是真想要讨好江姑娘，属下以为光明正大即可，又何须故寻借口。"

瑞王看了他半晌，才挪动脚步下了庭阶："你说得对。"等上了马车，瑞王才又盯着宁庭安，突然说道，“你倒是很了解她，本王才想起来，江姑娘是你表妹。”

宁庭安答：“正是。”

瑞王笑了一下，倾身凑在他耳边说道：“昨儿本王对董凌说的话，你可明白？”

宁庭安面不改色地说：“属下明白。”

“那便好。”瑞王说完直起身，甩了甩衣袖，似是拿定了主意，“回府，取琵琶。”他去送礼，光明正大地送。

瑞王风风火火地回到王府，让宁庭安将那琵琶抱上，本也走得悄声无息，偏偏宁庭安到了陈温的院子前，脚底下打滑，一屁股跌在了地上。这一来便闹出了动静，惊动了屋里人。瑞王就差将宁庭安生吞了。

“去哪儿？”陈温立在门口问瑞王，眼睛却盯着宁庭安紧护的那把琵琶上。

瑞王究竟还是没有说实话：“我去趟东街办些事。”

陈温没再问，瑞王走后严青才进来同陈温说道：“方向不对。去东街的路在左边，瑞王走的是右边。”

晌午过后，严青又进来报：“王爷去了董家，送了一把琵琶给江姑娘。”

严青也没想到这事越来越难办，江陵那头，殿下让周顺想尽办法压制谣言，殊不知那林二爷今儿却当众将退婚的消息散了出去。王爷是个什么样的人，殿下又岂能不知道，喜欢美人儿。江姑娘刚到芙蓉城，王爷就曾闹出过笑话，如今见嫂子已不是嫂子，倒是半点儿顾忌都没，立马凑了上去。琵琶一到，董家院子里便是余音绕梁。

董家那琵琶声，是江沼在逗娃。瑞王让人将琵琶送进去，说今儿贸然前来失了礼，那日去沈家闻得江姑娘的琵琶声，便来投其所好，当作赔罪。江沼还未来得及谢绝，她手里抱着的小肉团子倒是感了兴趣，抓着不放手，小指头轻轻碰到了琴弦，一声闷沉的响声顿时逗得他咯咯直笑。江沼只得谢过了瑞王。江嫣让她弹一曲，这才有了董家院子里的余音绕梁。本也没什么，夜色刚落董老夫人过来抱孩子，谁知那孩子不松手，琵琶翻了个面，竟露出了一个字，那字江沼再熟悉不过——是个“诏”字。

以往的十年之间，江沼已经算不清自己写过多少回，又绣过多少回。江沼还曾不知羞地对江家几位姐姐说过，这缘分大抵是天注定的，“沼”和“诏”，连名字里都一样。

不就是像吗，江嫣也记得这茬，瞧着江沼一时愣了神，这琵琶是瑞王送来的，怎就刻了个“诏”字?

江沼却叫来了素云，让她连夜跟着马车跑了一趟王府：“去将这琵琶还给太子殿下。”好不容易还清了，断没有再接礼的道理。江沼非常熟悉这一套，在江陵时，太子送礼托的是周顺的手，说话借的是皇后娘娘的口。周顺说得最多的是这是太子殿下送给江姑娘的。皇后娘娘说得最多的是太子不善言辞，心里是惦记着你的。那时她听着特别顺耳，每回都能在心头泛起一层涟漪。如今瑞王不过是第二个周顺，第二个皇后娘娘。而她已心如止水。

雪夜里的一盏灯火，陈温坐在软榻上依旧在看书，从董家回来后手里那书就没换过，前前后后重复地翻动。外头侍卫过来禀报说，江家四姑娘跟前的丫鬟递进来了一把琵琶，要还给太子殿下时，严青还着实惊了惊，接过那琵琶愣怔地看着陈温。陈温眼皮子一抬，一点儿都没意外：“给王爷送回去。”

严青还完琵琶回来身后跟着瑞王，瑞王进屋后一屁股坐在陈温的身旁，侧目看着陈温说道：“我在那琵琶底下刻了个‘诏’字，想必嫂子是看到了，这才给你退了回来。”

陈温没理他。瑞王自小是个什么样的人，陈温比父皇和母后还了解。这几日他上蹿下跳，弄出了多少动静，今儿到底还是坐不住了。见陈温没什么反应，瑞王双手撑着膝盖，手指头一上一下地敲了一阵，佩服他还能坐得住，铁打的太子妃，自个儿还能弄丢，一个从小跟在他身后，爱他入骨的姑娘，竟能逼得人家主动提了退婚。“皇兄可知，江姑娘回绝了母后。”

瑞王终究是对陈温亮了底牌。沈老夫人那日替皇后问江沼的态度，江沼说：“不贪权势，不图富贵，唯愿得一人心。”沈老夫人将江沼的原话回复给了皇后。皇后便知结果，给瑞王传了信：“四姑娘若是看上了人家，你便去沈家走一趟，将退婚书交给沈老夫人，立刻封江四姑娘为娴乐公主。”

以母后那说一不二的雷霆手腕，如今那圣旨恐怕已经在路上了。她没直接交给陈温，而是给了他，便是还留了一丝余地。江姑娘能看上谁？瑞王早就将芙蓉城的人家想了一遍，就数董家的董凌和宁庭安最有可能，沈老夫人若是想替江姑娘说亲，这两家必定是首选。

是以，今儿他才出手，先将董凌和宁庭安套进圈子里，扼杀了他们还未来得及生出的念头，宰相府的姑娘，太子妃的不二人选，即便是同皇兄退了婚，还有他候着呢，怎么也不可能轮到他董家和宁家。瑞王这几日的明目张胆，演的便是这一出。宁庭安再藏得深，可他是王爷，又岂能输过一个师爷。陈温跟前的那盏灯火，似乎暗淡了些，眼前的字竟是一个都瞧不清。

——旧的不去新的不来。

——愿得一心人。

熟悉的胸闷感突然又袭了上来，陈温终是将手里的书搁在了几上。

一夜未眠，第二日清晨陈温好不容易才眯了一会子，严青却推门进来，站在陈温面前欲言又止。

上回陈温让严青查的消息有了结果。倒也不难猜，当时殿下说退婚时，屋里除了江姑娘和殿下的人，就只剩下了林姑娘。退婚的流言能如此快传开，全因林姑娘在背后推波助澜。

让严青难以开口的并不是这个，而是另外一件事：“在万寿观江姑娘曾独自一人爬过雪山。”

严青硬着头皮将事情的来龙去脉给理了出来。那日殿下收到了从山下送来的雪灾帖子，去同元青大师道别，回来时听屋里的一个嬷嬷支支吾吾地说江家二少爷江焕发了热。殿下便在下山前赶去给江焕送了药，但江姑娘并没有接。

然而那嬷嬷并没将话说全，没说白日江姑娘曾去找过殿下，也没提她们嘴里那些难听的话。后来知道江沼当真一人上了雪山，且夜里都没有回来之后，便知道捅了娄子，赶紧将消息报给了陈温。

林家姑娘是皇后的娘家侄女，是太子的表妹，倒是也有人站在她那一边，那日的嬷嬷便选了林家，本以为退婚后，林家姑娘有戏，却没想到被皇后直接掐断了林家的这条路，又见周顺开始查起了万寿观的事，嬷嬷自知躲不过便将功赎罪，将自个儿的罪行和林姑娘的那一堆事全都抖了出来。那簪子是林姑娘先从江沼头上拔下来的，并不是江沼要故意闹事。是林姑娘抢了那服退烧药，也是林姑娘身边的丫鬟对江沼说，要想拿药，自个儿采去。

屋子里静得可怕。陈温脸色冷硬，不过瞬间就红了眼。外头的天色混沌，屋子里光线昏暗。陈温愣在那儿，喉结不自觉地滚动。

那夜他去见她，她久久才开门。出来时穿戴整齐，双手拢在袖筒里，身上干爽得很，没有一处雪水的痕迹。她站在自己跟前，平静地对他说：“多谢殿下关心，江焕已无碍。”他没问她为何无碍，只注意她的态度与往日有所不同，还以为她还在为了簪子怄气。

陈温张了张嘴，心口就像有一道利刺扎进去，疼得那心窝子一抽，然后起身冲进了冰天雪地里。迎面的风雪刮在他脸上，却已经没有了半点儿感觉。

风雪天，董家门前临时搭了一排茅草棚，灾民涌入，吵嚷声一片。陈温站在人群后，流言随风进了耳。

“被退了婚，还上赶着来了芙蓉城，江家这怕是不甘心吧！”

“未来的太子妃，将来的一国之母，搁谁身上，谁甘心……”

“她也够倒霉的，谁不好惹，偏去惹了林家人，婚事被退，还不知道能找个什么人家，怕不是还能同她姐姐一般进董家的门……”

陈温从前只知流言猖獗，却从未亲耳听过，如今那话一字一句地钻进了耳朵，他才知，竟是如此难听。

陈温僵在雪地里，深吸了几口声。董家大公子董翼一晃眼瞧见有个人影立在了门前，刚抬头，就见到一道人影冲了进来。

董家的官职虽不高，但院子并不小，立在深巷之中，前院的一道墙隔开，与外头隔出了两片天地。

今儿早上江嫣一时兴起，搭了个木架在院子里，要画雪地里的几株红梅。董老夫人派人来说，小肉团子昨儿东西吃多了积了食，哭闹得厉害。江嫣便将那木架子让给了江沼：“你喜欢怎么画就怎么画。”

江沼捡了个现成的，安静地坐在院前廊下，一面赏着雪景，一面描着花瓣儿。

江嫣出嫁前，颇喜欢倒腾这东西，江沼那时就喜欢捡现成的，也是怕自己姿态、情调都做足了，却没能画出什么来，白费了那工夫。

江沼的画工并不精，只擅长画花瓣儿，今儿画的并不是梅花，而是一朵白色五瓣的油桐花。正画得入神，董家的小公子董凌过来取那长廊上搁着的几簸箕未晾干的药材，打算搬到暖阁里，一回头无意间瞧见江沼跟前的画板，便忍不住开了口：“江姑娘画的可是油桐花？”

江沼回头，目露诧异，随后那眼睛一亮，笑着说道：“倒是少有人认出来，连大姐姐都分不清，愣是说这是梧桐花。”

董凌被那笑容感染，也不自觉地扬了嘴角：“在下曾见过这花，前些年在下上山去采药时，无意间路过一片油桐林，恰逢五月初，油桐花开满枝，有幸见到了一场花雨，从此旁的花儿入眼，便再也不觉得惊艳。”

江沼难得寻了个知音。红梅好看还是油桐好看，江沼同江嫣争了好长一段时间，江嫣更是找了江燃和江芷，都说是红梅好看。如今听董凌这般说，就似扳回了一局，江沼心里一喜，便同董凌聊了几句。

俩人聊到兴头上，园子里突然闯入了一个人影，江沼听动静抬头，便见陈温僵在了雪地里，紧接着大公子董翼和门口守门的官家都到了跟前。陈温青色缎子的袍子上早已经落满了积雪，脸庞上还沾着雪水，一双眼睛里全是风雪留下的痕迹——通红而冰凉。

董凌心中一惊，连忙退到了一边。江沼也跟着起身行礼。陈温朝着两人走了过来，夹带着雪地里的寒凉，立在了江沼的面前，却对着她身旁的董凌说了一句："滚！"声音冷冽如刀锋，透着隐忍的怒气。董凌退了两步，转身离开了长廊。陈温这才将目光又落在江沼身上，一路上愧疚又自责，打定了主意要对她赔罪，然而等到了门前，见到这一幕，那心就似被撕开了一道口子，喉咙口如一把钝刀子慢慢割过，那痛咽不下去，也吐不出来。

"别再闹了，跟孤回去。"陈温艰难地说道。

江沼抬起头，淡淡地看着他，便又听他说："是孤不对，孤那日失言了，孤并非真要同你退婚，你同孤回去可好？"

陈温说完想靠她近些，才走了一步，却见江沼退了两步。他心头悬着的那丝不安越发地清晰，声音更低了些："你不能再待在董家，同孤回王府，明儿咱们就启程返回江陵。"

江沼就似没听到他说的话，目光瞥向雪地。陈温瞧着她的侧脸，清清冷冷，如同那日在王府后院那般，没有半点儿波动。天青色烟云缭绕，仿佛在他与她之间隔了千重迷雾，他越发瞧不清她。

陈温胸闷烦躁得厉害。从王府出来的那阵，他凭着一股劲恨不得冲到她跟前，却也没想过到了她跟前，该如何同她说。后来骑在马背上，瞧见巍巍千山万岭，白雪皑皑，想起那日五台山的雪也是几日未停，断了山路，才有了后来的那一遭。

陈温突觉心口有些凉，头一回有了后怕。万寿观之事，无论是哪一桩，说到底皆是因他而起，他都难辞其咎，今日他定会同她好好解释。

陈温低声说："在万寿观，孤并非有意要为难你，也并非想你去雪山上采药，只是那日孤恰巧不在。无论如何，皆是因孤，酿就了不好的后果，且对你造成了伤害，你我婚约乃御赐，孤不该当玩笑，更不该不听你的解释，便指责于你。孤同你道歉。"

陈温的话音一落，突如其来的一阵冷风，飞雪从廊下卷进来，似是吓着了江沼一般，只见她蹲下，行了个大礼："臣女惶恐。"

陈温呆呆地看着她，明白了她的态度，便没能再说下去。肩头的积雪渐渐融化，冰凉的雪水从他的颈上流下。曾从冰天雪地里来，他都未觉得冷，如今立在屋檐下，却突然就打了个寒战。他声音低哑地问她："当真不愿同孤回去吗？"

雪瓣落地无声，院子里极为安静，陈温的一双眼睛染了猩红，紧紧地盯着江沼，却终究还是听来了一句"解怨释结，更莫相憎"。陈温这才听见了风声瑟瑟，将那竹帘吹起，落下的那一瞬，陈温的心也跟着一道沉了下去。

解怨释结，更莫相憎。一别两宽，各生欢喜。

江沼这才抬头看着他，说："臣女以为，殿下并无错，万寿观江焕发热并非殿下所为，臣女上山采药是因臣女想救弟弟，与殿下并不相干，殿下不过是未能及时出手相助，既知道了前因后果，殿下就不该再生愧疚。退婚之事殿下亦没有错，就算是平民百姓，也有权退婚，更何况是殿下。我与殿下当属有缘无分，并无恩怨，我亦不会怨恨殿下，殿下也当放下，不必自责。"

江沼字字句句说得通透，将陈温心头的愧疚择了个干净，也是无形之中，把陈温从自己的人生中完全撇了出去。他是没有错，只是没爱过她。江沼的眼睛清透，没有怨亦没有恨，如同沁入了雪花，纯净却又冰凉。

严青终于追了上来，手里拿着陈温的大氅。却只见到了陈温从那堆了积雪的庭阶下来，脚步并不踏实。严青快步迎上前，便见陈温的脸色跟那脚底下的雪无异，白得吓人。

他的愧、他的自责，皆被江沼一一拆解了个干净。让他再也没了半点儿理由和借口出现在她的面前。

他的愧疚，她不需要。他的自责，她也不需要。字字决绝，不留半点儿余地，她这是铁了心地要同他一别两宽。

严青一直护送着陈温登了马车，才将手里的大氅递到他手上，随后放下帘子，离开了董家院子。

天色渐暗，严青进来点灯，见陈温的脸色已没有白日那般吓人，便禀报道："皇后娘娘听闻殿下要留在芙蓉城过年，放不下心，便让周总管和秦将军也跟了过来，如今两人已经在路上。"严青犹豫了一瞬又说，"听闻前几日皇后娘娘已给林家表姑娘寻了一门亲事。"他又看了一眼陈温，见其并无反应，才说了下半句，"对方正是秦将军。"

半晌，陈温说："东宫凡有背后揣测主子、妄议忠良之后者，罪不可赦，赏顿板子卖了。"他语气平淡，却让人生畏，"将林二爷身上的林姓取掉，既是私生子，又凭何证据证明他是林家之人。"

严青这才回过神，瑞王倒是没有说错，殿下要真心算计起人来，没几个人能比过他。林二爷的身份一曝光，比要了他脑袋还致命。

严青正准备出去，突然又想起林姑娘和林家二爷一样，皆是林家二房所出，林二爷一出事，那林姑娘的名声……严青便又转回了脚步，欲言又止了一番，才刚吐出了个"林姑娘"三个字，便见陈温的两道目光扫过来，顿时将话吞了下去。

午后宁庭安过来汇报灾情，说起了人手问题："大雪停了几日，如今又开始下雪，先前朝廷增派的人手多数派去了董家，若这节骨眼儿再下一场大雪，王府的人手便不够。"

陈温将那册子扔在了几上，面不改色地说道："派人去街头蹲，凡有闲情乱传流言者，皆可拉去充数。"

就算城府极深的宁庭安，也被陈温的荒唐之言弄得目瞪口呆。谁人都知陈国的太子，深明大义，冷静沉稳，爱民如子。

出去后，宁庭安便没忍住问了严青一句："谁惹了太子？"

严青倒也没隐瞒："江姑娘。"

宁庭安听了一诧。转个身便让侍卫去查了，便知今儿陈温去了一趟董家。

"从管家那儿听来的消息，江姑娘平日里不喜言笑，偏偏今日就同小公子说上了话，俩人正相谈甚欢，殿下过去撞了个正着。"

宁庭安让那小侍卫退下，嘱咐了一声："不可外传。"

那小侍卫便是那日在驿站被瑞王指派跟着江沼的侍卫，大名叫王三娃，后来被瑞王收进了王府，瑞王直接叫他"小三子"。

小三子点了头，刚出去就被瑞王叫进了屋里，瑞王问他："宁师爷让你去查什么了？"

小三子特别为难地摸了摸脑袋不肯说。瑞王一记眼刀递过去："是本王在养你，还是宁师爷在养你？"

那小三子便又说道："怎感觉属下成了细作。"

刚说完，屁股就被瑞王踹了一脚："宁庭安不杀人，本王会杀。"

宁师爷说过生命诚可贵，小三子这便全都招了。

陈温走后，江沼将画了半枝的油桐折好，交给素云，说改日等大姐姐再兴起时，她就补全这幅画。

今日太子是如何冲进了董家，又是何表情，董翼都看了个明白，夜里便对江嫣说："我瞧着那退婚的传言是假的，太子对四妹妹怕是用了情，今日好巧不巧就撞见了董凌，往后也不知道如何收场。"

江嫣也曾为江沼操心过。从江沼住进董家，她日夜没停连着絮叨了几日，见江沼油盐不进，对太子当真是没了念头，便也不再去撮合。今儿太子走后，她去江沼屋里，急得心肝发痛，结果江沼丢来一句"人的眼睛都是长在前面，往前看便成，何必又要扭着脖子回头望，岂不是累得慌"，江嫣彻底服气，叹这人一旦横了心要放下，再重拾起来，可就难了。

“四妹妹是咱江家的心头肉，自小就没了爹娘，往后的日子还能苦了她不成？她要真看上了小叔子，谁又会去拦着，就看小叔子有没有那个胆量。”

董凌当天晚上就表明了，他有那个胆量。他欣赏江姑娘——他问心无愧。

江姑娘说她喜欢油桐，姹紫嫣红不过是惊艳在枝头，如过眼云烟，留不下印象，唯有这油桐花花瓣似雪，看似清清淡淡，落地如雪，顺水而下便装点了最后的一抹春色。

那话钻入了他脑子，挥之不去。——惊艳不在枝头，若想绽放，便能赛过百花，瑰丽绚烂。

落夜后董凌去了江沼的院子，站在院门外将一卷画册交给了素云：“今儿因在下让江姑娘为难，董某不善言辞，唯有这幅画卷略表心意，江姑娘若是喜欢便留下，若不喜欢董某的歉意也并不会因此而改变。”

江沼接了过来，一幅幅画卷满是油桐花。

第二日又遇董凌，江沼便问：“董公子也会作画？”

董凌答：“谈不上会，只会画些花花草草，那画卷是董某献丑，难得江姑娘不嫌弃。”

深巷里的宅子藏得再深，只要有人就不怕消息传不出去。

宁庭安每日都会让小三子去打探，每回听小三子汇报完，都会特意加上一句“不可外传”，然而小三子转过头还是说给了瑞王。

如此忍了三两日，瑞王直接揪了宁庭安进来：“你就只知道打探，你要能耐，倒是想个办法将江姑娘从董家接出来啊。”

宁庭安说：“好。”

一日之后瑞王见宁庭安那头还拿不出主意，便讽刺了一声：“咱师爷这回江郎才尽了。”说完便自个儿让人去查董凌。

要让江沼回沈家不难，但得让沈老夫人和江姑娘彻底断了对董凌的念头才行。但那董凌就如同一杯清澈的白水，没有半点儿杂质，没有任何把柄，唯一的一点，便是董老爷子前几月喝醉酒同人口头结了亲家。酒醒后谁也没当真，瑞王却当了真。那家人不过是个做布料买卖的小商家，姓韩，董家这样的人家放在跟前，那便得抬头仰望。

不过半日的工夫，董家小公子要同韩家大小姐结亲的消息就传进了韩家和董家老爷子的耳朵。韩家老爷本没有念头，那流言起来后，就打了主意，若是能进董家，那便是高攀。韩老爷便借着这股东风，派媒人上了董家的门。

那媒人说道："既然董老爷同韩老爷之间谈过，这门亲就定下了，你说是吧，董老爷？"

董老爷如同哑巴吞黄连，有苦说不出。想说那是酒后胡话，奈何与韩家老爷子又有些交情，怕得罪了人，驳了人情面，董老爷没答应，但也没回绝。

这事眼瞧着就要成了，没想到那董凌是个硬茬，不怕驳人情面，直接拿了陈国的律法道，酒后言论皆当无效。不仅如此，董凌也不知是从何得知韩家大姑娘已有了心上人，且早已经暗通款曲。董凌给那姑娘留了情面，并没将事情都暴露出来，只说君子不夺人所好，韩家人一听立马掐断了念头。

瑞王原本也没打算要这事一定就成，不过是想让董凌沾点儿臊，好让他坏了在沈老夫人那里的印象。谁知不但没成，反而让董凌多了一个君子的美誉。

收拾地痞流氓瑞王在行，对这种没有半点儿污点的人，完全没辙，便又揪了宁庭安过来，威胁道："想不出办法，你这师爷就别当了。"

董家这事虽平息了，董老爷总觉得心头不安。曾在太医院当过几十年的差，就算没有深陷争斗之中，那么多年看也看会了，这事怕是悬乎。董老爷每日都是最后一个离开董家药铺，这日心里装着事，走得早了些，刚到董家院子的巷口便瞧见了一个人影。

那人董老爷认识，太子殿下的侍卫严青，董老爷的心头一跳，便确定了心头的那丝不安。

太子已经来过一趟董家，如今再派了人来，他家岂能没有自知之明。

太子之所以没有明着为难董家，是被他太子的身份和名声所拘，不会因妒而生恨，更不会因妒而报复。但心里又怎会不恨。

夜里回去董老爷便叫来了董凌："以往我对你说，人活一世，不就图个名利，也不枉自己来人世间走上一遭，当时你是如何答我的？"

"富贵在天，问心无愧。"董凌说道。

董老便说："你说得没错，富贵在天，我董家比上不足比下有余，虽仰望荣华富贵，但求的也是脚踏实地，多年基业之所以没有败坏，皆是因我董家先祖能辨清形势，能知难而退。你要活到我这般年纪，便也明白'问心无愧'四字背后，多半是身不由己。若有朝一日你所在乎的人会因你的一句问心无愧而陷于危难，你要那问心无愧又有何用，要是人人能顺遂，谁又不想一辈子顺心而活，问心无愧？"

董凌久久沉默，而后说："孩儿明白。"

第二日董凌去了药铺便再也没有回来，过了两日，江嫣去找了江沼："我那小叔子也是没指望了，到底还是个没主见的。"

江沼愣了愣，倒也没多少感触。走的那日，江沼将油桐画卷还给了董凌，说相识容易，知己难逢，这油桐花难得有个喜爱的人，董公子留着吧。

午后瑞王正同陈温对弈，小三子先进来禀报："江姑娘离开了董家。"随后，严青也进来禀报："江姑娘去了宁家。"

瑞王脸上刚露出得意之色，此时猛地一个起身，棋盘被他掀翻，棋子落了一地，有些慌张地问道："是宁庭安的那个宁？"

严青说："正是。"

今儿江沼的马车刚出董家，就碰上了宁夫人身边的丫鬟，说宁夫人这几日身子不适，卧床不起，心头惦记着姑娘，这才来董家接人。江沼人还没到沈家，接着就往宁家赶，这事谁也没有料到。

瑞王气愤了一阵，突然就笑了起来："行啊，他宁庭安有出息了，这招数实在是高明得很。"说完便将宁庭安叫到了跟前，头一句就夸了他，"不愧是你宁师爷。"谁能有他玩得这么妙。

宁庭安恭敬地说道："王爷谬赞，属下不过是照着王爷的吩咐，将江姑娘接出了董家，属分内之事。"

话音一落，瑞王抓起一把棋子就往宁庭安身上丢。宁庭安躲了几下，脸才没有遭殃。

陈温与瑞王不同，脸上看不出喜怒，淡然地起身离开了，没多问一句，也没对宁庭安撒气。他能如此大费周章地让董家自己知难而退，便也不会明着对宁庭安怎么样。

一日平静，到了夜里，严青汇报林二爷之事，陈温跟前堆了几大摞书，正看得入神。

林二爷的事情办起来不难，他原本就在芙蓉城出生，林家那位姨娘还是外室时，林二老爷并非一年到头都在她那屋里守着。严青去查，便发现二十年前林家曾经就闹过一回，林二老爷也不知从哪里查出来，那妾室曾经背着他留过表公子，还曾一度怀疑过林二爷是否亲生，后来又因姨娘有了身孕，此事便不了了之。严青知道并非巧合，而是殿下一早就知道，不过是林二爷这回不长眼惹了江姑娘，才会落得如此下场。

如此，严青以为殿下对宁庭安的所作所为实则也没有放下。这想法刚萌生出来，就听陈温说道："去查查宁庭安的母亲，十年前是否也去过围城。"

十年前，皇上与辽国的最后一战，被辽国用毒雾困于河北。江二爷率二百将士，连夜渡河将皇上从河北安全护送出城，自个儿则留下继续守城。辽国败退，河北却陷入了一场瘟疫，成了人人谈之色变的围城，瘟疫一起无人能治，只能封城，半月后江二夫人请旨前去。

瘟疫死了五万人，最后在江将军和江二夫人死后才得以平息，但江二爷和江二夫人是如何去的，仅剩下的几千人又是如何得救的，却没几人清楚。所有侥幸存活下来的人皆闭口不谈，但凡被问起，便脸色苍白，借口回避。

而从围城送回来的名册上，两人的死因均写的是瘟疫。陈温也曾问过皇后，皇后手里的一块上好的美玉直接摔了个粉碎，却依然没有透露半个字，只说道："这辈子咱欠江家的，怕是永远都还不清。"

陈温觉得蹊跷，今儿江沼被宁庭安的母亲接走，陈温才又想起了这桩旧事，宁庭安的父亲曾是江二爷的部下，恐怕当年去过围城的不只有江二夫人，还有宁夫人。

江沼对宁庭安的母亲沈烟青的印象并不深，实际若不是这回来了芙蓉城，她对沈家的人都陌生得紧。

与沈烟青仅有的一点儿联系，便是沈烟青每年都会给她寄信，日子就在她母亲祭日的前后，内容很简单，每年都是同一句话："沼姐儿可有长大了些？"

江沼去年才给沈烟青捎去了一幅幅丹青。当江沼跟着丫鬟身后，进了院子，宁夫人一眼就认出了她。

"起初我以为那描丹青的人，定是画功了得，才能将我沼姐儿画得这般好看，如今瞧见了人，倒是觉得那画儿普普通通，竟没能将我沼姐儿的神韵描绘出一二来。"宁夫人拉着江沼的手，将她从头到脚细细地看了一番，那琥珀色的眼睛里一抹熟悉的清亮，她心头突然一酸，泪珠便在眼眶里打转儿，"像你娘。"宁夫人背过身，趁着拿茶杯的工夫，将那泪忍了回去。她已好久都没提过妹妹，宁家人暗里实则都很避讳。

"三姨母可有哪里不适？"江沼适才进门还在担心三姨母的身子，往日没听外祖母提过，怎的说病就病了，进屋一瞧三姨母的脸色虽显苍老，却看不出半丝病态。

宁夫人一笑说道："你可怨不得我，我往沈家递了多少回信，都说你还在你大姐姐那儿。我可是数着日子呢，都快住了十来天了，这便没忍住，让丫头跑了一趟，去董家抢人。”

这话逗得跟前的丫鬟一阵哄笑，江沼神色这才松了松：“三姨母身子无碍就好。”

宁家人丁不多，上头二老都已不在人世，宁大爷有两兄弟，均隔了一道院墙，如今大房剩下的就只有宁夫人和膝下的两个哥儿，大哥儿便是宁庭安，二哥儿宁庭耀在私塾念书等待考取功名。

宁家最初不过是江陵东街一个卖豆腐的人家，后来宁大爷跟着江家二爷上了战场，立了几次功，便迁到了芙蓉城老家，宁家才跟着一块儿起来，开始进入官场。十年前江二爷带去进围城的那两百人中，就有宁大爷。

从围城回来后宁大爷的身子骨就出了问题，常常一人胡言乱语，再也提不起刀枪，回围城后的第五年，便撒手人寰，留了宁夫人孤儿寡母三人。好在宁庭安也是个有出息的，拜了王阁老为师，又投靠了瑞王，混了个师爷的名头。没有宁大爷，宁家在芙蓉城也是家喻户晓的人家。

宁夫人拉着江沼喝了一上午的茶，把衣食住行都问了一遍才带着江沼出去逛了逛园子。

北屋那边的库房今日照例扫洒，兵器抬出来搁在门外，哐当直响。江沼一行人路过，宁夫人忍不住再三嘱咐：“手上当心些。”

江沼便问：“这可是姨父当年的库房？”

宁夫人说：“正是，当年他一个卖豆腐的秀才手不能提肩不能挑，后来能跟着你父亲上战场，可没少吃苦头，一身的嫩肉硬是晒得结结实实。”宁夫人说完，便看着江沼，“不过比起你父亲，这又算不得什么，当年你父亲在战场上能让辽军闻风丧胆。”宁夫人又找了个话头聊下去，聊着聊着就聊到了江沼母亲和父亲的头一回见面，“当年陈国同辽国交战，正是兵荒马乱，别听人人都称她沈大夫，却是个不认路的，去山头上采草药，就能采到辽国的敌窝里去。若不是你父亲单枪匹马趁夜摸进敌营，点了一把火烧了营帐，你母亲那一回就该回不来了。”

江沼很少听起母亲的事，更莫说母亲和父亲，便主动去问：“后来呢。”

宁夫人一笑：“后来？后来不就有你了吗，你父亲英雄救美，你母亲芳心暗许，日日在我跟前絮叨你父亲。”

这感觉江沼倒是熟悉。她埋着头听，不知不觉地跟着宁夫人走到了长廊尽头，跟前突然一片开阔，院子里白茫茫一片，也瞧不出什么，出来走一趟，也就是为了透透气。

江沼吸了一口冷气，鼻头微微泛红，宁夫人便说：“咱还是回屋去，这廊下风大，当心别冻着了。”

宁夫人先转了身，没见江沼过来，回头去瞧她，就见江沼立在那里，认认真真地看着她问道：“那父亲喜欢母亲吗？”

宁夫人愣住，刚想开口，见江沼目光灼灼，又将那话吞了下去，轻轻地问她：“你可是听说了什么？”

江沼微微垂目：“好歹他们也陪了我七年。”

日日相见，喜欢不喜欢怎会看不出来。宁夫人心口猛地揪住，心疼地瞧了她一眼，过去牵了她的手慢慢地往回走，说：“有些事旁人又岂能说得清，就连你母亲和父亲，到最后怕是都没能明白过来。”

话说完，那心就又似被刀在割一般，宁夫人眼眶一热，没忍住掉了泪，忙转身用手背擦了，本想绕开这话不再谈，却又听江沼问她：“姨母那年也去了围城，可知我爹娘是如何去的？”

爹爹是将军，母亲是大夫，既然几千人能出城，其中怎就没有他们，又为何母亲走之前会抱着她哭，会对她说对不起，要她好生照顾弟弟。这是料定了她自个儿会死。

江沼问完，宁夫人一张脸血色褪尽，眼睛空洞无神却又透着某种恐惧和悲痛，一时竟喘不过气来。

宁夫人这回倒真是病了，在长廊上就头晕目眩，待江沼和几个丫鬟将她扶回屋里，缓了好一阵才有了力气说话。江沼便再也不敢提爹娘之事，横竖这些年也都熬了过来，不知便不知罢。

宁二公子今日听说表姐来了家里，也归了家。好不容易人凑得齐，宁夫人早早就让丫鬟摆了桌，坚持要下床陪几个孩子吃顿饭。江沼也拧不过她，搀着她去了前厅。

宁庭安回来后先进屋净了手，再理了理身上的衣袍的褶皱，刚往外跨了两步，便见江沼扶着宁夫人走了进来。

江沼上回见宁庭安还是在王府，当日还是宁庭安将她送回了沈家，江沼心存感激，唇角一弯唤了一声“表哥”。

宁庭安立在桌边，一脸温和的笑：“表妹好。”

宁二公子的性子比宁庭安开朗，早听说江家表姐要来，便存着几分好奇，如今见到本人，叹了声仙女下凡也不过如此，便热情地同她拉起了家常，说多少年没见了，若不是这回来家里碰个面，往后走在大街上说不定两人擦肩而过都不认识。

江沼微微一笑，还真被表弟说中了，宁庭安当初就站在自己面前，自己也没将他认出来。

“别只顾着缠你表姐说话，菜都凉了。”宁庭安没再让他说下去，将宁二公子拉到了桌边坐下。

江沼和宁夫人坐一边，宁庭安和宁庭耀坐一边。席间，宁庭耀见江沼面前少了一碗鸡蛋羹，便将自己面前的那碗推到了江沼跟前，谁知被宁庭安又给挪了回来：“表妹怕是食不得鸡蛋。”

江沼抬头微愣，宁庭耀也看着他。

宁庭安笑着说道：“听外祖母提过四姨母曾食了鸡蛋，满颈子都是疹子，我亦是如此，想必表妹也不能幸免。也就娘和你是个例外，你自个儿吃就好。”

宁庭耀看向江沼，见江沼点了头，便有些诧异地说道：“我还以为你这毛病是宁家祖宗留了下来，没想到居然是外祖母家传过来的。”

宁夫人又气又笑，江沼也跟着唇角轻扬。

用完饭宁夫人也没再留江沼，让她回房早些歇息。宁庭安便吩咐丫鬟将他屋里的两床云锦被拿给江沼，说宁家屋子里没烧地龙，夜里怕冻着了江姑娘。

宁夫人身子骨不好，时不时地病一回，宁家的大小事务早就由宁庭安在打理。待夜色沉下，西院的灯一灭，丫鬟便过来禀报说："江姑娘歇下了。"

宁庭安才从那庭阶上来，立在长廊下，身后小厮提着灯，昏黄的光晕映入夜色，雪花肆意纷飞，又是一个雪夜。

那年也是如此大雪，父亲将他叫进了屋里，告诉他："往后就算是拼了你的命，也要护住沼姐儿和焕哥儿。"

师父对他说，有些事即便世人不知，要选择遗忘，可总得有人记住。

——他记住了，这辈子他便以命护着他们。

宁庭安收回了视线，脚步不徐不疾，身后的小厮跟了一段还是忍不住说道："太子殿下还在外面。"宁庭安脚步一顿，回了声："随他。"

陈温站在宁家巷口，眼瞧着那院子里的最后一盏灯灭了，身子僵在雪地里动也不动。

今日严青去查了，宁庭安的母亲确实去过围城。不过也仅查到这里，其余的消息就像那些老臣知道的一样，江沼父母还能因何而死，自然是死于瘟疫。

"属下以为宁师爷知道些什么。"严青说道，陈温没答。

用完晚膳，陈温说出来走走，却不知不觉走到了宁家门前。夜色渐深，白日里的那丝淡然和平静终于渐渐地开始土崩瓦解，几度曾想等着那扇门敞开，此时瞧见那熄灭的灯火，就似那日他站在雪地里，透过纷纷扬扬的大雪望去，看见她坐在画板前，和董家公子谈笑，如沐春风，胸口的那股烦躁蹿出来，几乎难以自控。那笑他看了很多年，却头一回见她对别人笑。她曾在东宫住过无数个夜晚，如今却住进了宁家，陈温说不出来是何情绪，只觉怒火烧得慌。

“将宁庭安给孤叫起来！”陈温说完转过身钻进了马车。

大半夜，瑞王府灯火通明，陈温坐在榻上干等，等宁庭安。到了丑时宁庭安才迟迟而来，陈温压住心头的火气，抬头扫了他一眼：“坐。”

位置陈温都给他预备好了，册子也给他摆在了木几上。宁庭安却杵在那儿，并没有落座。

陈温看着他，说：“近日城中染风寒的人越来越多，孤怀疑有传染的可能，需得细细追查，师爷既负责此事，当不介意替孤分忧吧？”

宁庭安这才作揖道：“能为殿下效力，是属下的荣幸。”

宁庭安坐下后，严青便上前同他解释。摆在他跟前的册子是董家留下的患者名单，严青说：“还请师爷将这册子的内容补全，包括风寒患者的家里人口、年龄，都详细地记录下来，倒也不用师爷挨家挨户地跑，王府应该有芙蓉城所有人的户籍，师爷查查就行。”

查查就行，那也得查个三五日。三日后是沈老夫人的寿辰，他是去是留已经无所谓。宁庭安温润地一笑，一时没动。

陈温见他不动，问道：“孤有为难到宁师爷吗？”

宁庭安态度恭敬，说的话却不尽然：“殿下难道没有为难属下？”

屋内榻前立着一盏油灯，陈温胸前的四龙纹在灯火下半隐半现，无不彰显出权威。陈温的目光冷冷地落在宁庭安身上，宁庭安终是起身后退两步，双手相握对他行了个礼。

过了半晌宁庭安便听得一声“有”，陈温就不信宁庭安今儿不知道他在门外。

宁庭安沉默，若太子要耍无赖，那他宁庭安无话可答。

待陈温起身离开后，宁庭安才直起身，看了一眼守在自己身边的严青，说道：“你应当出去瞧瞧外头有没有听墙根的，否则你家殿下的名声恐怕不保了。”

——仗势欺人，蛮不讲理，与太子行事稳重的名声可大不相同，宁庭安不明白他这又是为何，人不是他先不要的吗？

严青之前就听小三子说过，宁庭安是个不怕死的，今儿算是彻底见识到了。

“宁师爷多保重。”严青也退了出去。

宁庭安熬了个通宵，第二日陈温起床更完衣，从门口进来，见他脸色带着疲倦，心头的气到底是顺了些，转头吩咐严青：“将早膳给宁师爷送进来。”

王府今日清晨蒸了鸡蛋羹。满满的一盅放在宁庭安面前，宁庭安将所有的菜都吃了个精光，唯独就那鸡蛋羹没碰过。严青收拾盘子的时候好奇地问了一句：“师爷不喜鸡蛋？”

宁庭安想起昨儿宁二公子说的那话，便直接照搬了过来：“从外家传过来的毛病，吃了会起红疹子。”

屋子里就三人，宁庭安和严青说话，陈温也听进了耳朵，翻动书页的动作突然停住，顿了几息才艰难地侧过头问宁庭安：“宁夫人也是如此？”

宁庭安说道：“家母没这毛病，倒是四姨母有。”

宁庭安的四姨母就是江沼的母亲。陈温一噎，一股燥热冲上了头，蔓延至全身，之后再一点儿一点儿退尽，如同被抽光了所有的力气，撑着身体的胳膊肘落了下来，无力地将身子靠在榻边上。

母后曾经说：“本宫瞧着沼姐儿拘谨得很，太子给沼姐儿夹些菜。”

陈温还记得他给她夹了什么——鸡蛋羹。

因为那盘鸡蛋羹就放在他手边，不需要他多费半点儿力。那日宴席后，他见她颈子上起了几颗红点，问她怎么了，她慌张地用手盖住说：“无碍，被蚊叮了几口。”

他并无怀疑，甚至未多看一眼。之后每回的宴席，他只会给她舀鸡蛋羹，见她用了个精光，他还以为她喜欢。她生辰那日他问她喜欢什么，她说：“只要是殿下给的，臣女都喜欢。”那日他便送了她一颗宝石，还让厨房多备了一碗鸡蛋羹。

之后他没再瞧见她颈项的红点，皆因她喜欢上了高领的衫袍。他问她不热吗，她笑着说好看。

往日的每一个画面都如同昨日重现，不断地浮现在眼前。陈温猛地闭上了眼睛，心口如剪刀刺入一般绞痛难耐，喉咙口的那股酸涩蹿上来，他紧攥住了拳头，手背青筋根根乍现。

周顺说江姑娘心悦殿下，母后说沼姐儿心属于你，两人皆提醒过他当对她用些心，可他究竟还是没在她身上花费半点儿心思。他有他的宏图大业，心怀天下、心怀百姓，他想她乖巧懂事，不给自己添任何麻烦，即便是他不花一分心思，她也能乖乖地待在他的身边。她确实如他所愿，很乖巧，而他又亲口说了不要。

回忆如刀，刀刀割在他心上，陈温艰难地滚动了一下喉结，坐在那椅子上久久未动。门口的小厮提了一个食盒进来，交给了宁庭安，说是宁夫人送来的糕点，怕他一忙起来饿着肚子。

宁庭安将那食盒接过来打开，里头是一盘五瓣油桐花形状的点心。

陈温空洞的眼睛下意识地瞧了过去，那盘子里的点心他再熟悉不过，也白白吃了不知多少年。江沼喜欢在点心中间放一粒芝麻，如今宁庭安那盘里的便是。

陈温突然从椅子上站了起来，往门口冲去。严青赶紧跟上，跟至门口，见陈温回头，猩红的眸子狠戾得吓人："人呢？"

空荡荡的巷口，哪里还有什么人。

严青被陈温震住，自是知道他在询问何人，连忙答道："适才一辆宁家的马车过来，奴才并没有瞧见江姑娘。"

昨夜落了一夜的雪，门庭前的雪小厮还未来得及清扫，陈温一脚踩下去积雪淹没到了小腿。雪渣钻进筒靴，瞬间化成了水。

四处都是积雪，宁家的马车走得并不是很快，从王府的那条巷子里出来，不过才打了两个弯，身后便响起了马蹄声。马车被挡了路骤然停下，江沼身子跟着往前仰。陈温倒是没猜错，江沼确实在那马车上。

今儿早上江沼起来后才得知，宁庭安丑时便被严青请去了王府。宁夫人身子骨不好，经过昨日的惊吓，终究还是没能起身。屋里的丫鬟忙着照顾宁夫人，都腾不出手，哪还能顾得到宁庭安。从来芙蓉城，宁庭安没少照顾她，江沼便想着做些糕点给他送过去，马车到了瑞王府，江沼并没有下去，怕人多眼杂。——怕麻烦。

谁知到头来那麻烦还是找了上来，当江沼拂帘，瞧见马车前立着的那道人影，眉毛不自主地拧了拧。这天气要下马车，怪冷的。

四周的人都退了下去，江沼手里握着暖炉，从马车上下来对着雪地里朝着他走来的陈温行了礼。刚蹲下眼前突然一道黑压压的影子罩下来，陈温将自己身上的青色斗篷披在她身上，麻利地在她胸前打了个结。江沼很不适，往后退了两步，想脱掉斗篷。陈温却突然伸手握住了她的手腕："别再躲着孤。"

一团浓云晕在天际，天空压得很低，唯有那银雪的光照在她脸上，陈温清楚地看见她眉头轻蹙，冷冰冰的眸子如刺无声无息地扎在他身上，让他突然生了惧，手指一颤，缓缓地松开了她。冷风从他的掌心拂过，冰冷刺骨，陈温的喉结艰难地滚动，说道："孤今日也未曾用过早膳。"他被风雪吹了一路，声音低沉而沙哑。江沼抬头诧异地望了过去，便见那双眼睛里也带了风雪吹过后的痕迹，眼角通红。

雪天里的冷风如浸了寒冰的刀子，刮在人身上，只觉得连肉带皮地一阵疼，陈温的声音更加低沉："你什么时候再来同孤做一顿早膳？孤想吃你做的点心、你熬的粥，还有你煲的汤。"他还想像从前那样。他想要她给宁庭安的那盘点心。

江沼诧异地看着他，不过片刻便也明白了，说："殿下若是喜欢臣女做的那些吃食，臣女回去将制作的法子写在纸上，殿下拿回去交给……"

"倘若孤只喜欢你做的呢？"陈温打断了她，深邃的眸子里好似燃了一团火焰。

江沼怔住，眼里的诧异更甚。

寂静的巷子里，白雪铺地，一辆马车两道人影，任由冷风吹。良久，一道轻轻的声音响在雪地里，落地有声，字字句句都清晰无比："殿下是太子，殿下要臣女做什么，臣女又岂敢违抗，只是，殿下非要如此吗？殿下应当知道，你我再无婚约，亦无半点儿关系。"

陈温终究是没再从那双眸子里找到半丝温度——没有眷恋，没有心痛，哪怕是同情也没有。他的心不断地往下沉，沉到不见底的深渊。陈温声音低哑地问她："孤给你鸡蛋羹，即便你知道吃了会长红疹子，也会往下吞是吗？你为何不同孤说？"话说完喉咙便又堵住了。就算是她当时说了他也未必记得。

冷风裹着积雪吹着，停了半晌，江沼说："都过去了，殿下。"

那些曾经所有的执念，她想尽千方百计去化解，到最后才发现，只要她放下了那个人，一切都迎刃而解。没有放不下的人，没有解不开的结。江沼大抵没想到他还会陷在自愧之中走不出来，再次劝他："殿下不欠我的。"她低头解开了陈温的斗篷，递到了他手上，轻声说道，"以往种种臣女都已经忘了，殿下也忘了吧。"

那斗篷挂在他手上，还余有她身上的温度，带着一抹抓不住的淡淡幽香，不过一瞬便被凉风吹得无影无踪。江沼转身离去，雪地上留下一串脚印。

陈温看着那道背影，忆起那年初春她假装不经意地从巷子里出来同他偶遇，实则他知道，她是抄了近路，故意来到了他跟前。那日他随同伴去狩猎，并没有同她多说一句，在她走后，只回头瞧了一眼她孤寂的背影，竟也生了几丝怜悯，之后便又让周顺送给了她一颗宝石，他以为便能弥补了。如今当自己体会了一把，便知其中滋味如何。

陈温心头竟生了恐慌。倘若他不想放手呢？倘若他不想忘呢？陈温踏着那脚印追至她身后说道："以往孤冷落了你，是孤不对，往后孤将你放在心上如何？”

海棠色的身影停顿了一瞬，她转过身来，脸上却没有波动，只是带着微微的歉意：“可臣女的心上已经没有了殿下。”

陈温看着那马车帘子在他眼前落下，冰天雪地之间宛如只余了他一人。

陈温从王府冲出来时快马加鞭，回来却是悄声无息，严青跟在他身后，一声都不敢吭。

宁庭安早已经不在，屋里光线暗沉，严青进去替陈温点了灯，掩好了门退了出去。陈温坐在那榻上好一阵才发现，身旁木几上搁了一个盘子，里头正是今儿江沼送给宁庭安的油桐花点心。

清晨府门前的那阵马蹄声响起时，屋里的宁庭安安然自若地吃起了点心。小三子照瑞王吩咐，过来寻人，便见宁庭安将那盘子里仅剩的一块点心搁到了陈温的几上，说：“是我愚钝，这才想起来，殿下刚才那神色，似乎对这点心也喜欢得紧。”

陈温骨节分明的手指扣在榻几边缘，渐渐地泛了青，却如宁庭安料定的那般，他不会扔。舍不得扔。扔了便不会再有。他又何曾想过，往日他从不在意的东西，有朝一日，会让旁人来施舍。

雪夜寂静，唯有铜壶滴漏的水声清晰入耳。陈温双手撑着膝盖坐到了子时，眸子里的星火便如同被冻住的冰山，凉得让人打战。

陈温没去动那点心，起身熄了灯。

次日清晨，宁庭安正同小三子一众侍卫在晨练，便见校场门口处走过来了一道人影。黑色缎子上的龙纹尤其醒目。众人齐齐躬身相迎，陈温的脚步停在了身着四品官服的宁师爷身旁，往下瞧了一眼那隐在袖筒后的一张脸，清逸俊秀，不卑不亢，似有一身折不断的傲人风骨。

陈温面对着宁庭安，让他直起了身，说道：“孤今日陪师爷练一把，师爷无须紧张，也不需承让。若是赢了，孤准你三日休沐，若是输了，孤罚你三日不得归家，需得通夜将那风寒名册理出来。”

这貌似听着很公平，但细想便知，两日后便是沈家老夫人的寿辰，这要是输了，宁师爷估计就无法去沈家贺寿。宁庭安自知躲不过，便拱手恭敬地说道：“不知殿下要同臣比什么？”

“角力。”

——干脆直接。

宁庭安神色怔住，众人皆是屏了气。冰天雪地里同太子比角力。谁敢？

“你应当知道，你今日若不尽全力，孤并不会因此而手软，孤知你胆识过人，在旁的事情上你都能不怕死，千万莫要在这上头吃了亏。”

陈温是储君，从出生起，所有的时间都被安排得满满当当，他不愿浪费半点儿时间在儿女情长之上，那必然在另外一方面有一番成就，文能治国，武能安邦。

宁庭安虽亦是文武双全，但在陈温面前，还差得远。直到宁庭安躺在那地上爬不起来，甘愿认输，校场里的一场晨练才终于收了尾。小三子将宁庭安的惨状汇报给了瑞王之后，瑞王哂笑：“他宁庭安是个人才，本王都不敢做的事，他敢。”

江陵的周总管和秦将军到王府时，陈温刚从校场回来。周顺快有一月未见到陈温，免不得神色激动，然而一腔热情却对上了一张冷脸。两人进屋复命，陈温听完一个字都未答，手一招将人全撵了出去。

入夜后周顺便察觉到了不对劲：“殿下这是怎的了？”往日虽也冷脸，不喜说话，但这回，冷得有些过头了。

严青的表情复杂，倒是简短地给了句话：“掉了个位。”周顺不明白，严青又说，“昨儿殿下同江姑娘示爱，被江姑娘拒绝了。”

这回周顺听懂了，僵在那寒风里吹了好一阵风都未有知觉。——报应来了。周顺摸了一下袖筒里的圣旨，终究是没往瑞王屋里走，转身又进了陈温的屋，冒着杀头之罪将那道圣旨搁在了他跟前：“殿下，奴才将命都搭上了，殿下可莫要奴才真掉了脑袋。”

皇后娘娘虽指明了这道圣旨要交给瑞王，但周顺觉得这东西搁哪里都没有搁殿下这里安全。娘娘虽拟了退婚的旨意，但能瞧得出，对这桩婚事并没有完全放弃，若是殿下能挽回，圣旨也能收回，如今只要江姑娘那里能稳住，这东西殿下就能自个儿先藏起来。

周顺从小跟着陈温，摸透了他的性子，东宫就进过一个姑娘，要问他心里有没有江姑娘，那定是有的，不过就是不太上心。这些年他也算是看了个明白，就因为殿下不上心，才让下头的人对林姑娘燃起了希望，实则那林姑娘殿下哪里又会多看一眼，恐怕至今连她名字都记不全。万寿观那事，他一个没跟上，殿下便犯了糊涂随口一个退婚。谁承想人家江姑娘当真了，殿下便成了搬起石头砸自个儿的脚。在东宫时，曾经周顺就不止一回地劝过他，对人家上心些，殿下却不以为然，如今倒是知道上心了，却为时已晚，人家不愿伺候了。

“江姑娘同皇后回的那话，是铁了心地要退了这门婚事，殿下可得仔细想想当初在万寿观里，江姑娘到底是因何而寒了心，待殿下想明白了，对症下药便是。”

从两人闹退婚以来，这是陈温听过的最有用的一句话，严青是个死脑筋，陈温自个儿更不用说，谁都想不到那点子上，今儿周顺几句就将那火药引子都揪了出来。

陈温那双如同死水般的眼眸，终于又泛起了点儿水花，他曾经也想过，从喜欢到放下必定是有原因的。为何而寒了心？并不只是随口的那句退婚，亦不尽是那日他对她的态度。

因两者他都去致了歉，并没有见她表情有半分波澜，甚至他自省了，承诺往后他会多花心思在她身上，她皆是无动于衷。陈温手肘撑在几上，五指抵在眉间，久久沉思，最后脑子里闪出了一个念头——莫不是那林姑娘？

那传闻里，将他对林姑娘的感情说得头头是道，想必她是信了去。

他似乎还未同她说清楚，他并不喜欢林姑娘。

陈温似乎突然又抓住了那绳子的头儿，重新燃起了希望。脸上的寒冰渐渐地消退，声音也明朗了些："过两日沈老夫人寿宴，去备些礼，孤去贺寿。"

比起陈温的翻江倒海，江沼完全没有把这事放在心上。昨儿回去，在马车上，素云倒是忍不住对江沼说道："小姐，奴婢瞧今儿殿下那神色，似是伤了心，恐怕殿下心里也是有小姐的。"

江沼嘴角轻扬："十年都没有，退了婚他就有了？"

不过是他知道了往日的一些事，觉得他欠了她。但这种愧疚，她最是不缺。父母为国捐躯，这份功劳已经给她带来够多的补偿，又怎会再去稀罕太子这一份。

江沼回去后宁夫人已经下了床，瞧见江沼进来，忙起身语气略带了责备："你是过来做客的，府上又不是没有人手，怎就让你跑了这一趟，这冰天雪地的，你也不怕冻着了自个儿。"宁夫人一激动又是几声咳。

江沼说马车去马车回，她都快裹着那粽粑子了，哪里还冻得着，说完便将焐住手炉的一只手轻轻搭在宁夫人手背上，宁夫人的神色这才松缓下来。

宁庭安却连着两日未归。再过一日便是沈家老夫人的寿辰，江沼最迟明儿一早就得回沈家。宁夫人那身子骨，怕是挪不到沈家。江沼让马夫载着她去了一趟集市，这两日她做的那些糕点，见宁夫人很是喜欢，便想起多做一些，留着给三姨母。倘若表哥还未归，也好让丫鬟送些现成的过去。

接近年关的这几日，街上就算是积雪三尺，也是人头攒动，热闹得很。江沼坐在马车上，素云去铺子里照着她说的买，拿过去先给她过了目，一直挑到她满意的为止，这一来，倒是耽搁了些时辰。

马车停在街边上本也稳稳当当，谁知突然被人撞上，里头的江沼跟着一阵摇晃，随手拂起了帘子探头出去，便同一个姑娘的目光撞了个正着。那姑娘的神色惊慌得很，连对着江沼说了几声对不起，转身匆匆隐入了人群中。

待素云付了账出来，见江沼已经从马车上下来，立在了雪地里，脸色不太对。刚才那姑娘若是素云瞧见了，也能认出来。

江家世子爷江言恒，曾经画过无数张美人丹青，皆是同一个姑娘，江沼认得，就是刚才那姑娘。江沼也是后来才知道那是个青楼女子。

江言恒喜欢上了青楼女子，在江家并不是秘密。大伯母曾经就哭着劝他："明知没有结果，你怎就不懂收手，为何就不先掐了这段孽缘。"

江言恒沉默良久，终是回答了一个"好"字。那之后江言恒便将屋里的丹青烧了个精光，然而眼里的光亮却再也不复存在。江沼便知道大哥心里还没放下，如今这姑娘却被她冷不丁地在芙蓉城给遇上了。

江沼不知大哥同罗姑娘还有没有联络，也不知道，他是否得知她来了芙蓉城。江沼没再停留，转身上了马车。也等不到明天了，今日她怕是就要先回沈家。

宁夫人听说她今日就要走，失落感明眼可见地写在脸上，明日母亲的那场寿宴她怕是去不成了。江沼宽慰道："我开了几个药方，姨母只要按时喝药，身子定会好起来，待过完年，我再来瞧姨母。"

宁夫人笑了笑，答应了，转过头对丫鬟使了个眼色，就见那丫鬟递了一对镯子过来，说："我这里比不得你江家，东西不值钱，就是个纪念，不枉你来你三姨母家里走了一趟。"

江沼收了，说："沼儿喜欢呢，多谢三姨母念叨。"

宁夫人又想起了一样东西，让江沼先等等，起身去了床榻边上，摸了好一阵才摸出来了一把小弯刀。刀身被擦拭得干干净净，看得出平时没少爱护。

"当年你娘走哪儿都喜欢揣着一把刀，说既能采药还能防身。后来一次采药，刀不小心坠了崖，你母亲回来后就哭了鼻子，说那刀跟了自己好几年有了感情，当时哭得上气不接下气。谁知第二日就拿了一把新刀在我面前显摆，说衣不如新，刀亦如是，见她那羞涩模样，我便猜了出来，定是你父亲送的。”宁夫人嘴角扬起了笑容，不过片刻，那笑容慢慢地淡了下去，“这刀你母亲进围城时也带在了身上，那日我和她正采药，听到山下的号角声，你母亲便丢了这刀给我，让我先等她，谁知道这东西就永远地留在了我手上。”宁夫人将刀递给了江沼，“如今既然你来了，这东西当留给你。”

江沼握住那刀，手指在那上头轻轻蹭了蹭，低声问道：“父亲呢，有留下什么吗？”

宁夫人眼睛一闭，脸色苍白而悲痛：“什么都没有留下。”

除了这把弯刀，两个人当真是什么都没留下——死得干干净净。

江沼见她脸色又不对，立马打住了，扶了她躺下。待宁夫人平复下来，江沼才走，人都走到门口，宁夫人突然从床上半撑起身子，说：“丫头，有些事并非你看到的那样，你听到的也不见得就对，当年江家给了你父亲几幅画像，可是你父亲亲口说要娶你娘。”

江沼的身子僵了僵。

宁夫人又说：“可惜这事我也是后来才知道，你那个苦命的娘，到死都不清楚。”宁夫人心疼，声音一时哽咽，“谁又能说得清呢。”

若是不喜欢，又怎可能那般随她而去。

江沼一脚踏出门外，那冷风激得她深吸了一口气，愣是立在庭阶上好一阵才抬起手盖上了斗篷，直往门口走去。

江沼回到沈家，一进门就让素云去找了二表哥，让他帮忙寻一人。寻寻芙蓉城的酒楼和青楼，有没有一个叫罗姑娘的。又怕沈颂不好找，江沼临时描了一幅丹青，虽画不出眉目之间的神韵，好在轮廓是出来了。江沼没同沈颂说为何要寻，只道是一位江陵有名的弹琵琶的姑娘，无意中听说她来了芙蓉城，想问问她琵琶弦线若是断了，当如何接。

沈颂便信了，当日拿着那丹青就去寻人，好巧不巧，就在醉红楼里碰到了小三子。今儿王府刚从江陵来了两人，都是太子殿下的人，一个是周总管，一个秦将军。宁师爷让他来醉红楼买些酒回去，说晚上要好生招待一番。

小三子认得沈颂，上前询问了一番，一回到王府便都汇报给了瑞王：“属下今日在醉红楼碰到了沈二公子，她在寻罗姑娘。”

前几日瑞王去百花楼听曲儿，挑了无数个美人儿挨个儿给他奏琵琶，均不是他想要的那个，最后也就只有那位从江陵过来的罗姑娘稍微让他满意些，小三子便留了印象。

瑞王倒觉得稀罕了，说道：“沈二公子那闷葫芦如今倒也有了这雅兴。”

小三子解释道：“沈二公子倒不是为了听琵琶，说是府上有一把琵琶断了弦线，也不知道从哪儿听说了罗姑娘，想问问她如何接弦。”

瑞王起身，走到他跟前，问：“琵琶弦断了？二公子当真如此说？”小三子点了头，瑞王便又将他指派了出去，“你去百花楼让人将罗姑娘接出来。”

沈家会弹琵琶的人，就一位，还能有谁的琵琶断了弦线。

瑞王这几日没怎么出去，太子心情不好，怕他殃及池鱼，便也不知外头的风声，小三子这一打听才知，那罗姑娘前几日已经被一药铺商贩花重金给买了回去做妾。

小三子打听到的消息，沈颂也打听到了。

“买走罗姑娘的商贩倒是同我沈家有来往，有不少药材都是从他手里进购，若是表妹想问些事，我可以捎个信替你问问。”

江沼愣了神。早几日就被买走了，那今日怎就慌张地出现在了街头，江沼心头虽有疑问，但到底还是没再管，说：“倒是不必，我再问问旁人便可。”

沈二公子从竹苑出来，转头就碰到了沈霜，沈霜问二哥找表妹是有何事，沈二公子便随口说了一句：“四姑母留下来的那琵琶似是断了弦。”

沈霜一愣，便也记在了心里。江沼去董家和宁家的这些日子，对她来说简直度日如年，生怕江沼鬼迷了心窍，真要放弃了太子，另寻亲事。

沈霜去江沼屋里坐了一阵出来，心里更乱了。她才一开口提及太子，就被素云岔开，几句下来便也明白了，表妹这是铁了心地要同太子一刀两断。正不知该如何是好，太子身边的侍卫竟给她送了一份谢礼，答谢她当日递过去的消息。

沈霜心头一激动，恨不得掏心掏肺，没管消息有用没用，一股脑儿全都告诉了对方："四姑母留下了一把琵琶，最近断了弦线，表妹正急着四处寻弦线。"

那人是周顺派来的，他不过是听严青提了一句，便恨不得敲了他脑袋，有个现成的通风报信之人，竟不懂挽留。那江姑娘在沈府有个什么动静，沈府的三小姐还能不知？这线搭上了，不知道省了多少力。

午后周顺趁着给陈温沏茶的工夫，提了一句："听说江姑娘母亲留下来的那琵琶弦断了，今儿还让沈家二公子四处在寻。"

周顺偷偷瞥了一眼陈温，这消息得来不易，还望殿下能握住机会。

周顺这些年最后悔说过的话大抵便是：有哪个姑娘不喜欢宝石。

殿下旁的记不着，倒是将他这话记进了心里，可再喜欢，也经不起他几年来不重样地送。后来周顺便悟出来了，殿下这是懒得去揣摩人心思，送宝石高贵又方便，图的是省事。这回栽了个跟头，该也知道了，送人东西需得上心。

一盏茶没喝完，周顺便听陈温问道："何处有琵琶弦？"

周顺长松了一口气，总算没再想着那宝石了。

琵琶弦线好找，但好的弦线并不多，陈温让严青出去跑了一趟，买了一堆回来，皆是市面上常见的。严青说："属下听人说如今最稀罕的就是钢丝弦线，结实不易断，工艺极为复杂，市面上重金难求。前儿倒是有人见过那钢丝弦线，不过听说那人今儿早上已出了芙蓉城。"

沈家已有好几年没有操办过沈老夫人的寿宴，怕麻烦，一场寿宴办下来，一家人都得脱层皮。沈家在芙蓉城的人脉很广，后院晒药材的园子被临时腾了出来，搭了天棚，整整三十张桌，沈家大门还不断有人拥进来。沈家的三位哥儿和几个长辈从早上起来就手忙脚乱，就几位姑娘躲在阁楼上乐得个清闲。

虽说是沈老夫人的寿宴，也有不少人借着这机会，替屋里的哥儿姐儿寻段姻缘。沈家姑娘已有两位定了亲，就只剩了个三姑娘，如今再加上江沼，就有了两位。

“今儿两位妹妹眼睛可得放雪亮了，瞧瞧哪家哥儿俊俏，早些定了主意，可莫要旁人夺了去。”二姑娘沈桐在众人中，算是敢说的，说完便捂着嘴看两位妹妹害臊。

沈霜眸子一闪，黯然的神色从眼底升起，又迅速消失，转个脸便又臊了回去：“今儿朱家公子、萧家公子怕是都要来，两位好姐姐，还不赶紧打扮。”

朱家公子是大姑娘沈冰的未婚夫，萧家公子是二姑娘沈桐的未婚夫。沈霜一句话惹了两人。

嬉笑打闹声顿时从阁楼上传来，正忙得不可开交的沈家大公子和二公子听了个正着，大哥儿忍不住逗了一句：“瞧瞧咱们家的姑娘，多有福气。”

“可不是吗。”二哥儿沈颂也笑了笑，回头就去门口顶替了三哥儿沈康接待进门的客人。

天刚擦黑，江沼正坐在老夫人屋里陪着一群人说话，沈颂过来找了江沼，说是昨儿她坐过的那辆马车上落了样东西，过去瞧瞧是不是她的。

江沼狐疑着出去。刚出房门，就听沈颂附在她耳边说门口有个小娘子要见她，正是她要找的罗姑娘。江沼神色一紧，赶紧让沈颂将人放进来。

那姑娘一进来就揭了斗篷，露出了一张绝色容颜，“扑通”一声跪在了江沼面前说道：“昨日奴无意撞了姑娘的马车，后来才得知竟是江家姑娘。奴听人说江姑娘在寻奴，便知姑娘定是认出了奴，奴便冒昧地寻上门请求姑娘，切莫将这消息传给世子爷。奴这辈子能有幸遇到世子爷，已是最大的福分，此生便也知足了，又怎会去害了世子爷。”罗姑娘说完，便从怀里掏出了一封书信，“今儿奴还有个不情之请，江姑娘能否替奴将这封信暗里交给虞家姑娘。奴知道虞姑娘是个好姑娘，也知道她心里是有世子爷的，奴想同虞姑娘说，奴绝没有要踏进江家的想法，还请她万万不能因为奴，同世子爷生了隔阂，误了幸福。”

虞姑娘是江家世子未过门的未婚妻。江家是宰相府，虞家是将军府。两家皆是显赫名门，又怎可能容得了一个青楼女子进门，这道理谁都清楚，倘若世子非要纳一个青楼女子进门，不仅是江家脸上无光，虞家脸上更是无光。

“起来说话。”江沼让素云赶紧将罗姑娘扶起来，接了她手里的信，瞧了一眼她泪光盈盈的眼睛，便又想起了昨日她那惊慌的模样，“罗姑娘可是遇到了难处？”

罗姑娘却摇了摇头说道：“奴一切都好。”

江沼想起二表哥所说的她嫁人了，便也并没有多问：“放心，我不会告诉大哥，这信我也可以替你交给虞姑娘，但先得过了我眼，你可同意？”

“姑娘的恩情，奴感激不尽。”罗姑娘感激地福了福身，说完便退后两步转身跟着沈颂匆匆走了出去。

人走后素云才诧异地同江沼说道：“小姐，还真是罗姑娘，她怎的来了芙蓉城？”

曾经，世子爷为了她在江家老爷面前跪了三天三夜，把老爷跪到病倒了，最后世子拧不过，不得不放弃。江家已有大半年没听到罗姑娘的事。

“为了躲大哥吧。”江沼倒是觉得这罗姑娘也是在为大哥的将来着想，也不枉大哥对她痴情一场。

今日沈家寿宴，眼前的巷子口上，特意多添了几盏夜灯。

沈颂领着罗姑娘出去，迎面就撞上了前来贺寿的瑞王。瑞王只觉得那黑色身影。有几分熟悉，正欲多瞧两眼，便被沈颂一个拱手挡了视线：“恭迎王爷。”

早几日沈家大爷就对沈家的哥儿们交代过，老夫人寿宴恐怕瑞王和太子都会过来，便也早做好了准备。瑞王被他这一档，倒也没再看，转过头让小三子将贺礼交给了沈颂，说了个上门的理由：“沈家这回赈灾有功，今儿老夫人过寿，岂能少了本王。”

瑞王一脚跨了进去，门内的大哥儿沈鸿立马迎上，将瑞王接了进来。沈颂则是继续立在门口候着，候着今夜的另一尊佛。

瑞王先去了沈老夫人的屋子，当面同沈老夫人贺了寿。屋子的人齐刷刷地跪下。今日沈家的客人鱼龙混杂，官场上、商场上的人都有，不过都是些小门小户，哪里看过王爷亲临，一时间气氛紧张，无人敢说话。瑞王环视四周，也没有瞧见自己想寻的人，便起身往前厅去了。

瑞王走在鹅卵石的小道上，无意往边上一看，便见那缀满了积雪的枯枝下立着两道人影，昏黄的灯光落在那雪地里，灯下那道梅红色的身影尤其亮眼。

瑞王唤了一声“江姑娘”，也没等对面的人反应，快步跨过那雪堆，直接走到了江沼的跟前。之前他送琵琶，是想替皇兄给她赔罪。后来江沼却将琵琶还给了皇兄，皇兄再将琵琶又还给了他，那便等同于那日他让人对她说的那些冠冕堂皇赔罪的话，不但白说了，还有了阴谋的嫌疑。瑞王这回是真心来赔罪。

江沼见完罗姑娘后，正欲去往老夫人屋里，谁知就听得一声唤，又见到了瑞王。

瑞王忽然站在她面前，见她神色戒备，又忙地退后一步，立马解释道：“江姑娘放心，虽说本王很想认你这个嫂子，可这回本王并不是来替皇兄说情，而是真心来赔罪的。”见江沼愣了愣，瑞王便从袖筒里掏出了几根琵琶弦线，递到了江沼跟前，笑着说道，“本王无意间听沈家二公子说江姑娘的琵琶断了弦线，想起那日来沈家听到江姑娘弹奏的一段曲子，辨音色，应当用的是蚕丝线，正好本王那里有几根存货，今日便一并拿过来给江姑娘，也算是物有所用。”

见江沼没接，瑞王又将那弦线往前递了递：“蚕丝线时间一久便容易断，这几根弦线江姑娘都留着，断了换下便是，也值不得几个钱，江姑娘不用在意。”

江沼便接了过来：“多谢王爷。”

瑞王笑了笑，一面同江沼往前走，一面同她说起了琵琶：“江姑娘那日弹的可是《夕阳箫鼓》？”

江沼点了头。

“那江姑娘应弹错了几个音节。”

江沼抬头看着他，脸上有一片红晕，窘迫地说道：“臣女并不经常弹琵琶，让王爷见笑了。”

“怕什么，本王听了这么多年的琵琶，连个音都奏不准呢，咱生来富贵，又不拿这当饭吃……”

素云一个没忍住，笑出了声，赶紧捂住了嘴巴，没想到瑞王说话竟这么逗。

青石板的庭阶上，沈颂立在上头，动也不敢动。身旁陈温风尘仆仆，筒靴上的积雪一半化成了水，若是细看还能看出几道黄泥的颜色。

今日午后陈温一路快马加鞭到了城外去拿那钢丝弦线再赶回来，连身衣裳都没来得及换直接来了沈家，心头的一腔热情从午后燃到晚上，就在刚才被一盆凉水浇了个透。陈温的脚步停在那庭阶上，没再往前走，胸口沉闷得发痛，手里的钢丝弦线不自觉地越捏越紧。便也明白了，钢丝弦线固然是好，但不一定就适用。他费了千辛万苦又如何，她并不需要，不过是一场无用之功。陈温的眼睛通红，心头涌上来的那股难受之中并没有多少愤怒，而是让他陌生的无力——他无法触及她的无力。

十年的岁月里，他背对着她，她追着他跑，看到的是整个他，知他全貌。然而待他转过身来，却发现自己对身后那个自以为很熟悉的人一无所知。

胸口蓦地一酸，陈温的眸子缓缓地动了动，终是下了庭阶往里走去，夜色隐去了他身上的狼狈，从灯火下走过来时，依旧泰然自若。

今日前来沈家贺寿的人，谁也没有想到，沈家老夫人竟然还有这等造化，先是瑞王来贺寿，接着又是当今太子，沈家的院子瞬间如添了日月光辉，照得人眼睛发亮。

陈温进老夫人屋前，先在外头蹭了蹭脚底的积雪，挺拔的身影一跨进门，映入众人眼里的便是他衣袍上的那龙纹。屋子里霎时鸦雀无声，沈老夫人一个愣神，正欲行跪礼，陈温及时扶了一把："沈老夫人免礼。"

陈温转身落了座，又让众人起身，才对沈老夫人说了几句贺词。沈老夫人一生不贪图权势，但心中对天家的敬畏半分不减，前两回虽听说太子来过沈家，但没碰上面，便也没什么感触，如今见到本人，适才瞥了一眼，便知那传闻倒也没错。英姿焕发，一身贵气逼人。再观那眉眼之间的冷冽，便知是个稳重内敛之人。

沈老夫人俯身说道："太子殿下今儿能来寒舍，真是折杀了老妇。"

陈温连忙说道："沈老夫人不必拘谨，沈家世代为医救死扶伤，乃为百姓造福，为国分忧，担得起'忠良'二字。古人云英雄不论出处，孤以为英雄当也不论官职，将士能护国，医者一样救人性命，沈家为陈国做出的贡献，又岂非英雄所为。"

沈老夫人一向心如止水，如今却也被他这番话说得湿了眼眶。不图富贵，唯盼得一份理解。陈温是太子，能说出这番话，是他沈家的福分和造化，沈老夫人倒是觉得可惜了，这样的人才竟同那丫头无缘。

陈温又同沈老夫人寒暄了几句，便也没多留，起身出了屋，顺着那长廊缓缓地往前走去。

一排灯笼沿着长廊而挂，远远望去起伏绵延。靠近后园的廊下立着几个姑娘，也不知道是谁起的话头，说起了江家姑娘和太子的婚事。

"也不知道是真是假，光是听到传闻，有没有真退谁又知道了，我瞧着那江姑娘的精神好得很，哪里像个被退了婚的人。”

“这还能有假，那日在董家，林二爷可是当着江姑娘将退婚的事情挑了出来，江姑娘当时半个字都没反驳，不就是默认了吗？”

寒冬雪夜里，沈家怕冻着了客人，到处搁的都是火盆，那火星子“噼里啪啦”几声，炭灰四溅。沈霜起身抖了抖裙摆上沾着的白灰，实在是觉得那声音刺耳，正欲走过去，便见江沼从转弯处的鹅卵石道过来，直接走到了几位姑娘跟前。

如细蚊的议论声戛然而止。为首的那姑娘正是那日江沼和沈霜在戏楼里遇上的钱庄刘姑娘。本也是悄声议论见不得人，谁知道竟是被正主儿撞了个正着，她一时窘迫，赶紧同江沼致歉：“江姑娘抱歉得很……”

话还未说话，就听得一道干净的声音：“倒也用不着你们再猜，我同太子殿下的婚约确实已经取消，若各位有心，倒也还有机会。”

江沼神情淡然，落落大方地站在众人面前。人有七情六欲，不去反驳不代表她不在意。一回能忍，断也忍不了第二回。早前那群人乱嚼舌根，她也没听见，素云更是特意避之，今日撞上了，人心都是肉长的，既然介意，便不能当作什么都没发生。

今日是沈家办寿宴，几位姑娘不过是随着家人过来做客，也明白客人当有客人的礼数，没有去开罪主人的道理，江家姑娘是沈老夫人的亲外孙女，论谁也知道，不该跑到人家的屋檐下来论人是非。几位姑娘脸色一阵青红白，羞得无地自容。被江沼讽刺，也就只能干受着，太子殿下是何等尊贵，也岂能是她们能肖想的。

江沼一走，一位姑娘脸色铁青，低声斥了一句：“该，说什么来着，嘴巴一张，话吐出来容易，吞进去就难了。”

这时，沈霜急忙过去，倒不是来劝和，而是为了澄清了适才江沼说的那话：“姐姐妹妹们，亏得你们有胆子议论，表妹不过是同殿下在闹别扭，又何来的退婚？”

刚说完，姑娘们还一脸错愕，身后的红柱后便走出来了两人，是陈温和周顺。

宴席开在后园，人都往那头挤，姑娘们一时没察觉身后有人，此时人都到了跟前了才听到动静回头，看清楚是何人，赶紧蹲下行礼。

陈温的脚步从几人跟前穿过，一言不发，跟着江沼离去的方向去了后园。待那衣角消失在拐角，众人才起身长松了一口气，不过也就缓了一瞬，细细一想，便又觉得气短了。沈霜那话多半没说错，江沼前脚走，殿下后脚跟上，这不像是退婚，确实像是闹别扭。就她们刚才那番言论，若是殿下计较起来，随便一个妄议太子的罪名扣下来，就有的她们受。

几位反应快的姑娘便拉着沈霜说："我的好妹妹，可千万要替咱们求求情，别让江姑娘记到心里去，咱们也就是嘴巴没关门，可不想惹了祸事。"

沈霜没应。几个姑娘又拽住她袖子一摇，沈霜便松了口："往后可莫要乱说了，就算是侥幸保得了一回，可保不了第二回。"

后园中的席位分了内客和外客。姑娘夫人们一边，公子爷们儿一边。

沈老爷单独腾出来了一个雅间，让专人伺候太子和瑞王，离那临时搭建的棚子也不远，宴席开始后，虽瞧不见外头的人，但说话声还是能传进来。

宴席上，几杯美酒进肚，声音越发高涨。昨儿沈颂提到的那位买了罗姑娘为妾室的商人，今日也在，那人姓张，名号张二爷，同沈家打交道多年，也算是同沈老夫人有些交情，不仅如此，沈老爷在世时，两人没少一起饮酒。

做药材买卖的人和治病的大夫，归根结底，走的都是同一条路子，两者相辅相成，行业里的那些传言和风声，也早已经相互知晓，所以包括沈家是如何起家，先祖拜师何处，张二爷都清楚。

宴席开始后，张二爷兴致很高，同几家小药铺的老板聊得正是得意，见沈大爷好不容易空闲了下来，立马拉了他过来，屁股往旁边一挪，硬是给他挤出来一个位置。

“我该同沈大爷道声贺喜，沈家能有今日，也是你们应得的。”

沈大爷眉头轻皱：“张爷何出此言？”

张二爷回头往那雅间的方向一望，附在沈大爷耳边悄声说道：“今儿沈老夫人寿宴，能请太子和瑞王前来贺寿，沈家飞黄腾达不就是指日可待了？”

这话听着是在道喜，却带了些酸味。

沈大爷一笑：“我道是何事，今日太子和殿下过来，不过是为了灾情，张二爷这声道喜，我沈家可受不得，莫非张爷还不清楚，我沈家自来不求名誉，只求能保住祖上的基业。”

话头本也该就此结束了，沈大爷人都已经站起来了，那张二爷却没想罢休，一把又将他拉了回去，满身酒气地说：“沈家的基业，我倒是清楚。当年香山谷的药王顾先生，收了八个徒弟，能撑到如今的，也就只有你们沈家。我突然想起来，沈老爷子在世时，在我这里买了几味特殊的药材，虽未告诉我要做何用，不过我猜，八成也是顾先生留的那药方子上头的东西。”

沈大爷的脸色一变，对不远处的几个家丁使了个眼色：“张二爷喝醉了，先扶他下去休息。”

两人刚靠近便被张二爷一把推开，一个起身蹭倒了身后的板凳，立在了宴席中间，声音突然高了起来，耍起了酒疯：“谁都知道你们沈家每代都会找一位资质优秀的人来继承顾先生的衣钵，几代下来皆是传男不传女，谁知沈老爷子当年却偏棋走险招，竟越过了你这个嫡长子，直接传给了沈家的四娘子，只可惜四娘子终究还是负了他，不肯留在沈家，坚决要嫁进江陵江家。”

这一吵闹，场面渐渐地安静了下来。张二爷借着那股酒劲，不吐不快：“要不是十年前的那场瘟疫，连我也被沈老爷子给骗了。你我皆知那瘟疫一起直毁人肺腑，根本就无药可医，要不是四姑娘，围城中能有人活着回来？”张二爷说完又是一脸疑惑，“不过我就是好奇，那么多人都活了下来，怎的四姑娘自个儿却没能出来，若我猜得没错，怕不是沈老爷子制成的那丹药……”最后一句张二爷没能说出来。

沈大爷立在他身后，从袖子底下伸出了两根手指头往张二爷后腰上一戳，张二爷整个人一软，身子直接瘫在沈家两个家丁怀里。

张二爷刚耍酒疯，大哥儿沈鸿立马就去了沈老夫人跟前，江沼也在，只见大表哥附在外祖母耳边说了什么，外祖母的脸色突然就变了，问了一句：“当真提了这事？”大哥儿点了头，沈老夫人赶紧让鸿哥儿过去，“甭管是什么法子，止了他那张嘴再说。”

江沼正要问沈老夫人发生了何事，沈老夫人却先转过身抓了她的手，温和地说道：“姑娘先回竹苑，今儿人多，咱就不凑这热闹了。”说完便也将沈家的几个姑娘都支了出去，“都去你表妹屋里坐坐。”

几人一道起身，走到廊下，大姑娘和二姑娘的眼睛却都不由自主地往外客的方向望了望。

虽被沈霜臊了一顿，两人还是暗地里收拾打扮了一番，本想借这机会瞧一眼自个儿的未婚夫，谁知还没瞧见人，那头就出了事。江沼笑她们那做贼似的模样，也扭过头望过去，却一眼就看到了陈温。

江沼适才跟着瑞王走了出来便分了道。瞧着时辰也快到了，江沼往长廊上走，这才错过了与陈温在沈老夫人屋里的碰面。宴席分内外，若不是此时看到陈温，江沼还不知他今儿来了沈家，江沼眸子一淡，立马收了视线转身走人，大姑娘、二姑娘左顾右盼地瞧了两眼，赶紧跟上。

“是出了何事？”走在路上沈桐心头还是不安，问了一句，三十多桌的宴席，这会子愣是没发出半点儿声音。后来快到竹苑了，沈桐实在忍不住，便揪住沈家三公子沈康过来，让他去打听打听出了何事。

沈康没去多久就回来了，也带回了消息：“外客那头有人喝醉酒闹了点儿事，姐姐们不用惊慌。”

沈霜自来会察言观色，见沈康低着头，眼神飘忽，便知事情有蹊跷，没过多久便寻了个借口跟了出去，匆匆找到了沈康，说：“有什么事瞒得过今晚，也瞒不过明日。”

沈康便同她说了：“张二爷今日在宴席上，提起了沈家那张药单子，还提了四姑姑的死，这事可莫让表姐听见，祖母可是特意嘱咐了，能瞒一阵是一阵。”

沈霜这回也被震住了。沈家那药单子就如同天上的九霄云殿，玄乎得很，说没有，人人又都听说过，要说有，却无人看到过。别说沈霜，就连沈大爷怕都没见到。

沈家上下四处都忙，没人顾得上清扫庭院，沈霜一时失神，没注意到脚下，踩在了一根被积雪压断的枯枝上，一个失重，眼见着就要屁股着地，胳膊肘及时被一只手托住，带着一股轻风，沈霜能闻到清淡的薄荷香。

“小心。”

待沈霜回过神，对面的人已经松开她，直朝着宴席的位置而去。沈霜瞧着那挺直的背影，哑了声，竟忘了问姓名。好在沈家的官家跟了过来，沈霜便抓住官家问了句：“刚才那人是谁？”

“是太子殿下身边的秦将军。”

沈霜深吸了一口长气，愣了好久，脸色渐渐地开始发烫。

秦将军本在外头候着，见院子里的热闹声突然安静了下来，便立马进去找陈温，刚过去就见陈温和瑞王迎面走了出来。

张二爷说的那话，不懂的人听了，就当是酒后胡话，没往心里去。但同行之人、知道内情的人听了，便会忍不住多想。既然沈四娘子继承了沈家衣钵，如今人都死了十年了，那又是谁继承了衣钵？

陈温出来见到沈老夫人，还未开口，就听沈老夫人先福身说道：“今儿是我沈家招待不周，还望殿下和王爷见谅。”陈温便不好再问，也没有再待下去，有他和陈誉在，沈家只会更忙。

出了沈家大门，瑞王才终于将那沈四娘子对上号：“沈四娘子不就是江二夫人吗？”

陈温脚步很快，根本没搭理他。

瑞王觉得今儿陈温不太对，不怎么理他。从进沈家之后，任他说什么，他都不回应，连个敷衍的“嗯”字都没给。

“皇兄可知今儿那醉酒之人，说的酒话是何意。”瑞王听出来了，那老头子的话不只同沈家的基业有关，还同十年前的那场瘟疫有关。十年前的事，陈温都不知道，瑞王比他小两年，更是知道得少之又少。只知道江家的江将军和江二夫人，因为那场瘟疫为国捐躯，父皇封了他们烈士，对江家也甚是关照有加。

就拿退婚的事来说，母后丝毫不手软，招招皆是针对皇兄，且从小到大，母后就极为护着江姑娘，对江姑娘的感情都快胜过她亲生儿子了，那定是有什么特殊的原因。

“沈家能有什么药单子？”瑞王又问了一句。

陈温走在前头，一个顿步，瑞王及时地稳住了脚跟，脸上的惊慌未退，便见陈温那双黑眸牢牢地定在他身上，顿了两息才淡然地说道：“这些用不着你操心，年后孤会禀报父皇，也该给你定一门亲事了。”

陈温往前走了好几步了，瑞王才反应过来：“定什么亲，本王还小呢……”

陈温握住缰绳登马之前回了头：“孤四岁就同江姑娘有了婚约，翻了年你便满十九，何来的还早。”

不知是不是瑞王的错觉。沈家门前的那排灯火下，瑞王竟从那陈温的脸上瞧出了几分得意。

江家的三个姑娘，沈霜先走，过了一阵，大姑娘和二姑娘也相继离开，心头一直念着人，哪里又有心思静下来闲聊。好不容易有了机会相见，仅仅只隔几步之远，却会不上面，谁又不黯然神伤。

“姐姐们赶紧下去碰碰运气吧。”江沼也没留。

院子里也就安静了那一阵，之后倒又有了热闹声。素云收完几上的茶杯，正准备伺候江沼沐浴，门外几声敲门声，素云出去一看，是沈家二公子沈颂。

今儿闹事的人是张二爷，买了罗姑娘的人也是张二爷。起初江沼只说是琵琶断了弦，沈颂并未多想，今夜罗姑娘找上门，沈颂便知另有隐情，倒也没想去刨根问底，只不过今儿发生了这事，沈颂认为还是得告诉她一些事："表妹可听说了今儿那闹事之人？"

江沼摇头，沈康只说有人喝酒闹了事。

"那人名为张二爷，与我沈家相交多年，也算是知根知底，早些年曾娶过两房妻妾，均没有活过三十，暗里便有了克妻的传言。若表妹当真同那罗姑娘认识，还得提醒一二，幸福了固然是好，可莫也出了意外。"

江沼怔住。原本知道罗姑娘嫁了人之后，也没打算再管，谁知竟有这等事，江沼又想起那日罗姑娘撞到她马车上的那番惊慌模样，眼皮跳了跳。

"二表哥若是方便，可否帮我查查，那罗姑娘是怎的来了芙蓉城？"

江沼顾忌着大哥的名声，也不便多说，只让沈颂去打听罗姑娘如何来的芙蓉城，又是如何被那张二爷买了去。若她记得没错，罗姑娘当初是被大哥赎身了，就算要躲到芙蓉城来，也该是自由之身才对。

沈颂倒是很爽快地应下了。

第四章 真相大白

这一场寿宴之后，沈家同张二爷的关系怕是彻底要断绝了，同行有同行的规矩，他那一番酒后之言将沈家的家底都给掀了出来。

当夜陆续送走了客人之后，沈老夫人进屋便对张二爷也撕了最后一层皮："当年的那八个徒弟，你张家排行第一，为何埋没，还需我来同你掰扯？如今你既要撕破脸，往后我沈家再也不用念及那近百年前的同门之情。"

张二爷的脸色一阵青白，出沈家之前，对沈老夫人甩了一句："那药单子你就是藏得再好，也总有一天会拿出来。"

沈老夫人被气得病了，第二日早上几个姑娘过来请安，老夫人便让嬷嬷打发了，说想补一会儿觉，过几日就是除夕夜，姑娘们想买什么尽管去买，开年图个新鲜。早膳过后嬷嬷就去了各姑娘院子里，发了例钱。

往日沈霜对这事甚是上心，今天却是提不起精神："你们可得好生看着表妹，那钱袋子握在她手里，保证一个子儿都不剩。"

自从上回沈霜见识过了江沼那花钱如流水的模样后，就觉得那平时的零钱，再也入不了眼，还不够江沼一顿挥霍。

“那倒是，宰相府养出来的姑娘，还能小气了不成。”大姑娘沈冰难得打趣了一句。

沈霜心头又生了波澜。

后来几人进了胭脂铺子，江沼正同大姑娘和二姑娘试妆，沈霜回头瞧了一眼立在一旁的素云，故作不经意地问了一句：“素云可知秦将军是何人？”

素云冷不丁地被她一问，愣了愣，不知该如何答。

沈霜便说：“昨儿夜里听管家唤了一声，也没看清人，就是不知道这芙蓉城何时又出了一位将军。”

素云便也没多想，回她：“三小姐说的莫不是江陵秦家的小将军？”

沈霜也不知对不对，点了下头，便又听素云说道：“秦将军是太子殿下的人，奴婢倒是不知他何时来了芙蓉城。”

“秦家怕也不简单吧，竟出了这么位年轻的将军。”沈霜拿着柜台上的一盒胭脂，随手一打开，话说得漫不经心，可那眼睛没往手里的胭脂盒上瞧。

“秦将军的父亲位居尚书，母亲是侯府嫡小姐，秦将军自是年轻有为，将军之位还是殿下亲自授封。”

沈霜心头几跳，一股热血冲到心口，脸色越发红润。

身后的二姑娘见她失神，唤了她一声，这会子忙得很，倒没心思留意她的脸色。几人又上了马车直接去了首饰铺子，到了跟前，江沼没进去，上回她买回来的那些素云还抱怨，这要是回江陵了，还不得被当成礼物。

江沼和素云去了附近的店铺，买了一个青花小空瓷瓶。昨夜宁庭安没有来参加寿宴，只派了身边小厮过来随了礼，江沼便随口问了一句，那小厮说：“师爷晨练时不小心摔了一跤，跌到了腰，已经在王府住了几日，实在是不便前来。”

江沼便想着做些药膏，装了瓶给宁庭安带过去，马上就到除夕，三姨母的身子骨又不好，屋里怎能离得了人。

回来时头顶上的一片云突然散开，被风吹了好几里，露出了蔚蓝色的天空，令人眼前一亮，素云笑了笑说：“这天总算是又晴了一日。”

江沼立在铺子前，手里握着青花瓷瓶，仰头望着天，心情像天气一般，久违地放晴，弯起的眼睛如黄昏时分半隐半露的月牙儿，衬着脚底下的白雪，美得让人窒息，却又干净得让人不敢去亵渎半分。街头的万物似乎安静了下来。

陈温的脚步定在了原地，半天都未挪动。

没有羞涩，亦没有拘谨。纯粹如水的一道笑容激在他的心口，蓦地一动。

“那不是江姑娘吗？”

周顺从陈温身后出来，也看到了江沼。本以为陈温会走过去说几句话。周顺等了半天，见江姑娘人都已经往回走了，主子却还是没有动静，那视线都已经贴在了江姑娘身上了，却透着一股子的隐忍，一直到江姑娘不见了身影，才见他下意识地往前跟了两步。

周顺深吸了一口凉气，顿时觉得严青那话说得对——掉了个位。往日在东宫，时常能瞧见江姑娘这般盯着殿下的背影，世道轮回，这回又轮到了殿下。

“殿下，人走了。”周顺说道。

陈温没吱声，转身登了马车。昨夜里陈温拿了那琵琶弦线本想借着沈老夫人的寿宴，去找江沼解释传言之事，解释他心里并非喜欢林姑娘。谁知一进门，先是被瑞王捷足先登，愣在庭阶上吹了一会儿风，后又亲耳听她将退婚谣言坐实，态度果断干脆，没给他半分机会。

似乎从来芙蓉城，陈温同她的每一次单独相遇，皆是将局面不断地恶化。

陈温轻轻动了动手指，昨日的一把弦线捏在掌心，不自觉地用了力，竟勒出了几道口子。回到王府更衣时周顺才发现，血已经凝成了一团，赶紧给他上了药包扎了起来。

“马上就是除夕，大年三十芙蓉城会有一场灯会，殿下要想见江姑娘，倒也不着急。”马车帘子放下的瞬间，周顺开导了一句。

陈温没应，也不知道听进去了没有。

今日陈温出来，是去会了几位年迈辞官的老臣，暗地里开始查沈家四娘子之事。依沈老夫人昨夜那态度，八成是不会轻易透露，瑞王府里的臣子多数都是瑞王来到芙蓉城之后才新建立的人脉，对十年前的那场瘟疫并不了解。

陈温问了几处，也没有问出半点儿线索来，倒是听了一桩往事。说沈家四娘子出嫁前的那阵子，时常去芙蓉城的一处农家院里，也不知道煮的是什么药，那味飘出来邻近的人家受不了，上门抱怨过几回都不奏效，竟将江四姑娘告上了衙门。

“恰巧也是这个时候，快过年了，都想图个喜庆，谁愿意被一股药味熏鼻，又臭又不吉利。”那老臣刚好经手了这个案子，印象深刻，“沈四娘子当堂同一群妇人论起了陈国法制，说得人哑口无言，分明是赢了，自个儿却哭得一把鼻涕一把泪，最后还是江家二爷，将人给带了出去。”

陈温对江家人的了解很少，只知道江二爷从未进过官，江二夫人同母后交好。此外便是江沼，他的太子妃。从那群老臣家里出来之后，脑子里正想着那人，一抬头就见她站在了自己跟前。那身影立在雪地之上，月白色的斗篷帽檐上镶了一圈白狐狸毛，衬得她莹白的肤色越发白皙夺目，就连她手里握着的那只青花瓷瓶，他也瞧得仔细。

翌日清晨，陈温让严青去叫宁庭安。想问问他那些病症的案子整理得如何了，严青眼中有几分同情，说道：“宁师爷还在病榻上。”

闪了腰，手肘处见了血。如何受的伤，陈温心里应当清楚。比角力，严青都不是他对手，更何况是宁庭安。

“还没好？”陈温倒没想到，那伤能让他躺上三天三夜，陈温说完也没让人将宁庭安抬过来，慈悲了一回，主动去了宁庭安的屋里。

屋里小三子正在给宁庭安上药。那伤倒也不足以让他躺上三天，不过是摆好了自己的态度，让太子看到他那腰杆子再硬，也比不上他身上的那几条龙来得厉害。

宁庭安住的屋子素雅简朴，并没有熏香，一进屋只闻到了一股淡淡的药清香。

曾经陈温狩猎受了伤，嫌弃太医院开的药味太重，江沼知道后，便给他了一个小瓷瓶，里面是她做的药膏，特意加了花香，盖住了药材的腥味不说，还余了一股清淡的幽香。陈温用了好些年，对那味道已经非常熟悉。如今再次闻到，陈温的眸色一颤，目光往小三子手里握住的小瓷瓶望去。正是昨儿他看到的那瓶子。

雕花窗上粘了油脂，屋内光线闷沉。陈温没再往前走，负手而立，立在屋子中间，心脏慢慢地开始紧缩。突觉那药香沁人心脾、渗入血液，带着一股刺痛，逼得他五指蜷曲，掌心几道还未愈合的血口子被撕裂，剧痛又麻木。

一样东西拥有得太久，就会让人产生归为己有的错觉。十年来江沼付出的东西，包括江沼这个人，他以为都是他的，只能他拥有。突然发现不是了，难免会失落，然而那失落伴着钻心的疼痛，心越沉越深。

宁庭安起身行礼，半晌才听到陈温一声“躺着吧”。声音透着一股压抑的倦怠。陈温转身出了房间，已忘了是为何事而来。周顺和严青倒是记得，将宁庭安桌上理出来的册子，一人怀里抱了几本，紧跟上陈温的脚步。

院子里的积雪被晨光一照，寒气尽散，分明是个艳阳天，却让人忍不住直打寒战。周顺刚从江陵来，不适应芙蓉城这边湿冷的天，弓着腰恨不得将自个儿都缩进衣裳里。眼瞧着就要进屋了，陈温却在门边顿了脚步，没进去。

日头落在他身上，浅浅淡淡，看不出半点儿暖意。从宁庭安屋里出来，已经拐过了好几个庭院，那清淡的药香却仿佛永远都散不尽，跟了他一路，就算是屏住了呼吸，也仍旧能闻到，如同已浸入了五脏六腑，不断蚀着他的心骨。

每月从不间断的药膳糕点、用不尽的荷包绣帕，曾经她的目光全都在他身上，炙热得让他放心。因为他知道她心里有他，他有恃无恐。如今那糕点、那药膏，她在做这些的时候，心里是否也同当初对他时的那般——她是否喜欢上了宁庭安？

那念头刚从心底里冒出来，就被陈温及时地否决了，却还是在心口留下了痕迹，手脚如同蜷曲得太久，一阵刺痛如百蚁叮咬，只搅得他心神不安，无法再待下去。陈温出了王府，打算去寻昨日老臣所说的沈家的老屋。

陈温离开后，宁庭安扫了一眼那青色小瓷瓶，也没继续躺，问了声小三子是什么时辰了，小三子说辰时，宁庭安便让他去寻了一袋子野核桃来，自个儿拿了块石头，捶起了核桃。

刚捶了没几个，瑞王从门外大步跨进来，瞧见满桌子的狼藉，目光盯在宁庭安身上，就差问他是不是关了三日关出了毛病。

宁庭安抖了抖衣袍上的核桃残渣，起身行礼。这几日宁庭安有伤，又在替太子办事，瑞王很少来找他，今儿过来也不是为了公事。昨夜回来之后瑞王细细想了一番沈家发生的事，也没想出个所以然来，倒是想起了一人，他的师爷宁庭安。宁庭安是沈家的表公子，沈家之事，他必然清楚。瑞王免了礼，也没坐，就那样站着问宁庭安："沈家当年的四娘子，江二夫人，也就是你四姨母，师爷可曾听说过她生前的一些事？"

宁庭安没去质疑他为何突然问这个，只平静地问："不知王爷想问何事？"

照着昨日那酒疯子所说，他倒是好奇沈家近百年的基业，有何秘密可言："听说沈家有一张药单子？"

宁庭安却未觉得有何奇怪："要说药单子，从祖上传下来，每个医药世家都会有那么几张，沈家应当也有，不过属下姓宁，终究不是沈家人，并未见过，不知王爷说的是何药单？”

这话挑不出毛病。

瑞王看了他一眼，又换了个问题：“药单子师爷不知道，江二夫人你应该知道吧。”

宁庭安却未答，瑞王正狐疑，便见宁庭安退后两步对着他作揖道：“五年前王爷剿匪，属下从芙蓉城连夜赶去巫山，斗胆为几千匪贼向王爷求了情。王爷宅心仁厚，最终将匪贼点化，收为己用，属下也承蒙王爷的厚爱，有幸为王爷效力。”

宁庭安说完，屋里安静了一瞬。瑞王就跟看稀奇玩意儿般看着他，不明白这桩事同沈二夫人有何关系。片刻之后又听宁庭安缓缓地说道：“那夜大雨，属下回去后便发了一场高烧。”

瑞王耐着性子问了他一句：“然后呢？”

宁庭安直起身平静地说道：“以前的很多事情属下都记不得了。”

瑞王看了他几息，怒火一簇簇蹿上来，恨不得直接拿了几上的石头砸了这狗东西。绕了一个大圈子，竟和他玩了这把戏。先同他提当年之事，便是断定了自己会念着他的功劳，不会将他怎么样。

宁庭安同瑞王相处了五年，除了帮他将王府打理得井井有条，芙蓉城里的大小杂事瑞王全都甩给了宁庭安。两人之间如同今日这般玩心眼儿，也不只是这一回，每回也分不出个输赢来，你掐了我脖子，我捏了你命脉，各自都讨不到好，偏生两人还乐此不疲。

瑞王气过之后就笑了：“你上回劝本王打消让江姑娘出诊的念头时，还曾提过江姑娘的父母，怎的那时没烧坏了脑子？你也用不着在本王面前装糊涂，从你给本王做师爷的那一刻起，你宁家的家底，本王早就了解清楚，有些事本王之所以不问你，那是本王善良，不想为难了师爷，不过本王倒是想起来还有另外一桩事情还未曾过问师爷。一月前师爷去江陵替本王送雪灾折子，师爷为何不同太子会面，又为何不同太子一道乘船而归，而是晚了三日，刚好就上了江家的船？宁师爷可别再对本王说你身子出了问题，误了船，这招你已经玩过了。”

宁庭安作了个揖，再未说半个字，打定了主意沉默到底。

瑞王瞥了他一眼，心头早就猜到了他是什么心思，也懒得再为难他：“你该庆幸本王不是皇兄。”瑞王唤了声小三子，转身走人，走了几步又回头对宁庭安说了一句，“本王那日对董家小公子说的话，师爷再好生想想。”

宁家小门小户，无权无势，如何护得了江家姐弟二人。即便皇后封了江姑娘公主，也不过是个虚名，大事面前他宁庭安拿什么去护。

瑞王觉得宁庭安的那点儿心思，完全可以忽略不计，给他留下那句话，不是因为能起什么威胁作用，而是想让他认识到自己的处境，别到时候自个儿难受。宁家的事瑞王都清楚，自然也清楚在宁庭安上巫山只身前来调和的那日，宁家大爷宁副将过了世。

宁庭安久久未动，之后又自个儿砸起了核桃，直到巳时，方才歇了下来，将那剥好的核桃仁放进了干净的罐子里，盖上盖子，直接出了门。三日期限已到，他可以出王府了。

宁庭安没有回宁家，直接去了沈家，前儿沈老夫人寿宴他缺了席，今儿便特意上门探望了沈老夫人。沈老夫人精神头不怎么好，宁庭安便也没多说，刚从屋里出来，迎面就撞上了从竹苑过来的江沼，一身裹得严实，正打算出门。

“表妹。”宁庭安先唤了一声。

江沼抬头，眼里有几丝诧异，大抵也没想到会看到宁庭安，跟着问候道：“表哥的伤可好些了？”

宁庭安点了头说道：“表妹送的药膏，药到病除，岂能不好？”

江沼低头一笑：“表哥也笑话起人来了，不过是一瓶普通的跌打药膏，只有活血化瘀的功效，岂有表哥说的那般神奇。”

宁庭安便也跟着笑了笑。比起刚见面的那会儿，两人如今倒是熟悉了不少。宁庭安下了庭阶，立在江沼跟前，又对前几日江沼送来的糕点道谢："表妹前些日子送来的点心也甚好。"

江沼生怕他又说出什么夸张的词来，及时打住："表哥若觉得好，下回我再做些，正好三姨母也喜欢。"

晴了两日，青石板上的积雪化了不少，余了些残雪在道上，宁庭安的脚步走在江沼的前面，稳稳地踩过之后，才回头对江沼说道："喜欢是喜欢，又怎能劳费表妹动手，食材配方表妹既已给了厨子，下回我让厨子送些给表妹，表妹尝尝味对不对。"

江沼抬头说："也成。"

两人顺着青石板路，一面说着话一面往门口走。门前沈颂的马车已经候着了，宁庭安便问了一声："表妹是要去哪儿？"

宁庭安问这话时望着沈颂，沈颂便替江沼回答了："表妹说想去潼湖巷子，沈家老屋的炼药场子瞧瞧。"

沈家的炼药场子平时也没有人去，已经荒废多年，今儿听江沼要去那里，还诧异她怎想起了去那里。江沼说："十年前跟着母亲去过一回，记得那里有条河沟，清澈见底，能瞧见水底下的鱼儿，便留了印象，好不容易天气晴朗了，便想去瞧瞧。"

沈颂说，想不到表妹还记得这地方。——实则江沼也没去过，那话里头的东西都是她在沈烟冉的信笺里看到的。昨儿夜里素云问她，从宁夫人那里拿来的弯刀该放何处时，江沼才又想起离开宁家时，三姨母说的那番话，或许多少还是动摇了。三姨母说倘若不喜欢，又怎会指明了要娶母亲。江沼也不太明白。

江沼握着弯刀在火堆旁瞧了一阵，银骨炭的火苗一跳动着，在那双琥珀色的眸子里映出了簇簇火光。她手撑着下巴失了神，待回过神来，便让素云又拿出了那小匣子。上回江沼找铁匠开了沈烟冉的小匣子，后来又重新锁了起来。如今她再一次打开，信笺上记下的日子也是在寒冬。

——平生不会相思，才会相思，便害相思。

——床前百日碎碎念，日有所思，梦竟也成了真。

按信笺里所写，那一年江家的二公子江晖成来了芙蓉城，来时他已同沈烟冉有了婚约。江沼本想去问问沈老夫人，当年父亲同母亲成亲前，是为何来的芙蓉城，奈何沈老夫人的身子不利索，江沼便也没去打扰。今日就想亲自去瞧瞧那信笺里记下的地方。

江沼正欲登上马车，沈颂身边的小厮从外头的那条小巷子回来，到了跟前便急急忙忙地说："沈家店铺今儿预定到货的一批药材，没能按时送来，董家那头已经催了好几回。"

沈家药铺进货一向都是沈颂在打点，供货的商家也是沈颂一直在联系，如今出了事，恐怕也就只有他出面才能摆平。沈颂也没料到会出这事，回头看向江沼，脸色为难。

"沈家老屋，我倒是还记得路，今儿正好休沐，我陪表妹去走一趟。"

江沼正欲改个日子，宁庭安突然接了这活儿，他接过沈颂手里的缰绳，拍了拍他的肩膀："表哥还是速去铺子里瞧瞧。"

沈颂神色一松："那就辛苦表弟。"

沈家老屋是沈老爷子在世时，专门买下来炼制丹药的。沈老爷子过世之后，便一直荒废，起初沈家还用来放药材，后来嫌太远，便也渐渐地淡忘了这地方。之后沈烟冉倒是去过一回，却闹出了一场官司。

一路残雪并不好走，到了沈家老屋，原本就微弱的阳光越发稀薄。沈老夫人在老屋里派了个老管家，是个尽责之人，门前积雪被清理得很干净，青石板的庭阶难得有处干爽的地方，江沼放心地落了脚。

宁庭安伸手扣住了门上的两个铁环，轻轻一推，门并没有上闩。门"吱呀"一声打开，一股淡淡的药香扑鼻而来，就算院子闲置多年，也依旧残留了当年的药材味。江沼深吸了一口气，提步走上了旁边的环廊，庭院不算大，两进两出，布置却与平常的院子不同，这里更像江南别院，原以水为引，古树花草做装饰，素雅而野趣。然而多年过去，已荒废了大半，再加上如今冬季，也就院子里的梨树枯枝挂着残雪，齐齐一排，算得上是一道风景。

比起江沼的那番谎言，宁庭安是实打实地来过，明显要比她熟门熟路。走了一段，两人掉了个位置，宁庭安走在前方引路，过了前院往左一拐，便是沈家老屋的炼药场。

空荡荡的一间屋子，十几年过去，那炼药的灶台周身蒙了一层乌黑，能依稀看到当年的痕迹。

江沼立在那儿愣了神。大抵也没有想到母亲那信笺上所写，竟被岁月蹉跎，磨灭得半点儿痕迹都不剩。她还是进去瞧了瞧，想去寻寻当年父亲受伤之后躺过的那张床，还有母亲给他喂药的那个汤碗。

母亲说那汤碗被她磕破了一个口子，手背烫红了一片，父亲牵着她出去，一瓢凉水浇在上头，沈烟冉说那是她听过最好听的一句训人的话。

“你是傻子吗，知道烫为何不松手？”

沈烟冉当时应该是哭了，信笺的纸张略微皱，当是留下的泪痕，上头写着：至少在这一刻，让你心痛的那个人是我。

江沼心口突突地一阵抽搐，抬眼往四周望了望，这一处在沈烟冉出嫁的那一年，早就被沈家老爷子清理干净了，又哪里能找到当年的那张床、那只磕破了的药碗。而沈烟冉曾经哭着质问江晖成的那句话“倘若沼姐儿她是个意外，那焕哥儿呢”，江沼想，那场意外，也当是发生在这个屋子里，翻了年她十八，与那信笺纸上的日子倒是对得上。当年外祖父最终能妥协，是因为母亲有了她。

江沼从屋里出来，眼睛仿佛被风吹过，微微泛红。

天边那道微弱的光线终是彻底地隐了去，宁庭安立在门口，冷风吹起了他衣袍，寒凉突然蹿上来。宁庭安解了身上的大氅，待里头的人抬脚跨出门槛的那一瞬，大氅从她头顶上罩下，风被挡了个严严实实。

江沼摸了摸大氅的领子，笑了笑：“这回真裹成粽粑子了。”

那风又穿过院子里的梨树残雪，吹向了对面的长廊，如同冰凌，所到之处冷得刺骨，能剜人心。陈温立在那廊下，周身僵住，听不清她抬起头说了什么，只瞧见她微微弯起的唇角，从宁庭安的手里，很自然地接了那大氅。那笑，如同昨日她站在街头抬头望天时，美得纯粹。

陈温突觉太阳穴一阵跳动，跳得他整颗头隐隐作痛，心口如利箭穿过，猛地痛过之后，疼痛便蔓延开来，侵入了四肢百骸。他尚记得那日他也给她披了大氅，她冰凉的眸子里透着的尽是不耐烦，可如今她在笑。

从王府出来前，在陈温心头萌生出的那个嫩芽，如今就如同参天大树，堵在他的心口，陈温只觉得胸闷气短，多年以来养成的冷静彻底地崩塌掉。

宁庭安将那大氅子给了江沼后，才发现袖口有些沉，便想起了他剥好的野核桃。满满当当的一罐子，宁庭安都递给了江沼。

江沼诧异地问他："是何物？"

宁庭安说："那日我去外祖母屋里，见表妹在剥核桃，甚是辛苦。正好这几日我有伤在身，便砸了几个出来，也不是什么好东西，表妹喜欢就留着。"

江沼轻轻捏了那瓷罐，眸子微微顿了顿。她从小就好这一口，只是野核桃难剥，半天才能从缝里掏出来一块，可就算是这样，她还是剥了很多，也像宁庭安这般装进了罐子里，也送了人。江沼突然发现，那些原本带着疼痛的回忆，如今再浮现在脑子时，心头竟已毫无感觉。

江沼笑了笑，抬头正欲同宁庭安道谢，目光冷不丁地瞧见对面怒火中烧的一张脸，初时惊了惊，之后那笑容便一点儿一点儿地在陈温的眼皮子底下消失，眸子里便又透出了让他最不能忍受的凉薄。

"还给他。"陈温没有看宁庭安一眼，如一堵墙堵在了江沼面前，那双眼睛也如同吹进了风沙，被激得通红。

江沼的目光从他脸上收回来，退后两步俯身行礼，似是并没有听到他说的话，就算是听到了，江沼也不明白他是何意。

"你抬起头来，看着孤。"陈温压低了声音，怒气游走在他的胸腔，撑得他心口生痛。

"不知殿下来沈家老屋是为何事？"江沼便也抬了头，直直地对上了陈温的视线。那眸子里的凉意比刚才更甚。就算他是太子，也得讲理才对。董凌为何会遭了麻烦，旁人不说，她也心知肚明，是董家敬畏他太子的权威，不得不低头。宁庭安为何没来沈家贺寿，天底下没有不透风的墙。如今又这般出现在沈家老屋，江沼不明白他到底是何意。

就如同那日嚼她舌根之人，一次她能忍，总不能回回都要她退让。

阴冷的雪地里只余了凉风簌簌作响。十年里，她看着他时眼里只有爱，然而如今，那里头的凉薄让人生寒。她给了他十年的爱，十年的温柔，令他养成了一身的骄傲，此时竟是脆弱到经受不住她一个冷眼。

“退下。”陈温僵在那里，心脏一阵阵地紧缩，他没去看宁庭安，但知道他还站在那儿。

宁庭安没动，江沼的身影却决绝地从他身旁掠过。风吹起，这回陈温并没有闻到那股熟悉的幽香，那素色的大氅太大、太宽，将她的气息完全盖住，紧紧地包裹在里头，已经让他找不出她昔日的半点儿影子。

陈温终是服了软，喉结一阵滚动，低哑地说道：“沼儿，我想同你谈谈。”

宁庭安连着陈温的人马尽数撤出了院子，周遭安静下来。江沼的脚步停在庭阶的圆柱旁，回头疑惑地看着他。她从未听他唤过自己。以前还很好奇，若是他唤自己，是叫她江姑娘，还是四姑娘。如今听到了，江沼觉得稍微有些遗憾，要是他能在一个月前这般唤她一声，在她的那段回忆中，或许也不都是苦涩。

陈温转身上前两步，立在她对面垂目看着她，低声地说道：“孤从未喜欢过林姑娘，从四岁起孤便知，你是孤的太子妃，这辈子孤也只认你一人。”

梨树上的残雪被风一吹，“啪嗒”一声落在枯草上，江沼的那双眸子却没起半点儿波澜。有些话听太多，便也没有了任何感觉，陈温此时说的这话，这些年，皇后曾无数次对她说过。

江沼虽不明白，他为何要同她说这些，但忍不住又提醒他：“殿下，我们已经结束了，殿下要喜欢谁，与臣女并无干系。”

大氅将她的身子遮挡住，只露出了一张脸，清清冷冷。

陈温心口又是一悸，沙哑地说道：“孤一生行事谨慎，从未后悔过一件事。唯一做错的，便是那日在五台山上同你说了那句退婚，如今孤已很是悔恨，并不想同你退婚，想娶你做孤的太子妃，可好？”

陈温话音刚落，便见她摇了摇头：“殿下是太子，必定能找到满意的太子妃。殿下今日既又前来问臣女，臣女便同殿下说明白，殿下同臣女已退婚，殿下娶谁都与臣女无任何干系，臣女往后的日子，也还请殿下莫要插手。”

也好落个好聚好散。

陈温半晌没动，也没回答她。江沼没有心思等下去，脚步刚转了个方向，便听陈温问她：“你喜欢宁庭安？”

江沼心头一跳，想起了董凌，脸色突然有些不耐烦，便又回过头凝视着他：“退婚一事是殿下先提，臣女不过是同意了殿下的意见，就算如今殿下后悔了，但臣女也已经同殿下说明白了，臣女不想做殿下的太子妃，也已经不再喜欢殿下。”

陈温面容紧绷，袖口底下的指头猛地一颤，看着江沼艰难地说道：“可孤好像喜欢上你了。”

退婚以来，陈温一直在想，她为何会同自己退婚，又为何喜欢了十年，突然就不喜欢了，他努力地去寻找其中的原因，却忽视了去整理自己的感受。如今心口那一阵一阵的刺痛，已经很清楚地告诉了他。他为何会如此在意——因为他喜欢她。

这些年，她围绕在自己身旁，他理所当然地接受了她的爱，自以为从没有去在意过，却不知漫漫岁月，她早已经是他不可或缺的那一部分。他便见不得她对旁人好，接受不了她喜欢上别人。

江沼意外地看着他，眼里的神色犹如那日在雪地里看他时那样陌生，声音却很平静：“殿下如今不过是不适应，等过一段日子就好了。

殿下这不是喜欢。”

她前前后后用了十年的时间，费尽心思讨好他，也没见他有半丝动摇，如今她放弃了，他说的那喜欢，又怎是真的喜欢。不过是习惯了她爱他，习惯了她的付出。曾经围在他身旁打转的那个人，突然停下了脚步，让他有些不适应，才错把心底的那份失落当成了喜欢。江沼非常清楚喜欢一个人是什么感受——并不是他这样的。

冷风横扫残雪，院子里风声呼啸，陈温的满腔热情，终被江沼一句话冷静地扬在了风里。

陈温侧过头去看她，那双眸子仿佛装进了整个寒冬，凉得瘆人，已不余往日的半丝感情。

陈温的心头猛地一抽。不是因她决绝的态度而痛，而是心疼曾经那双眸子里头分明装进的是一片春色，怎到了如今，竟成了一片凛冬。那些年，他到底是如何苛待了她。陈温深吸了一口气，声音低哑地说道：“沼儿，我们再相处试试如何？”

江沼有些不明白，轻轻地说道：“殿下，我们试过了，试了十年，不合适。”

陈温僵住，那十年就如同他亲口说出的退婚一样，他完全没有反驳余地。江沼再次转身，陈温的身体却堵在路口。江沼仰起头，便见他紧紧地盯着自己，眸子里透着不容抗拒的倔强：“孤不会退婚。”

宁庭安曾经就见识过陈温的无赖手段，若不是今日江沼目睹，她怎么也不会相信，一向以礼待人的太子，竟也不讲理了。江沼的脸色微怒，手指头不觉稍微用力，手里握住的那罐子却极滑，从掌心里挣脱出，“叮当”一声，宁庭安给的一罐核桃仁儿散在了长廊上。江沼愣了一瞬，之后神色平静地蹲下，一颗一颗地去拾起来。

陈温猛地瞥开眼，心如火烧，正欲伸手将她拖起来时，江沼先开了口：“这野核桃剥起来极为不易。”

陈温定在那儿，那只伸出去的手僵了半晌，又无力地缩了回去。曾经她也剥过，剥来送给了他。每回她进宫，都会在他桌前搁一个小罐子，里头便是她剥好的核桃仁儿。他用得很习惯。

陈温看着她蹲在那里，长廊的风吹在他身上，似冰刀子，又凉又痛。十年里他从未在乎的东西，终究会一一报应在他身上。

从沈家回来，陈温一言不发，比起去时的脸色更差，周顺很懂得看脸色，半个字都没敢说。大抵也没想到江姑娘这态度会如此坚决。温柔散尽，决绝起来，比谁都狠。

夜里又落起了雪，陈温坐在榻上看书时，瑞王走了进来，径自坐在了陈温身旁，侧过头问他："再过一日就是除夕夜，皇兄可有什么讲究？"

陈温从未在外头过过年，以往东宫在除夕夜会贴剪纸，宫里会有一场盛宴，江沼也会来。他记得去年宴席结束，他和她一起回的东宫，江沼突然说想自己走走，陈温本没有同意，后来见她一人在那青砖上行走，放不下心便也冷着脸同她一起走起了雪路。

"这天冷是冷，可冷起来人才有精神头儿。"江沼知他不太高兴，便讨好地冲着他笑。

回到东宫后江沼送了他一对护膝，说："每回殿下看书一坐就是几个时辰，膝盖最容易着凉，往后殿下看书时就戴着这个，保准暖和。"

陈温下意识地摸了一下膝盖，那对护膝他早已不知道搁在哪儿了。而那日他送了她什么，他却完全记不得，不外乎又是一颗宝石。

"你看着办就好。"陈温没心思搭理瑞王。

瑞王也没指望他能说出什么来，以他如今这心情，恐怕也没打算过年，瑞王端起了桌上的茶饮了一口，瞥了他一眼又才问他："除夕那日芙蓉城有灯会，姑娘们都会去凑个热闹，估计嫂子也会去，皇兄可有备礼？"

陈温这才抬起头来。备礼？他从未备过礼。那些事自来都是周顺在办。

“当日王府的宴席早些结束，咱们也去凑凑热闹，你在江陵待习惯了，正好这回也去体验一把芙蓉城的年味，皇兄好生想想，嫂子喜欢什么，早些备好了礼，说不定就能碰上，姑娘家谁都喜欢收到礼物。”

陈温握住书页的手指一顿，半晌没有反应。她喜欢什么？他不知道。陈温的眼皮子一跳，心口的那股酸胀又冒了出来，他觉得胸闷，搁了手里的书，干坐在灯火下。

瑞王有备而来，看他久久不说话，从怀里缓缓地掏出了一个小匣子，搁在了陈温的面前：“皇兄要是没有想好，我这里倒是有一样东西，昨儿上街时瞧见，便多买了一份，皇兄看看用不用得着。”瑞王将其搁在了几上，起身走人，“天色不早了，皇兄早些歇息。”

陈温瞟了一眼，木匣子有些眼熟。

刚接陈温进芙蓉城的那日，瑞王脑子里想着那驿站阁楼上的姑娘，便想选件礼物，当作见面礼，瑞王先是进了胭脂铺子，可最后买的却是一条发带。同陈温买的那条一样，只不过颜色不同。知道看上的姑娘竟是自己的嫂子后，那发带瑞王也曾扔了一回，之后又拾了起来，如今给了陈温，便想着由他送出去也好。

陈温本不感兴趣，只觉小匣子越瞧越熟悉，便拿了过来，打开。瞧见那里头的东西时，陈温的眉心突突一阵跳，蓦地一股怒意涌上来，眼睛烧得殷红。什么昨儿买的，他莫不是忘了他曾见过。陈温捏着那小匣子，五指泛青，掌心的伤口又开始拉扯，这才渐渐地冷静了下来。

冷静过后，那怒意便消失得无影无踪，周身力气瞬间被抽了个精光，陈温无力地靠在了榻边。一个只看了她一眼的人，都知道她喜欢什么，而他和她相识相处了十年，却不知。

那匣子里头躺着一条红色的发带，与那日他在沈家看到她发尾系的那条一模一样。她喜欢的并不是浅粉。在他的印象中，她的身影一直都是浅粉色，浅粉的长裙、浅粉的绣花鞋、浅粉的发带，原以为她喜欢，如今才知那些不过是他施加在她身上的一把枷锁。

他说，她那双浅粉色的绣花鞋好看，从那之后，她的绣花鞋便全都成了粉色。

他说，她穿粉色长裙好看，他便再也没见她穿过其他颜色。

那日她戴着粉丝发带，松散地系在头上，他多看了两眼，那条发带便时常出现在他眼里。

十年来，她的喜好只为了迎合他。陈温痴痴地坐在那里，脑子里想起了她今日说的那句“殿下这不是喜欢”。

因她深知喜欢一个人的感受，因她喜欢过他。

一股心疼又浸入了他的四肢百骸，逼得他坐立不安。周顺一直候在旁边，眼瞧着那灯芯烧了一大半，太子还未歇息，正打算开口提醒他时辰不早了，却听得陈温一声吩咐：“去替孤寻些野核桃来。”

周顺的眼珠子就差掉下来了。谁能想得到，那威严逼人的太子殿下竟能大半夜地捶起核桃来。周顺大气儿都不敢出，将房门关得紧紧的，生怕那砸核桃的声音传了出去。说到底这也怨不着谁，都是自个儿攒下来的债，总得要还。若当真不爱，殿下也亏不着，亏就亏在他心头还是装着江姑娘，这日子恐怕还有的熬。

江沼的那罐子核桃仁终是没有保住，陈温最后还是将她从那长廊上提了起来，咬着牙说道：“孤赔给你。”

江沼起身离得他远远的，说：“这同殿下无关。”但到底是没再去拾了。

宁庭安进来时，江沼很抱歉地看着他，说：“对不起。”

“不过是一罐子核桃，表妹不必介怀，等我哪日空闲了，再给表妹剥一罐子就好。”宁庭安笑了笑，“刚好后面那条沟里的鱼，怕是很久没东西吃了，咱拿去喂鱼也挺好。”

江沼今日过来，找的那借口，就是沈家后屋里的那条水沟。

照母亲信笺上所写的内容，那年父亲来沈家老屋，并不是正大光明进来的，而是母亲偷偷地将他藏在了屋里，断了生活来源，还得熬药，两人的日子免不得过得捉襟见肘。后来两人便去过那河沟里抓过鱼。

“今日见你点了头，我便知道我不仅学会了抓鱼，还学会了熬汤，我没有告诉你，我偷偷在鱼汤里放了糖，往后保证不再什么都是苦的。”

从字迹便能看出那时的沈烟冉过得很快活。

小水沟旁的风比院子里还大，江沼鬓边的发丝被吹起，贴在脸上有些痒，她伸手将其拢在耳后，抬头望了一眼那条长长的水沟，枯木残雪，满眼萧条，凉得让人打战。她心底突然一阵泛酸，微微张了张嘴，吸了一口凉风进去，眼角被风吹得殷红。

她从那信笺上看到的景象与跟前的萧条，宛如两个不同的地方。一样是在冬天，信笺上的水沟，如同在暖暖的春季，看不出半点儿凉意。

江沼明白，那是沈烟冉心底的景色。

——严冬里的春天。

江沼也没立一会儿，宁庭安撒完了手里的核桃仁便说：“这股风大，怕是又要落雪，咱先回去，等过完年开了春，我再带你过来瞧一回。”

江沼见他一身单衣，衣摆被风吹得簌簌作响，立马点了头往回走。其实也没什么好瞧，她并不是沈烟冉，也未曾在这里留下过故事，自是体会不了她那信笺里的美好意境。

回到院子，江沼见到素云正在同老管家换汤婆子，突然问道：“管家可知炼药场的物件都搬到了哪儿了？”

老管家年岁当有七十，早前是跟着沈老爷替沈家看门，后来沈老爷走了，沈老夫人本想放他归家，老管家说守了沈家这么多年，哪里是家，他早已经分不清，沈老夫人叹了一番，便让他继续留在了沈家老屋。

当年沈烟冉出嫁前，那炼药场里的东西，沈老爷都让人给搬了个空，只留了那灶台。

“东西都没留着，搬的时候，四姑娘倒是来过，也不知道沈老爷和四姑娘说了什么，两人还争吵了一番，沈老爷出来时神色很是悲伤。”

江沼大抵也猜得出。当年沈家和江家的这门婚事，外祖父本不同意。江沼便也没有多问，正打算离开，那老管家突然又像是想起了什么，说：“姑娘等等，倒是还有一样东西。”

老管家进屋，拿了一个长长的墨绿锦缎袋子出来，交到了江沼手上：“当年四姑娘也是在年关来了一趟老屋，一进门就说要给老奴放一个月的长假，待老奴回来就见沈老爷同四姑娘起了争执。后来沈老爷让人将屋里的东西都清理干净了，唯有这幅画落在了地上，想必是四姑娘留下的，老奴也不敢打开，就一直保管着，原本还想着等四姑娘回来的时候老奴再交给她，殊不知天意弄人……”

竟是再也见不到人。

江沼接了过来，谢过了管家，也没再留，刚出门口就见阴霾的天空又开始飘起了零星的雪花。

江沼上马车前又回头望了一眼老屋。

云雾如浓烟，庭院延绵之处天际望不到头，江沼不知沈烟冉在最后闭上眼睛的那一刻，可曾回想过此处她留下来的种种痕迹。

江沼呼了一口气，转过头钻进了马车内，解了身上的大氅递给了赶车的宁庭安：“难为表哥挨了一日的冻。”

宁庭安伸手接了过来，笑了笑说：“暖屋子里待久了，出来走一遭，精神多了。”

江沼愣了愣。去年年夜宴，她被皇后娘娘屋里的地龙烘得昏昏欲睡，后来见陈温突然站起来说有东西要给她，她便起身跟着他去了东宫。因脑子闷沉，她不想乘马车，央着陈温陪着她走了一段，如今她尚记得陈温的那张冷脸。后来到了东宫，陈温什么东西都没给她，只让她去了西院，早些歇息。

几片雪花被风从吹进来，江沼一个激灵，赶紧放下了车帘。

宁庭安将江沼送回沈家时，沈颂已经在门边上望了好几回，眼瞧着又飘上了雪，正着急地来回踱步，便见那马车终于出现在了巷子口。

“表妹要再晚些，就得赶上一场大雪了。”沈颂迎上来忍不住说了一声，接了宁庭安手里的缰绳递给了身后的小厮，赶紧让两人进屋。

宁庭安没进去，已有几日未回宁家，恐怕家里早就成了一团乱，便说：“我回去看一眼娘。”

三姑母的身子骨不好，沈颂也知道，便也没有多留，转身跟着江沼进去。刚下了门前的庭阶，沈颂便对江沼说道：“表妹让我查的那罗姑娘，我查到了，张二爷的那张卖身契，是从百花楼花银子买的，实则是林二爷暗地里转手相卖。”

江沼的脚步一顿，绣鞋上的珠子轻轻摇晃，抬起头又问了一遍沈颂：“可是江陵林家的那个林二爷？”

沈颂点了点头：“前几日林二爷才出了事，如今也不知道他该不该姓林了。林家的那个妾室，当年只是个外室，也不知道官府的人从哪里查了出来，质疑他并非林家之子，并以此谋取官职，人证物证皆给寻了出来，如今丢了官职不说，还成了过街老鼠。可谓彻底臭了。”

江沼听着，心头一阵阵发凉，那罗姑娘人在江陵，怎的卖身契会到林二爷手里。

“另外我还查到了一些，罗姑娘的事，恐同江陵林家有些牵扯。”江沼让沈颂去查了罗姑娘为何来芙蓉城，沈颂暗地里托人沿路去打听，方知罗姑娘一路隐姓埋名，应当是从江陵偷跑了出来。只不过最后还是落到了林二爷手里。

“百花楼的妈妈说，半月前林二爷拿了罗姑娘的卖身契，想坐地起价，最后价钱没谈拢，林二爷便提出让罗姑娘在百花楼里弹琵琶。百花楼妈妈也曾为了这张卖身契打听过，说是林二爷的一个亲戚从江陵捎了过来。”

江陵的亲戚，那就是林家。

林二爷为何又将罗姑娘卖给了张二爷做妾，沈颂有些想不通，若是为了钱，那百花楼里的妈妈开的价比张二爷还高，林二爷最后却卖给了张二爷。

沈颂觉得有些蹊跷，张二爷买了罗姑娘之后，多年以来藏着的一张嘴脸，说变就变，硬是在祖母的寿宴上闹起了事。沈颂原本以为这只是江沼的私事，可查了一圈，越来越觉得不对，似乎不只是江沼，连同沈家也一同卷了进来。

“表妹如今可愿意同我说句实话，表妹到底是如何与罗姑娘相识的？”沈颂这回直接问了江沼。

江沼也没再瞒着：“她是我大哥喜欢的青楼女子。”

沈颂愣了愣，一时没反应过来，大抵是不敢相信宰相府的世子爷会喜欢上一青楼姑娘：“这事可就玄了。”林家和江家有何恩怨，沈颂一无所知。

江沼将沈颂的话前前后后地串起来，便也不难猜，林家能做出这等事的人，恐怕也只有那二房屋里的林姑娘。这些年江沼没少同她打交道，也算是见惯了她的种种手段，从不愿吃亏，杀敌一千自损八百的事情，她可没少干。往日是想尽了法子进东宫，这回又怎甘心被皇后娘娘指给了秦府。依她的性子，怎么着也得为难江沼一回，如今人不在江家，她奈何不了，也就将主意打在了江家。江家能让她抓到把柄的也就只有大哥的那段情事，一个青楼女子对付起来倒是容易。

“表哥可知，张二爷那夜在外祖母寿宴上为何闹事？”江沼得弄明白林芊沫到底安的是什么心。恰好，那簪子的事，她还没同林芊沫清算。

张二爷在寿宴上闹事，沈老夫人让人瞒住了消息，江沼一直到现在都不知。如今事情到了跟前，江沼又主动问起，沈颂便没再瞒着，细细地将那夜发生的事都告诉了江沼。

“算起来，张家同沈家先祖还是同门，几代过去，改行做起了药材，沈家这些年没少帮衬，谁知他竟当众提起了那张药单子。”

江沼的脚步定在了湿漉漉的青石板上，任由冷风灌袖。

沈颂见江沼神色呆滞，便也知道那番话里牵扯到了四姑母，祖母当初之所以不让表妹知道，也是怕她伤怀："表妹且不用多想，先回去歇息，这事就交给我。"

江沼的脸色确实不太好。素云陪着她回到竹苑，江沼坐在那火盆前，足足呆愣了小半个时辰，眼里才有了神。之后突然就让素云将屋里的药材统统收了个干净，直到屋里再也闻不到半点药味了，江沼的脸色才稍微缓和了些。

当夜江沼又褪了鞋袜，赤脚立在了沈烟冉的丹青前，久久凝望，素云进来添灯时，便听她轻轻低喃了一声："我与你不同。"

她不会成为沈烟冉。不会像她那样一辈子爱而求不得，一辈子救死扶伤，悬壶济世，甚至抛家弃子，却也没落个好下场。冷冰冰的牌位已躺了十年，也没见安宁。这些真的就是她想要的吗？

江沼抬头直勾勾看着那画上人，直到脚底下的寒气蹿上来，那双殷红的眼睛才渐渐地平复了下来。

她姓江，不姓沈。——又怎可能一样？

素云手里的灯盏晃了晃，忙往灯架上一挂，过去将江沼扶到了床上："小姐这打赤脚的毛病何时才能改。"

沈颂同江沼说完话，转身又去了沈老夫人的屋里，张二爷的事情既然是他告诉了表妹，便该去同祖母知会一声。沈颂没提罗姑娘，沈老夫人听完也没怪他，这事早晚也瞒不住。

入夜后沈老夫人便派嬷嬷去竹苑走了一趟，借着送茶叶的由头瞧瞧她精神如何，嬷嬷回来说："没见着人，素云说今儿姑娘吹了风身子乏，早早就歇下了。"

沈老夫人捏着茶杯，心口堵得一阵一阵地痛。就知道会有这么一天。

"她刚来芙蓉城的那日，我便问了她，这些年医术如何了，她答医自个儿倒还行，我就知道咱姑娘心里是生了结。"沈老夫人说完，那嘴角一颤，眼眶便有了湿意，"当年她不过才七岁，焕哥儿才三岁，你说，四丫头竟能狠得下心。"

沈老夫人说到最后侧过头，声音哽在了喉咙，嬷嬷赶紧过去替她摸了摸背：“都熬过来了，瞧瞧咱表姑娘如今长得多好。”

沈老夫人长长地舒了一口气：“好是好，可她心里堵着的东西，又何时才能散。”

她倒真就希望那东西就此绝了，没有落到沼姐儿身上。

沈颂继续去寻罗姑娘的线索。他这头寻了什么消息，瑞王那头一清二楚。沈老夫人寿宴那日，瑞王到门口碰到的那黑色身影，当时他就觉得熟悉，后来听小三子说沈颂又去了百花楼，瑞王才反应过来。那身影就是百花楼的罗姑娘。

“是在问罗姑娘的卖身契，可王爷也知道，卖身契从未经过奴的手。”百花楼的妈妈全都说了。

瑞王回来后让宁庭安去查，宁庭安这回总算没有再同他玩心眼儿，给了他一个很全面的消息：“罗姑娘同江家世子有一段交情，三年前，罗姑娘曾对江家世子爷有滴水之恩。”

三年前，陈国与匈奴的那场战事，世子爷不慎落入陷阱被俘，敌军请人前来奏乐，罗姑娘跟着乐楼的师傅去弹琵琶，瞧见那干柴堆里绑着一群人，便生了恻隐之心，偷偷给了江言恒一碗水。滴水之恩当以涌泉相报，回到江陵后，江言恒无意中遇见罗姑娘在青楼卖艺，便想将其赎出，却被罗姑娘谢绝了好意。

“奴一生只会弹琵琶。”

罗姑娘无父无母，从小就跟着师傅走南闯北，去过许多个地方，只知道弹好手里的那把琵琶，从未想过要离开乐楼。就算是赎了身出来，她又能去哪里。世子爷那段日子便经常去青楼，从未放弃过说服她，空闲了下来便教她读书认字，还教她描起了丹青。想着等到她的眼界开阔了，必定会愿意离开乐楼。

罗姑娘学会画的第一幅画便是自己的画像，世子爷曾将那些丹青拿回府中细看，次日便替她圈出哪些地方不好。一来二往，两人的事便惊动了江家。

江家大夫人去找了世子：“江家是名门将士之家，自来在刀口下讨生活，江家的祖祖辈辈守了多少年的疆土，挨了多少刀，才得来了这爵位，如今你祖父官至宰相，你父亲被封为侯爷，你当明白你自个儿的身份地位，切莫要糊涂了。”

江言恒并未觉得自己有错，有恩便要报恩。

事情到了最后，眼见不可收拾了，罗姑娘有一日突然问他：“是不是奴同意了赎身，世子便能安心？”江言恒点了头。

罗姑娘终于同意了赎身。然而就如罗姑娘所想的那样，离开了乐楼，她几乎无法生存，一直靠着江言恒的救济而活。坚持了不过半年，罗姑娘便瞒着他，又出现在了青楼。面对江言恒的质问，罗姑娘说道：“奴不能一直赖着世子爷，世子爷将来要娶妻生子，到那时，奴便会成为爷一生的污点。”

江言恒回去之后便跪在了江老爷子跟前，提出要纳罗姑娘为妾室。

江老爷子被气得大病了一场，罗姑娘再遇世子时，便说道：“爷于奴，等同再造之恩，爷让奴知道了这个世上除了琵琶，还有许多美好的事物，这等恩情早已抵过了那碗水。奴知道爷是想让奴争气，离开这沼泽之地，可爷不知，奴这辈子已经在里头扎了根，奴喜欢弹琵琶，奴喜欢这里。”

那话几近让江言恒绝望。路再困难，他也能坚持，却抵不过她一句那并不是她想要的。

后来江大夫人再相劝，江言恒便说了一句“好”，且将那屋里所有的丹青全都烧了个精光。

同罗姑娘断绝来往前，江言恒让人将她的卖身契还给了罗姑娘。罗姑娘本已是自由之身，也恢复了之前的生活。

直到一月前林家二房的六姑娘突然寻上了门，好言相劝，大意是劝罗姑娘别放弃了这门好事，江家是将门，并非书香门第，没那么多讲究，只要世子爷铁了心地要纳妾，这事倒也不难。

“多谢姑娘好意，奴只想弹琵琶。”

林芊沫笑了笑：“你当真以为自个儿还能弹一辈子的琵琶？既已沾上了江家世子，你这辈子就休想脱身，江家同虞家早已有了婚约，等到虞姑娘进门，岂能容得了你？如今你不趁早替自个儿做打算，莫不成还等着别人找上门。”

罗姑娘还是没动摇：“虞家姑娘知书达理、善解人意，岂是姑娘口中的小人。”

林芊沫气得语结，八成也没想到江世子看上的竟是个眼光短浅、油盐不进之人。利诱相逼不成，林芊沫便耍起了手段，一番设计又将罗姑娘卖了身，本打算将她送给一户同江言恒有来往的世家子弟，当个无名无分的玩物。谁知被罗姑娘得知了消息，连夜出了江陵，逃到了芙蓉城。

却还是没能躲得掉。

“林六姑娘将卖身契给了林二爷，林二爷又卖给了张二爷，如今罗姑娘人在张家。”宁庭安将罗姑娘的底细和她同江言恒的恩怨都说了个清楚。

瑞王愣了好半晌，意外这背后的故事，但更让他意外的是，宁庭安为何能如此清楚江家之事。

“师爷是何时知道的？”瑞王揪住了重点。

宁庭安没答，瑞王在他脸上找不出半点儿破绽来，正欲又提起张二爷在沈家闹出来的那事，便见宁庭安退后了两步拱手道：“家母身子抱恙，属下斗胆向王爷告一日假。”

瑞王乜了他一眼，便也罢了：“正好明日除夕，本王岂是那苛待属下之人。”

宁庭安谢过瑞王，出了王府后并未没回宁家，而是去了江陵来芙蓉城的那条路。林家六姑娘能费心思设计罗姑娘，江言恒必定会知道。宁庭安刚走，瑞王就对小三子说道："跟着他，本王好不容易寻了一个文武双全的师爷回来，总得关爱一二。"

陈温自那夜后就没出过房门，除了查看灾情的折子，便是砸核桃。能耍得了刀枪、挥得了拳脚之人，并非就能剥核桃。

小小的一个果子，砸开后还得从那细缝里挑出果肉，陈温手掌宽大，手指头修长，此时要他捏着一个小果实，显得尤其笨拙。两日下来，跟前几上的那罐子里，也不过才满了大半。

屋子里每响一声，周顺的心头都跟着一抽："殿下，还是交给奴才吧。"

陈温没答，又是一声"嘭"地砸下来，周顺再也不敢出声。

核桃皮扎进指腹，刺的血洞越多，陈温心里的那股难受就越是浓烈。

瑞王备好了马车，过来寻人一同前往除夕夜看灯会，谁知一进去就瞧见满屋子的狼藉，很是纳闷："皇兄怎的也砸起了核桃？"

前几日是宁庭安，已经够让他惊讶，如今再加上皇兄，瑞王百思不得其解。

陈温这才盖上了盖子，将罐子收好，说："走吧。"

沈夫人将四个姑娘送上了马车，再三嘱咐三个哥儿："可得照看好了，别往人多的地方挤。"

今年芙蓉城一场雪灾再加上风寒之症，除夕夜的灯火比起往年少了很多，但街头两边，阁楼上的栅栏之处，依旧可以看到人头攒动，人海如潮。

到了闹市，沈家的三位姑娘拂起帘子，往外瞧了一阵，直觉眼花缭乱。沈霜一回眸不经意地瞧见身后的江沼，见其神色有些心不在焉，立马缩回了身子，戳了她一下："表妹想什么呢，外头可好看了，怎的不瞧瞧？"

江沼回神，抬头见三位姑娘的脸映在眼前，便道："芙蓉不及美人妆，花容月貌，人比花娇。”

沈家三位姑娘多少识了点儿字，知道是被江沼打趣，一时都转过身，落了帘子在马车里边动起手来去挠她。

银铃般的几声娇笑混入人潮之中，待平复下来，沈霜便对江沼说：“今夜湖里的船只都会挂上油灯，星星点点地荡在湖面上，犹如浩瀚星辰，是除夕夜里不可不见的一道风景，表妹得去瞧瞧。”

江沼说：“好。”

沈霜又才探出了头对沈家的几位公子说道：“咱今夜先去临风阁，让表妹瞧瞧那湖里的灯火。”

沈家的马车便在岔路口上选了临风阁的方向。

沈家除了两个姑娘定了亲，大公子和二公子也定了亲，几人一落地，眼神就一直在人海里穿梭，寻找自己的心上人。三公子喜欢看街头的新奇玩意儿，独自一人沉醉其中，这便就剩下了沈霜和江沼低头耳语。

“弟弟妹妹们，咱就在这附近瞧瞧，一个时辰之后，在阁楼前会合，可行？”大公子沈鸿一句话可算是解放了所有人。

前头答应沈夫人是一套，背地里个个都藏了心思，只要不出事，按时辰回去，便也不会穿帮被训。大家都点了点头。

大姑娘和二姑娘陪着江沼往那阁楼走了一段，二姑娘便扯了她衣袖：“表妹就跟着三妹妹逛逛，我和大姐去去就回。”

江沼见两人脸上布了一层红晕，轻轻斜了斜身子往她们的身后瞟了一眼，便见不远处的雪地里站了两位公子，江沼目光看过去时，对方很是拘谨，脚步轻转侧了个身，江沼便也懂了，连忙说：“两位姐姐快去吧，可莫让人久等了。”

两人脸上的红晕更甚，这会子也顾不得还嘴，匆匆地走了。

“咱上去吧。”沈霜挽着江沼的胳膊登了楼，今夜临风阁的人特别少，若是往年，免不得挤满人，岂能如此宽松。江沼没见过往日的景象，便也没觉得有哪里不对。

直到上了顶层，瞧见那阁楼的栅栏处立着的一道鸦青色身影，便知自个儿今夜真没挑好地方。

“江姑娘，倒是巧了。”周顺眼睛尖，还未等江沼往后退，先打了一声招呼。往日江沼在东宫少不得周顺的帮衬，如今只好硬着头皮顿住了脚步。

周顺这声“巧了”，也不过是个幌子。实则周顺昨日就已同沈霜通了信，今日保证会将江沼带到这阁楼上来，这处的景色美，两人在这里碰上一面，说不定江姑娘就能念起往日的旧情，这番没有尽头的追逐，也该是个头儿了。

站在栏杆处已经吹了好一阵风的陈温回过头看着她。银白色的斗篷将她里头的短袄襦裙挡了个结结实实，唯剩了个脑袋露出来，辫子的发尾处还系着那根红色发带，藏在斗篷帽檐里的那张脸莹白水润，亮得生光。她圆溜溜的一双眼睛看过来时，陈温只觉得心头猛地一颤，心里越发柔软。今年除夕虽未在东宫，可好在身边还有她在。

自从江家二夫人去世之后，每年的除夕江沼都会在皇宫度过，这番算下来，她也同陈温共同度过了十个年头。

对面的江沼不过只是一眼就落下了眸子，伸手将斗篷帽子拂下来，对着陈温行了礼。

沈霜和周顺悄声无息地退下，进了屋里周顺便对沈霜感谢了一番，沈霜低着头听得心不在焉。今日过来她也并不只是为了江沼。

自上回从素云口里得知秦将军的家世门第之后，沈霜的心就一直悬在半空中落不下来，几次欲开口再多问问素云关于秦将军之事，又怕被看穿。昨日收到周公公的信，沈霜一夜都没睡好，眼巴巴地等着今日。

太子出来，秦将军必定会跟上。那晚的夜色太浓，秦进军又走得急，沈霜还真没瞧清他是何模样，只记得那背影很是挺拔。

沈霜正想着，楼道上传来一阵脚步声，便听周顺说：“这会子三姑娘怕也是一人，天黑脚下的路不好走，就让秦将军送姑娘一程。”

沈霜忙地抬头往楼道上一望，一颗心顿时怦怦直跳。

沈家的几位公子在芙蓉城里也算得上是样貌出众的，可到底也只是在芙蓉城，人外有人天外有天，沈霜知道自己想去江陵的想法定是没有错。

“沈姑娘请。”秦将军让她走在了前头。

沈霜也不知道怎么下的楼，双脚就跟飘了起来似的，踩不踏实，走到了最底处的两层台阶，终究踩空了去。秦将军手疾眼快，及时地托住了她的胳膊。如同那晚在雪地里她踩到了枯木枝，他稳稳地扶住了她。

“沈姑娘小心。”

沈霜的脸如火烧，待站稳了才低下头轻声地说道：“将军已救了民女两回，民女感谢将军。”

秦将军愣了，并不记得头一回是在何处。

“祖母那日寿宴，秦将军进来可扶过一个姑娘？”

楼道上的一阵风将沈霜肩头的几缕发丝吹起，寒冬里的冷风都能解了风情，底下的那一阵凌乱的脚步声却来得不是时候。

脚步一路往上，是沈家二公子沈颂。

他的脸色被风吹得煞白，问道：“表妹可在？”

阁楼上的视线很开阔，满湖的灯火也确实如沈霜所说，星星点点甚是好看。江沼站在屋里并没有出去，陈温便也跟着进来，立在那门槛上替她挡住了风口。

江沼今日出来本对这景色并无兴趣，如今眼前多了这么个人，更是意兴阑珊。

前日离开沈家老屋时，两人之间的关系恶化，并没如她所愿好聚好散。既然同他说不通，江沼也没打算同他再去论理。婚约是皇上所赐，由皇上退了便好。

“臣女不知殿下在此，扰了殿下。”江沼拢了拢斗篷，正欲转身，胳膊便被陈温一手擒住。

“陪孤一会儿。”

江沼没应。

“这个孤赔给你。”陈温将那罐子剥好的核桃递给了她，“莫同孤再置气了行吗？”

江沼没去接，不过也猜到了那里头是什么。陈温往日虽对她淡薄了些，但也是一码归一码，她送的那些礼，他皆给了回报，论起礼来，陈温绝对不会失仪。

“那日，核桃是从臣女手中跌落，并不是殿下之过，殿下不必如此。”江沼的胳膊轻轻地动了动，想让他放手，殊不知一语落，那只手捏得更紧了。

“孤给你，你接着便是。”

江沼银牙一咬，心口的火气也上来了：“殿下这是不讲理了。”

江沼也并不是有意，不过是手肘用了些力，陈温刚好也松开了手，那一罐子核桃仁儿便被她挥在了地上，零零散散，撒得满地都是。核桃仁儿比上回宁庭安给的还碎，落在木板上，不少都嵌进了地板的缝里。

陈温没动，江沼也没动，两人皆是盯着满地的狼藉定了神。过了几息，陈温的目光才慢慢地移到江沼的脸上，江沼亦愣愣地看着他。

沈颂便在这时上了楼，也没顾得及礼数，拱手对着太子和江沼的方向说：“江家世子出事了。”

沈颂这一语惊了众人。陈温只觉跟前的人影一闪，回头便见那双镶珠绣鞋踩在满地的核桃仁上，踩得吱吱作响，头也不回地直接往那楼道口冲去。

寒风吹进来，江沼半点儿感觉都没，一面跟着沈颂往下走，一面听沈颂说经过。

“也不知世子是何时来的芙蓉城，等我闻到动静赶过去，就只见到世子爷一把剑直接将那张二爷刺了个对穿。”

江沼双脚软了，半刻不敢怠慢，两只脚不停地往前迈，寒风扫在脸上，直觉心口一阵阵发凉。

“今夜张二爷领着罗姑娘又去了百花楼，公然在楼里叫起了价，楼里的人趁热闹撒了一把银子，竟就当众对罗姑娘……”那污秽之词沈颂对江沼说不出来，“不想就被世子撞了个正着，死的是张二爷，还有几人没死也没好到哪去，世子不让人上前，也不让救人。”就任他在那地上爬。

江沼一句话都说不出来。到了阁楼前登马车时，脚步有些打战，一只手突然从身后扶了她一把，还未等她转身去瞧，身后的陈温直接拽着她上了马车。

“坐稳。”

陈温脸上还余有几丝愠色，语气却带着压制后的温和。江沼的身子往边上挪了挪，眼睛没往他身上看，一路沉默不语，端正地坐着。

秦将军换下了沈颂，马车在那街头上跑得极快。

到了百花楼前，江沼只见到人头攒动，围了几层，地上的皑皑白雪已被人踩成了泥水。

躁动的人群中有哭泣声传来，陈温往前一跨，挡在了江沼前面，然而能挡了江沼的视线却挡不住声音。

“江家人骨子里流的就是狼血，世代皆是武将，多年的杀戮怕早就养成了虎狼之心，一旦疯魔起来，就跟那地狱魔鬼没什么两样，杀人如麻，就，就像当年的江家二爷一般，围城里死的那几万人你们以为当真皆是因为瘟疫吗？那有一半都是被江二爷杀了啊，那日城门后尸首遍地、血流成河，江二爷连眼睛都没眨一下，就因为，就因为……”

那妇人起初还愤怒悲痛得很，到了最后竟脸色苍白，没了力气再往下说。

“因为什么？你继续说。”宁庭安的声音从屋里传来，带着质问，“只许尔等放肆，就不许旁人反抗，这是哪里来的歪理？同生为人，江家的血肉之躯与尔等又有何区别，江家守家护国百年，外敌从未越过边境，尔等的日子过得安稳了，便理所当然地认为江家人应该牺牲性命来护你们周全。这些年江家人也确实如此做了，每代皆有战死在边疆的儿郎。”宁庭安紧紧地盯着那妇人，“可你们在围城都干了什么，你们难道就没愧疚过一日吗？”

那妇人如同哑了一般，半晌没说出话来，最后只抱着地上躺着的男子失声痛哭。

周遭安静了一阵，嘈杂声再次传来。江沼想伸手推开前头挡住她的那人，然而还未等她动作，一件大氅从头顶罩下来，江沼眼前只余一片黑暗。唯独听到了一句：“人不是他杀的，是奴杀的，你们要命，奴赔你们就是。”

接着又是一阵惨叫声。

江沼听陈温在她头顶说道：“保住世子，封楼。”

斗篷里熟悉的清香扑鼻，终于还是让她产生了抗拒心，江沼艰难地从那斗篷底下钻出来，呆呆地立在那里，耳畔的声音渐渐变小，只余下一片嗡鸣，陈温握住她的手腕对她说了什么，江沼听得不是很真切。

直到看到宁庭安从里出来，轻轻地唤了她一声“表妹”，江沼才推开了陈温，朝着宁庭安走了两步，脚步有些晃，走到他跟前轻轻地问了他一声：“怎么了？”

江沼自个儿都不知道，问的是哪件事。是问江言恒怎么了，还是问当年的江晖成怎么了？

“没事。”宁庭安冲着他微笑。

江沼只觉眼皮子有些重，表哥的脸越来越模糊，一股冷风从背后吹来，风并不大，却将江沼的身子吹得一晃。

在江沼倒向宁庭安怀里的那瞬，身后的陈温僵在那里，胸口似被利刃刺中，疼得他一缩，一双眸子里怒火中烧，死死地盯着跟前两人。

他看着她推开自己，看着她走向了宁庭安，又看着她倒在了宁庭安的怀里。他是太子，是她的未婚夫，是陪了她十年的人。然而她在最脆弱的时候，选择的不是他，而是相识不久的宁庭安。

陈温的喉咙发紧，喉结艰难地滚动，脚下犹如千斤重地往前挪了挪。活了二十载，没有任何事能难得住他，然而此时那股无力感又蔓延到了四肢。

陈温走到宁庭安的跟前，用了最无力的一个理由，从他怀里接过了江沼："一日未退婚，她一日都是孤未过门的太子妃，师爷请自重。"

簌簌冷风灌进他袖筒，陈温将怀里的人紧了紧，一路灯火通明，火光照在他脸上，煞白得让人生惧，一贯挺直的脊梁竟也微微躬着，让人瞧出了孤寂。

从宁庭安手里接过江沼的那一刻，甚至连他都感觉到了几丝可怜。宁庭安那狗东西，眼里的神色在告诉他，宁庭安对他生了怜悯之心。他生生地受下了，皆因他并不想放手。

"回府。"陈温抱着江沼上了马车，将她裹在了自己的大氅里。他没去看她的脸，大抵是不敢看。怕她突然醒来，知道是他，又会推开他。

马车到了王府，周顺说了声"殿下，到了"，半晌却没见陈温下来，过了好一阵，才听到里头的陈温低声说道："去沈家。"

马车又掉了个方向。

快到沈家时，陈温才终于去看了怀里的那张脸，她闭着眼睛，瞧不见里头的冰凉，倒是能看出以往在东宫时的几分影子来。

她很喜欢东宫里的那道冷泉，夏天时喜欢在里头戏水，累了就躺在那幔帐底下的贵妃椅上假寐一会子。

陈温曾经见过她睡着的模样。头压着掌心，将那一侧的小脸压得微微变形，卷翘的长睫若同此时一般，光影在她的脸上投下了一片阴影。

——很乖巧。乖巧到他不忍去打扰她。

那日他悄悄地离开，独自一人去了母后的宫殿，母后问起她时，他答："她累了。"

母后一脸惊愕地看着他，丫鬟们更是低头捂住嘴笑。

陈温的心脏突然一阵紧缩，那些曾经他从不放在心上的回忆，就如同一张张网，从头落下，只落在他一人头上，将他罩在里头，让他再回头细细地品一番，重新体会一把心疼的滋味，以惩罚当年他对这段感情的怠慢。

若是不爱便好。可怕的是，回忆起往日种种，他发现自己也为之动过心。待如今领悟过来，那些心动，便如同百蚁蚀骨，每一个画面都能让人断肠。

陈温将江沼交给了沈颂，想了想，还是说道："别告诉她是孤送她回来，宁庭安送也好，你送也好。"

沈大爷说许是江沼前儿去沈家老屋时吹了风，加上江世子的事，一时急火攻心才晕了过去。沈大爷宽慰沈老夫人："没什么大碍，咱表姑娘的底子好得很。"

当夜陈温没走多久江沼就醒了。沈大爷让人熬了汤药送了过来，素云赶紧将药碗端过来，江沼却摇了摇头："我这身子结实着呢，不会有大碍。"

素云倒是想了起来，从江陵乘船过来，小姐晕船吐得只剩半条命，不过一天的工夫也就痊愈了。

"身体再结实，药还是得喝。"素云说完，也不让她再推托，一勺药直接递到了她的嘴边。江沼便也将碗接了过来，喝了几口又还给了素云。

江沼费了些神，才将晕倒之前的那些片段串到了一起，待忆起来后，便问素云："世子如何了？"

素云说："被严青带走了，估计这会子在王府。"

罗姑娘一死，百花楼里又是一团乱，江世子就跪在血泊里抱着罗姑娘，两人也不知道说了什么。后来江世子从楼里出来，双眼呆滞，将刀剑弃在了严青面前。

除夕夜当众杀了人，这事怎可能轻易结束。

江沼将头懒懒地靠在床边，心里实属揪得慌，呆呆地坐了一阵。素云搁了碗回来，替她掖了掖被角，又听她问："罗姑娘死了？"

素云点了点头。

江沼愣了愣，心口一阵发闷，竟也不知道在这桩事里，到底是谁害了谁，便又想起来罗姑娘当初让她转交给虞姑娘的那封信还未拆开看。

江沼让素云多添了一盏油灯，自个儿披了大氅下了床。信很厚，江沼展开便能看出那字迹歪歪扭扭，还有些错处。

她竟将江言恒遇到她后的每一桩事都记了下来。从在匈奴是如何与江言恒相识，后来在江陵又是如何同江言恒相遇……文字坦荡，没有丝毫隐瞒。

"人人都道世子沉迷于青楼女子，可却不知，世子从未与奴逾矩，世子与奴之间不过只是一个'恩'字。世子说奴的一碗水救了他性命，这辈子他便也要救奴一命，不会再让人欺辱奴，奈何奴早已陷入泥潭生了根。

"世子让奴识字，奴能将那字临摹出来，但奴却理解不了其中的含义，世子教奴画画，奴能画出轮廓，却领悟不到精髓。奴与世子本是一个天一个地，皆因一个'恩'字将世子束缚，高门贵族的教养将他圈住，让他始终走不出来，才会一时执拗，堵上自己一辈子的幸福，生出了要纳奴为妾的想法，然而世子心中对奴并无男女之情。奴在匈奴给世子那碗水时，世子双臂血流不止，手里紧握着一块玉，奴后来才知，那上头刻着一个'虞'字。"

江沼抽出了最后一张信笺，却并不是罗姑娘所写，瞧笔迹应是江言恒。

——不见又思量，见了还依旧。为问频相见，何似长相守。天不老，人未偶。且将此恨，分付庭前柳。

最后落笔是一个"虞"字。

江沼让素云将信重新装了回去收好，长吸了一口气说道：“出些银子将罗姑娘好好安葬了。”

她未身处其中，便无法评判旁人之心。只有那身处其中的人才明白个中滋味是苦是甜，是辛是酸。

今日百花楼里人声鼎沸，罗姑娘最后说的那几句话，只有江言恒听清楚了。

“世子记住，奴的死与世子无关，世子无须自责，也无须后悔。奴很感谢世子，奴这辈子就算再活几十年，也抵不过奴遇上世子的那半载岁月，奴学会了识字，学会了作画，知道了为人的意义，是奴赚了。世子回去后好生同虞姑娘解释清楚，切莫将同奴的恩情混淆，世子需得分清何为恩情，何为爱情，往后好好待虞姑娘。”

江言恒看着她闭上了眼睛，走得很安详。

江沼半夜才合上眼，次日是大年初一，本应喜气洋洋，可除夕发生的事，谁也放不下心来乐呵。

沈老夫人昨夜听说江沼醒了过来便长松了一口气，今儿一早又派嬷嬷去看了江沼。嬷嬷刚过去就见江沼已经穿戴好准备出门，便问了声：“表姑娘这是要去哪儿？”

江沼跟着嬷嬷下了楼，先去了沈老夫人屋里请安，说想去王府看一眼大哥。江家世子出了事，江沼不可能不管，沈老夫人心疼归心疼，也没法儿拦着她，便叫来了沈霜：“你陪你表妹走一趟。”

沈霜应了声“好”，转过身那脸上的兴奋便掩饰不住，又生出了两团红晕。

大年初一沈家的铺子要发利是，一群人等着东家犒劳，沈颂一早就走了。沈老夫人便叫了个马夫跟她们一起去了。

上了马车沈霜便塞给了江沼一个香囊：“这是我前儿自己做的，表妹拿着，算是新年贺礼。”

江沼接过来，抬头瞧见她脸颊上的红晕，便告诉了她："那位秦将军已经有了婚配，是江陵林家二房的六姑娘。"

那日她问素云的那话，素云回去之后就告诉了江沼。一个未婚姑娘，主动问起别家公子，无论问的是什么，那定是生了心思。江沼一直没寻到机会对她说，如今趁着这空当，便说给了她听："林六姑娘心思深沉，行事阴损，并不是个好相处的人。"

这话一并将沈霜做妾的念想也给打消了。沈霜犹如五雷轰顶，脸上的血色渐失，待回过神来，才懒懒地靠在那马车上，低着说道："表妹都知道了。"

江沼点了头。

"表姐若是喜欢江陵，我带你去便是，只要外祖母同意，便在那边寻一门亲，往后咱们也能经常走动。"

这话要是放在前一日，沈霜定是会心动。可秦将军的那张脸已经钻进了她脑子里，挥之不去，如今心口堵得发酸，又有何心思去另寻亲事。

江沼见她没说话，再望过去，瞧见她眼眶殷红，抹起了眼泪。江沼便也不再多说，递了张帕子过去。

快到王府里，沈霜才终于平复了下来，拭了眼角的泪水，对江沼笑了笑："表妹就先别管我了，看江家表哥要紧。"

周顺听侍卫来报说江姑娘来了，一个转身，那袍子摆都荡了起来："快，快请进来。"

昨夜陈温送江沼回沈家后，便去见了江言恒，杀了人，他只能被关进地牢。

"孤不拿你是问，并不因你是江家世子。"陈温站在牢门前，声音有几分厉色，"你好自为之。"

陈温回屋后坐在榻上，坐到半夜才合了一会儿眼。周顺看着陈温长大，殿下从未如此为难。但这回江家世子之事，牵扯到了江沼，还有江焕。若定了罪，单就昨夜那妇人嘴里所说的"江家人骨子里流的是狼血"，便能将江家推到风口浪尖上。再顺着江言恒查到江二爷当年之事，若那言论当真属实，无论是什么原因，江家都会万劫不复。

昨夜江言恒杀人之事就已经在衙门立了案。那被杀的几人家属当夜敲了鸣冤鼓，去衙门递了状纸，将江言恒告到了公堂，要讨一个公道。

衙门里的人谁又敢动。人是被太子身边的严侍卫带走的，谁有那个胆子去太子那里抓人。

衙门里的官差实在是为难，便托了人寻到了周顺这里来。周顺回头一瞪："人长了一张嘴，公说公有理，婆说婆有理，谁先动的手，你们谁见着了？"

这话已经很明白了，太子殿下这是要保江家世子。

本来江家就已经够让衙门里的一群大小官差顾忌了，如今又是太子，更是没人敢再多说一句，暗里倒是有人狐疑："不是说太子不喜欢江家吗？连婚都退了，怎的这回又站了江家？"

"你赶紧将这话吞进肚里去，当心祸从口出。"

一群小官差便也闭紧了嘴，这上头的人是什么心思谁能猜得透。江沼跟着周顺进去，依稀还认得路。之前来过一回，是听戏，也是正式同陈温了断。

大哥的事，该如何处置，她无权过问，她能做的，也就只能来王府瞧一眼，但即便如此她还是免不得要找陈温，正犹豫如何开口，便听周顺说："江姑娘过来是为了江世子吧？这事殿下已经交给了瑞王，如今是宁师爷在处理，姑娘要是想去牢里瞧他，找师爷说一声便是。"周顺照着陈温的吩咐说了，但他不明白，这好不容易得来的一次表功机会，殿下为何就不把握了。

江沼大抵没想到会这么容易，愣了一瞬，谢过了周顺，若真是表哥负责，倒是好说话。

周顺让人将江姑娘带到了宁庭安那里，回头便去禀报了陈温："人来了，奴才带给了宁师爷。"

陈温刚起不久，眼睛里的倦怠还未完全消退，揉了揉眉心说道："去查那位罗姑娘如何来的江陵。"

身为储君，陈温已替皇上处理政务多年，就跟前这事，一眼就能看到关键。

先前瑞王已经问过宁庭安罗姑娘的事，宁庭安说出来的，都是捡了他自个儿想说的部分，大多是江言恒和罗姑娘的恩怨，最后倒是给了瑞王结果，是林家二房的六姑娘林芊沬在作祟。陈温让周顺从头开始查，芙蓉城这头查不到消息便让江陵的人去查。

周顺去查这重点就不在罗姑娘身上，而是林芊沬。借着那卖身契顺藤摸瓜，将往日里林芊沬的那些劣迹也一并给查了出来。林家的人都知林芊沬是想嫁入东宫，奈何前头江沼同陈温有婚约，旁人以为她是在打侧妃的主意，也就她的两个贴身丫鬟知道她的心思，林芊沬打的主意可不只是侧妃，而是成为太子妃。

周顺在宫里摸爬滚打了这些年，能同沈家的沈霜搭上线，自然有的是法子让林芊沬身边的丫鬟开口。

"小姐那日从宫里回来，就发了好大一通脾气，说定是江姑娘对皇后娘娘说了什么，才让皇后娘娘断了她进宫的念头。之后便缠着林家二房的林老夫人，让林老夫人去央求皇后娘娘，替她说情，瞧瞧还有没有希望，即便是做侧妃也好，等将来太子登基，封了妃，谁好谁坏还不一定。"

林老夫人进宫之事，周顺倒是知道。嘴里的话才开了个头儿，就被皇后娘娘一句话断了念想："那日本宫让她进宫，话倒是说得轻了，合着她也没听进去，往后你们也别进宫来了，本宫还想图个清净。"

林老夫人慌了神，知道这是捅了马蜂窝，赶紧改了口："今日来是我的主意，也是平时瞧着那丫头喜欢到娘娘身边亲近，便想着让她来伺候娘娘，这事是我糊涂了，娘娘可莫记到心里去。"秦家的婚事是林老夫人亲自求的皇后，"丫头她爹倒是心里有了主意，时常提起秦尚书家里的小将军年轻有为。”

皇后没什么兴趣：“说亲是你们自家的事，看上哪家定了就成，又何须来问本宫。”

那林老夫人回去之后就托人寻了秦夫人，暗里提了一句皇后娘娘。过了一日，秦夫人便让媒人上门去了林家提亲。

林老夫人是林老爷的续弦，林老爷前头的夫人早前就入了佛门守起了青灯，没过几年就去了。后来林老爷便娶了这位二夫人，林六姑娘是她亲儿子所出，自然疼爱得很。若是单看这点儿背景，秦夫人也不会去提亲，能去提亲也并不是二夫人提的那句皇后娘娘，皇后娘娘是林家大房所出，早年还同二房有过节儿，平时面子上的那点儿情分能维持住，真要遇上大事，帮衬不帮衬还说不定呢。

秦夫人是顾忌二房的那位大公子。大公子是前头逝去的夫人所出，是长公主的驸马，在江陵的人脉甚广，秦家先前的几桩麻烦事还是托人让那大公子给解决的。虽说大公子同林家早断了情意，可怎么说林老爷也是他亲爹，也是林姑娘的亲大伯。

秦夫人这头派了人过去，没承想那林姑娘第二日就闹了起来，找林老夫人不成，又找了林老爷，最后见没的退路了，便去寻了林家的一位姑姑。

从林家姑姑那儿回来之后，林芊沫如被人撑了腰，一个不甘心便生出了自己落不得好，旁人也别想好的主意。

她先是去找了罗姑娘，见其油盐不进，便想着将其卖给江言恒的友人，去恶心江言恒，说不定这事闹出来，江家的名声也就能跟着毁了，江沼也别想好到哪里去。谁知罗姑娘竟有那个胆子，敢连夜逃跑。

林芊沫气了一顿，便听那位姑姑提了一句：“林家你二伯伯在芙蓉城，卖身契既然都在你手上，还愁她跑了不成？”

林芊沫被这么一提，又生了歹心，将那卖身契直接给了林二爷，再放了消息给江言恒，说是罗姑娘让人给拐了。这才有了后面这事。查清了林芊沫的这些手段，那日在五台山上的那些事情也都跟着水落石出。

“小姐也不知道从哪儿听说，江姑娘头上的那根簪子是殿下相赠，平常爱护得很，那日小姐便相邀江姑娘一同玩雪，趁着江姑娘蹲下堆雪的工夫，拔了她头上的簪子，说这簪子的样式她没见过，想仔细瞧瞧。江姑娘瞧见立马变了脸色，一番争夺，小姐手一松，那簪子就摔在了石头上。

“江姑娘气不过直接甩了小姐一巴掌，小姐回去之后更是生气，刚好得知江家小公子江焕染了风寒正在发热，便一瓢冷水浇到头上，让奴婢去道观里将风寒药都取了回来，之后又怕江姑娘去寻殿下，便让人去了殿下门前探消息。恰好殿下那日不在，江姑娘寻上门来的时候，小姐身边的丫鬟串通了嬷嬷，便说了些不好听的话，更是逼得江姑娘上了雪山。

“小姐亲眼见到江姑娘冒雪上山，之后便让奴婢躲在山脚下，说若是江姑娘没回来倒罢了，若是回来，就抽了后山的那几根木板子，得保证她再也回不来。一直到夜里，奴婢瞧见江姑娘提着一盏灯，身上沾了血，一时害怕，便也不敢行歹事了。”

真相一封飞鸽传书送到周顺的手上，比他当初查到的更为详细，几乎是一字不漏地全写上了，那丫鬟还按了手印。周顺看完那心就突突直跳，一阵后怕心都凉了半截。

周顺进去找陈温时，陈温正在翻看《大陈律》，江言恒的事就算保，也得找个正当的理由出来。

被伤的几位家属，整日跪在那衙门前，张口一句要太子主持公道，闭口一句太子爱民如子、铁面无私，绝不会包庇罪人……怎么听都别扭。

事情刚闹起来，就被衙门的人压了下来，但那消息还是传进了陈温的耳里。陈温虽沉默不言，但周顺知道，这回江言恒是触到了殿下的底线，殿下从参政以来，就一直主张公允，几年里犯事的官员没一个逃得掉，殿下回回都道君王犯法与庶人同罪。

但这一回，太子眼里再也没有了果断英明，一人在灯火下已经看了几日的律法，愣是顶着压力没给江言恒定罪。

“江陵那边有了消息。”周顺低着头没敢去看陈温，双手将那锦缎呈于头顶递给了他。

这几夜，陈温屋里的灯火都烧得亮堂，几上一盏羊角琉璃灯，跟前还立了一盏罩灯，那锦缎展开，一字一句都看得明白。

轻轻柔柔的一张锦缎，几乎要被他撕裂。忽觉眼前的灯火一闪，陈温也不知是油灯摇曳了一瞬，还是他眼皮里跳得太厉害。那血液似乎从五指开始凝固，一直凉到心口，不过一瞬，脊背便冒了一层冷汗出来。

他以为五台山上，他只欠她一声道歉，只是说了不该说的话。殊不知竟是差点儿让她丢了性命，陈温无法想象自己那句不耐烦的话给她带来了多大的伤害，也无法想象站在他的屋子前，前来求他时，她有多无助。她将他当成了她的依靠，将他当成了那个可以维护她的人，他却觉得她太吵，将她推开了。

陈温便知，他的那句退婚，退掉的不只是婚约，还割断了她对他的依赖。

往日在东宫，那茶溅出来，烫到了她指尖，她会娇气地一声呼出来，眼角的余光瞟过去瞧他的神色。他回头一句“小心些”，她唇角便扬起，露出一抹娇羞的笑，便也心满意足了。

但那日她分明是去了雪山，分明是受了伤，还在见他之前打扮整齐，干干净净地出现在了他的面前，遮住了她所有的狼狈，不再愿意在他面前露出半丝脆弱。她不再想对他撒娇，那便也是死了心，对他彻底断了念头了。

陈温坐在椅子上，却仿佛感受到了在五台山上江沼从失落到失望，再到绝望之后，渐渐冷却下来的心。那份难受如今一点儿一点儿地转移到他身上，不断地拉扯着他的心口，让他竟也觉得这屋子里房门紧闭密不透风，气息微薄得很。

周顺从将锦缎给陈温之后，就弓着腰立在一侧，不敢吭声，眼瞧着屋子里越来越静，只余那玉壶滴漏里的滴水声，直敲在人心尖上，让人打起了精神不敢怠慢分毫。

半晌，周顺才听到陈温几近嘶哑的声音："毁了便是。"

陈温的眼睛红得可怕，里头的愤怒不可抑制，烧得眸子一片混浊。周顺立马垂下头不敢再多瞧一眼，便也知道殿下说的毁了，是毁了林姑娘。

周顺见过陈温收拾人的手段，就连林家大房的三个国舅爷都没少在他手里吃亏，若他想毁了一个人，恐怕这回那林姑娘是没好果子吃。但单凭林姑娘这两回对江姑娘做下的事，周顺倒是觉得她不冤枉。

林姑娘虽说也姓林，是皇后娘娘的侄女，但二房那头早在二十几年前就闹过一场，从林家单独分了出去。当时林姑娘那位姑姑，可没少针对娘娘，生出好些幺蛾子。

周顺正打算退出去，陈温突然又开口问他："那簪子孤是何时赠予她的？"

他没有半点儿印象，想必是自己何时说过的话忘了，让周顺过了手。周顺却说："奴才也不清楚，往日奴才都是替殿下赠送江姑娘宝石，那簪子奴才还真没见过。"

陈温便也没再问，指关节轻轻敲了一下桌面。周顺转身退了出去，空旷的屋子里只余陈温一人，灯火下，他犹如一尊木雕坐在那儿，身影久久都未动。

江沼去看了江言恒，离开江家的那日，江言恒不在府上，没承想两人会在芙蓉城见上面，更没想到再见面会是这番光景。

江沼没问他关于罗姑娘和虞姑娘之事，只问了一句："大哥可有何打算？"

江言恒沉默半晌说了声："对不住，我常年在边关，回了江陵倒也不习惯，焕哥儿自来在江陵长大，心性又纯正，往后必定能撑起江家。”

江沼低下头抿唇不说话，这话是什么意思，她自然懂。

“咱们江家这辈，自来没有大房二房之说，焕哥儿和你皆是我亲弟弟、亲妹妹。我知你懂事，凡事都往心里吞，二叔二婶走了这些年，能让你欢心的也就只有太子，无论将来你做什么抉择，当顾好自个儿，等焕哥儿将来长大了，自然会照拂你。”

江沼抬头看着他，眼圈微红：“那大哥呢？”

江言恒说道：“太子不会为难江家，我守着边地替你们祈福便是。”

江沼侧过头没忍看他，也不知道为何就问了出来：“不悔吗？”

半晌身后才传来江言恒的声音：“不知。”

江沼将自己做的几样糕点放在他跟前，又拿了个红色利是出来，里头装着几颗硬糖。往年在江家过年，大伯母都会如此，到了新年的这一日，江家的孩子人手一个，说吃了糖来年定会甜甜蜜蜜。

江沼将利是递给了江言恒，咬着唇忍了眼里的泪珠说道：“哥哥，新年吉祥。”

江言恒接过：“多谢四妹妹。”背过身又才说了声，“新年吉祥。”

从牢里出来，江沼擦了那眼角的泪痕，脸色凉得瘆人，见到素云时，几乎是从牙缝里挤出一句：“林芊沫必须遭报应。”

刚出了地牢，迎面就撞见了江家大姑娘江嫣。好脾气如江嫣，到了这时，也是气得乱了方寸，一面抹着泪一面斥责：“我就知道将来有一天会出事，他这是害了自个儿啊。”

江沼侧过头没说话。江嫣也顾不得同她多说，脚步匆匆往地牢而去。

沈霜没跟着江沼一同去地牢，便坐在屋里候着她。王府的偏厅门前有几株红梅，残雪压枝，那红梅一半埋在雪里一半隐隐露来，白红相衬，竟让沈霜一时看痴了。

昨儿一夜未眠，赶出来的那双护膝，此时就藏在袖筒里，几度拿了又放。祖母曾经同她说过一门亲，是芙蓉城的一位秀才。姨娘说门第太低，嫁过去往后的日子难出头，女人嫁人犹如第二次新生，那一定得都满意了才行。沈霜见过那秀才，样貌清秀，也有才华，却也没有一见倾心，就此要许诺终生的念头。是以，姨娘说退亲时，她也便同意了。

秦将军不同，他一出现就夺了她的魂，那家世、那人才，无一不是她梦寐以求的情郎，她一颗芳心全都压在了上头，殊不知适才江沼的一句话，犹如一盆冷水泼在了她身上，灭了她所有的希望。

门前的廊上有脚步声传来，沈霜下意识回头。

沈霜曾听人说过，当心头念着那个人的时候，总是会无意间遇见。那挺拔的身影由远至近，沈霜遥遥相望，心就跟石磨碾过一般，阵阵生疼。沈霜从未见过陈国的大将军是何模样，但秦将军已经满足了她对将军所有的幻想。

“沈姑娘当心，庭阶上积雪才化，滑得很。”秦将军从她身后走过，脚步已经越过了她，最后还是停了下来，回过头提醒了她一声。

沈霜所有的心理防备，被彻底地击垮。她看着那背影越来越远，心口猛地一阵跳动，终是唤了声：“秦将军，等等。”

沈霜从那湿滑的庭阶上匆匆而来，立在他面前，鼓足了勇气将那副护膝递到了他面前：“将军于民女有恩，民女没什么可答谢将军，便亲手缝了这东西，针线粗糙，还望将军莫要嫌弃。”

沈霜低着头，发髻上只插了一根素素的玉簪，倒是与秦将军见过的那些江陵姑娘有所不同。

秦将军没有去接。

沈霜半晌没见其反应，心里着急，一抬头便见秦将军也在看着她，神色温和地说道：“我已有婚约。”

秦将军常年在战场上打滚，没有那么多弯弯绕绕，昨夜在楼上，那夜风一吹，姑娘额前的几缕发丝被吹开，脸颊上生出的红晕甚是醒目。父母之命媒妁之言，他虽见过林姑娘，也知林姑娘心中之人并非自己，然婚约还在一日，他便也知，不能接受旁的姑娘，于沈姑娘也并不公允。

沈霜猛地垂下头，将那护膝紧紧地攥在手里，也分不清是羞愧还是失落，只知心头难受得很，竟一句话也说不出来。

“秦某多谢沈姑娘好意，外头风大，沈姑娘还是进屋去吧。”秦将军的声音依旧温和，瞧了她一眼，转身拐过那长廊，不见了身影。

沈霜呆呆地立在那儿，忘记了挪动脚步，由着凉风拂面，将那面儿上的滚烫一点儿一点儿地吹散。

回到沈家后，沈霜再也没了心思去竹苑，一人关在屋子里沉闷了好几日。素云去看过一回，她神色黯然，完全没有了往日的精神劲儿。

江沼说：“她这是一头钻进去了。”

倒也没再去劝，秦将军会不会喜欢上沈霜她不知道，但她知道林芊沫配不上秦将军。

年前，江家二姑娘江燃从江陵来了信，江沼一直未回，这次回了，多添了一句话：林芊沫如何了。江燃是个聪明人，见了这话，必定能猜到她的用意。

但信到江燃手里的那日，林家二房已经出了事，林老爷几十年前的一桩命案，那被害人就在芙蓉城，这回被太子无意中查了出来，别说是林老爷的官职不保，就连人也一并入了牢狱。

林家二房本就是商人出身，林老爷大字不识，这些年不过就是依附大房而活，借着皇后的名声，在江陵的名门贵族里混出了一席地位。如今林老爷入狱还是太子亲手办的，众人便知，林家二房这回是真的到头了。

林老夫人急得团团转，进宫递帖子要见皇后，结果帖子还未递过去，那太监倒是先说了一句：“你一介贱民，罪人之妇，也敢给皇后娘娘递帖子，若有二回，当心我要了你的狗命。”

林老夫人当场就瘫在地上，活了半辈子，老脸算是丢尽了，她一时也弄不明白，怎就突然遭了这横祸。

见皇后不成，林老夫人又去了长公主府上找了驸马爷。驸马爷是林老爷的长子，几十年过去，许是他那欢脱性子的缘故，大公子这称呼就没变过，平时瞧着行事不正经也不靠谱，可江陵的贵族谁人不敬重他，也就林老夫人瞧不起，商人出身做了驸马爷，不过是捡了便宜。早年就因为自己娶了公主，便与林老爷断绝了父子情分，这等人让她如何瞧得起。

这回林老爷入狱，她就不信他不管，再如何那也是他亲爹。

谁知驸马爷还真没管。

“王子犯法与庶民同罪，更何况林老爷还只是个六品小官。”大公子将话带给林老夫人，“白白享受了这些年的富贵，也该活回原本的样子。”

林老夫人一路求人的消息，早就传了开来。那头林芊沫还在闹着同秦家退婚，这头秦夫人已经在想着如何退婚。

林老夫人回去时，林芊沫正坐在屋檐下赏雪，回头用那绢帕捂着嘴对身后的丫头道：“你们说那江家世子，是不是个傻子，竟为了个卖艺的姑娘杀了人，他是不知殿下也在芙蓉城吗，还是他不惧太子？”

谁都知道只要栽到太子手上，不管你是谁，皆逃不过，林芊沫也知。身后的丫鬟早已了解她的心思：“这年过了，算算日子殿下也该回来了。”

林芊沫一听，心里就抓狂，从椅子上起来说了声：“我找姑姑去，得让她想个法子帮我退了秦家的婚事。”

没想到回头就挨了林老夫人一巴掌：“你就知足吧，如今秦家这门亲事怕已是你最后的依仗，你还要闹着退婚，你可知你祖父出事是谁办的案？”

林芊沫咬着牙受了那一巴掌，还未缓过来，就听林老夫人说道：“是太子。你还想嫁进东宫，痴心妄想也该有个限度，怎能如此无休止地胡闹？如今太子办了案，皇后娘娘，还有你那位驸马大伯，人人都不管，往后我林家二房的日子会如何，你就没有想过？你日日听你那位姑姑教唆，她不把你弄成她当年的样子，心里又岂能甘心！”

林芊沫呆呆地站在那儿，还未等她醒过神来，秦家就派了人过来传话："既然林姑娘不愿意入我秦家门，咱也不强求，往后就各自安好，也祝林姑娘能寻得一位如意郎君。"

林老夫人直接晕了过去。

林芊沫好半天才回了神，也没顾林老夫人，直接去了她那位姑姑那儿，一进屋就着急地问她："祖父出事了，我该怎么办？"

林家姑姑从那绣架后抬起头，神色冷静，轻轻地笑了笑："你问我，我问谁？"

林芊沫脚步顿住那门槛上，愣愣地看着林家姑姑。

往日她没有主意，只要来找姑姑，姑姑必定会替她出谋划策，罗姑娘那卖身契，包括往日害江沼的那些点子，皆有姑姑指点。去亲近皇后娘娘，也是姑姑的主意。

如今祖父入狱，皇后娘娘不管，那便是由着他们自生自灭，没有了皇后娘娘可依靠，她便无权无势，往后她的日子还如何过。

秦家的这门婚事，虽她也不稀罕，但由秦家先提出退婚，她心头又不舒坦了，秦家明摆着就是看清了形势，瞧不起她了。她走投无路，只能来找姑姑。

林芊沫急了："姑姑可得替我出个主意，祖父入狱，秦家也来退了婚，我该如何是好？"

林家姑姑头也不抬，扶着那绣架，继续绣牡丹："秦家退婚，不正是你想要的吗？"

林芊沫受不了林姑姑的态度，直接走过去站在了她身旁："姑姑，你这是当真不管了？这回祖父出事，是太子殿下办的案子，太子殿下还能无缘无故地对付我林家不成，那八成就是江沼那狐狸精又去吹了耳边风……"林芊沫说到这儿突然就顿住了，望向了林姑姑，"姑姑，那江世子的事，莫不是江家都知道了？"

林姑姑还是没看她一眼，嘴角弯了弯："能不知道吗？江家又不是傻子。”

“姑姑，那卖身契给二伯伯的主意，可是你帮我出的。”林芊沫生出歹心来，只想着报复，报复完了心里舒坦了，竟也没去想后果。江家世子栽了这么大个跟头，江家人又岂能罢休，还有皇后娘娘自来维护江家。林芊沫变了脸色，越往深想越觉得这回祖父出事，怕是与江家世子那事有关，便也知道害怕了，“这事姑姑既然参与了，便不能不管。”

林姑姑这才抬头看她：“我助了你一回，难道就得助你一辈子？你父母尚在，我不过只是你的姑姑，卖身契是你雇人得来的，我就随口那么一说，你还真听了话给了你二伯，脑子长在你身上，最后做决断的人是你，莫不成你这会子还能怨上我了不成？”说到这里，她又纠正了一下，“哦，不对，算不得你二伯，他已不是林家人。”往日他很介意私生子的名声，如今挺好，私生子都变成了他的奢望。

林芊沫从未见过林姑姑翻脸。这会子就似是不认识她似的，终是没有忍住发了脾气：“祖父好歹也是姑姑的父亲，姑姑就真能不管了吗？”

林姑姑面色凉了下来：“你问他去，看他有没有脸对我说这话。”

林芊沫不吭声了。

林家的人都知道姑姑当年嫁人时，就两口漆木箱子，成了江陵的一桩笑话，就因为这事，林姑姑在夫家至今仍抬不起头。

林姑姑的生母，与长公主府上的驸马是同一个母亲，并非祖母所出，而是林老爷先死的那位夫人所出。当年她的嫁妆被祖母扣了下来。听说是她死去的母亲给她留下的。自此林姑姑也学起了大伯，同林家彻底断了关系。

不过林芊沫听祖母说过这事，说那时候林家二房手头紧，林芊沫以为她不该如此记仇，走的时候便丢给了林姑姑一句：“你就和大伯伯一个样。”都是白眼狼。

林姑姑手里的针线一顿，瞅了一眼那绣了一半的牡丹，笑了笑。

她同他不一样。

她没有他命好——便也比他更毒。

十年前江晖成那番感天地泣鬼神的事迹既已被牵出来了，林家的人是死是活，又同她何干。曾经她问他，倘若与姐姐无缘，他会不会喜欢上旁的姑娘，他说不会。

——那后来的沈烟冉呢?

第五章 一场瘟疫

新春过后，积雪消融，江燃来信说，林芊沫走了。倒不是江家人做的，就似是上天有眼，那报应总是能先江家一步，一一应验在了林芊沫身上。

不过短短半月，先是林老爷死在了牢里，后来林老夫人犯了疯病，林芊沫彻底没了庇佑，便也生出了挽回秦家亲事的念头。结果秦夫人一番冷嘲热讽，林芊沫气得直哭。

林家二房一家正是手忙脚乱，林芊沫终究是不愿认输，夜里偷偷溜出去，想再去求求林家大房的人帮衬一二，谁知半路上就被人一棒子敲晕，醒来就在青楼里。

一夜过后，林芊沫哭着替自个儿辩解，她是清白的，可谁又相信。

林芊沫的父亲亲手将一段白绫送到她手上：“趁早了结了干净。”

林芊沫的母亲倒是在林芊沫的屋外哭着说了一番话：“好端端地让你别去招惹那江姑娘，别去惹江家，你偏不听。太子人在芙蓉城，能突然办了你祖父定是有原因。若不是太子使了力，我林家何以至此，你又怎会落得如此下场，你当好生想想自个儿做了什么，待来世投了胎，也能长个心眼儿，可莫尽做些糊涂事。”

屋里的人许是听见了，好一阵挣扎。

林芊沫的母亲坐在屋外哭断了肠，可终究是没有进去，半晌里头的嬷嬷打开门说道：“夫人，小姐去了。”

周顺得了信儿，便将消息报给了陈温：“殿下，办妥了。”

陈温没什么表情，目光从书页上挪开，倒是问起了周顺另一桩事：“簪子可查到了？”

周顺摇了摇头：“奴才未曾经过手，东宫的账目上也未曾有记录，殿下再细细想想，是不是殿下私下赠予了江姑娘？”

也就只有这个可能了。依照往日殿下对江姑娘的态度，怕是他送的，忘了而已。

宁庭安进来时，便见陈温目光沉寂，朝着他这方望过来，眸子里的光却是穿透了他，并未落在他身上。

“殿下。”宁庭安拱手行礼。

陈温这才将那书页摊开，让周顺拿给了宁庭安：“照着这条给江言恒定罪。”

补偿受害者家属，江世子发配边疆将功赎罪。陈温有史以来头一回生了私心，便也不想多说。

宁庭安领命正打算出去，陈温又问了他一句：“除夕那晚，师爷的一番言辞，想必是知道十年前围城里发生了何事。”

除夕那晚过后，陈温一直没空问他，此时便也突然想了起来。

当年瘟疫，宁夫人同宁副将均从围城回来，是那场瘟疫的幸存者，宁庭安能知道，并不意外。

宁庭安转身作揖，一张脸隐在了衣袖之后，徐徐地说道：“逝者已逝，生者如斯，就算殿下知道了又如何，既无法改变事实，又何必去在意过往。”

宁庭安摆明了不想说。

陈温一双深沉的眼睛望过去，只瞧见了他头顶上的官帽，一个地方师爷放在江陵，并不起眼，陈温突然又问他：“师爷想要什么？”

宁庭安这才抬头说：“为臣者，但求上无愧于天，下无愧于民，殿下治国有道，手下臣子能在其位、谋其职，是百姓之福，属下钦佩殿下的贤明，同时也敬重爱国爱民之臣。”

陈温凝视了他半刻说道：“当年的江将军为我陈国击败了辽国，控制了一场瘟疫灾难，倒也当得起人敬重。”

宁庭安沉默。

两人不管是出于什么目的，皆是想保住江言恒，如今陈温给出的处置结果，两人都满意。

江言恒发配边疆，那也不过只是回到了他熟悉的地方，对于江言恒来说，并不是重罚。

除此之外，世子之位并未动，江家也并未跟着受到牵连，这结果已经让宁庭安意外。于太子而言，怕也是人生中头一回，在公允和私心之间失了平衡。

宁庭安亲自将江言恒送出了芙蓉城。到了城门口，江言恒突然问他：“上回你来芙蓉城，可是为了四妹妹退婚之事？”

宁庭安笑而不语。

江言恒说道：“江焕的那位恩师，若我猜得没错的话，应是师爷的同门师弟，师爷既能做到此步，表兄便也有个不情之请。”江言恒看着他认真地说道，“江焕双手干净，生性正直，那位置他比我更适合。”

宁庭安立在城门前，看着他登了马：“来日方长，江世子又何以断定自己就不会想回江陵，时间这东西是个良药，世子去到边疆之后，倒可以好生想想，自己想要的到底是什么。”

江言恒的马在原地打转，宁庭安抬头瞧了一眼头顶上的日头，已经落了西，再收回视线，便只见到那马匹绝尘而去，扬起了一股呛人的灰尘。宁庭安转身让身边的小厮去了一趟沈家。

林芊沫的死，江沼颇为意外。大抵也没想到林芊沫会走得这么快。并非觉得她不该，而是觉得这事太过于巧合。林家二房几乎无半点儿官职，依旧还能在江陵站住脚，皆是仗着大房而活。之前听祖母提过，先前皇后娘娘的祖母曾因为二房林老爷做事缺德，单独将其分离了出去，不过后来临死前，又心软了一回，许了二房的人归祖。林家二房仗着这点，肆意妄为了好些年，一直相安无事。如今说倒就倒，林姑娘说死也就死了，还不是江家出的手……

江沼想不出来是谁，就算是皇后娘娘知道了实情，生了气，再如何恨，也断不会用那般阴损的法子，将她送去青楼住上一夜，人死了名声还不保。

江沼想也想不出个所以然来，倚在那窗口赏起了雪。春节过完，春日的气息渐浓。素云从外进来，脚步比往日轻快得多，人还未到跟前，便忍不住心头的雀跃："小姐，世子已无事。"

江沼回头愣了愣，身后那树梢上的绿芽儿似乎将她的脸也染了几分春，水嫩得仿佛能掐出水来。

素云说："刚才表公子让人过来送了信，世子虽杀了人，但也因对方伤人在先，论过错双方皆有，王爷判了世子补偿受害者家属的损失，并即日将世子发配到了边疆。表公子说让小姐不必担心，发配的那地方世子熟悉得很。"

这结果虽也意外，似乎又在情理之中。那日她去探望江言恒，江言恒就已经猜到了结果。

——江言恒说太子不会为难他。

江沼实则心里也有底，陈温一向秉公无私，这回能将事情交给瑞王和表哥，已是对江家开恩。然而江沼并不知是陈温亲自处置了案子，更是不知他为了这事在油灯底下瞧了半月的《大陈律》，生平头一回打破了自己的原则，丢了公允。

"瞧瞧哪天适合，我再去看一回三姨母。"江沼这主意刚生出来，沈霜便来了竹苑，说："祖母近几日有些咳，今儿早上突然说身子乏力，到这会子还没能下床。"

江沼赶紧跟着沈霜一道去了沈老夫人屋里。

沈家的几个姐儿都在，自从上回沈老夫人寿宴，被张二爷的那番话刺激了过后，身子就一阵好一阵坏。起初沈家的人都以为是沈老夫人害了心病，便也没有放在心上，想着过一段日子，心头顺过了那口气就好。殊不知这一病就没个尽头，瞧着明儿就是元宵，沈老夫人竟躺在床上起不来了。

没过多久，沈大爷也从铺子里赶了回来。自从董家开始医治风寒患者，沈大爷便一直在为这事奔波，董家老爷子忙的时候，沈大爷也曾搭过手，亲自会诊。

就是普通的风寒。一场雪灾突如其来，埋了房子埋了庄稼，衣不果腹者，遇上这么个寒凉天，谁又不会被冻出毛病。

可沈老夫人日日待在府上，银骨炭放在脚跟前，日夜就没有断过火，还是染了上风寒，谁也不知是何缘故。

沈大爷替沈老夫人把了脉，再问了屋里的嬷嬷，结合其症状，还真就同董家门前的那些患者有相似之处，是染了风寒。沈大爷开了方子，让嬷嬷去熬了，多喂老夫人几碗，退了身上的寒气便成。

董家门前的那些患者，多数也是用的这法子，然而因没个保暖的处所，过不了几日又复发。如此反反复复，董家从去年年底忙到开春，也没能闲下来。

沈大爷走后，江沼和沈家的几个姑娘依旧在屋子里陪着，江沼被屋里的几盆火烘得脸颊生出了两团红晕，几回起身立在门口将那身子里的热气吹散了，才又进来。

"表妹是怕热吧？"沈家大姑娘沈冰瞧了出来，这大冷天的，只见她脸色红润，额头已生出了一层薄汗出来，便知许是怕这屋里的几盆炭火，"表妹怕热，就先回竹苑歇着，我们守着就成，父亲也已经给祖母开了药，定不会有什么事。”

江沼正犹豫，沈颂回来让嬷嬷找两个人手去铺子帮忙，说铺子里熬药的婆子今儿病了没来。

府上的丫鬟有两人年前就告了假，元宵过后才回来，嬷嬷一时也为难，屋里老夫人病着，也不知道该抽谁。

“我同表哥去吧，我也还未去过沈家药铺子，当去瞧一眼。”众人还未想出个阻止的由头，江沼已经出了门。

没走两步沈霜也跟了上来：“我也去吧。”

江沼怕热，沈霜心头也燥得慌。那日从王府回来，沈霜曾经也几度想着要掐断对秦将军的念头，可那张脸，还有他说话的声音，总是能悄无声息地钻进她脑子，搅得她心神不宁。

翻了年后沈霜就已经十八了，新年那夜沈家主母沈夫人吃完团圆饭便将她留了下来：“三姑娘年龄也不小了，我不管你那姨娘怎么想，有何了不得的要求，咱年龄是已经摆在这里，若是今年内再不议亲，往后怕是连如今这些条件的人，都难找。”

这道理沈霜又岂能不知，便说：“都听母亲的。”

沈霜从那日开始，心口就塞了棉花，到如今都没缓过气来，又在那屋子里一闷，差点儿没背过气去。江陵林家的事情，沈霜并不知情，也并不知道秦家已经同林家退了婚，只知道她和秦将军已经没了希望。

可自己看上了这么个高处的人，再要她将眼睛往下看，又如何能入眼，更何况心头那人的影子就像粘在了心肝上，任凭她如何努力，都挥之不去。沈霜知道自个儿八成是完了，她是着魔了。

两人一副巴不得往那冷风里钻的架势，沈颂也没再阻止，跟在身后赶紧上了马车。

沈颂离开铺子时，门前并没有王府的人。等带了江沼和沈霜过来，那门前就并排站了三人，太子、瑞王、宁师爷。

江沼从马车上下来，抬头望过去，立在庭阶上的三人也望了过来，江沼在那马车旁顿了几息才抬脚走过去。

瑞王和宁表哥，因为江家大哥，近些日子江沼倒是曾在王府上见过几回。而陈温，从除夕过后，江沼就再也没有见过他，倒也过得很松快。

门前路口的雪被扫到了两边，江沼的视线并未在三人身上停留多久，顺着那青石板路，一步一步地走近。

陈温的目光投在她身上，绿色的大氅仿佛就是那春日里的杨柳嫩枝晕染出来的颜色，入眼犹如春风拂面，也能跟着那色彩渐渐地提起了精神。

那双沉寂了半月的眸子，终是生出了几丝波澜来，紧紧地定在她身上，恨不得就此牢牢地将她定在跟前。那人影却对着他轻轻福了身子，脚步没有半点儿停留就从他身旁擦肩而过，脸颊还有几丝被微风拂起的长发，带着几缕似有似无的幽香。陈温心口蓦地一动，有微微的酸楚，不过转眼那抹幽香已寻不着半点儿痕迹。再回过头，眼前皆是茫茫白雪，又何来的春意。

门前人声嘈杂，陈温在那庭阶处转了转，一句也没听进耳里，这般忍耐了半刻，身后那双手猛地攥紧，终究还是跟着进了铺子。

沈家铺子的天井里临时搭建了几口铁锅，日日熬着汤药，药铺子的人忙进忙出，倒也顾不上去看谁。

比起江沼，沈霜已算是熟门熟路，沈家姑娘出身医药世家，即便是没下功夫去学，耳濡目染久了，对那药材也是极为熟悉。一进到铺子的天井，沈霜便褪了大氅挂在了架子上，挽起了衣袖，拿瓢往锅炉里添水。旁边的婆子唤了她一声“三小姐”，倒也不见怪。往日忙起来的时候，沈家几个姑娘也曾过来帮过忙。

身后沈颂领着江沼进来：“表妹自小学医，也懂得治病，今儿既然愿意过来搭把手，就去那暖屋子里抓药便好。”

沈烟冉活着时江沼整日跟在她身后倒腾药材，自小就喜欢跟着学。七岁那年沈烟冉带着她回了一次沈家，江沼为沈老夫人止了那腿脚的风湿疼，这事沈家人都知道，沈颂也记得。这些年过去，想着她的医术定也是见长，在柜前抓药若是遇上个病患也能先顶一阵。

江沼的脚步却没动："我医不来人，听表哥说今儿缺两个看火、煎药的人，我就在这里跟着三姐姐守着锅炉吧。"

沈颂并不知江沼在江陵从未医过人，就连江家人患了病，寻的也是城中的大夫。这些年江沼唯一医过的人怕也只有太子，东宫里的那些跌打膏药均是她亲自采药、配制，亲手交给陈温。那年太子发烧，江沼主动去求皇后娘娘，要进宫给他诊治，比太医还着急。

那夜，江沼知道了张二爷在祖母的寿宴上牵出了母亲时，光脚踩在那地板上看着画上的沈烟冉说了一句："我与你不同，我不救世人，只为自救。"

她不会成为沈烟冉，她只想为了自己而活。

沈颂还愣着，江沼已经坐在了锅炉前，几个婆子不断地来来回回，往外送汤药，灶前倒真的缺人手，会医的人都懂得如何把握火候。沈颂见她如此，便也没再多说，转身进了柜前忙活。外头冰天雪地，凉得瘆人，唯有这锅炉前热得紧，倒是同关在沈老夫人屋里时不同，热而不闷，凉风拂面，江沼顿觉周身轻松。

守着火并不费什么劲，江沼手里的团扇轻轻地从火苗上拂过，半撑着脸，眼神虚虚地从那簇簇火焰中穿过，却是没个定处。

今儿沈霜的心思也不在这里，同江沼相隔几步远却没说一句话。江沼本就不多言，那灶里火苗燃烧得噼里啪啦地响，伴随着几声汤勺翻动的叮当声，甚是安静。

冷不丁地耳边传来一阵脚步声，江沼撑着脸，只微微侧目，眼里还有几丝漫不经心，殊不知就对上了一双深邃的黑眸。

"不必行礼。"还未等江沼起身，陈温便出声止住了她。

江沼还是站了起来，微微侧过的半张脸，神色已不如适才的自然，是陈温已经渐渐熟悉的疏远。

“让我陪你坐一会儿。”陈温心口的那股钝痛又开始蔓延，心头不甘时，也曾想过以权势将她禁锢在身边，但终究还是受不了她脸上的那份薄凉。

周顺拉了一把椅子过来，陈温坐下，江沼才落了座。江沼盯着那火苗，陈温盯着她。时光若是回到之前，便是陈温盯着书本，江沼盯着他。

“明日就是元宵，过完元宵，我送你回江陵，江家老夫人也该惦记你了。”陈温突然开口说道，这回的语气与以往不同，有着让她不容拒绝的坚决，又似是在温柔相劝。

江沼没说话，也没抬头，垂目只瞧着灶孔里的火焰。

“若你真想退婚，等回到江陵，我答应你咱们好好谈。”

陈温说完，江沼才抬起头，眸子里清澈过了头，反而让人捉摸不透。

灶孔里的木柴突然燃断，“啪”的一声，炸出了一堆火星子，陈温倾身用衣袖护住了她的头。淡淡清香从那袖管子里溢出，江沼微微动了动，那只手却未收回去，有些粗茧的指腹，挨着她眼角细嫩的肌肤，那手指便似是着了魔一般，轻轻地在她脸上摩挲了两下，低哑地说道：“收拾好东西，后日一早，我派人去沈家接你。”

江沼没应，被他碰到的那块皮肤，如被灶里的火星子燎到，灼热地疼。江沼瞬间将脸偏了个方向，身子也跟着往外挪了挪。陈温的胳膊才缓缓地落下，撑在自己的双膝之上，安安静静地坐着。

直到外头几位婆子的脚步声传来，陈温才起身离开，走了两步回头又看了一眼那灶前坐着的人儿。陈温咽了咽喉咙，大步跨了出去，宁庭安正站在门口望着他，陈温便甩给了他一句：“后日你去沈家接。”

宁庭安知道他说的是谁。

今日送完江言恒出城，再回到王府，便听小三子说，董家的大公子董翼和小公子董凌在太子屋里，王爷也在。宁庭安的太阳穴突然就跳了起来，隐隐有了不安。

年前陈温让他整理病患的信息，他心思一向缜密，却也没有往那处想。直到整理出来的病历册子隐约透着不对劲，宁庭安才开始重视起来，不过也只是怀疑，后来见年前一批服用汤药的病患已经开始痊愈，便也放松了警惕。如今董家的人找上门来，宁庭安那根松掉的神经又紧绷了起来。

宁庭安赶过去时，董翼正在同陈温汇报："前几日有患者来铺子前闹，说这病会传染，臣并没有在意，风寒本就有一定的传染性，但只要喝了药能好，便不是什么大事。直到昨日臣接诊了几位患者，均是头一批用药之人，臣才开始留意。翻了那病历册子，方才发现，已有不少医治过的病患，有了二次、三次就诊的情况。"董翼的神色紧张，让董凌将重复就诊的名册都递给了陈温，深吸了一口气说道，"依臣来看，这回的风寒，应属于瘟疫。"

这话一出，一屋子人的心都提到了嗓子眼儿。瑞王当场就坐不住了："我芙蓉城这些年平平安安，怎就有了瘟疫？"

董翼也不知。瘟疫一发起来，谁又知道从哪里来。宁庭安站在那门口，脸上渐渐地没了血色。

最先镇定下来的还是陈温："去查黔州去年的那场瘟疫，看看是否同本次的风寒相似。"黔州去年也出现过一场瘟疫，幸得发现得早，陈温虽未亲自前去，但此事从头到尾皆是经他亲手督办，便有些印象，"在出来结果前，暂且封锁消息。"

在江沼赶往沈家铺子时，董家那边已经有了大动静。所有前来诊断的病患，都被隔开住进了临时搭建的棚子里，并未放其归家。

宁庭安的脸色一直很不好，董大公子和小公子一离开，宁庭安正欲开口，陈温并没有给他说话的机会，起身对周顺说道："去沈家药铺。"

宁庭安一面跟着他的脚步，一面说道："殿下应该知道这件事的严重性。"

陈温没答。

“殿下应当立即启程回江陵。”宁庭安的声音不自觉地大了些，“带上王爷，还有江姑娘。”

陈温回过头，只见宁庭安一脸正色，那双平时瞧不出半丝慌乱的眸子里，此时竟浮现几丝恐慌：“师爷早上一番豪言壮语，还没过一个时辰，为臣之道，上不愧于天，下不愧于民，孤听了都感动。”

宁庭安僵在那里。

陈温转身上了马车，宁庭安牙一咬，跟了上去：“殿下……”

陈温回头，漆黑的双眸让人望不到底：“你放心，孤会将她送走。”

江沼坐在那板凳上久久未动，陈温离开时，也忘记了起身恭送，直到沈霜过来唤了她一声：“表妹仔细着火，可别烧了鞋。”

江沼这才回过神来。

适才太子突然进来，沈霜瞧见便同几个婆子进了屋里回避，出来时身旁便跟了个小姑娘。沈霜话音刚落，那小姑娘弯下身，及时将那半截快要掉出来的柴头踢进了灶孔。

江沼瞧着小丫头甚是可爱，问道：“这是谁家的姑娘？”

沈霜说：“吴婆子病了几日，家里没个看顾的人，怕果子挨了饿，回去时便留下了果子，托了铺子里的人照应一二。”

这话也是沈霜听屋里的刘婆子所说，说还好这丫头乖巧，不然这番忙起来，还真是腾不出手来。

小姑娘什么名铺子里的人也闹不清楚，吴婆子叫她果子，大伙儿也跟着叫。往日里沈霜偶尔来铺子，和她照过面，今儿这丫头见了她，便莫名地黏她。

刘婆子进来倒汤药，沈霜拿瓢往罐子里装。果子见汤药的颜色同街头卖糖人的一个样，便踮起脚，眼巴巴地看着，奶声奶气地问沈霜：“姐姐这是要做糖人吗？待会儿能不能给我也做一个？”

沈霜一瓢汤药拿在手里愣是顿在了那儿。她头一回见到汤药也这般问过姨娘，姨娘骂她嘴馋，尽是惦记着那有的没的。后来被母亲听见，给了她两枚铜钱，去买了个糖人回来，又告诉她：“糖人甜，汤药泛苦。”

跟前的刘婆子见她手里的瓢半天没落下来，忙唤了声“三姑娘”，沈霜才回过神来，也照着母亲那话说给了果子：“糖人甜，汤药泛苦。待会儿忙完了，姐姐带你去买个糖人回来。”

果子一高兴便抱着她的腿。

江沼在一旁瞧着，唇角弯了弯，心头的阴霾也被果子的可爱模样驱散了不少。

刘婆子罐子里的汤药刚装满，沈大爷便走了进来：“沼姐儿、霜姐儿可别忙了，洗把手回家去，过会儿王府那边会调人手过来帮衬。”沈大爷的脸色倒也看不出异常来，只是那藏在袖子里的手还在打战。

适才太子和瑞王已经找过了他，董家那名册他瞧了之后，差点儿没站稳，这风寒若真是瘟疫，这天怕就要塌了。况且沈家屋里还有个老祖宗。

如今消息被封锁了，只能悄无声息地先关人，前来铺子讨汤药的那些病患今日过来了便是有去无回。过不了两日，这沈家铺子就成了灾难地。行医之人最怕的就是瘟疫，一场瘟疫下来，最危险的就数药铺。

沈大爷心头一着急，忍不住又催了两位姑娘：“赶紧的，马车已经在门口等了。”

果子见沈霜要走，一时拉着她的衣摆不肯松，沈霜便蹲下捏了捏她的小脸：“果子等姐姐，姐姐出去给你小糖人。”到了马车跟前，沈霜说道，“表妹先等我一阵，那卖糖人的离这儿不远，我答应了果子，今儿得买给她。”

江沼才点头说了个“好”字，就被沈大爷打断：“不过就是小丫头嘴馋，赶明儿我从外头带个糖人过去就成，屋里你祖母还病着，得先赶回去瞧瞧。”

沈大爷心头着急，额头都出了一层薄汗。沈霜便也只好登了马车。

回了沈家，沈大爷却没让两个姑娘跟进沈老夫人屋里：“你们忙了这半天也累了，回去先歇会儿。”说完自个儿进了老夫人的院子。

沈老夫人刚醒来，前脚才将两位姑娘打发回去，闻见脚步声，头也没抬：“不是让你们都回去吗，怎的又回来了？”

沈大爷唤了声“母亲”，沈老夫人抬头见是沈大爷，他脸色煞白，没有半点儿精神气。这等大事，沈大爷不敢欺瞒沈老夫人，沈家是医药世家，更清楚其中的利害关系。虽太子殿下还未证实瘟疫的来源，可单是看董家的那份药单便也明白，这是一场瘟疫没错了，他又怎能瞒得住。

“你们都退下。”沈大爷上前去扶了沈老夫人起来，屋里的大小丫鬟都鱼贯退出，只余了老夫人身边的嬷嬷。

沈老夫人看沈大爷的脸色便知是出了大事：“怎么了？”

沈大爷忍了一路的恐慌才显露了出来：“芙蓉城这回怕是要遭了劫难，那风寒症并非普通的风寒，怕是一场瘟疫。”

沈老夫人听了这话，手里的汤碗“啪”的一声落在了地上。她嫁进沈家几十年，跟着沈老爷也学了医术，前些日子沈大爷从药铺回来，两人还一同谈了那风寒之症的治疗法子。那时沈老夫人还顺嘴提了一句，董家治了这么久，怎的病人还没减。

——不承想竟然就是瘟疫。

“孩儿今日瞧过了董家那名册，患者已有反复发作的症状。目前大伙儿只知道是这场大雪冻死了不少人，还未曾有人怀疑到风寒上，董家和我沈家行医多年，一看便也明白，怕没那么简单。”

嬷嬷也吓了一跳，半晌才将地上的碎碗拾起来，刚起身，就见沈老夫人的一双手都在颤抖，着急地说道：“赶紧，赶紧将那丫头送走！”

沈大爷知道她说的是江沼：“太子今儿也同孩儿说过，明日是元宵，后日一早就会让庭安送表姑娘回江陵。”

沈老夫人却是摇了摇头：“还过什么元宵，越早走越好，怕也等不到后日，你再去同太子和庭安递个信儿，明早就送她走。这消息一旦传播开来，到时候她想走也走不成了。”

沈大爷正欲起身，身后的沈老夫人又突然说道：“让人将我这屋里的门窗都关了，从今日起，任何人都不能再踏进半步。”

自个儿的身子沈老夫人清楚得很，前些日子身子虽也乏力，多半是心理作怪，可这回的风寒来得快，几乎毫无预兆，症状同外头那些患者没什么两样，沈老夫人心里已经有了数。

沈大爷突然一阵腿软，竟站不起来了。

“就说我这病怕吵不想见人，可万万不能露了馅，定要瞒到她安全回到江陵。咱沈家已经有了一个四姑娘，可不能再出一个四姑娘啊，十年前那事若再重演一回，我这心肝可就要生生地被磨烂，倒不如让我先死在了前头。”

沈大爷的脸色也跟埋进了土里一般：“娘，那药单子可是……”

一抹暮色从窗纸里透进来，屋内的一盏灯火燃着，朦朦胧胧的。沈老夫人坐在软榻上，身后的药枕垫着她的腰，却托不起她虚弱无力的身子，整个身体偎在那软榻之上，再也瞧不出往日的硬朗劲儿，神色渐渐地黯淡下来，似乎一瞬苍老了好几岁。

“当年你们兄妹几人，也就你四妹妹能悟出来那药方。你父亲并不是不想留给你，也并不是掩人耳目，故意打破传男不传女的规矩，而是那方子即便是给了你也是无用，你们悟不出来。”沈老夫人顿了顿又才说道，“就连你父亲都没有悟出来。”

沈大爷面露诧色，诧异那药单子当真还存在，又诧异父亲为何没能悟出来。

“那是药王顾老前辈留下来的东西，当年八个弟子也就你祖父能参透，后来才有我沈家继承顾先生衣钵之说。你祖父临死前将药方给了你父亲，你父亲钻研了一辈子，愁白了头，也没能炼出来一粒丹药来，之后便将希望寄托在你们兄妹几人身上。当你四妹妹悟出来了些眉目时，你父亲高兴得几日都没合眼，便来同我商量，将四丫头留在沈家，招一个女婿上门，以保住我沈家基业。”沈老夫人说到这儿，心口就是一阵酸胀，“谁知那年新皇登基不久，便同辽国打了一场硬仗，你四妹妹前去支援，竟就在那儿遇上了一段孽缘。”

沈大爷知道那孽缘说的是何人——江家二爷江将军。

当年四妹妹同江将军的这段婚事，可没少闹腾，江家派媒人过来时，沈家就只有四妹妹同意。父亲本已拒绝了江家，四妹妹也不知道同父亲说了什么，父亲派人连夜追上那媒人，将其拦了下来，应允了这门亲事。后来四妹妹嫁进了江家，沈大爷知道的消息便有限，只知十年前四妹妹回沈家的那日跪在了母亲面前。

母亲质问她：“那心里要是个甜的，脸上便能写出来，你瞅瞅你如今的模样，这些年当真就值得你当年的那一场义无反顾吗？既尝到了那滋味，为何就不能醒悟，非得要一根筋，命都要往里搭？那沼姐儿和焕哥儿会如何，你可有想过？”

四妹妹落了泪，半晌才说道：“我不能不去。”

后来沈大爷便知，她同母亲闹的那一场，是铁了心地要去围城。

“结果就搭进去了自个儿的一辈子，连命都送给了他。”沈老夫人深吸了一口气，顿觉那心肺都跟着抖了起来，“那药单子到了她手上，还能给谁，除了焕哥儿就是沼姐儿。当年她在沈家老屋里拿了江晖成来炼药，死马当活马医，江晖成也是命不该绝，竟被她医好了。那药单子上的药材极为罕见，一共就两颗丹药，一颗她去围城前喂给了沼姐儿，另一颗到底是她用了，还是给了江晖成，至今我都没弄明白。你三妹妹说两个人当时是死在了一块儿的，谁又能分得清。”沈老夫人那眼里的泪终究是没有憋住，“这些话今儿我就当成遗言同你交代清楚了，你可得听好，无论那药单子在不在沼姐儿身上，那晚张二爷已经将四丫头给揪了出来。除夕夜那日世子一个冲动，又牵出来了江晖成，原本也算不得什么事儿可如今不同，只要瘟疫的消息一放出来，人人都会想到当年的四丫头，沼姐儿是她的亲生女儿，她又怎可能跑掉？”

沈大爷已是一身的冷汗。

“四丫头当年喂给沼姐儿的那药，无论沼姐儿清不清楚，你都得替她守了这秘密，不能让她去管这场瘟疫，更不能让她知道我得了这病。若是被人说了出去，她便是第二个四丫头，若是那样我就是死了心肝也得继续痛。”

沈大爷从沈老夫人的屋里出来，天幕的几道晚霞，将那天际映得血红，往日觉得美，今儿个便觉得瘆人。

刺骨的冷风刮在脸上，沈大爷往后趔趄了两步，顿在那台阶上半晌神色才恢复如常，往竹苑而去。

江沼正拨弄着手里的琵琶，那日瑞王送来的几根琴弦，倒是极为合适，素云帮她一道换了弦线，刚拨了一个音，门外沈大爷就过来敲了门。

“沼姐儿还在弹琵琶呢。”沈大爷立在门边，瞧见跟前熟悉的房间，久远的记忆浮上来，便说道，“从前你娘也喜欢琵琶，咱沈家满屋子的药草味，也就这琵琶声还有丝朝气。夏季夜里满天繁星，咱兄弟几个一面碾药，一面听那琵琶声。当时不觉得，如今回忆起来，倒是一段弥足珍贵的往事，不过就是久远得很。”

隔了个阴阳，又怎不久远。

江沼抚着那琵琶，再也没有拨动。

沈大爷也顿了一会儿，才说了来意：“江家老夫人今日来了信，催沼姐儿早日回去，若不是催得急，舅舅倒也想留你过元宵。如今趁着天色未黑，沼姐儿赶紧收拾一下行李，要忙不过来，我让你表姐们过来搭把手。”

今儿在沈家铺子里，江沼就听陈温说要送她回江陵，她没答应也没拒绝，本也打算了这几日就走，倒不是指望着他送她。既然祖母来信催了，她也该回了。

江沼旁的倒是不担心，就担心外祖母的身子：“外祖母的身子如何了？”

沈大爷笑了笑说道："我沈家就是个开药铺的，定会照顾好你外祖母，你放心，有你舅舅在呢。你外祖母心里八成是舍不得你走，江家老夫人的信一到，就让人关了房门。明儿你也不用去她屋里辞别，免得又惹她伤心。"沈大爷一番话说得滴水不漏，江沼便也信了。

沈大爷刚离开不久，江家的大姑娘和二姑娘便赶过来了，听说了江沼明日就走，心头万般不舍，巴不得聊个通宵，将该说的都说完。

"三姐姐呢？"江沼见沈霜没来便问了一句。

二姑娘说："今儿三妹妹同表妹从铺子里回来，就跟着了魔似的，非得要给吴婆子的小孙女果子去买糖人，这会子人还没回来呢。"

沈霜曾经亲身体验过姨娘那些没有兑现的承诺，深知那盼星星盼月亮的滋味，想着父亲今日随口答应的话，八成也是诓她，等到明日保准就忘得干干净净。再说这一夜，果子心头定是想着的。

沈霜越想心里越是不安，便又独自出了门，去给果子买糖人。待回到沈家，已经灯火通明，一张脸被那昏黄的灯火一照，没有半点儿血色。

沈颂才刚收到江沼要回江陵的消息，正往竹苑赶，见到沈霜跟个游魂似的在那鹅卵石铺成的路上晃荡，便几个大步走上去唤回了她的神："你怎的才回来，表妹明日就得回江陵，赶紧去同她叙叙话，这一别还不知道什么时候才能见得着。"

沈霜愣了，沈颂已经将手里的灯提在她前头，为她照亮了脚下的路。

到了门前，沈霜的脸色才恢复了些，素云替她开门时，还见她嘴角轻轻勾了勾，并没有什么异样。

沈颂和沈霜一来，沈家的几位哥儿姐儿，便算是齐聚到了江沼的竹苑，绕着那火盆坐了一圈。

"表妹一走，这竹苑又得冷清了。"沈颂叹了一声，勾出了几丝伤感来，这便各自都送了备好的礼，一一给了江沼，"往后也常来走动，可别一回江陵就再也不来了。"

江沼眼圈泛红，都接了过来让素云收好。

唯独沈霜两手空空。她才从外头回来，还未来得及进屋就被沈颂带了过来，那礼早就备好了，瞧着大伙儿都送了，急着起身回去取。

江沼拉住她："三姐姐不用急，横竖我明儿才走。"

沈家的几个哥儿先走，剩下了三个姐儿又陪着江沼坐了一会儿，眼瞅着盏里的灯芯就快燃尽，三位姑娘才终于舍得起身。

"妹妹还是早些歇息，明日还得赶路。"大姑娘嘱咐了一声，拉着二姑娘走在前面，沈霜走在了最后。

瞧见就要出门了，江沼叫住了她："三姐姐等等，有样东西我还未给你呢。"

沈霜便一人留了下来。江沼知道她爱美，所以送给她的东西最多，大姑娘、二姑娘她都留了不少，但江沼并不是为了这个而留下她，而是问她："明日我就回江陵了，三姐姐可想好了，是否要同我一起走？"

上回江沼也对沈霜说过这话，如今人要走了，便又来问她一回："若是想跟着我回江陵，三姐姐今夜就得同舅舅说说，也好早些收拾东西。"

沈霜那双手缩在袖筒里攥得死紧，面上却挂着一丝笑容："多谢表妹的好意，只是姐姐想了想，江陵虽好，可我到底是在芙蓉城生活惯了，等日后有机会倒是可以去表妹那儿探探亲。"

江沼见她如此，也没再勉强。

沈霜出了屋子，那迎面的一阵风袭来，再也没有忍住，泪珠子猛地往下掉，喉咙里冒出一声呜咽来，接着哭得肝肠寸断。

她又何尝不想去江陵，那是她的梦。她心心念念的秦将军，过不了几日也将会回到江陵。

这芙蓉城里终究是什么都不剩。可她走不了，芙蓉城有了瘟疫，又要她如何能丢了父母和兄弟姐妹，独自一人走。

表妹姓江，当归属于江陵，而她姓沈。

江沼整夜都未曾闭过眼，待众人走后，她便从前厅到阁楼的廊上来回走了几趟，几番顾盼，最后在院前的那片竹林前站了一阵，才回到屋里对素云说："旁的东西也别收拾了，拿了也是添重，哥哥姐姐们送的礼捎上，带上那木匣子、琵琶、弯刀和画卷便成。"

自去了沈家老屋之后，江沼再也没打开过木匣子，种种事端一耽搁，便也没工夫再去想沈烟冉，连同着从老屋管家那里得来的画卷一并搁在了一起，也未曾展开。这些东西都是沈烟冉留下来的，她都带回江陵吧。

黎明前，江沼坐在里屋圆桌前的木凳上，瞧着沈烟冉的丹青入了神。

楼下的脚步声响起，由远而近，是沈大爷来了。

"你宁家表哥来了，说是今日正好有空送你一程，趁着这会子没下雪，路好走，舅舅也就不留你了。"

江沼下了楼，天微微亮，沈大爷手里还提了一盏灯，寂静的庭院，只闻得见脚踩积雪吱吱轻响。先前沈大爷交代了江沼不要去同沈老夫人辞别，江沼便也没去，只立在那门前的庭阶上，提了提裙摆双膝跪地磕了一个头。

江沼离开沈家时，几乎是悄声无息。

宁庭安替她打了帘，刚登上车，身后一阵急促的脚步声，却是沈霜追了上来："我送妹妹一程吧。"昨日说好的礼物，她还未给。上了马车沈霜才将手里的包袱递给了江沼，"妹妹瞧瞧，可入得了眼？"

江沼拆开，只见青色的包袱里包了一双绣鞋，嫩粉色的缎子，针脚很是细密，鞋尖处镶了几朵珠花，倒是同江沼脚上的有些相似。

沈霜见江沼盯着那绣鞋出了神，便说："这珠子不如表妹脚上的好，表妹拿回去就当个替换的穿。我见妹妹其他颜色的都有，唯独缺了粉色，不知妹妹可还喜欢。"

江沼才回了神："多谢三姐姐，我喜欢。"

江沼将包袱交给了素云，想了想最后还是告诉了沈霜："秦将军已退了婚。"

那话就如巨石落进深潭，在沈霜心口猛地一击，然而未来得及溅起水花又速速地沉入了水底。沈霜侧过头，那苦涩从心底蔓延至了舌尖：“我同将军无缘，又岂能高攀。”

昨儿夜里出去，糖人她买了，没见着果子却见到了秦将军。

沈家铺子前一排官兵，沈霜一眼就认出了那道人影，她低着头从正门前绕过，生怕被他撞见，再忆起王府的那桩事。可今日偏偏门却没开，锁得死死的。

沈霜在外冲着里头唤了几声果子，没见回应，才转了身，一抬眸便见秦将军立在十步之远，那夜幕笼罩着他。他瞧了一眼天色，说：“沈姑娘不应来这儿。”

沈霜明白，天色已晚，她确实不该在这里。她垂目对秦将军行了礼，脚步匆匆走向他，从他身旁而过时，她似乎闻到了那个雪夜里的那股淡淡的薄荷香。沈霜心口蓦地一酸。那糖人握在手里，走了一段才又回过神来，便折回来，打算托个人将糖人捎给果子。

谁知铺子门前已是一片混乱，几名病患被侍卫压着，挣扎得厉害，声音几近于绝望：“这莫不是瘟疫？”

沈霜也不知自己是如何回的沈家，只觉那脚步都迈不开来，整个人如浸入了寒冰之中，手脚冰凉。她知道从那一刻起，她就什么都没有了。

江沼便也没再说什么。深知喜欢一个人是何种滋味，又有何资格再去评说。

默了一阵，沈霜却抓着她的手说道：“表妹，有些话虽然不中听，可我还是想说。这一别也不知何时才能见到妹妹，妹妹和太子的婚事，可得仔细想清楚了。虽说之前太子待妹妹是淡薄了些，可人这感情，有时候就连自个儿都闹不明白，非得到了那紧要关头了才能认清自己的内心，人人都道旁观者清，姐姐瞧太子待妹妹，也算是用心。”

沈霜压在心里一直未说，可想到这一别，之后的境况如何，谁又能料得到，芙蓉城瘟疫一起，人命就如稻草，一折就断，表妹的父母不也是在瘟疫中丢了性命？

"除夕夜，世子出事是太子压了下来，妹妹晕过去，也是太子抱着妹妹上了马车，原本是去王府，后来太子又将妹妹送到了沈家，交代二哥说若是妹妹醒了，便说是宁表哥送了回来，为何缘故，妹妹应该明白，太子大抵也是知道妹妹不愿见他。妹妹一向聪明，若能好好想想便也知道，江家世子出的那事非同小可，表妹当真就相信这事是宁表哥能摆平的吗？"沈霜见她眼睫轻闪，极力地劝说道，"待回到江陵，妹妹定要再给太子一个机会，也给自己一次机会如何？"

然而还未等到江沼的答复，马车突然一顿，车里的几人都歪了身子。江沼正欲掀起车帘，沈霜一把将她的手按了下来："表妹坐好，马上就出城门了。"

车外的人声、脚步声却越来越密集，江沼清晰地听见外头的声音："宁师爷，这马车里头可是江家姑娘？"

江沼诧异地侧过头，沈霜却死死地抓住了江沼的手，不让她去掀开那帘子，昏暗的光线下，沈霜的脸色苍白如雪。江沼听见外头宁庭安一声"坐好"，马车又开始动了，一路疾驰，可终究没走多远又停了下来。

马车外人声嘈杂。

"江姑娘可不能走啊，她走了我芙蓉城的百姓该怎么办？沈四娘子当初能救了围城里的人，江姑娘定也有办法救我们，江姑娘可不能眼睁睁地看着我们一个个都死在这里。"

江沼浑身僵硬，就余了眼珠子在动，她定定地瞅着沈霜。此时天还未大亮，马车里依旧灰蒙蒙的，暗色一点儿一点儿地将她吞噬，一双手脚渐渐地没了温度，越来越凉。沈霜紧紧地抓着她的手不放。

"三姐姐有事瞒着我。"江沼木然地开口，此时回忆起来，才发觉桩桩事情都不对劲，她走得太过于匆忙，舅舅催得也太急，"芙蓉城发生了什么？"

其实江沼心里已经隐隐有了答案，然而还是存了一丝侥幸问沈霜。

沈霜说："芙蓉城发生了什么，都与表妹没有任何关系。表妹听姐姐的，莫要掀开帘子，莫要回头，姐姐相信太子殿下一定能平安地将妹妹送回江陵。”

江沼看着沈霜，轻轻地问：“是瘟疫吗？”这话问出来，周身发凉，身旁素云也跟着一脸惨白。

沈霜只回答：“姐姐这辈子的见识浅，虽身在医药世家，却不懂得那些身为医者的大道理，姐姐只知妹妹并非圣人，不应留在这里。”

江沼又颤声问她：“外祖母是不是也染上了？”她紧紧地盯着沈霜，眼角泛红，“三姐姐可莫要再诓我。”

沈霜与她对视了半刻，摇头：“没有。”

话音一落江沼便挣脱了她的手：“三姐姐可知你诓人时手会发抖，除夕夜你诓我去阁楼看灯火时，也是这般。”

沈霜霎时没了力气。

江沼不再问她，身子歪在马车内，火把的光亮映在她的脸上，忽明忽暗，那双时隐时现的眸子已如一潭死水，缥缈地盯着某处。除了父母双亡，她从未经历过大灾大难，江家人将她捧在手心里疼，皇上、皇后拼了命地对她弥补，沈家人待她的小心翼翼，似是在守护着她，也似是在守护着一桩不能示人的秘密，不愿意被世人揭开，这些年她也算过得顺遂。

但，既然是秘密，总有揭开的那一日。

马车外宁庭安的怒斥声，江沼听进耳里，仿佛同她相隔千里，从很遥远的地方传来，飘得厉害。那如嗡鸣的吵闹声，终是在一阵马蹄声之后慢慢地平息了下来。车帘子从外被掀开，江沼听有人唤她，转过头，什么也没瞧见，只闻到了那股让她想抗拒的淡淡清香。

江沼抬起头，外面晨雾浓浓烟云弥漫。混着火把的浓烟，如那日在五台山上，她站在山下往上瞧，只见飞雪纷飞如柳絮，铺天盖地地落下，那晕不开的天际怎么也望不到头，只余了一腔无望。

她听见他腰间的佩剑随着马蹄声叮当作响，如同那年他从她跟前经过，风吹起檐下的风铃声，丁零零的声音落在雪地里，空寂得很。江沼的眸子动了动，耳畔的声音终于清晰了些。

“回去吧。”

她走不掉，也不想走了。她从不认为她能医得了世人，能拯救得了谁，但她不能丢下外祖母，不能丢掉沈家。

陈温没应，双臂紧紧地箍住她的肩头，弄得江沼生疼。江沼没有看他，只盯着远处的城门平淡地说道：“殿下若是真想要一个答案，今儿我便告诉你。”

陈温的身子顿了顿。那熟悉的清香将她包围，江沼吸了一口气道：“殿下退婚那日，我爬上了雪山去采药，飞雪扑面望不见路时，也曾害怕无助过，也曾坐在雪山上放声大哭过。好几次闭上眼睛，待我意识过来，才知道我那是在盼着殿下，想着闭上眼睛，再睁开的那一瞬我便能瞧见殿下站在我面前，即便是如从前那般，冷着脸斥我一声愚昧，那一刻我必定是扑进殿下的怀里，就算殿下要我同林姑娘致歉，我也去了。”

马蹄声终于缓了下来。

“后来我坐在那山顶上，瞧着白雪茫茫的山头，渐渐地冷静下来才终于明白那丝念头不过是我爱了殿下十年，在心头刻下了痕迹，身心下意识而做出来的反应，适应一阵终究会习惯。”

陈温的手一点儿一点儿地失了力。

飞雪从头顶上落下，江沼的双眼盯着那城门，似是穿过了千山万岭，望见了五台山，茫茫白雪之中，那里仍坐着一位姑娘。她未曾下山，一直留在了那里。

“十年的时间，殿下既然都没有爱上我，又怎会在我释怀了之后，突然就爱上了我？倘若殿下说那是爱，那这样的爱我很不屑。在我爱着殿下、最需要殿下时，殿下转过头给了我一道背影。如今殿下舍弃自己的原则，为了我救江家于水火，又舍弃名声要送我出城。殿下所做的这些，于我而言，并不是补偿，而是讽刺，是对我那十年感情的嘲笑，是在告诉我那十年有多不值，告诉我原来其实什么都不用做，只要我转个身就能得到我奢望的东西，那我那十年究竟又算什么？”

轻轻柔柔的声音，很平淡，似是在叙述着旁人的故事。然而那字字句句带着刀子，宛如冰刀，慢慢地划开了他的皮肉，再刺进他的心肺，钝痛感麻痹了他的四肢，由着马匹在地上打转。

周顺曾经让他去弄明白她放下的理由。如今才明白，那理由早就在那十年里，他背过身忽略掉她的每一个瞬间，一点儿一点儿地堆积出来。

——数不尽也算不清。

江沼说：“殿下如此这般待我，当是想要我过得好。可殿下不知，只要有殿下在我身边一日，那往日的种种伤害都会浮现在眼前，无一不在羞辱于我，殿下的这张脸时时刻刻都在提醒着我，曾经有过那么一段愚昧的过往，我又何尝能过得好。”

那缰绳被陈温捏在手里，太过于用力，整个胳膊都在打着战。

“今日殿下能用着手中的权力将我送出城门，可又曾想过，就算是将我送出了城门，我也会有回来的那一天。殿下想送我人情，然而我并不想领了殿下的这一份情。”

屡屡光线从云雾中透出，天色虽比适才亮了一些，眼前依旧是一片混沌。吵闹的人群逐渐散开，城门前只剩下了侍卫一字排开，将马上的两人围在中间，再也没有人敢上前阻止。

江沼直起身，踩住了脚环，了无声息地从他怀里离开，下了马转身离开。飞雪落在她肩头，江沼的面色平静淡然，一步一步地朝着沈家的马车走去，不曾回头，也不曾再去瞧陈温一眼。

那短短的几步路，却如同横在织女牛郎之间的那条银河，是一条陈温永远也跨不过去的鸿沟。陈温一人坐在那马背上，看着敞开的城门，空洞的眼睛里血丝密布，手里的缰绳将掌心勒出了血印，却如同麻木了一般，没有了半点儿知觉。

两人都快要出城了，周顺远远地瞧见太子的马匹停在了城门口，听不清两人说了什么，只见江姑娘突然从那马背上下来，又钻进了沈家的马车内，只余了太子一人还在那里，便知定是发生了大事，这才顶着飞雪，快步走到了陈温跟前，抬起头望去，心头一跳。伺候了陈温二十载，从未见过他的脸色如此这般死寂，眼里竟是一片哀凉。

周顺虽不知道发生了什么，但瞧见江姑娘没能出城，便也斗着胆子劝说道："殿下，沈家如今定是不能回了，沈老夫人染了风寒不说，门前早已被百姓围得水泄不通，江姑娘此时回去，就等同那鱼肉。"

周顺说完，半晌才见陈温垂目望了过来，声音沙哑地说道："带江姑娘回王府，同她说，她若不想见到孤，孤便不会出现在她跟前。"

周顺愣怔地站在原地，又听陈温说道："告诉她，这是孤最大的让步，孤不为她，孤爱民如子，众生平等，又岂能独独亏待了她。"

这话从嘴里说出来，诛的依旧是他的心。

周顺仰着头，雪花落在脸上，心头也跟着一阵发凉，断没有想到事情会出岔子。

昨儿夜里沈家老夫人来信，说好了今儿一早将江姑娘送出城。原本万无一失，由师爷将江姑娘送出城门，再由严青将江姑娘护送回江陵。谁知道就出了意外。

芙蓉城发瘟疫的消息本是封锁得死死的，也不知道是何人泄露了出去，今儿一早百姓就堵在了城门口，一见到沈家的马车便跪成一片嚷着要江姑娘救命。人心一旦惶恐起来，更何况是牵扯到生死，谁还有理智去论那些道理，非说江姑娘有神丹妙药，能救人命，就连师爷也没了法子。

消息传到殿下耳里，手里的一盏好茶连着杯子砸到了地上，速速调了兵将过来镇压。这一番举动已经让周顺震惊，往日太子何曾如今日这般失常过，又何曾用过武力镇压百姓，一句太子爱民如子便能将他限制在那框里。更让他震惊的是，即便是如此，也没能将江姑娘带出去。

江沼回到了马车前，宁庭安的脸色白如纸，还未开口，江沼便先笑了笑："劳烦表哥再将我送回去。"

宁庭安一个字都吐不出来。

在被百姓围上来的那一刻，宁庭安就知道，一切都白费了，惨白的脸色，并不亚于陈温，瞧着那城门近在咫尺，袖筒中的双手不自觉地攥紧，暗自祈祷他们快快通过城门，永远不再回头。

可越是心急，越不会顺遂。马匹在离城门不过几步的位置停了下来，他看着她下马往回走，一颗心犹如落入万丈深渊。宁庭安头一回对着江沼，没能笑出来。

江沼径自钻回了马车，马车出发之前，周顺及时赶到，将陈温的话转达给了江沼，马车内一阵沉默，周顺便转头对宁庭安使了个眼色。

此时最安全的只有王府，宁庭安自然也明白。百姓早已经将沈家门前的那条巷子围得水泄不通。如今的沈家已经被推到了风口浪尖上，即便是江沼回了，沈家老夫人也不会让她再进去。

马车从城门口转了回来，江沼的神色已没有适才那般难看，沈霜却是落了泪，没去说江沼不该留下，她在知道瘟疫的那一刻，能选择不离开，便也能理解江沼，只是心头难受。

祖母寿宴的那夜，那张二爷说的话，沈霜也知道了。四姑母当年的事，沈霜多少也清楚，皆是为了瘟疫而死。本想着能躲掉一个是一个，如今倒好一个都躲不掉。

那张药单子先不说存不存在，到底能不能医了这瘟疫，还说不定。百姓异想天开，仅凭一句谣言就信了去，总以为是个开药铺子的就能救人，却不知大夫也是人，也只是个凡人，又有几人能做到那起死回生。

"三姐姐可别掉金豆子了，这一趟出来，你怕也是回不去了，跟着我到王府还能见到秦将军。"

江沼的语气轻松，沈霜急得抓心挠肝："都这时候了，妹妹居然还能开玩笑。"

江沼轻轻笑了笑。

沈烟冉去围城前的那日，就曾对她说过“我知你是个懂事的”，知道她心头憋着一股子硬气，没那么容易受到伤害。

事实证明也是如此。父母双亡，她照样能活，被退了婚她也能熬过去，没有什么过不去的坎，只要自己放过自己便是。这个世上她能不依靠任何人，但同样地，也不会让任何人从她身上索取她不愿意给的东西。

她又不欠谁。

王府腾出来了一处空院子给了江沼，开门就能瞧见庭院里的蜡梅。院子是瑞王替江沼选的，总觉得她与梅花特别相配。那院落与陈温住的院子，仅一墙之隔。

待江沼安顿好，午后瑞王亲自上门来询问：“江姑娘瞧瞧，有什么缺的，尽管开口。”比起往日，瑞王的脸上多了几分沉稳，大抵也是被这场瘟疫闹出来的。江沼屈膝行礼致了谢，瑞王却站在门口，手里抓着佩剑，没打算走。

素云刚煮好了一壶茶出来，江沼随口一说：“王爷若不急，进屋喝口茶吧。”

瑞王就似是等着这句话，话音一路，那一双脚就跨了进去。当初建这王府时，每个院落皆是由瑞王亲自参与设计，因心性是个爱享乐之人，屋里都很舒适安逸，一整块黄花梨木专门做了个泡茶的桌子，屋里烧了地龙，地上又铺了一层厚厚的地毯。比起沈家竹苑，这屋子明显要暖和奢华得多。素云拿了个蒲团过来，瑞王盘腿坐下，看着江沼沏茶，见其手法娴熟，便问了一句：“江姑娘经常煮茶？”

江沼手上的动作顿了顿，才点了点头。

东宫也有这么一张茶台，安置在雅君阁，那里临近清泉，每年夏季她都喜欢去，从那冷泉里取一瓢冰凉的泉水出来，替陈温泡了一杯冰茶为他提神。

江沼很少见陈温打瞌睡，一日她见他手里的书籍落地，单手撑着头，闭上了眼睛，一时讶异，周顺说：“夏季容易犯困，暑气太盛，殿下也受不住。”

自那以后，太子在雅君阁看书时，她便会递上一杯冰茶。

有一回陈温盯着她的脚看了两眼，江沼赶紧缩进了裙摆里，却听陈温说道：“就算再热，姑娘家也不能赤脚。”

瑞王见她似是失了神，本以为那杯茶会溢出来，谁知她的手却是极稳，七分满，一点儿不多一点儿不少。

“王爷请慢用。”

“多谢江姑娘。”

瑞王才端起了茶杯，门口突然一阵脚步声，接着听见宁庭安询问素云的声音：“表妹可还住得习惯？”

瑞王将那杯里的茶水喝了个干净，再回头盯着跨步进来的宁庭安，笑了笑：“师爷来得正好，江姑娘煮好了茶，要不过来坐下喝一杯。”

宁庭安对瑞王行了礼，立在了一旁，没说喝也没说要走，就杵在那里。瑞王瞧着心烦，刮了他一眼，然而那宁庭安就似没瞧见一般，还不怕死地说了一句：“王爷，董家的大公子来了府上，正同殿下商议风寒之事。”

瑞王一双眼睛就差在宁庭安身上剜出一个窟窿，便也起身同江沼辞别：“江姑娘煮的茶果然香，本王下回有空，再来品尝。”

出了院子，走在前头的瑞王来了个急刹，转头看着宁庭安：“你以为本王是那等糊涂之人，会打自己嫂子的主意？”

宁庭安直勾勾地看着他，没应。这事真说不定，毕竟一见钟情，言行举止永远比嘴真诚，打没打主意，他自个儿心里清楚，但宁庭安想的不是这桩。

瑞王也知道他不是为了这事跟过来，说道：“放心，本王不会让她出诊。”

宁庭安对着瑞王躬身作揖：“多谢王爷。”

瑞王见不得他这德行，突然就很好奇：“你到底图的是什么？几年前就给江家二公子江焕找了个同门师傅，并派人时刻关注着江家姐弟二人的动向。要说你喜欢上了江姑娘，又不尽然。本王最近倒是察觉出了一些端倪，师爷这些行为，皆是在宁副将去了之后才开始行动，包括前来援助本王剿匪，谋得了师爷的职位，先给江焕找师傅，再暗里护送江姑娘来芙蓉城。宁师爷能如此，必是宁副将临死前交代了你什么，莫不是要你保护江家姐弟？”

宁庭安没否认。他自来知道瑞王不是省油的灯，这些事迟早会被他一桩一桩地查出来。

“当年宁副将和宁夫人从围城活着回来，定是受了江将军和江二夫人的恩惠，宁夫人是江二夫人的姐姐，宁副将是江将军的属下，当年的真相，这两人必定最清楚。除夕那夜那妇人说江二爷屠了围城中一半的人，是为何而屠，后来又是为何而死的，本王倒是越来越好奇，当年到底发生了什么？”瑞王看着宁庭安，“师爷何时才打算告诉本王，或者说本王亲自去一趟宁家去当面问宁夫人？”

宁庭安并没被他这话威胁到，只淡淡地说了一句：“王爷知道了未必就是好事。”

瑞王恨不得一脚踹过去，转过身匆匆出了院子，刚跨过院门槛，他突然又回头盯着宁庭安，正色地说道：“师爷一张铁嘴本王佩服，可师爷别忘了如今芙蓉城也有瘟疫，江姑娘和当今太子都在。以师爷保守秘密的本事来看，目前太子和江姑娘想必同本王一样，对十年前围城之中发生之事，并不知情。师爷细细想想，我芙蓉城会不会成为第二个围城，江姑娘同太子会不会重演江将军和江夫人的结局。想好了，若是觉得自个儿背负不了，就来找本王。”

瑞王转身出了院子，独留了宁庭安一人立在那里。

春季里的最后一场雪，缠缠绵绵地又落了几日，已不如深冬里的寒凉，然而宁庭安此时才真正体会到了严冬里的冰凉刺骨。

宁庭安慢慢地移动脚步，走到圆柱旁，扶着那朱漆柱子长长地喘了几口大气，脸色惨白如蜡。瑞王将他心底最恐惧的东西揭露了出来——太子和江沼会不会步了江将军和江夫人的后尘。

黄昏时陈温才从外回来，一身风尘，凛冽的神色中透着几丝疲惫。清晨从王府出去，陈温就没有歇停过，跑完了整个芙蓉城。沈家和董家，包括芙蓉城里所有的医药铺子，全部都被陈温征用，负责接纳病患。

芙蓉城发瘟疫的消息已经瞒不住。人一旦惶恐起来，便很难控制。

在陈温去之前，几大医馆门前，早已经乱成了一锅粥，无论说什么都没人听，只知道嚷救命，若不是强行压制，早就乱了套。忙了一天，周顺只觉一双耳朵都快被那一群人喊破，回到王府才终于落了个清净，外头的百姓再如何敢闹，也不敢来王府闹。

周顺紧跟着陈温进了院子，见陈温在廊下停了脚步，便顺着他的视线望了过去。

隔壁那个院子，之前一直是空闲着，今儿却有了灯火。两人这般一望过去，便听到了一声："小姐，雪停了。"

周顺便知对面住着的人是谁，一时感叹这院子也不知道是谁挑的，挑得真是好。

往日在东宫，江姑娘过来时住在西厢房，同殿下的院子也是只隔了一堵墙，夜里殿下在灯下看书，还能听见墙那边的嬉笑声。如今倒又似回到了从前。

"殿下，是江姑娘。"周顺这一声太过于多余，陈温还能不知道是谁？等周顺回过头来，却见陈温已经收回了视线，举步往前而去。

暮色给他脸色镀了一层阴霾，原本就沉郁的面孔，更是阴沉得可怕。

隔壁院里的灯火照进来，在庭阶之上投下了一层如月色般朦胧的光晕。陈温脚步踩上去的那瞬，隐隐作痛了一日的心口，突然如被银针刺中了一般，狠狠地痛了一下。

周顺赶紧进屋掌灯。

夜里陈温坐在外面的软榻上看书，周顺出来添茶时，便见他目光盯着外头，冬季里的庭院萧条，瞧见的也只有院墙上的皑皑白雪。与往日不同的是，今儿那白雪镶了一层暖光。

周顺垂下目光，无意之间瞟见了陈温手里书页，里头躺着一枚风干的茉莉花瓣，便又想起了去年春天，江姑娘装了一荷包的干花来，说花儿过了季就得再等一年，这干花倒是可以保存一段日子。

后来殿下就将花瓣放入了书页之中，有几回他去整理书籍时，便闻到了一股淡淡的清香味，还曾叹这江姑娘的心思真是玲珑。

今日再瞧见，周顺多半也能体会到陈温的那丝忧伤，便也默不作声地立在他身后，盯着那庭院，也不知道是在赏灯，还是在赏雪。

素云收拾好了床铺出来，见江沼还坐在那灯火下翻着书，灯火朦胧如月光一般洒在她身上，恬静柔和，犹如一汪秋水，平静无波。

“小姐，明儿再瞧吧，可得仔细眼睛。”素云轻声催促道，弯下腰替她收起了手边上的一本书，一枚枯黄的花瓣从书中落下来。素云知道这是小姐的习惯，说书籍放久了再打开总会有一股灰尘味，放些干花进去，下回再翻，还能留一股余香，所以素云每年都会替江沼换一次花瓣。

素云将那干花瓣拾起来，重新又放了进去，抬头再看江沼，她一双眼睛盯着那书本，精神得很，并没有歇息的意思：“你先去歇着，横竖这会子我也睡不着。”

素云便起身拿了剪刀将那灯芯挑了一下，光线又明亮了些：“奴婢也不困。”

一盏灯火一烧就烧了个通明，也不知何时，素云就闭上了眼睛，身子歪在了那软榻上。待醒来，天边已经泛出了鱼肚白，素云手脚酸麻，抬头看向江沼，却见江沼还坐在那儿，几上一沓纸，写得密密麻麻。

素云讶异地问江沼：“小姐可是这般坐了一宿？”

江沼见她捶着腿，笑了笑：“让你去歇息，你偏要歪在这儿，小心待会儿起不来。”

素云红着脸，一双腿脚如针刺，撑着那小桌慢慢地起身，随口问了一句："小姐可瞧出来了什么名堂？"

素云是江家的家生子，自小跟着江沼一同长大，江沼经历了什么她都知道，包括沈夫人去围城前，对江沼说过什么话、给过江沼什么东西，她也清楚。

沈家的那张药单子，江二夫人去围城之前留给了小姐，连同着几本药书，小姐来芙蓉城时，一并带在了身上。昨儿夜里小姐通夜瞧的就是那几本书。

江沼没应她，起身将书收拾好："待缓过劲了，你让表哥给舅舅传个信，让他过来一趟。"话才刚落，沈大爷倒是自己先上了门。

江沼将那单子同几本药书给了沈大爷："当年母亲给我，让我好好保管，原也不知是何物。直到后来听二表哥说张二爷在外祖母的寿宴上闹起来，说出了这张药单，我才知这是沈家之物。母亲虽给了我，说到底我还是姓江，不该拿了去，今儿我就交给舅舅。舅舅瞧瞧这单子可否用得上，也好医了外祖母。"

沈大爷那张脸当场就失了血色。

当初沈老夫人说，若是那东西没落到沼姐儿头上便也好，殊不知怕什么来什么。

沈大爷没接，只是喃喃地对江沼说道："你不该留下来。这药单子你给了我也没用，当年你外祖父给了你母亲，便也就只有你母亲能悟出来。你母亲能给你，自然有她的道理，你好好揣着。瘟疫之事，我同董老爷已经在商议，若真到了不可收拾的那步，你必须走。"

江沼愣住。

沈大爷又说道："你母亲当年一身的本事，去了围城不也没能回来吗？就算你将这药单子悟透了，也不见得就能治了这场瘟疫。我沈家世代在芙蓉城，若真逃不过这个劫，那也是命数。你不同，你姓江，你父母已在那场瘟疫里丢了命，倘若你再出了事，你外祖母就算是在九泉之下也不会瞑目。

“你今儿能留下来，是因你心头惦记着我沈家，惦记着你外祖母，你走不掉，但你并不知瘟疫一旦起来，芙蓉城里成千上万的百姓会如何。今日我来，便是同你外祖母商议好了，若是真劝不动你，便将十年前你母亲的事情告诉你。”

江沼痴痴地坐在那儿，一声不出。

那日江言恒杀了人，激得那妇人说出了十年前围城之事，江沼也听见了，事后她本也有机会去问宁庭安，但她并没有去问。那件事埋在心里十年，一心想要寻出一个答案来，眼见着真相临近，江沼却突然没有勇气去揭开。

沈大爷也没勇气去看江沼的脸色，就将自个儿知道的告诉了她：“你母亲当年不顾所有人的反对，坚决要去救你父亲，可围城里的人已是病入膏肓，根本药石无医。奇怪的是你父母接触病患最多，却一直未被感染，谣言便从那时候开始。你母亲并非死于瘟疫，而是用自个儿的血熬了一锅汤药，你父亲也并非死于瘟疫，而是陪着你母亲一起跳了下去，殉了情。”

沈大爷没去细说过程，就这些已是瞒了江沼十年，如今迫不得已才告诉了她。

江沼知道那真相一定不会好，但亲耳听见，又不同，手上一软，那几本药书“啪嗒”一声落在了地上。

“你三姨母的身子不好，说起话来也是断断续续，我能知道的便只有这些。上回张二爷将当年的事情说了出来，便是将你推到了风口浪尖上。你被百姓拦于城门前，就已经是不好兆头，一旦瘟疫开始猖獗，你无法救他们的命，当年你母亲以血救人的事情必定会被泄露出来，到那时一切就都晚了。”

小三子刚送沈大爷进了江姑娘的院子，便见宁庭安脚步匆匆地过来寻人。

“太子呢？”

“今儿一早殿下就去了董家。”

话音刚落，小三子就见宁庭安一脸惨白地吩咐道：“备马。”

宁庭安脚步如风地走了出去，就如瑞王昨日所说的那样，这一场瘟疫他终究是背负不了。

一夜过后，芙蓉城又死了两千人。宁庭安赶到董家时，陈温和瑞王都在。

周顺守在门前，远远瞧见雪地里匆匆走来一人，伸长脖子望了一眼，便回屋对两人说道：“殿下，宁师爷来了。”

宁庭安一身青衣，并未着官服，从那庭院里过来，不似往日那般躬身作揖，到了屋里，直挺挺地跪在了陈温面前，行了一个大礼。

屋内的人还未反应过来，就听宁庭安说道：“殿下可知，今日芙蓉城又死了两千人。”宁庭安的神色，再无往日的平静，双目布满了血丝。

芙蓉城如何，陈温自然清楚。第一拨染病的病人，几乎无一幸免，只要有一人死，这场瘟疫就算正式开始了，传播的速度没有人能预料，今儿是一千人，明儿便是两千，会死多少人，谁也无法保证。

“殿下必须走。”比上一回提起此事时，宁庭安的神色更加郑重，“殿下是储君，陈国的江山社稷迟早托付于殿下，殿下应为大局着想。最迟明日，殿下必须得带着王爷和江姑娘离开。臣愿意替殿下分忧，接管芙蓉城。”

宁庭安一个响头磕在了地上。

陈温看着他，将手里的书本缓缓地搁在了几上，半晌才说道：“师爷可曾想过，芙蓉城有多少人，孤若离开，就等同于弃了这城里所有的百姓。”

宁庭安跪地不起。

陈温盯了宁庭安一阵，又瞧了一眼几上董家刚上报的死亡名册，低沉地说道：“即刻封城。”

话音一落，宁庭安突然抬起了头：“不可。”陈温望过去，宁庭安又坚定地说，“殿下必须得带着王爷和江姑娘走。”态度之坚决，连周顺都被吓了一跳，往日里，宁师爷一向淡定从容，从未如今日这般焦灼过。

见陈温的神色依旧没有松动，宁庭安紧咬着牙：“当年，属下的父母亲身经历过一场瘟疫，殿下或许认为瘟疫虽唬人，如今也并非到了不能控制的地步，董家和沈家已经在医治，定会想出办法来。”宁庭安眼里的血丝更甚，“可殿下不知，当年江家二夫人一身本事，去了围城，不也照样没能回来。殿下又如何能保证董家和沈家研制出来的药物就能治好百姓，就能控制住疫情？殿下之前问属下，十年前围城之中到底发生了何事，今日属下就来告诉殿下，十年前的围城，活下来的那几千人，均是江二夫人以命相救。”

宁庭安看着陈温，面色悲凉。

“五万余人被困于围城，三万余人丧身瘟疫。江二夫人被百姓逼上城楼，一刀子捅进心口，给百姓做了最后一锅汤药。江将军屠杀了一万人，之后同江二夫人殉葬。”宁庭安的声音轻轻地颤了颤，“从那围城里活出来的几千人，谁没沾人血？”

身后的周顺已经僵如石雕。

“殿下应当知道，江姑娘已经被百姓拦了一回，百姓深信江姑娘能救得了世人。殿下试想，有朝一日，围城的事件重演，殿下当会如何抉择？”

陈温坐在那里，默不作声。周顺起初以为他是因为还未做出定夺，后来发现他一双手紧捏着膝盖，一双腿竟然在打战。

桌上的几张黄纸突然被一阵风扬起，周顺抬头陈温已起身，从宁庭安身旁经过，一路疾步如飞，匆匆地朝着门口的秦将军走去。

“即刻出城。”陈温至少在这一刻没有丝毫犹豫，然而那话音刚落，疾行的脚步便戛然而止。

雪地里“嘭”的一声响，如同山崩地裂，陈温就看着对面的秦将军直挺挺地倒在了雪地里，一头砸下去，积雪飞扬，陈温的脸上瞬间没了半点儿血色。

谁也走不掉，谁也逃不过。瘟疫一起，所有人都似是圈在笼子里的羔羊，谁生谁死，谁又能保证？秦将军那一倒，几乎是灭了陈温所有的希望。半晌后，空寂的雪地里响起了陈温的一声低吼：“封城！”

瑞王和宁庭安已经僵在了那庭阶之上，外面一片茫茫雪海，俨然还是个寒冬。

父亲说那场雪太大，将人眼睛都迷得睁不开，当也是眼下这番光景。

如今一切又重来了。

屋子里暖如春，江沼却满身冰凉，冒出一身冷汗。

沈大爷将他知道的一口气说完，才抬头望了过去，见江沼的脸被晨光一照，莹白得能透出亮光来。

沈大爷出来时还曾问了沈老夫人：“当真就没有其他法子了吗？”

沈老夫人答：“心上剜一刀日子久了也能愈合，只要能活着，就没有过不去的坎儿。”

素云将地上的书拾了起来，刚放到桌上，便听江沼问：“瘟疫既能如此猖獗，舅舅又如何能保证我就能走，走出去我就能安然无事？”

江沼目光涣散，落在那金兽香炉之上，只见其轻烟袅袅，旁的皆模糊不清，心里的那答案虽呼之欲出，可还是不死心地想问个明白。

沈大爷也没有瞒着她：“当年你母亲可曾给过你一粒丹药？”

江沼便也明白，自己猜得没错，终究是躲不过。

十年前沈烟冉去围城，那是她的选择，而自己小心翼翼地避开，并不想走了沈烟冉的路，现实却偏偏将她往那条路上拉。

沈大爷说：“你母亲当初用那药单上的法子，炼了两枚丹药，一枚给了你，一枚应是自己用了。那丹药我虽没有见过，也不知道有何奇效，想来定能护住你身子。既然你母亲在那场瘟疫中能不被感染，你也应无事。”

沈大爷说的那丹药沈烟冉确实给了她。沈烟冉去围城前骗她服下，说吃了药后身板子结实。也正如沈烟冉所说，这些年她的身子骨确实强健，从未害过大病。即便是害了病，也比常人恢复得快。

“丫头，你必须走。”沈大爷再三叮嘱，“一张药单子再加上那枚丹药，迟早都会将你置于火坑里烤着，趁现在来得及，听舅舅的话，和太子赶紧离开这里。”

沈大爷见江沼点了头才放心离去。刚从江沼的院里出来，就见王府门前已经搭起了棚，心突然一跳，迎面就遇上了董翼。

“秦将军染上了病。”董翼面色蜡黄，已经熬了几个通夜，眼睛里都有了血丝，“这病原本年纪大的人更容易染上，如今连秦将军都能染上……殿下已经下令封了城，所有人都出不去，只能耗在这城里，怕是过不了几日朝廷便会派太医过来。是死是活全得靠咱们撑着，沈大伯可得打起精神来。”

沈大爷脚下一个趔趄，差点儿一头栽下去。身后的沈霜身子瞬间僵在了原地，一张脸雪白。适才她见父亲出来，便一路紧赶过来，人还没走到跟前，董翼的话却直接让她失了魂魄。

沈霜深一脚浅一脚地往正院而去，抓了个人就问：“秦将军呢？”

直到遇到了小三子，小三子才告诉她：“秦将军已经被隔离了起来，沈姑娘可莫要上前，这东西厉害得很，会传染。”

“你告诉我他在哪里？”沈霜的声音一出来，已经哑了。

小三子见她急了，指了个大概位置。沈霜提了裙摆，便急急地赶了过去。

王府后院里已经搭建了一处棚子，门前重兵把守，人人皆戴上了面罩，里头的人出不来，外人也进不去。沈霜在外面徘徊许久，几番请求，均没人应她。直到董老爷子过来，沈霜缠着他不放，董老爷子才给了她一块绢布，将她放了进去。

沈霜对秦将军印象最深的就是那挺拔的背影。当瞧见床上的那人满脸憔悴不堪，再无往日半点儿威风时，沈霜立在旁边一时动弹不得，心头猛地一酸，眼泪夺眶而出。

“你离远一些，莫要对着口鼻。”董老爷子知道她是沈家的姑娘，能放她进来，也是知道，身为医药世家的后人，就算不精通医术，也懂得些皮毛，“瘟疫一发，秦将军接触病患最多，能撑到这时候，已经很不错了。”

沈霜旁的不关心，就想知道：“能治好吗？”

董老爷子没应：“你瞧完了就赶紧出去吧，这里不是你该来的地方。”

眼瞧着天色不早了，素云望了一眼对面那间厢房，还没见到沈霜的影子，便进来同江沼说：“三小姐这一出去，就没回来。”

沈霜跟着江沼进了王府后，住在了一处，就在对面的那间厢房。沈大爷出去时，素云瞧着沈霜跟了出去，如今天色都快黑了，也没见她回来。

“人在王府，丢不了，怕是有事耽搁了，你差个人问问便好。”江沼也没当回事，让素云添了灯，又将沈烟冉的那小匣子拿了出来，双腿盘坐在地毯上，揭开了木匣盖儿。既然逃不过，她便想知道，沈烟冉的一生到底经历了什么。

素云将灯盏放在她手边，披了一件大氅在她肩头，才起身出去托人问沈霜。

一小簇灯火的光，映在那小木匣子里，蜡黄的信笺摆在里头，江沼拿了最上面的一封，轻轻地拆开。

屋子里很静，仿佛能听到外头雪花落地的声音。

沈烟冉说：我也欺负了你，只是你不知道，若是你知道我喂给你的螃蟹是蝎子，炖给你喝的鸡汤是毒蛇，你一定会同我急。

江沼盯着那信笺，久久未动，一双眼睛就似是被什么东西牵制住，黏在那信纸上，挪也挪不开。

跟前灯盏里的火苗“扑”地一闪，江沼的眸子才微微动了动，终是回了神，轻轻地将那信笺搁在几上，目光落在沈烟冉最后写的那句“待我制好了丹药，你便是毒王，必能百毒不侵”。黑漆漆的字迹赫然跃在纸上，江沼的身子往后仰了仰，心思飘得厉害。

父亲当年来芙蓉城时中了毒，母亲替他医治了。用了什么法子医治，旁人不知，江沼昨儿夜里才看了一个通宵的药单子，她又岂能不知。

江沼心里烧得慌，一颗心悬着落不下来。她从地毯上起身，很想找个人来问问，想求个明白。可抬起头却见，黑漆的夜色之中飞雪如盐。这会子她又能去问谁，谁又能知道。

江沼站了一会儿，又缓缓地坐了下来，轻轻地转过了头，便瞧见了那日从沈家老屋的老管家那里得来的画卷。

适才素云替她拿木匣子时，连着那卷画像也一并给江沼放到了跟前。江沼还从未拆开过。那老管家说，外祖父曾让人将那屋里的东西搬了个精光，只余下了这幅画卷被遗落在了角落里，也不知是母亲留下来的，还是父亲的东西。

画卷保存得很好，一条红绳系在中间，几叠画卷卷在了一起，江沼轻轻地将其摊开，那画上的人逐渐地露了出来。

是江晖成。

玉冠束发，墨发垂肩，月白色的袍子加身，江晖成斜靠在墙角，俊美的脸上带着微弱的病态，眸色如水、容颜如月。身侧是袅袅炊烟的灶台，将其裹在一团云雾之中，画的当是沈家老屋。

江沼的目光从江晖成的脸上扫过，停在了画卷底下的小字上。

——毒蝎。

江沼的眼皮一跳，接着往后翻去，每一幅画卷底下均留了字，毒蝎、毒蛇……

江沼匆匆地翻完了所有的画卷，望着最后那幅画，目光再次凝住。画上的江晖成长发高束，立在老屋的那条小溪前，嘴角带笑，脸上已瞧不出半点儿病容。

底下的那行小字上写着：成功了。

画卷是沈烟冉留下来的，江沼心头的那答案也已经很明了，不需要再去问他人，便也知道。

——当年母亲为救父亲，将其做成了药人。那丹药母亲给了父亲。

江沼周身生凉，紧了紧身上的大氅，脸上的血色一点儿一点儿地退尽，眸子里头一回生出了恐惧。

舅舅说十年前沈烟冉用血救了百姓，可事实上，就算百姓将沈烟冉的血吸个干净，也根本没有任何用处。

能救人的是她的父亲江晖成，十年前母亲那般义无反顾地去围城，当也是顾着父亲，怕他被人当成了血引子。

江沼想起了母亲临走时对她说过的那句话：“他是我救出来的，我不能不管。”

最后她将自己的一生，包括命，全部都给了父亲。

父亲殉情了。她却什么都不知道。是父亲主动向她提亲她不知道，父亲为了她殉情她也不知道。——到死，她都不知道父亲对她的感情。

江沼紧紧地攥了攥那大氅领子，身上突然一阵热一阵冷，脑子正晕晕沉沉之时，素云进来，说话声很远：“小姐，秦将军染了病，三小姐死活都要留在那儿，奴婢托人劝也没劝回来。”素云说完，见江沼没反应，便去瞧她脸色，只见两边脸颊处两团绯红。素云心头一紧，伸手探了她的额头，烫得吓人，“小姐这是发烧了。”

两处院子仅一墙之隔，那头有个什么动静，这边都能知晓，更何况本就是留了心去听。

董老爷子今儿一日都在府上，素云出去同小三子打了声招呼，没过多久董老爷子就来了。刚写了方子，门口便传来一阵凌乱的脚步声，董老爷子回过身就见陈温出现在了门前，顿时脸色一紧，上前就要拦住：“殿下需得回避，江姑娘如今还不知道是个什么情况……”

话没说完，就被周顺一把拉开，董老爷子抬起头，冷不丁地撞进陈温那冷浸浸的眸子里，再也不敢出声。

周顺早就劝过了，没用。

适才听到这边的动静，还未等周顺去问个明白，陈温已经出了院子，直奔过来。

连秦将军都能染上，谁都有可能，周顺便劝了一句："待董老爷子回来，奴才先问个究竟，殿下再进去也不迟。"

就因为这话，挨了陈温一记刀子眼不说，差点儿连命都搭上了。

"要怕死，孤现在就成全了你。"

周顺哪还有胆子再多说，转身拉着董老爷子一块儿出去了。

这会子天已经黑透了，屋里灯火通明，素云正坐在床边替江沼用帕子敷额头，回头瞧见太子进来，微微一愣，又忙屈膝行礼。

适才出去请人时，一说到小姐发了烧，个个脸上都带着惊恐。如今见着太子竟也敢进来，便低着头轻声解释道："小姐自来身子强健，今儿不过是着了风，发了热，明儿定会退了去。"

素云说完，听得陈温"嗯"了一声，正欲上前接着替江沼换额头上的帕子，就听陈温说道："你出去，孤来。"

素云一时未反应过来，立在那儿没动。陈温便又回头，漆黑的眸子看过来，素云到底是个经不起唬的，忙垂下头退了出去。

雪白的幔帐被一对金钩钩起，人就躺在那儿，陈温的目光却迟迟不敢落上去。犹如那日在马车上一般，生怕她突然睁开眼睛，瞧见是他，那双清澈的眼睛里又生了厌恶。

适才跨过门槛时，陈温的脚步有过一瞬的停顿。

"殿下如此这般待我，当是想要我过得好。可殿下不知，只要有殿下在我身边一日，那往日种种伤害都会浮现在眼前，无一不在羞辱我，殿下的这张脸时时刻刻都在提醒着我，曾经有过那么一段愚昧的过往，我又何尝能过得好。"

每一个字他都记得清楚，日夜回荡在他耳边，每去体会一回，心就痛上一回。

最诛心的却是她说的那句："想着闭上眼睛，再睁开的那一瞬我便能瞧见殿下站在我面前。"

那话如剪子绞着他的心肺，夜里曾撕裂般地疼过。他曾经给予她的种种伤害，如今留给他的便是无尽的悔恨和痛苦。

陈温坐在了床榻边缘，握了握掌心，目光缓缓地移了过来。床上的人儿正发着烧，脸颊绯红、唇色如朱砂，嘴巴微张，艰难地呼着气。陈温伸手将她额头上的帕子取下来，搁在掌心一片滚烫。

屋里安静，只闻见水声。陈温拧了帕子，轻轻地贴在了她的额头上。手指触碰到她的肌肤时，也不知是不是被那温度烫到，指尖一阵灼热，微微颤了颤，却是替她拂了额前的几缕发丝，便见那一头墨发散在那棉枕之上，如锦缎泛着光泽。

在东宫的雅居阁里，那日她替他斟茶，肩头的发丝不慎落下，搭在了他的手背上，酥酥麻麻。他目光盯在那上头，便见她惊慌失措地起身，发丝从他的手背上拂过。当时不觉，如今才知，那一瞬他早已动过心。

那之后，他曾无数次见她长发披肩的模样。想着，定是柔滑得很。如今终于能触摸到，掌心的触感正如他所想，青丝如绢，柔滑如缎。

陈温吞了吞口水，轻轻说了一句："沼儿，对不起。"

尽管你不想要，但我仍欠你一声道歉。那些年终究是我辜负了你。

第六章 有我在，别怕

芙蓉城最后一场雪，落了一个日夜从未曾断过，此时风声呜咽，扑在窗户上，吱吱轻响。

也不知为何，陈温突觉屋内昏黄的灯火，似在心头添了一丝暖意，那外头的风雪声越大，这一簇火光就越温暖。

去年的那场春雨，江沼被滞留在了东宫。他上东厢房瞧过她一回，见她爬上了软榻，雕花木窗被撑开，她趴在那里歪着脑袋愣愣地瞧着屋檐下的一排雨线，眼睫轻敛，脸上带了几丝似有似无的愁绪，便轻声地问她："不喜欢落雨？"

她回头，天色昏暗，屋里一盏灯火也如此时这般明亮，他见她轻轻摇了摇头："喜欢，臣女喜欢落雨。"

她从那榻上下来，光着脚走到他跟前，比往常靠得他近了些："只有落了雨，人才会停歇下来，哪里都去不成，只能被困在屋子里。"

他低下头看着她的脚，并没有去细细品味她的那番话，只说道："把鞋穿上。"

她连忙穿了榻边的绣鞋，再匆匆地转过身来，一双染了秋水的黑眸怯怯地望着他，似乎很害怕他会离开。

他脚步顿在那里，没动也没坐。

她说："殿下，我今儿煮了新茶，殿下尝一杯再走成吗？"

初春阴冷，房里搁了一盆火，她让丫鬟放了个蒲团在那地毯上。他坐下，她便也坐了过来，身上的那股淡淡药香味一时压过了金兽炉里的瑞脑。她双膝屈起，双臂抱着膝盖，一颗头枕在臂弯，将自个儿缩成了一团。他头一回见她在他面前如此散漫，便望了过去，见她眸子轻闪，盯着那火盆里烧红的银骨炭。

"以前爹娘还在时，只要一落雨，娘就喜欢搁一盆火。爹爹抱着弟弟，娘教我认医书，四个人围着一盆火。那屋外滴滴答答的雨声，特别好听。从小我就爱落雨天，屋里点一盏灯，跟前搁一盆火，便觉得特别暖和。"

她嘴角挂着一抹笑，独自沉思了一会儿，再抬头眼里便有了些歉意，对着他笑了笑："殿下当与我不同，落雨天诸多不便，还是希望这场雨快些停了的好。"

他知她自小没了爹娘，也知她那时定是念起了她爹娘，便也破例了一回，默默地陪着她坐了一个晌午。瞧见那毛茸茸的脑袋垂在自己眼前，他也曾伸了伸手，但终究是没能将她揽入怀里。后来日子一长，朝前的政务一忙，便也渐渐地忘了这段。

此时那屋外的风声和眼前燃着的灯盏，令他想起了这段故事，顺着那记忆慢慢地再去回忆，倒也想起了一些模糊的往事。

她曾经还是个小女孩儿时，喜欢唤他"哥哥"，后来也不知道从何时起就改了口，唤成了"殿下"。

原来，他们早就相识了。相识了很久很久。她也陪了他很久很久。

那年春日，他没能揽她入怀，如今陈温便想抱她一回。

就算她永远都不会知道他悔了，悔恨那些年错过她的岁月，悔恨那场春雨，他没将她揽入怀，悔恨那一场雪，他没有出现在她眼前。

陈温的手掌轻轻地盖在她的头顶揉了揉，长臂绕过她的肩头，将她揽入了怀里。窗外呜呜风声再起，怀里的人儿移了移身子，往他臂弯里靠拢了些，突然从那朱唇里吐出了一声："娘。"

陈温的手臂一紧，紧紧地将她搂进怀里，低下头在那发丝上落下轻轻一吻，有水珠子从眸子里落下，落入那万千青丝之中，渐渐地没了痕迹。

"有我在，别怕。"

他会让她活着出去，好好地活下去。

陈温抱着她，直到那盏烛火熄灭无人再添，天边也渐渐地亮了。陈温再低头看了一眼怀里的人，脸颊上的绯红已经消退了不少。陈温用手背贴了一下，已无昨夜那般灼热。

陈温轻轻地挪回胳膊，直起了身子，那般坐了一夜，如今一起来，麻木的四肢如百蚁叮咬，险些没能站起来。

素云也是一夜未眠，在外屋的榻上歪了一夜，天色一亮早早地就候在了屋外，正朝里望着，门前的一排珠帘从里被掀起，几声叮当脆响，便见太子从里走了出来。

"殿下。"素云行礼。

陈温的脚步顿在她跟前，说道："别告诉她孤来过，有事去找周顺，万不可隐瞒，出了事你担不起。"

素云将头低到了胸口："奴婢明白。"

陈温的脚步迈了出去，屋外依然飘着雪，地面湿漉漉的一片，如下过一场淅淅沥沥的春雨，刚出院门，便见宁庭安提着食盒立在那儿。

陈温没理他，也没拦着他，从他身旁大步经过，去了沈家。

宁庭安躬身行了礼，直到那脚步声越走越远，才转身进了院子。

陈温前脚离开，江沼就睁了眼，昨儿夜里睡得沉，竟也不知屋子里曾进来过人。素云进去伺候，见她面色恢复如常，长松了一口气："小姐可吓死奴婢了，这节骨眼儿上要是病了，不得急死个人。"

素云将她扶起来，喂了几口水给她，正欲去外头让人传膳，便听得了外屋的丫鬟唤了一声“宁师爷”。

宁庭安进屋将手里的食盒交给了外屋的丫鬟：“江姑娘染了风寒，不宜沾油腥，我让厨房煲了粥过来。江姑娘若是醒了，就将这粥端给她。”

外头的说话声，江沼也听见了。

沈家舅舅一来，再加上昨儿夜里的那几张画卷，彻底将她击倒，才病了这一场。昨夜睡过去前，脑子不清不楚，诸多事情未闹明白，醒来之后她便一直惦记着，赶紧让素云出去将宁庭安留了下来：“你让表哥等一会儿，我有些事要问他。”

素云伺候江沼穿衣，外头宁庭安倒也没闲着，自个儿坐在那黄花梨木边上，煮起了茶。

见江沼出来，宁庭安赶紧起身瞧了过去，那脸色倒是挺好，便也安下心笑了笑：“表妹出来的正是时候，这茶刚煮好。”

江沼坐在他对面：“表哥真是个闲不住的。”

宁庭安适才一直让人将粥温着，见她坐下，便将那粥推到了她面前：“喝两口，免得一会儿犯晕。”又转身从那食盒里拿出了一碟糕点，同江沼上回送他的一样。

宁庭安将碟子递到她跟前：“表妹尝尝如何。”

江沼拿了一块入口，点了点头：“这厨子是个记性好的，瞧过一回，就给做了出来。”

宁庭安摸了摸鼻尖，笑着说道：“表妹这般夸，当是满意了，下回我再做给你吃。”

江沼瞅着他，眼里的讶异更甚：“表哥自个儿做的？”

宁庭安依旧微笑：“我要不亲手做一回，还真不知道表妹做一盘糕点，竟有那么多讲究。”宁庭安说完，才开始问她身子，“今儿觉得好些了吗？”

江沼点了点头：“发了汗，吃了董老爷开的药，一夜就好了。”

江沼瞧了一眼宁庭安的表情，果然没瞧出半点儿意外来，便也能猜得出，他应也知道自己服了那丹药。

“表哥可知当年我父亲的身子如何？”江沼突然开口问宁庭安。

宁庭安一愣，只见江沼眸色透亮，竟也一时语结，顿了半晌才说：“江将军身子一向挺好。”

“表哥可曾听三姨父提起过，父亲曾受过伤？”江沼接着追问。

宁庭安没答，望着江沼。那茶壶里的咕咕响了一阵，宁庭安才回过头提起来茶壶放到了几上，之后便轻声地说道：“表妹也知道了。”

江沼提着心，等他开口，宁庭顿了半晌，又才说：“当年他们什么都不知道。四姨母不知四姨父身上的毒从何而来，四姨父不知四姨母为了救他，将他做成了药人，为了他义无反顾地去了围城，瞒着所有人，护了四姨父周全。那城中出来的百姓至今都不知，有用的是四姨父的血，而并不是四姨母的。死了之后真相倒是大白了，可他们谁也看不到。”

沈烟冉爱了江晖成一辈子，也护了他一辈子。

宁副将说那日雪花纷纷扬扬，落地即化，格外冷。江晖成去了一趟后山归来，猎了一张虎皮，那是他从江晖成脸上见到的为数不多的笑容。

“你嫂子手脚总是冰凉，你找个人来，用这东西缝一件衣裳。”

宁副将应了。可还未等他转身，城楼上便响起了号角声。声音震耳，从城门上传出来，响遍了整座围城。风雪迎面扑在人脸上，刮得人皮肉生疼。宁副将回忆起来，也只记得江晖成腰间的那把弯刀在风雪中响起的锵锵声。

侍卫来报：“也不知道百姓从哪儿听来，说将军夫人是顾老前辈的弟子，只有她的血能医瘟疫。”

江晖成的脚步虚虚地踏出了一步，站在那密密麻麻的人群后。楼阁的柱子被推倒的那一刻，江晖成手里的弯刀杀了第一个人。

“退后！”

然而没有一个人听，也没有一个人听得见。

宁副将说道："从那刻起，围城就陷入了万劫不复。将军夫人出现时，城中雪花都已染了红。"

江晖成看着沈烟冉从那延绵的城墙上下来，一步一步地上了阁楼，身上那件月白大氅，还是早上他给她披在了身上："今儿天冷，就别去采药了，想要什么同我说就成。"

沈烟冉没说话。

曾经为了阻止江晖成去围城，沈烟冉头一回同他争吵："你从未体会过我的感受。你心里有抱负，有天下苍生，可我呢？就算你心里喜欢的人从来不是我，就算沼姐儿是个意外，那焕哥儿呢，他也不能将你留下来吗？"

江晖成轻轻唤了她一声："烟冉。"

沈烟冉知道自己失了态，同江晖成生活了这些年，她从未这般同他说过话，那回却全发泄了出来："辽军擅长用毒，你我都清楚，你忘记了你曾经答应过我，要陪我回沈家老屋，只有我们，还有我们的孩子，平平淡淡地过一生，不图富贵，不贪荣华。这些年你到底是忘了个干净，可我没忘，我答应过父亲，我会回去。"

曾经为了让父亲答应这门亲事，她对父亲说，在辽国时她已同他有了肌肤之亲。那日在沈家老屋，他毒发后身子冰凉，眉睫上都生了冰，她褪了衣衫抱着他在他耳边说道："我已经禀报过父亲了，我们也算是名正言顺。"

后来她有了沼姐儿，父亲同她起了争执，痛心疾首地质问她："你这般待他，他能给你什么？"

她说："他答应过我，会回沈家。"

可江晖成还是去了，走之前将她强行揽入怀里，说道："最后一回，等我回来，咱们就回去，回沈家。"

沈烟冉没再说话，那眸子里的神色暗了下来。之后她回了一趟沈家，便义无反顾地进了城。进城后好几日，江晖成才发现了她，蹲在她跟前咬着牙质问她："你怎么在这里？"

沈烟冉笑了笑，凉凉地看着他："只许你江大将军有匡扶天下的抱负，我就不能有吗？我是大夫，得拯救苍生。"

江晖成知道她是在同他置气，可无论他如何说，沈烟冉再也没同他说过一句话。

那日她登上了锅炉前的阁楼，看着底下的江晖成说了些什么，可江晖成听不见，只看到她对着他笑了笑。

江晖成喊出来的声音也只有他身边的宁副将听得到："你听话，别动！"

江晖成脚步踉跄，拨开人群麻木地往前走去，直到看到沈烟冉一刀子捅进了心窝，投入了锅炉之中，终是破了嗓子凄凉地叫出了声来："沈烟冉！"

人人都说江将军疯魔了。那弯刀横在前，男女老少皆成了刀下亡魂，满城的嘶吼声，尸首遍布，鲜血融进雪水之中，血流成河溢出了城门。惊醒过来的百姓终是被他疯魔的模样唬住，再也不敢有人上前。

江晖成终于走到了跟前，看到的却只有那锅炉里的青烟滚滚而上。

江晖成双膝绝望地跪在了地上，宁副将听他说了一句："你说，我从未体会过你的感受，这回我陪你一起。"

宁副将叫了一声："将军！"

江晖成用那弯刀顶地，缓缓地直起了身，回头对他说道："活着出去，照顾好小姐和少爷，是我欠了他们。"

那脸上已是一片死气。

宁副将亲眼看着他活生生地跃入了那锅炉，没入到缕缕青烟，再也寻不到半点儿痕迹。不过一瞬，所有的百姓再次蜂拥而上。没有人觉得他们可怜，也没有人为他们心痛，只知道再也没人阻止他们食人骨血。那锅炉被掀在地上，看到的皆是人世间最丑陋的一面。

后来侍卫跪在宁副将和宁夫人跟前，递给了他们一个碗："总得活着。”

宁副将脸色惨白，宁夫人当场晕了过去。

沈烟冉并不知道在江晖成跃进锅炉前的那一刻，他已经悔了。若有来世，他定陪在她身边，哪里都不去，就在沈家老屋里，他去沟里抓鱼，她在灶前熬汤，有他们的孩子，再养一只她喜欢的小猫，平淡幸福地过一辈子。

而江晖成也不知道沈烟冉对他说的最后那句话是：“将军，都结束了，我可以不用再爱你了。”

曾经她累了时，也嫌弃过岁月太漫长，叹何时才能是个头儿。没想到最后让她解脱的法子，竟是死。

——愿有来生，与君再不相见。

可人哪里又有来生。

后来，宁副将找到了江晖成猎回来的那张虎皮，已被鲜血浸透，被万千脚步践踏得千疮百孔。两人终究是什么都没留下。

茶壶里的水渐渐凉了，江沼呆呆地坐在那儿，脊背似乎又生了一层汗，盯着屋外的飞雪眼前一阵恍惚，过了好久才问宁庭安：“是我父亲的骨血救了人？”

宁庭安避开了她的目光，点了点头。

江沼却摇了头：“表哥可莫要诓我了，我爹娘的骨血又岂能救出几千人？”

宁庭安一时说不出话来，置于膝上的那手握成了拳，又听江沼问道：“救活百姓的不是他们的血，而是我母亲制出来的药，对吗？”

那活着出来的几千人里，总有人知道真相，知道就算没有饮了那最后一碗血汤，也活了下来，只是没人愿意承认江晖成和沈烟冉是被他们活活逼死的。

宁庭安身子紧绷，闭上了眼睛：“你三姨母没喝。”

江沼望着飞雪，本也没觉得伤心，可那眼眶里却无声无息地落下了两行泪水："表哥，我想再去一趟老屋。"

宁庭安说："好，你先好好养身子，明日我带你过去。"

宁庭安从江沼的院子里出来，深吸了一口长气，精神也难得恍惚了一阵，在经过王府被封起来的棚子时，冷不丁地看到个熟悉的人影，不确定地唤了一声："沈霜？"

沈霜回头，一身的粗布衣裳，面纱挡得她只剩下了一双眼睛露在外面，若不是她开口应了一声"表哥"，宁庭安还真不敢确定是她。

宁庭安看了一眼她手里的药，站在那儿倒也没问她其他，就问："舅舅知道吗？"

沈霜那日跟着董老爷子进了棚里，就没有再出来："好在我也懂些皮毛，打起下手来总比府上的侍卫强。再说侍卫再多，这节骨眼儿上，怕也腾不出来那么多人手。芙蓉城里就咱们几个医药世家，就算将家族中所有的人都用上，也不见得够用。董伯伯今儿不用我，明儿我回沈家，也得到铺子里去。"

当年沈四姑娘去了围城救了几千人出来，也算是沈家的一个痛处，如今倒是没有一个惧怕。

董老爷子终究是摇了摇头："沈家这一门，不论男女，就没有出过一个懦夫。你要想留下来，就替我去熬药，好好将那面纱戴好，换身衣裳，先得护好自个儿。"

沈霜都应了。

从昨儿下午到今儿，还没回屋歇息过，累了就跟着董老爷子靠在药房的角落眯一会儿，屋里的病患一醒，就得起身去查看。

秦将军昨夜就醒了过来，沈霜手里的那碗药正是给他的。听了宁庭安的话，沈霜笑了笑："他自个儿都扎进了铺子里，哪里有资格说我。"

宁庭安便也对她温和地说了声："自个儿小心些。"

沈霜点了头，转身掀开帘子走了进去。到了秦将军跟前也没说话，眼睛也没去看他，只将那碗搁在他手里，转身又去给别人端药。王府染病的不只是秦将军，短短一日，这棚子里就躺了三十多人。秦将军的脸色要比昨日好了些，见沈霜出去，便对着她背影说道："姑娘，可知今儿是何日？"

沈霜没应，再进来时便带了一本皇历给他。

秦将军愣了愣，抬头望过去，沈霜却已转过了身。董老爷子进来门口唤了她一声："丫头，我这儿缺几味药，你上董家跑一趟，取些过来。"

沈霜点了头。

王府每日进出的人都有规范，陈温的一套规矩定得死死的，每个地方，除了大夫，均不能出走。沈霜上了马车，倒也没敢耽搁。

董家门前的情况要比王府惨重得多。侍卫将马车停在了门前，跟着沈霜一道往董家走。

密密实实的白色布帐内，全是病患，沈霜从那布帐之间穿梭而过，那声音虽压得极低，但她还是听见了。

"你们可曾听说，十年前的那场瘟疫，是用沈四姑娘的血救治好的，单有那药单子没用，还得要沈四姑娘嫡亲的血……"

沈霜周身一颤，瞬间变了脸色，也顾不得去拿药，对身后的侍卫说："去将那说话之人带出来。"

这话传出去还得了？

那病患见到侍卫本就有些害怕，又听沈霜厉色说"就凭你如今这番话，也不用等着治病了，先去那牢里蹲着等死得好了"，立马就求了饶："姑娘饶命，这话草民也是听人说……"

沈霜的脸色更难看，怕就怕这话传了出来，已经开始四处散播。沈霜自知事大，让那侍卫先将人带回去给宁庭安，查清这等荒谬的流言到底是从何而来，还得赶紧杜绝了才行。

等侍卫拎着人赶了回去，宁庭安却已经不在府上。

辰时后便刮起了一阵狂风，夹杂着风雪将王府里那帐子吹得"扑扑"直响。雪天，屋里湿冷得很，素云从外进来，迎面被屋里的暖气一烘，禁不住打了个战，抬头见江沼正坐在蒲团上瞧着前儿夜里理出来的那一堆药单，便也没出声。到了跟前，见江沼望了过来，素云才说：“奴婢去问了前头的侍卫，说三小姐从昨儿下午就跟着董老爷子留在了那帐子里照顾病患。”素云说完又添了一句，“秦将军也染了病。”

自进了王府，周顺样样都补给得齐全，没让江沼和素云有机会走出院子。今儿素云刚到前院，就被侍卫拦了路：“前头人多，嘈杂得很，姑娘还是回吧。”

素云踮着脚往外瞧了一眼，正好就瞧见了小三子，素云见过他几回，便出声唤了他过来：“小哥可否帮忙打听打听，沈家三姑娘在哪儿？”

小三子被那一声小哥叫得脸红，倒也用不着去打听，他都清楚：“沈姑娘在董老爷子那里打下手，王爷吩咐了，姑娘没什么紧急事，不要轻易出院子，这病厉害得很，连秦将军都没能逃得过。”

素云一颗心沉了下去。也知道，外头已经彻底地乱了。

“小姐一人走吧。”素云低下头劝说道，“芙蓉城已经乱了，老夫人和小少爷也不知道会急成什么样，都在盼着小姐呢。”

江沼眼睛移到跟前的医书上，轻轻地“嗯”了一声。

外头的风吹得越来越烈，素云起身去关了门窗。呜咽的风声里响起了一阵凌乱的马蹄声，如同兵荒马乱的战场，前头战火延绵，唯有这后营里能暂时得来一份安宁。

然也不知能安宁到何时，素云劝江沼走，实则心里也清楚，此时能走出芙蓉城，岂能那般容易。

在那一阵马蹄声之后，王府格外安静。夜色落下时素云打开门往外面瞧了一眼，昨儿周总管过来指着隔墙的庭院对她说：“姑娘要有什么事，在这头招呼一声，我都能听见。”然而今夜那院子里黑漆漆的一片，没有半点儿动静，唯有风声呼啸，太子殿下似乎从早上出去之后，一日都未曾归来。

素云关了门，走到江沼跟前，坐在她身旁陪着她又瞧了大半夜的药书，又有些昏昏欲睡。

后半夜，一阵动静惊醒了素云的瞌睡。几上的琉璃灯盏里的灯芯，江沼已经换了一回，一盏灯火燃得正旺。

“小姐，我去瞧瞧。”

素云刚起身，便听江沼说道：“瞧了又如何，白白挨冻。”

素云又才坐了下来，轻轻地说道：“小姐，外头怕是出事了。”

江沼头也没抬，脸色也没什么变化。瘟疫一起，岂能再安宁。

“外面的物资到不了，芙蓉城就彻底地完了。”

王府门前动火通明，一堆从各地赶来的官员围在那儿七嘴八舌，个个都神色慌张。

芙蓉城通往外头的几条路，今儿已全被城外的百姓摧毁，包括从江陵支援过来的物资和人手都一并被拦在了外面。外面的人进不来，里头的人出不去，宛如一座孤城，城中的人只能慢慢等死，要么被这一场瘟疫折磨而死，要么被饿死。

今儿送来王府的那份死亡名单上，人数已接近万人。一场瘟疫如同一股强劲的风，所到之处，无一幸免，身子弱的人，第一轮都熬不过。如今城外的路一断，犹如雪上加霜，芙蓉城里人心惶惶。

各处官员今夜齐齐挤进王府，同瑞王商议到底如何应付芙蓉城的这场灾难。讨论了半个时辰，见众人七嘴八舌只知道惶恐，却论不出个关键来，瑞王将那凳子一踹：“芙蓉城是太平久了，才养了你们一群废物，出个事，竟是半点儿用处都无。”

王府大半夜又是一阵动静，瑞王将大半兵力调至了城外连夜抢修山路。

狂风刮了一夜，从后半夜起，就没有一个好消息。百姓已经开始动乱。四处已出现抢劫、放火的事例。

这一番耽搁，一直到卯时，宁庭安才见到沈霜带回来的那位传谣者。

宁庭安本就一夜未眠，此时听到这个消息，脸色更是如同如雪一般，惨白得没有半点儿血色。宁庭安沉声问那病患："这话你是从何处听来，何时听说？"

"三日前，草民还未发病，进了一趟戏楼，是从那戏楼里听来……"

那传言不只是在董家那帐子内，芙蓉城的街头小巷早已经传遍。

十年前围城只有五万人，而如今芙蓉城有数十万人口。

宁庭安眼前闪过一瞬间的漆黑，双手扶着椅子，一时脱了力气，还未缓过劲来，就见严青从门口闯了进来。

"殿下有令。"

此时天色还未亮，油灯散出昏黄的光晕，宁庭安迎着风雪抹了一把脸，拿着严青给他的包袱，匆匆踏进了江沼的院子。

严青的马车早已候在了王府偏门。

宁庭安来之前，江沼才让素云打了一盆水来醒了醒神，这会子正好将昨夜看过的药书装进了匣子，素云开门时说了声："表公子倒是来得早。"

宁庭安立在那门前没进去，笑了笑温声说道："表妹不是说今儿要去沈家老屋吗，趁着时辰早，我带你过去。"说完又将手里的包袱递给了素云，"外面人多眼杂，表妹换身衣裳。"

出来时宁庭安却没让素云跟上："你留在屋里，我同表妹不过去去就回。"素云正愣住，又听宁庭安说道，"待会儿若是有人来问，就说小姐身子乏，正歇着。"

昨夜的那场动静之后，素云心里早就知道出了事，表公子今儿来这一趟，便应了她心里的猜想，这王府如今恐怕也不安全了。素云立在那门前，如鲠在喉，一句话都说不出来，漫天飞雪天色阴霾，她红着眼眶，目送着江沼走出了王府偏门。

江沼刚走，王府门口的那条小巷便被人潮淹没。

素云没去听那外面的声音，转身关了门。屋子里的灯盏未灭，那几上的壶茶，她才刚放了茶叶进去，还未来得及搁在火上，被宁庭安打断了。如今再转过身来，一切都已经变了。屋子里冷冷清清。

外头已是山雨欲来。

宁庭安领着江沼出了后门，将她交给了严青，却没有跟着她一道走：“表妹放心，不会有事。”

江沼乖乖地上了马车，也未多问。

天色麻麻亮，马车一路疾驰而行，宁庭安立在风雪之中，看着那马车安全地出了王府，才转身去了沈家。

王府后院的帐子内，黎明前夕终于安静下来，董老爷子让沈霜去歇息一会儿。沈霜闭上眼睛，心却莫名跳得厉害，没有半点儿睡意，便又起身去灶台前，开始熬清晨的汤药。

天色渐渐亮开，董老爷子一睁开眼，就见沈霜在往隔壁屋里端药，诧异地问她：“你这是一夜都没睡？”

沈霜摇了摇头说道：“我睡不着。”

董老爷子便叹了声。昨儿夜里的那动静，谁心里又能安稳。

沈霜转身进了秦将军屋里，一道青色的光亮从帐子外洒进来。榻上秦将军还未醒，沈霜轻轻地将碗搁在他身旁，见他怀里抱着那日她给他的皇历，边角压在他的脸庞上压出了一个印子来，便小心翼翼地抬起了他胳膊，打算把皇历抽出来，却不想秦将军突然睁开了眼睛。

秦将军吃完了第一帖药明显已有好转，昨儿沈霜从董家拿药回来，还曾见他立在那帐子前看着她。

沈霜见他醒了，慌忙地收回了手，转身将碗递给了他。

沈霜日日面纱遮面，秦将军每回只见其前来送汤药，却从未曾听她说过话，只觉那身影有几分熟悉，却又不敢肯定。如今看到她慌忙躲开的眼神，心头的猜想便也有了八分肯定，对着她仓皇的背影说道：“多谢沈姑娘。”

沈霜身子一僵，但还未等她转过身，王府门外又是一阵惊天动地。

董家小公子董凌匆匆从前院过来，掀了帐子便对董老爷子说道：“出事了。”董凌一脸死灰，“百姓也不知道从哪儿听说江二夫人当年能救了围城七千多人，是因江二夫人就是血引子，这会子全都堵在了王府，磕头请愿硬要江姑娘普度众生。”

董凌话音刚落，身后一声碗碎声，沈霜提了裙摆直冲了出去，到了前院见全是王府的兵将，根本走不通，又才绕了道匆匆赶往了江沼的院子。

董老爷子则是脸色一阵泛青，恨声骂道：“愚昧！谁还敢传出这等荒谬之言，就不怕被诛了九族。”

当年皇上下了圣旨，高公公亲自到城门口宣读，倘若围城里的谣言传了出来，便是满门抄斩的罪名。所以这十年来一直风平浪静，如今却在这节骨眼儿爆了出来。

“一群食人不吐骨头的东西，就算是活着良心又岂会安宁。”董老爷子气得手都在发抖，十年前进围城的大夫不只是沈烟冉，还有董老爷子，董老爷子是宫里支援去围城的最后一批御医，沈烟冉当年就是跟着他一道进的围城。

从围城出来后，董老爷子便辞了官，悄声无息地回到了芙蓉城继续为瑞王效力，硬是将当年的事情瞒在心里，未对旁人提过，也未对沈家人提起过。他深知那谣言一旦流出，江家姐弟二人将会面临什么局面。

当年沈烟冉的药熬出来后，他曾苦口婆心地告诉患者，那药管用，会救他们的命，可最后却挡不住一个荒谬的谣言。若百姓能理智，能讲理，十年前就不会发生那桩惨事。

“你速速去寻沈大爷来，务必护住江姑娘。”

董凌脸色惨白，摇了摇头：“来不及了，王府外面全是百姓，哪里还出得去。”

瑞王就算要镇压，也不能将刀往百姓身上砍，更何况那里头多数都是孩童。就算自己活不下来，都想为了自己的孩子谋求一条生路，不怕死的便大有人在。

董老爷子脚步几个趔趄被董凌扶稳后，却是弯腰拾起了地上的火钳，紧紧地抓着董凌的手说道："走吧，咱去护着，十年前我侥幸活了下来，这些年也算是活够本了。今儿就是拼上了这条老命，也得替那苦命的丫头护住她那姑娘。"

出事的前一日，他还曾见那丫头在灯火下纳鞋底，那大小一看便知是给她那俩孩子的。

江沼走后素云一直守着那道门，茶壶里的茶煮开了又凉，凉了又煮。

最先进来院子里的是一位粗使婆子，送了些厨房的糕点，交给素云时，朝着里屋望了望："江姑娘可起来了？这东西趁热了吃才好。"

素云曾听江沼说过人心最难测，如今便也明白了。

"小姐身子还未好利索，多睡一会儿，你先搁在这儿，待会儿小姐起来了，我再拿去热。"素云将人送了出去又关了门。

如此来了三拨人后，江嫣便到了。素云一把将江嫣拉了进来，关了门后终是没忍住落了泪："大小姐可算来了。"

之后两人便一道守着门，素云给江嫣添了一杯茶，手抖得厉害，茶水洒了一半。江嫣则咬着牙死盯着那扇门。

沈霜过去时，门已经被江嫣和素云从里锁得死死的。院前跪了几个丫鬟婆子："可怜我儿才三岁啊，求求江姑娘救救他吧，江姑娘的救命之恩，这辈子就算要我当牛做马我也愿意。"

沈霜一时双眼血红，冲上去就同几人扭打成一团："食人血的东西，你以为就能活得长。"

院子里不断有人进来，沈霜的身子挡在门前，死活不挪开。屋内的江嫣和素云听到一阵阵的撕扯声，哭着叫了几声沈霜，却听沈霜在外咬牙说了声："顶死了！"

董老爷子和董凌赶过去后，人还未进到里面，便在院门口同一拨人缠上了。

沈霜仰起头来，望了一眼天上的飞雪，一滴泪从眼眶里落下，嘴角却缓缓地咧开了。她这辈子想要富贵、贪图荣华，想出人头地，想风光地活出个模样来，可到底是没那个命。此时再回过头去瞧瞧，似乎这般脚踏实地地活过一回，也没她想象的那么差。

阴霾的天色越来越黑时，沈霜听到有人唤了她一声，同适才在帐子里，她听到的那声"沈姑娘"一样。

狭隘的空间里突然又生出了一片光亮来。沈霜吃力地睁开眼睛，朦胧之中看着秦将军将她抱了起来，又隐约听到了四周惊恐的嘶吼声，那声音久久都未散开。

"太子疯魔了，太子杀人了！"

陈温昨日从江沼屋里出来后去了沈家，找了沈老夫人，沈老夫人却一日未醒，今儿一早刚醒过来，陈温便赶了过去。

沈老夫人吃了一帖药，坐在火堆前，见太子进来愣怔了一瞬，正欲起身行礼，陈温忙扶了一把："老夫人免礼。"

陈温双眼泛着微微血丝，待落座后，沈老夫人才在其脸上瞧出了几分憔悴："殿下今儿过来，不知有何吩咐？"

屋里的炉上正搁着老夫人的药罐子，咕噜咕噜正冒着青烟，一股浓烈的药味扑鼻。陈温也没有拐弯抹角，喉结轻轻滚动了一下说道："老夫人可有法子？"

沈老夫人当他是问的瘟疫："回殿下，我沈家世代行医，定会尽力而为。"

陈温却未答，手掌扣在膝盖上轻轻捏了捏又说道："孤会送她出城。"

屋子里就沈老夫人和陈温两人，一安静下来只余了那药罐子的咕噜声。

沈老夫人一时也没弄清其中的曲折，半晌才说道："殿下能如此，我沈家必是感激不尽，也是那丫头的福分。"

“前夜她发了热。”

陈温声音有些嘶哑，虽不敢去想，却不能不想，他必须想办法，保证她平安无事。

沈老夫人瞧出了陈温眼里的慌乱，心头的讶异更甚，也不知为何突然就想起了她那位从来未认可的女婿，最后到底也是跟着四姑娘去了。

她算是彻底看不清了。都这个节骨眼儿上了，沈老夫人便没瞒着他：“当年她母亲临走时给了她一颗丹药，只要殿下能将她护送出城，那丫头便能逃过这一劫。”沈老夫人顿了顿又问他，“殿下可想清楚了，这场瘟疫如何，芙蓉城的百姓能不能熬过去，怕也只有她才有法子，殿下当真愿意放她走吗？”

宁庭安既然已经告诉了他那张药单子，他必也想到了这处。

陈温紧绷的身体顿时松懈了下来，转过头看着沈老夫人，温声说道：“十年前，世人已欠了沈家，孤断不会容许再欠一回，况且她是孤未来的太子妃，又有何人能及。”

这话不似是太子该有的言论，沈老夫人心头却蓦地一酸，见陈温起身要离开，张了张嘴，终是说了一句：“殿下也走吧，带着那丫头一块儿走。丫头自来命苦，若有殿下护住她，我这老婆子也算是没有了遗憾。”

陈温顿步，对沈老夫人点了点头：“好，老夫人多保重。”陈温向沈老夫人告辞，往门口走去。

两人在屋里说话时，嬷嬷一直守在屋外，待陈温出来时，便瞧见了宁夫人。

瘟疫一起，宁夫人便没有一刻过得安稳。除了日日絮叨宁庭安，王府她又进不去，熬了几日终是熬不住，才拖了一身的病来了沈家，打算找沈老夫人。

宁夫人立在庭阶下，一身墨绿绣暗花的大氅，头上别了一根玉钗，嬷嬷扶着她的胳膊。陈温推开房门走出来，本就个儿高，宁夫人又站在几层台阶之下，头上的那根碧绿簪子一眼就能瞧见。

陈温心口猛地一跳，立在那儿没动。

宁夫人见到他，连忙吃力地屈膝行礼。陈温却什么都没听到，只走到宁夫人跟前，双目呆呆地盯着她头上的簪子，艰难地问："夫人这支簪子是何由来？"

宁夫人愣住，没料到太子会问这簪子，虽诧异，到底还是说了："这簪子是臣妇出嫁时，母亲送给臣妇的嫁妆。"

陈温的心渐渐地开始下沉，不死心地又问了一句："江二夫人可也有？"

"有。"宁夫人回答，"沈家的几个姑娘出嫁都有。"

宁夫人说完，半晌没见陈温反应，也没见他离开，心头便打起了鼓，这才微微抬头去瞧了一眼陈温，只见其脸色煞白，眸色沉郁得可怕，似遭了何种大灾大难，神色悲凉到了极致。

宁夫人一时被陈温的神色唬住，忙地垂下头退后了两步，便见陈温从庭阶上下来，一脚踩空，整个身子一歪，宁夫人吓得急呼了一声"殿下！"陈温却充耳不闻，脚踩在地上，虚浮得很。周顺从那廊下跑了过来，唤了他两声，陈温依旧没有反应，两只脚木木地往前迈。

狂风吹过来，将他的衣袍吹得扑扑直响，冰凉的雪花落在脸上，陈温有些喘不过气来。

他应当记得的，可他却是忘了。

那年他跟着母后去江家，想去瞧瞧他那位未来的太子妃到底是何模样。江老夫人说不巧那丫头跟着江家大爷去了集市，母后便让他自己出去寻。

那是他第一次见她，一头的发丝被人揪得凌乱，脸上全是泥土，小小的人儿咬着唇却未掉一滴眼泪。

他问周顺："那姑娘是谁，怎如此可怜？"

周顺说："正是殿下的太子妃，江沼江姑娘。"

他神色微震，翻身从那马背上下来，替她从一群孩童手里夺回了簪子。

她蹲在地上抬头问他："你是谁？"

他也蹲了下来，告诉她："你未来的夫君。"

她歪着头问："夫君是什么？"

他想了想，想起了父皇和母后，便对她说道："就是以后会同你住在一起的人。"

她睁大了眼睛，里头露出了几丝欣喜，随后眼睛弯弯，好像一道月牙儿："那以后，我就不用一个人睡觉了？"

他笑了笑："嗯。"之后他将那根碧绿色的簪子插在了她头上，说道，"别怕，旁人若是欺负你，你只需狠一回，给对方致命一招，下回他必不敢再欺负你。"

可他那日做了什么，又说了什么？

他说："再贵重，能让你动手打人？"

他说："既如此，这婚约可不作数。"

陈温迎着风，胸口一阵阵地被撕裂。

那年她来找他，却不敢说名字，被人拦下，站在东宫门前一个时辰。后来他出来，见她头顶上落了满头的雪花便问她："你怎不让人通报？"

她弯起了熟悉的月牙儿："我怕夫君不记得我。"

门口的侍卫憋着笑，周顺实在没忍住"扑哧"一声笑出了声，他脸上也生了几丝窘迫，纠正了她："你不能叫我夫君。"

她仰头问："那我该叫什么？"

他随口回答："叫哥哥吧，我比你大。"

又过了几朝岁月，有一日她问他："哥哥何时才能娶我？我想叫哥哥'夫君'。"

他盯着案上的治国之道头也没回："不急，等你长大了再说。"

她默了一阵，轻轻地说道："那哥哥会一直保护我吗？"

他应了一声："嗯，会。"之后见她半天没有动静，转过头才瞧见她枕着手臂睡着了。

后来他去见母后，见母后在江将军和江夫人的灵牌前上香，才知那日是她父母的祭日。

之后她渐渐地长大，懂事了便再也没问他那些问题，也不知从何时起，也改了称呼，不再唤他哥哥，而是唤他为殿下。

及笄后，她又出现在他的身旁，他才发现她已经出落成大姑娘了，而自己也越发深沉内敛。两人再无当年的天真烂漫，她也再也没有问他：“哥哥何时娶我？”

岁月流过，这些终究是被他遗忘了去。他慢慢地变冷漠，她慢慢地适应，到了最后，她便再也不存奢望，心头曾经对他的那份期望也渐渐地淡了下去。

他曾替他护住了那支簪子，后来又亲手毁了它；他亲口说了他是她夫君，却又说那一场婚约不作数；他亲口答应，他会护着她，可他从未给过她一日的保护，有的只是种种伤害。

天色灰蒙蒙的，陈温所望之处，皆是一片混沌，但眼前那张带着期盼的小脸，还有那双仰慕的眼睛，却清晰地浮现了出来。陈温似乎又闻到了那股淡淡的清香，那味道伴了他十载岁月，早刻入了脑海。同她那个人一样，早就刻在了心底，不想则已，一想便不可收拾，思潮越是汹涌，那痛便越是深切。

陈温朝着马车走去，面色一度如白蜡。周顺悬着一颗心跟在他身后，劝道：“殿下，总会有法子的，皇上和娘娘已经派人来芙蓉城，江姑娘和殿下，都会无事。”

周顺这话劝得太早，话音刚落严青骑马归来，一时也没注意到陈温的脸色，拱手禀报道：“殿下，城外百姓断了官道，几条路均被挖毁，朝廷派来的人手和赈灾物资均被阻拦在了门外。”

周顺当场就白了脸，随后听得陈温说道：“即刻抢修路段，造次者，杀无赦。”那声音落在风雪里，染了风雪的寒凉，虽轻，可周顺却是头一回在其中听出了杀意。

然而，这不过才是一个开端。

陈温的马车还未走出沈家门前的那条巷子口，便陆续见到有百姓堵到沈家门前。周顺叫停了马车，听明白了百姓说的那些话后，险些就栽倒在泥水里。

“这瘟疫只有江姑娘的血能医，求求让我见见沈老夫人，见见江姑娘吧……”

严青上前，抓住人问：“这等荒谬之言，从何而来？”

那人跪在地上，也说不出个所以然来，只是坚信了那谣言：“当年那七千人便是沈四娘子的血救了回来，如今我只要一滴，我就只要一滴血，一滴血就够了……”

严青无力地回过头，却见陈温放下了车帘。半晌从那帘子内传出来了轻轻一声：“处理干净。”

那是陈温头一回对手无寸铁的百姓起了杀意，闷闷沉沉的几道惨叫声落入耳畔，却未在他心上生出半点儿涟漪。

墨黑色的眸子里依旧含着风雪，凉得让人打战。

陈温幼时也曾就地正法过犯事的官员，后来皇上将他叫进了御书房跪了一个晌午：“国有法制，该当何罪自有审判。今日太子无视法纪，不提不审，擅自要了人性命，在朝的官员当如何作想？你打了遵守法纪的官员一记响亮的耳光，让他们失了约束旁人的理由，你给无视法纪的臣子做了一个典范，今后必会拿你的事例，来图谋自己的私心。你可知上斜下难正，众枉不可矫的道理？”

那之后陈温便再也未曾随意要过人性命。

长大后的陈温越发内敛，年幼时曾经顽劣的脾性似乎被抹杀得干干净净。二十年来，在百姓眼里，他公平公正，爱民如子，是一位开明的储君。

今日周顺却见到了他的失常。

江家世子的事情出来时，陈温还曾几番犹豫查了好几日的法律文书，替自己找了个由头出来，可今日这番行为，周顺却没从他脸上看出半点儿犹豫，那眸子里燃起的怒火，是当真起了杀心。周顺心头隐隐开始不安。

严青回来立在马车外，鲜血顺着刀口滴在泥水里，血腥味弥漫在飞雪之中。陈温亦没有半点儿动容："去找宁庭安，将江姑娘接出王府。"

严青转身离去。

周顺躬身候在原地，静静地等着陈温的吩咐。片刻，那轻飘飘的声音再次从帘子内传了出来："查查谣言从何而来，凡有造谣者，就地正法。"此时刚过辰时，天色阴霾，飞雪越发猛烈，周顺忍不住打了个寒战，拱手说道："是。"

周顺心里早就有数，这传谣之人怕是杀不完了，周顺竟是生平头一回不敢去猜事情的结局。

飞雪落在青石板上，车轱辘一碾过成了泥水，一路淅淅沥沥。马车驶出沈家小巷，转过几条街，进入了王府的那条路。呜咽的风雪声突然被巷口的一阵人潮声淹没，铺天盖地的哭喊声传来，声音震人心肺。嘈杂的人潮声中，听得最清楚的便是那声"交出江姑娘！"

"殿下，王府门前全是百姓。"侍卫前来禀报。

周顺脸色苍白，心突突直跳，太平了这些年，从未见过这般大的动静，他站在人群外提高了声音斥道："尔等竟胆敢造次！"以往在东宫时，周顺的声音哪怕是提高三分，都会让底下的人抖上一抖，此刻那嗓门儿吼破，眼前的人却无动于衷。

周顺只得同侍卫强行拨开前头的百姓。陈温从那马车上下来，金色祥云纹的墨色筒靴从人群中一步一步地往前，那唇角渐渐地沉下，面色沉郁，眸子里的厉光刺人。然百姓却只瞧见了他衣袍上的四龙纹，那龙纹不仅有威慑力，还能给人一种心安，是百姓想要握住的最后一根救命稻草，亦是所有人的希望。

“殿下救救我们吧……”

“让江姑娘救救我们吧……”

“救救我母亲，救救我孩儿……”

陈温由着众人对他跪拜，天色的阴霾在他脸上笼罩出了一层阴影。从沈家出来后，心头的悔意几近将他整个人吞噬，此时从人群中走过，耳边的每一道声音，无一不在摧毁他的理智。狂风从他身上掠过，飞雪凉凉地扑在他的脸上。一瞬间，周遭的声音渐渐地远去，脑子里那股熟悉的清淡药香味再次扑鼻。陈温仿佛又听到了那句：“哥哥会保护我吗？”他答：“嗯，会。”

陈温咬紧了牙，脸颊紧绷，眉心一阵阵地猛跳，眼中终是一片混浊。他已如此悔恨往日待她的种种，又岂能容得旁人伤她一分一毫。

小三子立在庭阶上正咬牙切齿地同门前的人对峙：“尔等胆敢上王府造次，其罪当诛。”

跪在王府门前的百姓许是被身后的众人壮了胆子，抬起头愤然地说道：“十年前江二夫人英勇牺牲救了世人，保下了七千人。今儿我等也不为自个儿求，只愿江姑娘能给我后辈留一条生路。常言道，救人一命胜造七级浮屠，江姑娘又怎能见死不救？”

小三子自以为是个流氓，可此时竟也甘拜下风，骂了一声：“无耻。”刚想一脚踹过去，抬头便看到了陈温，心头顿时一松，“殿下可算是回来了，王爷正着急寻殿下呢。”

陈温并没有进门，抽了小三子手里的长剑，立在适才那说话的百姓跟前。那人头磕在地上，盯着那双黑色的脚尖，虽有些犯怵，但太子的名声告诉他，他不会将他怎么样：“殿下，救救我芙蓉城的百姓吧，江姑娘……”

说话声被陈温平静地打断：“传谣言者，杀无赦。”

陈温手里的剑从那人的后脖子而下，穿了个透，鲜血咕噜咕噜地直冒。那人紧紧地捂住脖子睁大了眼睛，人群中霎时一阵惊恐的尖叫。陈温冷冷地抽回了长剑。

他终究只是一个俗人，做不到普度众生，他也有想要保护的人。既然都想活着，那便各凭自己的本事。

“杀。”陈温回头对侍卫吩咐了一句。王府门前顿时血溅三尺，陈温的人马从王府门口一路杀过去，所过之处，皆是一片血路。人们从震惊中清醒过来，恐惧的尖叫声不绝于耳。

“太子杀人了，太子疯魔了……”

瑞王猛地一个起身，连带着凳子几个翻滚。他急急忙忙地冲出去，便见陈温提着剑，一身是血地踏了进来，那双眸中的凉意瘆人，里头的坚决容不得半分抗拒。陈温对瑞王说道：“准备弓箭手。”

宁庭安曾对他说，当年的江将军也疯魔过，是在江夫人被逼死之后。他也曾问过江家世子悔不悔，江言恒说当时未曾想过后悔。

从懂事以来，太子便是所有人的楷模，是天下苍生的希望，条条框框将他约束住。他为了这个国家而活，为了百姓而活，为了陈国的千秋大业而活。他行走的每一步皆是小心翼翼，太子的身份提醒着他时刻要保持理智，保证公允，要爱国爱民。

他也这般照做了二十余载，为了这个国家，为了世人，全身心投进了如何治国之中。他一直以为他的抱负是天下苍生，他便将她排在了最末。然而今日，他只想护着她，哪怕与苍生为敌。

“殿下……”

“皇兄……”

周顺和瑞王同时出声。

上千的百姓，其中有不少被大人拉过来的孩童。弓箭一出，他太子的名声便将一去不回。他若能活着出去，一个滥杀百姓的罪名扣下来，必会受到言官的谴责；若不能活着出来，终将会在史册上留下一笔。

陈温却从瑞王身边直接走过，亲自指挥府兵：“上弓箭。”

小三子从未见过陈温杀人，适才那一剑让他半晌都未回过神来，如今再听见这话，终于明白为何王爷独独就怕太子。

太子疯起来比瑞王还可怕。

密密麻麻的箭头如雨点落入人群之中，惨叫声响破了天际，狂风卷着雪花，落地皆化成了血水。

“太子疯魔了……”

可没有人能逃出去，一千多人，陈温一个都未放过。

参政这些年，陈温从未想过有朝一日，他会用手中的权势，以对抗敌国的手段来对付百姓。他只知道他想护住那个人，没人有资格从她身上夺走一分一毫。

宁庭安去了一趟沈家，匆匆地赶回来时见到的便是尸横遍野、血流成河。宁庭安看着陈温满身是血地从一堆尸骸中走过来。他身子僵硬，脚步挪不开半步，雪花落下贴在陈温的脸上沾了鲜血，瞬间化成了一道道血红的雪水从那张阴云密布的脸上流下来，仿佛从地狱而来，让人闻风丧胆。

宁庭安仿佛看到了十年前的那场屠杀。父亲说那日的雪花落地即化，今日这场雪亦如是。血水从王府门口蔓延到巷口之外，血腥味弥漫在空中，久久散不开。

“殿下。”宁庭安唤了他一声。

陈温在他跟前停下了脚步，将手里的剑交给了身后的周顺，又从宁庭安手里接过了缰绳，翻身上马。那马匹在原地好一阵打转，才缓缓地朝前而去。

宁庭安赶紧跟在他身后，说了声：“江姑娘在老屋。”

风声簌簌，迎面刮来，灌进了两个袖筒，凉意蹿上来，陈温那双混浊的眼睛才渐渐地平静了下来。一路疾驰到了沈家老屋门前，陈温翻身下马，却在门前的庭阶上止步不前。

“打盆水出来。”陈温对宁庭安说道。

陈温在那庭阶前平静地脱掉了被鲜血浸透的大氅，洗了一把脸，将身上的血迹抹得干干净净，才跨进了门。

老屋里那排梨树积雪融化，光秃秃的几根枝丫。陈温从那长廊上缓缓走过，院子很清净，陈温的脚步不自觉地放轻了些。

江沼正坐在沈烟冉曾经住过的那间屋子里，埋头整理一堆药单。一股冷风突地从门口吹进来，撩起了江沼肩头的几缕发丝，也掀起了桌子上的几页纸。江沼抬起头，便见陈温站在门口对她微微扬了扬唇角，随即弯身拾起那些纸张，抖了抖上面的灰尘，重新放在了她手边。

“怎的不关门？”陈温轻轻地问她，抬手拿了个墨砚压在纸上，又转身去替她关好了门，回头见江沼正要起身行礼，便温声说道，“你忙你的。”

屋子里的陈设是宁庭安提前布置好了的，就似是知道江沼早晚有一日会来到这个地方，连炭火都备好了，此时就搁在江沼的脚边。

江沼重新落座，倒也当真自顾自地忙了起来。

陈温并没有离开，而是安静地坐在了江沼身边的凳子上。半晌，江沼抬头望了过来，陈温问她：“有什么要我帮忙吗？”

江沼没说话，眸子落在他身上，如往日那般没有半点儿温度。陈温便知她是想赶自己走，他张了张嘴轻轻地说道：“让我再坐一会儿，保证不会扰你。”声音低哑，透着疲惫。

江沼眸子里闪过讶异，便也收回了视线，由着他去。

陈温这一坐就是几个时辰，就跟屋子里没他这个人一般，安安静静地坐在那儿，目光在江沼和屋里那百格纸窗之间来回穿梭。天色一点儿一点儿地暗下来，他自始至终未弄出半点儿声响。

往日在东宫，陈温处理起奏折来，也一坐就是几个时辰，脊背都没半点儿弯曲，对他来说，静坐倒也不难。

三舅舅曾问过他：“也不知咱英明神武的太子爷将来会栽到谁的手上？”

文乐公主曾经对他讲过的一段话本子——善恶皆在一念之间，能为了一个人甘愿坠入地狱，那便是爱了。

那时陈温摇了摇头，笑话她定是没少去打扰姑姑和舅舅，话本子听太多。如今却都灵验在了他身上。

屋子里的光线暗了下来，江沼终是落了笔，抬起头瞧见陈温还端坐在那里，双手撑着膝盖，脊梁绷得笔直，不免愣了愣。素云不在身边，江沼起身去点灯，油灯的光亮晕开在屋里，陈温又才回过头来看着她，在她开口之前先说道："我在这里歇几日。"

江沼的目光在他的脸上顿了顿，脸上的疲惫比午后那会儿更加明显。她抿了抿唇没说不好，也没说好。这番僵持了片刻，安静的屋子里突然响起了"咕噜"声，很是清晰。

江沼抬头，却见陈温转过脸，手指触了触鼻尖又放下，难得露出了几分窘迫。

江沼怔住，立在那儿半晌才问："今儿只来了殿下一人？"

陈温看着她轻声答："嗯。"

沈家老屋的老管家已被宁庭安打发走，这会儿院子里除了暗卫，也就只有陈温和江沼。江沼没问他为何而来，知道就他如今这番架势，定是铁了心地不会走。

大半日未进食，江沼也饿了，便从屋子里出来，到了前院的厨房打算生火熬粥。曾经替陈温做过无数回药膳，江沼早练就了一手好厨艺。

江沼低头在灶孔里生完火，一抬头就见陈温不知何时也跟了进来，挺直的身板，个头儿又高，往那灶前一站，顿时显得这屋子矮了几分。

江沼起身说："殿下若是饿了，可回王府。"

陈温脱口而答："不饿。"

江沼也没再看他，清清淡淡的小半锅粥煮好，江沼到底还是多盛了一碗，端到了陈温的手上。

陈温接了过来，唇角缓缓地上扬，双目定在她的脸上，轻声说道："谢谢沼儿。"

江沼没应，转过身端了自个儿的碗，径自坐在了厨房内的小木桌前。陈温也跟了过去。一张四方小桌，并不算大，江沼和陈温面对面坐着，抬头便能看到对方。江沼将身子往后挪了挪，陈温便也收回了视线，不再紧盯着她，伸手拿起了碗边的勺子，一时竟没能握住，一只手不住地打战，叮叮当当的几声响。江沼抬眸望了过来，陈温及时地将手收了回去，冲着她笑了笑说道："有些烫，凉会儿。"

江沼并不想多待，开口撵人："时候不早了，殿下早些歇息吧。"

陈温没动，目光柔和地看着她："我看着你吃完再走。"

江沼却端着碗起了身："殿下慢用，臣女先告退。"

陈温听到了身后的声关门声，坐在那儿半晌没动。门外的风吹进来，灶孔里的火星子忽暗忽明，像极了深夜里的几簇繁星，陈温再次握住了勺子。

白日里那番刀起刀落，也没见他的手打过战，此时却抖得厉害，清脆的响声落在寂静的屋子里。陈温紧紧地攥住那只瓷勺，一勺一勺地将那白粥送入口，可粥却堵在了喉咙，每咽一口，便如同被刀子割过一回，疼痛顺着那粥从喉间一直蔓延到了心口。

冰凉的泪珠从泛红的眼眶里落下来，直到碗里见了底，陈温终于松开了那瓷勺。二十年来皇家的礼仪告诉他，就算天崩地裂，脊梁依旧要挺拔笔直。

宁庭安到府上寻了一圈，才在厨房里寻到了陈温。宁庭安立在陈温身后鞠躬行礼，轻轻地说道："殿下，平息了。"

无人再敢要江姑娘的命，也无人再敢出现在王府。皆因所有人知道太子殿下已经疯魔。

今日的这一场屠杀，短短几个时辰，陈温便从万民敬仰的太子殿下成了众人谈之色变的地狱魔鬼。

陈温没回应，宁庭安又说："皇后已从江陵出发，亲自前来支援，芙蓉城通往城外的几条官道已在抢修，不出三日便会完工。"

陈温回道：“好。”

宁庭安说完并没有离开，陪着陈温站了一会儿，又徐徐对陈温说道：“陈国开国皇帝，曾为了巩固政权，杀尽了前朝皇室，一个活口未留；二十年前，前朝余孽煽动百姓起义，皇上派卫将军前去武力镇压，也曾死伤无数。百年间，陈国哪个皇帝又不是双手沾满了鲜血，才保住了政权。殿下今日所为，臣以为并未违背哪条法纪，右手画圆，左手画方，不能两成，若是不能以德服人，便以权势服人，也能控制天下。今日殿下的手段虽残酷，却起了效果。”

陈温这才回过头，盯着宁庭安：“师爷心怀大志，区区芙蓉城倒是委屈了你。”

宁庭安瞧清他的神色后，心猛地一沉，还欲再开口，却见陈温从腰间取出了一枚令牌，交到了他手里：“好好效忠瑞王，他定不会亏待了你。”

宁庭安没接，陈温起身将令牌搁在了桌上：“让孤再陪她最后几日。”

宁庭安身子僵住，陈温从他身旁走过。门再次被打开，风拂进来，灶孔里的火星子已化成了灰烬，不见半点儿光亮。

夜里的飞雪更是肆虐，陈温出去后望了一眼西屋亮着的灯火，久久立在那长廊上。

“放心，我答应过你，会护着你。”

Best Time

白马时光

春迟归

全2册【下】

起跃 著

江苏凤凰文艺出版社
JIANGSU PHOENIX LITERATURE AND ART PUBLISHING

目录

第七章 还你自由

周顺听宁庭安说太子要住进老屋，早让人收拾了一堆的换洗衣物送过来，却没想到被拦在了外头。一直等到了天黑，宁庭安走后，周顺才被放了进来，进来又寻了一圈，最后在那廊下寻着了人。

“殿下先换身衣裳吧。”周顺瞧见他已褪了白日里的那件鸦色大氅，里头的一身衣裳是藏青色的，血浸在上头倒也瞧不出来。

陈温到底还是随着周顺回了房。

陈温住的是江沼对面的那间屋子，事先谁也没有料到这场变故，更没料到殿下会住进这儿，屋里没有地龙，也没有炭火。房门打开，冷浸浸的气息扑面而来，周顺忍不住打了个寒战，赶紧去灶屋里烧了一盆银骨炭回来。

进屋时，便见陈温拳头搁在唇角，咳了几声。

“天气凉，殿下当心身子。”周顺赶紧将火盆移到他身旁，换洗的衣裳搁在了里屋，又去烧了热水，一直忙到半夜，才伺候陈温歇下。

后半夜里周顺又听得了几道咳嗽声，一时也不敢睡死了，就在那屋里的榻上打了一夜瞌睡。

白天那场屠杀，周顺心里一直煎熬着，在看到陈温亲手拿剑刺进百姓喉咙的那一刻，周顺便知，殿下终究是没能跨过这道坎儿。

那江姑娘就是他的命，谁又能动？

只是周顺不知，这跟头栽下去，殿下还能不能起得来。

周顺伺候了陈温十余载，不只是了解陈温的脾性，也见证过他曾经所做的每一件事。十几年的时间都花费在了如何治国、如何为百姓谋福之上，这里头又岂止是身不由己，若没有自个儿的心思抱负，又怎能坚持这些年。

周顺心头隐隐不安，一直到天快亮时才睡了一阵，待天色一亮陈温又将他赶了出去："这几日都不用过来伺候。"

江沼昨儿歇得晚，早上多睡了一会儿，起来时已是辰时末，便觉腹里一阵空，才想起昨儿一日几乎就喝了夜里的那碗粥。

江沼起身又去了厨房，老管家走的时候厨房里的东西都备齐了，后来宁庭安又补了些，东西倒是齐全，就是得自个儿动手。

外头是什么形势她不知，也没问，但她知道昨日那般离开王府，表哥并未让素云跟来，便是将她藏在了这里。

为何而藏，江沼心里有数，但没有工夫去想。

今日外头倒不似昨日那般狂风暴雪，虽也飘着雪花，好在风小了不少。江沼披了件梅红斗篷，上了长廊，轻轻地推开了厨房的木门，却见里头冒出了一股青烟，忙走近两步，才见到了灶台后的陈温。

四目相对，陈温从江沼的错愕中直起了身子，从容地抖了抖身上的木柴渣："行军打仗时我倒也生过火，却与这不同，是两门技巧。"

江沼没想到他当真住了下来，愣了片刻，才反应过来，对着他福了福身。她不知他这般又为何，也不想知道，正欲转身离去，陈温问她："沼儿能帮我生火吗？"

江沼又生生地顿住了脚步，默了几息，便伸手解了那斗篷，正要找个地儿挂起来，身旁一只手伸过来及时地接了过去："我替你拿着。"

江沼抬头，陈温眸子里的那抹墨色浓烈得化不开来，似是要将她融进去一般。江沼避开目光，没再同他拧下去，径自走到了灶边蹲下生火。

陈温紧跟上，如昨夜那般立在了灶前，视线落在她身上，唇角轻扬。

那张脸似乎能让人上瘾，看的越久，越是移不开。江沼的发丝算不上乌黑，稍微带了些栗色，却丝丝细柔，在光线底下泛着浅浅光晕。素云不在，江沼自个儿绾的发，有几缕发丝落在她如白玉般的脸庞上，却比平日多了几分慵懒妩媚，少了些冰冷。即便那张脸依旧没有笑容，陈温却很满足。

灶前的火光渐渐明亮，屋子里多了些暖意，江沼起身脚步没来得及挪动，那木头锅盖里头突然一阵动静。江沼愣了愣，虽不太想去管那里头到底放了什么，但感觉不是太好。

太子生来高贵，又岂会做这些粗活儿。

屋子里就这么一口锅，江沼不想它就此废了，犹豫了一瞬还是问了出来："殿下，这锅里放的是何物？"

这大抵是从退婚之后，江沼头一回主动同陈温说话。陈温心头蓦地一酸，喉咙像是被堵塞住，一时没能发出声音来。

"鱼。"陈温似是有些为难，喉结滚动了一下，轻轻地说道，"院子后面有条水沟。"

江沼眉心跳了跳，便揭开了锅盖，确实是鱼——活蹦乱跳的鱼。

"殿下不该来这里。"江沼将锅盖放在一边，正欲再开口，目光却瞟见了陈温的筒靴，若不是地上的一摊水渍，很难看出那双筒靴已经被浸透了，江沼转过目光，"煮鱼不是这般煮的，得开膛破肚。殿下想吃鱼，吩咐一声周总管便是。"

江沼不再去看他，走到他跟前，伸手去拿他手里的斗篷。陈温却躲开了，没给她。江沼愣住，冷不丁地撞进了陈温的眸子里，那里头如燃了一簇火，一股灼热扑面而来，让她生了烦躁，便也罢了，她弃了那斗篷转过身就往门口而去。

陈温却在身后唤住了她："沼儿教我，我来做可好？"

江沼脚步未停，身后陈温又说道："再陪我两日，两日后我放你自由。"那声音带着沙哑，很认真。

江沼终是在那门口止了步。

陈温笑了笑，疲惫的脸上透着无奈和凄凉，如今能留住她的，也只剩下了放手。

江沼见过沈烟冉亲手煮鱼，父亲曾说母亲胆子小，不敢一个人走夜路，怕杀生，见到只小虫子都能吓得花容失色，江沼却不以为然。

沈烟冉杀鱼时，眼睛都没眨一下，活生生的蜈蚣抓在手里，也没见她变过脸色。

江沼本要自己动手，陈温将她轻轻拉开："你站远些，说给我听就好。"

江沼便站在和他隔了五步远的地方。

滚滚炊烟从那灶台里冒出来，连着那水雾一块儿飘散开来。两人相识了十年，终于决定放手了，才静下了心来相处了一回，没有杂念，只想好好地熬一锅汤。

两人再次坐在了那张木桌上，两碗鱼汤搁在面前，谁也没说话。江沼埋着头用勺子轻轻地搅动汤水，陈温的目光放肆地落在她身上，时光若能停在这一刻，也挺好。

江沼起身走之前，对他说了一句："殿下回去换双靴子吧。"

那门"吱呀"一声关上，脚步声渐渐远去，陈温才扬起唇回答道："好。"

江沼回房不久，陈温换了身干净的衣裳又走了进来，替她在火盆里添了些银骨炭。难得见他穿一身月白色。

陈温也没再去问江沼，自己搬了个凳子坐在了昨日的老地方，瞧那架势又要打算陪她静坐。

今日江沼却没坐多久，整理好了桌几上的药单，将一张药单和一张画纸交给了陈温："劳烦殿下将这药单交给舅舅，替我送些药材进来。"身边没别人，江沼便也只能详细地同他说了，"画纸上的草药这个时节难寻，我画了茎叶和须根，劳烦殿下同舅舅交代，派个得力的大夫去一趟雪山，得取了最新鲜的才行。"

沈老夫人曾对陈温说过，这场瘟疫或许只有江沼能治好。但在他眼里，她并非大夫，只不过是一位普通的姑娘，亦没有普度众生的义务，他从未将希望放在她身上，更不会让她去背负重担。她若喜欢，随心便好。陈温接了过来，说："外面风大，就在屋里待着，等我回来。"

江沼没应。陈温也习惯了她的沉默。

同昨日一样，辰时一过，外面便开始刮起了狂风。江沼也没去哪儿，就在西屋门前，将沈烟冉当初用过的灶台收拾了出来。

晌午过后，宁庭安来了院子，将江沼药单上的药材一样不差地送到江沼手上，独独就差了那画纸上的草药。

"人还没回来。"宁庭安解释道，说话时他没往江沼脸上瞧，将药碾提进了屋里，又将药材细细地整理了出来，一样一样地在簸箕里铺开，又说，"我替表妹打下手，表妹尽管吩咐就好。"

宁庭安这会子倒是怀了希望，希望表妹真能将那药制出来，早早结束这场灾难。若再如此下去，后果又有几人能承受，这天下又何以能安定。

天色慢慢暗了下来，可那药材还没送过来，也没见陈温回来。江沼起身去点灯，火折子拿在手上轻轻一吹，星星火光慢慢燃开，灯芯燃起，屋内一层暖光晕开。门口一阵脚步声，江沼回过头，便见陈温立在了门前。

许是那月白衫袍的缘故，将那张脸映得苍白。陈温走到她跟前，笑了笑说道："我回来了。"说完便将手里的草药递到了她手上。江沼感觉有隐隐寒气从他身上传来，正疑惑，陈温却及时地退后了两步，那寒气又消失得无影无踪。

“我去换身衣裳。”陈温退了出去。

从屋里出来，陈温便无力地靠在了廊上的圆柱上，脸色苍白如雪，额头上一层密密的细汗，稍微缓了一阵，才又提起了脚步。

他体会到了那种滋味，一个人行走在空旷无极的雪地之间，举目望去，只见漫天飞扬的雪花，寻不着脚底下的路，仿佛这天地之间，只余了他一人。寒凉与空寂席卷而来，陈温又想起了她说她曾闭上眼睛幻想过无数回，他能突然出现在她身边，说那是她身体里遗留下来的习惯。

从那日起，他脑海里就刻画出了一幅画面，今日他站在茫茫雪地间，那画面便浮现在了眼前——孤单单的一道身影坐在地上，仰起头痴痴地看着前方。

他眼瞧着那双眼睛在等待中，慢慢地失了色彩，从最初的期盼到失望，到绝望，再到最后的释然，那冰凉的脸上再也瞧不见半点儿波澜。

陈温的心脏一阵猛缩，脸色越发苍白。

宁庭安也不知何时从屋里出来，站在了陈温的身后，并未出声，直到瞧见陈温捂住胸口喘着粗气，才轻轻唤了他一声：“殿下。”

陈温回头看着宁庭安，从牙缝里挤出一句：“别惊动他人。”话音一落，身子就直挺挺地往后倒，宁庭安的眼皮子直跳，回头望了一眼身后寂静的灯火，终是咬着牙将他扶回了屋里。

宁庭安听了陈温的话，没去惊动旁人。因他知道惊动了也没有用，昨夜他同陈温谈过之后，今儿一早便来了老屋，却被拦在了屋外。直到陈温后来出来，他一路跟在他身后极力地劝说，不只是将陈国百年之间的历史都告诉了他一遍，还追溯到了之前的几个朝代。

宁庭安无非就是想告诉他，他并没有错，太子之位，他不必让。可跟了一路，到了沈家门前，陈温突然回头对他说了一句话，宁庭安的面庞一时失了颜色，惨白如蜡，喉咙如同被堵上了一般，再也没吭过一声。

陈温上雪山宁庭安也知道，知道拦不住他，便派了沈家铺子里的几位大夫同他一道上了山。夜里回来弄成这番模样，想必在那雪山上没少

受罪。

宁庭安将陈温扶到床上，拉过被褥正欲盖在他身上，突见其胸口处鼓起了一块。宁庭安担心是沾了什么东西，伸手去掏了出来。

一方绢帕，绣了一株兰草，绢帕的边缘绣了一个“诏”字。

宁庭安知道这是太子的字。这是私物，宁庭安正欲放回去，那绢帕的角却突然落了下来，里头的东西露了出来。宁庭安的身子瞬间僵住，一向深沉的眸子，此时竟也有了几丝痛惜和动容。

他将表妹接到宁家的那一日，被太子为难留在了王府，表妹曾送过他一回糕点。形状是油桐花瓣，中间镶嵌了几粒芝麻。他知太子心里还未放下，也知他对自己生了妒，便故意将盘里的糕点留了一块放在了陈温的桌上。

宁庭安能料到他会含泪往下吞，也料到他会气愤地随手扬了去，却没料到他会这般保存至今。

宁庭安的胳膊无力地垂下，过了许久，才深深地吐出了一口气。他将那糕点重新包好，又原封不动地放了回去，对着双目紧闭的陈温轻轻地说道：“十年都能熬过来，最后的这一个坎儿，但愿你们也能挺过来。”

宁庭安走出了房间，去了对面江沼的屋里。

适才见陈温走后，表哥紧跟了出去，倒没想到这一去会这么久。江沼正埋头碾药材，见到宁庭安进来便说：“还得劳烦表哥替我提桶清水过来。”

宁庭安说了声“好”，脚步却没动。

江沼抬头疑惑地看向他，便见宁庭安的脸色暗淡无光，悲凉地对她说道：“表妹去看看他吧。”

手里的那药碾子突然一顿，卡在了槽里，宁庭安的目光也没有半点儿躲避，她当知道他说的是谁。

屋里安静了一阵，江沼缓缓地站了起来，出了门。宁庭安没再跟过去，只看着江沼的背影，走到长廊尽头，又路过从那丛丛梨树之间。在

她推开了那扇门时，宁庭安终于收回了视线，仰目望着夜色，冷风入喉，那堵塞的心口终于顺畅了些，这才转身回屋取了水桶。

陈温将所有人都撵了出去，江沼进屋时，虽也燃着炭火，却感觉这里透着一股子冷清，比她屋里要冷上几分。

陈温和衣躺在床上，宁庭安走之前，并未替他盖上被褥。江沼立在床前，瞧着那张苍白的脸，心头似是被什么东西猛地一扯。以往在东宫时，江沼时常替他把脉，陈温伸出一只胳膊来，神色总是漫不经心的："孤的身子很好。"

江沼瞥开目光，没再去看他，手指搭在他的脉上，倒也没什么意外，陈温确实是染了瘟疫。

突然来了老屋，身边又不留人伺候，江沼便也明白了陈温这两日的失常。她起身往炭火盆里添了几块炭，回头打算替他盖好被子，目光不经意扫过，却瞧见了那衣襟处露出一角的绣帕。

那刺绣江沼很熟悉，愣了半刻，还是伸手轻轻地将那帕子从里头扯了出来。

屋里就一盏灯火放在了陈温的床头，昏黄的光，朦胧地洒在屋子里。那绢帕里头的东西渐渐地映入了江沼的眼帘，五瓣油桐花，花瓣似雪，花蕊如桃，然而上回宁家的食材不够，花蕊的颜色并不明显。

江沼想起那日她同表哥送完点心后，被陈温追上，将她拦在那雪地里。

他说他也未用过膳，说想吃她做的粥，想吃她做的糕点。然她曾经替他做过无数回，也从未得来那日他的一席话，那迟来的悔意，她便也不稀罕。

江沼盯着那点心半晌，又缓缓地看向了陈温，低喃出声："都结束了，殿下这又是何必？"

江沼坐在灯盏下，灯火在她脸上添了几分朦胧。事已至此，时间又怎能再倒回，她都能走出来，他也能。

江沼将那绢帕包好放了回去，为陈温掖好了被角，静静地坐在床边守着。一直到周顺匆匆赶来，江沼才从那圆凳上起身对他说道："周总管有事，唤一声就好。"

宁庭安还在西屋，提了两桶水放在灶台边上，便坐在江沼方才的位置上碾药，见江沼进来，很自然地说道："我去多添几盏灯。"

江沼说："好。"

屋里的灯火燃了一夜。

次日清晨，整个院子弥漫着一股药味。陈温睁开眼，周顺颤抖着声音唤了一声"殿下"，还未等他哭出来，陈温便问："江姑娘呢？"

周顺的心揪着痛："江姑娘在呢。"

如今可不是担心江姑娘的时候，而是殿下这身子万一有个闪失，他该如何同皇上和娘娘交代。周顺见陈温掀了被褥自个儿下了床，忙上前阻拦，忍不住叨叨了几句。陈温回头盯着他，说："你还是去外头候着好。"

周顺吓得跪在了陈温面前，立马噤了声。在外头这两个日夜，他是彻底地怕了，若殿下再将他赶出去，他这东宫的总管也就不用再当了。

陈温没理会周顺，披了件大氅，打开了门，风雪迎面扑来。

西屋那头，宁庭安正守着火，江沼则去了院子后的小河沟边筛药渣子，宁庭安不懂这个，只能由着她去。

风雪肆虐着，江沼坐在河中间的石头上，河沟里的水很浅，潺潺流水从她白皙光洁的脚踝流过，酥酥麻麻，不见凉，反而有一股子暖意拂过。适才她双手入水时，才知这沟里的水竟冬暖夏凉，并不冰冷。

江沼弯着腰轻轻地摇着竹筛子。小河清澈见底，能清楚地瞧见河底下的沙石，有鱼游来，河面的波纹瞬间荡开。江沼突然想起，当初的沈烟冉是不是也这般坐在石头上，也曾这般望着清澈的河面，任由流水拂过脚面。

在沈烟冉决定去围城的那一刻，江沼也恨过她，之后更是刻意避开同她相似的命运，不想成为第二个沈烟冉，不想如她那般落得凄惨的下

场，更不会救世。如今走过一圈才明白，人生若是能选择，若能事先就知道结果，谁又愿意过得凄苦，但谁又是一直凄苦，沈烟冉也曾快活过。

那日记里的水沟记载了她快活的痕迹。

宁庭安曾经对她说，凡事都有两面，有好有坏，心疼叹息的往往是旁人，实则自己也并非如旁人所想象的那般凄苦，或许在沈烟冉死前的那一刻，她早已经释然了。

她不需要任何人同情，也不需要任何人心疼。那是她的人生，自己走完的人生，只有自己知道何为苦，何为甜。

那日江家从皇后手里接回江晖成和沈烟冉的灵牌时，她并非没哭过，也曾躲在屋子里质问过皇后："这东西有何用，谁又能还回我的父母？"

皇后一句未言，只轻轻将她揽入了怀里。

后来她又问皇后，父母亲为什么要抛弃她和江焕，皇后告诉她："她没有抛弃你们，只不过他们不仅是沼姐儿的父母，还是江晖成和沈烟冉。"

江沼那时不明白，如今倒也明白了，就如她不仅是他们的女儿，她还是江沼一样的道理。

娘，我也放下了。

一阵风从远处而来，江沼看着那粼粼波光一寸一寸地席卷过来，一时失了神，待反应过来才发现跟前的竹筛不知何时顺着水流而下，已漂出了好远。江沼提了裙摆，光脚追了两步，那水里的石头硌得她脚底痒。正着急，便见一道人影，连着脚上的筒靴直接踩进了水里，在拐弯处，及时地替她捞起了竹筛。

江沼爱打赤脚的毛病，以往陈温见一回说一回，这回却没有再提，只轻声说道："慢慢过来，小心硌到脚。"

此时雪已经停了，却有冰凉的雨点子稀疏地落下。江沼上岸穿了鞋，那雨点不过瞬间就凶猛地落了下来，砸在草丛里啪嗒啪嗒直响。

江沼正欲跑起来，身子却被一只胳膊拉住，往后一带，跌进了他的

怀里。月白色的大氅从她头顶罩下，带着她熟悉的幽幽清香，将她整个人裹在了里头。

“别动。”陈温的手臂紧紧地扣在她的纤腰之上，生怕她如上回除夕夜那般，从他怀里挣脱出来。江沼的身子僵硬如石，小脸被迫贴在他的胸膛上动弹不得，底下的一双脚几乎是被陈温拖着往前。

粒粒雨点落在大氅上，啪嗒啪嗒的声音很是响亮，江沼听到的却只有那温热的胸膛内传来的“咚咚”心跳声。

短短半里路，江沼走得尤其漫长。

一直等脚步踏上了院子的木阶，到了干爽的屋檐底下，陈温才松开她，揭了她头上的大氅。里面空气稀薄，江沼已经被憋得满脸通红。

江沼忘了礼仪，忘记了同陈温道谢，转身脚步匆匆上了前面的长廊。走了一半，宁庭安手里拿了把油纸伞迎面走来，瞧见江沼时，松了一口气：“还好没淋到雨。”说完见她两手空空便又问她，“筛子呢？”

江沼愣住，又回了头。

陈温从拐角处上来，朝着她缓缓走来，将手里的竹筛递到她面前：“给。”

那一阵雨不小，江沼被陈温的大氅护住也免不得沾了些雨水，更何况陈温顶着雨，淋了一路，这会子雨水正从他发丝间溢出，顺着他的脸庞而下，一身算是湿了个透。

江沼愕然，眼瞧着那额头上的一道雨水就快要滴到他的眼里，忙抽了袖筒里的绢帕，直擦了上去。

廊下安静得只剩下了雨声。

陈温微微弯下了腰，深邃的黑眸紧紧地定在江沼的脸上，里头的炙热终是让江沼反应了过来。手正欲缩回去，却被陈温抓住了手腕，江沼挣扎了两下没挣开，脸色憋得通红。此时周顺从宁庭安的身后匆匆而来：“殿下，娘娘到城外了。”

说完周顺没听见动静，抬起头来才瞧清了状况，脸色一变，忙转过

身，却见宁庭安立在那里，并没半点儿回避，双眸盯着前方，如同失了神。

半晌，江沼脚步匆匆地从两人身旁而过。周顺这才转了身，也不敢去瞧陈温的脸色，跟在他身后到了屋内，赶紧替他备了干爽的衣裳。

“娘娘已经到了城外，王爷没让娘娘进来，如今娘娘在城外扎营，说要见殿下。”周顺一面伺候陈温更衣，一面说起了正事。

陈温没应。

待更完衣，陈温却坐在了火盆边上，并没有打算要出门的意思。周顺心头一急，唤了声：“殿下……”

陈温一眼扫过去，眸子里带了厉色，冷冷地说道：“如今周总管越发会办事了。”

周顺双腿一软，绝望地跪在了地上，也不敢再吱声。当奴才的哪个不为主子藏些私心，瘟疫死了多少人、可怕到什么地步，周顺亲眼见过，他又怎会愿意舍了主子。

“今夜你带着王爷和江姑娘走。”

周顺脸色一白，猛地将头磕在了地上：“奴才宁愿一死，也不会离开殿下。”

半晌，才听到陈温说：“起来吧，将宁师爷带进来。”

绵绵飞雪过后，没有半点儿喘息，一场雨落下来，一日都未停。

在江沼去河边时，宁庭安便用几根竹竿子撑了一块篷布遮住了屋檐下的灶台，本担心外头的飞雪沾到江沼身上，如今正好派上了用场。

江沼回来后一直在那灶前忙碌，晌午时陈温又出现在了她跟前。江沼蹲下守着火，陈温便立在那灶台边上看着她，也没出声打扰她，倒是有几回抢在了江沼前头，替她端了滚烫的药罐子。

江沼避开了他几回，有了先前的教训，她再也不往他脸上瞧。

近黄昏时，陈温瞧着那屋檐下滴落的雨线，突然低声说道：“落雨天确实不差。”

江沼神色微顿，抬起了头。

灰青色的天色，烟云朦胧，陈温月白色衣袍裹身，轻轻地靠在青砖墙上，正侧头望了过来，苍白的脸略显病态，神色柔和如月。

江沼一双眸子定在陈温的脸上，一时失了神，想起了母亲画像里的父亲。

陈温冲她笑了笑，缓缓地走到她身旁温声问她："沼儿饿了没？"

江沼自知失仪，偏过了头，身后的陈温又说："今儿咱不喝鱼汤。"

江沼撤了灶孔里的柴火，刚垂下头便觉有一只手抚上了她披散的发丝。江沼僵着没动，那手掌极轻地从她发丝上滑过，柔声说道："咱们好好用一顿晚膳。"

夜里，西屋的灯火格外的明亮。周顺过来了几趟送酒菜，屋内那张小几被摆得满满当当。江沼捧着药碗进来时，陈温正在往杯里添酒，见到她，微笑着说道："来芙蓉城时，瑞王便对我说，芙蓉城的青梅酒清香还不醉人，今儿天冷，你饮一杯暖暖身子。"

江沼没答，将药碗搁到他跟前："今儿殿下淋了雨，先喝碗汤药。"

陈温迎头看她，江沼的目光却躲开了，脚步轻移，坐在了他对面的蒲团上。曾经陈温打个喷嚏，江沼都会给他弄一碗汤药，陈温起初并不愿意喝，江沼不依，站在他身旁，时不时地小声催促他一声。后来陈温学乖了，汤药一端到跟前便饮个干净，省得她再同他磨下去。

如今回忆起来，那时光很久远，久远到恍如隔世。

陈温声音沙哑地应了声"好"，五指扣住那药碗的边缘，苍白的手背上青筋乍现，仰头将一碗汤药送入口中，苦味瞬间在嘴里蔓延，久久不散。

"谢谢沼儿。"陈温将碗搁在了桌上，喉结滚动了几下，又将桌上的菜每一样都夹了些放进她碗里，看着她说道，"喝了两日鱼汤，倒是瘦了一圈。"

灯盏里的火苗直直而上，周顺适才换了灯芯，灯盏里又添满了油，

光线洒下来，屋子里很亮，对面的人儿如画的眉眼尽入眼底。陈温的黑眸一瞬不瞬地盯着她，仿佛要将她融进眼里。

江沼白嫩的手握着银筷，微微垂目，卷翘的长睫在那脸颊上投下了一道阴影。

屋外的雨滴不断地砸着屋檐，这一处却极安静。过了一阵，陈温终是将身边的酒杯推到了江沼面前，轻声哄着她："尝尝，夜里睡觉也能暖和些。"

江沼的眸色微微一闪，接了过来。

见杯中酒见了底，陈温才对江沼缓缓地说道："记得沼儿以前说过喜欢落雨天，如今我也喜欢听这雨声。"

雨点密密实实地砸下来，一切似乎都能因此而静止一般，落雨声越大，心头越是安稳。

江沼饮了那酒，便再也没动筷子，垂目安安静静地坐在那儿。

陈温倾身将那桌子上的碟盘移开，从怀里掏出了一方绢帕，轻轻地展开，搁在了江沼跟前："这是我问素云要来的，她胆子小，经不起吓，便也给了我，这是芙蓉城最好的工匠补的。"

江沼抬眸瞧了过去，目光触及的瞬间，心猛地跳了跳，是那支被摔碎了的簪子，破碎的处镶了金箔。

陈温的声音很轻很空："这簪子虽修补好了，却已不是原来的模样。古人云破镜难重圆，我不求沼儿能原谅，只想同你说一声抱歉，抱歉这些年让你受了种种委屈。"

陈温顿了顿，喉咙堵得太厉害，猛地吞咽了几回才又继续说道："我还欠沼儿一声谢谢，谢谢这些年你待我的好，谢谢这些年你对我付出的感情。"

屋外的雨势渐渐大了起来，江沼的眼皮子开始沉重，陈温哑声说："我负了你，我悔了。"

江沼闭上了眼，陈温起身走到了对面，坐在她身旁，及时地扶住了

她下滑的身子，喃喃道：“你给了我十年的时间，我却从未意识到你对我有多重要。当你决意放弃时，我方才清醒过来，我不想你离开，不想看到你待旁人好，也不想看到旁人待你好。我想回到从前那样，想回到你的心里只有我的那段时光。后来你拒绝了我，你对我说，那不过是我养成的习惯，过一段日子就能好。我也曾因此怀疑过，也曾问过自己，可胸口因你不在而蹿上来的焦躁不安，还有夜深时浮现在我脑子里身的影，皆告诉了我，只有爱上了一个人，才会成为习惯。那时我便明白，我这一辈子已经习惯了有你，以前是，往后的每一日皆是。”

冰凉的一滴泪珠从那双深不见底的黑眸中落下来，陈温抱着她的手紧了紧：“那日我怀着希望去寻你，我以为寻到了让你决心放手的缘由，我对你说，我想好好同你度过余生，可你抬起头时，我在你的眼睛里却再也寻不到往日的半点儿光亮。我才知感情从不等人，不是我想丢弃时便丢弃，想要时便有。那日在城门口，你在我怀里告诉我，我的出现会给你带来伤痛后，我也曾一度想过一别两宽，各生欢喜。可夜里闭上眼，心口的疼痛却没能骗过自己，我忘不掉你，忘不了那十年间我曾经给你的伤害，更心疼那十年里我冷落你的每一刻。几日前当我知道了那支簪子是你母亲的遗物后，我才终于明白，破镜终是难重圆，那些伤害已深入你骨髓，我又怎能再配对你说那‘爱’字。”

一辆马车停在了院门口，阵阵脚步声从廊下传来。陈温看着她紧闭的眼睛，双手抚上了她的脸颊，双眼血红地说道：“我答应过你会护着你，然而那十年我不但食言了，你所受的种种伤害还皆源于我。最后这一次，就让我履行一回当初的承诺，将你平安地送出芙蓉城，让你好好地活着。”

陈温在她的额头上轻轻印上一吻，缓缓地从袖筒里拿出了那道周顺曾冒着杀头之罪，私自交给他的圣旨。

是皇后给江沼的退婚书。

陈温提起了她的胳膊，将那圣旨轻轻地放进了她的袖中，又紧紧地揽她入怀，说道：“你曾问过我，什么时候娶你，什么时候能唤我一声

夫君，我说等你长大后。后来你长大了，我却再一次食了言。如今你也早已经不再等待，我能为你做的便也不是娶你，而是给你自由。”

陈温埋下头，在她的发丝之间轻轻一嗅，泪水滴在了江沼白皙的额头上，陈温的声音带着隐忍的嘶哑：“好好活着，愿你这一生从此顺遂，再无伤害。”

屋外的脚步声顿在了门口，宁庭安对陈温说道：“殿下，时辰到了。”

屋檐下，漫天的雨线连成一片，如一串串珠帘，砸在地上，啪嗒直响，耳边再也听不见旁的声音。

陈温的下巴最后一次抵在江沼的脸颊上，轻轻地说了一声：“我爱你，沼儿。”

那爱此时虽如草芥，却也是真正地爱了。

陈温抱着江沼起身，一步一步地缓缓向前，稳稳地跨过了门槛。

寂静的雨夜，沈家老屋门前一排暗卫护在马车前。陈温将江沼抱出来时，素云正着急地往里张望。宁庭安适才将她从王府接出，说今夜出城，素云煎熬了几日的心，总算是安稳了下来。

周顺撑着伞，雨点砸在伞上啪嗒直响。陈温将江沼放进马车内的软榻上，再掀开车帘下来后，便对宁庭安递了个眼色。马车碾过湿漉漉的石板路，很快消失在夜里。

周顺陪着陈温站在门前的石阶上，瞧着越来越远的马车，心头很不是滋味，这城里就只剩下了殿下。

待周顺回过神来，陈温不知何时已经进了屋。周顺赶紧转身跟了上去，跟到了西屋门前，陈温的脚步停在了门口，他便也垂着目，不敢吭声。屋里的灯火依旧，一桌饭菜还是适才的模样，整间屋子却突然冷清得可怕。不过是少了一个人，却犹如这世间只余了他一人。

陈温进屋，坐在了她适才坐的位置，蒲团上隐约还有她的温度，几上有她适才用过的一双银筷，还有她用过的酒杯，她捧过的瓷碗，屋子

里每一处皆有她的影子，仿佛她还在身旁。

但她已经走了，他再也见不到她了。

灯盏里的油添得再满，也有燃尽的时候。灯火摇曳，站在门口的周顺终是忍不住唤了一声：“殿下……”

“退下。”

陈温的声音很疲惫，周顺不敢再出声，他伺候了陈温这么多年，就没见过殿下如今夜这般绝望悲哀过。他并没有退下，而是站在了那屋檐下，静静地候着。

城门外，皇后和瑞王也在候着。

一阵急雨过后，雨势倒是小了不少，缠缠绵绵的，并不碍事。马车从沈家老屋出来，直往城门口而去。

“启禀皇后娘娘、王爷，马车到了。”小三子举着伞站在帐营外，看到从城门内缓缓而来的马车，立马转身同皇后和瑞王禀报。

一个时辰前，陈温让宁庭安去寻了瑞王，说他同意离开芙蓉城，让瑞王去城门外候着。

自那一场屠杀后，瑞王便再也没有见到陈温。宁庭安回来时说太子不愿见任何人，连周顺都被拦在了门外。瑞王不信，也曾去过老屋几回，果真见周顺立在门前，便也罢了。

这几日瑞王心头一直担忧陈温从那场屠杀的阴影中走不出来，几日下来也过得很不安宁，得了宁庭安这么一句话，终于松了一口气，早早地到了城门外。芙蓉城原本就是他的地方，有他一人在便够了，用不着两人都搭进去。

瘟疫一起，朝中就已经人心惶惶，皇上膝下就这么两个儿子，偏偏都封在了芙蓉城。江山社稷后继无人，这王朝便是岌岌可危。

皇上已经派官员陆续从江陵出来前去支援，皇后一个日夜都未曾合过眼，第二日起来换了身衣裳，直接留了一封信给皇上先斩后奏。两个儿子加一个沼姐儿，她输不起。

到达江城之后，皇后又调配了周边所有的兵力，却被芙蓉城城门前的那条断路耽搁了几日。好不容易今日通了路，又被瑞王拦在了城门外，不肯放她进去，只得在那城门外驻扎。

一直等到夜色落下，瑞王才在一片雨雾中打开了城门。皇后站在那里，看着瑞王下马朝着她走来，在十步远的距离唤了一声“母后”，唤完眼里便有了湿意。他本想同之前那般抱住母亲，但脸上的面罩无时无刻不在提醒他不能靠近。两人只能隔开距离说话。

最后，瑞王对皇后说道：“母后将皇兄带走，芙蓉城由儿臣来守。”

皇后一路上未歇息好，眼里布满血丝，她看着他，并没有应，而是问：“沼姐儿呢？”

三个人一个都不能丢。

来时皇后就想好了，自私也罢，不要那名声又如何，她只要她的儿子和沼姐儿从围城里出来。

皇后刚问完，身后小三子就过来禀报马车到了。驾马车的人是宁庭安，马车到了帐营跟前，宁庭下车向皇后行了大礼，刚起身就听瑞王问他：“皇兄呢？”

宁庭安说：“马上就到，殿下让臣将江姑娘先送出来。”

瑞王并未多想，又望了一眼城门内。

皇后往前走了几步，正欲去掀开车帘，宁庭安及时地说道：“启禀娘娘，江姑娘这几日身子不大好，殿下送过来时，人已经歇下了。”

皇后回过头深深地看了他一眼，宁庭安与她对视了一瞬，便弯下腰恭敬地立在她跟前。

“你去点点人数。”皇后回头对瑞王吩咐。

瑞王人一走，皇后就问宁庭安：“听说你是王爷的师爷？”

宁庭安回答：“正是微臣。”

皇后盯着他，又问了一回适才瑞王问的话：“太子呢？”

宁庭安没答，半晌才抬起头来，皇后已经变了脸色。宁庭安突然双

膝跪在了雨地里，对皇后如实相告："启禀娘娘，殿下已经出不来了。殿下让微臣带话给娘娘，让娘娘将瑞王带回江陵，替皇室保住血脉。"宁庭安从袖筒里将那日陈温交给他的令牌递给了皇后，"殿下说，皇后娘娘无须担忧，这番决策不过是做的最坏打算，城中的医药世家皆在尽力医治瘟疫，不久后他便能归来。"

宁庭安跪在地上将令牌举到了头顶，他的衣服雨水淋透，那令牌已被雨水冲刷过一遍又一遍。过了很久，才听皇后轻声问："为何出不来？"

宁庭安没给她半点儿希望："殿下已经染了瘟疫。"

一阵轻响，皇后的身子无力地靠在了马车边上，宁庭安抬起头来又说道："殿下已将退婚书给了江姑娘，殿下说娘娘若想封江姑娘为公主，便依了娘娘的意思。"

皇后突然失了理智，对宁庭安说道："你去将他接出来，不管用什么法子，染了瘟疫又如何，本宫寻人替他治！"

宁庭安没动，唤了一声："娘娘……"

皇后咬着牙说道："他别以为本宫不敢，他要真不出来，本宫回去就将他的心头肉嫁人。"

宁庭安将头磕在了地上："娘娘，殿下那日为了江姑娘在王府门前屠杀了一千余人，他早就出不来了。娘娘也当清楚殿下的心性，殿下严以律已，爱民如子，心里装着天下，又岂能原谅自己手刃过手无寸铁的百姓？那其中可有不少孩童，就算殿下未染瘟疫，也会让出这太子之位。"

皇后的脸色苍白，一身民间装束，瞧不出在皇宫时半点儿雍容华贵的影子，如此站在那里，也不过是一个寻常女子，也只是一个母亲。

"本宫让他脱层皮，他倒是干脆，直接断了自个儿的命。"皇后仰头，两行泪水从脸上急速滑过，咬着牙说道，"杀就杀了，我陈家历代皇帝，谁没杀过人，不需要他来忏悔。"

宁庭安起身将令牌再次递给了她："殿下说，他屠杀了百姓，该他赎罪，但他从没有后悔过。再来一回，他还是会做同样的选择。"

马车内，素云紧紧地捂住嘴不让自己哭出声来，低头看了一眼江沼。只见她睁着眼睛痴痴地盯着马车顶，眼泪从眼角无声无息地落入了枕边。

“让他活着出来，一月后他若是出不来，本宫就将沼姐儿嫁人。”皇后终是接过了宁庭安手里的令牌。

宁庭安起身对皇后再次作揖，退后了几步之后，翻身上了马，一面往城门内疾驰，一面高声冲里头的将士喊道：“殿下有令，封城门！”

那声音在雨夜里特别响亮。瑞王清点完人数出来，听见这一声，心脏剧烈地跳动起来，忙冲了出来。便只见到了宁庭安骑着自己的马跨过城门，转过了身来看着他，瑞王的眼皮子跳了几跳，想骂人：“宁庭安！”

宁庭安并没动容，手扬起再落下，嘴里的那声“关城门”没有半丝犹豫。

瑞王眼睁睁地看着城门在跟前急速地合上：“宁庭安，你个狗东西！你忘了你是谁的人，你个吃里爬外的狗东西！本王养了你几年，竟然都没将你养熟。”

蒙蒙细雨扑在脸上，模糊了视线，瑞王往城门口冲去，直到听见那城门“嘭”的一声沉沉地关上，再也不余半点儿缝隙，这才停了下来，双腿一软，直接跪在了雨里。

宁庭安回来时已是半夜，周顺听到动静抬头，见宁庭安一身似从水里刚捞出来般，便知这一趟怕是没那么容易。

陈温还在屋里坐着，宁庭安进去时，周顺同他使了个眼色，朝着那屋里扬了扬头轻声说道：“江姑娘走后，就没出来过。”

宁庭安在廊上提起衣摆拧了几把，又用手抚平褶皱才跨步走了进去，站在陈温身后作揖禀报道：“殿下，都送走了。”

陈温没动，宁庭安便径自走到了江沼用过的那张小几边，上头放着一个小木匣子，木匣子下面压了一张信笺。

马车从沈家老屋出去后不久，素云就掀开了车帘，将宁庭安叫了

进去。

宁庭安一进去，便见江沼已睁开了眼睛，双目虽有些失神，却并未昏睡，一时愣怔住。

“我自小学医，一杯酒水又岂能辨不出来。”江沼轻轻地说道。

他要让她走，她走就是。

宁庭安便也没再问。

江沼说：“我给殿下喂了药，表哥观察几日，若无碍那就是成了，我走后表哥将屋里几上的信笺交给殿下便可。当年顾老前辈留给沈家的那张药单子，我这些日子都理了出来，连着几本药书一并放进了小匣子里，表哥回去后拿给祖母，这东西本就属于沈家，我也是物归原主。”

江沼早就将那东西整理好了，是以，今夜陈温给了她那杯酒，她便也接了。

宁庭安将那信笺递到了陈温跟前：“这是江姑娘留给殿下的。”

陈温的眼里才有了几丝波动，接过信，那纸上短短几行字，他认出了她的笔迹。

江沼曾经在东宫闲着无事时，写过不少字帖，也抄录过不少诗词歌赋。一日，他见她屋里有不少废弃的纸团，弯腰拾起，便见上头抄录了一首诗：

——一声声，一更更，窗外芭蕉窗里灯，此时无限情。

——梦难成，恨难平。不道愁人不喜听，空阶滴到明。

素云忙对他解释：“小姐说那雨水声极为好听，这诗太伤情，这诗看的次数多了，往后再听这雨声，怕自己也会跟着伤怀起来。”

那是陈温第一次见到江沼的笔迹，不似一般姑娘的字那般娟秀，秀丽中带了些苍劲。

正如同信笺上的寥寥几字：

残雪暗随冰笋滴，新春偷向柳梢归。

——待归。

陈温的视线落在最后那两个字上，久久凝注，如死灰一般的眸子里渐渐地又燃起了星点火光，微弱的灯火下，紧绷的唇角终于松开，轻轻地扬了扬。

“殿下，江姑娘走之前将药单子都留了下来，这场瘟疫，也并非没有希望。”

宁庭安当日并没有告诉他，江沼给他喝的那碗汤药，并不是御寒，而是治疗他身上的瘟疫。

城外，瑞王跪在地上淋了一身的雨，确定城门终究是不会再打开时，才起身走向了皇后。

皇后的脸色虽很苍白，却并无意外，瑞王便问她：“宁庭安适才可是对母后说了些什么？”

皇后没有回答他，只对他身边的人说道：“替王爷更衣，即刻启程。”

瑞王想不明白，那宁庭安到底同她说了什么，能让她同意将皇兄留在那死城里。

“王爷先换身衣裳吧。”小三子立在他身后替他撑着伞。

所有前来的臣子瞬间将他围在了中间，齐齐跪在他跟前：“臣等恳请王爷回京。”

太子没出来，王爷必须回。陈国的皇室本就凋零，能回来一个是一个。

瑞王木然地站在那里，看着皇后头也不回地钻进了江姑娘的马车，这才挪动了脚步，跟着小三子进了营帐。

小三子同宁庭安前后脚进王府，这些年来两人一直深得瑞王重用，宁庭安是瑞王最信任的师爷，小三子是他最得力的随从。

然而一个太精，一个太傻。

小三子替瑞王更衣时，瑞王心中的怒气依旧未平：“本王平时就是太纵容他了，才让他有了胆子背叛本王，皇兄到底是给了他什么好处，

需要他这般算计本王？”

一场骗局，就是想将他从城里骗出来。

小三子摸了摸头，胆儿也不小，替宁庭安说了一句：“师爷是个好人。”

瑞王正想一脚踹过去，目光突然盯着小三子，带着探究地问他：“你既如此喜欢他，怎的没留下？宁庭安没将你算计进去？”

小三子摸了摸后脑勺儿，傻乎乎地回答：“宁师爷今儿来王府，也曾找过属下，嘱咐属下一定要好好伺候王爷，王爷脾气虽躁了些，但好在心善。还说若是以后回到江陵，让属下别再为王爷去盯梢哪家姑娘，王爷不过就是说说，真要看上了哪家姑娘，用不着属下去盯，自个儿必定会亲自登门。”

瑞王脸色几经变换，咬牙说道：“他宁庭安早就料定了本王会问你，才会有如此良言。”

小三子对宁庭安和瑞王之间的计谋从没有弄明白过，懵懂地看着瑞王说道：“王爷怎么知道？”

瑞王咬着牙，脸色泛青，小三子却兴致高涨地说：“宁师爷对属下说，若是见王爷骂他，就让属下将这些话都告诉王爷，还说王爷天资聪明，定能想明白其中的缘故。说什么，身在帝王之家，应以天下为先。”

小三子不懂这些话，但宁庭安知道他一定会告诉瑞王。

身在帝王之家，应以天下为先。此话放在此时，他岂能不明白是何意。皇兄这是成心不打算出来。

瑞王脸色一变，转头厉声问小三子：“他还说了什么话？”

小三子正低着头替他扣腰带，摇了摇头：“没了。”

话音一落，瑞王便从小三子手里一把夺过了腰带，一面扣一面去寻皇后。这回小三子反应倒是快，赶紧跟在他身后替他撑了伞。

皇后坐在江沼的马车里，车轮刚动，就听到了外头瑞王的声音：“母后。”

皇后掀开帘子，瑞王的那张脸在雨里苍白如雪，他轻轻地问：“宁庭安是不是告诉了母后，皇兄已染了瘟疫？”

皇后看着他没说话，但那眼里的答案已很明了：“回程之事，由你负责，本宫累了，想同沼姐儿说会儿话。”皇后说完，将那帘子一放，脸色极差。

皇后进来后，素云才在马车内点了一盏灯，江沼早已起身，同皇后一起坐在软榻上。

马车外，瑞王的声音江沼也听见了，正垂目失神。皇后轻轻揽了她的肩，江沼便也如从前那般将头挨了过去，靠在了皇后的肩膀上。

“你这一趟，可没少受罪。”皇后深吸了一口气，“险些将本宫吓出病。”

芙蓉城里的传言闹出来后，皇后当日就收到了消息，听完手下人禀报，一口气吊在那里，半晌都未缓过来，说的头一句话就是：“本宫当初就不该留下那些人的命。”

十年前从围城里出来的七千人，她就不该听了臣子的话留下活口，一了百了，都死了，死个干净才好。连诛九族的圣旨都堵不住嘴，那便是不怕死的人。

皇后从未觉得太子不该杀人，或是杀错了，那才是她生出来的儿子。谁的命不是命，谁家里没孩子，要想拿她的孩子去救命，谁有资格，谁能消受得起！那日要是她在，估计也同太子一样。

“出来了就好。”皇后说完，捏着江沼的手，将脸转到一边。三个缺了一个，好在还有两个是出来了。

江沼的头在皇后的肩上轻轻蹭了蹭，像儿时撒娇那般抱住了她的胳膊。她知道每回这一招都管用。不管娘娘有多伤心、多生气，只要她一靠过去，娘娘的心就会平静。为此，文乐还曾吃醋地质问过皇后：“我和江姐姐，哪个才是母后亲生？”

皇后半玩笑地说道：“本宫养你迟早是白养，养沼姐儿才是为了自

个儿养，你瞧瞧哪家婆婆跟前守着的是女儿，还不都是儿媳妇？”

文乐气呼呼地去找皇上哭诉。皇上半晌就回了四个字：“言之有理。”

文乐伤心欲绝，后来倒是皇上身边的高公公替文乐支招：“公主应该同江姑娘交好，往后公主遇到了难题，江姑娘必定会替你撑腰。”

文乐问：“真的？”

“奴才怎敢诓公主，往后公主嫁了人，谁要是敢欺负你，江姑娘是公主的皇嫂，头一个饶不了他。”

文乐回来，就将自个儿喜欢的那些稀奇古怪的玩意儿都搬到了江沼跟前：“小嫂子，咱们一辈子都交好行不行？”

江沼当时兴奋地点了头：“好。”

待长大后，每每回忆起来这桩傻事，江沼都恨不得捂脸钻进石头缝里去，但文乐确实同她一直交好。

离开江陵到芙蓉城的那日，江沼虽对素云说过自己放下了，实则心里又何曾真的放下。怨恨太子，想离他远远的，便也一并将他身边的亲人都撇开了去，将自个儿孤零零地择了出来。

那十年的时间，所有人都走出来了，只有她一人被束缚，没想透彻。如今这番经历一遭，倒也是看明白了，她又何曾可怜过？

皇后待她的好，身边亲人待她的好，最初或许是对江晖成和沈烟冉的弥补，然而这些年过去了，那些真情实感，又怎能是单靠同情便能博取。不是因为她是他们的女儿，而是因为她是江沼，就算她不能成为太子妃。

作为亲人，她也盼着他能回来。

“娘娘，咱们等殿下回来。”江沼轻轻地对皇后说道。

皇后身子微僵，半晌，捏住江沼的那只手紧了紧，应了声“好”，转过头便落了泪。

一路淅淅沥沥，走了半月，船只才到江陵。

一场春雨之后，满江绿水，两岸百花争艳，满山的丛林似乎一夜

之间披了一层绿衣，繁茂的枝叶映入水中，被那皎洁的月光一照，静谧如画。

船只从江面划过，粼粼波纹缓缓荡开，月色如霜，落在那弯弯曲曲的江面上，放眼望去，倒是与那天际连成了一片。

江沼依旧晕船，但比去时稍微好些。素云见她倚在窗边望着江面，还未打算睡，正要过去催促，便听江沼说道："滟滟随波千万里，何处春江无月明。"

她的脸上露出一抹笑容，如同拨开乌云，终于明朗了起来。离开江陵那日愁绪万千，恨不得再也不回来，谁知回来时，才发现自己是如此的怀念江陵的每一寸土。

素云愣了愣，将头探了过去，说："这夜色确实好看，奴婢也是好久都没瞧过了。那雪一落便落了一整冬，倒是忘了春季里的景象。"

"明儿就到江陵了，你去同小三子说，让他将那些剩下的汤药都分给大伙儿。"

从芙蓉城一出来，江沼就给了瑞王一个药方，从芙蓉城出来的人每日都得喝。到了今儿正好半月，也当无事。

船只在第二日巳时末才到江陵渡口。

江沼正下床穿鞋，素云匆匆进来，高兴地说道："二小姐和三小姐正在码头上候着小姐呢。"

在芙蓉城里关了那么久，江沼也没见素云这般雀跃过，知她高兴，便也赶紧穿了鞋起身："我去瞧瞧娘娘收拾妥当了没。"

刚出舱门，皇后人已经站在了她门口边上。

"穿好鞋，待会儿别当着家人的面摔跟头。"皇后一眼就盯在了她脚上，语气带了些宠溺，"本宫先回宫，待你和家里人见了，本宫再让人接你进宫。"

江沼一面弯腰着急地去穿绣鞋，一面应了声"好"。皇后先一步走了出去，对素云说道："好好搀着你家小姐。"

江沼从船上下来，脚才刚沾地，就被江家二小姐江燃扑了个满怀："当初要是知道这一走竟是这么久，我定不会送你出门。"

江燃红着眼睛，抱着江沼不撒手，身后江家三小姐江茳扯了她一把："妹妹回来是喜事，被你这一哭，好心情都灭了个光。"

江燃回头对她噘嘴："你本事大，你怎么不把你脸上的金豆子倒回去？"

芙蓉城生了瘟疫，江家人谁都坐不住。江家的两个姑娘，再加上一个沈家、一个董家，都被死死地困在了芙蓉城里出不来，里头的人受罪，外头的人又何尝不煎熬。

江家老夫人和大夫人，日日让人盯着从芙蓉城过来的消息，得知江沼被皇后接了回来，便也说道："能回来一个是一个。"

今儿一早，江家的两个姑娘就到了码头等人，听人说芙蓉城里的瘟疫那么严重，如今见到江沼完好无损地站在面前，两人心里免不得伤感，流了几滴泪也正常。也没急着问芙蓉城如何了，大姐姐如何了，知道江沼能从那芙蓉城里走出来，定是皇后娘娘使了法子，已是意外之喜了。

二姑娘和三姑娘一边立一个，挽着江沼从那码头上回来。正准备上马车，一匹马从对面的官道上疾驰而来，快到跟前时，马背上的人翻身下来，顺着遍地野花的小路上直接冲了下来，站在了江沼跟前。

江焕的个头儿蹿得极快，才短短几月，就已经高过了江沼。

"姐姐！"江焕适才从先生那里出来，便一路快马加鞭，额头上出了汗，脸色潮红。

"又长高了。"江沼仰起头看他。

江焕眼里噙着泪，本又是一番久别重逢的伤怀，江燃却突然想起来一桩事，"扑哧"一声笑了出来，她拽了一下江沼的胳膊："妹妹可曾记得，弟弟小时候想长高，去问了大哥有什么法子。大哥生了个鬼点子出来，说夜里睡觉拿条绳子将腿绑在床架子上，拉上一晚上，第二日醒来就能

长高，谁知咱这弟弟就信了。等到太阳都上了三竿，吴嬷嬷没见弟弟起来，进屋去才见弟弟被困在了床上，绳子打成了死结。”

这事谁不记得，江焕被笑了好一阵，江言恒则被大伯伯罚跪了一天一夜，半口饭都没给他吃。

再提起这囧事，江焕的脸陡然变虾色：“先生头一日讲的课，二姐姐想不起来，这件事都过好些年了，二姐姐倒是记得牢。”

江燃便同江焕打闹了起来。这一逗趣几人心情才好了些。上了马车江沼才问：“大哥怎么样了？”

江燃和江芷一个偏头，一个埋头，芙蓉城里的消息传回来，虽没将几条人命的罪责推到江言恒身上，具体什么原因，江家人心里都清楚明白得很。

“事情既然闹了出来，迟早也瞒不住。母亲亲自登门去虞家赔礼，也给虞家明说了，若是虞家不愿意再结这门亲，便可以退婚，若是还愿意结这门亲，江家保证，必定不会亏待了虞姑娘。”

江燃叹了一声说道：“结果那虞姑娘点了头，说，既然当年同世子的亲事是自个儿选的，都已经立了婚约，就要守了承诺。”

这话有多苦，听的人都能体会。

江沼沉默，罗姑娘是怎么死的她亲眼看到。若是心里没有大哥，又怎会一刀痛了心窝子，彻底地解脱了大哥。虞姑娘她也知道，同大哥是青梅竹马，两人自小心意相通，算是情投意合。然而三人纠缠在了一起，这桩感情便注定了剪不断理还乱。江沼便也不打算再问。

待回到江家，江沼先去了大伯和大伯母跟前：“沼儿对不住大伯、大伯母，没能将大姐姐一并带出来。”江沼没同两人提药方之事，怕给了希望，若是成不了，到时候打击更大。

“你回来了就好，旁的，就看你大姐姐自个儿的命。”江家大夫人反过来安慰了她，“好好回屋歇息。”

从大房屋里出来，江沼才去了江老夫人屋里。江老夫人一见到她，

嘴角突然抽了抽，眼里有了湿意："我这老婆子险些就成了江家罪人，你要是有个什么闪失，我怎么同你父母交代。"

当初还是她逼着江沼去了芙蓉城，本想让她去同太子低个头，后来见她决意要走，便也没拦着，想着让她去芙蓉城散散心也好，谁知就这么凑巧，遇上了一场劫难。

比起江老夫人来，江沼的神色轻松得多，她抱着江老夫人的胳膊笑着说："祖母别再恼了，我这不是回来了嘛。"

江老夫人见到了她嘴角带着笑意，情绪慢慢地平复了下来，才同她说起了芙蓉城："这老天爷也是不睁眼，十年前你父亲和母亲就葬身在了围城，如今整个沈家都被圈在了里头，这万一有个什么事，沈家可怎么办？"江老夫人并不知道沈家的那张药单子，也不知道就在江沼手里，心头只觉得一团乱麻，便又问她，"沈家可有法子医好瘟疫？"

江沼说："倒是有个药方。"

江老夫人这才松了一口气："但愿都能出来，一个沈家，一个你大姐姐家，那可是两大家子人啊。"说完又安慰起了自个儿，"如今太子都搭在了里头，朝廷也定会想尽办法去救人。"

江沼握住了江老夫人的手没说话。

说到太子，沈老夫人一时便又想起了一桩大事："虽说这节骨眼儿上商议这事有些对不住太子，但咱也不能这么一直拖下去。若你年纪小等等也无妨，你今年都十七了，亲事还没个着落，我这心里头一日都不安稳。若不是这场瘟疫，你二姐姐春天就该嫁人了。"

实则是江沼走后，江老夫人就想明白了，她要真咽不下这口气，婚事退了就退了。焕哥儿那孩子自小就出息，就算没有爹娘，没有沼姐儿给他做依仗，往后也能靠自个儿的本事闯出一番天地来。

年前沈老夫人来信，她便也明白地说，若她不嫁太子，那婚事便依着沼姐儿的意思，让她自个儿拿主意。

想是这么想，可太子那头一直没下退婚书，再多的想法也只能先压

着。江老夫人担心太子被困在芙蓉城，什么时候回来还不知道，要是在那围城里关上个一年半载，回来再提退婚，沼姐儿的年纪大了，还怎么议亲。

江老夫人愁眉不展，正欲叹气，却见江沼从袖筒里取了退婚书出来，递到了她跟前："出城前，太子给了我退婚书。"

江老夫人愣了愣，半晌才说道："既如此，这门亲事就算是彻底地作罢了。"江老夫人将那退婚书收起来，神色倒是比刚才要明朗了些，"待过了这阵子，我就替你先选一些家世好的，喜不喜欢，你自个儿定夺。"江老夫人说完，见江沼神色有些涣散，心头揪了两下，身子凑过去轻声问她，"沼姐儿可当真放下了？"

江沼回过神来，也知祖母问的是何意，笑了笑点头："嗯。"

都结束了。

曾经堵在她胸口久久不能释怀的种种伤痛，在离开芙蓉城的那一夜便已彻底消散。十年的恩怨，谁又能独善其身，她不能，陈温亦如是，没有谁负了谁，都曾在心底爱过彼此，那十年便也不算虚度。最后走不到一起，也终究只是天意弄人，缘分未到。

江老夫人又问她往后想寻个什么家世的郎君，江沼依旧是之前的那句话："一生一世一双人。"

有过大哥的先例，江沼更加坚定，不求家世有多好，只求两人心里只有彼此，和和睦睦地过一辈子。

江老夫人便也明白了江沼的意思，不论家世，但对方得保证永不纳妾。

这样的人家倒也是有，最能拿出来当典范的，便是皇上和皇后。过去了这些年，皇上的后宫也就只有皇后一人。皇上都能如此，也没有什么不可能。

"你且回去好生歇息，其他的事就交给我。"江老夫人拍了拍江沼的手背，让素云送了她回去。

从芙蓉城回来的路上，皇后顾忌着江沼，将心头的悲伤都压了下来，待回到宫里，神色便黯然了下来，当夜就坐在那榻上，痴痴地发呆。

那是她儿子，是她十月怀胎生出来的骨肉。要真从那城里出不来，不如让她也跟着一道去了算了。

“本宫让你查的事，如何了？”

皇后问身后的滢姑姑，并不是她多想，而是这场瘟疫处处透着蹊跷。林芊沫之前对江家世子耍的那手段，她以为单纯地是针对江家，针对沼姐儿。后来见太子出手治了林家二房，林老爷和林芊沫相继死了，便也没有多想。

直到瘟疫的事情出来之后，皇后心头才有了怀疑。先是林芊沫设计江家世子，牵出了十年前围城中的江晖成，接着芙蓉城就有了瘟疫。十年前围城里的那场瘟疫走出来的七千人，个个都听过那道圣旨，若是平常的百姓，就算有那个心，若没有人起头，谁又敢将那荒谬的传言传出来？

且就那么巧，她的两个儿子和沼姐儿都在，若不是太子当日果断的处置，十年前围城的那一幕便会重演，芙蓉城就是第二个围城，沼姐儿便是第二个沈烟冉，而太子估计就是第二个江晖成。

皇后坐在榻上，惊出了一身冷汗。

江言恒杀人后传出江家男子皆有疯病的谣言，不只是要毁了江言恒，更是要毁江焕，沼姐儿要是死在了芙蓉城，那江晖成和沈烟冉便彻底断了后。瘟疫一起，她的两个儿子皆被关进了芙蓉城，陈国江山便也到了尽头，沈家也跑不掉。

这明摆着就是一步棋，是一场恶毒的报复。

思绪突然清晰无比，皇后从榻上起身，对滢姑说道：“不用去查了，将林婉凌给本宫带进来！”

夜深了，凤阳宫的灯火依旧明亮，林婉凌跪在皇后面前，发丝松散，

只穿了里衣。滢姑过去“请”人时，可没耐性等她穿好衣裳，直接从床上将人揪了出来。

林婉凌没反抗，此时面对着皇后，眼里也没有半点儿惶恐，甚至嘴角还带着笑意。

“本宫这辈子最后悔的一件事便是当初没有赏你一条白绫。”皇后看着她，恨恨地说道，“你何止肮脏，还甚是恶毒。”

林婉凌听到“肮脏”两个字，嘴角颤了颤，随后那抹笑更深：“娘娘都知道了？”问完又讽刺地看着皇后说道，“可惜太晚了。”

太子被关在了芙蓉城里。

“我挺佩服你，连自己的儿子都能不要。”林婉凌抬头问皇后，“杀了江晖成的女儿，放血救你儿子，这才是一个母亲会做的抉择，你说你图什么？偏偏选了江晖成的女儿，放弃了自个儿的骨肉，娘娘当真是伟大。江晖成地下有知，一定会对你感恩戴德，活着的时候一辈子忘不了你，下了阴曹地府，也忘不了你。娘娘应该感谢我，当年要不是我一把相思粉将你送到皇上身边，娘娘也成不了万人跪拜的皇后，如今我又送了娘娘一个人情，救了江晖成的女儿，如此，两个男人心里都有你，娘娘多风光得意……”

话音未落，滢姑一个巴掌落在了林婉凌脸上：“满嘴污秽！”

皇后的脸上却并无怒意，眼里的那抹平静，林婉凌看得很清楚，是可怜。

“你应该羞于活在这世上，就该挫骨扬灰，来世不再为人，免得再出来露丑。”皇后看着她一字一字地说道，“就算你将世上的女人都毁了个干净，江晖成也不会喜欢你，更不会多看你一眼，因为他嫌弃你脏！”皇后盯着林婉凌渐渐扭曲的脸说道，“你接受不了他爱上了沈烟冉，而你可曾想过，你根本不配同沈烟冉比。”

林婉凌的眼睛瞬间血红，脸上的平静再也不复存在。

曾经被江晖成当面骂了个“脏”字，这辈子她便再也听不得脏。那

痛就如同刻在她心里，每每一想起就恨，恨不得所有人都不得善终，落不到好下场。

皇后道破了她的心声："你脏也就算了，你巴不得世人都同你一样脏。你得不到江晖成的喜欢，便想让他永世都不再爱上旁人，一辈子都同你一般孤独终老。"皇后说完，起身走到林婉凌跟前，笑着问她，"你以为你是谁？瞧你一眼，本宫都嫌污了眼睛。"

林婉凌的身子一阵颤抖，最终还是平静了下来，戳了皇后最后的痛处："就算你将我这条命拿了去，太子迟早也会死在芙蓉城！"

皇后看着她，眸子里都是凉意："本宫要是你，就该盼着太子最好能相安无事，否则本宫会让你知道，死也是一种奢望。"

第八章 迟迟归

一月后。

江陵的春意正浓，院子里的梨树花开满枝，素云折了几枝繁茂的回来，装了瓶摆在了屋里的小几上。

屋子里的地龙撤了，早晚凉时屋子里搁一盆火便可。江沼正在同二小姐和三小姐剪纸，剪的是大红的“喜”字，下月二小姐江燃就得嫁人，满府上下都在为之操劳。江沼今儿闲着无事，便让素云去拿了红纸和剪子过来，亲自动手为江燃剪几张，说到时候拿去贴在江燃的屋门上。

正剪着，江燃和江茈便过来了。瞧见那剪纸，江燃的脸一红，本是一人干坐着，后来见江茈和江沼两人剪得热闹，也让素云替她拿了把剪子过来：“我也来剪。”

江茈笑话她：“哪有人新娘子自个儿剪纸的？”

江燃将头一埋，红着脸小声说了一句：“我自个儿的幸福自个儿剪，有何不妥。”剪了一阵，江燃突然提了江嫣，“要是大姐姐能回来，咱四姐妹聚在一块儿，还能团圆。”从皇后带着瑞王和江沼回来之后，芙蓉城就完全封死了，变成了一座孤城，收不到里头的半点儿消息，没说

死了多少人，也没见其报平安。

江芷见她一脸愁容，与那跟前的大红喜字甚是不配，便用手肘戳了她一下，故意逗了她："你倒是贪心，成个亲，还想着咱三姐妹都送你。"

谁都知道，能如此平静是好事，没有消息也是好事，起码还能多一点儿盼头。

江家大夫人带着宫里的滢姑姑过来接江沼，在门口便听到了屋里的笑声，滢姑姑转头对江夫人夸了一句："侯夫人好福气。"

在外，人人都称大夫人为侯夫人，大夫人谦虚地笑了笑："这哪儿是什么福气，待嫁了人，可就算是白养了。"

大夫人说完便进去唤了江沼出来："滢姑姑来了，接你进宫去。"

江沼自从芙蓉城回来，还未曾进宫过。娘娘倒是派人来传过话，恰巧江老夫人又害了风寒，便没走成，如今算起来竟已过了足足一月。江沼起身赶紧换了身衣裳。

皇后回宫之后也忙，过了一月才记得来请江沼，也是因为当初那退婚书上的另一桩事。

那上头的旨意，除了退婚，还有封公主。

当初从芙蓉城离开时，皇后就曾对宁庭安说过，给陈温一个月的时间，若是他还不回来，她就将沼姐儿嫁人。

如今一月已满，皇后便也不想再等了。沼姐儿年岁摆在那里，等不起，若要让她嫁人，便想先给她个身份，将来也不至于被婆家的人欺负了去。

皇后见了江沼便直接问她："你来宫里，做本宫的公主可成？"

文乐公主也在跟前，从记事起，文乐就知道江沼是她嫂子，当初高公公对她说的那番话，她当了真。如今那邻国的三皇子就在父皇的书房里，那日她亲耳听见他对父皇说"本王欲同陛下求娶文乐公主"，父皇没同意，但也没有回绝。文乐几个日夜都没睡好，想着要真是被父皇嫁到了邻国，等过个几十载，父皇、母后这座大靠山不在了，她受了欺负，

还得指望着皇兄和皇嫂为她撑腰呢。

如今听到母后突然要将江沼封为公主，文乐可不依："母后可得想清楚了，公主的封号一定，皇兄可就不能再娶江姐姐了，待皇兄回来，怎么向皇兄交代？恐怕到时候连后悔都来不及，皇兄上哪儿去找这么好的嫂子，母后又能上哪儿去找这么好的儿媳妇？"

皇后听她提起太子，脸色当场就变了，一个月了，那芙蓉城当真就成了围城，城门封锁得死死的，连她派去的太医都进不去，更别说递消息出来。

"沼姐儿和他早退了婚，哪里来的嫂子，你唤声皇姐不挺好的吗？"皇后说完又看向了江沼，"等沼姐儿封了公主，这江陵的公子哥儿你看上哪个，尽管同本宫说，本宫替你做主。"

江沼手里捧着茶盏，袅袅水雾从茶盏里飘出来，带着一股暖暖的湿意，扑在那张莹白的脸上，如羽的眼睫轻轻地闪了闪，她神色微凝，似是在考虑皇后的话。

——封公主也挺好的。

江沼抬起头正要回答皇后，门口突然闪进来一个人影，人还没走到跟前来，声音先传了过来："儿臣觉得不妥。"

江沼也有好些日子没见到瑞王，如今一见，突然有些恍惚，有那么一瞬，似是又将她带回了芙蓉城，一股冷浸浸的凉气扑来，江沼紧紧握住了茶盏。

瑞王走到跟前，对皇后行了礼。

皇后见他如此莽撞，视线扫过去，没好气地问道："有何不妥了？"

瑞王便说："母后适才说要从江陵的公子里替江姑娘挑夫婿，既是江陵的公子，那应当也将儿臣算进去。"

话音一落，屋子里瞬间安静，江沼瞧着瑞王愣了神。

"真是个不害臊的。"皇后对文乐使了个眼色，"沼姐儿好些日子没进宫了，你陪沼姐儿去逛逛。"

皇后一共有两个儿子，若太子不成，确实也可以考虑瑞王。但换作旁人还能相信，皇后对自己的儿子知根知底，怎会不知他打的是什么主意。不过是同文乐一样，也想为太子留一条后路。

“母后，有消息了。”江沼和文乐一走，瑞王也不待皇后先开口，一句话堵住了她的训诫，“三日前，围城已经解禁，想必皇兄已经在回京的路上。”

皇后手里的一盏烫茶摇晃了几下，好在滢姑姑眼疾手快，一把接了过来。

江沼同文乐出来，文乐一路上都在说服她：“当我皇嫂定比皇姐好，做了太子妃便一辈子都能留在陈国。你瞧瞧我，表面瞧着是受宠，要风得风要雨得雨，到了年纪便如旁人所说的嫁出去的女儿泼出去的水，父皇竟也忍心要我嫁去吴国。咱大陈国如今就我一个公主，同邻国和亲这种为国为民而牺牲的人，除了我便没有旁人，你要是被封了公主，你以为就真能遂了你的心愿，挑个自己喜欢的？那我还喜欢韩家那位大公子呢，模样俊朗，又生的细皮嫩肉，定是个听话的。”文乐说着说着，也不知道怎么就跑了题，“还有今年的新晋探花，那脸生得可真是好看，特别是一笑起来能让人心尖发酥，要让你成天对着那么一张脸，保证你连饭都忘了吃……”

文乐挽着江沼往御花园走去，嘴里的话越说越肆无忌惮，刚到石拱桥上，迎面就撞上了一人。

这条路本是通往皇后的凤阳宫的路，平时少有人来往，文乐大抵也没想到还能在这里遇上外人，眸子里的诧异还未来得及消散，看清是谁后，脸“唰”的一下通红。

对面吴国三皇子的眼睛也盯在文乐公主身上，眸子里一抹笑，怎么瞧都是讽刺。

“公主若是好这一口，不如来我吴国，我吴国的乐坊里比比皆是。”吴国的三皇子路过文乐时，脚步停了下来，春风一吹，那话字字清晰地

传进了文乐的耳朵里。文乐站在那里，身子抖了抖，连江沼都能感觉出她的窘迫。

认识文乐这些年，江沼从未曾见她被人治过，这回也算是遇上了个硬茬。

江沼忙往边上绕开，离了这是非地。过了那石拱桥，江沼抬头一望对岸的杨柳枝正随风飘摇，今日天色正好，万里晴空，浮云如丝，四处一片春光明媚，江沼顺着那排杨柳缓缓地往前走。

每回江沼进宫，皇后都会留她住几日，今日江沼也不着急，就立在那杨柳树下吹着春风。

经历过寒冬腊月的雪霜，便越珍惜明媚的春色。

“咱就在这儿坐会儿。”江沼拉了一把素云，坐在了柳树下的假山石上，四周寂静，唯有春风吹过的沙沙声。江沼轻轻靠在身后的石头上，周身被暖烘烘的阳光一照，倦意慢慢地袭来。正打算合眼打一会儿盹，身旁的那条路上，突然传来一阵脚步声，甚是急促。

江沼回过头，被那假山石挡了视线，并没有看到人影，过了一阵倒是在那石拱桥上看到了。

身姿挺拔如松，一身藏青色的袍子，衣袖和肩背上绣着纹龙衣袍，春风自他的脚下荡起，那衣摆“扑扑”直响。

江沼蹿上来的睡意瞬间消退，盯着他出了神。身后素云也一时没吱声，等到陈温的身影彻底消失在了桥头，才不太确定地对江沼说道：“小姐，奴婢适才好像见到了太子。”

“嗯。”江沼起身，转身上了石阶。

素云终于反应了过来，一脸的兴奋，扶着江沼的胳膊就往那道上走：“小姐，殿下回来了。”语气分明是高兴的，声音却带着些哭腔。

共同经历过一回艰险，过往的种种恩怨也跟着烟消云散。走的那日，素云陪着江沼坐在那马车内，宁师爷说的那番话素云全都听进了耳里，也是打心眼儿里盼着殿下能平安回来。如今见到人回来了，情绪一上头，

眼眶便红了："小姐，咱赶紧去问问，殿下能回来，芙蓉城里的人是不是也都没事了。"

离开芙蓉城的那日，一行人走得匆忙，芙蓉城里其他人也没有工夫去想，沈家、董家，还有宁师爷、秦将军，这些人可都还安好？

江沼也没说话，由着素云将她往那拱桥上牵。

刚走了没几步，身后又是一阵脚步声，两人回头，便见到了秦将军。秦将军走到跟前，立在江沼面前拱手行了礼："江姑娘。"

江沼望过去，他的神色同往常并无异，已瞧不出半点儿病态，揪一个月的心终于松了下来，倒也不用去问了，芙蓉城这一关算是熬了过来。

"将军辛苦了。"江沼说道。

秦将军又对着江沼作揖道："芙蓉城的瘟疫能结束，多亏了江姑娘，若不是江姑娘的药，芙蓉城还不知道会遭难到何时，末将也算是欠了江姑娘一条命。"

江沼也跟着福了福身，轻声说道："都回来了就好。"

秦将军抬起头，脸色便有些不自然，手掌不自觉地握住了腰间佩剑的剑柄，尴尬地说道："沈家三姑娘也来了江陵，如今正在贵府。"

凤阳宫门前的宫女起初也不敢相信，待那道人影越走越近，才赶紧转身进去向皇后禀报。此时瑞王还没走。宫女的脚步有些急，到了内殿还被滢姑拽了一下："冒冒失失成何体统。"

"娘娘，殿下回来了。"那宫女这会子也没什么顾忌，人还没到跟前声音便传了进去。皇后和瑞王同时起了身，晌午的阳光照进来，落在那地砖上，闪闪一片，犹如镶了一层金光。陈温的脚步踏进去，揪着一屋子人的心。

"儿臣参见母后。"陈温撩了衣摆，跪在了皇后面前。

皇后的目光从他进来就一直定在他身上，许久一直没出声。身旁的滢姑见太子还在地上跪着，便轻声唤了"娘娘"。

皇后的眼眶有些湿润，低头先用绢帕沾了眼角溢出来的泪，才对陈温说道："回来了就好。"待陈温坐在了皇后身旁，皇后才说了一句，"瘦了。"

候在一旁的周顺垂着头，心想不瘦才怪，半个月的路程，硬是只花了七日，从芙蓉城出来一路马不停蹄地赶到江城，到了船上，安顿下来，殿下才吃上了饱饭。

"让母后担忧了。"陈温说话时，目光下意识地在屋里寻了一圈，但并没有看到那人。

刚到江陵，陈温便特意绕了一圈，将沈霜和江嫣送到了江家，实则是为何周顺清楚得很。出来接人的是江家大夫人，抬头看到自己日夜担忧的大姑娘回来了，激动得话都说不出来，后来见到江嫣身旁的沈霜，便也猜到了："这可是沈老夫人的孙女？"

沈霜行了个礼，唤了声侯夫人，大夫人忙让人将她们带了进去："嫣儿先带着沈姑娘进去见老夫人，今儿你四妹妹进了宫，估摸着明儿才会回来。"

大夫人说完，又向周顺和秦将军行了礼，感激地说道："这一路上多亏了太子和两位大人的关照。"

周顺便没多留，回头就对陈温说："娘娘一早就接了江姑娘进宫，这会子人在宫里。"

陈温一刻都没耽搁，一路疾驰，到了宫里，连通传的人都赶不上他的脚步，谁知进屋却没见到人。

之后瑞王又同陈温说了一阵子话，问起了芙蓉城里的事情。可陈温的心思始终不在这里，手掌压着膝盖，几次握紧又松开。皇后也察觉到了，目光在陈温那张故作平静的脸上打量了一圈，端起了那几上的茶盏，说道："太子如今也回来了，我倒是有一桩事要同你确认。"

陈温也没什么心思，礼貌地问道："不知母后说的是何事？"

"这事我适才同瑞王和公主也提过，太子已经同沼姐儿下了退婚

书，婚约便也不作数。离开芙蓉城的那日，我听宁师爷说，太子也同意封沼姐儿为公主，今儿沼姐儿刚好来了宫里，本宫见她似乎也愿意，咱就选个好日子，好把这事给了了，你们也好多一位皇妹。”

屋里的人一时都看向了太子。

瑞王的目光毫不掩饰地带着同情，滢姑一急，正欲开口，被皇后瞪了一眼，也只好噤了声。滢姑闹不明白，太子没回来的时候，娘娘日日夜夜地念叨，如今人回来了，竟毫不手软。太子的眼睛在屋里望了这半天，寻的是何人还能不知?

陈温大抵也没想到母后会提这件事，这些日子，睁眼闭眼跟前全是这个人。自从知道自己还有活着出来的机会后，便打定了主意，要同她重续缘分，如今人还没见着，突然说她要成为他的妹妹，陈温纵使有泰山压顶而不改色的本事，这会子也免不得有了几分慌乱。

“太子是说过吧？”皇后见他没有反应，又问了一句。

过了半晌，陈温才极不自然地开了口，声音却飘得厉害：“那日儿臣是给宁师爷交代了不少事情，当时情况确实紧急，儿臣倒也想不起来还曾承诺过这桩事。依儿臣看，封公主之事，不宜操之过急，如今瘟疫刚过，朝廷应以安抚民心为重。”

这会子，屋子里静得落针可闻。皇后和瑞王简直不敢相信自己的耳朵，看着陈温的表情说是瞠目结舌也不为过。

他堂堂太子……他怕是忘了自己的身份。

这坑是皇后自个儿给挖的，这会子竟也不知道是该欢喜还是该愁。

屋子里半晌没人说话，陈温倒是又稳如泰山，也没有想过再去为自己说过的话圆场，就那般静静地坐了一阵，门外宫女来报：“宁师爷求见娘娘。”

皇后要是能笑，估计当场就能笑出声，她倒是要问宁师爷是不是传错了话。皇后缓缓地放下手里的茶盏，捏了捏手上的护甲才说道：“请进来。”

宁庭安微微垂目，一进屋就感觉到几道热辣辣的目光盯在自己身上，但宁庭安此时最不敢看的便是瑞王。瑞王当初是怎么离开芙蓉城的，所有人都知道，在城门关上的那一瞬，他看着瑞王的那副表情可算得上嚣张，甚至唇角还上扬了几分。宁庭安自知道自己会活着走出来后，心头就一直不安，知道再遇到瑞王，自个儿定会脱一层皮，这便主动同陈温请命，前来江陵接王爷回城。

“微臣参见娘娘。”

“起来吧，芙蓉城瘟疫，宁师爷可谓立了汗马功劳，待本宫同皇上禀报后，必有嘉赏。”皇后让人给宁庭安赐了座，宁庭安屁股还未挨着椅子，又听皇后说道，“宁师爷这回来了江陵，便多留些日子，沼姐儿是宁师爷的表妹，待本宫封了沼姐儿为公主，你也来喝一杯酒。说起来，当初还多亏了师爷将太子的话带给本宫。”

陈温的喉结急速地滚动了几下，顿觉喉咙里干涩得厉害，伸出手去端几上的茶盏，却一个没注意，衣袖扫到茶盏，“啪”地砸在地上，清脆的几声，碎了满地。

宁庭安自来聪明，又起身跪在了地上：“微臣恳请娘娘恕罪，那日殿下嘱咐了微臣诸多事务，如今微臣再回想一番，怕是微臣听岔了去。”

皇后没说话，但脸色不太好看，陈温终究是没稳住，侧过身轻轻唤了声：“母后……”

皇后对屋子里的人扬了扬手：“都退下吧。”

瑞王和宁庭安都走了，陈温倒是很自觉，没敢起身，老老实实地坐在了皇后身旁。

四下无人时，皇后才对陈温说道：“你满周岁就被封为太子，三岁便独自一人住进东宫，八岁开始同你父皇一起处理朝政，二十年来你做的每一件事都很果断英明，这回芙蓉城瘟疫之事，本宫见你也处理得甚好。怎的今日在本宫面前，竟耍起了无赖来，你莫不是忘了自己是陈国的太子？你的令牌还在我手上，你的太子之位一日在，你就依然是我大

陈国的储君，堂堂太子，说过的话，又岂能不承认！”

皇后对两个孩子，一向都很温和，这回脸色难得地严肃。

陈温屈膝跪下：“母后息怒，儿臣知错。”

皇后看着他，干脆也狠心了一把，又说道：“君无戏言这话，太子应当也明白，说出去的话，泼出去的水，沼姐儿……”

皇后的话还没有说完，陈温突然伏身向皇后磕了一个头，再迎起头来，神色肃然，隐隐透着几丝悲恸：“母后，儿臣不愿她成为儿臣的皇妹，儿臣心里有她。”

皇后故作意外。

陈温道：“儿臣那日以为自己出不来了，便盼着她这一生能过得安稳美满。儿臣知道母后喜欢她，若是封了公主，定不会亏待了她。可待她离开后儿臣方才知，并不想将她托付给任何人，儿臣只想自己陪在她身边，陪着她过一辈子，照顾她一辈子。如今儿臣回来了，便恳请母后能再给儿臣一个机会。”

他眼眶湿润，皇后倒也是头一回见他如此深情。能为沼姐儿屠了那讨命的百姓，皇后又怎不知他心里的想法，这番逼迫他，也是想看看他心里到底是如何打算。这些年沼姐儿追在他身后，也没见他动过心，如今沼姐儿明摆着是放下了，若想让人回心转意，怕也没那么容易。

见他如此说，皇后便也软了态度：“当初，这门婚事是我同江二夫人定下来，再由你父皇下的圣旨。那时你年纪还小，没法儿自个儿拿主意，如今这婚也退了，你也到了及冠之年，有了主见，你要喜欢谁，我不去勉强你，也不会伸手再管。你要想争取就自个儿去争取，成与不成全在你自己，但东宫的太子妃人选不得再耽搁下去，你已年满二十，按照规矩今年必须成亲。我也不将你逼紧了，给你两个月，若到时候还没进展，我就会从臣子家里选出姑娘，同你父皇商议，最迟今年秋天就得完婚。”

陈温身上不觉出了一层薄薄的汗，沉默了一阵，对皇后说道：“儿

臣多谢母后。”

皇后便也不再留他：“起来吧。”

陈温起身正欲走，皇后又叫住了他：“你且等等。”

皇后回了寝殿，再出来，便将那日宁庭安交给她的令牌放在了他手上：“这一遭就当是历了劫，既然回来了，就该同以前一样，踏踏实实做好你的本分，若当真要赎罪，就当好陈国的太子，好好造福百姓。”

陈温退后两步又屈膝跪在了地上，接过了令牌：“儿臣多谢母后教导。”

“行了，回去好好歇息，这一路上怕也没少受罪。”皇后心疼地将他扶了起来，直到此时，心头的那丝柔情才露在了脸上。

陈温还没从皇后屋里走出来，倚瑶从门外进来对皇后说道：“娘娘，江姑娘说芙蓉城沈家三小姐来了江家，沈姑娘和江家人不熟，她得先赶回去。知道娘娘这会儿忙，就不来同娘娘来辞别了，待过几日再进宫陪娘娘。”

倚瑶说完，皇后还未出声，陈温就问：“人已经走了？”

倚瑶愣了愣，点头：“该出宫门了。”

“儿臣告退。”陈温没有再在皇后面前失了仪态，行了礼，从容地跨出了皇后的殿宇，到了转角处，脚步才不自觉地快了起来。

从凤阳宫出来，周顺还在后头追着，陈温已经跨上了马，一路往宫门口赶去。等周顺一路小跑追到半路，却见到陈温骑着马，独自一人归来。

周顺便知终究还是没追上。

江沼从秦将军口中得知沈霜来了江陵，当时就找了个眼熟的宫女，要她向皇后传话，那宫女最后找到了皇后身边的倚瑶。这一番传过去，本就耽搁了时辰，江沼又走得急，等陈温从皇后娘娘屋里出来，如倚瑶所说，确实已经出了宫门。她并不知陈温会追她，一心只想回到江家去见沈霜。

大夫人适才才同几个江家姑娘打了招呼，说今儿江沼进了宫，霜姐儿初来江陵，怕会认生，你们几个可得好生陪陪霜姐儿。三位姑娘便一直留在沈霜屋里陪着说话。

“这回瘟疫，霜妹妹可是功臣，瘟疫一起霜妹妹便跟着董家大老爷，没日没夜扎在帐篷里头。先是在王府，后来又跟着董老爷子到了街头的帐营里施救百姓。帐营拆掉的那日，你们是没瞧见，百姓将霜妹妹围在中间，个个声泪俱下，都在感谢她的救命之恩，还唤她为活菩萨呢。”

江嫣同沈霜也算是一起经历了一回生死磨难。那日在王府，一个在门外，一个在门内，死死地拦住那群人。江嫣从那时候起，就认定了沈霜这个妹妹，这回听说沈老夫人有意让她来江陵，便主动去沈家接人。

沈霜见江嫣连这事都说了出来，一时红了脸，忙抓住江嫣的手：“嫣姐姐可别笑话我了，什么活菩萨，我就只是跑个腿，哪里又会懂医。”

沈霜能来江陵，确实是沈老夫人的意思。

沈老夫人一生淳朴，也不愿自己的子孙去贪图虚名。医药世家与旁人不同，手里握着的是人命，就怕有朝一日，被那虚荣蒙蔽了双眼，忘了本，断了沈家的基业。沈烟冉死在围城之后，皇上就曾说过要让沈大爷去江陵太医院任职，被沈老夫人拒绝了。

这回瘟疫结束后，太子让人造了一块“悬壶济世”的牌匾，又提了旧事，沈老夫人依旧回绝了：“身为大夫，救人是本分。自古以来也没有听说哪个大夫救了人，就要谋个大官。殿下能有这份心，老妇已经是感激不尽，若真要求个什么赏赐，老妇便斗胆向殿下，为府上的三姑娘求个恩典。”

沈家三姑娘沈霜，论功劳这回确实是立了功，陈温便点了头。

沈霜走的那日，沈老夫人将沈霜拉到跟前来，语重心长地说道：“你自来与你两个姐姐不同，心气儿高，不愿拘在这芙蓉城，我都看在了眼里。本以为你是异想天开，却没想到这都是你命里该有的。这回也并不是我要成全了你，而是你自个儿争取得来的，那便是你的造化，我断不

会再去阻碍你。”沈老夫人说完将当初江沼留给沈家的那个小匣子交到了沈霜手上，说道，“你这回进宫，就拿着这个去见皇后娘娘。沈家也拿不出什么像样的东西为你去撑场面，倒是这烫手山芋到了宫里还能派上用场。你拿去傍身，等自个儿有了身份，配人家也才有底气。”

沈家的一张药单子，险些害了两代人。

沈老夫人同沈大爷早就商议好了，这东西留在沈家，指不定哪天又会闹出什么事，要是放在皇宫，还能造福更多的人。两人一番合计，便将药单子交给了沈霜，让她拿去江陵面见皇后，为自个儿讨一份功，谋一个身份，待将来嫁进将军府，也没人会说她是麻雀变了凤凰。

沈老夫人知道沈霜心里喜欢秦将军。

瘟疫控制住后，秦将军也曾去过沈家求见沈老夫人。一进屋，秦将军就表明了来意，他心属沈家的三姑娘，要沈老夫人等他些时日，不急着将三姑娘许人，待他回到江陵，必定依着三媒六聘的步骤来求娶三姑娘。

沈老夫人对秦将军也挺满意。人才品行确实是难得的。

但这门亲，是她沈家高攀了人家。沈老夫人深知高门世家里的规矩，若是这般嫁过去，沈霜往后的日子也不见得就好过。就算秦将军护着她，可那后院里，先是婆婆压着，自己挺不直腰杆，便会暗里吃哑巴亏。这才在太子殿下面前为沈霜求了恩典，后又给了她药单子。

沈霜跪在沈老夫人面前流泪：“霜儿进京，本就忤逆了祖母的意愿，又怎敢拿了这东西？”

沈老夫人叹了一口气，将她扶了起来：“就算是我给你的嫁妆吧。将来的日子还是你自个儿过，有过这么一回生死磨难，你那眼界当也开阔了些。”

江沼回来了，大夫人倒也没意外：“就知道你放心不下霜姐儿，你三个姐姐正在北屋里陪着呢，你快过去吧。”

江沼在门外就听得里头热闹的说话声，忙加快了脚步，进门便瞧见了一身浅绿长裙的沈霜，唤了声："三表姐，大姐。"

沈霜抬头，眼里的热泪瞬间溢了出来，心终于安稳了。

"表妹。"沈霜的笑容似乎与往日不同，明朗了不少，"都怪我，将你给催回来了。"

当初在沈家时，沈家的三个姑娘时常凑在一起陪着江沼，如今沈霜到了江家，江家的三个姑娘又陪着她，大家年纪相仿，倒是熟络得快。

"再过半月，二妹妹就该嫁人了，我们回来得多及时。"大姑娘江嫣说完，眼睛就定在了江沼身上。江二姑娘嫁的是永宁侯府的世子，三姑娘江芷已同兵部尚书王家的大公子许了亲，那王公子去年科考还中了榜眼。

沈霜是什么情况，这一路江嫣岂能看不出，若沈霜真能嫁给秦将军，倒是个好归宿。个个都挺好，就只剩下了江沼的亲事还没个着落。

"四妹妹今日见着太子没？"也不知道为何，江嫣还是觉得太子同四妹妹最相配。四妹妹从小被皇后娘娘养在身边，养成了一身的皇族贵气，如今要将她放出来在外头寻个人家，谁又能配得上。

江沼点了点头，说只看到了个背影。

"我听说祖母正在替四妹妹挑人家呢。"二姑娘突然接过了话，神神秘秘地往大伙儿跟前一凑，"穆国公府的韩公子，听说人品样貌都不错，这回祖母给四妹妹议亲，定会考虑进去。"

江燃一说完，就被江嫣用手肘戳了一下："你都快嫁人了，还没羞没臊地去论别家的公子，就不怕永宁侯府的世子爷吃了醋。"

江燃脸色一红，赶紧打住："我，我这不是同四妹妹说嘛。"

"四妹妹哪用得着你管，你还是替你自个儿多操点儿心，嫁过去侯府怎么伺候好世子爷。"

江嫣说完，江燃的脸就红成了猪肝，急着去捂她嘴："我的好大姐，我不说了成吗！"

几人一闹，天色擦黑了才从沈霜屋里出来，江沼多留了一会儿，想私底下问问沈霜来江陵是不是为了秦将军。

江沼还未来得及问，沈霜倒先有事找她："表妹，有样东西我要交予你。"沈霜回屋去取了那小匣子，"祖母说这东西搁在沈家将来指不定会闹出麻烦来，我们这样的人家，怕是护不住。祖母让我带来江陵，想让妹妹拿给皇后娘娘，将来还能造福百姓。旁的不求，但求朝廷能贴个告示出来，表明了这东西的去处，沈家不求嘉赏，唯愿往后沈家子孙的日子能过得太平。"

祖母担心沈家的家世配不上秦家，怕她以后吃了亏，可沈霜心里早就有了盘算，她不需要任何东西傍身。秦将军对她表明心意时，她是沈家的三姑娘，那在她嫁进秦家的那一日，也必须是以沈家三姑娘的身份。

祖母和父亲教她医者仁心，做人要大气，姨娘教她人心难测，要处处为自个儿做打算，是以她与沈家的另外两个姑娘不同。

她大气时，能将爱给世人。她若留心，旁人又怎会算计得到她。

她喜欢秦将军，也爱慕富贵，却又懂得何为可取，何为不可取。江沼走的那日，让宁庭安把药单同医治瘟疫的药方交给了外祖母，考虑到这东西原本就是沈家的，她得物归原主。如今听沈霜这般说，倒也觉得是这么个理儿，并未生出怀疑来。

"行，改日我进宫交给娘娘，三表姐这回来江陵，不会就是送个匣子吧？"江沼目光定定地瞅着她。

沈霜被她这么一瞧，脸一红，低下头支支吾吾地说："秦……他说江陵的樱桃好吃。"

江沼半晌才反应过来，捂住嘴笑："是好吃，三表姐一定得尝尝。"

沈霜被她笑得更是抬不起头。

"表姐一路过来怕是也累了，今儿早些歇息。"江沼也没再留，嘱咐了屋里的丫鬟好生伺候沈霜，转身同素云回了院子。

刚从沈霜的屋里出来，江老夫人跟前的嬷嬷就过来传话："老夫人

让姑娘今儿早点歇息，明儿一早同她去庙里祈福。”

二小姐江燃说的那话显了灵，江老夫人这段日子没闲着，除了替二姑娘筹备婚事，其余的日子都是在替江沼选人家。

眼下就看上了三个：穆国公府的小公爷韩汪成、吏部尚书家的大儿子李骏、林家国舅爷家里的长子林琛。

明儿江老夫人去庙里会的是李家的老夫人。李家虽无爵位，好在几个儿郎都一身本事，李骏不过也才十八九，去年殿试便夺了个第一，是朝廷的新科状元，与王家的王公子成就了江陵的一桩美谈，一时被人称为江陵两大才子。江老夫人听说明儿李骏也会跟着一道过去，便想着让江沼也跟上，成不成先看上一眼，免得后面的事情说定了，到时候沼姐儿又看不上李骏。

江沼八成也猜到了祖母的目的，知道自个儿的婚事让祖母操了不少心，便也极力配合，乖乖地听了话。

陈温一回东宫，瑞王就扎在了里头。

两人对弈时，宁庭安和周顺便一边立一个观战。等到太阳渐渐落了西，陈温手里的棋子越落越慢，眼瞧着瑞王占了上风，周顺紧张地盯着陈温手里的黑棋，直替他着急。

那黑棋却迟迟不落。

母后给了他两个月，如今他连人都没见着。

出了宫，太子若是再去追，便就得找个妥当的理由出来。他是太子，又怎能贸然去江家寻人，且那退婚书还是他亲手给的，再这般上门去纠缠，倒像是那不讲理的登徒子。

若想见到人，还是得让她到宫里来。

陈温的思绪根本不在棋盘上，但脸色平静，让人瞧不出半点儿异常来。直到身后一阵动静，一群宫女跟着个火冒三丈的美貌姑娘走过来，陈温手里的棋子才落了下去。

“皇兄，有人欺负我，你们管不管。”

文乐这番话瑞王这段日子耳朵已经听出了茧子，一时也没抬头，盯着陈温适才落下的一颗棋子，半天没回过神来。

“不玩了！”瑞王将手里的棋子“啪”的一下扔进了罐里，连输三局，他的心情堵得郁闷，问道，“谁又欺负你了？”

还能有谁，文乐在两皇兄面前自来没什么顾忌：“不就是吴国的三皇子嘛，傲什么傲，皇兄派兵不出半月就能灭了吴国。”

在三皇子那儿吃了亏，文乐第一个去找的就是皇上。同样的话说出来，被皇上训了一顿，心情简直糟了个透，回头就找到了陈温这里来：“皇兄，你可得帮我治治他。”

“母后未教导过你，应以和为贵？”陈温的话说出来，文乐瞬间就蔫了，就知道寻错了人，周身没劲地往那椅子上一坐，正欲拽住瑞王的袖子撒娇，又听陈温说道，“你贵为一国公主，还能在宫里受人欺负，倒是有出息。”

文乐被这话戳了心窝子，一瞬又从那椅子上弹了起来，又气又羞，一张脸憋得通红，眼珠转了几圈，回头便对瑞王说道：“皇兄，他说他射箭厉害，陈国没人能比得过。”

这话明摆着就是挑衅，瑞王岂能听不出来，眉毛挑了挑：“你昨儿说的不是长枪吗，今日怎又成了弓箭？”

文乐被揭穿，心一横，看着对面脸色淡然的陈温说道：“皇兄要是帮我治了他这回，我保证将嫂子带到你跟前。”

文乐今儿亲眼瞧见陈温骑马去追了江沼。她不信他不动容。

凉亭里的几道目光都看向了陈温。知道文乐是个什么性子，往日陈温从未纵容过她，然这回根本没有半点儿犹豫地回道：“好。”

“聪明了啊。”瑞王忍不住夸了一句文乐。

文乐得了陈温一个准话，恨不得立马就让三皇子在她跟前丢人现眼：“明儿一早我就递帖子，将江陵各世家的公子爷和姑娘们都请过来。”

文乐自来说风就是雨，射箭场有陈温去筹备，她便连夜让人拟好了帖子，翌日一早，便派人去挨家挨户地送帖子，给江家的帖子文乐特意叮嘱了送信的太监："帖子得亲手交到江姑娘手上，"

巳时末，太监回来禀报："江姑娘不在，听说同江老夫人去了寺庙祈福，今儿一早就走了。"文乐愣了愣，那太监又说，"也是巧了，吏部尚书府李公子今儿也不在府上，听李家的奴才说，也去了寺庙祈福。"

文乐的脸色当场就变了。这哪儿是什么巧了，这是出了大事。江姐姐退了婚，江家肯定得为她另寻婚事，什么寺庙祈福，那都是幌子，相亲才是真。

文乐赶紧就去寻陈温，陈温却不在东宫，正在晨曦殿同皇上商议芙蓉城瘟疫的善后。该罚得罚，该赏得赏。昨日，陈温与瑞王和宁庭安共同拟了旨，陈温拿给皇上过目，就传言之事和董、沈两家的功劳，耽误了些时辰。

文乐一路赶来了晨曦宫，正殿外，高公公正守在门口。文乐自来怕皇上，也不敢直接冲进去，便让高公公进去添茶时带了一句话给陈温。

"今日，江姑娘同李家公子去了寺庙。"高公公添茶时侧着身子挡了皇上的视线，轻轻地在陈温耳边说道。

陈温猛地一个侧身，高公公没及时避开，一壶茶水泼了一半在陈温身上。高公公吓得脸色发白，跪在了地上："奴才该死。"

陈温起身，沉着冷静的眸子里没有愠色，却浮出了几丝慌乱来。皇上的目光投来，陈温借此转身对皇上作揖："父皇也累了，儿臣明日再来。"

大殿内的地砖每日都有人来来往往，磨得光亮，脚步从上而过，能映出个模糊的身影子来。文乐还在外头候着，伸出脑袋进去，想瞧瞧高公公将话带到了没有，突然间那地上的一团光影，极快而来，一抬头便见到陈温湿了半边衣袍，一步跨出了门槛。

"哪座寺庙？"陈温开口就问。

江沼今儿一早便跟着江老夫人出来，出门时也没带素云，让她去了沈霜屋里。素云同沈霜熟悉，她不在，若沈霜有什么需求，也好开口些。

江老夫人几乎每月都会去一趟寺庙，江家老爷子虽已辞官不问世事，在朝时任的是右相，江家的大爷又是平昌侯，寺里的主事不敢怠慢，每回江老夫人过来，都会提前闭门，谢绝香客。今日这庙里的人也就江家和李家两家人。

来之前李家和江老夫人早就通过气，先相看，成了自然是好，看不中两家还是像以前那般来往，不妨碍两家关系。

江沼的退婚传言传出之后，虽有些门户忌讳江沼曾同太子许过亲，不敢前来，但见皇后三天两头地还在关照着江家，并没有闹僵，便都猜测，八成退婚也是两家合计好的。

传闻说太子退婚，是因为喜欢上了林家二房的六姑娘，后来又见太子亲手办了林家二房。二房几乎是一夜之间遭受灭顶之灾，林家六姑娘最后那下场有多凄惨，众人瞧进眼里，便也知道那传闻为假。直到近两日传出了皇后有意要封江沼为公主的消息，众人才渐渐醒悟过来，恐怕是两个孩子从小到大在一处，虽然没有男女之情，倒是有了兄妹之情。这一来，各世家都有些蠢蠢欲动。

李家老夫人同江老夫人都是庙里的常客，今儿这场相聚，还是李老夫人先提，说想带她大孙子去庙里祈福，希望能求得一桩好姻缘，江老夫人便听出来了意思。

本来李家就在江老夫人的考量之内，两人一拍即合，择日不如撞日，今日若是能相中，今年江家的喜事便是接二连三，三个姑娘都嫁了人，江老夫人身上的担子也就松了一半。

马车到了寺庙，寺庙的主事亲自出来迎接："李家老夫人先来了一步，正在里头候着老夫人呢。"

"倒是咱们来晚了。"江老夫人笑了笑，脚下便没再耽搁，领着江沼赶紧走了进去。

今日寺里没人，很是安静，几棵老槐树上的鸟鸣声清脆悦耳，香火缭绕，让人觉得远离了外头的嘈杂，步入了一片宁静之地。

寺庙远离闹市，周围依山傍水，灵气很盛，平日前来的香客络绎不绝，又加上这些年江家捐的香火钱不少，寺庙的院落几番扩建。走过了三四个院落，江老夫人才指着院落后的那片花开正盛的梨园说道："沼姐儿先去那里逛逛，待会儿我再派人来寻你。"

江老夫人没带她去见李老夫人，八字没一撇就去见人，若是后面没看上，难免会尴尬。

江老夫人让张嬷嬷跟着江沼，一切都算好了，那梨园中花儿开得正好，隔着花海相互打量，也算不得私下相会。张嬷嬷到了园子门口，便也没再跟着过去："四姑娘可别走远了，奴才也好瞧得见。"

江沼应了一声"好"，顺着脚下的那条石板路往前走，摘下了帷帽，见眼前梨树花海，突然想起了芙蓉城沈家老屋里的那几排梨树，离开的时候才露出了个绿芽儿，如今当也是花满枝头。

不知不觉走进了花海深处，此时阳光正好洒落枝头，落在簇簇雪白的梨花之上，白得亮眼、美得纯粹，宛如这世间最干净的东西。江沼抬手轻轻挡在额头，仰头，从那纯白的花海中瞧见了透出的蔚蓝天空。耳边是清脆的鸟鸣，徐徐春风拂过，鼻间一股淡淡的清香。

走到了拐角，身后突然传来轻轻的窸窣声，江沼心头一紧，这才想起来前来的目的，忙垂目，不敢再四处张望。

身后又是一阵花落的声音，江沼感觉身后之人离自己似乎越来越近，眉目轻皱，问了句："可是李公子？"

那声音落在满园春色之间，柔美婉转，如一道轻羽从人心头轻轻刮过，挠心挠肺，又痒又烧得慌。江沼半晌没见对方应答，也没见对方后退，脚步仿佛已经到了她的身后，便有些悔，自己走得太远，此刻恐怕早就离开了张嬷嬷的视线。

江沼转过身时脸上还有愠色，直到鼻尖撞到了那结实的胸膛，从淡

淡的梨花幽香之间分辨出了那一抹熟悉的清香时，一双杏眼惊愕地瞧着来人。

“李公子是谁？”陈温垂目看着她。

江沼忙退后两步，那梨花树丛间又是一阵脚步声，比适才陈温的动静更大，随后一道清朗的声音传来：“江姑娘可在？”

江沼慌了神，来不及去想为何陈温会出现在这里，只知道若是被李家公子瞧见她同陈温在一处，不仅会让祖母对李家失了信，若是被传了出去，从此以后恐怕她就彻底无人问津。

陈温却没有半点儿要回避的意思，平静地看着她。

瞧见那人影就要走过来，江沼心头一急拽住陈温的手腕，弯腰从梨花丛中穿过，满枝的梨花尽数落在两人的肩头，如下了一场花雨。花海的尽头是一间空院落，平日里香客上完香，便在此坐着一面赏花一面歇息。门并没有上锁，江沼推开门，将陈温带进去后用身子抵住门，才深深地吐出了一口气，再抬眼看陈温，梨花花瓣沾了一身，头上肩上皆是。

江沼愣住，对视了半晌，才问了声：“殿下怎来了这里？”

陈温没答，黑漆漆的眸子深邃如星海，江沼心虚地错开眼。陈温突然往前走了两步，堵在了江沼跟前，没给她留半点儿缝隙，压迫感扑面而来，江沼一时乱了呼吸，下意识地逃了两步，却被陈温拉了回来，鼻尖再次撞到他胸膛上，那双手禁锢在她腰间，没再给她逃离的机会。

江沼的脸突然火辣辣地烧。

陈温的下巴擦着她头顶的青丝，轻声地说道：“你说过要等我回来。”

江沼一时不能动弹，不敢弄出大的动静来，祖母还有李家人都在，一想到这里，她的脸色更红，轻轻挣扎：“殿下先松开了说话。”

“那你先同我说说，你今儿在这儿是为何，又是在见谁，适才那李公子又是谁？”陈温并没有松手，而是问她，“离开芙蓉城的那日，沼儿可让宁庭安给过我一张信笺？”

江沼憋着气，敷衍地应了声：“嗯。”

“那上头的‘待归’二字，既是沼儿写的，如今我归来，你便是如此待我？”

她的眼睛忽闪忽闪，回答得很是随意：“殿下能平安归来，甚好。”

陈温的头压得很低，两人的气息混在了一起，江沼猛地一个挣扎，那扇门便跟着哐当响了一声。

“江姑娘？”

李家公子的声音再次传来，江沼的身子僵住，屏住了呼吸，听见门外的脚步声一步一步地逼近。江沼的心瞬间堵在了嗓子眼儿上，咽了一下口水，对外面的李公子说道：“我的裙边沾了泥。”

外头的脚步声终于停了下来，随后李家公子的声音传了进来：“是在下莽撞，江姑娘且莫慌，我这便替你去寻人来。”

脚步声渐渐远去，江沼提着的心才暂且放了下来，刚回头却见陈温的目光带着探视地望着她：“你来寺庙，是与李家相看？”

江沼点头。

——承认了。

她与陈温已退婚，今儿确实怀着诚意来同李家相看，但结果并不好。

“殿下该松开了。”江沼提醒了他。

陈温依旧没松，微微偏头附在她耳边轻轻地说道：“我重新求一次。”

江沼不明白他的意思，抬了头。

陈温的脸离她不过一指的距离，那双眼眸里的一簇火，他紧紧地瞅住江沼，恨不得将她融了进去：“再给我一次机会，让我再向沼儿求一次亲，可行？”

江沼奋力从他怀里钻出来，立在陈温的面前，咬牙说道：“人当往前看。”

陈温却未退缩，面不改色地说道：“衣不如新，人不如旧。”

江沼诧异地看着他。

“四姑娘？”门外张嬷嬷的声音传来，江沼忙收了视线，转身拉开

了门，将陈温一人关在了里头。

“不过一个眨眼的工夫，四姑娘就不见了身影，好在李公子出来说了一声，不然可有的我找。”张嬷嬷适才瞧见江沼没了踪影，本想追上去，又怕撞见了李公子坏了气氛，一直站在那儿焦急地等，直到李公子出来说，四姑娘的衣裙脏了，这才赶紧寻了过来。

江沼突然才反应过来。张嬷嬷在门口守着，那陈温是如何进来的？她回头望着梨树尽头的那堵院墙，眼里满是不可思议，他是太子，当不会翻了院墙？江沼将那念头压下去，又想起适才整个人被他圈在怀里，春风迎面吹来，她的面色一红。

李家公子同张嬷嬷说完，便回了李老夫人跟前，今日的这场相看便算是结束了。起身时，李老夫人故意放慢了脚步，悄声问了自己的大孙子：“如何？”

李家公子笑了笑：“听声音倒是个温婉的姑娘。”

李老夫人一愣，敢情今儿这一趟，连面儿都没碰到，便细细地问了李公子。

别说看到脸，李家公子连个背影都没见着，只见远处梨花如雪，枝头摇曳。他追得急，前头的人走得更是着急，等到了跟前，只听见江姑娘说污了衣裙。

“倒是可惜了，竟没缘分。”李老夫人叹息了一声，也不知是江家四姑娘没瞧上他，还是真不凑巧，但无论是哪种原因，都算是没缘分。

李老夫人心中失落了一阵，便将这事放下了，几个快步追上了前头的江老夫人，一同从寺庙里走了出来。成与不成横竖她也尽了力，做不成亲家，还有人情在，往后两家该怎么来往，还怎么来往。

江沼从梨园出来，先上了马车，在车内候着江老夫人。

此处景色极佳，又是鸟语花香，江沼见四处无人，便将马车帘子敞开，任那徐徐春风吹进来，倚在窗口懒懒地赏着春色。

江老夫人和李老夫人并肩出来，李家大公子走在了一边，无意间抬

头，即便是惊鸿一瞥，心脏怦怦地跳了一阵，望着那还在微微晃动的车帘愣了神。回去后同李老夫人再提起这事时，李家公子便说："是我妄想了。"

江老夫人上了马车也问了江沼："觉得如何？"

江沼微微垂目不语。

今日是她对不住人家，本是两家诚心诚意地相看，谁知突然被太子撞进来，还……还那般对她。李大公子在外头问她时，陈温的手还放在她腰上……江沼心里已生了愧意，断没脸再对人家生出旁的心思。

江老夫人一愣，便也明白了她的意思，那李家大公子样貌虽好，若是同太子相比，却又逊色了不少。江老夫人心里一时免不得有些乱，就怕这头一门亲事许得太高，沼姐儿的眼界开了，再寻起来，估计就难了。

三家人中，实则江老夫人最中意李家，韩、林两家都各有利弊。

林家胜在府上有规矩，儿郎不能纳妾，正好符合沼姐儿的想法。但坏就坏在是当朝国舅，同太子又扯上了关系，往后两家人见面，即便本人没想法，外头人瞧着也别扭。

嫁到韩家倒是不用担心这些，但沼姐儿的期许怕是悬了。虽还未去打听韩公子愿不愿意一辈子就一房正室，但瞧着韩老爷还有韩大爷皆是妻妾成群，恐怕也没什么指望。

唯独这李家，既与太子没什么关系，人家也保证了若是沼姐儿进门，不会再纳妾。

她同李老夫人关系近，有什么话两家都直说了出来，将来不会纳妾这保证，还是李家大公子亲口应下。可惜了，没成。

"也不着急，咱再瞧瞧。"江老夫人心里虽愁，却没有显在面上，攥住了江沼的手，安慰了江沼，也安慰了自个儿。

李家不成就不成吧，还有林家和韩家。

江老夫人回去之后正欲让人先去韩家打听，便听说了文乐公主两日后要举行一场射箭比赛，场地设在东郊，请了江陵大半的名门贵族。

江老夫人愣了愣，倒没想到还能有这好事。

“这回倒是多亏了文乐公主，省得让沼姐儿一个一个地去挑，趁着这机会，先让沼姐儿过眼，瞧上哪家了，咱再派人去说。”江老夫人心头的那丝丝遗憾便也消散了去，回头就对张嬷嬷说道，“屋里的几个姑娘，除了快成亲的燃姐儿，估计都得去凑热闹，你派些银两给小姐们，让她们照着自个儿的喜好，去置办些衣裳。”

张嬷嬷给银子时，也将沈霜算进了里头。沈霜到的那日，沈老夫人也同江老夫人通了信，说：“霜姐儿就拜托亲家关照，待过了春天，将她送回来就成。”

沈老夫人没提秦家的事，沈霜过来，权当是走一趟亲戚。

“算起来，霜姐儿年纪比沼姐儿还大，听说也还未许亲。我瞧着那丫头一双眼睛灵动得很，估计是个有主见的，若是也能借此寻个意中人，倒也不用再回芙蓉城。”

江沼一回来就去了沈霜屋里，几个姑娘正围在屋子看沈霜绣花。沈霜绣的是一对鸳鸯，打算赶在江燃成亲前，给她做一双新鞋。

江燃正盯着那栩栩如生的鸳鸯，江沼挨了过去，素云就将文乐公主送来的帖子递到了她手上：“公主一共给了五张帖子，沈姑娘也有，就是可惜了二小姐怕是去不成了。”

江燃噘了噘嘴：“你这鬼丫头，哪壶不开提哪壶。”

江沼拿着那帖子瞧了一眼，脸色却并没有大伙儿预料中的雀跃，转身将帖子递还给了素云，便对江嫣和江茈说道：“三表姐好不容易来一趟，难得遇上这么个大热闹，还得拜托大姐姐和三姐姐多关照些。”

江沼没打算去，怕再遇上太子。既是文乐办的射箭比赛，太子定也会去。今儿在梨园，好在李家公子没有撞见，若她再跟去射箭场，到时太子当着大伙儿的面再来这么一出，往后她还如何寻亲。

“我这两日身上来了。”江沼说了个理由。

江茈狐疑地看着她：“我怎记得我俩之前日子相差不了两日，我身

上都干净了好几日了，你怎的还没完？”

江沼靠在江燃身旁：“二姐姐一人在屋里，我留下来陪她。”

没人信她，都猜到了同太子有关。如今江沼和太子的关系，没人能理得顺。芙蓉城的那场屠杀，江嫣和沈霜两人目睹了太子是如何护着江沼、屠了百姓。原本以为两人定会修成正果，谁知，转眼太子却给了江沼退婚书。谁也瞧不明白。

“四妹妹要是不去，祖母就该急了。”江燃说道，既然都退了婚，四妹妹总不能吊死在了这棵树上，日子总得往下过，她也得说亲，也得嫁人，这回难得有这么好的机会，各世家的公子哥儿都会到场，怎就因他太子影响了去，“府上这么多人，我还缺你来陪？”

江沼干脆也不寻理由了，说不去就是不去：“那我就去屋里睡大觉去，乏得很。”

江燃好久没见过她这样，便去戳了她一下：“哪里来的小赖皮……”

江家和李家的人走了后，陈温才原路返回。怎么进来的怎么出去。

严青在外头守着，自打陈温跳上了院墙，心头便一直七上八下的，这会儿终于瞧见那道月白色的身影从墙头上翻下来，才松了口气，但震惊还未消，他知道殿下这是被逼急了。

严青一句也不敢说，紧紧地跟在陈温身后，等到两家的马车彻底消失在了山路上，两人才骑马回了东宫。

太子出宫时，周顺来不及跟上，便也不知太子干了一件惊天动地的事，陈温一回来，便对他说了正事：“殿下，林二爷招了。”

瘟疫来得蹊跷，不只是皇后察觉了出来，陈温在芙蓉城时心中便生疑，早将林二爷抓了起来，回江陵时也将其带了回来，关进了地牢。林二爷也不过撑了一日，就已经到了极限。

周顺将林二爷的供词呈给了陈温，上头的每一桩罪行都记得清楚，芙蓉城的瘟疫，并不全是天灾，多半是人为。

早在瘟疫开始时，陈温就曾让董家去查过之前黔州的那场瘟疫，怀疑两者是不是有关系。结果是两次瘟疫初次发病的症状相似，芙蓉城的瘟疫不但发病比黔州快，且治愈后还会复发，一旦复发，几乎只有等死。

陈温便又着手去查近段时间从黔州来芙蓉城的人，这一查，便发现了蛛丝马迹。黔州的人没有过来，倒是从那边运来了几车赈灾物资，皆是些保暖的棉衣，因打着赈灾物资的名头进来，到了关口也没有人去严查。几番追查，才将林二爷给揪出了水面。

林二爷被拿去了林姓，活得便不如一条狗，心里憎恨江沼，憎恨陈温，更是憎恨世人，后来才以罗姑娘为引结交了张二爷，同张二爷暗里行了一笔交易。张二爷对沈家也正是眼红嫉妒，两人一拍即合，便想尽办法去黔州把瘟疫引到了芙蓉城，再加上张二爷的几味药，原本就是一场普普通通的风寒，到最后便暴发了一场无药可医的大瘟疫。

林二爷也没想到后果会这般严重，更没想到张二爷会死，以为张二爷那药不过是催发瘟疫，最多就同黔州的瘟疫一般，百姓多受点儿罪，太子多受些折磨，最后还能控制住。

殊不知，此时芙蓉城经过了一场雪灾，百姓大多都染了风寒，加上瘟疫，二度病发，根本束手无策。等到瘟疫开始不受控制地四处蔓延，最后连他自个儿也不能幸免，林二爷才知道慌乱害怕，自投罗网到了沈家的药铺子前讨药。

许是死了也想拉个垫背的，又或许是心头害怕，想将功抵罪，林二爷没有再藏半分，通通交了底，到最后终于供出了一人——林婉凌。

罗姑娘的卖身契、同张二爷的交易都是林婉凌的主意，包括从黔州如何引入瘟疫，皆是林婉凌给他出的点子。

等到瘟疫暴发后，林二爷知道害怕了，便又找到了林婉凌。林婉凌同林二爷说："那芙蓉城内不是有个活的药引子吗？沈烟冉当初就是用骨血救了世人，江家四姑娘是她的亲生骨肉，想必也能拯救世人。"

林二爷当日就照着林婉凌给他的名单，去寻了几家当年从围城里出

来的百姓。

凡是经历了十年前的瘟疫，谁不谈之色变，如今再一次面对死亡，根本不用煽动，那谣言几乎一夜之间便散发到了各处。百姓围堵了王府，林二爷亲眼见证了太子屠城，到那时心头才真正开始恐慌，最后走投无路来求药，严青就在沈家的帐子里逮住了人。他虽然从瘟疫中活了下来，但如今也被折磨得半死不活。

周顺禀报完，陈温将供词过目后，便让周顺带人去薛家提人。

皇后上回将林婉凌带进了宫里之后，并没有关押她，而是将她原封不动地送回了薛家。当夜薛家大大小小几十口人坐在中堂，等到林婉凌回来，便开始滴血认亲。

“她要是个光脚不怕穿鞋的也就算了，偏偏还有个从宫里带出去的野种。”滢姑当夜将人送回去的时候，就啐了一口。滢姑也算是瞧着她长大，亲眼瞧着她是如何一步步将自己糟蹋成了这样，如今心肝能歹毒到如此地步，岂能是一条白绫便能了事的，千刀万剐也不为过。

当年前太子被俘，林婉凌作为太子妃被关进地牢，从宫里出去时已非完璧。林婉凌的身子也并非给了前太子，而是让一个掌管地牢的牢头给夺了去，出宫之后发现怀了身孕这才找了家世平平的薛家草草地嫁了过去。原本薛家就是图她的身份，谁知成亲那日寒酸的两箱嫁妆直接让薛家傻了眼，又是残破之身，新婚当夜，薛大爷心里本就堵得很，抬头又瞧见了林婉凌满脸的泪痕，心里顿时生了厌恶，这些年若不是看在她生了个儿子的分上，薛家恐怕早就一纸休书把她扫地出门。

然而那儿子，却不是薛家的。

薛家的老夫人本就不是个好惹的人，这回可算是下了狠手，想起林家二房如今在江陵的日子，连她薛家都不如，心头堵了这些年的气，瞬间发泄了出来，当场便当着薛家众人的面去扒林婉凌衣裳道：“我薛家到底做了什么丧德的事，要你这么来恶心我，我今儿就要好生瞧瞧，到底是怎样一个不知羞的人，才同旁人生下来个野种，要给我薛家扣上这

么一顶帽子。”

等到周顺去薛家提人，林婉凌已经被折磨得不成人样。薛老夫人动用了家法，让人拖着林婉凌，硬是毒打了一二十棍，最后就只给她留了一口气，扔进了后院的柴房里关了起来。

林婉凌性子沉闷，往日里虽不受待见，日子却也过得清静，没人去为难她。事发之后，她的名声彻底毁了，成了过街老鼠，薛家连个下人都能对其吐一口唾沫。

林婉凌生的孩子，当天夜里被薛家送回了林家二房，走的时候倒是哭着喊着叫娘，后来到了林家，听到薛老夫人对林家二房人说的那些话，如五雷轰顶，恨极了林婉凌。

“她就不该生我。”

林婉凌听了下人每日传来的话，说她生的那野种，如今过得如何凄惨，又是如何辱骂她的，心就彻底地死了。

几日过后，林婉凌终是不堪受辱，便求着要见薛家老夫人，给她一纸休书。薛家老夫人却是一声冷笑：“你坑骗我薛家，害得我薛家将那野种当成长子养了二十余载，你哪里来的脸还想要休书？你这辈子就给我熬死在薛家，这桩丑事，我不怕你忘，有我活着的一日，我日日都会让人去提醒你一回，提醒你有多不要脸，有多不知羞。”薛家老夫人回头就同跟前的丫鬟说了一句，“好好给我伺候着。”

林婉凌又去找了她的夫君，结果薛家大爷厌恶地看着她，只说了一个字：“脏。”

周顺将薛家的事禀报给了皇后，滢姑听了倒是叹了一声：“这辈子她最怕人说她脏，却怎么也躲不过。”

江将军、前太子、如今的薛大爷，都送了这么个字给她。

在听周顺说奉了太子之命来提她时，林婉凌突然就疯了似的扑向周顺：“太子怎可活着出来，他怎就没死在芙蓉城？”

他为何就不死！

林婉凌的内心也是从那一刻才开始逐渐地崩塌，为了报复，她将自己的一生都搭了进去，到头来万劫不复的只有她一人。江晖成说谁都不会再爱，后来却为了沈烟冉殉死，他们生下来的孩子带着江晖成的影子，也带着沈烟冉的影子，如今都好好地活在世上。芙蓉城那么大的一场瘟疫没将其葬身，也没能夺了太子和瑞王的命，她所恨的人，皆平安无事。

犹如从前那般，所有人都幸福美满，唯独她一人沉入了深渊。

曾经无数回的报复，她皆以为是背水一战，再惨也惨不过此刻，太子将所有的罪证都摆在她面前的那一刻，她才知，那深渊深不见底，永远都没有尽头。

林婉凌被押入了地牢，再回到她曾经熟悉的地方，她凄凉地一笑，咬牙含恨。恨苍天不长眼，为何没怜她半分。

林婉凌被定罪后，瘟疫的真相便会公布于世，为了给百姓一个交代，必会游街示众上断头台，免不得会沾上血腥，皇后便对皇上建议："江家二姑娘过几日就该成亲，若是在这节骨眼儿上见了血腥，兆头不好，处决的日子再往后延一延，等皇上议好了嘉赏名册，一同公布于世也好。"

"这事交给太子吧。"近些年能推给太子的事情，皇上几乎都推给了他，自个儿倒是空闲不少，陪着皇后喝茶赏花。

往日皇后见怪不怪，今儿却是笑了笑："他怕是腾不出手来。"

自从知道江沼去同李家大公子相看了之后，陈温心头便没踏实过，当日在山脚下，陈温就给严青派了任务，在江家门口暗里盯梢，打听江沼的动向。严青尽职尽责地守着，江沼回来了之后便再也没出过府，江家的其他几位姑娘也未曾出来过。到了第二日早上，江家门前便备好了一辆马车，但上车的只有江家的大小姐和三小姐，还有沈家三姑娘。

严青瞧得仔细，江姑娘确实没出门。

夜里回来禀报的时候，严青还自认为很满意地交了差："今儿江姑娘一直都未出过门，倒是大姑娘、三姑娘和沈姑娘出了一趟门，置办了不少行头回来。"

陈温还未出声，周顺倒是先问了出来："江姑娘没跟着去？"

严青摇头。周顺便也不说话，垂下头目光瞟向了陈温。

射箭比赛就在一日之后，今儿江家姑娘出门采买，实属正常，江家二姑娘眼下就快成亲，不出门凑这份热闹，也能理解，但江姑娘今日没出门置办，那便是不对劲了。

八成没打算去。为何不去？应该是避嫌，避太子的嫌。

自打从芙蓉城回来之后，案上的书籍，陈温还未曾翻动过。周顺虽不知那日皇后娘娘将殿下留下说了些什么，但多半同江姑娘有关，能让皇后暂时不再提出封江姑娘为公主的话，那定是殿下应承过皇后什么。

周顺能看得出来，殿下心里在着急。就如同此时一样，双掌贴在膝盖上紧紧扣住，整个人不动，这必定就是心急了。

"你让瑞王来一趟。"

江沼打定了主意不去凑那份热闹，便一人在屋里好生睡了个觉。午后出去的几个姑娘回来堵在了她屋子里，将新买回来的几款春装拿到她跟前直晃，故意馋她，江沼皆不为所动。

屋里的姑娘们正闹腾得厉害时，大夫人派人过来说："姑娘们收拾收拾，待会儿跟着老夫人进里院。"

里院住着江老爷。江老爷子辞官之后早就不问世事，一人住在里院，就跟归了佛门一般，外头风雨如何，似乎全同他没有任何关系。屋里的晚辈也只是每月在他跟前露一面，其余时候就是想去，也会被江老爷子拦在门外。

几个姑娘这才放过了江沼，赶紧回去收拾。

江老爷身子虽已经大不如从前，但坐在梨花木椅上仍是给人一种很威严的感觉，没人敢怠慢，个个正襟危坐，说话皆是客气含蓄，唯独江焕姗姗来迟。进门之后江老夫人想数落他一句，江焕却先向江老爷赔了罪："祖父，孙儿来晚了些。"

旁人都惧怕江老爷，就连江老夫人有时候说话都要掂量着才开口，

也就江焕每回过来，在江老爷子跟前没什么顾忌，江老爷待他也更亲近些，此时瞧见他额头上的汗珠，并没责怪他："怎跑得满头是汗？"

江焕脸上神采奕奕，挨着江老爷身旁坐下："今儿瑞王送了孙儿一匹汗血宝马，还给了孙儿十支羽箭，要孙儿明日去会会那吴国的三皇子。"

江焕说话的时候，脸上还带着兴奋。瑞王这明摆着就是在给江焕机会，江陵的世家子弟谁不知江家二公子的箭法了得，能百步穿杨。而吴国擅长长枪，若是江焕能胜了那吴国三皇子，必定会得到皇上的嘉赏。翻过年江焕也满十五了，若是能得个一官半职，也算是了了江家所有人的心愿。

屋子里的人一时也跟着高兴。

江老爷子看着他点了点头，突然就提到了太子："说起箭法，怕是没几人能比过太子，当年他那十支羽箭全都正中靶心，你要想将箭法练好，还得多同太子请教。"

屋子里的人一时神色各异。

江沼退婚，江老爷子并不知情，碍着他身子的原因，江老夫人也没告诉他。江焕僵硬地点了头，江老夫人便提起其他的事，将话岔了过去。

谁知最后要走的时候，江老爷子却对江沼说："太子要的那幅山水画我都备好了，四丫头拿回去，改日进宫的时候交给他。"

江老夫人正欲上前替江沼接过来，江老爷子却直接对江沼招了手："上回太子过来讨这幅画，四丫头也在场，没承想这一耽搁就是两年，你拿回去亲手交给他，替我同他说一声久等了。"

江沼想了起来，是有这么一桩事。

两年前江沼还是太子的跟屁虫，得知太子来了江家，便借着引路，同太子一块儿进了江老爷的院子，正巧碰上江老爷在作画。太子立在那绢帛前瞧了一阵，叹为观止，以往只知江老爷在朝为右相，颇有名望，却不知画技如此了得。因那绢帛上绘的是陈国江山，太子实在是中意，便向江老爷出口讨要。江老爷应了下来，说完工之后送到东宫，却不想

后来害了一场病，几番耽搁，时隔两年才完成这幅画。

如今江沼和太子之间，也早已是物是人非。

江沼接了画，并没去过多解释，知道了真相，也不过是又多了一位为她担忧之人：“祖父放心，改日沼儿拿给殿下。”

横竖往后也得进宫，三表姐拿过来的那木匣子，至今还搁在她屋里头呢。

一行人从里院出来，江老夫人叹了一口气，心头又焦灼又难受，越发坚定了得早些将沼姐儿的亲事定下来，待婚事定下后，也用不着再隐瞒江老爷了，当下将沼姐儿唤住，说了几句话：“听说你没有和姐妹们一起出门？”

江老夫人适才从张嬷嬷口中得知她没想去凑那热闹，直接将话说死了：“难得焕哥儿有个机遇，此去又是几日，虽有你大伯母撑着，你到底也是焕哥儿的亲姐姐。”

江沼便知无法再躲。

大抵也没想到瑞王会突然给了焕哥儿这么个出头的机会，又是赐汗血宝马，又是赐羽箭。

那日同文乐公主一块出来，江沼见过那三皇子一面，看面相也是个内敛之人，这样的人又岂会在他国出风头，这回不管情况如何，三皇子都不会赢了比赛。至于瑞王为何会给焕哥儿羽箭，八成又是皇后的主意。

江老夫人拉着江沼说话的那阵，江焕立在前头路口上候着她，见她过来了，江焕往前走了两步，眼里的期待将那双眼睛点得甚是明亮：“姐姐多带些衣物上，东郊不比城内，早晚凉得很。”

此去东郊需得扎营，单是马车来回就得两三个时辰，前去的世家子弟又多，头一日玩下来，恐怕也就能比一场初赛。文乐公主的帖子上也写明白了，需得在东郊住上两日。

难得有个能快活消遣的机会。江焕还不到十五，怎不期待。

江沼应了声“好”，偏头瞧了一眼他箭筒里的羽箭，金雕雕翎，往

日倒是在东宫那儿见过几回，便知不俗："王爷信得过焕哥儿，那一定是焕哥儿有这本事。"

江焕笑了笑，附身在江沼的耳边小声地说："一定不会让姐姐失望。"

江沼被他逗笑，抬头说了声："我信。"

江焕也没再耽搁她："时候不早了，姐姐早些回去收拾。"

等江沼回到院子，太阳已经落了西，素云知道如今非去不可了，才急急忙忙开始收拾东西，这一去就是两三日，装备都得带齐了才行。

扎营的东西大夫人早就让人收拾妥当装了马车，几个姑娘只需顾好自个儿就好。江沼见素云拿出了骑射行头，又让她放了回去："不用收拾那些，带两身换洗的衣裳便好。我就坐在那场子外瞧瞧便罢了。"

射箭比赛并非普通宴会，不只男子有射箭的机会，姑娘们也有，以文乐公主的性子，定会拉着江沼去玩。江沼在宫中也同文乐玩过，但手劲不足。况且她主要是去瞧江焕，没想过亲自下场。素云听她如此说，又将那骑射衣裳放了回去，挑了几件春装带上。

第九章 春日游

翌日早上，江家大夫人怕姑娘们拖了时辰，早早就派了丫鬟去院子里催促。刚过辰时，江家的马车就离开了府门。为了热闹，四个姑娘非得要挤到同一辆马车上。江焕骑马走在前头，紧跟着是大夫人的马车，四位姑娘的马车走在中间，丫鬟们载着行李上了最后两辆马车。

此时的气候正适宜，过了闹市，姑娘们便将马车帘子掀开，想看看外头的景色。

去东郊的路就一条，各世家都往射箭场赶，路上免不了会遇上旁人。

韩家的马车驶过来，韩夫人坐在最前头的那辆马车内，正与江家的马车相遇。虽然帘子放得及时，韩夫人还是隐约瞧见了车里的几位姑娘。

江家的大姑娘和三姑娘，韩夫人之前都见过，唯有窗边的两个姑娘面生，但一眼也能认出哪个是江家四姑娘。那眉眼像极了当年的江二夫人。

韩夫人对那张脸倒是满意得很，江家二房姐弟虽没了父母，好在大房将两个孩子当成了亲生，更何况皇后对其也甚是关照，若四姑娘当真封了公主，他韩家要娶了江姑娘做媳妇，倒是不亏。

韩夫人放下帘子嘴角就带了笑。

韩家五姑娘就坐在韩夫人身旁，适才那马车内的人，她也瞧见了，不过与韩夫人不同，五姑娘对江沼明显带了敌意："大哥可是从未许过亲的人，要才有才，要貌有貌，这江陵的好姑娘多的是，母亲怎就偏偏看上了江家四姑娘，就不怕到时被人说闲话，说我韩家是个捡剩食的。"

五姑娘话音一落，韩夫人就瞪了过去："平日我怎么教导你的？当心祸从口出，你怎就不长记性，那是太子，怎就成了剩食了？"五姑娘被韩夫人一说，便偏过头去，韩夫人见她这副德行，又忍不住念叨了起来，"今儿秦家的人也在，你好生给我管住你那张嘴，说话放稳重些。秦将军年轻有为，相貌也俊朗，一直跟在太子身边，将来必定还会受到重用。待这回见了面，留个好印象，等过几日我便派人上门去探探口风，这门亲若是成了，你嫁过去不亏。"

韩家五姑娘依旧侧过脸，压根儿就没听进去。

上回皇后办茶宴，五姑娘也曾跟着母亲进宫过，本想同文乐公主套个近乎，走过去打招呼时，脚步直接插在了文乐和江沼中间，硬是将江沼逼到了身后。文乐为此同她翻了脸："你母亲没教过你何为礼仪？"

文乐那句话，让她成了所有人的笑柄。

她讨厌文乐作威作福的模样，更是憎恶江沼的傲气，如今被太子退了婚，看她还拿什么来傲。

马车拐了个弯就到了，江家的人走在前头，大夫人带着几个姑娘刚下来，韩家的马车也就到了跟前。韩夫人站在远处，同大夫人挥了挥手，大夫人便也微笑地站在原地等着她过来。

"今儿巧得很，倒是同侯夫人赶在一起。"韩夫人同大夫人聊了起来。

身后的姑娘见了礼，陪着走了一段，大夫人便没让她们跟着："都到这儿了，你们也不必一直拘谨，想去哪儿便去吧，待会儿咱们在那台子上碰面就好。"

大夫人察觉到了韩夫人的目光一直盯在江沼身上，怕江沼不自在才

故意支开她，谁知韩夫人也回头对身后的五姑娘说道：“你也一块儿去凑凑热闹，咱们说的话你们年轻人也不爱听。”

皇室往年春猎也在东郊这处赛场举行，说是赛场，更像是个避暑之地，亭台楼阁依山傍水，景色极佳。

江嫣走了几步，被头顶上的日头一晒，才想起来扇子忘在了马车内，便说：“你们先去前头逛，我回马车取了扇子就过来。”

江芷见她一人，便也同她做伴。江沼和沈霜、韩姑娘三人继续往前走，起初沈霜出于礼貌还同韩姑娘寒暄了两句，然而在得知沈霜不过是芙蓉城一个医药世家的庶女之后，韩家五姑娘的目光便带了轻蔑，下巴一抬，似乎连个余光都不愿落在沈霜身上。

沈霜便也不再作声。

“姐姐可是属龙的？那这般算起来，姐姐今年也该十八了吧？”走了一阵，韩姑娘突然问前面的江沼，她嘴角扬起，摇了摇手里的纨扇，“我也没旁的意思，就是挺替姐姐着急，这要是婚事还在，晚些成亲倒也无妨，可这如今退了婚，我要是姐姐，我肯定着急。”

江沼面色淡然，冷眼看着她：“韩姑娘倒是个操心的人。”

韩姑娘笑而不语，只上下打量着江沼。旁边沈霜突然轻笑了一声：“要不是韩姑娘称表妹一声姐姐，我倒还以为韩姑娘比表妹还年长呢。我虽医术不精，却能观人面相，韩姑娘眼窝深，唇齿骨也略微高于面，这类面相本就容易显老，若再四处操心，怕只会老得更快。”

韩姑娘的一张脸铁青，对沈霜怒目而视：“你说谁老？”

沈霜垂目不作答，被江沼拉在了身后。韩姑娘一时气不过，在江沼面前彻底撕破了脸：“你不过是小小医官的庶女，从芙蓉城来的乡下丫头，哪里来的资格论我的面相？真拿自个儿当大家小姐了？”

话音刚落，一丛月季掩映的石梯上传来了脚步声。韩五姑娘回头，便见一张俊朗的面孔厌恶地看着她。

“她出身虽没你高，却能在危难关头救人性命。”

韩姑娘只觉那目光的锋芒厉得很。她并没有见过秦将军，此时见其一身黑袍，手里握着一把佩剑，以为是宫里的哪个侍卫，只当是文乐公主派过来替江沼撑场子的，心头的那丝慌乱便又平静了下去，眸子里隐隐透出了几分不屑，挪开目光，往四处瞧了瞧顿觉无趣，终是没再待下去，转身走了。

“江姑娘。”秦将军这才对江沼打了声招呼。

江沼看了一眼满脸通红、正垂目紧攥着手指的沈霜，轻声在她耳旁说了声：“我先去那边走走。”

江沼回头望了一眼来时的路，江嫣和江芷去取扇子迟迟未归，怕又是被什么给耽搁了，倒是各家的人陆续都到了，人渐渐地开始多了起来。江沼便也没急着过去，想着去凉亭那边走一圈，让沈霜同秦将军说说话，她再回来寻着她一同回去。

江沼提步往前，石阶上的月季竟一直延绵到了前面的阁楼转角处，一眼望不到头，晨间的一道暖阳落在那粉白的花骨朵儿上，层层花瓣上的露珠晶莹剔透，宛如一颗颗宝石。江沼一时贪了眼，便也顺着那月季一路走了下去。

到了阁楼前，跟前的一簇花开得格外好，江沼便倚在那凉亭的美人靠上，坐了下来，徐徐春风一吹，不知不觉生了丝丝倦意。

昨夜素云收拾东西收拾得晚，今儿早上大伯母又催得急，上了马车后几个姑娘叽叽喳喳，嘴巴就未曾停过，如今安静下来，暖阳倾斜而下，照在身上极为舒适。江沼是何时闭上眼睛的自个儿也不知，只觉鼻间阵阵花香，很是安神。

直到绕在她指间的那块绢帕似是被何物拉扯，渐渐脱了手，又觉得那花香里多了些旁的香气，这才从睡梦中惊醒了，一睁开眼没见到凉亭外的月季，倒是被一团藏青色的锦缎给挡了视线。江沼的困意瞬间跑了个干净，抬头就撞进了一双似笑非笑的黑眸中。

陈温倒是平静得很，伸手指了一下天边才升起的太阳，说道：“时

间还早。”

江沼猛地从那美人靠上起来，才发现陈温的手臂垫在了她的脸侧，此时她一起来，正好就扑进了陈温的怀里。江沼的耳尖霎时红了，正欲推开他，却被陈温摁住了她的后脑勺儿，将她的脸直接贴在了他胸口。

“我给你当了这半天的枕头，你一醒来便翻脸不认人。”陈温说话时，那气息就吐在江沼的耳畔。

江沼挣扎了一下，根本动不了，两人暗里较着劲。江沼的耳朵擦着陈温的胸膛，她感觉那咚咚的心跳声越来越明显，一时竟分不清那声音是自个儿的，还是陈温的。

“殿下松开我。”江沼索性也不挣扎了，拼力气她岂能拼过他。陈温松了些，也不过是松了些，只给她余了一点儿空间透气。

“殿下这样不好。”江沼将脸扭过一边，脸色有了些急躁，“若是被人瞧见，我还怎么议亲。”

江沼恼自个儿怎就在这儿睡了过去。

素云猜出了江沼的心思，知她是怕遇上太子，昨儿晚上还曾宽慰过她，说“殿下一贯不喜欢凑这些热闹，芙蓉城瘟疫刚过，殿下又有好些日子不在宫中，如今只怕是政务缠身，明日多半不会去”。

在这一刻之前，江沼心头还存了一丝侥幸，此刻算是彻底地破灭了。

“那样正好。”陈温的声音低沉，说完又将江沼和他之间的那点儿缝隙全堵上了。

江沼被他勒得慌，火气突然上来，抬起头，一双圆溜溜的眸子怒视着他：“当初先说退婚的可是殿下？”

江沼脸上的愠色极为明显，那眸色却与在芙蓉城时不同，没有让陈温心疼的凉意，单纯透着怒气和埋怨，倒似是同他算起了旧账。

江沼见他盯着自己不动，也不知为何，那埋在心底的过往突然化成了一腔委屈，汹涌地蹿上来，抬起头再次质问他：“当初你跑在我跟前来说，你是我的夫君，后来忘了的人也是殿下。”

她以为她已经放下了，以为再也不会提起，然此时看着眼前的这张脸，看着历经过生死才醒悟过来的这么一张脸，江沼一时也不知道该心疼谁，只知心头的怨恨难平，有着说不尽的委屈。

“是你先不要我的，如今我也不想要你。”江沼看着他，愤怒又委屈地说道，“之前你明明知道我喜欢你，你却对我不理不睬，你可知我每回靠近你，都要鼓足了勇气，因怕你嫌我碍事，怕你讨厌我。为了见你我费尽了心思，日日都在寻了理由出现在你身旁。为了你我学会了做糕点、熬药膳，你生病我立马为你熬汤药，逼着你吃下。你只觉我麻烦，想打发我走，你不知我也是宰相府的大小姐，我也曾经十指不沾阳春水，从未下过厨房，我也想被人疼，也想被人爱……”

江沼说着说着，胸口便不受控制地起伏。

“沼儿。”陈温哑着嗓子唤了她一声，心头生出了无尽的忏悔，喉间哽塞，他将头埋在她耳侧的发丝之间，心痛地搂着她，“对不起。”

江沼吸了吸鼻子，扭过了头：“还不止这些，你要当真不喜欢我，要同我退婚，明说了就成，我也并非要死缠着你。可你不该说我是无理取闹，那簪子分明就是你替我护了下来，也是你告诉我，旁人若是欺负了我，我还回去就好，但你在万寿观说的那话，直戳人心窝子，你喜欢那林姑娘你早说，我也能成全你……”

“我不喜欢她。”陈温沙哑地说道，抱得更紧了。

江沼就跟没听见似的，只一个劲儿地往下说：“我被你退了婚，你跟前的嬷嬷便说我缠着你不放，林姑娘也来欺负我。以往你生病时我哄着你吃药，陪在你身边，可我需要你的时候，你又去了哪儿？我一个人在雪山上想着你，摔了跤，一个人哭的时候，你又在哪儿？素云问我伤口痛不痛，却不知我疼的根本就不是伤口……”

陈温心痛极了，轻轻地将她从胸膛上拉开，略微粗糙的指腹极其温柔地拂去她脸上的泪珠，轻声问她：“伤哪儿了？”

江沼赌气地将手伸出来递到他面前，掌心还留着浅浅的疤痕。

“这儿。”江沼的手指头戳着那些疤痕，一处处地指给他看，“还有这儿。”掌心给他瞧完了，又指着自个儿的膝盖，“哪儿哪儿都是伤。”

陈温小心翼翼地捏住了她的手掌，垂下头与她额头相抵，仔细地瞧着她的手掌，手指从那伤口上轻轻地摩挲过去，那股熟悉的后怕又浮了上来。陈温突然将她紧紧地搂进怀里，生怕心头所浮现出来的种种幻影发生在她身上，怕她当真回不来，怕自己再也见不到她。直到闻到那发丝间溢出来的淡淡清香才让他的心渐渐地安稳了下来，便再也不想松开。

江沼被他压在胸口上，声音透着浓浓的鼻音，若是细数起他的罪状来，几天几夜都数不完：“我去芙蓉城，根本就不是为了去寻你，你那冷脸又摆给谁看，还冤枉我诓人，非得说我跟着你，非得将我送回去，还往我伤口上撒盐，送了我一根簪子，要我别再胡闹。你一口一个道理，永远都是对的，从未在乎过我的感受……”

陈温的脸蹭着她的发丝，认真地听她一句一句地诉说，心口一阵阵撕裂的痛，却莫名地安了心。他一直盼着这一日，盼着她来同他算账。一笔一笔地、清清楚楚地同他清算，他再一笔一笔地慢慢偿还。

他愿意用一辈子，去偿还那十年。

“殿下那日说想重新提一回亲，我现在就告诉殿下，我不愿意。”江沼拧着脖子看向那簇月季，脸上还带着愤愤不平。此时阳光的光线正好，春风夹带着花香环绕在两人周围。陈温没听到她说了什么，只觉得那双水汪汪的眼睛瞪起人来甚是水灵漂亮，红嘟嘟的粉唇在他眼前轻轻相碰，将他的心全都牵引在那上头。

陈温突然俯下身，温热的唇瓣覆了上去。

江沼正歪头瞥向跟前的灼灼月季，那吻来得猝不及防，她来不及躲闪，只觉眼前一暗，鼻尖处全是另外一个人的气息，迫得她不敢呼吸，温热的唇瓣轻轻地在她唇间一点，并不灼热，不过一瞬，但温度陡然升起，伴随着一股酥麻，从唇瓣蔓延至全身。江沼如一只惊慌的小鹿从他

怀里挣脱开来，立在陈温五步之远，一张脸烧成了红霞。

“我会负责。”陈温朝着她走去，神色认真地说道。

江沼羞愤地瞪着他，他靠近一步她便退一步，终究是没能吐出半个字来，直到将脸别过去才咬牙说道：“不用。”说完转身从那凉亭的几步台阶上下来，走得太急，鞋面上的珍珠晃得叮当直响。

沈霜正在四处寻她，见她从那凉亭里走了出来，便隐约猜到了是怎么回事。待江沼走近，沈霜盯着她唇角晕开的一点口脂，脸突然也跟着红了个透。

“表妹的妆花了。”

江沼能感觉脸在火辣辣地烫，沈霜便也不再说话，取了袖筒里的绢帕，赶紧上前替她擦了干净。

“不可同旁人说，”江沼已经羞得无地自容，“三个姐姐也不许说。”

沈霜点了点头，转过身却捂住嘴憋着笑，被江沼一把掐住了胳膊：“同秦将军更不许说！”

沈霜忙说道：“不说，表妹放心。”

两人的身影刚进比赛场，素云便匆匆走了过来：“小姐去哪儿了，可让奴婢好找，公主正四处寻您呢。”

“妹妹去吧，我先去寻姐姐们。”沈霜提步往江家的营帐走去。江沼不放心，知她刚来江陵不熟悉，便让素云跟着沈霜，自个儿去寻了文乐。

文乐公主一到，便去了江家营帐寻江沼。江焕正忙着扎营，江嫣和江芷也在，适才她们二人回去取扇子，遇上了秦家人，同秦家的几位姑娘平日里都有来往，一阵寒暄完，两人再往凉亭那边赶过去，便见韩姑娘气冲冲地从对面走来，连个正眼都没给她们。两人疑惑地上前，结果没走两步就撞见了沈霜和秦将军。

“咱先进去。”江嫣拉着傻愣愣的江芷赶紧掉转了脚步。

文乐公主过来寻人时，两人便含糊了过去：“公主不用着急，四妹

妹过会儿就该回来了。”

文乐公主便去找了陈温：“皇兄，可有瞧见嫂子？”

那声嫂子唤得极其自然，陈温听着也甚是熨帖，顺手将手里的一个包袱交给了安乐：“待会儿你拿给她，我去寻。”

谁知陈温这一去，两人一并失了踪影。等江沼到了文乐公主的营帐前，文乐已经换上了骑射的装束。

“可算是见着你了。”文乐一把将江沼拉进了营帐，将陈温给她的那个包袱塞到她怀里，“赶紧换上，可莫让我一人落了单。”

江沼没接，又塞了回去：“我就坐在那场子外瞧瞧便是。”

江沼主要是想进去瞧瞧江焕，没想过去要下场。

“过来玩不就是图个乐子，芙蓉城可没把你憋坏了，这场赛事我可是煞费苦心，就为讨你开心。”

文乐公主一张嘴能说会道，却被江沼当场戳破：“公主怕不是想同那三皇子较劲。”

文乐立刻去捂江沼的嘴：“好嫂嫂，咱可不能说破。”

江沼的表情突然也急了起来，纠正了她：“我可不是你嫂嫂。”

“行行，我的好姐姐，赶紧换上吧，我还等着同你组队呢。”文乐将她推到了屏风后。

姑娘们喜欢比双人赛，一人赢了不算，两人一道赢了才算数，图的也是好玩。文乐在宫中没有姐妹，自来只同江沼亲近些，她要下场，江沼自知躲不过。

江沼无奈地打开了包袱，一身骑射的装束都在里头，连弓箭都给她备好了，孔雀羽箭也给了十支，做工同今日江焕的雕翎无异，都是上好的羽箭。

那头沈霜跟着素云往江家营帐走去，却在半路上又遇上了韩家五姑娘。

江家的营帐扎在了韩家的后方，沈霜突然被人挡了路，本想退后两

步绕个道，谁知那韩姑娘却不罢休，又堵在了她前面。若是文乐和江沼便也罢了，偏生被一个乡下来的野丫头给损了一通，她岂能咽得下这口气，如今被她寻着了机会，又怎可能轻易放过她。

“你不是会看面相吗？”韩姑娘立在她跟前，轻轻摇着团扇，讽刺地看着她，“那你给自己也瞧瞧，看看是不是个穷酸相。”

沈霜淡淡地看着她，并没有什么表情：“还请韩姑娘让开。”

韩姑娘耸了耸肩：“我若是不让呢？”

沈霜便也不走了，看着韩姑娘笑了笑：“何为穷酸样，我不知道，但我素闻韩国公府在江陵是名门望族，一言一行均被世人称为楷模，是注重礼仪的大世家。韩姑娘既是国公府的五小姐，也当是进过学堂，学过礼数，我倒是想请教韩姑娘，何为大家闺秀……”

韩姑娘本是来羞辱人，如今反过来被羞辱了一通，想也没想，一巴掌就落在了沈霜的脸上。

“三小姐！”素云吓得赶紧拦在了沈霜面前，断没有想到，韩姑娘竟会出手打人。

“你一个乡下丫头也敢如此放肆，你倒是同江四姑娘说去，让她给你做主。”韩姑娘轻蔑地一笑，“我倒想知道她怎么同你做主，无父无母，还被太子退了婚，若是我，羞都羞死了……”

韩姑娘的话还没说完，对面沈霜突然直起身来，一巴掌使足了力气狠狠地甩在了她脸上，“啪”的一声，比适才那道声音还响。

“你这一张嘴，着实臭得很，你说我便也罢了，忠良之后岂能容得了你这张臭嘴来编派。”沈霜脸上还印着五个手指印，却是紧握住了拳头，咬着牙瞪着韩姑娘。

韩姑娘捂住脸，半晌才反应过来：“你，你竟敢打我，瞧我不撕烂了你的脸……”

“五姑娘！”营帐后突然传来一声厉斥。

她应声回头，这才发现，不知何时，秦家一大家子都站在那里。秦

夫人看她的目光倒不像适才秦将军那般逼人，只是凉凉地看着她，满脸的失望。

“去将韩夫人唤来。”

韩夫人从下了马车后就一直同江夫人说着话，不似年轻人那般走走停停，进了门之后直接去了席位上坐着。

江家席位靠外，韩夫人也一并跟了过去，一番兜兜转转，终是将话扯到了江沼的亲事上。今日出门前，江老夫人特意交代了江夫人，若有人来询问四姑娘的亲事，先得表明了将来得保证不纳妾这条，免得浪费口舌，韩家要能应了，便让姑娘好生瞧瞧人，若成了，韩家倒是个好去处。

韩夫人初听到，神色愣了愣，随后倒是应承得快：“老夫人如此想也是应该的，真娶了四姑娘，谁还惦记着纳妾。”

江夫人笑了笑，同她继续聊了下去。

韩夫人便说起了自己的大儿子：“他虽不似旁人那般出类拔萃，好在心眼是个实诚的。”

江夫人忙说：“韩夫人谦虚了，小公爷的人才摆在那里，谁不知道是个才貌双全的青年才俊，再说心眼实诚之人，这世上更是难寻。”

两人正有说有笑，韩家的一个丫鬟从身后走来，同韩夫人耳语了一句。韩夫人的眼神一厉，脸上的神色却是没变，回头笑着对江夫人说：“夫人先坐会儿，我去后面帐子里瞧瞧。”

韩夫人刚起身，江夫人就对身后的丫鬟使了个眼色，让她悄悄跟了过去。

韩夫人从江家的席位出来后才彻底地变了脸色，咬着牙骂了一声：“贱蹄子，也不看看这是什么场合，谁给她的胆子。”

适才那丫鬟过来便是同她禀报，小公爷身边的丫鬟正引着小公爷，在那后面的一块山石处行苟且之事。

韩夫人气得不轻，她在前头磨破了嘴皮子说了江家的这门亲事，将她那儿子夸上了天，话还热乎着呢，转头就被打了脸。韩夫人原本还想

着他要当真喜欢那贱蹄子，等将来江家姑娘过了门，收了做妾便是。江家说不能纳妾，韩夫人也没办法，打定了主意将那贱蹄子送出门，谁知这还没开始处置，那小贱人竟然敢在光天化日之下勾引小公爷。

韩夫人走近后，听见那声声浪叫，气得捡了个小石子，直接砸了过去："羞死人了，当真是羞死人了。"

山石后的两人顿时一片惊慌，乱成了一团。

"赶紧给我滚出来！"韩夫人说完，才愤然地转身，去了场子门口等。等韩公子整理好了衣衫出来，刚站在韩夫人面前，韩夫人一巴掌就甩在了他胳膊上，"你说说你干的是什么事，你明知道我今儿来是替你同江家说亲，我人在前头费尽了口舌，你倒好，你竟然，竟然……我韩家的脸迟早会被你丢尽。"

韩公子立在那儿，也不吭声，任由着韩夫人数落。

"从今日起，你给我将那些莺莺燕燕断干净了，江家已经明摆着说了将来不能纳妾，你给我省点儿心，待会儿同江家四姑娘先会个面。"

韩公子抿着唇不说话。

"今日之事，谁也不许说出去。"韩夫人回头对一众丫鬟刚说完，一个转身却瞧见身后的小路上走出来了两人——是太子和周顺。

韩夫人如一尊石雕立在那儿，直到人走到跟前了，才反应过来赶紧行礼："臣妇见过殿下。"

陈温的目光往韩公子身上扫了扫，一言未发，从一行人跟前直接穿过。

韩夫人脸色一阵青一阵白，这头还未缓过气来，五姑娘身边的丫鬟也找了过来："小姐和沈家姑娘起了争执，秦夫人路过，恰好撞见。"

韩夫人头都是晕的。

等到江沼换了身衣裳同文乐公主赶到时，韩夫人已经硬着头皮同江夫人赔完了礼。

韩姑娘用扇子挡着脸，不停地抽泣。沈霜却坦坦荡荡，没有半分遮

挡，那脸上的五个手指印消散了之后，半边脸明显红肿了起来，硬是咬着牙将眼泪生生憋回了眼眶。

前前后后是什么缘故，秦家人看了个一清二楚，沈姑娘还是被秦家人送了回来，如今就坐在跟前。韩姑娘根本不占理，抵赖不了便一直捂住脸哭。

“咱们没理，今儿这事是小女莽撞，我这就让她给沈姑娘赔个不是。”韩夫人回头唤了一声韩姑娘，她的脸正火辣辣地疼，心里恨不得将沈霜碎尸万段，怎可能同她致歉。韩夫人一说完，韩姑娘就将那扇子取了下来，哭着对韩夫人说道：“你好生瞧瞧，我脸都成这样了，你还要我同她致歉？”

那脸确实比沈霜肿得高。

韩夫人的眼皮子颤了颤，还未出声，韩姑娘捂着脸起身跑了出去。

“这丫头平时也不是这样，今儿撞了邪了。”韩夫人再如何顾忌场面，心头到底还是心疼自己的姑娘，话里藏着话，想说一个巴掌拍不响，也知话一出，韩家和江家必定就会起了龃龉，便强行压制住了情绪，说道，“待回去后，我亲自上门给沈姑娘赔罪。”

江夫人脸色也没有适才好看，淡淡地说了声：“孩子们的事情，倒也用不着韩夫人来赔罪，韩姑娘既不愿赔礼，韩夫人也别勉强。”

韩夫人心头不是滋味，就凭她家姑娘脸上那伤，江夫人也该饶人了，到底还是念着还有一门未说成的亲事在，僵硬地笑了笑：“不过是孩子之间闹了一场，江夫人也别往心里去，我先失陪了，改日我再同江夫人好生赔礼。”

韩夫人从江家的帐子里出来，迎面就撞见了江沼和文乐。

韩夫人一双眼睛盯在江沼身上，上下打量了一番，竟也忘记了同文乐公主问安。待两人从她身边钻进了卷帘，韩夫人才回过神来，回头问身边的丫鬟。

“是我瞧花眼了吗？江姑娘这身衣裳，同太子的竟是一模一样，不

过是一个女装一个男装，腰间居然都还系了个同心结。”

那丫鬟点了点头：“夫人没瞧错。”

江陵有些感情深厚的夫妻倒是喜欢这般穿。韩夫人脑子里当真是一团乱，立在那儿，一时不知道该先理哪一桩。

想让自家姑娘在秦家面前留个好印象，结果没成。

好不容易同江家说好了亲事，还没来得及相看，先是儿子同丫鬟苟且，如今又因五姑娘伤了两家和气，亲事本就悬了，回头又见到江姑娘这么一身衣服，直接给弄蒙了。江姑娘不是同太子已经退婚了吗？

韩夫人还来不及想个明白，场子上一阵锣鼓声，丫鬟说：“比赛开始了。”

头一轮上场的就有韩公子和江家的二公子。

江沼在路上已经听素云说了个大概：“那韩姑娘说不过沈姑娘，便恼羞成怒出手打人。”

素云没提韩姑娘骂的那句难听话。

江沼走得极快，遇上韩夫人，也没给个正眼，直接掀帘进去走，瞧见沈霜那红肿的半边脸，江沼眸色一凉，转身就要出去，被江夫人拦了下来：“坐好。”

江夫人见她立在那儿没动，便提醒她：“该焕哥儿上场了。”

韩家的事，自有他们当长辈的来算。

江夫人也没料到堂堂一个伯爵府，竟做出如此伤风败俗之事，幸好她今儿来了这一趟，不然还真就被蒙了眼。韩夫人过来之前，江夫人派去的丫鬟已经回来了，那山石后的一番热闹全都进了江夫人的耳朵，江夫人当场脸色就黑了下来，冷笑了一声：“白披了那么张皮囊。”

接着又是韩家五姑娘打了沈霜。江夫人能心平气和地听完韩夫人的虚情假意，已算是很有教养了，多半也是顾忌着秦夫人还在场。

场上的锣鼓声响了起来，江沼这才回去挨着沈霜坐下，轻声问她：“疼不？”

沈霜笑了笑摇头，俯身在她耳边说道："她比我更疼。"

见江沼疑惑，沈霜将自个儿疼了半天的手掌心翻出来给江沼看，也红肿得厉害。

江沼神色松了松："那手也疼呢。"

公主瞧了一眼沈霜的脸说道："待会儿本宫好生治治她。"

今日预备了两个场子，一前一后，前头的场地留给了公子爷们儿比拼，后头的场子专供姑娘们玩耍。以那韩姑娘的性子，岂会就此罢休，必定会将矛盾延伸到场子里。

正说着，场子里的江焕朝着这边望了过来，素云拉了一把江沼："二公子上场了。"

一时间几个姑娘都起了身从那竹帘子里出来，下了几步台阶伸长了脖子往外望。

文乐盯着三皇子，江家三个姑娘盯着江焕。

谁也没注意身后的动静，秦夫人适才过来了也没走，被江夫人留下了。前头年轻人扎堆地凑热闹，两人在后面坐着，时不时地看一眼人群，正有说有笑。身后的卷帘突然被人掀开，秦夫人只瞧见一道身影闯进来，头一眼觉得熟悉，后来脸色就僵住了。那不是她儿子又是谁？

沈霜脸上有伤不好露面，就坐在位子上，刚转头看过去，就见秦将军递了团青色锦缎过来，里头包着冰块："敷一下，没那么疼。"

沈霜立马起身，看了一眼江夫人和秦夫人，接也不是不接也不是。

秦夫人一见，赶紧向江夫人赔罪："让夫人见笑了。"

秦家同林家二房退了亲之后，秦夫人还曾有意过韩家五姑娘，谁知一场瘟疫秦将军跟着太子被困在了芙蓉城，这人一回来，便同她提了沈家三姑娘。

沈家她倒是知道，江二夫人的娘家，一个医官，还是在芙蓉城。若是讲求门第，秦家娶了她并不会有何益处，奈何秦夫人抵不住秦将军的几番恳求，答应了今日过来先瞧瞧姑娘人如何。韩家五姑娘和沈家三姑

娘都让她给碰上了，谁好谁坏，一目了然。

秦夫人对沈霜的印象不错，本以为出身低、胆子小，上不了台面，今日见她打韩姑娘，一双手虽抖得厉害，脸上的气势却没输半分，对她已是刮目相看。后来见她回来并未觉得委屈，也没对江夫人诉苦，一个人生生地承受了，心头也就有了打算，要是琛哥儿当真喜欢，这门亲事她便认下了。

这会子还未同江夫人提起，她那儿子倒是猴急得很，心疼人家姑娘，直接上门来了。

江夫人起初也愣了愣，后来见江霜的神色，一瞧便也知两人怕是早就相识，又才想起来沈霜过来江陵到底为何。沼姐儿的婚事她能做主，沈家姑娘的婚事她可做不了主，只同秦夫人心照不宣地赔了个笑。

秦夫人倒是给了个明确的态度："改日我便上门找老夫人说说两个孩子的事，也好让老夫人代我问问沈家的意思，表姑娘模样好，人也机灵，我倒喜欢得很。"

秦夫人话音一落，秦将军便转身对秦夫人说了一声："多谢母亲。"

众人皆侧目，气氛沉默了一瞬，便有笑出声来的，也有捂住嘴憋笑的。秦夫人回头错愕地看向她儿子，表情一尴尬，起身拉着秦将军便同江夫人说了声："我先走了，改日咱再叙。"

江夫人将他们送了出去，回头再瞧了一眼已羞得抬不起头的沈霜，倒觉得两人挺般配。

江沼一直盯着场上的江焕，对身后之事完全不知，今日是初赛，两人一组，输的一方直接淘汰。

江焕的箭法本就好，箭头正中靶心。三皇子同样胜出。

韩公子也赢了，不过是险胜，箭头并没有落在红心上。

韩夫人瞧见那靶子上的箭，脸突然就沉了，心头堵得连个缝儿都没留："成日只知道同那小贱人厮混，连那江家的二公子都比不过，他这

小公爷，我看也别当了。”

适才丫鬟来说，江夫人已经知道了小公爷的事，韩夫人便知道，两家的亲事彻底落空了，心里本就难受，如今又见自己的儿子比不过人家，气得心口一阵一阵地发痛。若是她那儿子和江二公子对阵，必定这第一轮就被淘汰了去。

临走前，韩大人还交代了，今儿这场比赛看似是在闹着玩，实则都在暗里较劲，皆因场上有个吴国的三皇子，若是最后谁能赢了三皇子，皇上必定会有嘉赏。

韩大人还在指望着他家小公爷呢。如今上了场，是骡子是马立刻就分辨了出来。

韩夫人气不打一处来，又说到了五姑娘头上：“就你那点儿出息，挨了打你还得给人家赔罪，就因为你不占理！但凡你有点儿脑子，也不会干出这样的蠢事来，竟让一个野丫头给打了一顿，我和你父亲教导了你们这些年，倒还不如江家那两个没爹没娘的有出息。”

今儿韩家大姑娘也在，听了韩夫人的话，回头拉着五姑娘就去后面的场子拦人。

韩家大姑娘自小喜欢舞刀弄枪，又嫁的是位将军，这番前去为的是给妹妹出头。横竖两家已经撕破了脸，也没必要装下去。

比赛一结束，文乐就拉着江沼愤然地说道：“吴国不是不擅长箭术吗？”那吴允又算是怎么回事，文乐心头突然不安，见到江焕走了过来，便对江沼说，“待会儿你在后面等我。”

文乐急着去寻太子。

今日瑞王没来，同宁师爷外出办事，说是明儿一早才赶过来，她还是去找大皇兄稳妥些，既说好了她帮他带嫂子过来，他帮她扫三皇子的威风，便不能食言。

这头江家的几个姑娘将江焕接回了席位，江家人个个脸上都高兴得

很，说了一阵子话，还是江嫣提醒了江沼：“公主不是说在后面等着妹妹吗？”

横竖江焕的第二轮比赛要候上一阵子，江家的几个姑娘都跟着去了后头凑热闹。场子里的人虽多，却没见到文乐，倒是韩家的五姑娘还有已出嫁的大姑娘在。

若是以往，江沼便也转头走人，不想生事，今儿见到韩家两姑娘走过来，脚步却定得死死地，冷眼盯着五姑娘。

五姑娘回去之后便让人用冰给她敷了脸，这会子脸倒不似刚才那般红肿，心头的火气却还没消退，厌恶地看了一眼沈霜，又看着江家的几位姑娘，说：“怎么，要比一场吗？”

若是真比起来，江家的姑娘也不会虚。

五姑娘却说：“咱今儿换个玩法，一男一女比双箭。”

韩家的后院里妻妾成群，公子姑娘们生了一堆，韩公子后头还有五六个弟弟。而江家除了个流放在外的世子，就只有江焕。

江焕待会儿还有一场比赛，对的就是韩公子。

谁都知道规矩，比赛中途凡离开赛场的，便视为弃权，直接输了比赛。韩姑娘都算计好了，才来挑衅江沼。

“这什么破规矩，合着都是你们说了算。”江嫣拉着江沼回头就走，不想同她们纠缠下去。

韩家大姑娘却在身后说道：“这规矩又怎么了？莫不是江家找不出个男人来。”

江芷气得转身就冲了过去：“总比你韩家强，只图数量，不求质量，教出来了一群乌烟瘴气的东西。”

场子里一阵混乱。韩大姑娘拦着五姑娘，江嫣拦着江芷。待两边冷静下来，韩大姑娘直接说道：“今儿咱们的梁子算是结下了，你们定也不愿意就这么算了，半个时辰后咱在场上见，若当真寻不出个男人来，你们出一人也行，可别做了那缩头龟。”

可江家箭法最好的就是江沼。

“咱去请个人来吧，也没说非要江家人。”江芷说完才发觉竟也找不出一人来，江燃的未婚夫因为筹备婚事未来，而她的未婚夫，同江焕一道，也在那场上，“要不咱去找找林公子，或是李家公子，两人的比赛是午后，当是有空。”

韩家姑娘和江家姑娘一闹起来，场子里的人多数都在看热闹。

今儿李家大公子的妹妹也在，前几日听祖母说起过江家，也知祖母有意将江家四姑娘说给大哥哥，虽没成，但两家并没因此伤了和气。

那日她问哥哥江家的四姑娘如何，哥哥说没见着人。今日她倒是见着了，只觉得眼前一亮，竟比那画卷上的仙女还要好看，不免有些惋惜。

两家一闹起来，李家姑娘就在旁边听得清楚，待韩家姑娘立了那欺负人的规矩后，她提着裙摆，就去寻了自己的哥哥。此时若能英雄救美，这桩亲事或许还有希望。

江家的几个姑娘并没回席位，怕江焕知道了，定会弃了主场的比赛，便得不偿失了，让韩家白捡了便宜。

江芷提的那两家公子，算是同江家要好的世家，想必定不会推辞。

只江沼知道，那日在寺庙，她同李家公子的那场议亲并不美好，心头本身就带着愧疚，又怎能再去劳烦人家，便说：“我去问问林家哥哥。”

林公子她还熟悉些，曾在东宫见过几回他同陈温对弈，一张笑脸，人极其温和。

“我去问，妹妹还未议亲，莫落了闲话。”江嫣拦住她，自己去了林家的营帐，却没见着人，主场里也没有。后来才得知，林公子被太子唤走了，江嫣便不好再过去，只好回去。

林家的下人见江嫣着急，长了个心眼儿，多问了一声：“江姑娘寻公子，是有何要紧事？”

“林公子既不方便，便罢了。”

江嫣走后，那位下人怕是有什么要紧事，立马就去太子那里寻了林

公子。林公子听完下人的话，意味深长地看向了陈温。

后场里发生的事，周顺才刚同陈温禀报完，林公子在旁也听了个清楚，周顺的话还飘在耳边——“这回江姑娘想必会念着殿下”。

谁不知道殿下的箭术好，谁知，人家宁愿寻林家，也没想到他头上。

周顺恨不得抽自己一个耳光，恨自己那话说得太快，陈温的目光扫过来时，周顺已经将头垂到了胸膛。

江嫣没寻到林公子，回去后时间已经过了一大半，韩家的大姑娘和五姑娘已经带着韩家的三公子坐在对面等着看笑话。

“现在去找你们江家的独苗江二公子也还来得及，不知是比赛重要，还是你们江家的脸面重要。”韩大姑娘朝着主场望了一眼，再一次言语相激。

主场里已经响起了第一道锣鼓声。

江沼从椅子上起身，正欲一人上场，李家姑娘急匆匆地走了过来，到了江沼跟前便说道：“若江姑娘愿意，我哥哥倒是可以帮忙。”

江沼并不认识她，正错愕，江芷起身接了话过来：“多谢李姑娘。”说完便附耳对江沼说了，“是吏部尚书府的长公子李公子。”

“哥哥正换衣裳，江姑娘稍候。”

李公子今儿并没去主场子里观战，也没在营帐里歇息，偏去后山，寻了块清净的地儿看起了书，待李姑娘好不容易找到人，都差不多快到时辰了。李家姑娘这才先过来同江姑娘打声招呼，说哥哥马上就到。

江沼没想到，兜兜转转还是麻烦到了李家。

滴漏里的沙子眼瞧着到了底，韩家大姑娘跟着三公子从椅子上起身，到了场上，回头看了一眼江沼：“若是怕输，丢了脸面，也可先同我五妹妹道个歉，我倒是可以考虑考虑借你一人。”

韩家大姑娘看了一眼身后看热闹的几个韩家男人，借她一个也不是不可以。

江芷也顾不上什么礼仪了，当场“呸”了一声：“歪瓜裂枣，还当

我江家稀罕呢！”

韩家五姑娘抱着手臂抬高了下巴：“你江家有本事，怎么也不见来个人？”说完又挑了挑眉，极其讽刺地看着江沼，说起了风凉话，“哦，我倒是忘记了，江家四姑娘可是被退了婚的人，只怕人人都避之不及吧，也只有那喜欢捡剩饭的人，才会凑上前来。”

五姑娘说话时，有意无意地扫了李姑娘一眼，这是连着李家也一并给骂了进去。

却是忘记了韩夫人从进门就坐在江家席位上，若不是此时两家撕破了脸，韩夫人这会子也在上赶着去江家提亲。

也不知那话骂的到底是谁。

李姑娘被她气得不轻，跺了跺脚，一直看着那场子口，急得攥紧了拳，怨自个儿那不争气的哥哥，怎就还没来。

“我一人来。”江沼没去理会五姑娘，一人上前走到了韩家大姑娘身旁，“你说什么规矩便依什么规矩。”

韩家大姑娘回头凉凉地看了一眼，讽刺地笑道：“这可是你自个儿选的，别说我韩家欺负了你。”

“两边的靶子，一人两箭，谁射中红心的次数最多谁胜。”韩家大姑娘走到江沼跟前，指着旁边韩家三公子面前的那个箭靶说道，“你若是要一人，旁边那靶子上的两箭，也由你来。”

拉箭极为消耗臂力。别说四箭，往日一箭拉完，江沼的胳膊都会酸。

江家的几个姑娘忍不住问李姑娘：“怎的李公子还没来？”

江家姑娘被这么一问，越发着急，说了句：“我再去瞧瞧。”

江家姑娘正急得打转，却听江沼回了韩家大姑娘一声：“好。”

看热闹的人越来越多，人多嘴杂，消息就传到了正场的席位上，看热闹的人不断往后场里涌进，一时后头的场子比那正场还热闹。

江夫人听丫鬟禀报完，面色一惊，咬牙怒斥了一声：“韩家未免也太猖狂了些。”

正场上，江焕正同韩公子在比。江夫人强压着心头的火气，到底还是克制了下来，坐在了席位上看着江焕，又吩咐了身边的嬷嬷：“你先去瞧着，告诉几个姑娘莫怕，惹出来了事，我替她们兜着。”

后场里，头一箭是韩家三公子，抓阄排出来的顺序，三人中，江沼排到了最后。

韩家三公子先出列，立在了箭靶前，许是心头本就不屑同两个姑娘来比，第一箭带着几分轻视，“啪”的一声，却只擦着了红心的边缘。

“再来。”

韩家大姑娘瞪了一眼韩家三公子。

韩家三公子是庶出，平时在韩家就被正房的嫡子嫡女们压一头，自来有些怵大姑娘，第二回倒是正正经经地射了一回，但那箭头还是擦着在了红心的边缘。

韩家大姑娘牙缝里挤出了两个字：“废物。”接着便去了左边的靶子，两箭连射出去，均是正中红心，场子里顿时传出了一阵喝彩声。韩家大姑娘轻松地转身，看着江沼。

江沼出列走到了韩家三公子适才的箭靶子前，拉了弓。

正午的太阳就挂在头顶上，虽是春季，阳光直晒久了也会出一层薄汗来，围上来的人越挤越多，个个都紧张地盯着箭靶。

往日没见过江家四姑娘的，今儿算是瞧了个清楚。

一身粉白色的劲装，绑带紧扎袖扣，鸦青色的腰带上挂了一枚同心结，秀发编了一条长长的粗辫垂在胸前，如出水芙蓉，冷艳又脱俗，一眼望过去便让人心头一震。

“那是四姑娘？”

“不就是吗？”

“也不知道殿下到底喜欢什么样的姑娘。”

韩家大姑娘却盯着江沼手里的羽箭，心头一跳，回头问五姑娘：“她那羽箭是谁给的？”韩家大姑娘经常骑射，自知那羽箭不俗。

五姑娘倒是没当回事：“还能有谁，文乐公主呗。”

韩家大姑娘便没再问。

周遭的议论声窸窸窣窣，如蜜蜂嗡鸣，“啪”的一声响之后，周遭的声音突然安静了下来。

正中靶心。

过了几息，场上才突然爆发出了喝彩声。

韩家大姑娘回头讽刺地瞪向三公子，那三公子脸色发青，一时间头都抬不起来。

江家的几个姑娘一高兴，捂住嘴，眼泪都在眼眶里打转：“我就说四妹妹这些年陪着公主，这箭也不是白练的。”

第二箭，江沼瞄准了箭靶，紧紧地拉着弓，箭头“呼”的一声从风里穿过，依旧落在了红心之上。两发连中，箭靶上此时插了四只羽箭，红心正中的两只孔雀羽箭甚是醒目。人群中又是一阵喝彩，同时也有人看向了韩家三公子。韩家三公子一身的汗，脸色难看到了极点，主场上他没资格参与，来了后场，却输给一个姑娘，本就没脸见人，又连着被大姑娘和五姑娘骂了几声“废物”，算是丢尽了脸面，恨不得消失在人群中。

“韩家男人是多，但也没用。”江芷从椅子上起身，适才韩家的两个姑娘是怎么损她江家的，如今她便怎么损韩家，“又不是生猪崽儿，谁多谁就厉害，若不重教养，岂不是白白浪费了粮食。”

人们哄堂大笑，韩家颜面尽失，五姑娘回头愤怒地对那三公子说了一句“滚”，那三公子恼羞成怒，被惹急了，倒是生了胆子骂了回去：“是你硬拉了我来的！”

五姑娘哪里见过他顶嘴，直接骂起了人，几句下来离不开什么姨娘养的废物，愣是上演了一场窝里斗。五姑娘此时只知心头气，却没顾忌到场合，那么多双眼睛都在那盯着她。一番吵下来，五姑娘倒是占了上风，却败光了所有好感。

“幸好母亲没去向韩五姑娘说亲。”秦家的姑娘刚赶到场子便目睹了五姑娘撒泼，震惊得说不出话来，“这哪是什么小姐，说她是个泼妇我也信。”

“够了！”周围的议论声多了起来，韩家大姑娘才意识到了不对劲，立马将五姑娘拉到了身后，转头看着江沼，“还有两箭。”

若是比单人，江沼已经赢了，可韩大姑娘事先立了古怪的规矩，按了四支箭的成绩来算。周遭有人替江家抱不平，说太不合理，韩家大姑娘心头已经开始慌乱，忍不住反驳了一句：“她自个儿选的，我逼着她了吗？有本事找个人来啊。”

江沼的视线淡淡地从韩大姑娘脸上扫过，一声不吭地走到了韩家大姑娘适才的那箭靶前，拉了弓，手臂却明显地开始颤抖。适才那两箭已经用尽了全力，胳膊被那么一拉，如今正酸痛得厉害，太阳晒在她头上，额头已经布满细汗。

江沼定了定神，紧咬着牙，弓箭对准了红心，周遭再一次安静了下来，气氛却比适才还要沉静。江沼没注意外边的动静，一心只在靶子上，她双目冰冷地盯着靶子，弓在她手里拉出了吱吱的声音，可每拉开一分，手臂的酸痛便更甚，待拉到了满弓时胳膊上的力气已经达到了极限，双臂颤抖。眼瞧着要落下，身后突然被一人抵住，一双胳膊从她身后圈了过来，掌心及时地托起了她的手肘：“肩放松些。”

熟悉的气息袭来，那人的脸就擦在她的颈项，气息吐在了她的耳畔，宽大的手掌将她的拳头包裹着，缓缓地带动着她的身子，轻声说道：“放。”

羽箭离弓，“啪”的一声，直接穿透了适才韩家大姑娘射中的箭尾，稳稳地插在了靶心上。

江沼正要转头，被陈温的下巴顶在了她的脸侧，脸贴着脸，一点儿一点儿地将她转了一半的脖子又顶了回头：“别动，还有呢。”

周遭早就安静得没有半点儿声音。

陈温穿过人群时，场上便是一片鸦雀无声。秦家的几个姑娘来得晚，站在了后头，最先瞧见太子，忙蹲下行礼，垂目的那瞬间突觉得哪里不对，待太子人从身前经过之后，又才抬头惊愕地向江沼望去，脸上的神色同韩夫人无异。

两人身上的衣裳，一模一样。

场上的人都长了眼睛，也都瞧见了。感情深厚的夫妻，或是订婚的情侣，倒也是有这般穿的，可如今太子和江家四姑娘不是才退了婚吗?

众人心头的疑问，还没找出个答案来，就见太子走向了江家四姑娘。

李家公子和李家姑娘也来了。

适才李姑娘去寻人，倒是在半路上就碰着了李公子，却不只是李公子一人，太子、林公子、秦将军、周总管，一群人从对面浩浩荡荡走来。李家姑娘一路跟过来，脑子里本就一团乱，如今见到太子直接抱住江家四姑娘，瞬间明白了过来，失落地对李公子说了一声："哥哥，你没戏了。"

李公子倒是平静。波澜早在这之前就经历过了，若不是被太子拦着，他早该到了。

周顺跟着陈温进去后，和和气气地问了一句："谁是韩家大姑娘？"

韩家大姑娘脸色已经颓败如黄土，适才的一身气焰，在太子进来的那一瞬，便如同被一场雷雨从头浇下，灭了个干净，这会子被周顺一问，连舌头都捋不直。

"江家另外两箭，由殿下来，不知是否合规矩？"

韩家大姑娘失魂落魄地点了点头，周顺一转身，韩大姑娘直接跌坐在了椅子上。

此时正场里的比赛已经结束，江家二公子赢小公爷，几乎不费吹灰之力。江焕箭靶上的五支箭全都正中红心，而韩家小公爷的箭靶子上，只有一支中了红心。

"今日当真是丢人现眼。"韩夫人最后一支箭都懒得看，愤然起身，这头的气还没有消下去，丫鬟来禀报，说是后场出了大事，心头咯噔一

跳，急急忙忙地赶往了后场。

刚到了那场边上，就遇见了大姑娘的婆婆卫夫人。

韩夫人还未弄清楚状况，卫夫人回头就冲着韩夫人咬牙说了一句：“这就是你韩国公府教出来的好姑娘！”

卫夫人没有好脸色，今儿卫家怕是要被韩家大姑娘给害死。

韩家大姑娘嫁进她卫家半年，平日里目中无人也就罢了，今儿弄出来这一出，可算是将卫家推进了火坑，也不知道他们卫家造了什么孽，娶了这么个东西进门。被卫夫人劈头盖脸地数落了这么一句，韩夫人脸色已经铁青，忙拨开人群，往里挤了过去，刚好就挤到了江夫人身旁，两人齐齐盯着赛场。

“适才韩家还说江家出不起男人。”

“韩家倒是出了个男人，也没比过四姑娘。”

“这回就看韩家怎么收场。”

“怕是也没想到太子殿下会来撑场。”

“可不是吗，谁能想得到，不是说退婚了吗？”

“莫不是谁传出来的谣言？”

“那五姑娘倒是让人刮目相看。”

“明日你要去国公府提亲，保证能成。”

“得了，活活一母夜叉，你怎么不去？”

耳边的说话声不断传来，江夫人沉着脸不说话，韩夫人直觉心脏突突地跳个不停，原本暖洋洋的日头晒在她身上，犹如盛夏里的烈日，照得她头晕眼花。

她韩家怕是要完了。人群里一阵乱，竟是韩夫人直接晕了过去。

身后的嘈杂声隐隐地传了过来，江沼想回头，整个人却被陈温抱在了怀里，手被他捏得死死地，逼着她望着箭靶。

江沼脸色红如朱砂，正动弹不得时，突然听陈温又在她耳畔说了一句：“我不纳妾。”

没头没脑的一句，江沼下意识地转过了头，这回陈温没再用下巴顶着她，却也没有回避。江沼的那一转头，唇瓣几乎是擦着他的下巴而过，四目相视，鼻尖都快碰到一起，气息混在一起。江沼还没来得及反应，太子猛地拉开了她手里的弓，“嘭”的一声，箭头再一次从韩家姑娘的箭尾破出。同时，太子的唇擦在了江沼的耳边，同她说了个明白：“我娶你一人，永不纳妾。”

今日韩夫人训斥韩公子的话，陈温都听见了。

不过是无意之间路过，倒是将韩夫人的话听了个清楚：“从今日起，你给我将那些莺莺燕燕断干净了，江家已经明摆着说了将来不能纳妾，你给我省点儿心，待会儿同江家四姑娘先会个面。”

不纳妾有何难，有她一人足矣。

江沼的身子就跟被雷击了一般，傻傻地立在那儿，身边众人的喝彩声震耳，陈温的那句话，却盖过了周遭的一切声音，落在了她的耳边久久不散。

“赢了。”陈温松开了她的手，轻轻地拍了拍她的肩膀。

呆愣的江沼猛地清醒过来，这才回过了头将他看了个清楚。

月白色的劲装衣袍，鸦青色的腰带，红色的同心结……

江沼的一双杏目直勾勾地盯着陈温，不敢往四周乱瞧半分，抿着唇立在那儿，羞得手脚一时都不知道该往哪儿放。

“你欺负人！”江沼憋了半天，眼睛都红了，也就憋出来了这么一句话。

陈温还想说什么，身后江夫人突然走了过来，唤了一声：“殿下。”

江夫人的脸色一直不太好，对着陈温也没变过。太子和江家四姑娘的事情，众人不清楚内情，但江家人清楚。

本就已经退了婚，今儿江夫人带着四姑娘是打算来同人说亲的，这亲事还未定下来，太子突然就来了这么一手，虽说是解救江家于水火之中，却也将江沼的亲事直接断送了。

江陵的世家今儿几乎都在，场上是个什么情况，都看进了眼里，今日过后谁还敢同四姑娘议亲。

江夫人护短，倒也大胆了一回，一把将江沼拽在了身后，对着陈温行了个礼，说道：“殿下已同四姑娘退了婚，还请殿下给四姑娘留一条后路。”

“没有后路了，她只能嫁给孤。”

陈温负手而立，月白的袍子被日头照出了一层光晕，与生俱来的高贵配着那张俊美的容颜，竟也让江夫人看愣在了原地。

江夫人还没回过神来，陈温看着江沼紧绷的小脸，说：“孤会向江家提亲。”

江夫人彻底不明白了，竟然还有人提两回亲，还是退了又重提的？

江沼抬起头，陈温的视线却没有闪躲，眼里的坚决似是不容人反驳，他是太子，他想要一个人，旁人又岂敢反驳。

江沼猛地垂下目光，不想再看他。

陈温的脸色与今儿的天色极为相衬，明朗里隐隐透着几丝笑意，最后那目光又瞟了一眼江沼腰间的那枚红色同心结，神色轻松地离开了场子。

江焕在出口撞了陈温。

正场里的比赛结束后，江家的席位上已空空如也，江焕这才听得身边的小厮说了后场里的事情。韩大公子也在，江焕当着韩大公子的面，一腔怒火直烧：“韩家也就这点儿欺人的本事。”

韩大公子本就输了比赛，被他一眼扫过来，脸色一阵青一阵白，两人一前一后急着往后场赶去。

江沼的那身装束江焕早就见过，现下冷不丁地撞到陈温，眼睛死死地盯在了陈温的身上，还是周顺轻声唤了他一声，江焕才回过神来，躬身对陈温作了一个揖。

“免礼。”待陈温从他身旁走过，江焕才冲进了场子里。箭靶就摆

在眼前，谁赢谁输已成了定局。

规矩是韩家大姑娘定下来的，一男一女比双箭，虽说江家来的是太子，但并没有违规。江沼那两箭赢了韩三公子，太子的那两箭赢了韩家大姑娘。

太子同江沼如何，那是她同太子之间的事，单论今日韩家的这场挑衅，江家既然赢了，那就得让韩家给个说法。

然而韩家那头已是一盘散沙，韩夫人晕了过去，大姑娘坐在旁边半天不出声。五姑娘倒是说了一句什么，被韩家大姑娘怒声斥住："你给我闭嘴，还不是因为你！"

太子人刚走，卫夫人身旁的丫鬟就来了韩大姑娘身旁，说是卫夫人的原话："大奶奶既然放不下娘家人，夫人开明，愿意成全了大奶奶，打今儿起，大奶奶就不用再去卫家，回韩家尽孝便是。"

韩大公子赶到时，大姑娘神色颓败，五姑娘正在抹泪。

韩大公子冷着脸问了个大概，竟对众人说："大姐姐已于半年前嫁与卫家，是卫家的大少奶奶，岂能再替我韩家出头。今儿五妹妹胡闹，韩某让五妹妹当面向江姑娘致歉。"

韩家大姑娘才被卫家嫌弃，抛给了韩家，如今又被自个儿的弟弟撇清了关系，面如死灰。那五姑娘听自己哥哥说要让她同江沼致歉，正想耍赖，韩大公子一个冷眼瞪过去："还嫌脸丢得不够大吗？致歉！"

五姑娘被韩大公子的一声冷斥，猛地打了个战，磨磨蹭蹭地走到了江沼面前，声音比蚊子还小："对不住。"

江沼手里拿着弓箭，长辫尾端的红色发带被春风轻轻拂动，额前的发丝飘动，春季的阳光落在那张精致的面孔上，衬得脸色越发地莹白。

两人相对而立，那五姑娘竟是比不上江沼半分。

"你该致歉的不是我，而是沈姑娘。"江沼冷冷地盯了她一眼，脚步往边上移，为她让出了路。

五姑娘瞪了一眼江沼，转过身正欲回去，又对上了韩大公子的冷脸，

只能硬着头皮走了过去。

江家两位姑娘还有沈霜并排而立，那五姑娘走了过去，个头儿矮了一截不说，姿态和脸蛋竟也一个都比不过。

“对不住。”五姑娘捏着拳头，咬牙对沈霜说完，眼泪都在眼眶里打转。

“五姑娘可知，今儿我并不亏。”沈霜看着她，笑了笑，“我不过是挨了五姑娘一巴掌，痛一会儿便过去了。五姑娘今儿疼的不仅是脸，丢的还是自个儿的名声和韩家人的脸面，往后当也该长记性才是。”

五姑娘怒气冲冲地瞪着她：“你这个……”

“回来！”

身后韩大公子一声打断了她，五姑娘终是憋不住，转过身捂住脸就哭了出来。她是韩国公府的五小姐，竟被一个野丫头说教。

“韩某先行失陪，今日之事改日我韩家定会登门致歉。”韩大公子铁青着脸对江夫人说完，才领着五姑娘和韩家众人离开。

韩夫人晕了过去，现在还在帐子里歇着。韩家一走，这场热闹便结束了，众人陆续散去了。等文乐公主急急忙忙地赶过来时，就只见到了那箭靶红心上的两只孔雀羽箭。

文乐一把将手里的弓箭扔在了地上，气得直跺脚，忍不住又骂了一声：“吴允你个王八蛋。”

这一路过来，文乐公主也不知道这般骂了几回三皇子。

第一场比赛下来，文乐公主见三皇子连杀了两组，直接进了下一轮比赛，心里慌得很，便同江沼打了声招呼，去寻了太子，不过没见到太子，倒是见到了新晋的探花郎。

文乐上回就同江沼说过，探花的那张脸生得好看。探花的父亲不过只是一个六品小官，若是按家世，这场比赛他本也没有资格入场，还是文乐亲自给人家递的帖子。

此时那探花郎唐公子手里拿着一只风筝，见到是文乐，眼睛一亮作

揖道：“微臣见过公主殿下。”

文乐本想走，结果不经意瞟见了他的脸，脚步便又顿住了：“这风筝是你做的？”

探花郎脸色微红：“微臣瞧今儿天色好，适合放风筝，便为公主做了一只风筝。”

文乐有些意外：“是给本宫的？”

探花郎笑了笑：“正是，只是不知公主殿下喜不喜欢。”

那探花郎一笑，文乐瞬间就恍惚了，一时竟也忘记了自个儿要去干什么，两人便拿着风筝去了凉亭边上宽阔的空地放起了风筝。

不料那风筝还没飞起来，就挂在了树枝上。探花郎也不知道从哪里寻了一根木棍子过来，一手提着那衣摆，一手费力地去够风筝。文乐就站在他身后，紧张地指挥着他。

两人正忙着，身后突然一阵脚步声，文乐回头就见到了三皇子站在那里，满脸讽刺地看着她。文乐瞪了他一眼，懒得理他，继续让那探花戳风筝。

三皇子却走到她身旁，指着探花郎问她：“你就喜欢这个？”

文乐脸色一红：“本宫喜欢谁，碍着你三皇子什么事了？”

三皇子又说了一句：“没想到你品位如此差。”

这回不只是文乐，那探花也是回头满怀敌意地看着他。

“好好看着，什么叫男人。”三皇子对文乐说完，未待她反应，一个跃身。脚踩着旁边凉亭的圆柱上，借着那道猛力，轻轻松松地就从树上取下了那只风筝。

三皇子将那风筝交到了目瞪口呆的探花郎手上，走到文乐跟前，盯着她目瞪口呆的表情，倾身在她耳边说道：“公主的品位还是提升些好。”

文乐气得直咬牙，提着裙摆就追了上去：“你不过就欺负人家探花郎是文官，你显摆什么呢？”

三皇子突然顿住脚，文乐差点儿就撞到他身上：“你们陈国，可是

规定了文官不习武？”

文乐被噎得说不出话来，到底是不服输，跟着三皇子走了一段，指了一下跟前的一池碧水说道：“我来同你比。”

比打水漂，石子在水面上点过的次数多的胜。

文乐自小就喜欢玩这个，在宫里时不时就往后花园的池子里扔石子，谁知今儿一出手连连失误，三皇子站在那儿看她的笑话。

“是石头没长好。”

文乐急得打转，继续在河边找石头，半晌也找不出一块适合的，抬头就瞧见三皇子腰间挂着的一枚玉佩，圆圆扁扁，甚是合适，一把扯下来就往那池子里扔去，激起了五六个水花，文乐回头骄傲地看着三皇子。

三皇子神色肃然：“那是我死去的娘亲留给我的。”

文乐愣了愣，连鞋袜也没顾得上褪，一脚踩进了水池里。刚走了没两步，三皇子又在身后说道：“我说的你也信？”

文乐回头愤怒地瞪着他。

“那玉佩是你们陈国的玉，你认不出来？”三皇子说完回头就走，文乐站在水潭边上，气得身子都在发抖。

“吴允，你就是个王八蛋！”

这大抵是文乐头一回骂人，也挑不出来骂人的词儿，一路上骂来骂去也是那一句。等文乐换好了衣裳出来，身边的宫女便来禀报，说后场出事了，文乐才发觉，她竟然忘记了江沼。等她风风火火地赶过来，人都散了，热闹早就没有了。

“开宴的时辰到了，江姑娘应该已经去了宴席。”宫女提醒了文乐一声。

这回的射箭比赛说是文乐公主筹办，其实都是太子在安排，今日的第一场宴席便设在了阁楼边上的一块空地上。

江沼从内场出来，说道：“你们先过去，我去换身衣裳。”

当初文乐给她衣裳时，她并未怀疑，如今所有人都瞧见了，江沼再

穿在身上，便觉浑身不自在。

江家几个姑娘本也想陪着她去，江沼没让：“待会儿总不能让旁人都等着咱们一家，我去去就来。”

等江沼匆匆地换了一身衣裳出来，席上已经坐满了人。江家的席位也坐满了，偏偏就是少了她的位置。

周顺亲自过来迎接：“江姑娘，请。”

江沼跟着周顺往里走去，看到陈温身旁空出来的两个席位，眼皮子颤了颤，望向陈温的眸子里带着一股倔强，脚步不动。这时文乐突然从后面赶来，抓住江沼的胳膊就往里头走去：“今儿怪我，被那个浑蛋拖住，你可得好好同我说说到底是怎么回事。”

江沼被文乐直接拉到了主位上，往日里，江沼也不是没同他们一同坐过。算起来，江二夫人走后，一半的日子都是同皇家的人在一起，早就同家人一般亲近，只要文乐在，也都习惯了给她留一个位置出来。

江家的席位上，原本是有江沼的位置，被周总管给撤了，说江姑娘已经有了安排。

丫鬟们虽狐疑，但上头怎么吩咐怎么做。江家人过来时，是周顺亲自带他们过去的，江夫人发现少了一个席位后，脸上一阵错愕，便见周顺笑着说：“公主自来喜欢同四姑娘挨着坐，奴才给四姑娘安排在了公主身旁，江夫人安心入座便是。”

周顺这般说，江夫人也没法子，总不能让公主坐在江家的席位上。

文乐拽着江沼的胳膊，话说到一半瞧见了旁边的三皇子，脸色立马就变了，同江沼调了个位置，自个儿倒是躲了开三皇子，江沼却被她挤到了陈温身旁。

文乐对内场里发生的事完全不知情，也并不知道皇兄给的那身衣裳有何蹊跷。此时江沼换了衣裳，文乐心头又因三皇子而愤然，压根儿就没注意到皇兄借了她手干了一件大事。

江沼刚坐过去，只瞟到了一双修长的五指，从容地将那装着鸡蛋酥

的碟子移开，又递了个盘子过来，里头放了十来颗冰镇荔枝。

她的眸子闪了闪，到底还是没有说话。

周顺立在营帐前唱了声“殿下赐宴”，底下各世家便起身齐齐举杯。

“坐。”

陈温的声音落下，周顺笑容可掬地说了句“大伙儿尽兴”，场上便开始热闹了起来。韩家没来，席位空空荡荡。前一刻韩大公子过来面见了太子，说韩夫人身子不适，得立马赶回江陵，陈温也没拦着。韩家中途退了场，帐篷才刚搭建好，又给撤了去。

众人猜出来韩家多半是没了脸。今日来的都是江陵世家，重规矩、重礼仪，也没有人再去揭韩家的伤疤，话题多数都转到了正场。一轮比赛结束后，众人还没来得及谈论赛事，便被后场里的热闹给吸引了去，此时才有了兴致去谈论今日上半场上的精彩之处。也没有人敢往主位上瞧一眼，更没有敢去揣测太子的心思，横竖也揣测不出来。

郊外的宴席简单，江沼草草用了两口便放下了筷子，文乐坐在她右侧，一直不停地在同她咬耳朵。

“那探花郎你见过吧，你要是没见过，待会儿我带你去瞧瞧，怎么也比那三皇子好看，不过就是太白了些，也太弱了些……”

江沼坐得端正，正听着文乐说话，旁边的那只手又突然伸了过来，从那碟盘里拿了颗荔枝。没过一会儿，自个儿跟前的小瓷碗里便多了一颗去了皮的荔枝。

江沼看着那颗晶莹剔透的果肉，没动。

接着便是第二颗。

第三颗。

江沼依旧稳坐如山。

文乐还在她耳边吵着：“我活了这些年就没见过敢在本宫面前嚣张的人……”

那只手突然拿了只筷子，蘸了蘸茶杯里的茶水，在她跟前的小几面

儿上，轻轻地写上了字。

江沼的目光下意识地跟着那筷子走，写了五个字——要我喂你吗。

江沼一口气屏住，就见那手将筷子放下，来抓她碗里的荔枝果肉。江沼的脑子里“嗡”的一声响，伸出手紧紧攥住了陈温的手腕。温热的掌心碰到他的手背时，冰冰凉凉的，江沼的手劲突然松了松，顿了几息到底还是没有放开。有了今日衣裳的事之后，江沼便知道他陈温要起赖皮来，也是不会分场合。

陈温也没动，就让她攥着。

旁边文乐还在说着：“好姐姐，你得帮我想想办法，怎么才能治治他，灭了他威风……”

文乐说完，本是扭过去的头突然转了过来。江沼来不及多想，一把将陈温的手拖到了木几底下。

席位本是相邻，江沼适才换了衣裳，袖口宽阔，文乐望过来时，并没有发现异常，见江沼和皇兄均抬起头，面色平静，以为两人都在听她说话。

“皇兄，你可是答应过我的，要替我收拾他。”

陈温镇定地“嗯”了一声。

江沼的手猛地松开，不过一瞬便被陈温抓住反握在了掌心，她越挣扎陈温握得越紧。江沼的心一阵乱跳，脸就如同朝霞，白皙的面皮一点儿一点儿被日头染红。

文乐也没注意江沼的脸色，见太子应承了下来，终于将三皇子放下，这才瞧见江沼碗里剥好的三颗荔枝，愣了愣：“今儿有荔枝？”

江沼眼瞧着文乐挨了过来，心头一阵慌乱，指甲掐了一下陈温的掌心。身旁的人明显一僵，江沼赶紧抽回了手，整个人往文乐那边挪了挪，又将跟前的瓷碗递给了文乐：“你喜欢就多吃些。”文乐并未多想，吃了一颗。适才听宫女禀报时，只知那上半段的故事，宫女还没来得及说完，文乐就跑出来寻江沼，这会子说完了三皇子，便开始问那后半场

的事。

“我瞧那箭靶子，两支箭都射中了红心，当是赢了，那两箭是谁替你射的？”文乐抬头扫了一眼底下的席位，又是疑惑，“咦，韩家怎么没到场？”再回头目光又定在了陈温的身上，“皇……皇兄这身衣服怎瞧着这般熟悉……”

江沼：“……”

好在在文乐下一个疑问出来之前，周顺走了过来：“公主，吴国三皇子让奴才送来了一壶酒，说公主若是方便，他想当面向公主赔罪。”

文乐伸出脖子望了过去，三皇子正端坐在那里，面含微笑。

文乐冷哼了一声，从周顺手里夺了酒壶两三步下了台阶，坐到了三皇子身旁：“素闻吴国人酒量惊人，三皇子今儿若是将这壶酒喝光，本宫就不同你计较。”

酒壶“咚”的一声搁在三皇子跟前，声音不小。各世家早就想见识吴国三皇子本事，几杯酒下肚，见到这番情景，便齐齐跟着起哄。

江沼和太子这一处倒是安静了下来。江沼坐立不安，正欲起身，身旁陈温突然开口说道：“你刚才掐了我。”江沼眼睫毛颤了颤，便没走成。

太子是储君，是未来的国君，身份高贵，平日里众人对他恭敬还来不及，谁又敢去冒犯。江沼自知失礼，起身赔罪，刚直起身子，腰肢突然被陈温搂住，江沼一个不稳，跌坐了陈温的怀里。

江沼惊魂未定，便见陈温将一碗汤递到她手里：“喝完，我就原谅你。”

适才江沼不过夹了两片笋尖，并未多食。自她坐过来后，陈温的目光就在她身上，自是清楚。江沼被他一抱，整个人都躺在了陈温怀里，不由得身子绷直，僵硬如石头，脸火辣辣地烧，根本没有勇气抬头，也不敢去想此时这般模样是否落入了人眼，只极快地接过了陈温手里的汤碗，水袖半掩一口饮尽。

腰上的手臂松开了些，江沼从他怀里起来，将汤碗往几上一搁，瞧

也没瞧陈温一眼，直接下了台阶打算回营帐。

台下人的目光被公主和三皇子吸引了去，也就沈霜见到了那一幕，不过一眼就移开了目光。此时见江沼下了宴席，沈霜便也跟着起身，坐在前头的江嫣正瞅着王家那一块，不知说了什么，逗得江芷面红耳赤，忽见江沼走了过来。

江沼用指腹轻轻摸了摸额头，瞧着跟前的一群人说道：“昨夜没歇好，我打算去歪一会儿，伯母和姐姐们好生高兴高兴，过会儿我再过来。”

江焕在旁听见，急着问：“姐姐是哪里不舒服吗？”

“不过是有些乏，焕哥儿午后还有比赛呢，可莫要贪了杯。”

江沼说完，江夫人便发话放了行：“乏了就去歇息，这趟出来本就是放松为主，可莫要累了身子。”

江沼点了点头。

“我同表妹一道吧。”沈霜从后面的席位上走出来，对江家两姑娘说，“两位姐姐就不用跟来了，若有什么稀奇事，可别忘了说给咱们听。”

沈霜是看见了江芷的未婚夫王公子就坐在对面，才将江嫣和江芷留了下来。两人回了帐子，说了一会儿话，江沼问沈霜今儿见了秦家人觉得如何，沈霜的脸瞬间就红了，回了一句“都挺好”。

若没有今日韩家五姑娘闹出来的那档子事，说不定秦将军和沈霜的婚事还不会如此顺遂。秦夫人出身于尚书府，是名门闺秀，虽说并非固执死板之人，但也看重门第。沈霜出身于小户，秦夫人心头便担心，沈家姑娘身上会不会有一股小家子气。今日秦夫人瞧见了沈霜的可圈可点之处，再同原本心属的韩家五姑娘相比，竟也头一回怀疑了自个儿的想法。名门望族里并不都是贤良大度的姑娘，小户门里出来的姑娘也并不就是小家子气。

秦夫人对江夫人说的话，江沼不知，沈霜却是听了个清楚。且那场子里的热闹结束之后，秦家的小辈，几个姑娘和年少的公子哥儿时不时地偷偷瞅她一眼，见她望过来时，均是一脸笑容相迎，多半也是认了她

这个嫂嫂。

江沼见她羞涩得厉害，便也没再问她，只说了声："表姐这亲事定下来后，怕是要先回芙蓉城了。"

沈霜埋着头："本就是过来走一趟，哪能待太久。祖母原本身子就不好，又得了瘟疫，怕是更不如之前。我打算好了，下个月就回芙蓉城，刚好可以赶上大姐姐的婚事。"

江沼惊愕感叹了一声："这么快。"想了想沈霜说的话，倒也没有留她，迟早她都会再来江陵。嫁过来，就是江陵人了。两人聊着聊着，江沼真的乏了，斜靠在床榻上便闭了眼。沈霜半晌没听见她出声，回头一看才知她睡了过去，便替她脱了绣鞋，将她的身子摆正，又替她盖了被褥才轻手轻脚地坐在一旁绣起了花。

第十章 撒娇

江沼这一觉便睡了两个时辰，外头的天色都擦黑了才醒。沈霜端着饭菜从外面进来，瞧见她已经从床榻上起来，脸色红扑扑的甚是好看，便知她睡了个饱足。

“饿了没？”沈霜对着她笑了笑，将饭菜放在她手边的几上。

江沼自个儿恼了一声：“我倒是能睡。”

“江夫人都说了，出来就为图个轻松，这里安静，气候又好，表妹难得贪睡一回，是好事。”

江沼一面穿鞋一面问江焕如何了，沈霜说：“二公子没有一箭虚发，你就放心吧，这会子人人都在议论他，说他颇有当年江将军的风范。”

“他要是有父亲那般出息，爹娘在天之灵也就安息了。”江沼说完，抬头就见沈霜僵在那儿惊讶地看着她。往日可从来没人听江沼提过她爹娘，江沼到芙蓉城之前，沈老夫人还提前嘱咐沈家的几个姑娘，不许同她提江家二爷和二夫人。

“两个姐姐呢？”江沼早已经释然，冲着沈霜笑了笑，转移了话题。

沈霜这才说道：“都来了两趟了，见表妹没醒，刚走不久。表妹赶

紧吃些东西，这里看星星是最好的，咱待会儿叫上姐姐们出去看星星。”

江沼才刚吃了两口，文乐公主身边的宫女便过来寻人：“公主醉了酒，这会子嚷着要见江姑娘，奴婢实在没有法子，这才前来打扰，还请江姑娘过去瞧瞧公主。”

江沼愣了愣，赶紧起身跟着宫女走了出去，倒是没想明白，今儿喝酒的人不是三皇子吗，怎的文乐醉上了。

午宴时公主抱了个酒壶过去想灌三皇子，谁知三皇子同众人说，单是喝酒不尽兴，换了个玩法，猜拳，输了的人喝。结果一直到宴席结束，三皇子硬是一口酒都没有沾上，全是那些起哄的江陵公子哥儿喝了，那位探花当场就喝倒了。

晚宴时文乐不甘心，便自个儿去找三皇子，改了规矩，赢的人喝。

谁料，文乐把把都赢。这会子人被宫女从晚宴上送回来，一直嚷嚷着要灭了三皇子的傲气，非要让宫女寻了江沼过去替她出谋划策。

江沼赶到时，文乐躺在床上正在闹。

“你这是喝了多少？”江沼坐到她身旁，瞧她面色发红，眼睛里混浊，哪里还有什么神志。

“嫂嫂，你可算来了。”文乐一把就扑进了她怀里，“嫂嫂，吴允欺负我，你得替我做主。”高公公当初的话在文乐心里已经根深蒂固，说将来若是被夫家欺负了，来找你嫂嫂准没错。文乐从小没有姐妹，就两个哥哥，虽也宠着她，却不贴心，能让她说些心里话的人，就只有江沼。

江沼拍了拍她的手：“谁让你回回都往上凑，你这性子又经不起激，你明儿个试试不理他，瞧瞧他还能怎么欺负了你。”

文乐摇了摇头：“不行，我不甘心，吃了这么多亏，定要讨回来。”

江沼见她急了起来，赶紧宽慰道：“行，你说了算。”

文乐便将头枕在她腿上，安静地躺在她怀里：“嫂嫂，你说父皇会不会真的将我嫁去吴国啊？那吴国什么样的我都不知道，要是吴允每日都欺负我，这日子我该怎么过。”

“放心吧，他不会欺负你。”江沼笑了笑，若不是有意，堂堂吴国三皇子又怎会这般无休无止地陪她闹下去。

文乐突然仰起头，认认真真地看着江沼：“嫂嫂，你当真不愿意嫁给我皇兄吗？”

文乐闹起来后，有宫女去寻了江沼，也有宫女去寻了陈温。夜幕彻底落下，宫女瞧见对面走来了一道身影，刚唤了声“殿下”，陈温便抬手止住了：“退下吧。”

里头的说话声传来，陈温立在那儿没有迈开脚步。

“事到如今，又岂是愿意不愿意。”

倘若从芙蓉城出来，她没有遇到陈温，那这辈子她必定会同他越行越远，再也不会有任何牵扯，可那场瘟疫、那一场屠杀……命运终是将他们绑在了一起。

离开芙蓉城那一晚，陈温说的那些话，她全都听了进去，也才知道，她同陈温过去那十年里的恩恩怨怨早就刻进了骨头，谁又能说得清，谁过得比谁好。

在陈温给她退婚书时，江沼心头的结也算是解了，她不再怨他，也能淡然地面对他。

可她放下了，他却放不下。回到江陵之后，陈温几回阻拦她的亲事，势必要将她绑在他身边，江沼知道，他也是在硬撑，用那表面上的温存，去掩盖两人千疮百孔的心。

他并不想放开这段感情，拼死地攥住不放。就如同徒手握住了插进胸口的那把刀子，握紧了手会疼，不握心会死。他只能紧紧地抓住，不管有多痛。

既然注定了是他们两人的恩怨，她又岂能再牵扯到旁人。

她嫁他。

文乐疑惑地看着她，追问道：“那嫂嫂还爱皇兄吗？”

江沼又顿了很久，才缓缓地说道：“爱过。”

——曾经很爱。

文乐察觉出了这话里的意思，急急地问：“那如今呢？”

江沼摇了摇头，简单地回了两个字：“不爱。”

她想，这辈子她都不会再去爱了。她能嫁给陈温，但他们已经再也回不到从前。

她能放下心结，不再怨恨陈温，甚至接受了他，但她忘记不了过往，忘记不了她爱着一个人时的殷切期盼，也忘不了爱着一个人时的卑微。尝过其中的滋味，她尤其害怕。

害怕痛，害怕那痛再一次蔓延至四肢百骸。那十年里她苛待了自己，余生她便想放自己一条生路。

再也不想爱了，谁也不爱。

文乐痴痴地看着她，眼里透着满满的失落，江沼摸了摸她的头：“放心，我和你皇兄都不会让人欺负了你。”

文乐不知怎么就落了泪，躺在江沼怀里哭了一阵，便没了声息。江沼见她睡着了，才让宫女过来，将她好生扶在了床上。

江沼仰头望了一眼，如同沈霜所说的那般，夜空很干净，满天繁星如同天上的仙子随手撒下的一堆宝石，闪着明亮的光芒。

从文乐的帐里出来，宫女递给了她一盏灯，江沼没让人跟着，不过是几步路，她想自己一人走走。

江沼踩着地上的青草，穿过了几个营帐，刚要走上那凉亭，一只手突然拽住了她的胳膊，江沼下意识地叫出了声。

“是我。”陈温将她拉进怀里，双臂从她身后怀绕过来，接过了她手里的那盏灯。

“殿下怎的没提灯？”江沼被他整个抱住，抱得有些紧，身子动了动，想挣脱开来。陈温却突然弯下腰，下巴压在她的肩头上，倾身揭开了那灯罩，将那唯一的灯火给灭了。

“今夜的星空好看，何须灯。”

江沼回头，便听陈温低声在她耳畔说道：“咱们看会儿星星。”

陈温的声音低哑，气息轻轻地吐在了江沼的颈项间，酥酥麻麻。江沼忍不住偏头缩了缩脖子，却不想挨得陈温的脸更近，隐隐贴上了他的皮肤，似是碰到了冬季里的寒冰，凉得她一颤，之后便陡然升温，烧得整张脸都烫。

江沼猛地躲避开来，却没能逃出陈温的怀抱，身后那双长长的手臂将她搂了个结实。

“殿下……”江沼想让他松开些。

“嗯。”陈温应了一声。

那声音带着几分温存，轻轻落在江沼的耳畔，江沼的身子僵了僵，便也没再动。

夜里的凉风拂来，停在了那鸦青色的修长的身影上，陈温用下巴轻轻地蹭了蹭她的头顶，说道：“抬头瞧瞧。”

离了江陵都城里的繁华，没有了千万盏灯火，眼前只余了一片浩瀚的星海，繁星璀璨，延绵到了天边的尽头。

江沼随着陈温一道仰起头。

万里星空开阔，一片寂静，只余了身后那起伏的胸膛传来的阵阵心跳声。

陈温抱着她，身子轻轻地倚在朱漆圆柱上，鼻间淡淡的幽香缭绕，似乎只有在闻着她身上的气息这一刻，他才会真正地踏实下来。

他放不下她，哪怕是用他太子的身份，用尽各种手段，他也要将她留在身旁。

母后曾对他说过，莫要轻易伤害人。若是给人留了遗憾，即便你再做上了一万件好事，也抵不过你曾经给过的那一点儿伤害。

她若是忘不了，那他便陪着她一同忘。她不爱，他爱便是，只要她愿意留在他的身边。

江沼只觉腰间的那双手越来越紧，她有些呼吸不过来，正要让他松

开，寂静的夜里突然响起了一阵凌乱的脚步声。

几盏昏黄的灯火从凉亭一侧缓缓地靠近，说话声清晰地传了过来：“就几步路，怎可能走丢。”

是沈霜和江家的两位姑娘。

“都怪奴婢，该跟着江姑娘。”公主身边的宫女走在前头引路，适才她亲眼瞧见江姑娘从这里经过，谁知过了一阵，江家的姑娘却过来寻人，说江姑娘并没有回去，几人才着急地寻了过来。

江沼身子紧绷，一时竟不知该如何反应。

除了身后的凉亭，四处没有半点儿遮挡之物，眼瞧着那灯火离她越来越近，江沼的心突突乱跳。正是慌乱之时，身后的陈温搂着她的腰，藏在了那朱漆圆柱后。

灯火越来越明亮，脚步声亦越来越近，江沼甚至瞧见了江芷的石榴裙摆，心瞬间跳到了嗓子眼儿。

就在江芷要转身的瞬间，跟前那草丛里突然传出来了动静，几个人看了过去。江沼还未回过神，便被陈温搂着闪进了身后的凉亭之内。

凉亭四周开阔，只有那拐角的一处角落方能挡住视线，她被陈温就压在了那转角处，动弹不得。

江沼的小脸整个藏在了他胸前，铺天盖地的气息将她包围，江沼的脸憋得通红，就快要喘不过气来。直到几人终于离去，那昏黄的灯火从两人头顶上的雕花窗照进来，光线映在陈温脸上，江沼清楚地瞧见了他的唇角微勾，露出了一抹隐隐的微笑。竟是没有半分紧张。

江沼红着脸扭过了头，灯火走远，又只剩了淡淡的朦胧月色洒下来，如一层银白的纱帐披在了两人身上。

陈温并没有松开，江沼依旧被他压在墙角。

陈温偏下头，深邃的眸子紧紧地盯着瞧了她片刻，眼里如同蒙了一层迷雾，下巴缓缓地凑近了她。

鼻尖处再一次混入了另一个人的气息，江沼又屏住了呼吸，连忙往

后躲，正欲推开他，那吻却突然印在了她的唇瓣上，轻轻地贴着她，久久都未离开。

江沼瞪大了眼睛，脑子里一片空白，

良久，那唇终于离去。江沼的一口气还未缓过来，陈温的手掌又突然捂住了她的眼睛，轻轻地在她耳边说："乖，眼睛闭上。"

话音一落，陈温没给江沼半点儿反应的时间，吻便狠狠地落在了她的唇瓣上。不同于之前的温柔，这次的吻带了些力道席卷而来，一点儿一点儿地将她吞噬，江沼轻轻哼了一声。陈温宽大的手掌突然托住她的后脑勺儿，紧紧地逼着江沼，没给她留下任何退路，寂静的夜色中传出来了一阵细细碎碎的呜呜声。江沼拽住了陈温胸前的衣服，推了几回也没推动。

一切寂静之后，江沼大口喘着气。

夜色遮挡住了江沼的面红耳赤，陈温抬起手，指腹轻轻地蹭着她绯红的唇瓣，低声地说："疼不疼，我下回轻些。"

江沼瞪着他，陈温只见到那双湿漉漉的眼睛，染了些恼怒，又溢满了羞涩，动作极快地从他胳膊上逃窜了出去。仓皇的身影跨出了那凉亭门口，陈温才起身，跟在了她身后。

江沼步子跨得大，却奈何两步抵不过身后人的一步。

两人一前一后，从凉亭出来，漫天星辰之下，陈温的目光一直瞧着前面的那道身影，唇角轻轻地上扬，那眸子里却带着一抹难以察觉的痛。

待江沼一头钻进帐子时，几个姑娘被她突然蹿进来的身影吓了一跳。

被凉风吹了一路，江沼脸颊上的红晕散去了不少，已瞧不出异常来。

江嫣松了一口气："总算是回来了，可没将咱们给急死。"

江沼进来之前，江嫣和江芷还说，若再不回来，就得去禀报江夫人了。

这东郊不比江陵，怕山上有什么豺狼虎豹。

沈霜说："再等等，说不定表妹是去看星星了呢。"

几人正说着，人就回来了，江芷歪着头瞧了一眼她的脸色：“妹妹当真是去瞧星星了？”

“嗯，适才回来的路上一时看失了神，让姐姐们担忧了。”

江沼说完，就遭了江嫣和江芷的数落：“你个没良心的，亏得咱们等了你一晚上，你竟自个儿先去了。”

几人闹腾了一阵，才回房去歇息。素云伺候了江沼洗漱，江沼躺在床上，也不知是不是午后睡的太多的缘故，翻来覆去半天都没有睡意，一闭上眼睛，那鼻尖和唇间便全是那人的气息。

“妹妹今儿是去见太子了吧。”沈霜突然出声，说完便捂住被褥笑出了声。

江沼干脆起来，穿了床边的绣花鞋，跑到沈霜的床边去挠她：“让你笑。”

两人横竖也睡不着，便说起了话，一直到半夜江沼才合上眼。第二日早上文乐闯进营帐时，江沼还在被窝里头。

“江姐姐快起来，二皇兄过来了，说要同我们打马球。”

瑞王和宁庭安昨日在江陵耽搁了一日，今儿一早才过来东郊。

文乐酒醒了，记不得自个儿昨夜是如何闹腾的，却记得自己是如何醉了酒。一早见到瑞王，文乐便拽住了瑞王的袖子告状，说吴允将她灌醉了。

瑞王回头说：“嘴长在你身上的，他还能灌醉你？”

文乐一把松开瑞王，转身就走：“皇兄还是回芙蓉城吧，横竖在江陵，我也靠不上，我就当没你这个二皇兄。”

瑞王头疼，答了她一句：“待会儿我带你打马球。”

文乐这才停了脚步，等后面的马场收拾好了，便赶过来找江沼。

江沼惊觉又睡过了辰时，忙起身一面穿衣，一面听文乐继续说：“今儿射箭结束，便是马球比赛，两人一组，一男一女，姐姐先想好同谁一组，到时得帮我先赢了三皇子才行。”

江家加上江沼一共是三位姑娘，却只有二公子一人。

往年要是遇上春猎、节庆日，都会有马球比赛，比起游湖划船，马球比赛更受人青睐，大户人家的姑娘少爷们大多都会打马球，江家的姑娘们自然也都会。

昨儿的射箭比赛，江嫣和江芷没能参加，今儿若真是有马球，两人当也该玩上一把，也不枉出来一趟。

“我有两个皇兄，要不你先挑一个。”文乐倒是大度得很，说话时小心翼翼地瞅了一眼江沼。

昨儿射箭场子上的那场热闹，文乐总算是知道了，也知道江沼中了大皇兄的算计，那衣裳还是她亲手交给了江沼，虽事先不知情，却依旧怀了几丝愧疚：“姐姐要是不想同大皇兄组队，就找二皇兄吧，二皇兄的马球比大皇兄打得好。”

江沼也收拾好了，随口答了一句：“行。”

江沼知道文乐这回不在三皇子面前翻上一盘，定不会罢休，与其一直被她念叨，倒不如帮了她这回，落个清净。

出去时，江沼唤上了沈霜。

沈霜在芙蓉城长大，别说打马球，骑马都不会，便连连摆手：“表妹带着姐姐们同公主去吧，我观赛就成。”

马球在射箭结束之后，倒也不急，三人先去了主场，看了最后一场射箭比赛。

初赛过后，留在场上的人寥寥无几，三皇子和江焕都在。文乐也没回自己的位置，又挤在了江家的席位上，两只眼睛紧紧地盯着场上。每每三皇子射箭时，她便会下意识地呼出一口气来，想让他那箭偏上几分，三皇子却一路斩将，赢到了最后，只剩下了他和江焕。

别说是文乐，场上的人都开始紧张，江家人个个都站了起来，为江焕捏了把汗。

倘若这场比赛被三皇子赢了去，陈国的这些世家子弟当真就是丢脸

丢大了。

文乐急得挠心，待江焕过来时，一把抓住江焕的胳膊鼓励他："弟弟再加把劲儿，一定得赢了他。"

虽说后头还有大皇兄，可若是江焕被三皇子赢了去，她心头怎么着都不会舒坦。

江焕也紧张了起来，额头出了些汗。江沼立在台阶上掏出了绢帕，一面替他拭汗一面说道："焕哥儿能赢到这儿，已经很了不起了，莫要紧张。"

江焕点了点头，然那神色还是瞧得出来，没有半点儿放松。

几人正围着江焕，东宫的周总管突然沿着马场来到了江家的席位前，对江焕说："二公子，殿下有请。"

江焕一愣，心里更是紧张。这时太子召他定也是为了比赛。

离决赛仅剩下半炷香的时辰，江焕跟在周顺的身后，匆匆往太子的席位上赶去，进去之后便没有出来。

一声锣响。三皇子先上场。第一支羽箭的箭头稳稳地插在了靶子的红心上。场上鸦雀无声，个个都屏住了呼吸。

三皇子收弓退后两步让出了位置，不知是有意还是无意，竟回头看向了文乐。

文乐此时虽瞧不清他的脸，但她知道他定是在冲她炫耀，一时气得语结，急急地瞧向了太子的席位，江焕正好从里面出来。

江嫣和江芷都不敢看了，双手捂住了眼睛，从那手指露出的一点儿缝隙里往外望，一颗心心咚咚直跳，怕是比场上的江焕还紧张。

江沼虽知道三皇子最终不会赢，一双手还是紧紧地攥成了拳头。

"啪"的一声箭头落靶，周遭安静了一瞬，之后便是一片欢呼声，江焕的第一箭也射中了红心。

三皇子再次上前，与江焕擦肩而过时，由衷地夸赞了一声："江公子年轻有为。"

江焕对三皇子拱手说道："三皇子过奖了，三皇子箭法高超果然名不虚传，今日愿同三皇子真正地比一场。"

三皇子回头看着江焕，见他目光清明，里头仿佛燃了一簇火，便知他是什么意思。

第二箭他本该输。三皇子从那双眼睛里看到了当年的自己，三皇子转身拉了弓箭，第二支箭依旧中了红心。接着江焕的第二箭也中了红心。

两人不相上下。

此时就连江夫人的手心里都出了一层汗。

第三箭，三皇子射出的箭依旧落在了靶心。

场子上观战的人，承受力差的，大多都同江嫣和江芷一般，捂住了眼睛不敢去瞧。

靶子上插了五根羽箭，满满地占据了红心的位置，已经没有了落箭之地。江焕拉起弓，周顺忍不住侧目瞧了一眼跟前的三人，太子、瑞王、宁师爷，三人的面色倒是平静，他突然觉得那江二公子当是江陵世家公子爷中，最有福气的公子哥儿了。这一箭成不成，全看江二公子有没有那个胆识。

周顺刚转过头瞧向场子，只听见弓弦"嘣"的一声，江焕的羽箭已经脱弦而出。羽箭破空发出了尖锐的啸声，与之前的声响略有不同，带着啪嗒的几声爆响，竟是生生地穿透了三皇子适才那一箭的箭尾，重重地插在了红心之上。陈国能有这身手的也就只有太子一人。

三皇子面露欣赏，对江焕拱手道："吴某甘拜下风。"

场上的人惊愕过后，欢呼声盖满了整个场子，江夫人也没有忍住，从椅子上起身，激动地问前面的几个姑娘："赢了？"

文乐提着裙摆从台阶上上来，迫不及待地回答："赢了，焕哥儿赢了，破了三皇子的箭尾。"

江夫人惊了惊，倒没料到焕哥儿有这本事。那日她听父亲说，要焕哥儿多向太子请教，便也想了起来，适才太子让焕哥儿过去，怕是同焕

哥儿讲了什么。

江夫人看了一眼前头正在等待江焕的江沼，心头的那口气突地就落了下来，便也笑了笑："赢了就好。"

江家人谁又不想将来焕哥儿和沼姐儿都过得好。

太子的态度显而易见，先是昨儿替沼姐儿出气，今儿又当众教了焕哥儿箭术，明摆着就是在护着姐弟俩。倘若太子真能真心待沼姐儿，倒也是沼姐儿和焕哥儿的福分。

"知道你们高兴，好好去热闹热闹。"江夫人见焕哥儿意气风发地几步上了台阶，欣慰地笑了笑，知道自个儿在场小辈们会有顾虑，便带着丫鬟先回了营帐那边的凉亭，赏景去了。

文乐也跟着走了，回头对江沼打了声招呼："姐姐先去马球场上等我一阵，我去去就来。"江沼见她一脸的兴奋，便猜到八成是去找三皇子炫耀。

江夫人一走，江家的席位突然就被挤了个爆满，各世家子弟将江焕团团围住，均是论起了那最后一箭是如何精彩。

周顺适才去请江焕时，场上的人多半都瞧见了。各世家子弟，别说是向太子请教箭术，便是单独见个面、说句话都难，今儿见江焕被太子叫进了席位，出来就有了那惊人的一招，便也知道，定是太子亲自教导了江焕。

"恭喜二公子，适才那一箭，颇有太子殿下的风姿。"一个公子说起了恭维话，旁人便顺着那话接了下去。

江沼见人越来越多，便同几个姑娘早早地走了。江嫣一出去就拉着江沼和江芷说道："待会儿打马球，你们各自的主儿是谁，就找谁去，可别同我争弟弟。"

三个姑娘要算起来都有主儿，就只有江嫣的夫君在芙蓉城。

"不过，咱定比不过四妹妹。"江嫣轻轻撞了江焕一下，故意倾身在几个姑娘跟前，小声地说道，"咱们那位太子殿下，可是个护短的呢。"

几声银铃般的笑声传过来，待几个姑娘抬起头，便见到了前头已经立了两人。是秦将军和尚书府上的王公子。

组队的人倒是主动找上门来了，沈霜和江芷两人脸上“唰”地一红，都立在了那里不说话。

江嫣便拉着江沼先行离去，马球比赛就在昨日射箭的后场里，瑞王发了话，底下的人立马就给收拾了出来。

马球不比射箭，没有长辈观战，尽是些小辈凑热闹，倒是自由松快得多，江沼和江嫣到时，场子里已经有不少姑娘和公子爷。

李家的位置紧挨着江家。江沼一过去，便见到了李家姑娘和李家大公子。昨日那场比赛，李大公子虽未能到场，但江沼还是心怀感激。韩家和江家两家都是江陵世家，谁也不想因哪一方得罪了人，李家能在那时出面也算是当众表明了立场帮了江家。

江沼走到两人跟前道了谢：“昨日的事，多谢李姑娘、李公子。”

李家公子忙站了起来，拱手说道：“江姑娘客气了。”

那日在寺庙的梨花园里，两人虽未见着面，但也算是说了一句话。后来李家公子出来，远远地往那马车上瞟见了一眼，却也没有今日这般瞧得真切，便也觉得这样的姑娘，也只有同太子最为相配。

一想起那日，李家公子不由得红了耳尖，很是拘谨。倒是李家姑娘热络得很，拉着江沼和江嫣去了马厩，说想先去试试马匹：“待会儿姐姐们可得手下留情。”

虽说今日的马球比赛是男女各一人组成一队，待会儿上场时，最先却是四人对四人，到最后胜出的那队，再比赛夺魁。

江沼已同文乐组了队，必然会同其他人对立，几人各自挑了马匹，说说笑笑，也就只当成乐子，并非如昨日韩家那般在乎那输赢。

李家姑娘刚学马球不久，今儿的马又都是从宫里牵过来的，李姑娘不熟悉，坐上去时便有些紧张。偏生那马儿又跑了几步，李姑娘的身子便歪在了马上。李家公子瞧见赶紧冲了过去，接住了从马背上落下来的

李姑娘，脚底下打滑，当场扭了脚脖子。伤势虽不严重，待会儿怕是无法再上场。

李姑娘原本就是同李公子组队，李公子上不了场，李姑娘便也只作罢：“姐姐们先玩，我陪着哥哥。”

江沼瞧见了她眼里的失落，便说：“若是李姑娘不介意，我先带你熟悉一下环境，待会儿瞧瞧谁家公子落了单，李姑娘也可来玩一把。”

李姑娘回头看向了李公子，李公子笑了笑：“去吧。”

江沼先带着李家姑娘围着场子走了两圈，待李姑娘渐渐适应了，才上马跑了起来。江沼那些年跟着文乐没少在马场里跑，骑术比李姑娘要精湛得多，两道人影一前一后，竟是有了几分英姿飒爽，激得场里的人蠢蠢欲动。

那头太子一行人刚进来，远远地就听到了马蹄声。几人从后面的通道上了席位，齐齐地往那场里瞧。马上的身影，一身水红色劲装，纤腰紧束，谈笑之间的神色与他印象中的模样甚是不同，陈温还是头一回见她骑马，一时看失了神。

文乐朝着江沼挥了挥手，江沼才同李姑娘停了下来。

江沼跑了几圈下来，小脸微红，陈温的目光一直盯在她身上，瞧着她一路走过来，竟也不自觉地起身迎了上去。

李家姑娘和江沼见到陈温，同时行了礼。

陈温刚说了个“起”字，江沼便往前走，脚步直接越过了陈温，往瑞王身边走了过去。今日她同文乐说好了，她选瑞王，文乐选太子，四人一组，联手赢了三皇子，好替文乐出了这口气。

江沼从陈温身旁经过时，也没有抬头去看他。昨儿夜里翻来覆去睡不着，一闭上眼睛，就是他将她压在墙角的一幕，脸时不时地烧上一回，一夜都未睡踏实，此时见了陈温，当也没什么好脸色。

陈温僵在那儿半晌没动，连周顺都尴尬地别过头来。

江沼走过去先是对瑞王行了个礼，之后又抬头对宁庭安笑了笑，轻

声唤了声："表哥。"

上回芙蓉城一别，江沼还是头一回见到宁庭安，本打算让他来江家做客，还没来得及，倒是先在这里遇上了。

宁庭安也回了一声"表妹"，那脸上的笑正灿烂，身旁的周顺突然用手肘碰了一下他。宁庭安回头，便对上了陈温的一双冷眼，眼皮子一跳，及时地避开目光。

陈温的脚步又缓缓地退了回来，正欲往江沼身旁靠近，文乐却一把拽住了他的袖口，说道："待会儿我同大皇兄一组，江家弟弟同江嫣姐姐组了队，待会儿二皇兄陪着江姐姐上场可行？"

陈温："不可。"

瑞王："成。"

两人同时出声，周顺提着一口气，差点儿没憋死。

突然一阵安静，还是周顺出面调和："奴才倒是想了个主意，不如抓阄儿，三殿下和李姑娘怕也是没有组队，自个儿选倒不如天选，随缘的好。"

三皇子跟着附和了一声："周总管这主意好。"

文乐回头瞪着他，没有好脸色。

适才江焕赢了三皇子，文乐便去堵人，待三皇子从里头出来，文乐正背靠在墙边，满脸笑容地看着他："三殿下的箭术确实了不得，倒是没承想给人炸了尾，你可知那江家公子多少岁。"

三皇子瞧了她一眼，但笑不语，继续往前走。文乐便跟上他的脚步，说道："人家才十五岁，三殿下多大了？十八，十九？"

前头的三皇子突然转过身，还未待文乐反应过来，便凑到她的耳边问她："你想知道？"

文乐瞧着那张突然凑近的脸，绷直了身子动也不敢动。

三皇子轻声一笑："你父皇知道，你可以去问问。"说完也没理会文乐目瞪口呆的表情，转身又往前走去。

文乐立在那儿，脸上突然一阵滚烫，想起了那日三皇子呈给父皇的生辰八字，一时羞愤地冲着那身影说了一句：“我才不要嫁给你。”

前头的三皇子再次顿足，回头瞧了她一阵，却是问她：“我有说过要娶你吗？”

文乐没料到他会是这么个态度，瞪大了眼睛，又羞又气，追着三皇子便交了底：“那日我在御书房，亲耳听见你同我父皇提亲的。”

三皇子也没什么反应，“哦”了一声，漫不经心地说道：“我那不过是随便一说，你别当真。”

文乐从小到大就没受过这种欺负，当场就僵住了，一双眼睛瞪着三皇子的背影，气得胸口一阵起伏，眼泪在眼眶里一阵打转，眼见着就要掉下来。三皇子却突然退着往后走了两步，到了她身旁摸了摸她的后脑勺儿，雪上加霜地说了一句：“你怎么这么笨。”

“你说谁笨？”文乐那泪花儿再也没有忍住，哭得梨花带雨，“你怎么能这么欺负人？”

三皇子叹了一口气，直接用袖口替她抹了泪，声音倒是比往常柔和了些：“行了，我逗你的，待会儿打马球我同你一队，保准你赢。”

“你想得美，我才不要和你一队！”

文乐恨不得杀他个片甲不留，怎可能会同他组队。

周顺可没顾文乐，而是看了自家主子一眼，瞧陈温并没有反驳，立马让人准备了两个托盘过来。

三个姑娘三个签牌，太子、瑞王、三皇子也是三个签牌，背面颜色相同的组队。

周顺先将托盘递到了陈温跟前，陈温的目光落在托盘里的一瞬，周顺的拇指微微往旁边点了点，陈温便面不改色地取了签牌。

接着是瑞王和三皇子。

到了姑娘这边，周顺先让文乐抽，文乐看了一眼周顺，见他的眼睛一直盯着左手边的一个签牌，知道他定会向着大皇兄，会把江姐姐给大

皇兄，偏偏不选那枚，而是挑了中间原本该江沼拿的那一块。周顺脸色平静，又将托盘递到了江沼面前，江沼取了最左手边上的，剩下的最后一个给了李家姑娘。

周顺站回了陈温身后，对那签牌的结果，原本也是笃定了殿下定会满意，谁知正要翻面时，文乐却对江沼和李姑娘说道：“咱们重新换一下吧。”

文乐瞧见周顺的眼皮子明显一颤，满意地一笑，直接将手里的签牌给了江沼，又将江沼的签牌给了李姑娘，自己则拿了李姑娘手里的。

文乐知道周顺是什么心思，三皇子这几日同大皇兄走得越来越近，周顺更是同他亲近，且父皇已经有了和亲的打算，这时按周顺那老奸巨猾的德行，定会将她配三皇子，江姐姐给大皇兄，李姑娘配二皇兄。

文乐这般一搅和，信心满满地翻开了手里的签牌，结果在亮开的那一瞬，直接傻眼了。

她那一换，将周顺的如意算盘全部打乱，自个儿也没有满意，唯独江沼和三皇子面上露出了笑容，江沼抽到了瑞王，三皇子抽到了文乐。文乐瞪大了眼睛，不可置信地看着周顺。周顺早就将头垂下，不敢看，懒得看，堵心——这就是应了那话，以小人之心度君子之腹，怎么说他也是看着公主长大，谁知自己在公主心里就落了个不信任，太心寒了，白费了他一番苦心。

陈温凉凉的目光扫在她脸上，文乐平时就有些怵陈温，被他这般一瞧，心头“咚”地一跳，心虚地挪开了目光，又小声地对旁边的江沼和李姑娘说道：“要不咱们还是换回来吧。”

李姑娘倒是很干脆地递出了签牌，别说让她同太子组队，就是瞧一眼太子，她都怕得慌，翻开签牌的那瞬，李姑娘都已经后悔跟了过来，她还是该坐在场下陪着大哥瞧瞧就好了。

江沼却没同意。

“翻牌前能换，翻牌后岂能再换，若不守规矩，这抓阄儿还有何意

义？”江沼说话时，余光瞟见了一道目光落在了她脸上，她眼睛微微眨了一下，索性将头扭到了一边。

文乐哑口无言。

“江姑娘说得没错，皇妹可不能再耍赖皮。”瑞王起身，理了理衣袖，笑着对江沼说道，“江姑娘有请。”两人一前一后出了席位往那马场上走去。

三皇子也出列，立在了文乐身旁：“公主有请。”

文乐虽不愿意，然而那签牌是自个儿给换回来的，只能认栽，她看也没看三皇子一眼，脚步一迈，气呼呼地冲出了席位。

如此就只剩下了陈温和李姑娘，李姑娘瞧出了气氛不对，哆哆嗦嗦地将那牌子给陈温搁到了面前：“臣……臣女……”

话还没说完，陈温却将手里的牌子突然递给了宁庭安：“你去。”

宁庭安嘴角一抽，正欲说他不会打。谁知那李姑娘的眼睛一亮，立马又捡回了那几上的签牌，看向了宁庭安，满眼期待地说道：“公子请多关照。”

陈温没耐心，将牌子往宁庭安怀里一扔，转过头看着场上的那道水红色的身影，指尖抵在那几面上轻轻一点，脸色虽平静，眸子却透着烦闷。

是个人都能看得出她不愿同他一队。

陈温这才察觉出，似乎从一开始，她就有些不待见他。她在生气。

陈温想了好一阵也没想出她生气的原因，便猜，怕是昨晚他亲她的时候，用了些力气，怕是亲疼了。

场上的比赛已经开始，宁庭安终究是带着李姑娘去了马场备赛。陈温一人孤寂地坐在那儿，目光盯着那场上奔跑的人影，一动不动。陈温从未见过她这一面。从在芙蓉城见到她之后，她的脸上总是挂着一层寒冰，让人望而却步。

又或是以前见过，并没有放在心上。如今放在心上了，便觉那是世

间最好看、最珍贵的东西，再也不能丢失。

她的笑容明朗，是敞开了心扉在笑，陈温便知，她当真已经放下了。他高兴她能走出来，却又无法阻止心口蔓延出来的疼痛，心头那股不确定的慌乱越来越甚。陈温终是没有忍住，突然站起身来。

身后的周顺以为他是眼不见为净，想要离开，便又在陈温的心头上添了一把火：“殿下，娘娘已经让礼部拟名册，怕是月底就该选太子妃了。”

陈温回头一眼扫过来，凛冽如冰。周顺心头一跳，忙将头垂下，再不敢多言，过了半晌，并没见陈温走，正疑惑，便听他说道：“去备马。”

此时刚好中场歇息，场边有不少看热闹的人，都跑到了草坪上去踩那被马匹踢飞的草皮，闹哄哄的一片。

半场比赛结束后，几队人马陆续到了场边，歇息半炷香的时间。文乐走在前头，不知是为了何事，又同三皇子争论了起来。江沼总算是知道了为何文乐和三皇子闹起来，陈温和瑞王皆不插手，两人的歪理一个赛一个高，分明就是在打情骂俏。

江沼便特意放慢了速度，同瑞王肩并肩，一面说笑一面往场边走去。到了场边江沼还未来得及下马，冷不丁地瞧见陈温朝着她走了过来，也不知为何，总觉得来者不善，马头一歪，掉了个方向。

陈温目光一闪，却也不急，脚步跟着她走。

瑞王看着陈温紧随其上的背影，本是想让他醋一下，倒没想到将他逼到了这地步。

江沼大抵没料到陈温会跟过来，心头一慌，便加快了速度。

陈温便唤了她一声，问她：“你在生气？”

江沼回头，便听陈温一本正经地说道：“昨日是我亲重了些，弄疼了你。”

满场子的人，并不比昨日少，江沼“唰”的一下脸色通红，也没顾忌他是不是太子，是不是失了礼仪，转身握住了缰绳头也不回地往前走。

陈温却依旧紧跟着不放，唤了几声沼儿，见她还是没有停下来，便也干脆站在原地，喉结滚动了一下，对着江沼的背影说道："沼儿，再给我一次机会可好？"

周遭的声音早就安静了下来，那声音场上的多数人都听见了。

江沼也听见了，僵着身子回头凝望着陈温。

陈温在她身后负手而立，亦注视着她，黑漆漆的眸子深邃如星海，却又很透彻，那目光温柔地落在江沼身上，一字一句地说得清晰无比："孤这辈子最后悔的便是同你提了'退婚'二字，是孤负你在先，可孤心里有你，更放不下你，今日孤再同你提一次亲可好？"

整个场子里没有半点儿声音。

一个人再厉害，也有低头的时候，他是太子又如何？她曾经也是个柔弱的姑娘，却因为他，受到了太多的伤害。这是他欠她的，她曾经因他背负的那些流言蜚语、承受过的种种委屈，今日，他便替她洗刷干净，让所有人知道，并不是她稀罕他，而是他离不开她。

是他在意她，想要她做他的太子妃。

江沼惊愕地望进了他的眸子，傻傻地愣在那里。

陈温面色平静，冲她笑了笑，又说道："孤向你保证，这辈子孤只有你一个太子妃，永不纳妾。"

昨儿陈温说给她一人听，然而今日却是当着所有人的面，以他太子的名声做担保，他这辈子，只爱她一人，足矣。

他是储君，是未来的皇上，该有后宫三千佳丽。可他却爱上了一个人，即便是她不愿意再爱他，他也想爱她一辈子。

陈温这才缓缓地上前，走到了江沼跟前，抬起脚轻轻地踩在了江沼脚后跟空出的一块脚蹬上，整个人突然一跃，便坐在了江沼的身后，双臂从她身后环绕，将她抱了个结实。江沼挣扎了一下，便听他低声在她耳边说道："沼儿，嫁给我。"

那声音异常的诚恳。他知道他不能没有她。

江沼只觉得全身突然烧了起来。一侧目，便对上了他那双炙热的眼睛，那眼睛里的光芒她太熟悉了，曾经爱过，便知道爱一个人时是什么模样。单是那目光，就能让人的心发疼。

江沼转过头，也没再为难他。

昨夜文乐问她的时候，她就已经想好了，他既不愿意放手，她也不能再去爱人，她与他两人的恩怨，便留给他们两人便是。

江沼深深地吐出了一口气，便说道："文乐说你马球打不过二殿下。"

陈温松了一口气，她原来是因为这个才不愿意同他组队，便澄清道："她何时见过我打马球？"

江沼不答。

陈温也不再问了，由着马儿驮着两人顺着那场子走了好远，江沼才听陈温在她耳边颤声问她："沼儿刚才说什么？"

江沼偏过头，顿了顿才又小声地重复了一遍："文乐说你马球打不过二殿下。"

陈温的嘴角颤了颤，终是控制不住地上扬，抱着江沼的那双手臂突地收紧，将她整个儿拥进了怀里，脸蹭在她鬓边的发丝上，声音低哑却有藏不住的兴奋："我打不过他？"

江沼扭过头。

"嗯？"陈温见她躲开，便又埋下头故意去瞧她，脸上的愉悦藏不住，那嘴角控制了几回没能收得住，便也彻底地笑出了声音，胸腔震动起来，"我去赢了他。"

"你先下来。"江沼推了推他贴上来的胸膛。

陈温便也放松下来，由着她推，身子微微往后仰，伸手捧着她的下巴，几乎将她的整张脸都包在了掌心里，轻轻地扭过她的脸，说："咱都走了半个场地了，你确定要把我丢在这儿？"

江沼在意的并非他们走了有多远，而是身后无数双看热闹的眼睛。

陈温能感觉到手心的那张脸，陡然升了温，便没再为难了她，从她

的手里牵过了缰绳来，双腿轻轻地在那马腹上一夹，回到了赛场。

场上的人神色各异。

太子的话，瑞王和文乐听得清楚。江家人也听得清楚，江焕和江嫣一时也是目瞪口呆。

当初在万寿观，江沼被退婚，江焕就在她身边。那日他发热，并未亲眼瞧见姐姐被太子欺负，但后来听说的那些事，曾经也一度让江焕对太子记恨。

若不是太子，姐姐不会哭，也不会去芙蓉城经历了那番磨难。虽事后平安归来，可那曾经的伤害已然存在，江焕并不愿意姐姐再同他重修旧好，他怕姐姐再受到伤害。

可太子当着所有人的面，同姐姐穿了同款衣裳，还那般在人前替江家出头，江焕冲到场内，第一眼打量的便是姐姐的神色，但凡她有半点儿不快，他便会立马追上太子，去讨一个说法来。

江焕却没从江沼脸上瞧出任何波澜。待众人散去后，江焕便问了江沼："姐姐若是不同意，我去同太子说。"

江沼将他拉住，对着他释然地笑了笑："焕哥儿不用再担心姐姐，都过去了，姐姐真的不再难受。"

从江陵去往芙蓉城的那日，她也对江焕说过她放下了，车帘子一落下，她的脸上终究还是带了悲痛。如今脸上的一抹笑，很是坦然。

"那姐姐还嫁他吗？"

江沼的回答依旧是："不嫁他，我还能嫁谁？"

江沼见江焕杵在那儿不动，便拽着他往前走，同他玩笑了一句："姐姐对宫里熟悉，嫁去了别的地方也不习惯。"

江焕不依："姐姐，这可不是玩笑。"

江沼便说："姐姐还喜欢着他。"

江焕转过头，呆愣地看着江沼，只瞧见她抿着唇在笑，一时也分不清那话到底是玩笑，还是当真。江焕心里虽依旧不平，但终究没再问下去。

今日早上同三皇子的那场比赛，江焕被太子叫到了席位上，他以为太子不外乎就是告诉他，务必要赢了这场比赛。

太子头一句却问他："想替你姐姐出头吗？"

江焕惊愕地抬头。

陈温便起身，将他带到了后场子上的箭靶前，那箭靶上还插着昨儿陈温爆开韩家大姑娘的那只羽箭。陈温让江焕拉好弓，站在他身后，指着那羽箭说道："若你赢了，孤便给你一个交代。"

那也是江焕生平头一回爆了箭尾，爆的第一箭是太子的，三皇子的那一箭是他爆开的第二箭。

江焕一直好奇陈温所谓的交代是什么，现在瞧见了，心头还是有些震撼，便也明白那交代不单是给他的，亦是给姐姐的。就算没有情意在，谁又能让堂堂的太子低头，就算他非要娶姐姐，姐姐又能如何，江家又能如何？

江焕转过头，却突然对上了一道目光。

"表哥。"江焕面上一喜，走到了宁庭安跟前。

宁庭安微笑地看着他，瞧了一眼他的个头儿："又长高了。"

江焕摸了摸后脑勺儿，笑得明朗："表哥来了江陵，怎的也不来找我？"

宁庭安说道："你不是忙着吗？几日都留在了吴先生那里。"

江焕面色一红，去年的科举江焕没参加，下一届便要上考场，吴先生平时就对他严厉，虽说还有两年，却也没让他有半分松懈。江焕每回见到吴先生，心里都会莫名地紧张，再一见宁庭安此时说话的表情，竟同那吴先生有几分相似，便挨过去站在他身边："有吴先生一人就够了，表哥可别学他了。"

宁庭安笑了笑。

江焕又主动提了起来："吴先生前儿还同我念叨你呢，说怎么来了江陵也不去看他，还说表哥是想过河拆桥。"

当初还是宁庭安从芙蓉城将吴先生送到了江焕的身边，两人同一个师门，宁庭安来了江陵没去看他，吴先生生气也是必然。

“待比赛结束，我便登门造访。”宁庭安拍了拍江焕的肩头，没同他多说，指着场子说道，“去陪你大姐姐好好玩两场。”

江焕过去时，陈温和江沼正好回到场内。江沼从马上下来，脸色如火烧，哪里还有心思打马球，直接钻进了席位上躲了起来。陈温看着她上了台阶，身子隐在了竹帘后，才收回了目光，一回头就见瑞王呆愣地看着他，目光里带着震惊和陌生，就似是从不认识他。

“皇兄今儿当真让人刮目相看。”

陈温没搭理他，一面挽衣袖，一面对他说道：“我同文乐一起，你自个儿找个人来，咱们比一场。”说完也没给他拒绝的机会，将一旁看热闹的文乐给拉了过来，“是你说，我马球打不过你二皇兄？”

文乐这会子已经缓了过来。适才她同三皇子争辩了两句，察觉到身旁的不对劲，回头就呆在原地，反应同瑞王一个样，不敢认那就是自个儿的大皇兄。

平日里不苟言笑、瞧不起她说的那些风月本子的大皇兄，竟追着江姐姐跑了半个场子，还说出了那等羞人的话。在陈温跃上江沼的马背的那一瞬，文乐都不忍看了，将身子转过去捂住了脸，就似那场上出丑的是自个儿。

三皇子看了她一眼，说：“你羞什么？”

见文乐捂着嘴直笑得花枝乱颤，三皇子便瞥开了目光，接着便听她叹了一口气，感叹地说道：“早知有今日，何必当初呢，之前江姐姐可喜欢我皇兄了，谁知我大皇兄是个傲娇性子，自作孽了一回，同江姐姐说了退亲。如今你瞧瞧，多费劲啊，颜面都豁出去了，也不见得就能让江姐姐回心转意。”

三皇子回头盯着她，目光意味深长。

瑞王被太子点了名要比一场，便知躲不过。皇兄断不会让江姑娘再

同他一组，文乐也被拉了去，一时也选不出别人来，往那场子里瞧了一眼，跟前倒是站了一排姑娘，个个面含羞涩，眼里都带着期盼。

各世家的姑娘们平日里本就很难接触到太子和王爷，今日难得有个机会露面。太子脸色冷厉太过于唬人，且又有了江家姑娘，姑娘们便也不敢再往上凑，瑞王则不同，面色温和，至今还没有选王妃，不少姑娘心里早就打了主意，如今见有机会同其一道打马球，心头便生出了奢望，想抓住这千载难逢的机会。

瑞王只瞧了一眼，顿觉无趣。目光收回来时不经意扫到一个身影，正背着众人蹲着扎筒靴，倒是与跟前一群期盼的脸格格不入，便伸手点了一下："就她了。"

那姑娘一时不察，瑞王又说了声："就你，那个扎筒靴的姑娘。"

姑娘错愕地回头，小小的一张脸，明眸皓齿，让人眼前一亮。却是张生面孔，没什么印象。

周顺过去将姑娘请了过来，瑞王瞟了两眼，一面扎衣袖，一面漫不经心地问了一句："你叫什么名字。"

姑娘眸色清亮，垂目行了个礼："臣女魏灵见过王爷。"

瑞王见她并未报家门，也没多问，让周顺牵了一匹马过来给她，让她准备好上场。

文乐同太子都已经准备妥当，一抬头却见三皇子迎面走了过来，到了陈温跟前便拱手说了一声："不知在下能否向太子殿下领教？"

文乐向瑞王讨来的这场马球赛，本就是为了对付三皇子，抓阄却没能让她如愿，如今见他自个儿送上门来，陈温还未发话，文乐倒是很干脆地同意了："好。"

三皇子看了她一眼，便回头去挑人。

文乐本好奇三皇子会请哪家姑娘，谁知三皇子转身请了江家大姑娘江嫣来，同瑞王和魏家姑娘，组了一队。

太子直接点了身后的宁庭安和李姑娘。

锣鼓声响起，两队人马便奔跑起来。

江沼没有回营帐，就坐在席位上，双手捧着脸，看着场下的热闹。她倒是想回营帐里将自个儿藏起来，可陈温扶她下马时，在她耳边说了一句："去那上面坐着，好生看看是你小叔子厉害，还是你夫君厉害。"

江沼的脸瞬间红到了耳根子，羞愤地抬起头，却见陈温将头扭到了一边，故意不看她，许是心虚，那目光轻闪，嘴边露出了一抹隐忍的笑容来。

江沼转身就走。陈温的目光跟着她，一直见她坐在了席位上，才安心了下来。

江沼认真看起了比赛。目光盯着那道人影，就算此时她的心头已经平静无波，再也不如从前那般将他奉为神，但还是不得不承认，太子确实有颠倒众人的本事。

或许，生得好看的人，做什么都不会差。

曾经的江沼被他迷得晕头转向，即便是见到他一脸肃然，脸上没有半丝笑容，她也能看痴了去，见他笑上一回，她能几天几夜睡不着觉。

如今这一幕，她却从未见过。从未见过他为了讨好她，去争取一样东西。那肆意流露出来的好胜本性，带着天生王者的气势，也是江沼从未见过的，高贵的气质之下，还有几分少年的明朗。

以往的江沼不会瞧见这一幕，因为陈温不会带上她，更不会在人前这般恣意去玩。

江沼的印象之中，陈温更多的是坐在案前看书，神色沉静，凛冽如冰山。

江沼盯着这个策马狂奔的翩翩少年郎，一时失了神，这才明白，爱一个人时，自己的心性当真会改变，她如此，他亦如是。

"表妹。"江沼正入神，肩膀被人拍了一下，回头就见沈霜挨着她坐了过来。

沈霜不会打马球，秦将军便单独寻了个场地，手把手地教她。众人

都往这边赶，倒是给两人腾出了个独处的机会。

还没等到江沼开口问她，沈霜的脸倒先是红了起来。

“秦将军可有说何时提亲？”江沼忍不住逗她。

沈霜也没示弱，拽着江沼问适才太子到底同她说了些什么。她没亲眼见到那一幕，觉得甚是遗憾。

两人一闹起来，江沼便没再看战况，横竖那比赛已经没有了悬念。

太子那一队进了五颗球，瑞王那一队只进了一颗，太子稳赢。

比赛眼看着都要结束了，谁知文乐公主手里的推杆没碰到球，直接甩在了马蹄上，马儿一吃痛，当场就扬起了蹄子。太子离她最近，直接跃下马，接住了文乐，自个儿却也在草地上翻了几个滚。

场上一阵吵闹声。

江沼望过去时，陈温同文乐已经站了起来，一群人拥了上去。江沼并不知那一阵动静是因太子和文乐摔了跤，只当是比赛已经结束。

沈霜也没留意，笑着对江沼说道：“殿下赢了。”

刚说完，就见陈温朝着这边望了过来，迈上了台阶，沈霜忙起身先回避，席位上又只余了江沼一人。

江沼没走，知道自己走不掉，索性起身行了个礼，再抬起头时，发现陈温竟跛了，神色微微一愣，却也没作他想，以为是比赛累到了，身子往旁边挪了挪，给陈温让了个位置。

陈温却没坐，站在她跟前，顿了几息才问她：“可有好好看比赛？”

江沼点了点头。

陈温突然僵在了原地，也没有再说话，他的心猛地一沉，说不上来是什么感觉，只觉胸口空空荡荡，脸也一点儿一点儿地变了颜色。

分明知道她心里已经没有了他，也没再指望她能重新爱上他，可心口还是会疼。再忆起过往，周身霎时失去了力气。以往在东宫，他咳嗽一声，她都会注意到，会替他熬药，会嘱咐他多穿些衣裳。如今这般，她竟一句话也没有。

“赢了。”陈温的喉结艰难地滚动了一下，将那心头的疼生生忍了下去，挨着江沼坐下，唇边抿了一抹笑，语气故作轻松地对江沼说道。

周顺瞧着都戳心。他一路跟着陈温过来，陈温的神色他看得一清二楚。适才他见殿下和公主摔在地上，吓得不轻，一路小跑过去，见两人从地上爬起来，并没伤着才安了心。

一路走过来，周顺也没见陈温的脚有何问题，如今到了江姑娘面前，突然跛了，周顺跟了陈温这些年，岂能不了解他的心思。不外乎就在想在江姑娘面前博个同情，却没料到被戳了心窝子。

“奴才还是叫个太医过来瞧瞧吧，那一跤摔得可不轻……”

周顺走到陈温跟前如此一说，江沼才侧目去看陈温：“殿下摔着了？”

陈温回头凑了过去轻声问：“不是说在好好看比赛吗，嗯？”

江沼脸一红，竟然结巴了：“就，就错开了一眼。”

陈温紧紧地盯着她，那眉目低垂、羞涩的神色终于又浮现在她脸上。陈温一时看失了神，前一刻心口还疼得厉害，却只因这么一句话、一个表情，所有的阴霾瞬间就消散了。

“伤着哪儿了？”江沼低着头问他。

陈温的目光才又落在了脚上，微微动了动腿，说了声“无碍”，眉头却猛地一皱。

江沼看了个清楚，便知他是在逞强。

“殿下还是让太医过来瞧瞧，怕万一伤着了筋骨。”江沼赞同周顺所说。

谁知陈温却果断地拒绝：“不用。”

周顺看着两人，简直要急死了。

沉默了一阵，终于听江沼说道：“那要不我替殿下看看伤？”

周顺就差在边上点一挂爆竹，庆贺江姑娘总算是开了窍。

陈温抿着唇，将嘴角的那抹笑意忍了下去，镇定地应了一声：“嗯。”

陈温弯腰自己脱掉了筒靴，江沼就蹲在他身前，一双细嫩的小手轻轻地碰到他的脚踝，捏了捏，问他：“疼吗？”

陈温皱了皱眉：“不疼。”

江沼便说：“殿下不可诓人。”

陈温看着她，便点了头：“疼。”

江沼捏了几处，问了他几回，陈温均是一个回答。江沼的眼神一顿，又轻轻按了按他的脚背，问他：“疼吗？”

陈温答：“疼。”

江沼的脸突然又红了，知道自己是着了他的道，立马松开了他的脚，站起了身来淡淡地说：“殿下无碍，没有伤到筋骨。”

说完便要走，陈温从身后一把抓住了她的手腕，江沼回头瞪着他，陈温则抿着一抹隐隐的笑问她：“用不用吃药？”

江沼的脸越发红了起来，挣扎了一下：“殿下伤的是脚，用不着吃药。”

“那外敷呢？”陈温又问。

江沼拧不过他，反而被他越拉越近，江沼有些急：“我没带药，殿下若想外敷，找太医来就是。”

陈温手上的劲儿却没有半点儿松，突然一把将她按在自己的腿上，由着她在怀里挣扎：“那我今日同你一道回江府，你给我敷。”

马球比赛一结束，各世家就得往回赶。

江沼回江家，太子回宫，两人便得分开，陈温这个时候生出来的一套歪理，明摆着就是想赖着江沼。若是太子当真同她回江府，就为了敷药，他不嫌丢人，江沼也会被臊死，江沼想也没想直接拒绝了他：“不行。”

“那你同我回宫，去东宫替我敷。”太子的手没有松开，反而越抱越紧，江沼只觉得他的身体滚烫得厉害，却没办法挣脱开来。正欲摇头拒绝，陈温却猛地弯腰将她往下一压，江沼只觉得陈温的下巴已经顶在她的胸前，正是动弹不得时，陈温又及时地起身，从地上拾起了一条绢

帕。是适才江沼替他查看脚踝时，一小心从袖筒里掉落了下来。

“你的？”陈温本欲将那绢帕给她，突然瞧见她双颊绯红，眼睛里含着羞涩，竟也一时看迷了眼，手帕又落了下来。

两人此时坐在江家席位，江芷同王家公子并没有下场子打马球，而是躲在那场子外的一处凉亭里叙话。如今两人叙完了话，江芷回来，并不知里头的情形，抬手一把掀开竹帘，谁知就撞上了江沼跌坐在太子怀里的那一幕。

“啪”的一声，帘子落下，江芷红着一张脸转身匆匆离去。

江沼听见动静回头，就看见了竹帘后江芷的裙摆，脑子里顿时“嗡”的一声，恨不得钻进地缝里去，也顾不得那绢帕了，连忙从陈温身上起来，头也不回地出了竹帘。

陈温看着那道仓皇而逃的身影好一阵，才收回了视线，重新穿好了靴子，对身后周顺吩咐道：“一个时辰后出发。”

周顺去知会各世家，瑞王跟在陈温身后，突然问了一句：“皇兄可知，江陵有几家姓魏？”

陈温道：“一家。”

那瑞王便知道了那位不愿意自报家门的魏家姑娘是谁了，忍不住念了一句：“想不到魏统领人长得五大三粗，生出来的女儿倒是如花似玉。”

陈温的脚步顿住，回头看着他：“你何时见过魏灵？”

魏大统领是父皇的近身侍卫，膝下只有一女，名唤魏灵，陈温在皇后的凤阳宫里见过几回，自然认得，她去年刚成亲。

瑞王的神色突然僵住：“今儿同我组队的，不就是魏灵吗？”

瑞王说完，见陈温表情便明白，自个儿是被人耍了，一时难以置信：“那小丫头片子竟敢欺瞒本王？”

在比赛时瑞王便察觉出那姑娘不喜多言，性子也是不急不躁，整场比赛只是跟在他身旁，竟也从未失误过，因此便留了几分印象。

待比赛结束，瑞王与她一同到了场边，下马时，瑞王随口问了她一

句："输了难过吗？"

那姑娘回头，脸上露出来了两个梨涡："有人开心了就好。"

瑞王当时看着她的眼神就有些意外，一个小姑娘竟能瞧出场子里的名堂来。

之后那姑娘对他行了个礼，转身便出了场地，如今瑞王再回忆起来，才觉那脚步过于着急了些。

"你去替本王找找，人还在不在。"瑞王让身后的小三子去找。

小三子这等事情干得多，早已游刃有余，从场地里跑了一趟回来后却说："没找着。"

瑞王问周顺魏家来了几人，周顺却说："魏家没来人。"

适才在场子上，瑞王问那姑娘姓名时周围只有他们两人，那姑娘谎报自个儿是魏灵，明摆着就是在诓他一人。瑞王偏就不信邪了，又让小三子去那门口处守着，看看过往的世家姑娘里有没有那丫头。他倒是要看看，是谁家的姑娘能有那胆子诓他一个王爷。

这会子四处都是一团乱。

众人从那场地里回来，都忙着收拾行李。江茈出去同王家公子道别，沈霜前一刻也被秦将军寻了去，江嫣收拾完了自个儿的东西，便去前头帮江夫人。这一处就余了江沼同素云，正将自己的东西往马车上搬。

"小姐先上马车，奴婢将行李搬过去就成。"素云对江沼说了一声，便朝着江家后面装货的马车走去。

午时，日头正晒，江沼没等她，脚步匆忙地走到马车旁，还没来得及上车，身侧突然伸出来一只胳膊，猛地将她拽到了马车侧面，回过神来，人已经在了陈温怀里。

"东西落了。"陈温将绢帕递到了江沼跟前。

江沼目光慌乱地往四处瞟了瞟，这处是江家的营帐，但凡有个人过来，定会发现他们。江沼着急地伸手去接，谁知陈温的胳膊突然往上一举，江沼扑了个空。

“同我进宫。”陈温低声对她说道。

江沼移开目光，没应他，又伸手去夺，脚下一时不稳，下巴直接撞在了他胸膛上。她心头一慌，忙直起身来，却没能如愿。陈温一只手扣在了她后腰上，直接将她紧紧地贴在了他胸膛上，正是脸红心跳之时，陈温又突然弯腰凑近她的耳畔说了声：“要不，你亲我一下也成。”

“殿下……”江沼脸色瞬间辣红，没料到陈温会在光天化日之下说出这等羞人的话。

两人正是纠缠时，素云已经将包袱搁在了马车上，正朝着这边走了过来，脚步声越来越近。江沼僵住身子不敢乱动半分，生怕弄出了动静来，心头本已极为慌乱。陈温却似乎半点儿都不着急，脸就挨着她的鬓边，又低哑地说了声：“或是，唤我一声夫君也可。”

江沼就没这般被臊过，用足了力气去推陈温。

“表妹呢？”

正紧张时，江沼突然听到了沈霜的声音，脑子里乱成了一团，想也没想便踮起了脚，那唇瓣如一道羽毛，轻轻地贴在陈温的脸侧，说道：“明日进宫。”

说完也没去看陈温的神色，猛地推开了他，从那马车后面绕了出去。

原本也打算了进宫。沈霜给的那匣子她要交给皇后娘娘，还有祖父的那幅画，她也得拿给陈温。

第十一章 赐婚

午时一过，各世家的马车陆续驶出了山路。

文乐从小径上拐过来，脚步紧跟在三皇子身后，原本心情很是不错，被三皇子几句话一逗，如今又急上了。

三皇子输了射箭、输了马球，她心里舒坦得很，也不枉她费心筹备一场，终于出了心头的恶气，笑容甚是灿烂：“三殿下今儿可还满意？”

三皇子侧目瞧了她一眼，神色淡然地问：“有那么高兴吗？”

文乐猛地点了点头：“高兴啊，你输了。”

三皇子的目光在她那双弯成了月牙的眼睛上顿了几息，突然偏过头，凉凉地说道：“幼稚。”

文乐便追着他：“我怎么幼稚了，本宫都满十六了。”

“嗯，该嫁人了。”三皇子头也不回。

“我才不嫁人，本宫要是看上谁了，招过来做驸马便是，若找不着满意的，本宫就先养几个面……”话还没说完，三皇子突然顿步，堵在了她面前，面色甚是严肃，文乐不由得心里犯怵，慌乱地问，“你……你干吗？”

三皇子盯着她，轻轻勾起了唇角："你试试。"

那目光却无半点儿玩笑之意，冰冰凉凉，似一把利剑，直望入文乐的眼底。文乐从未见过他这般严厉，竟一时被他唬住了，神色呆傻地立在那里，完全没了适才的威风。

"你怎么闹都成，唯独别拿这种事开玩笑！"三皇子眸色一闪，没再看她，直起身子手掌在她的头顶上拍了一下，若无其事地走了。

文乐反应过来，才知道生气。两人一路斗嘴，一直到了马车跟前方才停息，三皇子走在前头，一只脚刚跨上了马车，便听身后文乐唤了一声"唐公子"。

三皇子眼睛一闭，回过头就瞧见了昨日做风筝的探花郎。

"公主殿下。"唐公子弯腰行礼。

文乐走到了他跟前，瞧着他嘴边浅浅的两个小梨涡，心情突然明媚了不少："今儿怎么没瞧见你，可还玩得尽兴？"

"微臣在席下目睹了殿下的风采，殿下英姿飒爽，微臣甚是敬佩。"唐公子看着文乐，一脸的仰慕。

文乐经不起夸，便问："你看了本宫打马球？"

唐公子点头："公主进了两颗球。"

文乐神色一亮，甚是满意，那唐公子便又轻声地关心了一句："殿下可有摔着哪里？"

三皇子终究是听不下去，正要下马车，转头却看到了瑞王，又才转回了脚步，掀开车帘，上了马车。

瑞王直接走到了文乐跟前，劈头就问："今日同我打马球的姑娘，你可认识？"

文乐摇了摇头："我哪能记得住那么多。"

今日来的人那么多，都是各世家的子弟，她哪能一一记得。

瑞王的脸色极其难看，文乐见他神色不对便问："二皇兄可是看上那姑娘了？"

“没有。”瑞王看了一眼文乐，目光从那探花郎半垂的头上掠过，没有半点儿停留，“你们先走，我有事要耽搁一阵。”他就不信那么个大活人，他找不出来，说完脚步匆匆地往后走去。

文乐一脸的疑惑，不明白发生了何事，便也没了心思再去逗那探花郎，回头说道：“你先走吧。”

唐公子退后两步，对文乐拱手道：“微臣告退。”说完那身影便钻进了一长排的马车队伍内。

文乐在马车上等了好一阵，才见太子过来。她撩开帘子，伸出头来，破天荒地在他脸上看出了几丝隐隐的笑：“我还以为大皇兄跟着江姐姐走了呢。”

但那笑容转瞬即逝，一眨眼，又什么都没有了。

“出发。”

陈温上了马车，帘子落下后，脸上的笑意才又晕开，脸颊的轻吻，起初酥酥麻麻，渐渐变得灼热，走了这一路，反而更甚。

临近黄昏，马车的队伍才到江陵，陈温回去沐浴完天色已经黑透，他还是让周顺提了一盏宫灯，去了皇后的凤阳宫，进殿后却发现皇上也在。

陈温的脚步在那门口顿了顿，便也硬着头皮走了进去。

陈温行完礼，皇后便问他：“在那芙蓉城里关了一阵子，去东郊走一回也好，玩得可还尽兴？”

“回母后，都还顺遂。”

皇后听陈温的语气松快，便抬头多看了两眼，东郊的场子里这两日发生了什么，皇后早就打探了个明白。倒也小瞧他了。今夜这般趁着夜色赶过来，怕也是有什么事情，迫不及待地想向她汇报吧。

皇后偏不问他，反而提起了射箭比赛：“焕哥儿这回也算是替咱们陈国长了脸，说起来焕哥儿也满十五了，本宫瞧着，倒是可以为朝廷效力了。”

皇后转头看向皇上，皇上目光盯着书本子，头也没抬：“你说了算。”

皇后便同皇上开始掰扯：“怎的又是本宫说了算了，这不是昨日皇上自个儿提出来的吗？”

皇上这才从书本上抬起头，看向了皇后，顿了片刻，倾身过去轻声地问：“那朕应当如何回答皇后？”

“皇上在怨我？”

“皇后再将适才的话说一次。”

“我说焕哥儿满十五了，该封个官。”

“皇后说得甚是，朕明儿就去办。”

这一来一回，彻底地将陈温晾在了一旁，陈温顿时有些坐立不安。

等皇后回过神来，才问陈温：“太子还有事？”

陈温双手撑着膝盖，正欲开口，却又听皇后说：“今日太子也累了，早些回去歇息吧。”

陈温只能将话又吞了回去：“儿臣告退。”

从凤阳宫出来，陈温脚步极快。在东郊回来的路上，陈温就已经想好了，待回宫后，他便立刻同母后禀报，再向江家提一回亲。趁着夜色赶了过去，倒没料到父皇也在，是他急了些。

陈温回头嘱咐周顺：“将西院好生收拾一番。”

横竖明日她会进宫，到时再去找母后禀报也好。

翌日早朝结束，陈温就被皇上叫去了御书房。

“太子去芙蓉城耽搁了几月，如今既然已经回来，政务便不能落下。”皇上说完，就让高公公将这几日呈上来的折子全都交给了周顺。

“还有芙蓉城瘟疫的善后，该罚的罚，该赏的赏，太子一人定夺便是。”皇上似乎恨不得将自个儿身上的事务推个干净。

陈温的心突然一跳，果然就听皇上说：“明日我同你母后去行宫里住些日子，你母后喜欢芍药，如今正是花开时节。”

皇上说完便起身走出了大殿。

陈温连东宫也没来得及回，又去了一趟凤阳宫。

滢姑出来同陈温说道："皇后娘娘昨儿晚上歇得晚，还没起呢。待娘娘醒了，奴婢同娘娘说一声。"

陈温一直等到了午时，没等来凤阳宫来的宫女，也没有等到江沼进宫的消息，倒是等来了一群臣子。政务商议完，天色不知不觉已经暗了下来。

周顺进来添油灯，陈温才从那案前的椅子上起身，脸色紧绷地问："江姑娘没来？"

周顺弓身回道："江姑娘没有进宫。"说完又补了一句，"宁师爷今日去了江府。"

宁师爷是江姑娘的表哥，既然到了府上，江姑娘怎可能再进宫，定是留在了府上招待。

屋里的气氛突然就冷了下来。过了半晌周顺才听陈温说道："掌灯。"

陈温又去了凤阳宫。这一日下来陈温也没少往凤阳宫跑，皇后娘娘明日要同皇上去行宫，正忙里忙外地收拾东西，陈温过去，连个话都插不进去。

"太子有何事，等本宫回来了再说。"等皇后好不容易空闲下来了，陈温话还没有说出口，皇后便先赶了人。

今日陈温到凤阳宫的时辰，倒是比昨儿要早些，可到了宫门前，却瞧见了皇上身边的高公公，脚步一时顿住，立了一阵终是回去了。回到东宫，陈温的脸色已同昨日刚回来时全然不同，阴沉得厉害。

第二日一早，皇上和皇后便离开了皇宫。

宁庭安没有回宫，江姑娘也没有进宫。

"她倒是会诓人。"连着等了两日，没等到江沼进宫，陈温再也没有忍住，直接让周顺去了一趟江家，"芙蓉城的事情还没有了结，宁师爷倒是过得轻松。"

周顺去了一趟江家回来禀报："宁师爷不在江府。"

今日一早，宁庭安便同江沼和江焕，去拜访了江焕的老师吴先生。

周顺去了一趟江家后，宁庭安第二日倒是回宫了，离开江府前还问了江沼；"表妹可要一道进宫？"

江沼不想来回折腾："二姐姐过几日就要成亲，我懒得跑这一趟，等二姐姐亲事过后，我再去。"

江沼回来的那日倒还记得同太子说过的话，后来宁庭安到了府上，便没走成，之后又去瞧了吴先生，更是将那话抛在了脑后，想着迟早都得进宫，也不急于这几日，等江燃的婚事过后再进宫也不迟。

谁知当日太子就来了江家。

江沼正同几个姑娘看江燃试嫁衣，素云进来说："老爷让姑娘过去一趟。"

江沼愣了愣，祖父辞官隐退了这些年，可从未主动寻过她去里院。

"可知是何事？"江沼出了屋子便问素云。

素云也是听江老夫人跟前的丫鬟来传话，谁也不清楚，摇了摇头："奴婢也不知，莫不成是小姐的婚事？"

两人一面猜测，一面往里院走去。江沼整日都在后院里待着，并不知府上来了客人，待到了里院，才见江老夫人和江夫人皆在，那大堂上挨着祖父坐着的身穿明黄色蟒袍的人不是太子又是谁。

江沼眉心突然一跳。

太子的目光却是不轻不重地落在她身上，清清淡淡，神色与在东郊时已全然不同，沉稳中透着冷厉，屋子里的气氛一时因他压抑了不少。

江沼过去见了礼，陈温平和地说了"平身"，之后，便也没再瞧她。

这番模样，倒是同之前江沼在东宫见到的一样。也不知怎的，江沼眼前突然就浮现了他眼神轻佻地对自己耍赖的那副模样，不由得打了个战，实在是难以将两张脸重合起来。

江老夫人见江沼落了座，便又接着方才的话客套了一句："本该臣

妇进宫去探望皇后娘娘，倒是劳动殿下来江家。”

能如此说，是因太子适才说了声：“母后甚是挂记江相的身子。”

皇后同江家算起来，还是远房表亲，只因江家从不爱攀附，两家长辈并不常来往，江家也就江沼同皇家走得近些。

从东郊回来，江夫人便将那两日发生的事都告诉了江老夫人。

“沼姐儿的亲事怕是变不了，太子殿下没打算放手。”

江老夫人当时就很震惊，太子真想要一个人，江家又岂能不给，只是没料到，太子是如此态度，一时竟也闹不明白这两人之间到底是生了什么纠葛，要经历这番波折。

“怕是在芙蓉城的经历，倒是将两人的心绑在一起了。”江夫人同江老夫人说。

江老夫人也觉得是这么个理儿。她原本就看中太子，比起两情相悦，作为长辈最先看的便是家世，沼姐儿将来要是嫁进东宫，于她来说，当是最好的一条路，上头有皇后护着，就算将来太子要纳侧妃，怎么也越不过沼姐儿。

直到后来，实属见沼姐儿受了委屈，便也从心里放弃了这门亲事。如今太子转身，定是动了真情，江老夫人叹了一声：“兜兜转转还是躲不过这桩缘分。”

今日太子来江家探望江老爷，江老夫人便也能猜到是为何，太子已有几年没来过江家，如今在这节骨眼儿上突然来了，怕也不单是来瞧老爷子，多半是为了沼姐儿。江老夫人前脚往里院赶，后脚就让丫鬟去请了江沼。

江老夫人同太子又寒暄了几句，便起身拉着江夫人退下，却将江沼留了下来：“沼姐儿去续杯茶。”

江沼垂目走过去时，江老爷正同太子说起了画。陈温的手就搁在几上的茶盏旁，明黄色的蟒袍袖口卷了个边儿，露出来的一只手肤色白皙，五指修长，指节分明。那手指轻轻地在几上点了点，江沼便撤了他跟前

的茶盏，转身又从丫鬟手里接过新的茶，稳稳地搁在他手边。

“早几年，殿下曾向微臣讨过一幅画，微臣本该早日拿给太子，却因为身子不好，耽搁了好些年，前几日才完工。微臣原本打算交给四丫头，让她进宫带给殿下，今日殿下既然来了，四丫头就去取过来吧。”

江沼正欲转身，陈温却站起来对江老爷子说道：“江相有心了，孤今日就不便再叨扰，江相好生休养身子。”

江老爷忙跟着起身拱手相送，到了门边又对江沼说道：“四丫头好生送送殿下。”

江沼点了头。

陈温走在前，江沼走在后，谁也没说话。

出了里院，外面一道月洞门，一条青石板小径，两旁皆是郁郁葱葱的青竹，直通江沼的院落。周顺的脚步快，早就到了前头回避，僻静的小径上，便只剩下了两人的脚步声。

江沼也没察觉出来哪里不对，不紧不慢地跟在陈温身后，想着先去取了那画，再将他送出府，便也完事了。然没走两步，前头的陈温突然顿住了脚步，转身堵在了她跟前。江沼的视线被他挡了个严实，抬起头轻轻唤道：“殿下。”

声音刚落，腰间突然被一只手猛地一扣，硬是将江沼按在胸膛上。

江沼正惊慌不安，陈温又在她耳畔低声说道：“你是觉得孤好糊弄吗？懒得跑一趟？”

适才冷静的神色已经全然不见。江沼的额头靠在冷冰冰的衣袍上，隔着层层锦缎，清晰地听到了那胸腔的震动。

宁庭安入宫后，没等陈温开口，主动地将江沼的话捎给了陈温：“表妹说，江二姑娘不过六七日就要成亲，她懒得跑这一趟，等二姑娘嫁人后，她再进宫。”

殿下在这宫里眼巴巴地等了两日，没等到人，却没想到等来了江姑娘这么一句话。

诛心了。

陈温坐在案前默了一阵，终是起身弃了一堆折子，去了江府。她懒得跑一趟，他便来这一趟。

江沼被他提醒了这么一句，才醒了神，解释道："二姐姐的嫁衣到了，我没走成。"

陈温心口突然一阵刺痛。

同样是借口，往日是为了想见他找借口，如今却是为了不见他而找借口。

江沼见他没动，也没出声，便从他怀里直起身来："殿下既然来了，我倒也不用再进宫，殿下稍候一会儿，我去替殿下取了那画儿来。"

江沼刚转过身突然就被陈温一把拽住，后背抵在青竹上，撞得那翠竹一阵沙沙直响。江沼惊魂未定，便见陈温的脸凑了过来，那眸子里明显燃了一簇火，到了跟前，却又慢慢地压制了下来："你当我今日为何而来？"

江沼愣愣地看着他，那双漆黑的眸子，比夜色还浓，似要将她整个吞噬。渐渐地，江沼的目光便有了躲闪，之后随性就扭过了头不去看他。

"不过再等个六七日……"江沼的声音细若蚊蚋。

陈温突然捉住了她的下巴，那吻来得猝不及防，落在她的唇间。江沼的身子被他压得不断后仰，身后的竹丛猛地一阵摇曳，江沼情急之下只得双手钩上了他的脖子，呼了一声："殿下……"

那声音终是被陈温揉碎了去，樱红的唇瓣被他肆意地掠夺，几乎没给她半点儿喘息的机会。江沼只觉得身子烫得厉害，快要喘不过气来时，陈温的动作才慢慢地缓了下来。

这回倒不用陈温再去捂住她的眼睛，江沼一双眼睛紧闭，不敢看他。

晚春的夕阳落下，斑驳的光影落在那张莹白的脸上，陈温望着那排轻轻扑闪的长睫，忍不住又低头在她绯红的唇上轻轻一啄，沙哑地说道："孤一日都等不了。"

每接近她一分，他的贪念便越是多一分。

到了如今，他一刻都不想离开她。

江沼轻轻地睁开眼睛，却见陈温的目光紧贴在了她脸上，又慌忙地躲开，再一次承诺："我……我明日进宫。"

半晌没见回应。江沼抿了一下唇，又才转回了视线，对上陈温那双明显不再相信她的眸子说道："真的。"

陈温盯着她问："孤怎么才能相信你？"

四周一阵安静，江沼提着一口气，钩在他颈项上的一双手突然用了力，如那日在东郊的马车身后，蜻蜓点水般，极快地在陈温脸上点了一下。

"不够。"陈温盯着江沼，没有半丝退让。

江沼再次踮起脚，唇瓣碰到了那冰凉的脸侧时便多停留了几息。

陈温扣在她腰间的手突然紧了紧，得寸进尺地说道："地方不对。"

竹林的小径虽僻静，平日里却也有人来往，两人这般在里头一耽搁，身后响起了脚步声。似乎每回江沼同他在一起，都得经历一番心惊肉跳。已体会过几回心慌的感觉，江沼便也学了乖，再一次钩了他的脖子，仰起头将自个儿的朱唇轻轻地点在了那微微单薄的嘴唇上。

谁知点上去，却没能逃得掉，反被陈温擒住了那唇，又是狠狠地一番掠夺，江沼的心提到了嗓子眼儿，直到耳畔那道脚步声快到了跟前，陈温才松开了她："孤等你，明日不来，孤便来接你。"

江沼望着那道潇洒离去的背影，心头还咚咚直跳。

"四姑娘。"脚步声已到了江沼身后，那道黄色的身影出现了，是江燃身边的丫鬟，丝毫未察觉到不对，将手里的一盘红纸包的喜糖给了江沼，"刚买来的，二小姐说，让四姑娘先尝尝，味道好了便多备些。"

"好。"江沼伸手接过，没同那丫鬟多说，轻轻地抿住那唇瓣，此时还麻木得厉害。

能诓得了一回，诓不了第二回。更何况他还是太子。

江沼知道陈温说话算话，到了夜里，便去了江老夫人屋里，说："外祖母这回托表姐带来了几张药单子，说要献给娘娘，孙女回来后还没机会进宫，待二姐姐新婚一过，表姐就得回芙蓉城，怕是不能再耽搁，明日我便拿去给娘娘。"

江老夫人当下便答应了："既如此，你该早些进宫才是，横竖你二姐姐的婚期也还有六七日，你前一天回来就成。"江老夫人也知道，每回江沼进宫，不住个几日，皇后不会放她回来。

第二天一早江沼就上了江府的马车，直往宫里赶，陈温要的那幅画、沈霜给的小匣子，都带上了。

江沼打算先去皇后娘娘的凤阳宫。谁知那抬轿辇的几个太监，却直接将她往东宫抬去。

"姑娘不知，皇后娘娘昨儿便同皇上去了行宫，殿下吩咐了，若是姑娘进宫，就让奴才先带姑娘去东宫。"

江沼愣了愣，皇上和娘娘去了行宫，那这宫里头可不就是太子说了算？

江沼突然有些慌，又问了随行的宫女："公主可在宫中？"

宫女垂首回答："公主在呢。"

江沼这才松了一口气，人都已经来了，走也走不掉，便由着那轿辇将她送去了东宫。

今儿江沼来得早，此时太阳刚从高墙上冒出了个头儿，半个天际的云彩被染得通红，一束束光芒散开，投在那琉璃瓦片上，金碧辉煌。宫里的路江沼已经很熟悉，东宫门前的那条甬道上横向纵向有多少块砖，她都记得清楚。曾经她无数次徘徊在东宫门前，痴痴等待之时，便去数过那地上的砖头，也曾，一步一步将那门前一片地砖，一块不漏地都踩过一遍。

此时再来走一遭，心境却全然不同。

少了期盼，少了提心吊胆，心情平静下来，再去看东宫的朱漆大门，

便觉得曾经一度深深地刻在心头、无数次仰望的一扇门，实则与其他宫殿的大门并没有何不同。

前后算起来也不过短短几月的光景，竟如隔了三秋，而曾经万般纠结却不得其解的种种疑难，终将迎刃而解。

过往的一切，再难，岁月流淌而过，都能带走。

所有的恩怨释怀，她又重新回到了这个地方，一切似乎还是从前的模样，唯有心头再无之前的涟漪。

“姑娘，到了。”

轿辇停下，江沼才回过神来，脚步刚落地，就见周顺从里面出来，弓着腰，一张脸笑得尤其灿烂：“可算是将姑娘盼来了。”

江沼带着素云跨过了门槛。东宫里的一草一木，她都很熟悉，迎面撞见了几个宫女，却面生得很。

“江姑娘先在西院歇一会儿，殿下去了正殿，很快就回来。”周顺依旧将江沼安置在了西院，屋子早在几日之前便打扫得一尘不染，里头的摆设没变，还是之前的模样。

几上的香炉里燃着熏香，袅袅青烟绕着那软榻，伺候的宫女也早就候在了里头。

江沼竟没从中找出一张熟面孔来。

“你们都是刚进来的？”江沼问了一声前来奉茶的宫女。

那宫女奉完茶，便垂下头，屋子里的其他宫女也是如此，个个立在原地，均是目不斜视，带着一股子敬畏，远不如以往的那些宫女活跃。

见江沼主动问话，那宫女才蹲身回答：“回姑娘，奴婢先前在绣房当差，去年腊月才进东宫。”

江沼又瞧了一圈，确定没有一个认识的，猜想八成是换了一批人，便又问：“东宫的那位刘嬷嬷，可还在？”

那刘嬷嬷曾经在西院伺候过她，她印象尤其深，只因其前后态度变化太大。

在东宫伺候时刘嬷嬷也尽心尽责，谁知那日在万寿观，脸变得那般快。江沼本想见识一下如今她的态度又如何，谁知那宫女却说：“姑娘不知，那刘嬷嬷年前就因谋害主子，被周总管处决了。”

江沼惊了。谋害主子，难不成她还有胆子去谋害太子？

“何时的事？”江沼又问。

“殿下去往芙蓉城不久，周总管便将东宫所有的宫女都查问了个遍，奴婢虽不知所为何事，但听说还牵扯到了林家六姑娘跟前的一位丫鬟。之后这东宫的宫女便彻底换了一遍，犯了事的直接处决了，旁的宫女即便是没沾手，最后也落了个被撵出宫的下场，奴婢便是从那时候被周总管选了进来。”

那宫女话音一落，江沼便与素云相视一望。

“林家跟前那丫鬟，可是叫碧莲？”素云追问了一句。

那宫女点了点头：“正是，当时同刘嬷嬷一并下狱，奴婢倒是有些印象。”

素云便也没有再问，谋害主子之罪。这主子说的就是小姐了。

原来殿下在那时，就已经替小姐出了这口气。

江沼抿了一口茶，入口便品出那茶香来，是她喜爱的花茶。往日在东宫她煮茶时喜欢在茶盏里放些晒干的花瓣，既有茶叶的清香，还能闻到一股清淡的花香。也不知道是谁将这也记住了。

一盏茶还未饮完，周顺又走了进来：“江姑娘，殿下回来了。”江沼便搁了手里的茶盏，起身将那幅画儿带上，跟着周顺往前院走去。陈温还在堂内会见臣子。

江沼回头看了一眼周顺，周顺依旧是一张笑脸，不慌不忙地将她请到了内殿的一处榻上坐着：“姑娘先在此候一阵，殿下快结束了。”

中间不过是隔着一扇屏风，江沼不仅能听到陈温的说话声，还能隐约瞧见那杏黄色的袍子。而从外头往里看，正好能瞧见榻上坐着的人。江沼进来坐下的那一瞬，陈温的目光往她身上瞟了一眼。

"吴国边境地域荒凉，若当真能通一座桥，必定是两国都受利。"臣子的声音不断地传了进来，江沼渐渐地有些坐不住，有些不明白为何周顺要在这个时候将她叫过来。

既然殿下在忙，她待会儿过来便是，她虽没什么要紧事，这般候着终究是不妥，且她不太喜欢静坐，也不太喜欢再去等一个人。江沼起身走到门口，周顺的神色一慌："姑娘这是……"

"殿下在忙，我怎能扰了他政事，横竖不过是一幅画儿，周总管待会儿交给殿下便好。"江沼不待周顺反应，便将手里的画儿递到了他手上，"我先去瞧瞧公主，晚些时候再过来。"

既然皇后娘娘不在宫里，她也不能在宫里过夜。想先去瞧一眼文乐，回头再来同陈温碰个面，今儿还能赶得上回府。

周顺一听这还了得，赶紧急急地跟了上去："江姑娘不知，公主今日去了长公主府上，明日方归。"

江沼一愣，适才进来时，她还听宫女说，文乐在宫里呢，怎的突然就去了长公主府上了。

娘娘不在宫里，文乐也不在宫里，那她……

江沼回头瞧了一眼前院，突然开始心慌，也不待周顺再说什么，回头就进了西院，打算收拾东西，趁着天色早，早些回去。

往日歇在东宫，那是因为有皇后娘娘在，且殿下对她爱搭不理，她怎么住都成。如今则不同，她若是今夜歇在这儿，指不定会被怎么议论呢。

江沼的动作极快，让素云拿着包袱，自己则抱着那小匣子，匆匆地往外走，但还没有走出门口，就被一道身影堵在了门内。

陈温立在门外好一阵，目光定定地看着她。

江沼行了礼："殿下。"

"去哪儿？"陈温跨进来，走到了江沼跟前，盯着她手里的那小匣子问道。

江沼没答。

屋内的丫鬟退了出去，素云几番犹豫，陈温的目光扫过来，终是搁下了手里的包袱，转身出了屋子。

屋子里就剩他们二人。江沼垂着目，盯着他胸前的那纹龙，进也不是退也不是，正为难，殿门却被宫女从外一拉，彻底地合上了，她的心瞬间就提了起来。

两人安静地站了一会儿，陈温才微微倾身，伸手轻轻地抓住了她的手腕，将她往里带，温声问她："你不是来看孤的？"

"我见殿下在忙，怕扰了殿下，想着先去文乐公主那里瞧瞧再过来。"诓人的话，几乎是脱口而出。如今自己是什么处境，她清楚得很。

"她不在宫中。"陈温一路将她牵回了屋里，又说道，"母后也不在，这宫里只有孤。"

江沼的心突然又是一跳，她岂能不知。

到了榻前，陈温松开了她手腕，江沼却站在那里不知该如何是好。

"你还抱着那匣子作甚？"陈温先一步坐在了软榻上，回头看着她。

江沼这才将匣子搁在了身旁的木几上，再回头脚步却似是千斤重。在东郊时，两人虽也独处过，却是露天的地方，不远处大伙儿皆在，陈温再闹她，也是有所顾忌。如今被关在东宫，两人独处一室还是头一回。

江沼走过去坐在了软榻的另一侧，身子绷得紧紧的。

陈温转过头，便瞧见她的一排眼睫扑扑直闪，又瞧了一眼她紧攥住的小手，紧绷的唇角突然弯起，低沉地笑了一声。

江沼侧目，陈温的眸子便深深地盯着她："我又不会吃了你。"

江沼猛地扭过了头，脸渐渐地升了温。

安静了一阵，终究还是陈温倾身去握住了江沼的手，轻声说道："过来。"

江沼被他一拉，只能起身，从那榻上起来，隔了一张木几，走到了陈温跟前。陈温也没说话，将她的手握在掌心，就那般定定地瞧着她。

那双眸子柔和清亮如皎月，犹如积雪消融的青山，退去了凛冽和锋芒，江沼竟是头一回望到了底。

“你来了。”陈温轻声地说道，算是同她正式地打了声招呼。

江沼心头的紧张渐渐地松懈了下来，点了点头：“嗯。”

陈温这才起身，轻轻抚了抚她肩头的发丝，又捞起了她的手：“跟我来。”

从西院出来，穿过游廊，一路往清泉小院而去。江沼认得这条路，也很熟悉。

陈温夏季喜欢在清泉边上读书，是以那间靠清泉的小院每年快到夏季时都会收拾出来，陈温坐在那幔帐后的椅子上盯着书本，她便盯着他。她也曾躲在前面的那月洞门后悄悄地偷看过太子，若是能瞧见他的身影，心头便会好一阵雀跃。那时乐此不疲，如今想来觉得累。

江沼的脚步慢了些。陈温察觉出了她的异样，指腹轻轻捏了捏她的手背，偏头说道：“马上就到。”

下了长廊，是一段青石板小径，江沼记得原本那小径两旁种的是牡丹，一到春季，满满地开了一片，然此时映入江沼眼前的却是两排翠绿的翠竹。

同江府她院门前的那丛竹林竟有几分相似。江沼愣住，陈温的手臂突然紧了紧，将她拉得更近了些，俯下身说道：“还是青竹好，能遮阳。”

江沼怔了怔。

夏季烈日灼灼，东宫内唯有这一处没有个遮阴的树木，江沼每回跟在陈温身后，瞧见那日头直直地落在他身上，担心他晒出一身汗来，便对周顺说：“牡丹开一个春季便也没了，倒不如种上一片青竹，四季不败，还能遮阳。”

当时他一人走在前面，她故意拖慢了脚步，说得甚是小声，没想到他竟也听见了。

陈温拉着她下了长廊，两人从那竹丛中走过，斑驳的光影落在两人

脚下。江沼垂目瞧了一眼，才察觉自己的影子竟被陈温的身子挡了大半，日头并没有晒在她身上。

江沼诧异地抬头，望过去的瞬间，陈温正好低下头，那张脸就在她眼前，阳光落在他的脸上，江沼才发现他的肤色竟是如此的细腻白皙，向来冷淡的神色此时柔和下来，透着些微的放荡不羁。江沼的心跳乱了节拍，身子往后一仰，扭过了头。

陈温的唇角隐着一抹笑："怎的不看了？"

江沼的脸一红，陈温的手臂一紧，柔声道："当心台阶。"

跨过台阶便是清泉小院，今日小院里并没有伺候的人，安静得很，进到院子里，江沼便能感觉到迎面而来的凉意。

虽仍是春季，临近午时，日头已经很盛，此时凉意扑在面上，极为舒服。往年夏季，江沼来东宫，便喜欢褪了鞋袜，赤脚踩在冷泉下的小溪之中，直到冰凉的泉水冻得她双脚发痛才上岸，双脚猛地踩搭上溪边的软软细沙之中，回回都会烫得她直跳脚，便又急忙退了出来，躲进了楼阁下的幔帐内乘凉。

今日却没有了那幔帐，一眼就能看清那里面的景色。

她喜欢油桐。此时那清泉两旁的两树油桐花期正盛，落下的花瓣满满地铺在了水面，美如画卷。江沼心中一惊，竟忘记了挪动脚步。

以前东宫并没有油桐树。陈温那日冒着风雪进董家，怀着满腔的怒气，到底还是记住了她画板上画着的那枚五瓣花。

江沼不知道他是如何知道，那就是油桐，却也能猜得到他应是颇费了一番心思。

江沼的视线落在陈温脸上，陈温却没看她，只是紧紧地牵着她的手，带着她走到了木楼的中间。往日看书的位置摆了一方小几，跟前放了两个蒲团，上头摆着午膳。陈温轻轻地按了下她的肩头，让她先入了座："饿了没？"

江沼摇了摇头，目光依旧盯着那油桐花。陈温便也挨着她身旁坐下，

拉过她的手，将筷子塞到了她手里，低声说道："先吃饭。"

江沼没动。

陈温望着她："怎么了？"

"多谢殿下。"江沼抬起头，视线落在他的脸上，"殿下大可不必这般费心。"

无论是那竹林，还是油桐花。不必按照她的喜好来，也不必这般来讨好她，她会嫁给他，相敬如宾一辈子，但她的心已经无法承载太多。她还不起。

"不喜欢吗？"陈温问她。

江沼摇了摇头，到底还是躲开了那道视线，轻轻地说道："喜欢，但我并不想要。"

陈温望了她一阵，眸色深邃，渐渐地那眼眶便泛红了，声音却很柔和："为何？"

江沼答："殿下要的我给不了。"

陈温的心猛地一揪，那日在东郊他站在文乐的营帐之外，清楚地听到了她对文乐说的那句"不爱"，虽也痛，却不如如今她亲口对他说出痛得彻底。

两人沉默，一时耳边只余潺潺水声。

良久，陈温笑了笑："我可有说过，要你给什么吗？"他将午膳往她跟前移了移，"快吃，待会儿凉了。"

江沼知道那话说出来是什么感受，心头猛地一痛，又望了过去："殿下不想要，我会难受。"

江沼看着他紧绷的下巴和那双通红的眼睛，一字一句地说道："殿下，我应承过你，便也说话作数，我会嫁给你，你我相敬如宾一辈子又何尝不好？殿下无所求，我又岂是草木之心，殿下不知自己的这番情意，对于一个姑娘来说有多致命，就算是铁石心肠之人，也会有动心的那天，可殿下不知，我并不想去爱殿下。"

她无法保证，再这么下去，她还能不能做到心如止水，还能不能控制住自个儿。十多年来的感情，又岂是说放下就放下的。她知道，自己还是会对他心动。但她害怕，她不想再去爱他了。两人相敬如宾一辈子是最好的结果，谁也不会痛，谁都能过得很好。

陈温脸上的那丝勉强的笑，终究是没能维持住，心口的疼痛蔓延到了四肢百骸，竟也答不出话来，只盯着江沼，眼睛越发殷红。

江沼再一次狠下心："殿下的爱于我而言，如同包袱。"

在江沼话音落下的那一瞬，陈温似乎感觉到自个儿的心跳都停止了。

四周一时安静得可怕，两人谁也没再说话。沉默了一阵，江沼便转过身子，对他行了个礼："今日多谢殿下招待，我先回去了。"

陈温的眸子动了动，那喉咙艰难地滚动了一下："文乐在宫中，待会儿孤让周顺送你过去。"

陈温见她没应，便又说道："你放心，孤不会再去扰你，待母后回来，孤会向她重新求一道赐婚的旨意，下月便去江府提亲。"几番忍耐，那殷红的眸子里终是有了湿意，他哑声说道，"如你说的那样，你我往后一生都将会相敬如宾。"

陈温说完，先起了身。脚步踩在木板上，声音越来越远，直到彻底地消失。

江沼便也没急着走了，继续坐在那儿看着那两棵油桐，微风拂过，花瓣就在她的眼前飘零而下。

那年她跟着娘亲去采药，路遇油桐花雨。娘亲站在那油桐树下，说了一段话："情窦初开，却困惑不解，心神不得安宁。"

江沼呆呆地瞧了一阵，忽觉脸上有了凉意，下意识地伸手去触碰，湿漉漉的一片。

江沼去了文乐公主的宫殿，周顺亲自将她送到了宫殿门口。

今日文乐的情绪也很低落。因皇上在文乐去东郊时，当着满朝文武

百官的面，应允了她同三皇子的婚事。婚期定在何时，待两国再细细商议。

文乐欲去找父皇和母后理论，两人却不声不响地搬去了行宫，如今她连个说理的地儿都没有，便也一直待在殿内没有出去。那般闹腾的性子，这回竟也静了下来，今儿一早起来，就将整个宫殿都走了一遍，仔细地看遍了每一个角落，此时正回到殿内，单手捧着脸双目无神地说道："本宫住了十几年了，到底还是要离开这儿。"一直到门口宫女进来说"江姑娘来了"，文乐这才有了些精神。

要不是江沼过来，文乐估计都得憋出一身的毛病出来，此时见到江沼，便也没有留意她的神色，将堵在心头的那些话，一股脑儿地发泄了出来。

"我不想去吴国的。"

江沼坐在那儿，安安静静地听文乐说。

"江姐姐，咱们还是逃不了命定的缘分，待往后江姐姐嫁给太子哥哥了，可得记住当初的约定，要好好地护着我，莫要我在异国他乡受了欺负。"

江沼目光涣散地应了声："好。"

文乐说着说着便来了兴致，让宫女去取了两坛子酒来，自己拿了一坛，将另一坛直接塞到了江沼怀里："姐姐，往后我嫁去了那吴国，恐怕是再难见到江姐姐了，更别提同江姐姐一道饮酒，姐姐便也陪我这一回。"说完泪珠就挂在了脸上。

亥时末，周顺立在门口朝殿里望了一眼，陈温还坐在那案前，没有要就寝的意思，正要进去催一声，却见公主身边的婢女跟在了严青身后，急急忙忙地赶了过来。

"怎的了？"周顺眼皮子一跳。

"公主同江姑娘两人关在屋子里，也不准奴婢们进去，饮了整整四坛子青梅酒，这会子醉得不省人事，公主闹得厉害，江姑娘已呕了几回，奴婢瞧着事情严重，便不敢不报，还请周公公通报一声殿下。"

周顺吓得魂儿都没了，斥了一声："你倒是还记得来禀报，两人要是有个什么闪失，别说是你一条命，整个宫里的奴才，怕都是要跟你一道遭殃。"

周顺赶紧让严青快些去请太医，回头正要进去禀报，就见一道身影匆匆冲了出来。

江沼从未喝过梅子酒，只觉入口辛辣，强忍着饮下几口，倒是能品出一丝甘甜来。待半坛子酒入喉，脑子渐渐地开始沉重，心却是飘浮得厉害，就似踩在了云朵上，整个人越来越轻，起初还能听清文乐说的什么，最后只觉得眼前景象模糊，那声音渐渐远了。

文乐闹着要去寻三皇子理论。江沼倒是很安静，呕过几回，污了衣裳，便自个儿从那床上爬起来对素云说了声"我要沐浴"，瞧着就跟没醉似的。

江沼进了浴室，鞋袜衣裳都没脱，直接往池子里走去，若不是素云拉得及时，怕是一个跟头栽了下去。江沼一直没有说话，直到从浴池里出来，坐到床前，素云拿起布巾替她擦拭头发时，才突然攥住了素云的手，轻轻地说道："你别走，别丢我一人。"

素云的鼻子猛地一酸，眼泪就在眼眶里打转，也不敢再动："小姐放心，奴婢不走。"

江二爷和江二夫人走的头一年，小姐白日里看似没事，一到夜里，待二少爷睡去，便是这般坐着，也不让吹灯，也不让她离开，生生地熬着，熬到困得慌了，才倒头睡去。这习惯持续了半年，才好转。

"他什么时候来接我？"江沼突然回头问素云，眼睛蒙了一层雾，朦胧不清，却遮不住眼中的期盼。

素云僵在了那里，江沼转过头，双目炯炯有神，唇角微微扬起，轻声地说道："他说他是我夫君，往后我不用一个人睡觉，他会陪我。"

素云再也没有忍住，背过身子捂住了嘴，眼泪猛掉。江二爷和夫人去世半年后，小姐遇上了殿下，小姐那夜里离不开人的习惯也是因为殿

下才好转。“我什么时候才及笄？”那几年江沼问得最多的便是这句，本以为那是解脱，后来才知是场劫难。

素云抹了一把眼泪，轻声哄着她：“小姐，殿下会来接小姐的，奴婢先替小姐将头发擦干好不好？”

江沼没应，也没松手。素云便没敢乱动，陪着她坐在了床边上，此时虽已是晚春，早晚依然凉，江沼沐浴后便只着了一件单衣，发丝湿漉漉的，素云担心她着凉，见江沼又不放手，便唤了个人进来替她擦头发。

文乐和江沼两人醉酒后，宫女们便将旁边的西暖阁收拾了出来，安置好了江沼，两边间隔不远，东暖阁的声音这边都听得清楚。文乐闹腾了小半夜，一直没有消停。所以那脚步声传来时，素云并没有察觉，直到门前的珠帘猛地被人掀起，丁零一阵脆响，陈温冲了进来，他眸子暗沉，昏黄的灯火映在他身上，那脸色因急切越发凛冽。

“殿下……”素云忙起身行礼。

江沼突然松开了素云的手，从床上起身，一双眼睛透亮地看着陈温。

陈温的神色僵了僵，江沼便对他一笑，嘴角扬起，一抹笑容挂在脸上，明媚灿烂，世间万物在那一瞬仿佛都失了色。

“哥哥，你是来接我的吗？”江沼仰起头轻声问他。

陈温站在不远处，周身血液如凝固了一般，心口突如其来的疼痛让他迈不开脚步，脸上肉眼可见地失了血色。

“你不能叫我夫君。”

“那我该叫什么？”

“我比你大，叫哥哥吧。”

“哥哥，你什么时候来接我？”

素云见陈温半晌没有动静，便出声解释：“殿下，小姐醉了酒……”

“退下。”陈温的声音低沉而沙哑。

素云和宫女们从屋里退了出去，江沼还在看着他，眼睛里的醉意明显，站久了身体便有些摇摇欲坠。陈温走到她跟前，扶住了她胳膊，清

淡的幽香中混着一股酒气，陈温动了动唇角，扯出了一抹笑："嗯，我来接你了。"

话音一落，对面的人儿毫无预兆地扑进了他怀里。

"我就知道那是梦。"江沼在他怀里蹭了蹭，抱着他不撒手。

陈温紧紧地搂着她，顿了顿，轻声问她："什么梦？"

江沼从陈温怀里抬起头，深深地凝望着他，眼睛突然就生了水雾，嘴角轻轻地抽动了几下，泪水便淌了一脸。她呜咽着说："我梦见你没来接我，你不要我了。"

陈温的心似是被人生生地撕开，那漆黑如墨的眸子布满了疼痛，冰冷的两道泪从眼眶落下。他紧紧地将她揽进怀里，喉咙如刀子刮过，过了许久，声音带着沙哑："我们回家。"

江沼的脸埋在陈温的胸膛里，泪水浸湿了他的衣袍，闻得这句止了哭声，仰起头，红鼻子红眼睛地问他："哪个家？"

那年她住在东宫西院，连逢大雨，滞留在了宫中。他难得来到西院，难得留了下来陪她说话，她头一回主动在人前提起了她的爹娘。他安慰她："以后你会有自己的家。"

她问他："何以为家？"

他答："有夫君的地方就是家。"

她看着他，脸色比那火盆里烧红的炭还要通红，待平静下来，才觉心口那股对父母的伤怀已消失得无影无踪。他承诺了她很多。

后来都没有实现。陈温伸手捧住了她的脸，指腹轻轻地蹭在她脸上，一点儿一点儿地替她抹干了脸上的泪，温柔地在她额头印下一吻，对上她醉意浓浓的眼睛说道："回我们的家。"

他们的家，他和她的家。

江沼愣愣地看着他。

陈温取了斗篷，披在了她肩头，再将她抱起。屋外的宫女打了帘，陈温从里屋出来，没上轿辇，抱着江沼一步一步地往东宫而去。甬道很

安静，灯火昏暗，月色皎洁，周顺走在前面提着灯，陈温的脚步稳稳地踩在甬道上，怀里的江沼搂着他的脖子，好久都没有动静。陈温低头看她，只见江沼一双醉醺醺的眼睛正一瞬不瞬地看着他。

陈温轻声问她："怎么了？"

"我喜欢油桐花。"江沼往他怀里钻了钻，"我也喜欢竹子。可那些东西我再如何喜欢，又怎能抵过殿下给予我的那十年。"

陈温的脚步一顿，停了下来，月光落在怀里人儿的脸上，那张莹白清冷的脸此时泛着红，眉头轻皱，眸子因醉意朦胧不清，却莫名透出了一股娇柔来。

江沼抿着唇，一双圆圆的眼睛眨也不眨地看着陈温，话说完那眼眶里突然生出了盈盈水光，眼泪毫无预兆地溢了出来，轻轻地说道："那不是梦，都是真的对不对？殿下是真的没来接我。"

陈温的心猛地一颤，脚步再一次慢了下来。

江沼仰起头，便见他那双殷红的眸子里，满满都是愧疚和自责。江沼失落地看着他，嘴角抽动，眼泪猛地涌了上来，呜咽地说道："是殿下先不要我的，我等着殿下时，殿下没来接我，如今殿下想起我了，可我已经不想跟你走了。凭什么殿下说不要便不要，说要就能要，殿下不过是仗着我对你的喜欢，欺负人。

"既如此，我如今这般还给殿下也不为过。殿下那日在沈家老屋对我说，很早以前就喜欢上我了，只不过自己没有察觉，才会忽略了我，如今我也一样，我心里一直有殿下，可我就是不想承认，就是不愿意去喜欢殿下。"

江沼的声音不大，却能穿透人心。周顺手里的那盏灯突然晃了晃，陈温的脚步顿住，只呆呆地看着她哭。

芙蓉城的那杯酒，她没喝。

她知道他会回来，她说她心里有他。

陈温张了张嘴，吸了一口气，那颗心本沉到了深渊尽头，没有了任

何希望，此时却如同获得了新生一般，又缓缓地开始跳动。

陈温眼里含着湿意，深深地看着她。江沼却抬手抹了一把眼泪，继续说道：“我不甘心，凭什么我熬了十年，跟在殿下身后追着殿下跑，也不见殿下曾回头看过我一眼，如今殿下明白了自己的心思，一回头，就得到了你想要的东西。”

江沼哭得上气不接下气，胸口不断地起伏。

陈温将她紧紧地搂进怀里，下巴蹭着她头顶，心疼地说道：“莫要哭了，是我不好，往后沼儿什么都不用做，有我来喜欢你，你好好地欺负回来可好。”

这话不仅没止住江沼的哭泣，她还越发哭得厉害，江沼将侧脸埋在了陈温的怀里，带浓浓的鼻音：“殿下如何喜欢我？我知道殿下喜欢吃什么，也清楚殿下喜欢和避讳的颜色，可殿下知道我喜欢什么吗？”

江沼满脸泪痕地看着陈温说道：“除了油桐花和竹子，我还喜欢荷花，喜欢石榴……”

陈温细细地听着，侧脸贴着她的脸，轻轻地蹭了蹭，柔声问她：“还有吗？”

正巧一轮明月升上天空，江沼泪眼蒙眬地望着那明月，突然说道：“我还喜欢星星，喜欢月亮。”

那荷花、石榴好办，想要星星和月亮可就难了。

周顺走在前头，想着这江姑娘醉起酒来，殿下连个招架之力都没有，从公主殿内出来，殿下的一颗心，便因江姑娘的那些醉话，被碾了无数回。

那青梅酒的后劲十足，自那星星和月亮之后，江沼喜欢的东西更是千奇百怪。陈温将她抱回东宫西院时已经半夜，素云先进屋让人多添了几盏灯，怕江沼醉起来，又离不开人，离不开灯。

素云点了一盏灯放在寝殿，陈温已将江沼放在了床上。江沼的眼睛

却睁得大大的，半点儿睡意都没。陈温替她掖好了被角，摸了摸她的头柔声说道：“好好休息。”

江沼闹腾过了，又恢复了安静，陈温说完便乖巧地点了点头，闭上了眼睛。

陈温坐在床边等了一阵，见她没有了动静才起身离去。谁知还没走几步，江沼就从床上爬起来，跟在了他身后。陈温回头，江沼便对他一笑，醉态十足：“咱们去哪儿？”

陈温转身又将她抱回到了床上，轻声哄着她：“夜深了，好好睡觉。”

江沼很听话，又将眼睛闭上了，可陈温一走，江沼几乎是瞬间睁开了眼睛。这回江沼紧紧地攥住了他的手没再放开，也不打算回那床上躺着了：“殿下不是要带我回家吗，那殿下什么时候陪我睡觉？”

江沼的双颊绯红，眼睛里如同蒙了一层迷雾，痴痴地看着他。

“好，我陪你。”陈温将她扶到床边，蹲下身握住了她的脚腕，替她穿好了绣鞋，再抬起头轻轻碰了一下她的额头，柔声说道，“走吧，回家。”

但愿明日你还记得这桩。

东宫灯火通明，主子没睡，无人敢睡，那廊下隔上一段距离便有人提着灯守着。陈温牵着江沼的手慢慢走，江沼半个身子都倚在了他身上，一双眼睛四处打量了一阵，又靠近陈温的耳边问：“殿下，这些人我怎么不认识？”

本想悄悄地说给陈温听，然那声音并不小。

“嗯，都换了。”陈温回答。

江沼“哦”了一声。

“你要是不喜欢，随时可以换。”陈温又说道。

廊下立着的那些人，腰身明显又弯下了几分。

江沼笑了笑，倒是没客气：“好。”

下了长廊，陈温继续牵着她往前走，江沼瞧着眼前的那殿门，眉头

皱了皱，这路她怎的也不认识了："殿下这是哪儿？"

陈温攥住她的手，将她拉了过来，偏头对她说道："家。"

江沼以往来东宫，住的是西院，后花园和那前殿她都去过，唯独陈温的寝宫没有去过，陈温不许任何人进，江沼再如何黏人，也没大胆到要进他的寝宫。今夜头一回来，她自然不熟悉。

严青守在门外，见迎面走来的两人，神色顿时愣住。周顺递了个眼神给他，严青却一时没闹明白，依旧站在那里，直到江沼走到他跟前，指着他说道："我认识他。"

严青这才闻到了江沼身上的一股酒气，神色正是惊愕，陈温却直接撵了人："退下。"

严青赶紧撤离，周顺在陈温进屋的瞬间便将大门给合上了，之后便跟在了严青身后，走了一段实在没忍住，乜了他一眼："你说你都跟了殿下这么多年了，怎的还看不清局势。"

酒是个好东西。那江姑娘要是醒着，能有这么好说话？殿下一番哄，这会子乖得就跟个小绵羊似的，这等千载难逢的机会，殿下定不会错过。

已经到了丑时两刻，陈温直接带她到了里屋的床边，解开了她肩上的那件绿色的斗篷，又将她扶到了床沿上坐着，褪了鞋袜，让她躺在了里侧，再拉过被褥盖在了她身上："乖，要好好睡。"

江沼点点头。然而陈温一起身，江沼又伸手拉住了他，陈温回头轻轻地拍了拍她的手："放心，我陪着你，我先更衣。"

江沼便睁着眼睛看着他。

"沼儿闭上眼睛，不能看。"陈温见她目不转睛地盯着他，无奈地笑了笑。

半晌，那床榻轻轻一陷，江沼感觉到身边躺了个人，才问他："现在可以睁开了吗？"

"嗯。"陈温应了一声。

江沼的眼帘缓缓地睁开，便见到陈温躺在枕头的另一边，床前的一

盏灯，光影正好照在他脸上，一半阴影一半亮，一张脸上，冷傲和温柔并存，透着一股高贵俊朗的气质。江沼突然往前凑了一点，盯着他说道：“殿下真好看。”

陈温轻轻勾了唇角：“那你多看看。”

江沼当真仰头仔细地看他，从他的眉眼开始，再到那高挺的鼻梁，最后停在了他的唇上，视线迟迟不动。

“怎么了？”

江沼小心翼翼地问他：“我可以抱你吗？”

陈温唇角一扬：“可以。”

江沼便挨了过去，一只胳膊搭在了他胸前，脑袋枕在他的臂弯里躺了一阵，又突然抬起头，陈温看着她又问：“怎么了？”

江沼却怯怯地看着他，那眼里的迷雾似乎比之前更浓：“我可以亲你吗？”

陈温盯着她，眸色深了深，顿了几息，低哑地说道：“可以。”

江沼便凑了过来，幽香的气息吐在了他脸上，眼睛眨了几眨，滚烫的唇瓣便对着陈温的嘴唇贴了下去。

酒入肚，江沼此时周身都发热，唇瓣一碰上去，顿觉有一股舒服的凉意，因贪念那丝凉意，江沼的唇便轻轻地移了移，如小鸡啄米一般，肆意妄为。

正是乐此不疲，突然被那唇瓣捉住，狠狠地碰在了一起，江沼只觉得一阵天晕地旋，却并不难受，反而那压住自己半边身子的胸膛，甚是凉快，江沼的一双小手便趁机往那里头钻。

那吻突然加深，江沼猝不及防，嘴里溢出了破碎的呜呜声，紧紧拽住了陈温的衣襟，却将他整个人都贴在了她身上。

江沼此时只着了一件单衣，薄薄的一层锦缎，轻轻一碰，便能感受到底下那妙曼的身段。

陈温的眼里如同燃了一簇火，呼吸渐渐地急促了起来，然身边那人

儿却并没有察觉出异常，抿了抿被亲得绯红的唇瓣，幽怨地看着他，娇声说了句："你轻些。"

此时的江沼醉眼蒙眬，声音中又带着几丝娇柔，即便是冷静如陈温也一时失了理智，盯着她看了一瞬，那唇瓣再一次沉沉地落在她唇上。

直到略微带了些粗茧的指腹，落在了锦缎上的那朵盛开的荷花上，江沼身子突然僵硬如石，陈温才猛地惊醒，松开了她。

"乖，睡觉。"陈温在她额间轻轻地印下了一吻，手臂从她头上绕过，将她搂进了怀里。

江沼的手挨着陈温冰凉的皮肤表面，感觉凉快，如今被被褥遮住，不给她碰了，又热得慌，忍不住伸手又往他衣襟处挠去，问："我可以碰碰吗？"

陈温一把将她的手攥住，沙哑地说道："不可以。"

江沼便也没再动，也没再说话，陈温半晌没有听到动静，便偏下头去看，她已经闭上了眼睛，呼吸平稳，终于睡着了。

陈温松了一口长气，将被褥拉过来，盖在了她身上，又看了一眼她恬静的面容，那只握着她的手一夜都未曾松开。

翌日，日上三竿了江沼才醒。伺候陈温的张嬷嬷从外进来，便见江沼坐在床沿上正四处张望。

"江姑娘醒了。"张嬷嬷赶紧走了过去扶起了江沼。

起身的那瞬，江沼便觉有些头重脚轻，此时却也顾不上这些，西院她熟悉，文乐公主的宫殿她也熟悉，可眼下这屋子却眼生得很。

"这是哪儿？"江沼侧目问那嬷嬷，还未等嬷嬷回答，便见到屋子里竟放了一个大瓷缸，里头种着荷花。

江沼正诧异，便听那嬷嬷说："这里是东殿，昨儿姑娘醉了酒，殿下亲自将姑娘从公主那儿接了回来。"嬷嬷瞧见江沼盯着那些荷花看，便又笑了笑说道，"今儿早上殿下才让人送进来的，说江姑娘喜欢，眼下这时节荷花虽未开，这般再养个把月，待到了初夏，花骨朵儿定会绽

放。”嬷嬷说完，又指着几上放着的几个泥人说道，“那泥人也是殿下送过来的，模样可是像极了江姑娘……”

那嬷嬷后面还说了什么，江沼已经没有听进去，脑子里嗡嗡直响，昨夜醉酒后的那些画面铺天盖地浮现在脑海里，虽记不得全部，单是那零星的几个片段，就已经让江沼无脸再见人了。

昨夜陈温将她抱了回来，她记得，也记得她对陈温说了很多她喜欢的东西，好像是有荷花、竹子……也记得是陈温替她褪了鞋袜……

江沼的脸突然红成了猪肝色，血液猛地蹿上来，头更是沉得厉害。

“江姑娘怎么了？”那嬷嬷见她脸色不对，便扶着她坐下，伸手碰了碰她的额头，触手滚烫，吓得不轻，“姑娘这是发热了。”

昨夜里江沼穿着衣裳进了浴池，后来出来便一直攥住素云的手，那发丝上的水没有及时擦干，如今酒醒了，却染了风寒。

“姑娘先躺一会儿，奴婢去禀报殿下。”

待张嬷嬷一走，江沼哪里还能再躺，起身就往门口走去。刚出了寝殿，外头一阵匆匆的脚步声，江沼抬头，就见陈温迎面走了过来。

江沼看着他，愣了几息，脸上又是一阵火辣辣地烧，一时不知该如何面对。眼见陈温到了眼前，江沼突然转过了身子，背对着他，脚步在原地打转，却也不知道该往哪儿躲，唯一的路被他堵上了，她无处可躲。

身后的脚步声越来越近，直到停到了她跟前，江沼才不得不回过头来，行了礼：“殿下。”

陈温轻轻应了一声，又往前走了一步，宠溺地盯着她低垂的头，说道：“往后在内院，不必再行礼。”

“是。”江沼又行了一个礼，脚步不动声色地往后退。

陈温再次上前，如此一追一退，江沼的背彻底抵在了墙上，才抬起头来看向陈温，视线刚望过去，额头上便覆上了一只手：“你发热了，回去躺着。”

江沼的脚步却没动。

昨日午后，她对他说的那番话，她记得清楚，那大抵的意思就是不想他待她好。谁知刚过去一夜，便打了自己的脸，缠上了人家。江沼头一回体会到了醉酒害人。

“殿下，我先回……”

江沼的话还未说完，陈温已捞起了她的手，拉着她往殿内走去。江沼情急之下唤了声“殿下”，陈温倒是应了她，手上却一紧，猛地将她拉到了跟前，黑漆的眼睛深邃，带着隐隐的几丝笑意，江沼只看了一眼便忙别过头。

陈温见她扭过了头，又拉着她进了寝殿。到了床前才松手，对她低声说道：“先躺着，待会儿太医过来给你把脉。”

江沼没动，坐也不是，立也不是。

陈温又堵在了她跟前，硬是一步一步地将她生生地逼到床沿，她跌坐在床上，陈温便得寸进尺地身子倾下，逼得江沼往后仰。

“殿下！”江沼的腰快撑不住了，便扭过了头。

陈温瞧了一眼她红红的脸颊，丝毫没有让步：“你再不躺下，我便抱着你躺下。”

江沼仰着身子，本就是慌乱得很，听到这话猛地起身，动作太快，陈温来不及闪躲，两人便撞了个正着，这回连带着陈温都跌在了床上。

江沼被压住的那瞬，一声闷哼溢出声来，整个屋子突然就安静了下来。

江沼羞得红着脸，紧咬住了牙。

“好好躺着，不可再乱动。”陈温的唇角凑在她耳边，温热的气息酥酥麻麻地喷在了她耳畔。话音一落，还未待江沼的脸染上红色，陈温便从床上直起了身来。

若是往日，江沼也能坚持着离开，可此时自己明显没有了立场。昨夜是如何来这里的，自己清楚得很，再加上此时她确实发热了，头沉得厉害，便也不再同他别扭下去，在陈温的注视下，匆匆地脱掉绣鞋，侧

过身往里一趟，拉上被褥盖上，只剩了一个后脑勺儿在外面。

陈温看了一阵，笑了笑：“待会儿我再来看你。”

陈温走后不久太医就过来了，江沼本就通晓医术，知道是昨夜染了风寒，恐怕也这只是个开头，到了午后，才是最难受的时候。

“多饮些热茶，别再受凉。”太医走前给她开了一帖药，张嬷嬷立马就拿去后厨煎了。

等到张嬷嬷回来，素云也过来了，江沼整个人已是晕晕沉沉，素云将她扶起来，张嬷嬷替她喂药。待重新躺下后，江沼才想起问素云：“公主怎么样了？”

素云替她掖好被角，说道：“小姐顾好自个儿就成，不用担心公主，公主好着呢。昨夜公主一番闹腾，让人去将三皇子请了过去，却没让他进门，那三皇子站在她寝宫外立了一夜，直到适才公主醒过来才想起来外头还站了个人。听说，公主让三皇子进去时，三皇子那腿都僵硬了。”

江沼昏昏沉沉的，知道公主没事了便也放心了。

吃了药又睡了一觉，午膳张嬷嬷将饭菜送到了床边，江沼却是没有半点儿胃口，连白粥都没有动过。

素云着急，便问江沼：“小姐想吃什么同奴婢说，奴婢去给小姐做。”

江沼摇了摇头：“什么都不想吃。”

素云又说了什么，江沼没有听见，眼睛一闭，一直睡到了黄昏。其间张嬷嬷又过来送了一回晚膳，江沼依旧半点儿未动。

晚霞的光落在那宫殿的琉璃瓦片上，红彤彤的一片，陈温的脚步匆匆，一路进了寝殿，江沼迷迷糊糊听到张嬷嬷同谁在说话，眼皮子却重得撑不开。

过了半晌江沼听到有脚步声过来，随后那床榻往下陷。

“醒了吗？”

江沼听出来了陈温的声音，费力地睁开眼睛，陈温的脸便凑了过来：“怎么不吃东西？”

江沼的唇瓣有些干：“不饿。”说完才发现屋内的光线暗了下来，天色已经晚了，便想着要起身，总不能今夜又在这里睡，双臂试着撑起身体，却没有半点儿力气。

陈温握住她垂下的手，塞进了被褥里：“不许再动。”

江沼点了点头。

许是生病的缘故，江沼的脸色要比平时苍白了许多，即便是此时没醉，模样也是乖巧得让人生怜。

张嬷嬷端药进来，陈温便接了过来。江沼见他要扶她起来，费力地说道：“不用……”

陈温压根儿没听，直接将她扶了起来，让她躺在他怀里，一勺汤药喂到她嘴边。

江沼抿着唇，不敢张嘴。

“昨夜说过的话，可还记得？若记得，便张嘴，不记得我便从头到尾再同你复述一遍。”陈温俯在她耳边说完，江沼的身子明显地一僵，终是张了嘴，乖乖地吞了下去。

陈温一勺一勺地喂完，见她比起适才有了精神，便放下碗，看着她说道：“昨夜里，我已应承了你，往后一生都会好好照顾你，沼儿总不能过了一夜就不认账。”

江沼经不得他提昨夜，忙移开了目光。

陈温拿了绢帕，替她拭去了唇角的药渍，又扶着她躺了下来。见她躺好了，这才问她：“想吃什么？”

江沼这才觉得腹中有些空，一日未进食，虽然没有食欲，肚子却是当真饿了，突然就想起了往年春末夏初，江焕去野山上采来的白色野果子，酸酸甜甜，倒是有些食欲。可此时不在江家，是在宫里，且月份没到，当是难寻得很。

江沼想了半晌，摇了摇头：“不想吃。”

之后陈温出去了一回，素云又进来问时，江沼便说：“想吃白果子。”

素云知道白果子，每年到了季节，二少爷都会给小姐采回来，满满一罐子，撒上砂糖，确实开胃。

素云从那寝殿出来便看见陈温站在外面，似乎在等着她。

天色渐渐暗沉下来，张嬷嬷进来送药，素云正欲上前扶起江沼，江沼却自己撑起了身子，伸手接了碗。

“江姑娘身子可轻松了些？”嬷嬷见她气色好了些，便问了一声。

江沼点了点头，嬷嬷出去后不久又端来了一碗清粥：“姑娘今儿一日都未曾进食，身子可受不了，多少吃一些也好。”

粥才喝了小半碗，外面突然传来一阵动静，丫鬟拦也没拦住，门口的那排珠帘叮叮当当一阵脆响，江沼转过头，就见到了一脸急切的文乐。

“江姐姐身子如何了？昨夜都怨我，若不是我非要拉着姐姐饮酒，姐姐也不会遭了这罪。”

白日里文乐同三皇子闹别扭，没空想江沼，待晚上想起来了，才知江沼昨儿受了凉，染了风寒，便一路急急忙忙地赶来东宫，去了西院没有寻着人。丫鬟说，她被殿下带去了寝宫。

文乐很少来陈温的寝宫，小时候不懂事，缠着陈温进来过几回，长大后陈温便再也没让她进来过，适才过来也是一路硬闯。

文乐坐在床边，倾身细看江沼的脸色，见其一脸病态，又自责了几句，忙问道：“太医开的药可还管用？”

江沼点了点头：“公主不用担心，好多了。”

文乐便也松了一口气，回过头扫视了一圈屋子，随口说道：“姐姐住这里，可让我好找，不知道的还以为大皇兄这是故意金屋藏娇。”

文乐说完便发现了屋子里摆着的瓷缸，起了身，上去瞧了一番：“大皇兄何时也有了这情趣，竟然在屋里养起了荷花，这小缸能装多少，要是喜欢，去那御花园里走一圈不就好了。”

一回头又见那几上搁着一个小泥人：“咦，这还有泥人呢。”文乐

拿在手里细细瞧了一番，觉得那模样有几分眼熟，片刻就惊愕地回头，盯着江沼，“这泥人同姐姐真像，没料到皇兄还会捏泥人，改日我也让皇兄捏一个来。”

江沼脸色有些不太自然，生怕她再问下去，便岔开了话头：“公主昨儿醉了酒，身子如何？”

“姐姐别担心我，我好着呢。”文乐将那泥人搁回了几上，回到了江沼身旁坐了下来，原本脸上还有几分笑意，江沼一提起昨儿那醉酒，文乐便忍不住地去想了那源头，脸上浮现愁容，“江姐姐，你可知有何法子不嫁去那吴国吗？”

江沼瞥了她一眼，笑了笑：“我要是能想出法子来，那还了得？”

文乐嘴巴一噘，说道：“那三皇子实属狡诈得很，我要是嫁过去，恐怕会被他啃得连骨头都不剩。”

发热最厉害的那阵，江沼记得素云同她说过，那三皇子在文乐的殿门前站了一夜，怎么会狡诈，便问道：“昨儿你不是让人家在外头站了一夜吗，怎的还不消气？”

文乐立马就急了，拉着江沼的手说道：“是不是？江姐姐也是如此认为的，若不是今儿我逮住了昨儿守夜的那帮人审问，我也是如此认为，父皇和母后回来恐怕也要训上我两句，说我欺负了人家。”

文乐说着就来气，一时也忘记了自己是来探望江沼，并非诉苦。

昨夜里她酒劲儿一上来，哪里还有什么理智，只知道自己不想嫁去吴国，是何时让人唤了三皇子过来，又是如何让他在外守了一夜，她是一点儿记忆都没。今儿醒过来已是巳时末，听宫女说起，文乐才知道外头还有个人。

文乐急急忙忙地出去，就见三皇子神色疲惫却笔直地站在门外，心中一时发虚，立马将他请进了宫里。路过门前的台阶时，三皇子没跟上，文乐回头就听三皇子说什么腿脚僵硬打不直。文乐心头越发内疚，还过去扶了他一把，到了殿内，更是亲手给他端茶递水。

等到三皇子离开，文乐打算去东宫寻江沼，谁知到了门口，就听两个太监在议论，昨夜谁输谁赢。

文乐隐约听到了三皇子的名字，便提了那两个太监来问。这才知道，昨夜三皇子哪里站了一宿，而是在她的宫殿门前，同几个值夜的太监玩起了色子，还输了些钱财给他们，同几人混熟了，后半夜便回了自己的住处，到今日清晨值守太监快换班时才赶了过来。

“你说他装得有多像，还双腿打不直，谁能有他奸诈？”

文乐更气的是自个儿怎就上了当，去扶他，对他笑脸相迎，还招待了他一番。

江沼听完，不仅没出言安慰，还“扑哧”笑出了声来。

“姐姐，你还笑！”文乐急了，“你可是要当我嫂嫂的人，父皇和母后的胳膊肘能往外拐，你可不能，将来我还指望着你替我出头呢。”

江沼笑她：“你这不是都打算好了吗？”

正说着，文乐身边的贴身宫女进来，催了一声：“酉时过了，公主再不回去，长乐殿可就得下钥了。”

文乐这才起身。

江沼同文乐说了这一阵话，精神好了许多。在床上躺了一日，整个后背都有些僵，江沼便坚持着下了床，将文乐送了出去。直到她的身影消失在了视线里，江沼才回去。

昨夜来时，江沼醉着，不知道陈温的寝宫是何模样，今儿清晨倒是匆匆地走过一躺，却没有心思去打量，如今一回头，见外殿的墙角处挂了一盏灯，那光刚好映在了墙壁上的一张画像上。

江沼眸子凝住，缓缓地走了过去。画像上的人，躺在美人靠上，一身浅粉色长裙，一截脚踝若隐若现，正闭着眼睛单手撑着头打瞌睡，身后一排轻纱幔帐垂下——画得当是那清泉小院，而那人，正是江沼。

“这画上的人正是江姑娘，那年夏天，江姑娘来东宫做客，在椅子上睡着了。殿下本是过去唤江姑娘一同去皇后娘娘宫里用膳，见江姑娘

睡得香甜，便也没再打扰。当日夜里殿下便让奴才备了笔墨，画了这画像出来，奴才便挂在了这里，算起来，已有一年的光景。”

周顺见江沼走到了那画跟前，便立马跟了上去，将这画像背后的故事都说给了江沼。

江沼愣愣地站在那里。

那回的事她倒是记得，后来醒来得知殿下去了娘娘那里，没有叫她，还好一阵伤怀，倒不承想，他竟来过。

大抵是生着病、身心脆弱的缘故，江沼盯着那画像，心头忽然有些发酸。

虽说相识了十年，两人真正相处却是在十年之后的这几月。那十年两人虽在一块儿，到底还是缘分未到，而这一场磨难似乎早就注定好了，终究会爆发。

江沼盯着那画儿问周顺：“还有呢，还有什么？”

她突然很想听，听他是如何走过来的。

周顺本就长着一颗玲珑心，江沼盯着那画像这般问，他便也明白了，半点儿不敢怠慢，忙退后了两步拱手对江沼说道：“江姑娘跟奴才来。”

江沼跟着周顺的脚步，进了一间小屋。门口上了锁，周顺临时取了钥匙打开。门一开，周顺先抬脚走了进去，江沼跟着他的脚步而至，当场便愣在了那里。

周顺指着跟前木架上的一排琵琶说道：“这些都是殿下从芙蓉城带回来的，皆是积年的珍品。殿下说不知江姑娘喜欢哪种弦线，便每种弦线都配上了，若将来江姑娘的琵琶损了零件，还能从这上头拆走。”

周顺说完又指着屏风上挂着的一排五颜六色的发带说道：“殿下进芙蓉城的当日，便买了一根发带。那日江姑娘去王府听戏，那戏台子也是殿下为您而搭建，殿下原本打算在那时将发带送给您，却没想到几经波折，到了如今也没能送出去。后来殿下便去那店铺子，将所有的颜色都买了回来，说江姑娘喜欢哪一条便挑哪一条。”

周顺又上前将那屋里的布帘子掀开，后面的一排画顿时露了出来。

满屋子的油桐花。有开满枝头的，有落在地面上的，也有流进水渠里的，如同一场油桐花雨。

江沼的心一阵悸动，又听周顺说道："江姑娘离开芙蓉城的那日，殿下就后悔了，后悔自个儿放了手。当夜，殿下拖着病躯从沈家老屋里出来，便全力抗疫，日夜都未曾歇息过，为的就是能活着出来，再见一回江姑娘，好兑现当初对您的承诺。病症发作时，殿下曾梦魇了无数回，嘴里喊的都是江姑娘的名字。江姑娘不知，殿下能熬过来，都是江姑娘给了他活下去的念头。"

周顺说完，眼圈都红了，回头一看，江沼早已经是泪水满脸。

江沼走出那屋子时，眼神涣散得厉害，身子本就虚弱，脚步有些踉跄，素云扶着她进屋，屋里几盏油灯正燃得热烈。

"殿下呢？"江沼坐在床边突然问素云。

素云一时间也愣住了。黄昏时，她将小姐说的那白果子告诉了殿下后，只见他转身就走了出去，之后便再也没瞧见。江沼同文乐说话的时候，素云出去问周顺："殿下还未回来？"

周顺说："前头还有些政务，恐怕要耽搁一阵。"

素云当时听了并没有察觉出什么，如今一想，便觉得有些蹊跷，往日一向都是周总管陪着殿下，今儿既然有政务，周总管怎的没去，反而是严青不见了踪影。

素云能察觉出不对，江沼也能。

素云弯腰沏茶的工夫，江沼已从床上起身往外头走去，素云连忙搁下茶盏同张嬷嬷一道追了上去。

大殿外，江沼正站在白玉台阶处望着天空，此时的天已经黑透，漆黑的夜空繁星密布，却被宫灯挡了光芒。

江沼问周顺："殿下去哪儿了？"

周顺半晌没作声，却也知道瞒不过。

到了亥时，东宫门口才有了动静。

陈温从马上下来，脚步没有半点儿耽搁，径直往寝宫而去。

宵禁一过，宫门紧闭，东宫的灯火并不明亮，过了门前的那几盏灯后，里头的光线暗淡，倒是能瞧见月色。

陈温的脚步从廊道上穿过，一身炫黑色绣白银祥云纹的衣裳，风姿依旧挺拔。

到了寝宫门前，突地明亮起来，屋里的一道灯火溢满了整个白玉台阶，陈温的黑色金丝纹筒靴从那台阶而上，隐隐地印出了些许污泥，门口的周顺见到陈温，忙弓腰上前。

“睡了吗？”

陈温头也没回地问了一声周顺，提步迈进堂内之后，倒也不用周顺再来回答，他要问的那人正立在他的跟前瞧着他。

江沼立在了那灯火旁，莹白的小脸虽仍带着病态，却不如白日的那番红潮满脸。陈温走后不久，文乐过来瞧江沼的那阵，烧就已经退了下来，不过是身子还有些乏，气色没完全恢复过来。

“怎么站在这儿？”陈温眉头微皱，上前几步到了她跟前。

江沼仰起头看他，突然笑了笑：“我想等殿下。”适才从周顺那得知，陈温去了哪里之后，江沼便也一直立在门外，几人轮番劝她，也没将她劝回去。周顺没的法子，便在屋里燃了一盏灯，让她坐在里头等。

夜色渐深，虫鸣声一响，那夜越发地寂静。

所有人都安静地陪着江沼等，过了好久，才听到了一串脚步声。

陈温看着她脸上的那抹笑容，微微凑近了身子，确定闻不到半点儿酒味之后，目光一颤，问她：“在等我？”

江沼点了点头：“嗯。”

陈温又盯着她看了好一阵，突然将她横抱起来，江沼一声惊呼，却被陈温紧紧地一搂，抱进了内殿。江沼没再说话，也没挣扎，只是将脸

埋在他的胸膛。

陈温感受到了她的异样，虽不清楚为何，唇角却抑制不住地扬了扬。

素云和张嬷嬷没再跟着进去。陈温将她放在了床榻上，这才盯着她柔声地问道：“身子好些了吗？”

江沼抬起头，陈温的脸就在跟前，不过两指距离，她轻轻地点了点头，目光没坚持多久，终是瞥开，那神色却与往日不同，羞涩中带了几丝喜悦。

陈温愣在那儿好一阵，才开口问她：“饿了没？”

江沼还未答，陈温便从怀里掏出了一个小瓷罐，递到了江沼跟前：“打开瞧瞧。”

江沼的眼眸颤了颤，顿了几息才接了过来，揭开了那瓷罐盖子，虽然心里已经知道了那是什么，但在瞧见满满的一罐子白果子时，还是忍不住眼眶一热，泪珠子滴了下来。

陈温见她低着头，半天没抬起来，以为是不合心意，便又说道：“如今还不是白果的季节，少了些。待到了季节，沼儿想吃，我让人多采些回来。”

“殿下，够了。”江沼突然抬起了一张泪脸，紧紧地抿着唇，眼泪顺着脸庞而下，声音带着哭腔地说道，“殿下为我做的，足够了。”

芙蓉城那一千多条人命，他一人背负。

她喜欢油桐花，他便将油桐花搬进了东宫，入了画，让那满屋子里的油桐花雨，常年不败。

那些五颜六色的发带，不仅仅是一根发带，而是给了她选择。

满屋子的琵琶、弦线，无一不是在赎罪。

替那段错过的那些岁月而赎罪，替他曾经对她的疏忽而赎罪，替他那十年里，从未了解过她而赎罪。

在周顺打开那屋子的一瞬，她才知，在清泉旁瞧见那两树油桐花时，心口的那股难受是为何。

是心疼。

那一刻她明显地动摇了，是以，她感到了害怕。她想躲，将自己蜷缩起来，躲上一辈子，不再去爱谁，也不再去接受谁的爱。

可两人都未曾放下，又如何能躲得过？

除了自己谁也无法体会，这十年的感情到底是意味着什么。就如同寝殿墙上挂着的那幅丹青一般，她若不是亲眼所见，又如何能想得到，他那日去寻过她，还为她做了一幅画。

并非所有的事情都能说出口，她不能，陈温亦如是。

此时江沼脸上的神色，陈温昨日午时在清泉边上见过，很认真、很理智。陈温的眼神微微颤动，手指微微颤了颤，终于将心口的那股恐慌和疼痛压了下去，抬起手去拭了她脸上的泪珠："别哭，不过一罐果子，你不用记着。"

江沼忽地呜咽出了声，说道："我会心疼。"

陈温的手覆在她的脸上，神色带了些惊愕和诧异，只紧紧地看着她。

"我喜欢油桐，喜欢竹子，喜欢吃这白果子，这世间只要是个好东西，我都喜欢，殿下又如何能一一都满足？"江沼看着他，泛白的唇瓣，眼睛似被水雾浸透，鼻尖因哭泣变红，神色却是楚楚可怜，"殿下为我做的够多了，殿下若再这般折磨着自己，我也会心疼。"

昨夜她说的不过是醉话。那荷花，那泥人，还有这白果子，有了便有了，没了又有何妨，世间万事，美好的东西何其多，过上一阵，她喜欢的东西说不定又会变。又何须他如此惦记在心，又何须他如此来赎罪。

屋子里只有江沼的哭声。

那最后的几个字，清晰地落入了陈温的耳朵里，往心里钻。不过一瞬的工夫，陈温犹如下了一层地狱，又突地回到了阳间，心口的疼痛还未蔓延开来，一股暖意，便流满了全身。

陈温蹲着身子，久久地看着她。

"沼儿说什么？"陈温问得小心翼翼，生怕得到的回复又不是他想

的那样，却又忍不住想去再听一遍。

江沼看着他，没有说话，却将身子倾了上去，吻住了他的唇。

唇上被眼泪浸过，起初还带着冰凉，碰上对方的唇瓣后，不过瞬间就变得火热。陈温没动，良久，江沼才缓缓地松开了他，声音轻柔地说道：“我喜欢的东西，殿下都能满足，那倘若我喜欢上了殿下呢？殿下又该如何？”那眼里还噙着泪，望过来时，晶莹剔透。

这回陈温听明白了，却还是盯着江沼迟迟未有反应。

“殿下……”

江沼刚唤了他一声，后脑勺儿便被一只手扣住，吻铺天盖地地落在她唇上，带着侵略和肆无忌惮的霸占，江沼整个人被按在了床榻上。

片刻，江沼察觉到了脸上有几滴冰凉的水珠。那感觉她很熟悉，无声无息的眼泪最疼，没有人能抑制得了。

待江沼从那阵窒息中缓过来后，便也没有再挣扎，由着他的唇落在她的脸侧、下巴、颈项。

良久，陈温抬头看着她。四目相对，江沼看见了他眼里的血丝和几分模糊的欲望，便也缓缓地松开了手。

陈温却没再动，渐渐地恢复了神志，深不见底的眸子变得清明，轻轻地在江沼的脸上落下一吻之后，便将她扶了起来，紧紧地拥进了怀里。

屋子里的灯火跳跃，那光晕朦朦胧胧，似梦似幻。

陈温的下巴蹭着江沼的发丝，声音沙哑地说道：“沼儿，我们是熬过来了吗？”

江沼的头抵在他的胸口，轻轻地应了一声：“嗯。”

熬过来了。不想再去折磨他，也不想再折磨自己。

那一场感情，没有谁对谁错，到头来总不过一句，缘起则聚，缘灭则散，如今缘分又绕了回来，相同的人，却是不同的心境，也当是重新活过了一回。

——重新去爱一回。

两人那般相拥了一阵，直到胳膊麻了，江沼才想起了那瓷罐里的白果子，回头着急地在那床榻上找寻。

纤细的腰肢被陈温圈住了起来，抱在了他腿上坐着，江沼红着脸，紧张到闭上眼睛，却听陈温说道："好不容易采来的，你吃些。"

江沼睁眼便见那罐子正躺在陈温的掌心。

江沼接了过来，并不是白果子的季节，入口却并没有一点儿酸味，便也知道，这罐子里的东西，来之不易。

"多谢殿下。"江沼说了一声，也没抬头。

陈温看不见她的神色，只见她的两腮鼓动，轻轻地笑了笑："一日都未吃过东西，这果子吃了，明天也该好生用膳。"陈温说完，扣在她腰上的那只手又是一紧，直接将江沼贴在了他怀里。

江沼刚塞了一颗进嘴，被他这番一勒，不经意间溢出了一声羞人的闷哼，小脸瞬间滚烫，急忙往陈温身上一扑，将整张脸严严实实地埋进了他的怀里。

陈温的身子往后仰了仰，问道："好吃吗？"

"嗯。"江沼的声音细如蚊蚋。

陈温偏头去瞧她，又问："酸吗？"

话音刚落，江沼的下巴便被陈温捏住，不待她回过神，嘴里含着的一颗白果已被夺了过去。

江沼的一张脸红成了猪肝色，傻傻地看着他，又急忙从他身上起来："殿下怕是要被我传染了……"

陈温却半点儿都不急，竟没脸没皮地说道："那又何妨，沼儿给我治就好了。"

江沼瞧见他脸上隐忍的笑，愣住了，又想起那日他来江家，坐在祖父房里，神色冷厉，明黄色的一身衣裳衬出他骨子里与生俱来的高贵和稳沉，令人不敢接近。

如今他的唇角绷得紧紧的，如同那日在东郊马场，他说崴了脚，诓

得她上了当一般。那笑存满了坏心思。

江沼不欲理他，陈温却又问她："我需要用药吗？"

江沼就没听过有谁主动要喝药的，又想起，以往在东宫，她曾无数次逼他喝过药，天气凉了，给他熬一些温补的药，但凡听到他有一声咳嗽，立马就煎药送过去……江沼的神色顿了顿："也行。"

那罐子里的药当还剩了些，虽是治风寒的，药性却还温和，今夜两人这番亲近过，若能先用药，倒也稳妥。

江沼正欲出去唤素云来，却被陈温从身后轻轻拽到了床上坐着："先躺着，我去沐浴。"

江沼见到他脸上的笑，便知又被他逗了一回，立马将头扭向了一边。陈温宠溺地摸了摸她的头，便起身走了出去。待那脚步声消失在了珠帘后，江沼才又转回来视线，几上放着一盏灯火，江沼的心跟着那灯火一起摇曳着，回头又瞧了一眼身后的床榻，这才意识到，今晚她又要同陈温同榻。

昨夜醉了酒，江沼也只记得她被陈温接来了寝宫，陈温替她褪了鞋袜，将她安置在了这里，后来的事情她半点儿也想不起来，脑子里的画面太模糊，如同一场忘记了大半的梦境，越是想回忆，那画面消失得越快。

醉了酒，意识不清醒，一夜倒也就稀里糊涂地过去了。可现在她是清醒的，又该如何熬过去。

算起来，两人的婚约是作废的，这般同榻而眠终究不妥。江沼越想越不对，慌忙起身，刚撩起珠帘，外头守夜的张嬷嬷便到了跟前来，问道："江姑娘，怎么了？"

江沼还未说出来，便瞧见了一旁的铜壶滴漏，不知不觉竟已经到了丑时，宫门怕是早就上了锁。

张嬷嬷见她愣着不说话，又问了一句："江姑娘可是在寻殿下？殿下去沐浴更衣，过不了多久就过来。"

张嬷嬷的笑意味深长，江沼愣了愣，瞬间羞红了脸，便也不在外头站着了，转身一头又扎进了里屋。退了热之后，江沼的身体轻松了不少，脑子也渐渐地清醒，心头就有了顾忌，不再随意往那床榻上躺，而是坐在了木几前的圆凳上，拿起了那几上的小泥人，一面看一面等着陈温。

没过一会儿，外面便有了动静。江沼回头，便见陈温只着了一身里衣，月白色的绸缎极为单薄，能隐隐瞧见他结实的胸膛。江沼的心猛地一跳，更加慌乱，忙起身移开视线，但动作太急，不小心碰倒了身下的圆凳。江沼忙弯下腰去扶，宽大的袖子却又差点儿将几上的小泥人扫落在地上，一阵手忙脚乱……

正是慌乱之时，身后一双胳膊环住她的腰，江沼的身子瞬间僵硬，那双手却将她轻轻一带，让她整个人都跌进了他怀里。

“怎么还不睡？”陈温的气息吐在她的颈项，江沼身子一颤，周身一阵酥酥麻麻，心跳声越发清晰，江沼顿时屏住了呼吸。

“昨夜不是闹着要抱我吗？今日怎么这般紧张。”陈温一面说着，一面抱着她，缓缓地移动脚步，往床榻的方向走去。

江沼被他抱在怀里，又听到这番话，又羞又急，便反驳了一句：“殿下可莫要诓我，我怎会说出那等羞人的话。”

陈温不动了，低下头，唇角在她的脸侧蹭了蹭，说：“我就知道，你会耍赖。”

江沼下意识一躲，那双环在她腰间的手一个用力，又将她逃开的身子给捉了回来，继续说道：“你不只说过要抱我，还说过要亲我，非得让我带你回家。”

陈温一桩桩一件件地帮着江沼回忆了昨夜的所作所为，那画面江沼并非完全遗忘，本是模模糊糊、朦朦胧胧，经过他这么一提示，突然就变得清晰了起来，江沼的神色渐渐地僵住，恨不得找个地缝儿钻进去。

陈温却依旧没有放开她，说的话越发羞人：“沼儿还说让我带你回家，如今我将你带回来了，随便你怎么都可以。”陈温故意往她的颈项

处凑了凑，呼出的气息全扑在江沼的耳畔。

江沼的脸早已红了个透，从眼睛红到了耳根，自个儿都能感觉到脸在发烫。

陈温又低声在她耳畔说道："今夜，沼儿抱也好，亲也好，都可以。"

江沼一时羞得急了眼，不管那些话是不是真的，她都再没脸听下去，想也没想，便转过身子用手掌捂住了他的嘴。

屋子突然就安静了下来。

陈温紧紧地盯着她，眸子里的那团火焰越烧越旺，江沼被他的神色震住，手掌缓缓地落下，陈温那张脸却是越凑越近。

快要触碰到时，江沼微微垂了头，不过一瞬，便又没再动。等着温热的唇轻轻地落在了她的唇瓣上，气息交融，江沼的呼吸乱了节奏，想挣扎，纤细的腰肢却被陈温紧扣在掌心，完全不能动弹，待两人的脚步移到了那床榻前，江沼感觉到身上的那件外衫慢慢从肩头滑落。整间屋子都如同烧了一把火，陈温的吻越来越重，幔帐缓缓落下，将两人彻底地隔在了里头。陈温紧紧地将江沼搂进了怀里，哑着声音说道："明日我就去行宫找母后。"

他一刻也等不了，想要她嫁给他，想要她陪在他的身旁，想要完整地拥有她。江沼的身子本就虚弱，这番被他折腾一回，四肢无力地靠在他的臂弯，也没有力气说话，合上眼睛便沉沉地睡了过去。

第二日一早，江沼醒来，床榻上又只有她一人。从床上起来，低头一瞧身上凌乱的衣衫，埋着头整理了好一阵，才发现那腰间竟被撕裂了。江沼红着脸在里头磨蹭了好一阵，没的法子了，才掀开幔帐内，只露出了一颗头，唤了素云进来。

素云正好拿了一套衣裳，说："小姐退了热，出了一身汗，身上肯定黏得很，张嬷嬷已经备好了热水，小姐去泡泡澡。"

江沼裹着昨日穿的外衫下了床榻，素云的目光几次落在她身上，既羞涩又高兴。送江沼去浴池的路上，素云几番犹豫，最终还是硬着头皮

将一瓶药膏塞在了江沼手上："嬷嬷说小姐估计用得上，若是疼，抹上就能好许多。"

江沼昨夜没被陈温羞死，此刻倒要被素云这话给羞死了。

"用不上。"江沼咬着牙说完，转身就进了浴池。

姑娘满了十五及笄之后，娘亲便会教导她将来如何伺候夫君。江沼虽没亲娘，却有江家大夫人。算上江沼，江家大夫人也是养了四个姑娘的人，哪里又会含糊，早就同她说了明白。如今素云一说，江沼岂能不知她是何意。江沼进了浴池，将整个身子没入水中，心情才稍稍平复。

江沼沐浴完，张嬷嬷便送了早膳进来。高烧一退，胃口自然也就好了，江沼匆匆地用完早膳，便打算离开，就算出不了东宫，住在那西院也总好过再与陈温同住。

江沼怕走得太晚又被陈温堵在了屋里，用完膳便同素云回了西院。刚回去坐在那软榻上，还未来得及喝上一口热茶，周顺便走了进来，手里抱着一个盒子："这是殿下让奴才拿来送给江姑娘的。"

周顺打开盒子，里头躺着一支金镶玉的发簪，是月亮的形状。

"殿下说月亮有了，星星今晚上定会送到姑娘手里，还请江姑娘先收拾收拾，待会儿殿下过来接姑娘，一同前往行宫，去见皇后娘娘。"

什么星星、月亮，江沼听得云里雾里的，只听明白了太子要带她去行宫。

昨夜里江沼迷迷糊糊时，听陈温说过，今日要去行宫找皇后，当时并没有记在心上，却没想到他竟当了真。陈温这次去行宫，定是为了两人的婚事，她岂能跟着过去，便回了周顺："劳烦周总管同殿下说一声，我进来宫里也有三两日了，该回江府了。"

周顺没给答复，只说会将江沼的话带给殿下。

周顺一走，江沼就拿着那簪子瞧了好一阵。这簪子价值不菲，做工精细不说，那块羊脂玉成色极好，也只有宫里才能见到这等上品。可她依旧想不明白为何陈温会送她一支月亮的发簪。

江沼问素云："你可知道周总管说的那星星月亮是何意？"

前日江沼醉了酒，陈温抱着她出来时，素云提灯走在后头，江沼同陈温说的那些醉话，不只是周顺听了去，素云也都听见了。

从长乐殿出来，素云一路哭得比江沼还凶，事后倒也没同江沼提，怕她听了会害臊。如今江沼一问起来，素云还未答就捂住了嘴先笑了起来："小姐喜欢什么都好说，就是那天上的星星和月亮难取，这可是为难了殿下。"

素云将江沼那番醉话说完，江沼便愣怔在那里，半晌都未回过神来，之后再也坐不住了。

没脸再见陈温了。

"咱该回去了。"

江沼让素云收拾东西，后悔陪着文乐饮了那么多酒，谁知文乐却找上了门来，进门就抱住了江沼的胳膊："好姐姐，你就可怜可怜我吧，这潇洒日子也不知何时就会结束，待嫁去了吴国，我可就得守着那三皇子一人过活。姐姐这回就陪我去一趟行宫，替我打掩护，我想带唐公子好生去清净几日。"

江沼坚决地摇头。

文乐便坐在她跟前，抹起了眼泪："我心头就是喜欢唐公子。你往上数，几百年来陈国有哪个公主，有我活得这般窝囊，远嫁他国不说，竟然还未养过一个面首。如今就连自己喜欢的人都见不到面，我当这公主又有何意义，还不如江姐姐来得潇洒，说不理皇兄就能不理，还能让母后亲自下旨替你退婚。我呢，父皇母后完全不讲道理，非逼着我嫁给我不喜欢的人。从前我就说，江姐姐才是父皇和母后的闺女，我哪里是，我就是从御花园里捡来的。"

文乐怎样耍赖，江沼都不怕，就怕她拿皇后娘娘偏袒她来说事。小时候她同文乐争什么东西，无论是谁对谁错，娘娘总是会无意中向着她。文乐为此生过怨，却又离不开她，两人就如同亲生姐妹，一个被娘疼，

一个被娘嫌。

江沼叹了一口气。

文乐见她表情动容，直接就给她安排得明明白白的："我待会儿让唐公子扮成姑娘的模样，跟在本宫身后，你可得替我打掩护。"

文乐早就明白了一个道理，不论去哪儿，只要带上江沼，那就是一道护身符，父皇和母后都不会过问。

江沼这回当真是为了文乐豁出去了："你可得把握好分寸，亲事都已经定了，趁着这次机会同那唐公子好生了断，往后可莫要再想那有的没的。我瞧那三皇子不错，比起唐公子来，硬朗得多，我竟不知道你喜欢小白脸……"

"小白脸这说法，那也是先认同了人家长得好看。"文乐听到江沼后面那句，便同她掰扯上了。去往行宫的路上，文乐就一个劲儿地同江沼夸那唐公子，说他眉毛长得好，鼻梁生得好，肤色又白，巴不得江沼也能同她一块儿喜欢上他。

江沼坐在马车上，往后瞧了一眼，那唐公子扮起姑娘来倒是有模有样，还真让人辨别不出来，只是觉得他的身影和走路的姿势十分熟悉，似是在哪里见过。

"放心，大皇兄已走在了前头，替咱们开道。"文乐以为江沼回头，找的是陈温，若这回不是大皇兄提出要去行宫，文乐哪里有那胆子贸然前去。

文乐正笑得欢，江沼拍了拍她肩膀："文乐，你瞧瞧，那是不是三皇子？"

文乐一听见说"三皇子"，全身的寒毛都要竖起来了，忙将那马车帘子彻底地掀开，半个身子探了出去。马车的队伍之后，那两匹马上坐着的人，不是三皇子和他的随从，又是谁？

"怎的越是讨厌他，他越是出现在面前？"文乐气得咬牙，心中堵得慌，愤怒地将帘子一放。

昨夜里，她看完江姐姐，从东宫出来，便撞上了三皇子。走夜路时，文乐本就有些胆小，加上前两日又在长公主姑姑那看了几本游魂的话本子，凉风刮过，周身冷飕飕的，总觉得身后有东西。正走得胆战心惊，三皇子却从那墙根处的一片阴影里冷不丁地冒出来，差点儿没把文乐给吓死，当场魂儿都飞了，一把抱住旁边的宫女，几声护驾叫得甚是大声，将那附近的太监和侍卫们都引了过来

文乐就没那般丢人过，三皇子却深深地看着她，那眼神文乐看得很清楚——就是嘲讽。

文乐质问他："你为何会在这里，莫不成想跟着本宫？"

三皇子没理她，脚步往前走，回答得漫不经心："这条路并不只是公主能走，公主若没做什么亏心事，怎会怕鬼。"

"谁，谁怕了？"文乐追着三皇子吵了一路，一直到了她殿门前，三皇子才回头看着她说了一声"这宫里就没有人嫌弃你话多？"差点儿没把文乐给气死。

"我平时也算是个懒得说话的人，竟是头一槽被人说话多，我要是嫁给了他，往后还不知道会怎么被他挤对。"文乐一想起来就生气，牙一咬说道，"他来了又如何？我就要同那唐公子快活，他管得着吗！"

待一行人到行宫，已经到了申时。确实如皇上所说，如今正是芍药花开的季节。皇后同皇上正坐在后殿里的软榻上，一面喝着茶一面赏花，抛开了国事，两人难得轻松一回，颇有些乐不思蜀，一时也没想起宫里的几个孩子。

高公公从一片花丛之中穿了过来，上了木质台阶，到了那金钩挂起的幔帐跟前，拱手禀报："启禀皇上、娘娘，太子来了行宫。"

两人一愣，皇后问："可是出了何事？"

高公公便说："娘娘放心，都好着呢，殿下说也想来行宫住住，快将东宫都搬了过来，瞧那阵势，怕是要常住。"

皇上和皇后异口同声地斥了一句："胡闹。"

高公公便将太子的话传达了清楚："殿下说，政务上的事，皇上和娘娘不必担心，他都安排好了，所有政务都来行宫汇报，折子也随着马车都运了过来。"

皇上和皇后听后半晌都未说话。

"他倒是能豁出去。"皇后说了一声，便让高公公去传了太子。

当初，媳妇送上门他不急，急的反而是她这个当母亲的。如今他倒是急上了，别说是江沼，皇后心里也有些落劲了。出行的那日，本来可以应承他，只不过是想多晾他一阵，想着等江家的二姑娘嫁了人，再去下旨赐婚也不迟。谁知，这人一着急起来，连这几日都等不了了。

江沼到了行宫，就没有出过屋子，怕撞见了皇上和皇后，更怕撞见了太子，任凭文乐将那唐公子做的风筝说得有多好看，江沼均不为所动。

文乐劝不动她，便只好一个人带着唐公子去了外头放风筝，这一去，到了黄昏都没见人回来。江沼早让素云前去打探过，说是风筝没放成，被三皇子留在了殿里下棋，这会子还未分出胜负来。

只要不是那唐公子就好，是三皇子，江沼倒是放心了，也没再管文乐，沐浴了便打算歇息。在屋子里躲了一日，没见到陈温，眼瞧着天色暗下来了，江沼彻底地放松了下来，褪了鞋袜正欲好生睡上一觉，便听外头素云唤了一声"周总管"。江沼想也没想，立刻要往那床榻上躲。

没过一阵，素云匆匆地走了进来说："小姐，周总管说殿下身子有些不适，这会子传太医怕惊动了皇上、皇后，恐怕也就小姐能帮得上忙。"

若是往日，江沼还会怀疑周顺这话的真假，可昨日她染了风寒，陈温又那般同她亲近过，染病的可能性极大。江沼便没有多想，连忙起身更衣，提着一盏灯跟在了周顺身后。

行宫不比皇宫那般规矩森严，来行宫为的就是消遣，这里亭台楼阁皆有，又是依山傍水，陈温今儿过来，就住进了小山旁边的殿宇里。

进了宫门，却没进正殿，周顺带着她直接绕去了后头的那座小山跟前。江沼有些疑惑，欲询问周顺，便见前头的凉亭里亮着一盏灯，陈温

一身黑色的衣袍，正站在那儿等着她。

“过来。”陈温听到脚步声，却也没有回头，似乎早就知道是江沼。

江沼走了过去，刚靠近，就听他说：“灯灭了，我有东西送你。”

江沼疑惑地看着他，想不出来这黑灯瞎火的，还能看见什么。她顿了顿，见陈温的目光又望了过来，这才揭了那灯罩，轻轻一吹，光线便彻底暗了下来。

江沼刚抬头，便见陈温手里握着一个琉璃盏，点点光亮在那琉璃盏内不断地闪耀，如同星火。

“你要的星星。”

陈温垂下头，蹭了蹭江沼的额头，将琉璃盏放在了江沼的手里，里头的光点不断地从琉璃盏内溢出，在夜空中飞舞着。江沼看见对面的草丛里，不断地飞出了星星点点的光芒，如同一片星海坠落到了此处。江沼瞧着那一片游动的星海，愣了神。

“喜欢吗？”陈温握住了她的手。

行宫这一处萤火虫每年都有，却没有今夜里的多，夜色一落下，陈温便让人将四处的萤火虫捉来，此刻那琉璃盏里的光一亮，整片小山都亮了起来。

江沼竟也一时看痴了，忘了是何缘故才有了这星海，只点了点头，唇角露出了一道好看的笑容来，欢喜地说道：“喜欢。”

陈温看着她的侧脸入了神。

江沼回头望过来时，陈温便将她拉入了怀里，轻轻地说道：“这世间的好东西，只要你喜欢，我都给你。”

昨儿夜里江沼对他说：“这世间的好东西太多了，我都喜欢，殿下又如何能一一都满足？”

他想试试，去记住她的一切，并不是赎罪，而是为了她脸上的笑容。

“婚书拿到了。”陈温的下巴蹭在她脸上，他的语气平静，唇角却抑制不住地扬了起来。

从江沼到芙蓉城，两人退婚开始，到如今，几月的时间，漫长得如隔了三秋，也只有此时此刻，陈温才感觉到了那种脚踏实地的感觉。

很安心。就似是历经千山万水，终于得到了自己一直想要的那件失而复得的珍宝。

陈温转过了江沼的身子，让她面对着他，低头问她："想不想看看？"

江沼忙摇了摇头："婚书是圣旨，我怎能随意看？"且还是自己的婚事，多羞人。

陈温却已从袖筒里掏出了婚书，在江沼的面前展开，没有灯火，唯一的光亮便是身后的那一片星海，青色的光晕落在了两人身上，两人的头挨在了一起。陈温垂目，同江沼额头相抵，低声地同她念了起来。

"江氏江晖成之女江沼，品性纯良，品貌兼得……今许配与太子为正妃，择良日完婚。"

陈温的声音很低，但每一个字江沼都听得清楚。

一阵沉默，陈温低下头，对着江沼唤了一声："太子妃。"

江沼抬头，满脸的羞涩。但四目相对，两人的唇角却是按捺不住地同时上扬。江沼垂下眼睛不看他，陈温便又伸出胳膊，将她紧紧地揽在了怀里。

"看星星。"

江沼从他怀里偏过了头，夜色寂静，荧光围绕，恍如置身在星海。江沼的脸在陈温的胸膛上蹭了蹭，陈温低下头，便瞧见了她嘴角的那抹微笑，心头不由得一暖。

终于明白，错过的不一定永远都会错过，所谓对的时间、对的人，不过就是经历了种种磨难，自己争取而来。只要心还在，一切皆可以对。如同眼下这般，对的人、对的时辰，正是那岁月静好的模样。

"明日天一亮，我就去江家。你的身体还未好利索，江家近日筹办亲事，登门的人多，你先在这里养养身子，过两日我再过来接你。"

陈温说完，江沼才想起来自己为何会来这儿，忙从他怀里起身，瞧

了一眼他的脸色，问他："殿下适才说身子不适，莫不是又在诓我？"

陈温看着她抿着唇笑。

江沼说："哪有人拿自个儿的身体开玩笑……"

话还没说完，陈温的唇瓣就覆了上来，将那后头的话尽数给堵了回去。一番纠缠，江沼已是气喘吁吁，陈温松开了她，摸着她的脑袋说道："你夫君身子结实得很，沼儿不用担心。"

"我先回去了。"

江沼从他怀里出来，脚步匆匆地往远处周顺手里的那点灯火走去。

那"夫君"二字听起来，莫名地羞人，江沼一时想起了他们在东郊时，生怕他又逼着她唤他"夫君"。

江沼回到住处，素云正站在门前，身子靠在柱子上，如一只啄木鸟不断地点头。江沼病了这两日，素云也没有睡好，这会子终究是没有熬住，站着都打起了瞌睡。江沼拍了一下她的胳膊，素云猛地惊醒："小姐回来了。"

江沼没让她再守夜，直接带着她去了隔壁的厢房，将她往屋子里一塞，关上了门："好好睡一觉，睡醒了再过来。"

江沼同文乐共住一个殿，江沼从素云的房间出来，忽然想起了文乐，想去瞧瞧她这一日如何了。

房门过了好一阵才打开，那开门的宫女起初神色还有些紧张，一见是江沼，便放心地笑了笑，将她让了进去："江姑娘可回来了，公主适才还去寻了姑娘呢。"

江沼进去就听见了琵琶声。

"公主还想听什么曲儿？"唐公子正坐在文乐的对面。

文乐歪着头，眼睛直直地盯着他看，声音慵懒地说道："什么都可以，只要是唐公子奏的曲儿，本宫都喜欢听。"

江沼愣了愣，果然闻到了一股酒味，回头问了一句："公主又饮酒了？"

那宫女慌忙低下头："今日公主本是去同唐公子放风筝，谁知却被三皇子一箭给射了下来，说是眼花了，把风筝当成了雄鹰。公主自是不依，让三皇子赔，三皇子说公主若是赢过他一盘棋，他便答应重新做一个给她，公主本对那棋盘没什么兴趣，但公主占了上风，眼瞧着就要赢了，关键时刻又被三皇子给扳回了局面，公主便不甘心。如此几回，就熬到了晚上，三皇子直接落下一颗棋子儿，将公主的路给堵死了。公主后知后觉，才知是上了三皇子的当，回来又闹了一阵，非得要喝那上回的青梅酒，还让唐公子给她弹起了琵琶。"

江沼走近，瞧了瞧文乐的脸色，便知她又醉了。

"江姐姐来了？"江沼走到了文乐跟前，文乐才发现，眼睛一下亮了，拉着江沼说道，"今儿唐公子这曲儿好听得很，我也是听了好一阵了，江姐姐过来了，便陪着我听呗。"文乐这会子听着曲儿，还算安静。

几曲下来，文乐就有些不耐烦了，说："无趣得很，要不咱们来玩掷骰子。"

三皇子那日在她殿外输了一晚上，她若是练好了，将来定会报了今日之仇。

江沼见她着实醉得厉害，起身去外头给她弄醒酒汤。文乐便缠上了唐公子，两人起初赌的还是金叶子，到了最后唐公子将身上的钱财都输光了，文乐便说，身上的物件儿也行。也不知最后是怎么闹腾的，皇后娘娘身边的滢姑姑进来，就见唐公子一双鞋袜和那外衫都褪了去。

滢姑一时惊在原地动弹不得。

江沼就跟在滢姑身后，醒酒汤还端在手上，立马让人关了房门："快将唐公子送出去，可千万别让三皇子知道了此事。"

虽说文乐是公主，可如今已经同三皇子定亲，再如何，也不能在人家眼皮子底下这般胡来。再说将来文乐要嫁去吴国，若是给三皇子留下个什么不好的印象，到最后吃亏的还是文乐。

滢姑岂能不明白这道理，待缓过神来，便正色对屋里的宫女说道：

“所有人都给我听好了，今夜之事若走漏了风声，你们一个都别想躲过。”

滢姑堵住了众人的嘴，可皇后娘娘那头，却不得不禀报。

天刚暗下来，皇上和皇后从后花园回来，就听说了文乐和三皇子白日里闹的那事。皇后娘娘知道文乐是什么性子，从三皇子那里回来，没个好脸色，便也知道夜里八成会生事，这才派了滢姑过去瞧瞧。谁知道，竟在她宫里瞧见了探花郎唐公子，这还了得。

公主来行宫，私带臣子不说，还让臣子留在了房中，还褪了鞋袜和外衫。若公主没有许亲，倒也不是什么了不得的事，如今不仅是许了亲，那三皇子就在眼皮子底下住着，这要是因此伤了两国和气，那才是大事。

滢姑不敢有丝毫隐瞒，将自个儿瞧见的全都告诉了皇后。

皇后听了一半便听不下去，怒气腾腾地起身，还未走出去就被皇上拉了回去：“急什么，她知道分寸。”

皇后气得不轻：“她要是知道分寸，就不会同那唐公子不清不楚，还同人家游园放纸鸢，她怎就不去同人游湖……”

皇上目光扫过来，定在皇后的脸上，前一刻皇后还气焰高涨，一过一瞬便安静了下来。这话，她不该说，想起她年轻时的事，简直就是自己打自己嘴巴子。安静了一阵，皇后才又开口：“总之，得想个办法。三皇子一个月后就得回吴国，依我看，这亲事就定在今年秋天。要是再等上个一年半载，咱们公主怕是等不及，过不了多久就得给自己招驸马爷了。”

皇上只听着，没发表言论。

“还有那唐公子，虽然有才华，可那张脸太过于招人，若是继续留在江陵，定会同文乐闹出什么大事来。我合计着，这回芙蓉城遭了劫难，正是缺人，誉儿回去时，不妨让他跟着，去芙蓉城效力。”

皇后都安排好了，问皇上，皇上便点了头：“就按皇后说的办。”

皇后被文乐气得头疼，夜里歇息时，突然就觉得事多如麻，叹了一声说道：“咱这清净日子怕是过不了几日，江家二姑娘的婚事一过，就

该轮到咱们了。”

太子能跟到行宫来，岂是个能等得住的人。

太子第二日便去了一趟江家。

借口是，来还那幅山水画的礼，太子送了些名家字画给江老爷子，那道婚书由周顺交到了江老夫人手上。

“这日子还是选在天气暖和的时候，江家何不来个双喜临门，不知老夫人意下如何？”

江沼今年都十八了。

江老夫人又岂会再留，听了周顺的那话，再想着太子接二连三地登门，便也知道，两人怕是都在着急，当时就应承了下来：“周公公说得对，就眼下这气候最适宜，不冷不热，再过些日子怕就热了。”

“江老夫人是通情之人。”周顺几声笑。

从江府出来，周顺就同陈温说了江老夫人的意思，当日回去后，就将让礼部开始张罗，选日子、订婚服、订礼单，昭告天下，每样都是优先置办。

江沼本打算第二天就回江家，没料到文乐又闹了一场，一时担心文乐，也没急着走。

文乐到午时才醒来。那碗醒酒汤下肚，实则半夜就已经清醒了，只是身子乏得厉害，便睡了个懒觉。

文乐一醒来，就来了江沼屋里。

江沼见到她，劈头就训人：“来之前，我同你怎么讲的？你倒是答应得好，转头就同那唐公子闹了一出，待会儿娘娘要训你，你可别指望我救你。”

文乐一把抱住了江沼，撒起了娇：“好姐姐，你还没当上我嫂嫂呢，就这般训我，要成了我嫂嫂，我可还有活路？”

江沼戳了一下她的腰：“皮猴，你可别闹得太过，那唐公子要是当

了真，瞧你怎么收场，莫不成你还要带着他到吴国去？”

文乐突然将江沼拉到一边，附耳问她：“姐姐怎么还没瞧出来？”

江沼愣了愣，看着她：“瞧出来了什么？”

文乐又附耳过去：“那唐公子是个姑娘。”

江沼满脸惊愕。

文乐一把将她拽到了里屋，又让素云站在那门口守着，不许旁人进来。两人关起门来文乐才对江沼说道：“昨儿我不过饮了半坛子青梅酒，虽有些醉意，可也没醉到没了理智。你好生瞧瞧唐公子的那张脸，没发现有几分熟悉吗？”

文乐一说，江沼便想起来了来时的路上，无意间瞧了一眼唐公子，虽对那张脸没有什印象，但那身形却似是在哪儿见过。

“我同江姐姐说了，江姐姐可莫要往外说，大皇兄也不行。”文乐便将唐公子的事情都告诉了江沼，“那日在东郊马场上，马球结束后二皇兄就一直在找同他组队的那姑娘，结果你猜怎么着？各世家里的姑娘都被二皇兄查了个遍，也没找到。回到宫里，二皇兄也一直在寻，而那姑娘就似凭空消失了一般，再也没有出现过。更离奇的是那日的请柬是我亲自差人送出去的，每个人皆能对得上，外人又怎可能混得进来。”

文乐对唐公子生了怀疑，也是前两日无意中撞见唐公子蹲在那墙角处褪了鞋袜，估计是脚踝受了伤，正涂着药膏。文乐瞥了一眼，当时就觉得那双脚有些过分小巧，且又生得白皙，像极了姑娘的脚。

心头一旦有了疑惑，再带着怀疑的眼光去看，文乐便更是觉得那唐公子像个姑娘。让她穿女装跟过来，文乐也是藏了心思的。那身女装穿在唐公子身上，竟是没有半点儿违和，文乐心里的猜测就更加肯定了。

“可惜你们进来得太早，若是晚点儿进来，我也能借着酒劲儿，瞧瞧她那张脸到底是何模样，是不是那日咱们在马场看到的那姑娘。”

江沼听完了这些话，就跟块石头一般僵住了，半晌才说：“这可是杀头之罪……”

文乐立马捂住了她嘴："姐姐可千万莫要说。"

昨儿半夜文乐醒了酒后，就问了宫女一些关于唐公子的事。

包括唐公子的家世都了解清楚了。

唐家一共有三房，唐公子是大房所出。唐大爷年轻时做水上生意，腿脚受了伤，身子骨日渐下滑，膝下共生了三个娃。唐公子排行老幺，上头两个都是姐姐。因大房的男丁不旺，又加上唐大爷的腿脚毛病，常年要开销，平日里就受了二房和三房的排挤，连唐老夫人也是动不动就对大房的人蹬鼻子上脸。那唐公子中探花之前，唐家大房的苦日子可没少过。

文乐便动了恻隐之心。

"本就是个可怜人了，能走这一步，定也是被逼无奈，若是事情暴露出来，别说是唐姑娘，唐姑娘一家这辈子怕也都完了，我又怎能去做那害人之事。"文乐叹了口气接着说，"起初我也是瞧着她长得好看，便有了眼缘，图的不过是个赏心悦目。如今知道了她是个姑娘后，我倒是打心眼儿里喜欢上了她。三年一次的科考，多少儿郎挤破了头，也没能金榜题名，结果一个姑娘中了探花，我怎能不佩服。就拿我来说，什么四书五经，我一看就想打瞌睡，她竟然还能高中三甲，这等人才，本就难得，我岂能毁了她，再说了她女扮男装也怨不得她，怨也该怨这科考的规矩，凭什就不能让姑娘参加？"

昨夜她逼她脱衣服，也确实是有几分醉意，可唐姑娘却能沉住气。

"昨夜她分明就知道我是有意在试探她，可她脸上硬是没有半丝慌乱。我让她褪了衣衫，她连眼皮子都没有眨一下，让她脱鞋袜她也照做，就是那掷骰子的运气忒差了些，把把都让我赢了。"

江沼听完，也有些震惊："若直是如此，这唐姑娘也是不容易。"

"可不就是吗，这事就姐姐同我知道，可千万要保密。"文乐再三叮嘱江沼。

文乐虽从小养尊处优，养成了一副娇蛮性子，却也见不得人受灾受

难。若说真要去为难一个人，那一定是对方哪里让她生了厌。

就如那韩家姑娘，文乐见不惯的是她仗势欺人，这等人落在她手上，铁定讨不到好果子吃。而唐姑娘这样的人，靠着自个儿的努力，又不卑不亢，文乐最容易生出怜悯。

文乐说完，江沼久久地看着她，笑了笑说道："咱文乐长大了，自小就善良，可没少救人。"

文乐连忙起身："行了，姐姐还是多训我两句，我听着习惯些。"

这头两人刚说完话，外头滢姑的声音就传了进来："公主，娘娘让您过去一趟。"

文乐一听到滢姑的声音心头就发慌，每回做了错事，都是滢姑过来找她，揪过去就是一顿罚。昨夜那场面既被滢姑撞了个正着，今儿定是跑不掉被罚。文乐走的时候，将江沼一并也拉了去，想江沼在母后面前替自己说两句好话，皇后也就消气了。谁知两人一过去，皇后只让江沼进门，却让文乐直接跪在了殿门前，谁劝也没用。

"今儿不罚你，你竟如此不知道天高地厚，你好生想想，昨日那事你该不该做，什么时候想明白了什么时候起来。"

文乐也没反驳，规规矩矩地跪在了那里。

路上人来人往，不过一刻的工夫，消息就传了出去，说是公主不知怎的惹了皇后娘娘生气，正跪在太阳底下受罚呢。

三皇子跟前的侍卫进来禀报完，三皇子深吸了一口气。

昨儿留了她那么晚，也没见她消停。

"公主昨儿夜里找唐公子玩了骰子，也不知道兴的是什么规矩，皇后娘娘身边的滢姑过去时，撞见唐公子褪了衣衫和鞋袜。"

侍卫能跟着三皇子来陈国，自然也有些手段。

不过他一直都想不明白，为何主子早在东郊时，就知道那唐公子是个姑娘，而公主回回拿那唐公子来气他时，他又如此的配合。

在吴国，他就没见过主子这般耐心地同人周旋过。别说陪着人玩闹，

连句话都是懒得说。

那侍卫还在沉思，三皇子已经起身走了出去。

文乐跪在皇后的殿门前，本也没觉得什么，烈日晒晒，不过就是热了些，从小到大，横竖也不是头一回被母后罚。

谁知正眯着眼睛，身后突然传来一阵脚步声，文乐一抬头，便瞧见了此时最不想看到的一张脸，膝盖顿时一软，颇有些跪不下去了。

三皇子却一眼都没看她，直接进到殿中，同皇后娘娘请了安，直截了当地同皇后说道："素闻公主画得一手好的扇面，在下刚好得了一把竹扇，不知能否向公主请教一二？"

皇后岂能听不出他的意思，这是来保人了。

旁人劝，皇后皆可以驳回去，三皇子这番特意过来，皇后便不得不放人。昨夜那事说到底，也是文乐失礼于人，如今既然三皇子亲自过来，皇后也没了再罚她的理由。

"那就依三殿下的意思。"

三皇子进去后，文乐就一直盯着那门口，刚瞧见那台阶上的衣摆，她立马扭过了头，眼皮直跳。

丢人了。

文乐咬着牙等他赶紧离开，然那脚步却停在了她跟前。文乐憋着一口气，正等待着他的一通嘲讽，就被人拉着胳膊提了起来。她还没来得及反应就被三皇子捉住了手腕，直牵着她往外走。

"不想跪着，就陪我去画幅扇面。"

文乐忘记了挣扎，惊愕地问他："我何时会画扇面了？"

"你画过。"三皇子拉着她，脚步不带半点儿停留。

文乐反手拽住了他胳膊："我何时画过？我怎么不记得……不是，你怎么知道……"

文乐被三皇子带走后，江沼也没再留了，趁着天色还早，便同皇后辞行："二姐姐马上就要成亲了，我得早些赶回去多陪她几日。"

皇后也没留她，牵着她的手将她送上了马车：“趁现在多陪她们说说话，待日后嫁进宫里来，可就没有如今这般自由了。”

江沼脸色泛红，垂目点了点头。

第十二章 故人归来

马车回到江府时，已是酉时，如太子所说，江府热闹得很，门前挂着大红灯笼，门上已经贴了“喜”字。

离江燃出嫁还有两日。江嫣、江芷和沈霜都在，江嫣正捧着那嫁妆单子，同江燃在一样一样地念。江家姑娘出嫁，嫁妆都有定例，每个姑娘都一样，在江陵，算是很体面了。

“妹妹可算是回来了。”江嫣听到门口动静，回头见是江沼，立马起身迎了上去挽住江沼的胳膊，将她拉到了大伙儿一堆来，“妹妹怎的这会子才回来，你可知太子殿下今儿又来了一趟江家？”

江沼脸上的羞涩还未来得及爬上来，江燃又说：“这回咱们江家连着办两场婚宴，定会轰动江陵。”

太子的婚书一到江老夫人手里，江老夫人就对大伙儿说了，后院搭建的棚子，还有临时搭的那些唱戏的台子，等亲事结束后都不要拆了，恐怕过不了几日，还能用得着。

这话谁都听明白了。

江家还有两个姑娘未嫁，三姑娘的婚期定在秋季，王公子替祖母守

孝，三年才能娶亲，这时候要嫁的，也就只有江沼。

为了吃这一口喜酒，江家的远房亲戚这几日陆续登门。昨儿太子来江家，一传十，十传百，如今个个都知道了，说那婚书还是太子亲自送来的，足以可见太子对这门亲事的重视。

晚膳时，几个老夫人见到江老夫人，便道了一声恭喜："江老夫人福气好啊，屋里的姑娘生得一个比一个好看不说，这亲事，也是旁人家望尘莫及的。"

江嫣听了那话，正同江燃和沈霜说着呢，江沼本人就回来了，自是免不了提上一句。

江沼人进屋一句话还未说，就被两姐姐臊了一通，忙吃了一口茶压了脸上的热意，笑着说道："这几日我没在，姐姐们怕是闲着，指不定怎么编派我呢！"

"小没良心的，我们可是想你想得紧。"江嫣握住了她的手，那笑突然深沉了起来，"四妹妹能同太子重修旧好，姐姐替你高兴，你可不知，当初你来芙蓉城，那状态，可没将我急死。"

在芙蓉城的那段日子，算是几人的劫难，这辈子估计谁也忘不了。

"兜兜转转，这遗憾终是弥补了，我一直认为这世间适合妹妹的也就只有太子一人。"江嫣笑了笑，"历经了磨难的感情才稳，妹妹以后定会幸福。"

江沼看着江嫣，也跟着笑了笑："多谢大姐姐。"

"我和霜姐儿，吃完你俩的喜酒，将你们送出门，我们就会回芙蓉城。这几日，咱们聚在一起好好高兴高兴，下回再来，我可就得跑两处，一处宫里，一处永宁侯府。"

江嫣说完，屋子里谁也没说话，最热闹的时候，往往最是容易伤感。江燃惆怅了一阵，便说道："当姑娘的时候，巴不得早些嫁人，如今眼瞅着要嫁人了，心头忽地就有些空。我们这一走，家中可就彻底清净了。咱们江家本就人口单薄，这一辈的姑娘们都嫁了，就剩下了焕哥儿，倒

是还有世子，可大哥他……”

江燃也不知道怎么就提起了江言恒，恐怕也不是这会子才想起来，平时也就罢了，成亲的时候，家里少了哥哥，就有些凄凉。

若是江言恒在，两个姑娘出嫁，定也是江言恒背着新娘子过门槛，还有江府的客人，也不用江大爷自己出面接待，有世子和二公子便能忙得过来。

如今却只有焕哥儿一人，还是个未长大的孩子，面儿上瞧着江家的姑娘个个都嫁得风光，可如今能真正撑起整个江家的人，也就只有一个焕哥儿。

江燃说完，气氛更是沉静，江嫣也念起了大哥来：“听说那边疆寸草不生，就算是习惯了，谁又愿意一辈子都待在那儿。大哥上战场时，也不过焕哥儿的年纪，如今五六个年头过去了，那张脸就跟被刀子重新刻过一样，坚硬得很，哪里像是个官家子弟。若不是遇到罗姑娘，如今也当回京城继承江家的基业，好好做他的世子，再娶了虞姑娘进门，和和睦睦地过上一辈子。可造化弄人，他的人生终究不能顺遂了。”

江嫣在芙蓉城亲眼见证了世子的那段孽缘。

“母亲早就让他离开罗姑娘，对谁都好，大哥也点了头，都已经走出来了。可谁知道，后来出了这么个岔子，那林家六姑娘，死了倒是便宜她了，若她还活着，我真恨不得剥了她一层皮，她不过就是为了报复，图个痛快，那一条计谋却将大哥推进了深渊，这辈子恐怕都难安宁。那罗姑娘就死在他怀里，他同虞姑娘中间横了这么个死人，这往后又怎能琴瑟和睦。”

江嫣说完，眼泪就出来了。江燃和江芷都抹了泪。

沈霜拿了绢帕出来，一面替坐在身旁的江嫣擦了泪，一面劝说道：“这大喜的日子，姐姐就别念这些了，世子在边疆定也会收到消息，心头八成也是焦急得很，怕是恨不得立马赶回来呢。”

江嫣一听，才醒过神来，赶紧擦了泪，笑了笑说道：“瞧我，怎就

突然提了这事，妹妹大喜，都怪我，妹妹赶紧也擦擦，咱们想些高兴的。”

“成，咱们不想了。”江燃笑了出来，这一篇也就算了揭了过去。

几人聊完，天色又深了，江沼回到自己的院子，坐在那儿发呆。今儿两个姐姐提起了大哥，江沼嘴上没跟着说，心里也很不是滋味。

比起两个姐姐，她更是清楚，大哥同那罗姑娘、虞姑娘之间的感情纠葛。

旁的事情，还能论出个对错来，唯独感情不能，就如同当初的她和太子一样。她从未怨过太子，因她知道他没有错，只不过是不爱，

可大哥这档子事，却是三个人之间的纠葛，怕是更难理得清，也不知以后该如何收场。

素云打了水来伺候她洗漱，就见她还呆坐在那儿，忙走了过来，问：“小姐怎么了？”

江沼转过头问她：“当初罗姑娘的那封信呢？”

素云一愣，便知她还在想世子的事：“在呢，奴婢一直都收着，小姐若是要，奴婢这就去取来。”

素云刚转过身，江沼却说：“不用了，烧了吧。”

人都已经死了，这东西再落到虞姑娘手上，岂不是恶心人。起初她接过罗姑娘那封信时，还担心那信里的内容有不妥之处，怕她向虞姑娘求一个名分，怕她写上一些同大哥相处的感情，后来见那字里行间都是在向虞姑娘澄清，想要虞姑娘同大哥一辈子琴瑟和睦，便也放心了。

如今再来看，却不尽然。正因为她什么都没写，异常地善解人意，她才更不能将这封信交到虞姑娘手上。比起示威，恐怕让虞姑娘更加不能接受的是她对大哥的好，好到她宁可舍弃了自个儿的生命，也要护住大哥一辈子的幸福。

江沼想，倘若她是虞姑娘，宁愿那罗姑娘是个十恶不赦之人，也不愿看到她爱着大哥，爱得入骨，将大哥的生命看得比自己的命还重要。

她烧了这信，若罗姑娘真想大哥和虞姑娘好，也该明白，人既然已

经走了，这东西便也该随着她而去，不该再去打扰了二人才对。

素云愣住，脚步顿在原地，回头看了一眼江沼，见她神色认真，便也去取了那封信出来，当着江沼的面，在油灯上一燃，瞬间就化成了灰烬。

江燃大婚的当日，几个姑娘熬了一个通夜，都坐在屋里陪着江燃接待了几批前来贺喜的客人。

其余几个姑娘精神还好，就新娘子江燃有些撑不住了，待人离开后，长长地叹了一口气："这成个亲，可真是累人啊。"

江芷立马用手肘戳了她一下："坐端正些，当新娘子该高兴，哪里会累。"

江燃不依："等你成亲时，你就知道了。"江燃说完看向江嫣，"大姐姐说是不是？"

江嫣点了点头："等三妹妹和四妹妹成亲时就知道了，你这会子给她们说，她们也不会明白。"

江芷吐了吐舌头，几人正闹着，江燃身边的丫鬟进来，一脸的喜色，人还没到跟前，声音就先传了过来："小姐，世子爷回来了！"

几个姑娘都愣在了那儿，半晌都没有反应。还是江芷先站了起来，问道："你说谁？"

那丫鬟又高兴地说："咱江家的世子爷回来了。"

江言恒是凌晨到的江家。当时天色刚明，江家一家正忙得不可开交，门前的礼台昨儿夜里就搭好了。江焕一早就拿了礼簿出来，交到了官家手上，才交代了两句，突然听见一阵马蹄声。

江焕还当是哪个远房亲戚，便也立在门前候着。等那马匹越来越近，江焕的神色慢慢地僵住了，等江言恒到了跟前下了马，江焕才笑开了，上前两步，一把抱住了江言恒："大哥，你可算是回来了。"

江言恒先去了江老夫人屋里请安。他人本就沉郁，这一趟回来那脸

上被打磨得更是沉寂，眼里几乎没了半点儿光芒。

江言恒一进到江老夫人的屋子，便跪在地上磕了个头。江老夫人的眼泪忍不住流了出来，只瞧了一眼，就偏过了头，不忍心再瞧。

“回来了就好。”江老夫人旁的也没提，江家现在的状况如何，几个姑娘都能看得明白，江老夫人又怎会不知？虽说姑娘们嫁的都是好人家，将来能帮衬江家，那也得江家先有个人立在那儿才行。前些日子，文乐公主在东郊办的那场比赛，赢了吴国三皇子，回来之后皇上就给焕哥儿封了赏，赏了银两之外，还赏了个差事，安排在了工部。

江家世代都是武将，为陈国守了百年疆土。到了这一代，人丁单薄，皇上和皇后将他安排在了工部，也是经过了深思熟虑，求的就是安稳。江言恒一走，江家剩下的就只有江焕，断不能再让他上战场。

江焕在工部分管土木，是个五品的官职，他年纪尚小，算是史无前例的重用。

倒也没人去说什么。江家家世摆在那里，江家二房的江将军和江夫人为国捐躯，江家的四姑娘嫁的又是太子，作为国舅，揽这个职务在身，也不为过。再说了，江焕也是靠自个儿的本事争取来的。

赏赐下来后，韩家五姑娘倒是酸了一句：“不过是靠着吃他爹娘的老本，如今又靠着姐姐上位，有何了不得的？”

若江焕是个不争气的，倒是会落了人闲话，可东郊赛场上，那么多人亲眼见识了江焕的本事，也知道韩家那五姑娘是什么样的品性，当场就有人反驳了回去：“江二公子理应所得。”

江焕是安排明白了，江家世子江言恒却还陷在泥塘里没出来。

江言恒能回来，也是太子前几日亲自写了书信放了人。

江燃一出嫁，接着就是江沼，前后两场婚礼最多隔上半月，陈温算好了日子，江言恒能赶在江家二姑娘成亲前回来。江家的姑娘嫁人，总不能少了世子爷。

江言恒请安后，便坐在江老夫人身旁，并不多言，江老夫人说的话

江言恒都安安静静地听着。说了几句之后，江老夫人便问江言恒：“这趟回来了，当不会再走了吧？”

江言恒应了一句：“嗯，不走了。”

太子已经下了令，他这趟回来之后不必再去驻守边疆，今后就在宫里的魏统领手下当差，魏统领是禁军统领，太子便封了江言恒为副将。这一来，江家可算是欠了太子一个大人情。

江言恒的话音刚落，除了待嫁的新娘子江燃，姑娘们都来了江老夫人屋里。

江茳走在前头，瞧见屋里坐着的江言恒，鼻头一酸，眼泪就掉了下来，忙抹了眼泪，走到跟前叫了一声“大哥”。若不是碍着长辈在场，指不定就扑进了江言恒怀里哭上一场。

江言恒也甚是宠几个妹妹，有他在，江嫣的大姐姐姿态瞬间也就没了，同江茳一道坐在了江言恒身旁，跟着唤了一声“大哥”。就算是她已经成了亲，生了孩子，终究也是妹妹。

江沼站在一旁。江沼上一回见江言恒是在瑞王府上的地牢里，正逢新年，江沼给了江言恒一包利是糖，两人的心情都沉重得很，如今再见面，江言恒熬了过来。

“四妹妹，坐。”江言恒对着江沼笑了笑。

江沼坐了过去，也乖巧地唤了声“大哥”。

往日里，离了世子，大伙儿也都渐渐地习惯了，如今一办起大事来，才发现江言恒这般坐在那儿，便给人一种想要依赖的感觉，那个掌控大局的人回来了。

最高兴的莫过于江焕，江言恒同祖母和几个姐姐打过照面后，他便起身说道：“今儿二姐姐大婚，大伯父和大伯母都在前头忙着呢，大哥要是歇息好了，就跟我过去。大伯父腿脚不好，待会儿客人一多，怕是站不了多久，还得要大哥去前头招待。”

江焕如此一说，江老夫人也不留他了：“这一路赶回来，本该好好

歇息，可今儿到底是不同，你妹妹出嫁，就再辛苦世子去帮衬一下。”

“都是孙儿应该的。”江言恒辞别了江老夫人，先去后院找了江夫人。江夫人正同丫鬟们交代，待会儿永宁侯府来接亲时，屋里的人怎么将二姑娘送出去，下人们又该走哪个门、进哪个门出，又仔细地同底下的人对好了时辰，什么时候接二姑娘出门，什么时候盖盖头。

“去给各个屋里说一声，待会儿永宁侯府接亲的人来，咱就不兴那套陋俗，适当地逗趣几句也就得了，可千万别为难了姑爷。”

跟前的丫鬟都点了头，匆忙散去。

江夫人还没来得及转身，就听身后一道声音传来：“二妹妹还没出门呢，娘就心疼上了妹夫。”

江夫人的心猛地一跳，转过身来瞧见那张脸后，嘴角突然一咧，眼泪就落了下来，哽咽着斥了一声：“你还知道回来！”

二姑娘成亲，最费心的还是江侯爷和江夫人。

旁的倒也罢了，燃姐儿待会儿从屋里到门前的那段路，旁人家都是大哥背，如今江家两个姑娘出嫁，却要弟弟来背。若是家里没这个大哥，也就算了，关键是有，却不能到场，这番一想，谁心里又会好受。

江夫人忍了这几日，突然见到人回来了，一时激动，才流了泪，泪水刚落下来，便又惊觉今天是什么日子，连忙抹干了泪痕，又才问江言恒：“何时到的？”

江言恒退后两步，对着她行了跪礼：“孩儿不孝，让母亲担忧了。”

江夫人心中一阵钻心的痛，一把将他扶了起来：“行了，人回来了就成。”

江夫人一边带着江言恒往江侯爷那头走，一边又问了些其他事情，知道江言恒这回回来不再走了之后，心中的那块石头就落了下来。

“你也不小了，留在江府是应该的，江家也就你和焕哥儿，焕哥儿如今年纪小，主要还是得靠你撑着。”

江言恒同在江老夫人屋子里一样，江夫人说什么，他都听着，时不

时地应一声，表示他有在认真听。

江夫人没提芙蓉城的事，也没提虞姑娘。

在得知江言恒为了罗姑娘去了芙蓉城杀了人之后，江夫人感觉整片天都塌了下来，哭着对江侯爷说：“我就知道那罗姑娘会害了他一辈子。”

二房没了，留了两个孩子，江家本就如同遭了一场浩劫，如今就只剩下了他和焕哥儿撑着江家，他是江家的世子爷，动刀子杀人之前，可有想过江家，自己有没有那个条件冲动。

后来江夫人又听说那罗姑娘死了，一时竟也愣在那儿，才知这一桩孽缘谁也躲不过，落得这么个收场，恐怕早就注定好了。

就是苦了那虞姑娘，江夫人便在消息散播出来之前，先去了虞家登门致歉，也没去问过江言恒同不同意，自个儿拿了主意，问了那虞姑娘，若是心头这道坎儿当真是过不去，这门亲事取消了也无妨，怎么对外说，全凭虞家说了算。

江夫人的诚意十足，虞家虽也气愤，没给她好脸色，到底还是没撕破脸，虞夫人亲口去问了虞姑娘。

虞姑娘的答复是，婚约还作数。

从虞家出来，江夫人也不知道是该松口气，还是该叹息。

一晃就是几个月，作为母亲，哪有不想自己的儿子的。如今人回来了，江夫人嘴里就念叨个不停，一直到江侯爷跟前，江夫人才说道：“你同你父亲聊，我去后院瞧一眼燃姐儿。待会儿时辰到了，你就过来，将燃姐儿背到门前。”

江言恒应了声：“好。”

江侯爷倒不像江夫人那般话多，只看了一眼江言恒，说道：“去看看你祖父吧。”

江老爷子不喜欢热闹，丫鬟将喜糖送了一盘进里院。江老爷子便给江燃送去了一个小木匣子，里头装了一块玉，江嫣出嫁时也有，也算是江家的传家之宝。

江言恒进来时，江老爷子正在案前写字。

江言恒走到跟前，跪下后唤了一声“祖父”。江老爷子就跟没听见一样，等到手里的那副字帖写完了，才抬起头来，看向了江言恒：“起来吧。”

比起江焕，江老爷子对江言恒更为严厉，江焕能到江老爷子跟前撒娇，江言恒却不敢。

“你是世子，你背负的是整个江家的前程，当比旁人多吃些苦。”当年江老爷子便是这般严苛地教导江言恒。

后来江言恒样样都让江老爷子满意，谁知道，最后却败在了女人手里。

江老爷子一生的心血都花在了他身上，那日他在他跟前一跪，求着他要纳那青楼女子为妾时，江老爷子便知，他那些心血终将是白费了，生了一场病，之后便搬进了里院，再也不管府上之事，也再也没有过问过江言恒。

如今见到他回来，也没有什么话想说。

江言恒问了安，见祖父并不想多言，便也退了出去。快要走出屋子时，江言恒突然停住了脚步，回头看了一眼低头收拾字画的江老爷子，说道：“祖父，是我错了。”

江言恒的脸色沉寂，那边疆的风，就同如一把利刃，在他的脸上刻下了几分沧桑，那眉目之间越发成熟。

江老爷子没抬头，但那动作僵住了。

这是江言恒活了二十一年头一回低头认错，江言恒又对着江老爷子鞠了一个躬，这才转身走出了里院。

太阳缓缓地升到了当空，江家热闹非凡，江言恒同江焕去前厅招待客人。江沼和几个姑娘也早就回到了江燃屋里，陪她坐着。

“你们都见着了大哥，我还没有呢。”江燃坐在那儿都快被憋坏了，从昨儿晚上一直就没怎么动过，本就已经很煎熬了，如今知道大哥回来，

自个儿却见不着，心头急得慌。

“别急，待会儿大哥过来背你出去，你不就能见到人了？”江嫣仔细地查看了她的妆容，回头对丫鬟说道，“再补一回唇脂，这嘴张张合合没个消停，唇脂全让她给吃了进去。”

江嫣话一落，一屋子的人笑得身子直颤。丫鬟刚替江燃重新抹好了唇脂，外头就是一阵哄闹。几个姑娘抬起头，就见一个婆子走了进来，到了江燃跟前，乐呵呵地说道：“二姑娘，姑爷来了。”

那婆子说完，便将手里的红盖头往她头上一盖，也将江燃脸上的那道羞涩给遮挡在了里头。

江言恒立在门外等婆子将江燃带出来。

那盖头落下后，江燃什么见不到，走了一段，只觉被一只手扶住了胳膊，这才听到了江言恒的声音：“二妹妹当心台阶。”

江嫣最了解江燃，及时说了一句：“妹妹可莫要乱揭盖头。”

周围又是一阵哄笑声。

江沼跟在江燃后头，同几个姐姐将她送了出去。大姐江嫣成亲时，江沼见过，也大抵记得是怎么回事，那时候江沼并没有什么感触，倒是暗地里期盼着，若是那新娘子是自个儿，来接人的是陈温，该有多好。

如今见二姐姐头顶着红盖头，被大哥背了出去，她心头突然就有些发慌，整颗心怦怦直跳。

心头正慌时，那搁在胸前紧捏的拳头，突然被一只手覆了过来，江沼侧目，便见沈霜对她笑了笑：“表妹不用紧张，当姑娘的谁不过这关。”

江沼也笑了笑。

这会子正是最热闹的时候，江沼看着江燃出了门，永宁侯府的世子爷从马上下来，进了府门亲自扶着江燃的手，将其送入了花桥。当也是个疼人的。

“回吧，我最怕的就是这时候，热闹过后的冷清最伤人。”江芷说完就苦着脸瞧着江沼，“待我成亲的时候，你们可一定得来，我接连着

送你们三人，流的那些眼泪，我总得讨出来。”先是送了大姐姐，又送了二姐姐，原本也该送完了，谁知道又被江沼给赶在了前头。

江沼瞧着江芷一脸愁苦样，心头突然就松了下来，“扑哧”一声笑出来。江芷便抓住她不放，硬是说了她一路，说她是个没良心的。

侯府来接亲的人走后，江府当真就冷清了下来。江言恒和江焕跟着江燃去了永宁侯府，就剩下了几个姑娘，个个都跑去了江老夫人屋里陪着她说话。

吵吵闹闹地度过了一日，到了夜里，江沼刚从江老夫人屋里出来，就见到府上的一个丫鬟走了过来说道：“四姑娘，外头有人找您。”

江燃一出嫁，江家的这场热闹本该结束了，可江家的客人多半都没有走，皆是些比较远的亲戚，来回都得半月，怕是刚到家江家又开始办第二场婚礼了，江老夫人便都留了下来，安置在了院子里。其中有好几个姑娘都和江沼打过招呼，江沼虽不认得，但也都客气地招待了。

江沼以为寻她的又是哪家姑娘，便也没怀疑，按着那丫鬟说的地方找了过去，却没见着人，倒是察觉到了门口有一道灯火的光晕，便往前走了两步出了府门。先往那有灯火的左手边瞧了瞧，只见到一盏灯搁在了地上，正诧异回过头来，胳膊突然被人拽住，猛地一拉，江沼来不及叫出声，就被一只手捂住了嘴。

“是我。”

熟悉的气息，熟悉的声音。

“殿下……”

江沼想问他怎么来了，结果还未问出来，就被陈温搂进了怀里：“两日都没见到你了，可有念着我？”

江沼心头微微一震。

这两日江沼过得充实，在行宫先是文乐闹事，后来回到江府，又给二姐姐送嫁，若不是此时见到陈温，她还当真没有去想他。

陈温低头将江沼的神色尽收眼底，那腰上的手便紧了紧，问她：

“没想？”

江沼神色躲闪，便问他：“殿下怎么过来了？”

陈温倒是认的干脆：“想见你。”

陈温从江家提完亲回去后，就一直在忙大婚之事。江沼刚离开，皇后也回到了宫里，开始筹办太子和江沼两人的大婚，如今宫里可不比江家闲。

江沼听他如此说，心头生了些愧疚，轻轻说了声：“这两日太忙……”

陈温只瞧着她不说话，她倒是连个谎都不会撒。

过了半晌陈温也没听她出言哄哄，便将她往怀里带了带，低声地说道：“母后已定好了良辰吉日，明儿周顺便会拿给江老夫人过目。”

江沼这才看着他。还是那张脸，没见着的时候不想，如今见着了，竟是想了。便问他：“什么时候？”

“十日后。”

江沼脱口而出：“这么快？”

她以为最少也要半月，或是一月。

陈温盯着她的脸，又是一阵好瞧。

十日，他还嫌弃太久，若不是怕大婚太过于草率，他哪里又等得了十日，到了她这里，却觉得快了。

“看来真是个没良心的。”

江沼自知说错了话，连忙躲进了他怀里，手臂轻轻地抬了起来，主动抱住了他的腰。陈温没动，片刻，那嘴角终是在夜色中扬了起来。

“身子如何了？”陈温问她。

江沼的脸侧蹭了一下他的胸膛：“都好。”

陈温：“有没有好好吃饭？”

江沼：“有。”

陈温：“有没有好好歇息？”

江沼：“有。”

陈温又低头去瞧她，说道："什么都有，就是没想我。"

那声音低沉，却带了失落。

江沼从他胸膛上仰起头来瞧了瞧他，唇角突然羞涩地笑了笑，轻轻地说道："现在想了。"这番一见，倒是真的想了。

两人躲在了江府门前的石狮子后面，在江沼出来被陈温拉过去的一瞬，严青就已经将门口的那盏灯灭了，此时正提着那盏灭了火光的灯，隐在了另一头石狮子后。

那边的动静严青充耳不闻。等两人说完了话，严青听到了脚步声，才从那石狮子后走了出来，跟上了陈温。

旁的他可以没听到，就是听到了最后殿下对江姑娘说："同我先进宫，大婚前两日我将你送回来？"

江姑娘拒绝了："不过只有十日，眨眼的工夫。"

严青有些心疼殿下。别说是十日，这才过了两日不到，殿下就夜访了江家。

这两日殿下为了婚事各处督办，好不容易挤出点儿空闲出来，立马赶来了江府，谁都能瞧得出来，殿下心头惦记着江姑娘。

但江姑娘似乎并没有这么迫切。

江沼见陈温的身影彻底消失在了夜色中，才转身进了府门。适才在江老夫人屋里，确实有几分倦意，如今同陈温见了一面再回来，那股子倦意突然就消散了个干净，精神得很。

"今儿奴婢见到了虞家人。"素云见她洗漱后半天没睡，便说起了今儿席间的事情。

"虞家的那位公子可不是个省油的灯。世子爷今儿到虞家那桌敬酒时，虞家公子便当着众人的面，硬是将酒杯给扣在了地上，问咱世子爷，洒在地上的酒，又该怎么拾起来，还说今儿这杯喜酒，能不能让虞家人吃下去，全凭世子爷如何说。酒席上不少人都听到了，今日是二姑娘大喜的日子，要是真闹起来，二姑娘这辈子心头怕都是会有疙瘩。世子爷

当时二话不说，从那地上拾起了酒杯，拿了桌上的酒壶，斟了一杯全饮了下去，才笑着对那虞公子说，酒洒了，就再斟一杯。之后更是将虞家的几位公子一一都敬了一遍，这事情才算平息了下去。”

素云有些心疼世子爷。

说她护主也好，偏袒也好，素云就是觉得今儿虞家公子那行为太不应该，虽说世子爷是有些对不住虞姑娘，可今儿千不该万不该，不该在二姑娘的婚宴上来闹事。

要是对世子爷有气，另择个日子，好生说说便是了，那虞家公子却摆明了就是想借着二姑娘的婚宴故意来扫了世子爷的面子。料定了他会忍，会为了二姑娘吞了这口气。他那一敬，恐怕不只是为了二姑娘，多少也是对虞姑娘怀了愧疚，给了虞家足够的体面。

江沼听后愣了好一阵，心头也不是滋味。可这事，谁也帮不上忙，愿不愿意放过自个儿，还得看他。

那虞家小公子她倒是略有耳闻，并非虞夫人所出，是庶出，却深受虞老爷的喜欢。平日里就是一副目中无人的性子，今儿这行为倒也不算意外。只是他那一闹，也不知道虞姑娘会如何想。

大哥同虞姑娘这事，每每一想江沼都会觉得头疼，说了一阵话，终是生了困意：“睡吧，大哥自个儿清楚。”

江沼睡了个好觉，第二日一醒来，江家夫人身边的嬷嬷就到了院子了，派了几个丫鬟来，个个手里提了花篮、香薰，说是要为江沼养指甲养身子。

辰时刚到，礼部尚书和周顺便一块登门，将选好的良辰吉日拿给了江老夫人过目：“日子已经定下来了，十日后便是吉日。”

江老夫人一愣，她也赞成早日完婚，却也没想到这么快。

十日，对于江家来说，也不算紧迫，前头办了一桩婚宴，东西都准备着，操持起来倒也容易，恐怕宫里比他们还赶。

“有劳公公跑一趟，让殿下放心，到时候我江家保准将太子妃体体

面面地交到他手上。”江老夫人将周顺和尚书大人送出了门，立马就吩咐府上的人忙起来。

当初江燃待嫁前一个月就没有出过门，江沼这还有十日，更是哪里都去不了，整日就坐在那屋子里将自个儿交给丫鬟和婆子，由着她们折腾。

沈霜过来看她时，丫鬟正在替她修剪指甲。

“姑娘是太子妃，进了宫就得开始养指甲，往后可莫要将指甲剪干净了。”

江沼平日里从不留指甲，稍微冒出来一点儿，立马就会剪个干净，如今硬逼着她留了几日的指甲，江沼一双手碰哪儿都感觉不得劲。

沈霜走过去，坐在了江沼身旁，瞧了一眼江沼那手，笑了笑从怀里掏出来一个小瓷瓶，说：“表妹试试这个。”

是蔻丹。

“这几日我闲着无事，自己做的，你试试抹上如何。”沈霜说完将那蔻丹交给了跟前丫鬟的手上。

那丫鬟便抹了点儿在江沼的指甲盖上，红红的一滴，颜色甚是艳，江沼倒是喜欢得很：“这个色儿不错。”

丫鬟便替她都抹上了，这一来一双手的指甲上都裹上了布，更是动不得。

“如今我算是理解二姐姐当初的感受了。”这才过了两日，身子就僵得很，还有七八日，熬起来该有多难。当初二姐姐嫌弃日子过得太慢，为此几人还笑话过她，说她太猴急。轮到自个儿了，便能体会其中滋味。

沈霜将她的胳膊拉过来，放在腿上捏了起来，江沼突然“扑哧”一声笑了出来：“你说我现在这模样，像不像那七老八十的婆子。”

沈霜故作认真地瞧了她一阵，正色说道：“嗯，就差条抹额。”

“表姐竟然笑话我。”

“指甲指甲，小姐莫要乱动。”江沼一动，一群丫鬟急得齐齐嚷了

起来。

小院子里又是好一阵热闹。江沼倒觉得没有那般闷了，待下人们都走后，屋里只剩下了素云，沈霜便对江沼说："我再陪妹妹几日就回芙蓉城了，往后见面的日子怕就少了。"

江沼嫁进宫，是当朝太子妃，要想见可就没那么容易了，得先递帖子，再等通传，规矩多得很，哪有如今这般自在。

沈霜同江沼相处的这几个月，两人一起经历了那场磨难，论起感情来，与自己的几个江家姐姐，并无不同。

江沼一直欠她一句话。

"那日，谢谢表姐。"

江沼说的是在王府的那一日，院子里的丫鬟婆子得知了那谣言后，为人的良知也都抛到脑后，都想往她那屋子里钻，取一滴血来。事后素云都告诉她了，若不是秦将军及时赶到，沈霜怕是会被活活地挤死在里头。

沈霜看着江沼微红的眼眶，愣了愣，便也明白了她说的是何事。

"你是我妹妹，护你本就是应当，如今咱们不是都出来了吗！"沈霜笑了笑，生怕她在这时候掉泪珠子，逗她说，"都说大难不死必有后福，咱们往后的福气还长着呢，等以后咱们老了，还能拿这桩经历来唬唬子孙，咱也算是经历过大灾大难，在鬼门关前走过一遭的人是不是？"

江沼便也笑了笑，看着沈霜说道："表姐往后必定也是有福之人。"

她知道沈霜瞒了一事。她没对秦夫人说，在芙蓉城她对秦将军的恩情。也没对秦将军说，她能进营帐，并非一开始就怀了拯救世人的大爱，而是因为秦将军，为了他才不畏生死一头扎了进去。

感情很纯粹，沈霜不想让他们之间的感情沾上任何杂质，恩情也好，同情也好，那都不是她想要的。

一路走过来，沈霜突然才发现，她最初所坚持的东西，也不知道从何时起，再也没有惦记过。

最开始接近秦将军，她确实是怀了几分私心，想贪图富贵，想一步登天，想离开沈家，不想嫁到小门小户。

然而那日，她看到秦将军躺在床上，整个人再也没有了往日的光彩时，她心头冒出来的念头，并不是嫌弃，也并没有过半点儿逃避。

而是痛，是心疼他。

她便知道，她完了，不仅没有理智地回头，反而如同飞蛾扑火那般，想要救他，想要他恢复成从前那般，想再次看他挺拔的背影。

董老爷子当初问她："你就不怕死吗？"

沈霜摇了摇头。

可谁又不怕死，然而在那一刻，她压根儿就没想过这些。就如同站在江沼的门前，替她去挡住那一堆丫鬟婆子时一样，她也未曾细细地去想过自己会不会死在那里，自己会不会后悔，能那么做，似乎只是本能。那是从她的内心深处做出的抉择。

来江陵之前，她便同秦将军商议好了，芙蓉城之事，出了城便自此揭过，她不想以恩情而博来这门亲事。

沈家的门户虽小，然而她也明白一个道理，不该挟恩图报。

她就算对秦将军有恩，也不能让秦将军为了恩情而娶她，倘若将来真有一天进了秦家的门，也不能让秦家人以为，她是因恩情才进的秦家。

江沼知道这事沈霜瞒着秦家，却是不知还有一事瞒着她。

当初沈老夫人给她傍身的那小匣子，沈霜并没有拿去向皇后娘娘领功，编的那套说辞，连江沼也被蒙了过去。

若是之前，沈霜做梦都不敢想。

经历过一场生死之后，沈霜突然发现自个儿太过微不足道，能活下来已是幸运至极，又如何能拿了沈家的东西去独自领赏？即便是领了功又如何，她是沈家的姑娘，就算给了她个郡主的身份，她依然还是沈家的姑娘。

沈老夫人就曾说过，若是霜姐儿那眼界开阔了，沈家屋里的姑娘，她是最聪慧的一个。

芙蓉城的这场劫难对于沈霜来说，也算是因祸得福。

在东郊挨了韩家五姑娘的一巴掌，却不急不躁，能沉得住气，寻了个韩家五姑娘不占理的时机，硬将那一巴掌加倍还了回去，没让韩姑娘占到任何便宜。

遇事冷静，脑子聪慧，正是秦夫人想要的儿媳妇，秦夫人从东郊回来，就已经有了打算。走的时候也对江大夫人说好了，会登门找江老夫人说沈家这门亲事，这回倒是正好借着二姑娘的婚宴，同江老夫人说了对沈家的意向。

“年前那瘟疫，琛哥儿留在了芙蓉城，有缘结识了贵府的表姑娘，回来后便同我说了这门亲事。那日我在东郊，目睹了表姑娘的风采，甚是合我眼缘，若我秦家能得来这么个姑娘，那是我秦家的福分。可秦家同沈家自来没什么交情，贸然前去提亲，怕是不妥。今儿便借着二姑娘的大喜日子，想托江老夫人帮了这个忙，先递个消息给沈家，若是有什么为难之处，咱们也好先想办法，省得沈家为难。”秦夫人说话客客气气，瞧得出来是诚心诚意的。

江老夫人起初也是有意让霜姐儿去射箭大会露个面，若是能在江陵寻到一门亲事，留在江陵也好，却没想到她还能有这等造化。那秦家是江陵难得的家风好的世家。

江老夫人高高兴兴地说：“秦夫人这话，我定会传达，没想到那霜姐儿还有这等福分，谁不知道秦夫人是出了名的心疼小辈。说来也巧，都是两家的缘分，再过几日霜姐儿的父母就会来江陵。”

江沼成婚，舅家怎可能不来人。江家二姑娘成亲，沈家长辈抽不开身，派的是沈家大公子沈鸿来过礼。这回江沼成亲，沈家的长辈必定会来人，到时两家也能先打个照面，亲事说起来也省事不少。

“那敢情好，待沈家长辈来了，我再来叨扰一回江老夫人。”秦夫

人谢过了江老夫人，才欢喜地离开。

沈家来的是沈大爷和沈夫人。江沼的婚期定得急，江老夫人虽早有了准备，婚书一到手就给沈家送了信，可等沈大爷和沈夫人赶到时，已经是江沼婚礼的前一日了。

从婚期定下来后，江沼本一直待在院子里，没有出过去，今儿沈家舅舅、舅母来了，江老夫人才让人将她接到了自个儿的院子里见了一回，陪着一道用了顿午膳。

江二爷和江二夫人一死，悲伤的可不只是江家，还有沈家。江老夫人也清楚，沈烟冉是沈家老爷子的一块心头肉，能嫁到江家，已是忍痛割爱，好在最后是走在了沈烟冉前头，不然还不知道会伤心成什么样。留下来的两个孩子，江老夫人也想得开，让其一直同沈家亲近，没让沈家寒了心，多少安慰了些沈家。

江沼见到沈大爷问了外祖母的身子，又问了沈家药铺子，沈大爷皆说："都好。"

用完餐后，沈夫人便拉着江沼说了一阵话："沼姐儿就别再惦记着沈家，我们都好着呢，好生当你的新娘子，待明儿出了这个门，舅母就得叫沼姐儿一声太子妃，这往后操心的事，怕是还多着呢。"沈夫人送了些压箱底的首饰给江沼，"舅母也没什么好东西送给沼姐儿，就图个心意，沼姐儿莫要嫌弃才好。"

"多谢舅母。"江沼便接了过来，谢过了沈夫人。

"你外祖母也给你捎了东西。"沈夫人又拿了一个首饰盒子给她，"这些都是你母亲当年孝敬给你外祖母的，你外祖母说，留在她那里怕也瞧不上几年了，还不如拿给你，你自个儿留着也好，给焕哥儿也好，也能留个念想。"沈夫人说完又拿出了一幅画，交到了江沼手上，"你外祖母说，知道你喜欢这幅丹青，便也让我带了过来。"

正是沈家竹苑里屋床前挂着的那幅沈烟冉的丹青。在沈家时，江沼每日都会瞧见那丹青，起初还有些抵触，后来却让素云每日扫一遍尘，

保管得甚是好。江沼走后，沈老夫人去过一回那屋子，回来时，便让人将那丹青取下来，将竹苑又上了锁。

“沈家屋里没人会作画，说起来，这丹青还是你爹替你娘描出来的，后来被你娘挂在了屋里，没承想这一挂就是十几年。”

江沼愣了愣，伸手将画儿接了过来，沈夫人看着她，神色柔和地说道：“你外祖母还让我带了一句话给你，说都过去了，沼姐儿好好过自己的日子就成。”

沈老夫人的原话后头还有一句：两个孩子都过得好，她当安息了。

江沼心头突然就一酸，垂下了头，沈夫人便一把揽住她的肩，轻轻说道：“沼姐儿是个有福分的人。”

就当是小姑子积攒下来的福分，都给了沼姐儿。小姑子没从那场磨难里挺过来。沼姐儿挺了过来。这往后，必定是一切都顺遂。

两人在里头叙了好一阵话才出来，沈夫人去寻了沈霜，江沼便跟着几个丫鬟回了院子，刚出来，迎面就撞见了从门口进来的宁庭安。

宁庭安的脚步一顿，愣了愣，便如往常那般对她温柔地笑了笑，唤道：“表妹。”

今日宁庭安听说沈家舅舅来了江家，便立马从宫里赶了过来，原本也没想到会碰上江沼，如今既然碰上了，便跟着她走了一段。

“表哥还是打算要走？”江沼也想借着这机会问他。在芙蓉城，起初表哥同陈温闹得并不愉快，可江沼知道，多半也是因为自个儿，表哥是在为她出头，才处处同陈温作对。后来瘟疫来了，表哥替太子瞒了所有人，将他隔离在了沈家老屋，之后又骗着瑞王撤离芙蓉城，两人默契十足。与其说他是瑞王的下属，倒不如说投靠了陈温，如今陈温归位，定也是问过他是否愿意留在江陵。

陈温也确实问过宁庭安：“以师爷的才能，应留在江陵。”

宁庭安拒绝了：“微臣已经习惯了芙蓉城。”

如今江沼问起来，宁庭安也没有瞒着她：“你三姨母身子不好，我

又岂能远游。”

宁夫人是在芙蓉城同宁副将相识，定是不愿意离开那儿。宁庭安也一样，他自来是个不图富贵之人，比起江陵，芙蓉城的生活更适合他。

江沼也知道他多半不会留下来，便也没再劝说。

宁庭安一路将江沼送到了她的院前，江沼才回头唤了他一声“表哥”，宁庭安立在那看着她，江沼便微笑着对他说道：“谢谢表哥，为我和焕哥儿做的这些。”

宁庭安笑了笑，没回答。

“如今我们都好，表哥也该放下了。父亲当年能有三姨父这样的副将，是父亲的荣幸。无论当年三姨父答应过父亲什么，表哥这些年皆已经做到了，可说到底表哥并不欠我江家，如此保护了我和焕哥儿十来年，我和焕哥儿感激不尽。如今我和焕哥儿正如表哥所期盼的那样，熬出来了，表哥可曾有想过为自己而活？”

江焕那日领了赏，请吴先生喝酒，吴先生醉了，什么都说了出来。

表哥这些年一直都在暗里保护她和焕哥儿。那雪山下的那块板子，哪里是林芊沫的丫鬟心软，不过是被宁庭安的人暗里拦了下来，之后宁庭安才对陈温有了那么大的敌意。

不过都过去了。

在陈温替她拦了城中的百姓，瞒着自己感染瘟疫的事，央他势必要将江沼送出芙蓉城时，宁庭安便知道，她不再需要他的保护。那个应该给予她保护的人，终于醒了过来。

在沈家老屋，当江沼推开对面陈温的那扇门时，宁庭安也才明白，她心里还是有他。

要说他对江沼完全只是责任，可在看见她进去之后，转身关上门的那一瞬，他的心却又明显地在痛。

他也才知道，自己也并非圣人，也会动心。

然而他比谁都清楚，永远都不可能，是以，在发现自己动心的那一

瞬，也是他对江沼感情结束的时候。

他告诉自己，自己绝对是个理智之人。

这天底下，理智的人并不多，就算是帝王，也逃不出七情六欲，然而他不同。他这辈子，只想做个理智之人。

江沼说让他为自己而活，可她不知，这已经成了他的一部分。

不知从何时起，当年父亲留给他的那道遗言，就已经变成了他的抱负，为了天下，为了苍生。师父对他说过，这世间有些事总得有人去做，那些被世人遗忘了的英雄，总得有人去记住。

“我是你表哥，力所能及照顾你们，本也是我应当做的，表妹无须挂在心上，且这些也不过是我举手之劳，将来等焕哥儿高中，将我那同师门的吴先生还回来便成。”宁庭安的笑容温润，如同江沼第一次见他那般，总是能让她心安。

“表妹大婚后，我便要回芙蓉城，表妹有机会……”宁庭安想说，有机会再来芙蓉城玩，说到一半，便也顿住了，知道那不再可能。别说是芙蓉城，这辈子他怕是也难再见到她。

“表哥若是有机会来江陵吧。”江沼知道他想说什么，便也笑着接了他的话。然而两人都知道，不管是江沼去芙蓉城，还是宁庭安来江陵，都不太可能了。

今日一别，相见再无期，他不会再踏足江陵，而她也不再是江姑娘。往后何时才能再见，谁也说不定。江沼心里也明白，就如同这回来江家吃喜酒的那些远房亲戚，有几个与祖母相识于豆蔻之年，再会，却已是白发苍苍的老人。江沼不知下回相见，她和宁庭安会如何，抑或是，这辈子都不会再相见。

江沼的眼眶微微有些红，勉强挤了一抹笑容出来：“望表哥万事顺遂。”

宁庭安看着她，眼神里的那疼爱，是哥哥对妹妹的疼爱：“表妹明日大婚，定是江陵最美的新娘子，愿表妹同太子能琴瑟和鸣，白头偕老。”

宁庭安说完，突然对着江沼作了一个揖，严肃地唤了一声“太子妃娘娘”，再起身时，那神色又恢复如常：“表妹莫要见怪，我是怕没有机会当面同表妹行礼，今儿便提前唤一声。”

江沼终是没有忍住，眼泪溢了出来。

“表妹进去吧，外面日头晒。”宁庭安似是平常那般对她挥了挥手，却站在原地没走。江沼知道他的意思，笑了笑，轻声地说了声“表哥保重”便先转了身。

宁庭安目送着江沼的身影消失在了那丛竹之后，才回头朝前院走去，脚步沉稳，面容温和，初夏的日头照在他的脸庞上，那张脸越发眉清目秀。

江沼回到屋里，丫鬟们又是一阵忙，明日就是正婚，按照时辰，天不亮太子就得来接人，屋前屋后谁也不敢怠慢。素云见江沼眼睛有些红，忙拿了热帕子来：“小姐赶紧敷眼睛，咱明儿可得当这江陵城里最美的新娘子。”

江沼的眼睛上盖着一块热布，正躺在那美人椅上，江嫣、江芷和沈霜三个姑娘也到了，挨着她身旁坐下。

“妹妹这指甲总算是养起来了。”江嫣将她手握在手里瞧了一番，指甲上红红的蔻丹，艳丽得很，“都说指甲盖生得饱满的人有福气，这话说得一点儿都没错，妹妹这福气可不就是冲天了吗？”

江芷和沈霜也一起凑过去，江芷笑着说：“能没有福气吗，皇后娘娘自来疼妹妹，太子心头更是惦记着，就那婚服，若不是提前开始筹备，短短六七日哪里能赶出来，就单是身上的那复杂的祥云刺绣，怕是绣房的人不吃不喝、不眠不休，也得要四五个日子才能赶出来，更别说还有那上头镶嵌的珠宝。我瞧着，太子迎娶妹妹，怕是蓄谋已久了。”

江芷说完，几个姑娘都笑了出声，江沼躺在那儿眼睛看不见，只能由着她们戏弄：“姐姐们可别欺负我这会子动不得。”

江沼的一双眼睛被遮住，就只剩了个小巧的鼻尖和那樱桃似的小嘴

儿，她一说话，就只见那小嘴儿在动，养了这几日唇脂，倒是将那唇瓣养得水润饱满，江嫣便一时看痴了去：“妹妹这嘴，当真就跟那三四月熟透的樱桃一般，惹人得很，别说是太子了，咱们见了这心头都痒得很。”

江沼这回再也坐不住了，脸上生出了一团红霞，一把扯了眼睛上的热布，起身羞愤地戳了一下江嫣：“大姐姐！”

也不知怎的，听到江嫣的话，江沼脑子里突然就出现了和陈温在一起的画面。上回被陈温找上门来，问她有没有念着他，江沼并没有那个念头，这回隔了快十日没见到人，心头却时不时地想着，空得很。

这一想，江沼的脸更红得厉害。

屋头的几个姑娘就江嫣已经成了亲，江芷和沈霜的神色也有了几分羞涩。

好在外头一阵吵闹，随着几声笑，有人走了进来，三个姑娘这才起身让了位。过了正午，江沼的小院子里便陆续不断地有人进出，左右不过也就那几句话，太子妃模样生得好，有富贵相，这往后怕是有享不完的福。

虞夫人也来了。

上回在江燃婚礼上，虞家小公子和江言恒那般一闹，这事当日虞夫人便听说了。那小公子一向是虞老爷的心头宝，别说是虞家的兄弟，就连虞夫人也是管不到他，平日里都是睁只眼闭只眼。这回他闹出来这事，扫的却是她虞夫人的面子。

若真是为了锦姐儿好，她也不说什么了。那小公子打的是什么主意，虞夫人还能不知？不外乎就是想虞家和江家的婚事就此黄了，让她的女儿嫁得不如他的亲姐姐好。

若锦姐儿当真不想要了这桩婚事，便也罢了，就随了那妾室一屋子人的意，重新择一门亲，嫁得好与不好，那都是命。锦姐儿却点了头，虞夫人也只能依了她。

江言恒和那青楼女子的事，说到底欠的也是锦姐儿，与他一个庶出

的幼子又有何关系。虞夫人今儿亲自过来走一趟，也是怕那小公子再来搅和一通。

“往日我就听说江家四姑娘容貌出众，今儿瞧见了本人，果然是不俗。”

虞夫人说话客套，江沼也能感觉得出来，亲手从素云手里接过茶盏，递到了虞夫人手上：“难为虞婶子今儿跑了这一趟。”

虞夫人见江沼脸色和悦，半点儿没端太子妃的架子，心里突然就不是滋味。原本江家这门亲，是她虞家高攀，无论是家世还是家风，江家本挑不出来半点儿毛病，可偏偏那世子……

“虞姐姐可还好？”江沼见虞夫人失了神，便轻声问了她一句。

虞夫人回过神来，点了点头：“多谢姑娘惦记，她好着呢。”虞夫人说完便起身了，“今儿姑娘大婚忙得很，我就不叨扰了。”

江沼起身送了她两步，到了门边上了，又叫住了虞夫人，让素云从盘子里拿了一袋喜糖，交到了虞夫人手上：“还请虞夫人带回去给虞姐姐，沾沾喜气。”江沼垂下头，突然说道，“无论怎么说，是我江家对不起虞姐姐，还请虞夫人放心。哥哥亏欠虞姐姐的，我虽不能代替偿还，今日我便当着虞夫人的面，应下虞姐姐一桩事，不论那是什么，虞姐姐只要用得着我了，开口便是。”

虞夫人愣了愣。明日江沼便是太子妃，说的这话自然是有些分量。她的眼眶里又有了湿意，倒也没有想到，锦姐儿得了个这么好的小姑子。今日没替她自个儿的哥哥说话已是意外，反而给了锦姐儿这么一颗定心丸，有她这一句话，锦姐儿今后的日子又能苦到哪里去。

虞夫人心头松了不少，对江沼说了声“多谢四姑娘”，才转身从素云手里接了喜糖过来，跨出了门槛。

素云站在江沼身后，见她一直瞧着虞夫人离去的身影，发着呆，便也知道她心头在想着什么。如今那虞姑娘，就是当初的她。怕是比她当初还要艰难。

自己走过，深知其中的滋味，便也知道，心结一旦生了，又岂能轻易地化解。

当初她可是想过这辈子再也不见陈温，虞锦却坚持同大哥的婚事，无论她是怎么想的，也不过只是个受了伤的姑娘。虞家门户复杂，很多事虞夫人也是迫不得已，她今日应她一件事，只要是虞锦的意思，她都会答应她。

虞夫人一走，又陆续有客人进来，一直到黄昏江沼的院子才消停了下来，这还是被江夫人拦了一半在外，不然要是全都来一回，恐怕天色黑透了，江沼也见不完。

“往后你就是太子妃了，姿态得拿出来，并非个个说要见，都得见上一回。”江夫人天色擦黑的时候才进来，瞧了一眼江沼脸上的疲惫，有些心疼。可就如江燃说的，成亲时，最累的人就是新娘子。

江夫人让她坐在了软榻上歇着，才让丫鬟将两个木匣子拿了过来，同江嫣、江燃一样，一个是江老爷子给的那块玉，另一个小匣子是江老夫人和江夫人一块儿凑的嫁妆。

“你进宫后当也不稀罕这些，可这都是你祖母和我的心意，每个姑娘都有，也不能少了你这份。虽说沼姐儿嫁的是太子，咱江家也还是有本事替你撑起来这份面子。”江夫人将小匣子交给了素云，整整一匣子的银票，面额皆是不小，江夫人又拉着江沼的手瞧着她，目露慈爱地说道，“明儿离开了江家，咱可就得唤沼姐儿一声娘娘了。当初也就一个小姑娘，一回忆起来，似乎还在哭鼻子，这一转眼就嫁人了。”江夫人说完，鼻子一酸，轻轻拍了拍江沼的手背问她，“可有去看你爹娘了？”

江沼说：“我想换了衣裳再去。”

江沼出嫁，帝王家的规矩多，讲究也多，时辰又赶得紧，宫里伺候她换装的嬷嬷，一早就过来了，一日都没见江沼闲下来，如今瞧天色已经擦黑，江夫人正好也在，便赶紧张罗江沼换梳妆、换婚服。

婚服两日前就送到了，一直挂在架子上，大红的缎子里外几层，华

贵得很，最外层的那坎肩金灿灿的凤尾穿过，外衫的袖口、腰部、裙摆上，均是用金线绣成的金龙和祥云，针线错综复杂，单是瞧上一眼，便觉得炫目。江嫣和江芷那般说，倒是半点儿没有夸张，做上这么一件婚服，岂是几日就能完成的。

嬷嬷的手脚利索，动作熟练，一身衣裳换下来，屋子里越来越安静，别说是几个姑娘，江夫人也看痴了去。这身嫁衣一穿，就彻底有了皇家的风范，衬得江沼那清冷的眉眼，越发英气十足。

“有了太子妃的派头了。”江夫人拉着江沼的手，又上下仔细地打量了一阵，虽心头欢喜，却又有些酸涩，生怕自己的情绪染到孩子身上，忙叫来了嬷嬷，“赶紧梳头吧。”

江沼便端坐在了梳妆台前，嬷嬷的手轻，皇后娘娘派来的人都是些在宫中梳了几十年发髻的老嬷嬷，也前后不过小半个时辰就弄好了。

江沼刚从梳妆台上起来，门口一阵匆匆的脚步声，进来的却是刚成亲的江燃。江燃一进屋就见到一身盛装的江沼，顿时愣在了那儿，半晌才说：“也不知从哪里来的新娘子，竟能如此美，我还当是天宫里的哪位娘娘掉了下来。”

这身嫁衣，可不是自个儿那身能比的。

“二姐姐怎的回来了？”江沼诧异，这才新婚不过十日，怎么还回来了。

江燃走过去，瞧着江沼羞涩地笑了笑说道：“母亲同意了的。”

这母亲，唤的不是江夫人，而是永宁侯府的侯夫人。

江夫人瞟了她一眼，一时吃起了干醋，没好气地说道：“这养女儿就是白养，转个身，就是别人家的了。”

江燃听出来了江夫人在生气，忙过去一阵哄。

江沼瞧着江燃抱住江夫人那般撒娇，心头似是被什么东西戳了一般，鼻子突然一阵酸涩。虽说江沼将江夫人当成了半个娘，可到底也只是她的伯母，她有自己的娘。

“大伯母和姐姐们先坐会儿，我去瞧瞧父亲和母亲。”江沼让素云陪着她出去，江夫人不放心，便让几个姑娘都跟上。

江将军和二夫人的灵牌供奉在江家的祠堂，如今她穿上了婚服，让他们看看她如今幸福的模样，如此也能安息了。

江沼早就让素云将外祖母托舅母给她带来的那画，和当初在沈家老屋老管家给她的一卷画像都准备好了。几个姑娘将江沼送到了祠堂外，便没有跟着进去，江沼从素云手里接过那画像，一人进了祠堂。

祠堂里燃着灯火，日夜都未曾断过，火光映在那牌位上，每块牌位上的名字都能瞧得清楚。江沼上回来这里，还是江二爷和江二夫人的灵牌被送回来的那日，她跟着祖母一块儿来的。

那年她七岁，如今十八。相隔了十一年，其间她从未来过，那心结在她心口堵了十一年，直到在芙蓉城沈家老屋里，才终于解开，彻底放下了。

三姨母曾说，人死了，自己不知何为遗憾，只有活着的人在替他们遗憾。

江沼不知道母亲在死之前的那一刻想的是什么，会不会后悔，但她知道父亲一定是悔了，才那般不顾一切地随着她而去。

她曾怪过母亲抛弃了她，可就如皇后娘娘所说的那般，她不仅是她的母亲，她还是沈烟冉，她有自己的人生和选择。

一个人的心如何，自己又如何能控制，即便是狠着心来告诉自己不爱了，可以一辈子不见他，可以一辈子不同他说话，可，那心里到底还是爱着的啊。

母亲爱着父亲，死前的那一刻都爱，最后选择了结束自己的生命，选择将自个儿作为那汤锅里的药引，为百姓做成了一颗定心丸，也是不想让父亲背负人命。

又或是，她厌倦了这样的日子，她想解脱。在她对父亲再也不存任何希望时，便想以那样的方式解脱。

父亲的爱给得隐晦，而母亲要的是全部。

一个在悄悄地爱着她，一个以为他不爱她，日子这般熬着，谁也没有想过，生命突然就走到了尽头，还没意识过来，就再也没有了机会。

原本以为日子还长，殊不知不过眨眼的工夫。

来不及说一声爱你。

来不及说一声再见。

年少时谁又曾去未雨绸缪过，没有经过那刻骨之痛，谁又学得会去珍惜自己在乎的人，珍惜曾经活过的每一天。所有的错过，均是发生在无意之间，才成了一桩桩让人如鲠在喉的遗憾。

恐怕父亲从未想过，他和母亲会是这个结局。若是人生能重来，母亲未必就会走同一条路，父亲也当知道珍惜，可谁又能从一开始就猜到结尾，谁又能理智地避开人生每一个悲伤的路口。

她和陈温是幸运的，都活着，都放下了心结。

江沼跪在江晖成和沈冉烟的灵牌之前，将手里的画卷展开，一幅一幅地放在了灯火前，画卷上的每一笔、每一画，在执笔之时，两人的心头必定都是美好甜蜜的。只是那以后，谁也没有想到。

既是彼此最美好的东西，便也一并都带走吧。

江沼看着沈烟冉的牌位，轻轻地说道："我依然以母亲为傲。"

沈烟冉的灵牌送回来的那日，她曾发誓这辈子不会同她一样，如今却也明白，没有两个人的人生会完全相同，她和沈烟冉本就是两个不同的人，人生就怎会一样？江沼敬佩她，无论她是因为父亲，还是因为百姓，能进围城，能不畏生死，已让人敬佩，她尊重她的选择。

经历过瘟疫后，便也知母亲当时是如何煎熬过来的，也知道那人言可怕到何种地步。

江沼想，她是伟大的，无论是为了爱情还是医者之心。

那画卷在火盆中彻底地烧了起来，红红的火光，红红的嫁衣，将江沼的脸也映入了一片红晕之中。

江沼看着火盆中江晖成和沈烟冉渐渐化成灰烬的笑颜，突然说道："曾经你们说，不知我将来成为太子妃的那一日会是什么模样，一定会很漂亮。今日我便穿着太子妃的婚服，过来给你们瞧瞧，是不是如你们心头想过的那般模样。"

曾经，江晖成和沈烟冉很好奇两个孩子长大后会是什么模样，是像江晖成多一些还是像沈烟冉多一些。为此两人还不轻不重地争论过。

"沼姐儿的眼睛像我。"沈晖成说道。

沈烟冉不乐意，瞧了江沼一眼，笑着说道："沼姐儿的眼皮是外双，将军的是内双。"

为此江沼回去特意照过铜镜，仔细瞧了一番，如沈烟冉所说，她是外双，并不像父亲。

那些曾经的过往，如今一回忆起来，犹如昨日，心中一股酸涩涌上来。江沼拨弄了一下那火盆边缘的画卷，隔了十一年告诉了他们答案："旁人都说江家二房的两个孩子，姑娘长得像母亲，少爷长得像父亲。"

江沼流了眼泪，嘴角却扬起："父亲、母亲，我和焕哥儿过得都很好，安息吧。"

她和江焕都过得很好，并没有因母亲和父亲的缺失而落寞，也没有因为没有了爹娘而受到欺凌，身边的人将她和江焕照顾得很好。

江家的每一个人、沈家的每一个人、宁家表哥，还有皇上和皇后娘娘，都待她很好，焕哥儿亦如是，并没有因为没了爹娘而从此沉寂，反而是一脸阳光。以后的日子就让他们来走。

江晖成和沈烟冉陪伴了她七年，身边的亲人又陪了她十一年，往后的人生，她便将自己交给太子，两人一同度过。江沼抬头，露出了一抹微笑，说道："他对我很好，请父亲母亲放心。"

江沼说完，对着江晖成和沈烟冉的灵牌磕了两个头，便也当作成婚时的拜礼。

灯火照得堂内犹如白日，外头的夜色却不知不觉地深了。原本是几

个姑娘陪着江沼一同过来，就候在祠堂的门前，此时却没了踪影，只余了一盏灯火搁在了廊上。

江沼再直起身时，便擦了脸上的泪痕，火盆里的几幅画儿已经彻底化成了灰烬。最后瞧了一眼那灵牌，江沼这才提着那裙摆，转过了身，刚转身眼角只瞧见了一抹黑红色的影子，突然就被一张红色的盖头从头罩了下来，什么也瞧不见。

接着一只手便被擒了去。

熟悉的气息，熟悉的温度，江沼又怎会不知道是谁，心头猛地一震，怎么也没料到陈温会此时出现在这儿。

“陪我再拜一次。”

陈温见她不动，轻轻地拉了一下她。

若是同旁人成婚，还有拜堂这一说，然而嫁进皇室，并没有这一环节。一国储君，将来天下的主子，谁又受得起他的一拜。

江沼蒙着盖头，不知道陈温是如何拜的，只知他的手轻轻地按住了自己的后脑勺儿，对着江晖成和沈烟冉的灵牌拜了两下。两拜之后，陈温放在江沼后脑勺儿的那只手才离开。

江沼没揭盖头，知道刚刚的眼泪必是弄花了妆容。江燃出嫁那日因没瞧着大哥流了泪，脸上的脂粉太浓，硬是在脸上留下了两道痕迹来。

她如今也是如此。

陈温隔着那层盖头瞧了她一阵，才捉了她的手来，轻轻地握在了手里。忍了十日，到了最后这几个时辰，却还是没能忍住。

“殿下怎么来了？”江沼见他不出声，便问道。离大婚不过还有几个时辰，他本应待在宫里候着，江沼怎么也没料到他会突然出现在这儿。

这会儿正是她祭拜父母的时候。江沼虽意外，但在陈温拉着她对着灵牌行礼时，心头还是暖了暖。

江沼的一双手养了这几日，如今握在手里更是细腻得很，同那新生婴儿的肌肤没什么区别，陈温的手指停在上来，忍不住地揉了揉，笑着

说道："想瞧瞧你有没有跑。"

江沼隔着盖头虽什么都瞧不见，但还是下意识地抬起来头，说道："这天下都是你们陈家的，我能跑哪儿去。"

陈温笑了笑，轻轻地将她往怀里一揽。

自己也不知为何会恐慌，恐慌如今的这一切会突然消失。幸福来得越快，心头越愉悦，越害怕失去。今夜不亲眼来见一回她，他不放心。

"我来见岳父和岳母。"陈温唇角的笑，江沼瞧不见，但江沼知他是故意在羞自个儿。

陈温倒也不是说的假话，能进江家，也还是用的这个由头。

江沼那只被他捏在掌心里的手动了动，头一回同他十指相扣，两人站了一阵，江沼才突然反应过来："殿下是怎么进来的？"

他是太子，今夜怕是不会从江府大门进来。

明儿天一亮就是大婚，不过只剩几个时辰，他再豁出去颜面，定也不会如此没有顾忌。

如今江府上人来人往，若是被人知道，等不到天亮，估计就会传遍大街小巷，英明神武的太子也逃不过世俗，是个猴急性子。

"我找了小舅子，走的北门。"若此时陈温能瞧见江沼的脸，定能看出她脸上的震惊。

北门专供江府厨房里的丫鬟小厮们平时买菜进出，陈温竟是从那里进来的。但更让江沼惊讶的是江焕。江焕自来不喜欢陈温，大抵也是因为之前陈温待江沼的态度。如今倒是帮着他了，江沼颇为意外。

江沼并不知那日在东郊陈温是如何教了江焕那射箭的诀窍，但也能猜到，定是说了些什么，江焕最后才会赢了三皇子。

周顺说让江焕帮陈温进江府时，江焕问了一句："殿下为何这时候来？"

周顺说："主子有心，惦记着皇家成亲没有拜高堂这一说，便想过来同江将军和江夫人上一炷香。"

江焕听后愣了愣，对周顺说道："殿下身份高贵，我江家岂能担得起，殿下能有这份心，已是我江家的福分。"

周顺笑了两声，深深地看了一眼江焕："二公子如今也有十五了吧，奴才听说二姑娘婚宴的那日，萧家姑娘给二公子还送了一个荷包。"周顺说完瞧着一脸猪肝色的江焕，不太确定地问他，"是萧家那姑娘吧，奴才记性不好，这李家和萧家竟也一时记混了。不过二公子只要喜欢，奴才这就去禀报给殿下，正好二公子也还没说亲……"

"跟我来吧。"江焕突然打断了周顺。

江焕自从在东郊射箭比赛上出了风头，如今的桃花正旺，二姑娘婚宴，便有不少姑娘起了心思。

那个荷包，是萧家姑娘在无人之处塞给他的，没人知道，没承想周总管好本事，竟知道此事。江焕看了一眼周顺，人他能放进去，可心头到底是不服气，说了一句："如今倒也能想得周到了。"这话是说给陈温听的，就差在后头加上一句"早干吗去了"。

周顺呵呵地赔了两声笑，陈温此时就在那墙根处站着，江焕这话他全听了去。

江焕将北门打开，嘱咐了一声："殿下进去便是，可莫要提我的名字。"

若是姐姐知道是他将人放了进来，指不定怎么想呢。结果陈温还是说了。

"殿下还是回吧，今儿府上忙，怕是过不了多久，北门就会有人出入，殿下万不可让人瞧见了。"江沼刚说完，一声更响，已到子时了，离吉时越来越近了。

陈温习惯性地去摸了一下她的头："我等你。"

陈温便也没再留，丑时一到，便是他们大婚的时辰，太子同样不得闲，单是在宫里，天一亮就得开始朝拜，礼毕才能回婚房再同太子妃一起完成后面的仪式，结束后也就到了晚上。

江沼点了头："好。"

陈温将她牵出了门外，门口的几个姑娘早被江焕给支到了别处，如今就只剩了个周公公和素云候着。

陈温扶着她跨过了祠堂的门槛，才松开了她的手，轻声说道："别紧张，我在宫里等你。"

周顺往前迈了两步，无声地催陈温，想说，这不过就几个时辰就能再见到，等人进了东宫的门，有多少话，关起门来说便是，何必在乎这一小会儿。

也不过是想想，他还没有活腻……

待没有任何动静后，江沼才将头上的那块红布给揭了下来，素云赶紧扶着她的胳膊，往院子里赶。

嬷嬷替江沼又补了一回妆容。刚补完，江沼屋子里又挤满了人，江家世子、江二公子，还有几个姑娘、几个小辈都到齐了。一群人陪着说话，江沼倒也没觉得紧张。

等到那四更声响，外头的热闹声传来，宫里来接亲的仪仗已经到了江府。

"恭迎太子妃起驾——"

那声音高昂，屋里的人瞬间都紧张了起来，江沼适才没觉得，如今那颗心突然就提到了嗓子眼儿。

江嫣和江燃扶着江沼的胳膊起身，江沼的视线也只能在脚下的方寸之地打转，那双手不知不觉地越捏越紧，在往外跨出第一步时，心便不受控制地咚咚直跳。

"表妹别紧张，二姐姐也是这么过来的，你瞧瞧她如今多松快。"沈霜知道江沼的习惯，一紧张就会紧紧地捏住手，手背都被她捏得发青，便连忙宽慰她。

江燃回头笑着剜了一眼沈霜："霜妹妹何时也学会了埋汰人？"

两人一来一去，盖头底下江沼的脸色也渐渐地轻松了些。

到了前厅，江老爷子和江老夫人、江大爷和江夫人都已经在候着了。江沼先对着江老夫人和江老爷行了拜别之礼，再对着江大爷和江夫人行了父母的拜别之礼。

江家大房的江大爷和江夫人算是她的再生父母，他们担得起这礼，等到礼毕，江沼方才被宫里的命妇给簇拥着上了外头的仪仗。

江老夫人亲自跟在了江沼身后，送了她一程。

江沼出嫁，理应母亲送，如今母亲不在，她这个当祖母的，便也该来送这一趟。一行人将她送到了门口，瞧着她登了仪仗。仪仗队伍升起，锣鼓声、乐声霎时响彻巷子中。

江沼坐在里头，只觉两只耳朵没有片刻安静，那热闹声走了一路，不但没减，还越来越大，江沼坐在轿上盖着盖头，也不知道自个儿到了哪里。

仪仗在江陵绕了个圈，才到的东宫。轿辇一停，便有命妇上前将她扶下来。此时刚过卯时不久，天还没有完全亮，前头的女官掌灯引路，江沼的两只胳膊被命妇搀扶着，就算此时闭着眼睛，脚步也能走得稳。

新婚的洞房，设在了东宫的正殿。陈温没有侧妃，后院已经空置了好些年，奴才虽多，主人却只有一人。自太子同江沼的婚事定下来后，院子才终于有了点儿人气。

江沼跟着命妇走了好一阵，脚步缓了下来。

“太子妃，当心门槛。”

这是到了正殿了。

命妇们将江沼搀扶到喜床上坐着，太子还在前头行礼，宫里的规矩多，太子纳妃是一国大事，众臣子跟在太子的身后，对着东、南、西、北四个方位一一拜完，再拜帝王，等到礼毕，太阳已经当头照。

江沼一直坐在屋里等，身旁有文乐和几位命妇陪着她不停地说着话，倒也没觉得难熬，反而是时辰越来越近，心头又有些紧张。

巳时，外头突然一阵脚步声传来，守在门边上的命妇便对着殿内说

了声："殿下来了！"江沼一口气提着，心跳声如鼓。

这一日，她盼了十年。放弃过，却没料到如今又重新将这梦圆了回来。

江沼的心正绷着，陈温人已经到了她跟前。

从盖头下瞧去，江沼只能瞧见一双金线筒靴，和一截黑色衮服的袍裾，江沼的目光顺着那袍裾上的刺绣往上再瞧，眼前突然一亮，眼界彻底地开阔了。

江沼先最先见到的是陈温手里的那杆金秤，之后才抬起了头。那红色盖头盖了一日，现下刚取下来，江沼看过去，只觉陈温整个人都镶了一圈红晕，他金冠束发，黑色的衮服即便变了个颜色，那模样还是英俊，确实能迷了姑娘的眼。

江沼看着陈温时，陈温的目光也落在她的脸上。

江沼的妆容是宫里有年头的嬷嬷所描，每一处都精致得很，她本来就生得好看，一番装扮下来，谁瞧了不痴?

尤其是那张小巧的嘴。那日江嫣说的那话，半点儿也没有错，如今那唇瓣落在太子的眼里，愣是让他神色一滞，那喉结轻轻地滚动，半晌，才走到了江沼身旁，坐了下去。

江沼不自觉地绷直了身子。

婚礼的那一套规矩，琐碎又冗长，待行完了所有的规矩，江沼初时的紧张早已经荡然无存，只觉浑身酸痛，半点儿都不想动。陈温倒是比江沼还要紧张，一脸肃然，生怕哪里出了错，留下来个不吉利。他深知他们能走到今日这一步有多不容易，原本陈温也不太信这些，然此时却不敢有半点儿疏忽怠慢，他们的大婚必须顺遂。

合卺宴完毕，江沼只吃了一点点东西，最有感触的却是那杯合卺酒。与上回的青梅酒不同，这回是粮食酒，纯度高，江沼饮下去便觉直烧心窝子。陈温见她难受，连忙递给了她一颗蜜饯。

等到一切结束，已是黄昏。

太子妃得先卸了一身的嫁衣，沐浴更衣。夜落太子散了宴席方再过来。

屋子里的众人散去，陈温却迟迟没走。江沼的腰撑不住，微微弓起了背，正盼着陈温起身，她好往床上躺躺，腰肢却被陈温的一只手臂搂住，让她整个人躺在他腿上。

“躺好，我替你将金冠取下来。”

金冠和满头的珠钗从昨夜就开始顶在头上，如今江沼的脖子早就僵硬了。此刻她只能躺在他怀里，也不敢乱动，目光更是无处安放。

陈温扶着她的额头，小心翼翼地将她头上的金银珠宝给卸了下来，搁在了旁边几上的托盘里。只余下一头素发时，陈温的目光才移到她脸上。

只见怀里的人儿视线同他对上了一瞬，突然又躲闪开来，那紧张的模样甚是逗人。

江沼躺在他怀里，目光移开，感觉到他的胸腔微微地震动了一下，一抬头，果然就见陈温在笑。

江沼红着脸起身，身子才刚坐正，陈温却扭过她的身体，眼睛看着她羞涩的脸，凑近她耳边轻声地说道：“孤终于有太子妃了。”

那声“太子妃”异常轻缓暧昧。

江沼的心又因这一声狂跳了起来。

成亲时，只顾着数那时辰，只担心自己哪里会出错，如今这般被他一唤，心里才突然有了感触。她已经是他的太子妃，她终究还是嫁给了他。

比起最初她的那场太子妃之梦，如今的一切却更为真实，更为刻骨铭心，曾经经历过的每一桩过往，两人这辈子怕是都不会忘记。

爱恨，两人都体会了一把。

如今再回想两人经过的一切，不外乎是最初她走在了陈温的前头，走得太快。等到他醒过来时，她却已经不爱了，不同步的感情，多半皆是错过，但天意到底还是拧不过人心。

是陈温给了她再次回头的勇气。

母亲曾说过，那些怨天尤人的无缘无分，皆是自己寻来的借口，事在人为，就看你有没有那个心，想不想在一起，想不想去挽回。

她不懂这话里的深意，却也知道，在这场感情里，陈温和她谁也没少付出。只不过她先于他而已。

她和陈温是幸运的，比起很多人来。

江沼抬起头，目光也终于稳稳地定在了陈温的脸上，饱满的唇角轻轻一弯，对着陈温点了点头："嗯。"两人视线相触，江沼又笑着唤了一声，"夫君。"

这声称呼陈温曾经逼着她唤，可她叫不出口，此时却是发自内心地叫他"夫君"，两人之间的那气氛犹如蜜罐子里的蜜糖被撒了出来，溢出来的味道直甜进人的心坎儿。

陈温一双黑眸紧紧地盯着她，久久都未挪开。黄昏时的一道晚霞，自那门缝里钻进来，赤红中带点儿昏黄，落在两人的脸上，那面上的神色，毫无遮拦地尽数落入了对方眼里。

陈温的眸子顿了几息，里头才闪出了惊喜来。还未待江沼细细去琢磨，就被陈温吻住，朱红的唇脂晕在两人的唇瓣之间，被陈温彻底抹了个干净。

陈温从里头出来时，周顺幸好扫了一眼，忙递给了他一块绢帕，倒是一个字都未说，陈温便也明白了。适才吻下去便失了控，江沼低下头将他往外推，谁也没有去留意那化掉的唇脂。

这会子太子得去前头接受臣子的朝贺，若是唇上沾了唇脂，今日这宴席可就得轰动了。

两人在门前好一阵收拾，周顺的脸色都有些尴尬了，陈温却是镇定得很，接了那帕子，拭了两下，便匆匆而去。

周顺知道他心头惦记着什么，只怕那宴席再热闹，在殿下眼里，也是无趣得很。

陈温一走，江沼终于得了个松口气的空当，那腰早就酸疼得厉害。宫女将房门一关，江沼转过身就走到了那喜床前，直接歪在了锦被上，刚倒下去，又被素云给拉了起来：“娘娘，咱先去沐浴更衣，这般躺下去，待会儿起来保准全身都痛。”

浴池里的水从午后开始就一直备着，江沼进去，里头的宫女们行了礼，唤了声“娘娘”，便往那池子里放了香料和鲜花瓣。

等江沼出来，便只穿了一件红色的里衣，衣襟处敞开，前襟的一对鸳鸯栩栩如生。一头青丝散开，宫女用布巾擦干后，又用金梳篦轻轻地梳了，直到一头青丝柔顺地披在她的肩头，在灯火下闪着光泽，宫女才放下了梳篦，对着那铜镜里的美人儿夸了句：“娘娘生得可真好看。”

江沼往铜镜里瞧去，同样是一头青丝，同样的一张脸，今夜里的她比起往日来，整个人却多了几丝妩媚。她的脸颊微热，连忙站起了身。

外头的宫女开始张罗着摆桌，素云搀着江沼从里屋出来时，灯盏已经全都点上了，这一日江沼除了在合卺宴上浅尝了两口菜，再也未曾进食过，如今闻到那饭香味，却没什么食欲。

这一夜才刚开始。

在那池子里一泡，算是彻底地将江沼的倦意给泡走了，这会子眼瞅着天色沉下，又如同早上的那阵，开始紧张了起来。

江沼吃得不多，正要丢下碗筷，听到外屋宫女唤了一声“殿下”，一时愣在那儿，竟忘记了起身去迎。

陈温走到她跟前了，江沼才起身。

陈温见她一身清凉，目光在她身上定了半晌，直到江沼唤了他一声“殿下”，这才回过神来，瞧了一眼桌上几乎未动的菜肴，回头握住她的手，轻声问她：“用过了？”不待江沼回答，便将她又拉回了凳子上坐着，取了面前的一双筷子，往她碗里夹了些菜，“你必是饿了一日，这会子不吃，夜里饿了，定也是自个儿忍着。”

陈温在宴席上也未曾用过膳，只饮了几杯酒，给江沼夹完了菜之后，

手里的筷子也没搁下，陪着江沼一块儿用起了膳。

江沼见他似乎很喜欢她跟前的藕，正欲将盘子移到他跟前，却见他将碗搁在了她跟前，说了声：“有劳太子妃。”

这是让她夹菜的意思了。

江沼记得很清楚，他用膳时，从不喜欢旁人替他夹菜，就算那筷子从未有人碰过，他也会皱紧眉头，再也不碰一下。

江沼诧异地抬头，陈温却很耐心地等着她。

半晌，江沼才试着将自己的筷子伸到了盘子里，替他夹了一片藕放在了他碗里。

江沼没去看他，不知道他吃了没，没过一阵，那碗再一次落在了她跟前，陈温说道：“今儿的藕片好吃。”

江沼瞧了一眼那碗，适才她夹给他的那片莲藕已经不在，江沼抿了一下唇，便又多给他夹了一些。

“谢谢沼儿。”陈温拿碗时，往她这边凑近了些。

江沼心里本就紧张，被他突然凑上来，连忙扒起了碗里的饭菜。这番被陈温一闹，江沼手里的那瓷碗却不知不觉地见了底儿。

用完膳后，宫女们端来了茶水，两人均漱了口。

时辰一到，屋里的所有人都撤了出来，江沼这会子已沐浴更衣完毕，陈温却还是那身衮服。

及笄后江夫人便同江沼说过房中之事，新婚前一夜，江夫人说得更详细了些。不仅是江夫人，从宫里过去的嬷嬷将今儿夜里一套伺候陈温的步骤，同她说了不下三遍。她想不记得都难。

宫殿门被丫鬟们一关，江沼便起身走到陈温的面前，打算替他更衣。

两人适才都坐在床边，江沼起身之后便站在陈温跟前，张了张嘴没说出话来，第二回终是说出了口，却是磕磕绊绊的：“臣……臣妾替殿下更衣。”说完便垂目等着他起身。

陈温瞧着她微红的脸和躲闪的目光，唇角又缓缓地上扬。

这一声“臣妾”……她终是他的人了。

陈温很配合地站起来，低头瞧着她，那一头披散的秀发散发出了阵阵幽香，勾得人乱了神志，他挪不开脚步，也不想挪开。

“有劳太子妃。”陈温低声说道。

江沼这才伸手去摸他腰间的卡扣，屋里安静得很，红烛的火花爆出了几道哔剥声，随后便是锦缎摩擦的轻微窸窣声。

江沼的心跳又急又快。宫里的嬷嬷曾来府上教过她，江沼自是知道如何去替他更衣、如何伺候他，可此时对着这么个大活人，心里哪能有那时那般平静。

脱掉了那最外层的黑色朝服，江沼拿去搭在了屋里的屏风上，再回来，却见陈温已经自个儿动起了手了。

江沼一愣，立在那儿，陈温褪了那衣衫搭在胳膊上，此时只余了贴身的里衣，他缓缓地朝着她走了过来，江沼竟是忘记了去接。

直到陈温走在她跟前，伸手从她的颈间穿过，将那衣衫往她身后的屏风上一掷，江沼才回过神来，刚想转身，纤腰却是突然被陈温擒住，江沼的身子瞬间僵住不敢动。

那握在她腰上的一双手，如同着了火一般，烫得她周身发热，只觉那心都快要跳了出来，却也知今儿夜里会如何，便也忍了那羞涩，依偎了过去，隔着一层薄薄的锦缎，她能感觉到陈温结实的身体。

陈温将她抱起，往喜床边走去。江沼闭着眼睛，任由那幔帐缓缓地落在了两人身后。屋内的红烛摇曳，火光映在那紧闭的幔帐上，两道剪影相交，连绵起伏。

夜半时候一场急雨落下，周遭更是安静。

陈温搂着她，江沼的万千青丝散开，额前的那一缕还沾了些汗，红潮浮现在她脸上，唇瓣更是绯红得厉害，整个人窝在陈温的怀里，如同雨打后的芭蕉叶，瘫软在那儿，纹丝不动。

待那手掌再次摩挲过来时，江沼原本一双紧闭的眸子突然睁开，看向陈温："殿下早些歇息，明日要去给母后敬茶。"

那神色我见犹怜，陈温不仅没放，搂住她的手臂又收拢了些。

江沼缩着身子，躲在他怀里，隔着那层被褥将他的手攥住，仰起头讨好地唤了声："夫君……"

江夫人和宫里的嬷嬷都对她说过，初夜会痛，可江沼却也没料到会如此痛，如今好不容易缓了过来，如是再来上一回，明儿早上，她定是爬不起来。

陈温便没再动，半晌搂着她突然说道："再唤我一声。"

江沼想着这会子只要让她歇着，他想怎么样都成，便连着唤了他两声："夫君，夫君……"

陈温扬起唇，偏过头去瞧她，便见此时那人儿就如同一只乖巧的小猫，闭着眼睛躺在他怀里，神色没有半点儿防备，脸庞深陷在他的臂弯之中，极为依赖。

陈温的心突然一悸，那心头空了许久的地方，终是被填满，手掌顺着她的发丝，过了一阵便又俯下身子，在她的额头上轻轻吻了吻，低声说道："睡吧。"

夏季一到，雨水说来就来。

半夜时的那场雨停了一阵，天亮那会子又开始落，周顺让人送早膳过去时，便瞧了一眼雨幕，忍不住叹了一声："殿下这吉日选得真真是好。"

昨儿成亲时还艳阳高照，今儿这雨一落，倒是哪里都去不成，只能待在屋里好生享受新婚之乐。

雨一落，皇后娘娘便早早地让滢姑往东宫跑了一趟，说是今儿落雨，太子妃就不用急着去请安，等天晴了再去，横竖人已经到了宫里了，跑也跑不掉。

江沼身子乏力，这一觉睡醒，只听见跟前一阵轻微的翻书声，待脑子里想起如今身在何处时，便猛地睁开了眼睛。

陈温也还未起，却坐起了身子，在她身旁看书。见她醒了，陈温的目光才从书页上挪开，温柔地落在她脸上。

“殿下……”江沼刚想起身，又才发现自个儿的手被陈温攥在掌心，已经木了，必是已握了很久。

那日醉酒后，他便知她害怕夜里一人独处。那手，陈温握了一夜。

直到这会儿陈温才松开，合了书本搁在了床前的几上，轻声说道：“外头落雨，母后那里今儿不用去请安，要是还困，再睡一会儿。”

江沼哪能再睡。江夫人和嬷嬷教给她的规矩她都记得，即便是不用去皇后那里请安，她也得伺候陈温。

殊不知昨夜累了，竟睡到了这个时辰。

“不困。”江沼翻身想从那床上爬起来，动作倒是利索，可腿猛地一酸，整个人就跌在了陈温的怀里。

昨儿夜里江沼身上是什么模样，陈温清楚，可江沼不知，痛感传来，江沼哪里还记着其他，后来累了，也没去在意。此刻跌在陈温身上，离了那云锦被褥，身子陡然一凉，江沼惊慌地抬头，四目相对，缓了几息，江沼才猛地又钻进了被褥，将自个儿捂了个严实。

素云和宫女在外头守着，听到了里头的动静，知道是太子和太子妃醒了，忙去端着那洗漱的一套东西进来，到了珠帘前，突然就停下了步子。

里头的声音溢出来，素云的脸红到了耳根子，赶紧回了头。

江沼终究还是没能躲过。

辰时末了，江沼才离开了床，陈温沐浴更衣完，先出去坐在外殿等着她用膳。江沼进了浴池，褪下外衣，本是一身细皮嫩肉，肤色莹白，有点儿痕迹便醒目得很，然而最疼的却不在外边。

事后伺候的事，素云没有经验，都是东宫里经验丰富的张嬷嬷替江

沼擦了身子，将药瓶子递到她手上，嘱咐她该往哪儿抹。

“娘娘放心，一日就好了。”

江沼一张脸一阵冷一阵热，倒也不似之前那般羞得见不得人，什么羞人的事昨儿夜里陈温都做了。

陈温坐在软榻上看着书等江沼沐浴出来的那阵，周顺进来了一趟。

“薛夫人昨日没了。”

薛夫人指的是林婉凌。

瘟疫的事情查出来后，才知那场死了几万人的灾难，并不是天灾，而是人为，本是秋后问斩，昨日她竟然喝了一杯毒酒，自个儿了断了。

那毒酒也不知道是谁给的，真相闹出来后，薛家的人巴不得她活久一些，多受些折磨，万不会给她一杯毒酒，让她走得这般利索。

周顺只说是毒酒身亡，陈温也没去问，大抵也知道那毒酒是谁给的。

除了皇后娘娘还能有谁？死之前给她一个痛快，没让她再遭受万民唾骂，没让她去游街示众，已是给她最后的体面。

那场瘟疫，若不是太子妃的药，死的人可是太子，还有芙蓉城满城的百姓。皇后能如此待她，已算是仁至义尽。

皇后派滢姑去了薛家，滢姑推开那扇门时，林婉凌已经神志不清了，半疯半癫，嘴里却仍旧不饶人。

“江晖成的孩子要是知道，他心里惦记的人是皇后，他们会怎么想？”林婉凌几声大笑，滢姑愣住，一脸同情地看着她。

“二姑娘，放下吧。”滢姑突然对着她说道。

那一声“二姑娘”终是让林婉凌安静了下来。

“若是时间能倒流，奴婢真希望二姑娘从未踏进过宫门。”滢姑叹了一声，“你可知你本是林家养尊处优的二小姐，如何成了今日这模样，你自个儿好生想想是为何，你莫要再去怪别人，要怪就怪你心里作祟。这世上数不清的人，所谓山外有山，人外有人，你都容得了旁人，却见

不得至亲之人比你好。比不过，你便宁愿毁了自己，也想让娘娘痛不欲生。可你不知，娘娘为了你，流过了不少的泪，娘娘就你一个妹妹，也曾拿命护过你。在你开始设计陷害她的那一刻，只知道自己痛快了，却没想过娘娘有多难受。到如今，娘娘还是打算给你留一份体面，这酒是她最后能为你做的事了。”

滢姑将那壶毒酒留给了林婉凌，走的时候，林婉凌倒是没再疯了，只一人坐在那儿，两道泪落了下来。

滢姑还是告诉了她：“太子妃早就知道了。”

知道了江晖成曾喜欢过皇后。

江沼从芙蓉城回来后，皇后亲口对江沼说：“若我说，从我入宫之后，从你父亲离开皇宫的那一刻，我同他之间，就再无任何牵连，你愿意相信吗？”

若是以前，江沼或许接受不了，但在经历了所有之后，她才明白，两个人的感情如何，又同第三人有何关系？母亲当也明白这点，才会将自个儿托付给皇后。

她也明白了沈烟冉的那句“若沼姐儿是个意外，那焕哥儿呢”是何意。是她不确定，不确定江晖成到底是不是对她动了情，若没有，可他为何会同她成亲，还有了孩子。

若有，那为何她追在他身后这些年，却没见他回过头来哄她一声。

若有，为何就不能为了他们母子三人留下来。

他们之间的恩怨如何，江沼无法一一清楚，却都释怀了。

在真心实意地答应嫁给陈温时，她便想好了，这辈子好好去爱自己心里的那个人，同时也爱着自己。

感情最美的模样，并非飞蛾扑火。不给彼此留下负担，不将自己的所有都赌进去，为彼此留一段距离，那段距离，拿来爱自己，将自己光鲜地呈现在这个世上，呈现在所爱的人面前。她认为，那才是感情最美好的画面。

江沼从浴池出来，便见陈温缓缓地搁下了手里的书，扬了扬唇，对她伸出手，柔声唤她："过来。"

余生，她会和他好好过。

番外一 永结同心

太子和太子妃新婚后的一场雨，连着落了四五日才停。

陈温这几日一直待在江沼的房内，大小事务，均是周顺不断地来回跑腿，紧急的事奏上来，不急的便留着，都知太子如今新婚，朝中也鲜少有人没长眼色，在这节骨眼儿上来凑热闹。

两人独处时，屋里的宫女多数都避开。

只要两人挨在一起，说不上两句话，江沼那身上的衣衫便没有一回是整齐的。

昨儿江沼见他看书，便让素云沏了茶，自个儿给他端过来，刚放在他手边上。江沼都没见他眼睛往这头瞟，那手臂倒似长了眼睛，突然就将她揽进了怀里，起初还只是耳语，后来渐渐地就失了控。

屋外的雨滴顺着琉璃瓦片往下掉，屋里那软榻上已是一片狼藉。

她便也才知道，外表上瞧着正人君子的人，里子不一定就正经。

换作往日，江沼怎会料到他会这般没有节制。

雨停的那日早上，江沼起来后便开始收拾，成亲已有几日，还未去

同皇后娘娘请安，即便是娘娘亲自发了话免了请安，江沼心里也有些过意不去。

竟也是生平头一回觉得那雨水落得久了些。往日江沼进宫，唤皇后娘娘，同太子成亲，再以太子妃的身份给皇后行礼，便换了称呼，唤了一声“母后”。

江沼时常进宫，皇后本也觉得没什么，可这一声唤出来，心里却猛地一热，忙让江沼坐在了她身旁，仔细瞧了一阵后便握住她的手说道：“到底还是做了我儿媳妇，哪儿能跑得掉，今后就好生在这宫里头陪着我。”说完目光往太子身上瞟了一眼，又回头对江沼说道，“若是太子欺负了人，来母后这儿，母后替你做主。”

陈温坐在那儿，身板挺得笔直。

江沼正不知如何作答，滢姑从里屋拿了个小匣子过来，里头是皇后平时攒的一些首饰，都是些难得的稀罕东西。

“进了宫，旁的不说，这些东西不缺。”皇后让滢姑将匣子交给了素云，随口说了一句，“太子前几年去了一趟东海，带回来的珠子，甚是难得，往后江府来了人，你便拿那珠子作礼，定会体面。”

江沼神色愣了愣，新婚后连着几日落雨，陈温在她屋里一直不走，东宫的事务，她可是半点儿都还未沾手，什么珠子她并不知。

皇后一时也没察觉她的脸色不对，说到珠子又想起一桩事，回头吩咐了滢姑：“去将那石头拿过来。”

等滢姑出来时，手里多了一个托盘，上头放着几颗宝石。皇后对滢姑招了手，让她拿到太子跟前：“这几年也不知道何缘故，太子突然就喜欢上了收集宝石，今儿本宫正好得了几颗，太子今日便带回去吧。”

江沼心头突然一动，目光下意识地看向了陈温。

陈温神色倒是平静，也没有拒绝，说了声：“多谢母后。”

江沼原以为那宝石，不过是周顺的意思，图个方便，却也不承想，是这般得来的，竟也是花了心思。

江沼垂目，端了那几上的茶盏，抿了一口花茶，一股花香味瞬间溢进了心田，整颗心也跟着那茶水的温度暖了起来。并不知陈温的目光已经落在了她身上，盯着她脸上的那道笑容，嫣然一笑如春季绽放的花儿，带着丝丝清甜，绚烂得很。

周顺正要将那宝石收了，雕花窗外的几道人影闪过，门口的宫女对皇后禀报："娘娘，王爷和公主过来了。"

话音刚落，就从那门里冒出来个脑袋："母后给了皇兄、皇嫂什么好东西呢？"文乐走到跟前，盯着周顺手里那胀鼓鼓的荷包，故意多瞧了几眼，才回头向皇后问安。

滢姑笑了笑，说道："少不了公主的那份。"

等夏天一过，文乐就得去吴国和亲。

文乐自小在宫里长大，什么东西没见过，旁的已没有她可稀罕的了，若是能将她的长乐殿搬到吴国，说不定她还会惊喜一场。

瑞王进来同皇后问完安，又同陈温和江沼招呼了几句，便直接说了正事："母后，儿臣打算明日离京。"

该回芙蓉城了。

瑞王从皇上那里刚出来，本是先来同母后辞行，再去东宫，没料到太子和太子妃都在，正巧碰到了这一块，不用再特意跑一趟。

芙蓉城的瘟疫已经彻底控制住。太子从东郊回来，就已经将瘟疫的折子递给了皇上，芙蓉城所有医药世家，均是给了赏赐。在那罚的一栏里，太子自个儿添了一条，有生之年，每年的那一日太子都会到寺庙摘冠点香。

那一千多条人命，虽无人再提起，却终究是太子心头的一个结，能重新从皇后手里接了那令牌，除了宁庭安的功劳，多半也是靠自己，能到这一步已经是他最好的状态。

赏赐的那单子出来后，陈温过来请求过皇后，给他的手下秦将军赐婚，是沈家的三姑娘沈霜，这也算是兑现了当初给沈老夫人的承诺。

善后事宜，便得瑞王自个儿回去处理，若不是陈温这场婚礼，瑞王也待不到这时候，如今婚礼结束，雨一停，便也不能再耽搁下去。

皇后也没有留他。嘱咐了路上的一些事宜，便放了人，让瑞王早些回去收拾："你父皇替你选好的那几个人，你一并带上，回去必定是手忙脚乱，多个人替你分忧也好。"

旨意已经下了，其中就有那探花郎唐公子。

前些日子在行宫被醉酒的公主留了半宿，闹出来事之后，唐公子便已经知道了自个儿的去向，提前就已经准备好了。文乐被皇后罚跪在殿门前的事，唐公子也知道了。

当日文乐被吴国三皇子接走，画了半日的扇面，刚准备回宫，便又在路上遇到了唐公子。

"多谢殿下。"唐公子说完就对公主行了跪礼，文乐让她起来，唐公子却说，"今儿公主被罚跪，皆是因为微臣，微臣如今这一跪，当是应该。"

文乐亲手将她扶了起来："那是本宫醉了酒，同你又有何关系，若真说起来，该致歉的人是本宫，若不是本宫，你也不至于被发配到芙蓉城去。"

文乐没去戳破那一层窗户纸。

两人心知肚明，唐公子已是很感激，走的时候，文乐却又让她在那候了一阵，回宫让宫女备了笔墨，出来时将一个锦囊递给了唐公子："你拿着，若是遇到难处，关键时候将它交给二皇兄，他定能护你周全。"

唐公子没接，文乐硬塞给了她："就当是我为昨夜里的唐突赔的礼，也是我们之间有眼缘，见你第一眼便觉得亲近得很。"

唐公子这才收下，退后两步拱手对文乐说道："公主的恩情，微臣定会铭记在心。"

江芷成亲后的一个月，同江燃约好了来了宫里一趟看望江沼。

当日江沼在东宫内设了宴席招待，午膳后三人同素云一起打起了牌。江沼的手气一向不好，回回都输。

江燃火上浇油地说道："这不是运气问题，是你自个儿的牌技不行。"

江沼便较了劲儿，坐直了身子，认认真真地玩了起来，结果还是输。

正是恼火时，身后一阵脚步声传来，陈温拿了本书，闲适地坐在了她身后。

"你们玩。"

江燃和江芷起初还有所顾忌，目光时不时地瞟向江沼，知道是个什么情况，道殿下真是一刻也离不开四妹妹，政务这么忙，太子竟还抽出了空闲过来看她们玩牌。

后来陈温替江沼说了几张牌后，她开始赢了起来，江燃和江芷才恍然领悟过来，太子并非单纯地离不开人，这是来护短的。

场子散了后，江芷和江燃便臊江沼："妹妹有太子撑腰，咱哪儿能比得过？"

江沼一阵面红耳赤。

几人适才在外面玩牌，周顺就在边上瞧着，远远地见陈温从正殿那边回来，便随口提了一句："娘娘今儿输惨了。"

陈温转身拿了本书走了进去。

周顺后来才反应过来，太子妃平时的记性都好，怎的今儿玩起牌来，硬是记不住牌？他心里一惊，待江家的两个姑娘一走，立马就请了太医来请脉。

结果便如周顺所料，太子妃有了身孕。

那消息散得比风还快，陈家皇室的人本就不多，皇上又没纳妃，只有皇后跟前的一个太子、一个王爷和一个公主，如今太子妃有孕，一时普天同庆，人人都盼着金贵主子降世。

怀胎的那十月，陈温忙完国事，总是匆匆地赶回东宫。如此，宫里所有的人都知道，太子极为宠爱太子妃。

江沼临盆的那日，陈温几乎是寸步不离地陪着江沼，皇后也是急得在那殿门前徘徊。凌晨时屋里传出来了婴孩的啼哭声，稳婆打开门，同皇后欢喜地禀报："恭喜娘娘，是位皇长孙。"

"太子妃呢？"

"好着呢，这会子累了，殿下正陪着。"

番外二 一场旧梦

冬季最后的一场雪，来得凶猛，停得也快。

琉璃瓦一夜之间被皑皑白雪覆盖，整个江陵一片银装素裹，东宫里的地龙一直未断，暖气洋溢在屋子里，只催人瞌睡。

素云将熟睡的世子交给了奶娘后，再进来，便见江沼已经歪在了榻上。

小世子如今一岁，正是缠人的年纪。每日都要在太子妃跟前玩闹一番，适才江沼好不容易将他哄睡着了，自个儿也累得瞌睡起来。

此时正是午时，太子殿下还在前殿忙着政务，素云轻手轻脚地上前，同屋里的宫女使了个眼色，个个都停了手里的活儿，悄悄地退了出去。

素云又去找来了一块毯子搭在了江沼的身上。江沼睡得迷迷糊糊，只觉自个儿的身子暖洋洋的，不知过了多久，耳边突然响起了一阵脚步声，慢慢地睁开了眼睛。

脚步声停在了门口，接着一道清晰的声音传了进来："当真还同我闹脾气呢？"

江沼一愣。只觉得那声音极为熟悉，却一时想不起来在哪里听过。

跟前的房门突然被推开，江沼下意识地起身，强烈的白光从门外照进来，一道海棠色的身影逆着光跨了进来。

江沼看不真切，只见那道身影在门口顿了顿，接着又往里走了几步，却是背对着她。

“差不多得了啊，可别有了夫家就忘了自个儿的爹娘，你爹不过就是摆了他一道，瞧你回来，又哭又闹，又是闭门不出，合着咱心疼自己的女儿，还有错了？”

这声音几乎就响在江沼的耳边。江沼的心猛地一颤，脑子里突然浮现出了遥远得快要遗忘的记忆，只觉整个人都僵硬了一般。

怎么可能……

江沼正觉不可思议之时，背对着她的身影终于回过了头。

一张美妇脸，干净又白皙。头上的发丝绾起，露出了一截莹白的颈项，无论是眉眼还是神态，都像极了自己。可她知道这不是她，而是她死去的母亲，沈烟冉。

随着年岁的增长，江沼已经很少梦到自己的母亲。大抵记忆中母亲的模样，已经越来越模糊了，很少有这梦境里这样清晰。

江沼喉咙发紧，张嘴唤了一声：“母亲。”

声音响在屋子内，却不是从她嘴巴里发出来的，而是坐在对面的一位姑娘身上。

姑娘十五六岁的年纪，还未绾发，五官带了些青涩，却同沈烟冉完全是一个模子刻出来的。

江沼的神色再次僵住。这姑娘才是她，年少时的江沼。

眼前的“自己”，在看到母亲的那一瞬，却并没有意外，脸色还微微带着愤然：“什么叫摆他一道？父亲就知道将他往阴沟里带，明明知道那儿是个雪坑，还非得要同他赛马，这一跌下去，人半天都没能起来，哪有你们这样当爹娘的，就没想过，如今你们欺负他，将来我嫁过去，他会怨我……”

“自己”的话还未说话，母亲便突然打断：“他敢！”

“他……他怎么不敢了？”江沼看着年少时候的“自己”从椅子上起身，红着眼睛同母亲道，“他是太子，要真欺负我了，你们还能怎么办，到时你们还不是只会哭。”

母亲的目光盯在她的脸上，沉思了一阵后，突然道：“那咱不嫁了吧。”

“母亲……”

“要真如你说的那样，我受不了，你父亲更受不了。”

“父亲为何就非要同他过不去，殿下他当真不是你们想的那样，他只是性子冷了些，话少了些，对女儿，他是真心的。”

“真心？”母亲突然一笑，“真心他能喂你鸡蛋吃？你别跟我说他不知情，若是不知情，问题就更大了，你俩从小一起长大，你吃鸡蛋过敏他都不知道，还讨什么媳妇？依我看他还是去选秀，娶个听话的姑娘当他的太子妃，往后咱就不掺和东宫的事了。”母亲似乎越说越生气，“你知道你父亲为何看不惯他吗？”

“为何？”

“因为感同身受，当年他就是太子那样的态度，险些没了妻子……当然也险些没了你和焕哥儿。”

母亲说完，见到对面的江沼一脸震惊，态度这才慢慢地缓和了下来，轻声地同她讲着道理：“你和太子的亲事是出生前便已经定下来的，我和你父亲并非反对，而是想让你明白，咱家闺女也是父母养的，凭什么就该热脸贴人家的冷屁股，便宜着往上凑。”

见江沼转开脸，母亲又继续道：“咱们并不是贪图地位和权贵之人，就算没有太子，单凭我江家和你父亲的名声，寻一门好的亲事并不难，何必要委曲求全，去看他的脸色。这女人一旦处于被动，这辈子都会活得很累。你父亲知道你在生气，但他是个男人，有些话不好说，特意托我带给你一句话，千万别惯着男人，你越惯他越上脸。”

对面的“自己”似乎被母亲的话吓了一跳，转头看向她：“当真是父亲说的，莫不又是母亲瞎编的？”

“说什么呢，我哪用得着瞎编，你父亲是个什么样的人，对我如何，你长了一双眼睛，你就不会看？你能确定你那位太子将来能这般待你？”

这回别说是梦境中的“自己”，就连看着这一切的江沼，也惊讶地看着沈烟冉。

记忆中母亲最后对父亲的失望，江沼都看在了眼里。可此时母亲口中的父亲，却如同她的骄傲，脸上洋溢着满满的幸福。

江沼的心一酸，眼泪从眼角滑落了下来。

又喜又悲。

喜的是，即便是做梦，也让她圆了一桩心愿，看到了母亲的幸福。

悲的是，这只是一场梦。

她多希望这场梦能是真的……她的母亲还活着，陪着她一起长大，能在关键时候替她撑腰。

眼里的水雾模糊了视线，“自己”却突然抬步往外走去：“我去问父亲。”

母亲的身影紧跟而上。江沼一慌，下意识地起身追了出去，竟也到了屋外。院子里没有皑皑积雪，满院的花开得正盛。

江沼一时没认出来这是哪儿，直到看见了屋外的环形长廊，江沼才认了出来，此处是江府的东院。

父亲和母亲走后，院子里便是常年的安静，即便有她和焕哥儿，也没能将这一处热闹起来，如今却是满院子的家丁，繁花似锦。

江沼继续跟在两人的身后，看着“自己”的脚步迈进了父亲曾经的书房。

江沼突然有些紧张。她有十几年没见过母亲，便也有十几年没见到父亲，她的脚步顿住，不敢进去。

正犹豫之时，一道身影却从里面走了出来，身姿挺拔，面容英俊，

神色比起当年更加的稳重，多了一份成熟的魅力。

看着几乎快要忘记的这张脸，江沼喉咙哽塞，轻轻张口唤了一声：“父亲。”

“怎么？他欺负我女儿我就不能收拾他了？他是太子，明面上我不能将他怎么样，暗里我还不能算计了？”

小江沼似乎被他噎了一下。

“父亲，真的不是他的错，他什么都不知道……”

小江沼的话还没有说完，就见父亲的脸色一变，回头肃然地看着她：“我是怎么教你的？我将你捧在手心里养大，拼死为朝廷效力，为的是什么？为的就是将来有朝一日你能在夫家挺直腰说话，而不是为了让你委曲求全，一张热脸去贴人家的冷屁股，这是他知不知道的问题吗？是他没有对你用心，如今还未成亲他就如此，将来要是你去了东宫，受的委屈、流的眼泪还不得把东宫给淹了？”

曾经无数个无助的日夜，江沼都曾想过，倘若父亲和母亲还活着，陪在她的身边，会不会护着她，会不会急得去给她讨回一个公道。

今日终于在梦在看到了，他们会的。

父亲说，她是他们捧在手心里的珍宝……江沼鼻头发涩，红了眼眶。

“沼姐儿，你的父亲和母亲不差，你更不差，记住，咱不需要去讨好任何人，咱们一家讨好彼此便已足矣。”父亲伸出手轻轻地摸了一下“自己”的头，眼中满是宠溺，“你同你母亲当年一样，心思单纯，只要爱了，便将自己的爱毫无保留地拿给对方，可你又怎明白人性？没有失去过便永远不会珍惜，你父亲上辈子曾用了两条人命、一个家，才领悟了其中的道理，如今我又怎会看着你走你母亲的老路，为了旁人而落泪？”

这一番话，让立在父亲对面的“自己”发了愣。江沼的神色更是僵住。

上辈子……是她在的这一世吗？

那梦里这般如此圆满的，是否又是他们重新活了一世？

“父亲，母亲……”江沼的眼泪一瞬流了下来，分不清是喜还是悲。

但遗留在心头的一桩无法改变的憾事突然就得到了圆满。他们活着，在另外一个世界，安然无恙、幸福美满。

“娘娘……”

江沼正要上前去看看“自己”是何反应，耳边突然传来了遥远的呼声，被那声音一牵，意识瞬间被拉了回来。

睁开眼睛，又回到了东宫。

“娘娘，殿下回来了。”素云在她身旁，唤了一声。

声音刚落，太子人已经到了跟前。

“怎么了？”太子见她盯着自己的目光不对，紧张地一笑，“梦到什么了？不会又是孤在你梦里做错了什么？”

“梦到父亲和母亲了。”

太子舒了一口气，似是逃过了一劫：“岳父、岳母一定过得很好。”

“嗯，我梦见他们还健在，不让我嫁给你。”

太子：“……”

岳父和岳母的忌日快到了，他该去上香了。